『失われた時を求めて』の謎

『失われた時を求めて』の謎

隠された構造を探る

吉川一義

岩波書店

まえがき

プルーストの『失われた時を求めて』は、半世紀以上も愛読してきた私のような者にとっても、深い謎につつまれている。主人公と同居したアルベルチーヌは、やはり女を愛していたのか、主人公のことをどう思っていたのか。恋心に翻弄されるスワンや主人公の「私」が、情熱の最中に見せる冷静沈着な自己分析をどう理解すべきなのか。純粋な心の持主とされるヴァントゥイユ嬢が「悪の芸術家」と定義されるのはなにゆえなのか。小説の本文には、このように首をかしげたくなる箇所が少なからず存在する。

本書はこうした謎のありかをめぐる探究をまとめたものである。私には謎を解いて読者を正解へ導かんとする不遜な意図はない。謎に促された私なりの探究をありのままに提示して、おおかたの批判を仰ぎたいだけである。巷間に流布する「謎解き」を標榜することはせず、「隠された構造を探る」という副題を付した所以である。

プルーストの長篇は、主人公「私」の少年期から晩年までの生涯を描いているが、最後に「私」がある物語を書く決意をするところで幕を閉じる。そのとき「私」が開陳する自作をめぐる抱負は、まるで作家自身の芸術観を開陳する評論かと見紛うばかりだ。小説でもあり評論でもある『失われた時を求めて』の特異性は、どのように成立したのだろうか。

第一部「大長篇誕生の謎」は、この問いをめぐる考察を収める。近年、『失われた時を求めて』の初稿（一九〇七年から一九〇八年にかけて執筆された七十五枚の草稿）が発見・刊行された。第一章では、この草稿を解読して長篇成立の秘密に迫りたい。さて一九〇八年末、プルーストはこの初稿を放棄し、評論集『サント゠ブーヴに反論する』にとりかかったとされる。この小説から評論への転換はなにを意味するのか。第二章では未完に終わった『サント゠ブーヴに反論する』の構想を検討することで、『失われた時を求めて』誕生の秘密をさらに詳しく解明したい。またプルーストの長篇がどのように増殖して現在のような大作へと発展したのか、それは専門家にとってもいまだ謎にとどまっている。第三章では、プルーストの草稿帳やタイプ原稿や校正刷など膨大な資料に基づき、私にわかる範囲で「増殖する長篇」の実態を明らかにしたい。

第二部「作品の構造をめぐる謎」では、『失われた時を求めて』にいかなる構成原理がはたらいているのかについて考える。ふつうこの長篇は、当初は相容れないと思われたスワン家(ブルジョワ階級)とゲルマント家(貴族階級)が最終篇にて統合される物語として紹介される。小説の終盤でスワン家の娘ジルベルトとゲルマント家の貴公子サン゠ルーとが結婚し、その娘サン゠ルー嬢が最後の社交パーティーに登場するからである。ところが作中の社交場面においてブルジョワ階級の代表としてくり返し描かれているのは、ヴェルデュラン夫妻である。スワンは、ブロックやラシェルと同様、むしろユダヤ人を代表しているのではないか。このような疑問を出発点にして、第四章では「社交界に君臨する人びと」が織りなす隠された構造を探りたい。

プルーストの小説には、ほかにも隠された構成が認められる。「コンブレー」の章が始まると、真っ先にジュヌヴィエーヴ・ド・ブラバンをめぐる幻灯が映写される。幻灯では、ヒロインに無実の罪を着せようと馬に乗ったゴロが「ぎくしゃくした足取り」で進んでゆくが、この場面は元の伝説には存在しない。第五章では、この不一致を手がかりに、幻灯場面が小説の構成上いかなる役割を果たしているのかを考える。これにつづくお寝《やす》みのキスの場面で、子供のそばにいてやるよう母親に言いつける父親のすがたは、「ベノッツォ・ゴッツォリの複製版画に出てくるアブラハム」が「妻のサラにイサクのそばから離れるように告げる」仕草を想わせる。しかしこのアブラハムの仕草は、十五世紀のベノッツォの絵画にも聖書にも出てこない。第六章では、この謎をどう解釈すべきかを考察し、作中のベノッツォへの言及と暗示が小説の構造とどのように関わっているのかについて考える。

第三部「芸術と芸術家をめぐる謎」では、『失われた時を求めて』に出てくるさまざまな芸術への言及がいかなる機能を果たしているのかを考察する。二十世紀初頭のパリでは、日本趣味(ジャポニスム)が上流階級を席巻した。作中で想起されるジャポニスムの例も、紅茶に浸したマドレーヌの味覚から昼間のコンブレーがよみがえるという挿話に出てくる水中花をはじめ、浮世絵や大輪のキクなど、枚挙にいとまがない。また十九世紀後半の発掘調査によって明らかにされた古代のギリシャ文明やエジプト文明も、『失われた時を求めて』の随所に登場する。第七章と第八章では、プルーストが作中で言及した日本の風物や古代のギリシャ・エジプト文明が、当時流行した異国趣味とはまるで異なることを明らかにしたい。

プルーストの小説には、作曲家ヴァントゥイユ、小説家ベルゴット、画家エルスチールという三人の大芸術家が登場する。このなかでエルスチールは、小説の冒頭から末尾に至るまで健在である点で、他のふたりと異なる独自の位置を占める。作中におけるエルスチールの遍在はなにを意味しているのか。第九章ではこの謎をめぐり、エルスチールに託されたプルーストの芸術観を考えたい。

第四部では、「恋心と性愛をめぐる謎」について考察する。プルーストの小説では、オデットへの嫉妬にさいなまれるスワンの心中にも、ジルベルトやアルベルチーヌに恋焦がれる「私」の心中にも、情熱のさなかにわが身を冷静に分析する「分身」があらわれる。スワンはふと「オデットの日常の行動はそれ自体で心をそそられるほどに興味ぶかいものではなく、ほかの男と結んでいるかもしれない関係も、一般的にいってすべての人間にたいして自殺を誘うほどの病的な悲しみをおのずと発しているわけでない」と考える。また「私」も、愛するジルベルトの「名前と住所」をノートに際限なく書きつけながら、「このように取るに足りない文字を書き連ねたところでジルベルトが私のことを考えてくれるわけではなく、その文字で私の身近に存在するように見えたからといってジルベルトが今まで以上に自分の人生の一部になるわけでないとわかり〔……〕意気消沈した」という。この冷静沈着な分身の声はどのように理解すべきか。第十章では、このほとんど注目されていない謎について、これまた等閑視されている『失われた時を求めて』における自由間接話法を手がかりに考察する。

一九二一年五月十三日にプルーストと対談したアンドレ・ジッドは、日記に「女は精神的にしか愛したことがなく、セックスは男としかしたことはない」というプルーストの赤裸々な告白を記した。この告白はプルーストの伝記などで頻繁に引用されてよく知られるが、この対談が実現した背景はまるで無視されている。出版されて間もない『ソドムとゴモラ 一』を読んだジッドが、ギリシャの少年愛を擁護した自作『コリドン』を携えてプルーストを訪ねたことが、この対談のきっかけだった。ふたりの同性愛作家のあいだでどのような対話が交わされ、それが『失われた時を求めて』にいかに反映されているのか。第十一章ではこの実態に迫りたい。

主人公の少年はコンブレーの郊外モンジュヴァンで、そこに住むヴァントゥイユ嬢が女友だちと同性愛にふける場面を目撃する。そのとき語り手は「ヴァントゥイユ嬢のようなサディストは、悪の芸術家である」と断言する。ところが同じ語り手が、ヴァントゥイユ嬢は父親譲りの「純粋な心」の持主だとくり返し強調する。純粋な心のヴァントゥイユ嬢はいかなる意味で「悪の芸術家」なのか。第十二章ではこの謎をめぐる考察を提示する。

小説の後半には、小説家プルーストの方法を考察するのに恰好の断章が出てくる。第五部「作家の方法をめぐる謎」では、作家のこの方法論について考えたい。第五篇『囚われの女』には、下の街路から職人や商人の売り声が聞こえてくる場面がある。ところがこの一節は、主人公とアルベルチーヌの同居という物語になんの影響も与えず、「パリの呼び声」と言い習わされる売り声をめぐる歴史的考察の趣を呈している。まるで小説から独立した批評かと見紛う断章である。第十三章では、この断章をめぐり、プルーストの小説ははたして「フィクションか批評か」という問題を考察する。

最終篇『見出された時』の冒頭に据えられたタンソンヴィル（故スワンの別荘）滞在中の記述には、主人公が読むゴンクール兄弟の「未発表の日記」が引用される。ゴンクール兄弟の本物の日記ではなく、プルーストが文体模写《パスティッシュ》の手法を用いて、エドモン・ド・ゴンクールにヴェルデュラン夫妻のサロンを記述させた一節である。この奇妙な引用は、小説構造上どのような機能を果たしているのか。そこに作家のいかなる意図を読みとるべきなのか。第十四章ではこのような疑問への回答を試みたい。

さらに『見出された時』には、第一次大戦下のパリの描写が出てくる。この一節では、プルーストの小説では珍しく「一九一四年八月」と「一九一六年のはじめ」と年代が特定されているにもかかわらず、戦闘それ自体は描かれない。戦争はさまざまな登場人物が口にするコメントの対象にすぎないのだ。戦争を俯瞰的な視点から客観的に描写することを拒んだこの反リアリズムの方法には、プルーストのいかなる現実認識が反映されているのか。第十五章はこの謎について考察する。

『失われた時を求めて』では、同性愛者シャルリュスやユダヤ人スワンが精彩を放つ人物として描かれるのにたいして、主人公が愛した女性たち、とりわけアルベルチーヌの人物像はきわめて希薄と言うほかない。これはなにゆえなのか。終章「深まる謎」では、プルーストにおける人物造型にまつわる謎について考える。

それぞれ三章から構成される各部の末尾には、「コラム」としてエッセーを配置した。「コラム1」は、レオニ叔母の「額のうえには〔……〕椎骨《ついこつ》が浮き出ていた」という不可解な一節を採りあげる。NRF《エヌエルエフ》誌の編集責任者のひとりであったジッドが『失われた時を求めて』の出版を拒否した原因となった一節である。「コラム2」では、プルーストとフロイトのあいだに直接の影響が存在しないにもかかわらず、スワンの「夢」の記述が精神分析家の夢解釈と酷似する謎について考える。「コラム3」では、世紀末のパリ上流階級を席巻した画家ギュスターヴ・モローの作品蒐集ブームが、プルーストの身近にまで及んでいたことを明らかにする。「コラム4」は、プルーストが観ていたバレエ・リュスの公演と、それが『失われた時を求めて』にいかなる影を落としているかを検証する。「コラム5」は、作家の没後百年に際してプルーストの墓と母方のユダヤ人墓地を訪れたときの発見を記す。「コラム2」以外はいずれも私がパリを訪れたときの経験に基づき、プルーストの創作の機微について綴ったエッセーである（コラムでは煩わしさを避けるため注を省略したが、出典は「参考文献一覧」に示した）。各章の議論をたどる合間の息抜きに読んでいただければ嬉しい。

『失われた時を求めて』からの引用の出典は、括弧内に「（II, 38-39／④九八―一〇〇）」のように、まずジャン＝イヴ・タディエ監修のプレイヤッド版の巻数と頁数を示し（Marcel Proust, *À la recherche du temps perdu*, édition publiée sous la direction de Jean-Yves Tadié, Gallimard, « Bibliothèque de la Pléiade », 4 vol., 1987–1989）、ついで岩波文庫版『失われた時を求めて』（全十四巻、二〇一〇―二〇一九）の巻数と頁数を併記する。なお引用中の〔　〕内は、筆者が補った文言である。注は、全巻にわたり通し番号を付し、巻末にまとめた。

巻末には、付録として、かなり詳しい『失われた時を求めて』の梗概を収めた。本書の理解のみならず、プルーストの長篇への独立した案内にもなれば幸いである。さらにその後に「初出一覧」「参考文献一覧」「図版出典一覧」および「人名索引」を付した。

目　次

目次

目　次

第一部

大長篇誕生の謎

第一章

まぼろしの初稿の発見
――「七十五枚の草稿」を読む――

二〇二一年は、一八七一年七月十日に生まれた作家プルーストの生誕百五十周年の年であった。この機会にフランスの内外で、多彩な記念行事やシンポジウムが開催され、多くの書物が出版された。なかでも特筆すべきは、『失われた時を求めて』の初稿「七十五枚の草稿」とその関連原稿が発見・刊行されたことである（ナタリー・モーリヤック・ダイヤー編、ガリマール刊）[1]。

あらたに発見された「七十五枚の草稿」（四百字詰原稿用紙換算で約二百枚相当）とその関連原稿は、三十代後半となっていた作家が、一九〇七年秋頃から一九〇八年秋頃にかけて執筆したものである。これはプルーストが二十代に執筆した『ジャン・サントゥイユ』の挫折後、再度小説にとりかかったことを示す貴重な資料というにとどまらない。そこにはすでに少年期のお寝《やす》みのキスやふたつの散歩道、海辺のホテルの客や乙女たちとの出会い、貴族の名への夢想、ヴェネツィア滞在など、『失われた時を求めて』の主要な挿話の萌芽が記されている。しかも一人称の「私」が主人公かつ語り手として出てくる。まぎれもない大長篇の初稿なのだ。

この草稿が存在すること自体は、すでに一九五四年から知られていた。プルーストの遺産相続人マント＝プルースト夫人（作家の弟ロベールの娘シュジー）の家で、小説家の遺した膨大な原稿を調べたベルナール・ド・ファロワ（一九二六―二〇一八）が、一九五二年に未完の小説断章『ジャン・サントゥイユ』を、ついで一九五四年にこれまた未完の物語体評論『サント＝ブーヴに反論する』を発掘・公刊し、後者の刊本に付した序文のなかで、大長篇の「七十五枚」から成る最初の草稿が存在することを紹介していたからである。ファロワは、その概要を説明しただけで公刊しなかったから、この草稿群は七十年近い歳月、所在不明の伝説的原稿として研究者のあいだで語り継がれてきた。それがファロワの死後、遺品中から発見されたのである。

プレイヤッド版『失われた時を求めて』を監修し、浩瀚な『評伝プルースト』を著したジャン＝イヴ・タディエは、このたび発見された草稿の刊本に寄せた序文の冒頭で、これを「かくも長期にわたり隠匿されてきた草稿」(2)と紹介している。半世紀以上、多くの研究者がファロワ自身にこの草稿の所在を訊ねたにもかかわらず、本人が所持していることを否定していたからである。

ファロワは、『サント＝ブーヴに反論する』の序文で紹介した「七十五枚の草稿」が、プルーストが「執筆済みのページ」と題して要約したつぎのメモと合致すると記していた（第二章で説明するメモ帖「カルネ1」の一九〇八年夏頃の記述）。「執筆済みのページ／ロベールと子ヤギ、お母さんが旅に出る／ヴィルボンのほうとメゼグリーズのほう／悪徳、顔の封印と開放／所有とは幻滅なり、顔に接吻する／庭の祖母、ブレットヴィル氏の晩餐、私は二階にあがる、そのときとそれ以降、夢のなかのお母さんの顔、私は眠ることができない、譲歩、その他／カステラーヌ家、ノルマンディーのアジサイ、イギリスやドイツの城館主、ルイ＝フィリップの孫娘、ファンテジー、放蕩の孫にやどる母の顔／ヴィルボンのほうとメゼグリーズのほうが私に教えてくれたこと」(3)（図1）。

プルーストの書簡集編纂で知られるアメリカ人研究者フィリップ・コルブは、すでに一九五六年、この「七十五枚の草稿」のうち「ロベールと子ヤギ、お母さんが旅に出る」(4)と要約された物語断章がファロワ編纂の『サント＝ブーヴに反論する』のなかに収録されていることを検証した。(5)私も一九七一年、プルーストの小説の成立過程をめぐる修士論文を執筆していたとき、「七十五枚の草稿」のうち貴族の名への夢想を語った一断章（「執筆済みのページ」では「カステラーヌ家、ノルマンディーのアジサイ、イギリスやドイツの城館主、ルイ＝フィリップの孫娘、ファンテジー、放蕩の孫にやどる母の顔」に相当）をファロワがなんの断りもなく『サント＝ブーヴに反論する』のなかに収録していることに気づき[6]、それを一九七三年に公表した[7]。

その後、私は一九七三年秋から三年半ほどパリのソルボンヌと高等師範学校（ENS）へ留学し、一九六二年以来フランス国立図書館に所蔵されていたプルーストの未発表原稿などを調べて博士論文を執筆した。そのときの調査では、国立図書館収蔵の資料のなかに「七十五枚の草稿」は見当たらなかった。そこでこの草稿は、それを最初に紹介したファロワ自身が所持しているのではないか、そうでなくても所在を知っているのではないかと考え、本人に接触を試みたが、無名の日本人留学生ごときが首尾よき成果を得られるはずもなかった。さきに挙げたタディエ教授ら多くの研究者がその所在を突きとめようとしたが、ことごとく失敗したと聞いている。

それが案の定というべきか、ファロワの遺品中から発見されたのだ。これを解読し、二〇二一年の春、解説と注を

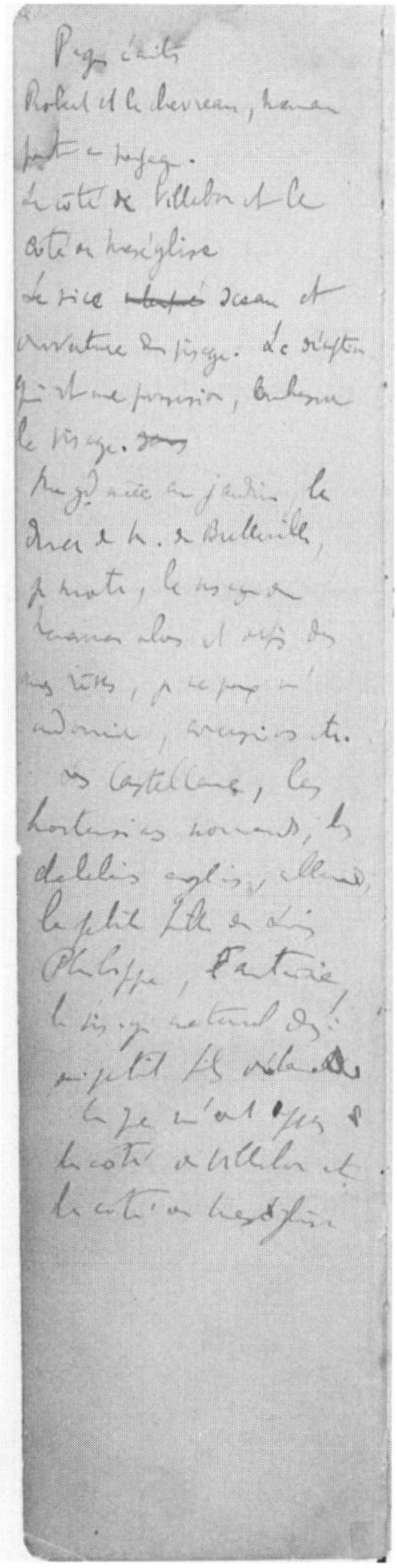

図１　「執筆済みのページ」のメモ（Ⓒ BnF）

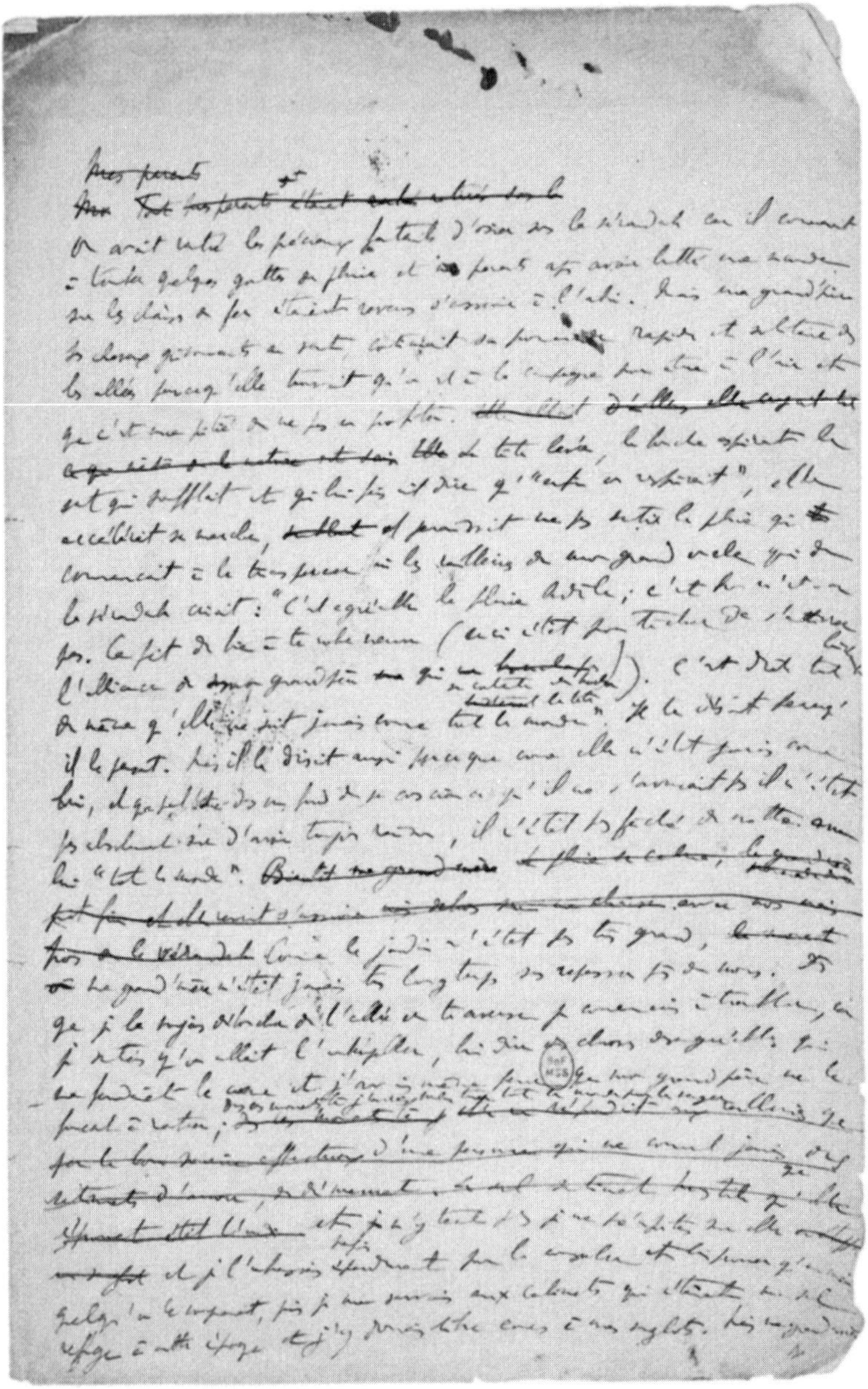

図 2 「75 枚の草稿」が執筆された用紙

付して出版したのはナタリー・モーリヤックである。プルーストの姪シュジー・マント＝プルーストの孫であり、プルーストの『国立図書館所蔵七十五冊草稿帳』の解読・出版の監修者でもある[8]。伝説の「七十五枚の草稿」は、いまやフランス国立図書館の手稿部に収められ、プルーストゆかりの然るべき研究者によって編纂・刊行されたといえよう。まず指摘しておきたいのは、この「七十五枚の草稿」は、一部の例外はべつとして、縦三十六センチ、横二十三センチの大判紙に記されたことである[9]（図2）。

草稿の概要とルイ大叔父

草稿本体には章分けがなされずタイトルも付されていないが、編者のナタリー・モーリヤックは全体を六章に分類、それぞれに便宜上「田舎での夜」「ヴィルボンのほうとメゼグリーズのほう」「海辺での滞在」「乙女たち」「貴族の名」「ヴェネツィア」というタイトルをつけた。このうち、ファロワが『サント＝ブーヴに反論する』のなかへ収録したのではないかとコルブが推定した「ロベールと子ヤギ」に関する断章は「田舎での夜」の末尾に見出され、私が同様の推測をした貴族の名への夢想をめぐる断章は「貴族の名」に出てくる[10]。両者とも研究者にはよく知られた断章だったから、さほどの新鮮味は感じられなかった。私がいちばん衝撃を受けたのは、「田舎での夜」に収録された小説冒頭の有名なお寝《やす》みのキスをめぐる初稿である。それを詳しく検討する前に、今度はじめて明らかになった草稿の概要を見ておこう。

『失われた時を求めて』の物語がくり広げられる土地は、主人公「私」の一家が本拠とするパリをべつにすれば、主として三箇所にまとめられる。少年の「私」が家族と春の休暇をすごした田舎町コンブレー（第一篇）、青年となった「私」が二度にわたり夏をすごすノルマンディー海岸の町バルベック（第二篇および第四篇）、最後に「私」が母親と滞在するヴェネツィア（第六篇）、以上の三箇所である。発見された草稿によれば、これら三箇所の土地を舞台とする小説の骨格がすでに見通されていたようだ。というのも「田舎での夜」および「ヴィルボンのほうとメゼグリーズのほう」はのちのコンブレー滞在に、「海辺での滞在」と「乙女たち」は将来のバルベック滞在に、「ヴェネツィア」はのちのヴェネツィア滞在に発展するからである。

なかでも「ヴェネツィア」をめぐる断章[11]は、きわめて短く、わずか四ページほどを占めるにすぎない。しかしそこには、第六篇『消え去ったアルベルチーヌ』にて語られる「私」のヴェネツィア滞在の主な要素が素描されている。「私たち」（おそらく「私」と母親）がヴェネツィアの名所を見物するために乗るゴンドラと「青い大運河」、「友人たち」の待つ「ドゥカーレ宮殿とサン・マルコ大聖堂」、さらには「私」が携える「ラスキンの著作」など、長篇のヴェネツィア滞在にとりこまれる基本的要素がすでに描かれているのだ。ただし物語としてのダイナミズムには欠ける。長篇の結末において無意志的記憶を駆動させる「不揃いな敷石」の伏線となるサン・マルコ洗礼堂への訪問は描かれておらず、「私」が駄々をこねて母親だけを先に出発させてしまう滞在最後のシーンもいまだ生み出されていない。

海辺における滞在をものがたる「乙女たち」の草稿には、数段階の改稿過程が認められる。最初の段階では、「私」が「お母さん」（のちの小説では祖母や母親）と投宿するリゾートホテルの所在地がCという文字で表記されている[12]。このCは、プルーストが一九〇七年から一九一四年まで毎年夏をグランドホテルですごした、ノルマンディー海岸の保養地カブール Cabourg の頭文字にちがいない。架空のバルベック海岸がプルーストの滞在したカブール海岸をモデルとすることは、つとに指摘されてきた。私も第一回バルベック滞在を描いた第二篇第二部の岩波文庫版「訳者あとがき」で、そのことを当時のカブールのグランドホテルなどの写真を掲載して紹介した（④六七一―六八一）[13]。しかしそのことが、プルーストの草稿中に記された「C」という頭文字によって立証されたのは、今回がはじめてである。

のちの長篇第二篇第二部における「花咲く乙女たち」の登場では、海辺の堤防の遠くから「奇妙なひとつの斑点がうごめくように」進んできて、当初「カモメの群れ」に見えたものがやがて「五、六人の少女」だと認識される（II. 146／④三二五）(14)。この場面の最初の草稿では、「私」が目をとめるのは「砂浜を歩く二羽の海鳥」のようにあらわれた「ふたりの少女」であり(15)、見わけのつかない数人の少女が登場する決定稿の特徴的な描写は見られない。乙女たちの描写は、いまだプルーストらしい文体の域に達していないのだ。『失われた時を求めて』がいかに作家の幾重にもおよぶ推敲の成果であるかを実感できる初稿である。

「海辺での滞在」をものがたる断章では、「私」の同行者が母親ではなく、のちの刊本と同様、祖母に変更される（「弟」の同行も言及されるが、弟本人は登場せず、以降の草稿からすがたを消す）。さらにこの草稿では、少女たちの出現と並んで、ホテルの客たちも素描される。その滞在客のひとりとして、パリから「家政婦、小間使い、給仕頭、運転手」を連れてくるのみならず、家具やカーテンまで「パリから持ってきた品」にとり替えてしまう「老婦人」が登場する(16)。これは長篇のバルベック滞在に描かれる、やはり「どこに行くにもぞろぞろと召使いを引き連れ」、「窓に掛かるカーテンをすべて持参のものにとり替え、あちこちに衝立や写真をおいて、適応できそうもない外界と自分のあいだに慣れ親しんだもので仕切り」をつくってしまう「老婦人」（II. 38-39／④九八―一〇〇）の萌芽にほかならない。長篇の「老婦人」は、のちに祖母の学友だったヴィルパリジ侯爵夫人であることが明らかになる。

このほか、ホテルのダイニングルームで「愛人の女とふたりの男友だちと一緒にかなり離れたテーブルに座っている裕福でエレガントな男」(17)も登場する。「私」はこの四人組の優雅な暮らしぶりに目を奪われる。長篇のバルベック滞在にあらわれる、リゾート地でもパリと同様の贅沢な生活を送る四人組（II. 42／④一〇五―一〇六）の最初の素描である。さきの「老婦人」といい、この「四人組」といい、共通点はリゾート地にもパリの暮らしを持ちこみ、それをいっさい変えない点にある。プルーストは、日常からの離脱であるはずの旅先でも、従来の習慣を維持し、過去の自己との断絶を嫌う人たちを描いたのだろう。興味ぶかいのは、この直後に、この人たちと一線を画する人間として「私の叔父」が登場することである。

この「叔父」は、「パリのフォーブール・サン＝ジェルマン〔一流貴族〕のなかで然るべき地位を占め」、その貴婦人たちをつぎつぎ征服したうえ、地方に出かけると名士の妻たちはもとより、土地の娘や女中らとも浮き名を流してきたという。これは第一篇第二部「スワンの恋」におけるユダヤ人スワンの特徴ではないか。スワンも「貴族階級の貴婦人のほとんど全員」を知ったうえ、「田舎貴族とか裁判所書記とかの娘」ばかりか「小間使い」にまで触手を伸ばす（I. 188–189／②三〇―三一）。新たな土地に着くたびにそこで新たな恋人をつくるこの「叔父」の人間関係は、つぎのように「折りたたみ式の家」にたとえられる。「叔父は「折りたたみ式の家」を携えて旅をしているようなもので、それぞれの土地で使える手段と慣習に応じて、愛想のいい顔ができそうな土地では、所かまわずその家を組み立てるのだった[18]」。これもまた、女好きのスワンについて語るつぎの一節へと転化される。スワンは「みずからの交友が築きあげた建物に閉じこもることはせず、それを探検家の折りたたみ式テントのようにして持ち運び、好みの女があらわれたらどんな土地でもその場で新たな人間関係を組み立てられるようにしていた」（I. 189–190／②三一―三二）。

「私の叔父」の女好きの一面がスワンにとりこまれるのは、これだけにとどまらない。この「叔父」（その名はフロリアンと判明）からだれか女を紹介してほしいという依頼が舞いこむと、「私の父」は「またフロリアンからの頼みごとだな。ご用心[19]！」と言うのが常だったという。この「ご用心！」というせりふは、意中の女に紹介してほしいとスワンから手紙が届いたときの祖父の発言、「こりゃ、またスワンからの頼みごとだな。ご用心！」（I. 191／②三五）の原型である。

この「叔父」は、プルーストの母方の大叔父ルイ・ヴェイユ(一八一六―一八九六)を念頭に置いたものであることがわかる(本書一八頁参照)。ルイ大叔父は、ボタン製造で財をなした実業家で、オッペンハイム銀行の娘と結婚して財産を増やし、裕福な艶福家として知られた。ココットと呼ばれた粋筋の女をつぎつぎと囲い、なかでも作中のオデットのモデルとして知られるロール・エーマンの情夫となった。それゆえ従来この大叔父は、小説中にオデットの情夫として登場するアドルフ大叔父のモデルとして紹介されてきた。

一方でスワンのモデルは、ユダヤ人でありながらフォーブール・サン＝ジェルマンの寵児となり美術愛好家であったシャルル・アース(一八三二―一九〇二)とするのが定説であった。しかし今回の草稿出版によって、貴婦人から女中までを相手にする女好きというスワンの造型に関しては、プルーストの母方のユダヤ人ルイ大叔父がそのモデルであったことが判明した。ちなみにルイ大叔父の遺産の一部は、プルーストの母親が相続した。のちに作家自身が移り住んだオスマン大通り一〇二番地の建物もルイ・ヴェイユの財産だった。この大叔父の重要性は、あとでお寝みのキスをめぐる初稿を検討するとき一層明らかになるだろう。

ふたつの散歩道

つぎに、今回発見された草稿をもとに小説冒頭の田舎町コンブレーがどのように成立したのかを考察したい。コンブレーのモデルは、アンドレ・モーロワが古典的伝記『プルーストを求めて』(一九四九)の冒頭に「はじめにイリエあり」と記したように、プルーストの父親の故郷イリエ(パリの南西約百キロ)であるとするのが定説である。イリエの町は、プルースト生誕百年にあたる一九七一年、作中の地名コンブレーをつけ加えてイリエ＝コンブレーを正式名称とした。父方のアミヨ伯母の家は、作中のレオニ叔母の名を冠して「レオニ叔母の家」と称するプルースト記念館と

図3　イリエ＝コンブレーの周辺図

なり、世界中のプルースト愛好家を糾合する「マルセル・プルーストとコンブレーの友の会」（一九四七年創立）の本部が置かれている。多くのプルースト愛好家がコンブレーのモデルを求めてイリエ巡礼に出かける所以である。

小説冒頭の「コンブレー」の章には、「ゲルマントのほう」と「メゼグリーズのほう」（別名「スワン家のほう」）と呼ばれるふたつの散歩道が出てくる。ゲルマントのほうは晴天下の川沿い、メゼグリーズのほうは雨のよく降る平野という、対照的な風景を特徴とする。おまけに散歩道の方向が正反対なので、一日のうちに両方をたどるのは不可能とされる。この対照的なふたつの散歩道は、ゲルマント家を頂点とする貴族階級とスワン家に代表されるブルジョワ階級とが水と油のように相容れないことを象徴する地理として「コンブレー」に導入されたフィクションである。

実際、初期作品『ジャン・サントゥイユ』に詳しく記された少年時代のイリエをめぐる想い出には、「ふたつの散歩道」はおろか、散歩コースという概念すら見当たらない。このたび「七十五枚の草稿」の一部として公開されたふたつの散歩道をめぐる数段階にわたる草稿[20]を読むと、作家が現実の地理からいかに「コンブレー」をつくりあげたのかが手にとるようにわかる。

まず、最初の草稿で目を惹くのは、イリエ近辺の地理をそっくり踏襲した「ヴィルボンへの道」と「ボンヌヴァルへの道」が出てくることである。イリエから見て、ヴィルボンは北西約十八キロ、ボンヌヴァルは南東約二十キロの村であり、両者はたしかに正反対の方向に位置する（図3）。ところが「ボンヌヴァルへの道」の散歩は、「五時頃、夕食のためにお腹をすかせる目的で」そちらを「ちょっと散歩する」[21]と描かれるだけである。ふたつの道と言いながら、散歩の描写のほとんどは「ヴィルボンへの道」に割かれているのだ。

図4　ヴィルボンの城館

現実のヴィルボンには、十四世紀に建立され、十七世紀にシュリー公爵マクシミリアン・ド・ベチューヌ（一五五九―一六四一）が改築した城館が存在する。アンリ四世の右腕として活躍した公爵は、「農耕と牧畜はフランスを養うふたつの乳房」だと主張して農業振興に力を注ぎ、引退後はこの城館ですごした。城館はその後シュリー公爵の子孫へと受け継がれ、一八一二年、ジュール＝フレデリック・ド・ポントワ侯爵へ売却された。プルーストの時代にはその子孫が城館の主だったようである。私は二〇一九年五月、はじめてこの城館を訪ねる機会をえた。広大なフランス庭園の真ん中、濠に囲まれて建つ広壮な城館（図4）は現在、一九一九年にポントワ嬢と結婚したピエール・ド・ラ・ローディエールの子孫が所有するという[22]。

さてイリエからヴィルボンへ向かう道は、十六世紀の有名な城館をあまた擁する大河ラ・ロワール河の支流ル・ロワール川に沿って北上する。作中でコンブレーの郊外に位置するゲルマントの城館は、その名称こそパリ東方約二十五キロに所在する同名の城館から借用したものである。しかしその城館がヴィヴォンヌ川の水源の近くに位置するという小説での設定に関するかぎり、ル・ロワール川の上流域に存在するヴィルボンの城館に想を得たことが、この草稿から証明されたのである。

草稿で「ヴィルボンへの道」をたどるのは、昼食後、家族が「天気は上々、夕立もなさそうだ、ヴィルボンへの道へ出かけようか」と誘いあうときである。その場合「裏手から」、つまり「小さな庭」に設けられた扉から外へ出ると、すぐ川に行きあたる（あとで「ル・ロワール川」という実名が出る）。水がよどんで「木の橋」を渡るあたりでは、ひとりの「子供」が川に「水差し」を沈め、「オタマジャクシやヒメハヤ」を捕って遊んでいる。[23] ここまでの叙述は、のちに「ゲルマントのほう」で、「あすもいい天気なら、ゲルマントのほうに出かけましょう」と家族から声があがると、翌日の昼食後、「庭の裏手の小さな扉」から通りへ出て（I, 163／①三五五）、川にゆき着くと、「子供たちが小魚を捕るためにヴィヴォンヌ川に沈めた水差しを見つめて楽しんだ」（I, 166／①三六二）という描写になる。

ところがこのあと「ヴィルボンへの道」の描写には、のちにメゼグリーズの特徴とされる平野の光景がつぎつぎと出てくる。その途中で「ときに私たちは伯父がそこに所有していた小さな庭を一瞥する[24]」からである。この伯父とは、プルースト父方のアミヨ伯父で、実際、ル・ロワール川の横手に盛り土をしたプレ＝カトランと称する庭園を所有していた。この庭園を抜けてヴィルボンへ向かう大きな通りに出ると、「公証人の庭」の前を通る。そこには「私がいちばん好んだ」「バラ色のサンザシ」が咲いている。このあたりの庭園の光景は、のちに「メゼグリーズのほう」の散歩でその前を通るスワン氏の別荘の庭園になる。以上の第一稿では、ふたつの「道」に言及されるものの、散歩の大部分が「ヴィルボンへの道」に集約され、そこには川の光景と平野の光景がいまだ混在していたのである。

第二稿では、「ボンヌヴァルへの道」に代わって、はじめて「メゼグリーズのほう」という大作と同じ架空の呼称があらわれる。[25] 特筆大書すべきは、第一稿では「ヴィルボンへの道」に配置されていた小川と庭園の光景が、ここで

「メゼグリーズのほう」へ移し替えられたことである。その散歩では、玄関からロワゾー通りに出て、小川まで歩き（やはり子供たちが水差しを沈めている）、庭園に着くときには「大きなリラの香り[26]」が出迎えてくれる。この段階では川と平野の光景の分離はあいかわらず実現していないが、決定稿においてメゼグリーズのほうへ出かけ、スワンの別荘の「庭園に着く前から、そこに咲くリラの香りがよそ者を出迎えに来てくれる」（I, 134／①二九八）という設定がここに誕生したといえよう。

このあと第三と第四の改稿過程でも、のちの大作における平野と川の光景の峻別はいまだ認められない。マリアの月の祭壇に飾られたサンザシ、生け垣に咲くサンザシなど、「コンブレー」における「スワン家のほう」の描写に近い叙述も出てくるが、それらはまだ、のちに「ゲルマントのほう」となる「ヴィルボンのほう」に位置づけられている。最後に付言すべきは、ある日「私」と家族が「ル・ロワール川の水源」まで出かけたことだろう。「一度、私たちはヴィルボンへの道をふだんより遠くまで足をのばし、ル・ロワール川の水源まで行った[27]」というのだ。これは大作でヴィヴォンヌ川の水源となる原型ではあるが、この水源は「コンブレー」ではけっして行き着けない夢想の地として提示され、それを「私」が目にするのは最終篇のタンソンヴィル滞在時にすぎない（IV, 411／⑬二五）。平野に位置する「スワン家のほう」、川に沿う「ゲルマントのほう」という対照的な「コンブレー」の散歩道が成立するにはさらに、一九〇九年執筆の草稿帳における二段階の改稿過程を必要とする。

この度重なる改稿はなにを意味しているのだろう。膨大な断章を統合する原理を見出せなかった初期小説『ジャン・サントゥイユ』には、ほとんど加筆訂正が認められない。もしかすると『失われた時を求めて』が成立したのは、「七十五枚の草稿」以降の原稿に加えられたおびただしい改稿過程にあったのではないか。プルーストの天才、『失われた時を求めて』の厳密な構成原理といえども、一朝一夕に成ったものではなく、最初の読者としておのが原稿を読みなおし、その再読から新たな構想を組み立ててゆく、作家の忍耐づよい改稿の産物だったのではなかろうか。

お寝みのキスとユダヤ人家族

『失われた時を求めて』を読んだことのない人でも、マドレーヌの挿話は知っているだろう。紅茶に浸したマドレーヌのかけらを口にした瞬間、忘れていた少年時代の日々をそっくり想い出すという挿話である。プルーストによれば、意識して想い出した過去はほんとうの過去とはいえない。真の過去は、意志によらず、ふと遭遇した匂いや味や音など、偶然の感覚からよみがえるものであり、プルーストはそれを「無意志的記憶」と呼んで、「失われた時」を探究する際のかなめとした。

このマドレーヌの挿話は、小説冒頭の章「コンブレー」を数十ページ読んでゆくと出てくる(I. 43-47／①一〇八―一一七)。ただしこの挿話は、「私」が少年時代にコンブレーで春の休暇をすごした際のできごとではない。それから「すでに長い歳月が経っていた」「ある冬の日」(I. 44／①一一一。傍点は引用者)、つまり「私」の生涯の「最近になって」(I. 183／①三九四)、おそらくはパリで体験したできごとである。この体験をする以前、田舎町ですごした少年時代の想い出として残存していたのは、母親がお寝みのキスに二階へあがってきてくれず「眠れなかった悲しい夜のこと」(同上)だけであった。

この「悲しい夜のこと」をものがたる「コンブレー」前半の概要をふり返っておこう。夕食後、雨が降っても平気で庭を歩きまわる祖母をべつにして、家族はテーブルを囲んでおしゃべりを楽しんでいる。しかし少年の「私」は、母親と別れてひとりで寝室にあがらなければならない。とりわけ近くの別荘に滞在するジョッキー・クラブ(一流の紳士向け社交クラブ)の会員であるユダヤ人スワンが夕食に訪ねてくる夜、母親はお寝みのキスをしにあがってきてくれない。「私」は母親宛てに「重大な用件があり、手紙では言えないのであがってきてほしい」(I. 28／①七五)と記した手紙を女中に託すが、母親は「返事はありません」(I. 31／①八二)と答えさせる。それでも諦めきれない「私」は、夕食が終わるのを二階の窓辺で待ちうけ、母親があがってきたときお寝みのキスをせがむ。それを父親に見つかって「私」は大目玉をくらうのを覚悟するが、父親は母親が子供のそばにいてやるのを許す。かくして「私」は慰められるが、しかし意志の強い子に育てようとする母親に「最初の譲歩」をさせ、「目には見えない親不孝な手で、母の心に最初の皺を刻みつけ、最初の白髪を生じさせた」という自責の念に駆られる(I. 38／①九五)。そのあと母親は「私」の心を鎮めるため、ジョルジュ・サンドの小説『フランソワ・ル・シャンピ』を読み聞かせてくれる。

「七十五枚の草稿」では、このお寝みのキスの場面はどのように描かれていたのだろう。挿話の前段として、決定稿と同様、雨の日に庭を歩きまわる祖母が出てくる。お寝みのキスを妨げる訪問客として、スワンではないが、やはり「ジョッキー・クラブ会員」の貴族ブレットヴィル夫妻が夕食にやって来る。お寝みのキスを奪われた「私」は「手紙では書けない都合」があるので食後にあがってきてほしいと母親への伝言を召使いに託すが、母親は「そんなことはできない」[28](傍点箇所は原文イタリック)との返事を寄こす。それでも諦めきれない「私」は、夕食が終わるのを二階で待ちうけ、母親があがってきたときお寝みのキスをせがむ。母親は一瞬、怒った顔をするが、それでも部屋にはいってきて、泣きじゃくる「私」を慰めてくれる。しかし「私」は、この譲歩は「お母さんの最初の挫折」であり、強い子に育てようとした意志の「最初の放棄」[29]であると感じる。

この草稿には、母親がサンドの小説を読み聞かせる場面こそ存在しないが、すでに決定稿ときわめて近い物語が成立しているように見える。ところがそこには、「コンブレー」の読者には想いも寄らぬことがいくつも記されていた。

そのひとつは、母親が「ジャンヌ」、祖母が「アデル」と、プルーストの母親と祖母の実名が出てくることである。[30]

「七十五枚の草稿」では、「私」が「マルセル」と実名で呼ばれる箇所もあるから、[31] これはのちの小説では消去される自伝的要素の残滓である。この「アデル」という祖母の名は、母方の祖父ナテ・ヴェイユ（一八一四―一八九六）の妻アデル（一八二四―一八九〇）の名と同じである。そして雨の庭を歩きまわる祖母に「さぞ気持がいいだろう、雨は、アデル」と皮肉を投げかける「私の叔父」は、実名こそ記されていないが、これまた母方の大叔父ルイ・ヴェイユだと考えられる。

というのも今回、それを裏づけるさらに古い草稿も同時に発見・公表されたからである。編者モーリヤックが「一九〇七年秋頃」に執筆されたと推定するお寝みのキスの原初の草稿[32]がそれである。そこには祖母「アデル」が実名で登場するほか、「クレミユ氏との縁戚関係」への言及が出てくる。[33] この「クレミユ氏」とは、プルーストのやはり母方の大伯父で、弁護士、政治家として活躍したアドルフ・クレミユ（一七九六―一八八〇）のことである。晩年には終身上院議員となり、死後国葬に付された名士である。妻のアメリーが開いていたサロンには、政治家のみならず、ユゴー、ミュッセ、メリメらの作家、マイヤベーア、アレヴィらの作曲家が集ったという。

さらに決定的なのは、お寝みのキスが「オートゥイユでの夏[34]」のできごとと明記されている点である。オートゥイユとは、パリのセーヌ右岸、ブーローニュの森の近く、ラ・フォンテーヌ通り九六番地に所在した、大叔父ルイ・ヴェイユの屋敷を指す。一八七一年、パリ・コミューンの混乱を避け母親がそこに疎開していたため、プルーストはこの大叔父の家で生まれた。その後も、九歳で花粉症とおぼしい喘息状の発作をおこすまで、しばしばここで休暇をすごした。

お寝みのキスに関するこれら二種類の草稿には、母親の「ジャンヌ」や祖母の「アデル」、母方の大伯父「クレミユ氏」、さらに名指しこそされないもののルイ大叔父という、母方のヴェイユ家のメンバーが登場する。その舞台が

「田舎」と記されるのは、当時のオートゥイユがパリ周辺の別荘地だったからである。もちろんふたつの散歩コースなどの自然描写は、さきに検討したようにボース平野の端に位置する父親の故郷イリエから想を得ている。小説冒頭の田舎町コンブレーは、母方と父方の故郷を合体して生まれたものと考えるべきだろう。拙著『『失われた時を求めて』への招待』において、「オートゥイユとイリエは、『失われた時を求めて』のコンブレーのモデルとなった[35]」と記した所以である。

「私」の年齢と「新しい部屋」

この初稿は、ほかにも「コンブレー」の誕生にまつわる貴重な情報をもたらしてくれる。お寝みのキスのできごとの「数日後」、「Z夫人」から数日の滞在に誘われた一家は、まず母親と弟（作家のべつのメモでは実の弟の名と同じ「ロベール[36]」）が出発し、すこし遅れて父親と「私」が出発する準備をしていた[37]。出発の日、かわいがっていた子ヤギと別れなければならなくなった弟は、茂みに隠れ、怒りにまかせて服をくしゃくしゃにする。そのあとの昼食時にも、弟は「チョコレートクリーム、マルセルのほうが多いよ[38]」と駄々をこねる。母親は兄のマルセルに「あなたは大きいのだからいい子になさい[39]」と諭して、幼い弟の聞き分けのなさを嘆くが、そのとき弟の年齢は「五歳半[40]」だと明記される。これを現実のプルースト兄弟に当てはめれば、お寝みのキスをせがむマルセルはおよそ七歳の子供と推定される（ただしこの初稿でも、お寝みのキスの場面それ自体に弟は登場しない）。

われわれが読んでいる「コンブレー」では、少年の実名はもとより弟の存在も消去される。コンブレーで春の休暇をすごす少年「私」の年齢は、判然としない。お寝みのキスを妨げる夕食の席で、スワンはレオン大公妃主催の「仮装舞踏会」（現実には一八九一年五月二十九日に開催）に言及する（I. 26／①七一）。べつの機会には、祖父が「私」の友人ブロックのユダヤ性をほのめかすためにサン＝サーンスのオペラ『サムソンとデリラ』(一八九〇年パリ初演)のせりふを引用する(I. 90／①二〇八)。これら外的事件に照らせば「コンブレー」のできごとはおよそ一八九一年前後のことと推定すべきだろう。一方で「私の生まれる前」(I. 184／①三九四)のできごとである「スワンの恋」は、そこに含まれる歴史的事象への言及から一八八〇年前後のことと推測される。こうした年代に拠るかぎり「私」は十歳前後の少年ではないかと判断される。

ところが少年は、お寝みのキスの場面で母親にサンドの小説を読み聞かせてもらい、いまだ幼い年齢であることを想定させる。他方、コンブレーの少年は、早くも大人向けのベルゴットの小説を黙読している。「アイリスの香るトイレ」にはいった少年が、窓から「垂れ下がってきたカシスの葉」のうえに「カタツムリの這った跡のような一筋の天然の跡」をつける一節(I. 156／①三四二)は、明らかに射精を描いている。今度の草稿が明らかにしたようにお寝みのキスをせがむ少年が七歳ぐらいの年齢だとすれば、とりたてて少年を過度な母親依存だと考える必要はないのかもしれない。いずれにせよ「コンブレー」に描かれているのは、本を読み聞かせてもらう幼い年齢から本を黙読で楽しむ思春期に至るまでの、すくなくとも数年にわたってくり返された少年時代の休暇を総括したものと考えるべきであろう。

このお寝みのキスの初稿には、「コンブレー」の最終稿には採り入れられない興味ぶかい一節が存在する。それは、母親からお寝みのキスをしてもらえない幼い「私」が寝にあがるのが「新しい部屋」であり、「私」は調度など「見知らぬものにとり巻かれているような気がする」[41]ことである。そもそもこの家に「私たち(家族)は数日前に着いたばかり」だというのだ。この家もまたオートゥイユを念頭に置いたものと考えるべきだろうか。しかしプルーストにとって、それは自分が生まれた家であり、九歳のとき喘息状の発作に見舞われるまでは頻繁に滞在した家ではないか。

その家の部屋について「見知らぬものにとり巻かれている」と感じるのは不合理かもしれない。それとも作家は、お寝みのキスを奪われた少年の不安をいっそう募らせるために、「新しい部屋」という設定をつくり出したのだろうか。少年の「私」が「とり巻かれているような気がする」「見知らぬもの」とは、つぎの一節に示されている。「振り子時計の形といい、そのチクタクという音といい、肘掛け椅子の並べかたといい、防虫剤の臭《にお》いといい、カーテンの赤い色といい、すべては私の感受性にとって新たな消化できない食物であり、私の目や耳や鼻孔をどれほど収縮させていても、やはりそれらを摂取するほかなく、私の心の奥底にまぎれもない精神的中毒をひきおこし、私に恐ろしい悲しみをもたらすのだ[42]」。

お寝みのキスの場面に配置されたこの記述に、『失われた時を求めて』の読者は目をみはるだろう。なぜならこの「新しい部屋」の描写は、第二篇『花咲く乙女たちのかげに』において、祖母といっしょにはじめて海辺のグランドホテルに到着したばかりの「私」が出会う馴染めない部屋の描写とそっくりだからである。その描写をふり返っておこう。「振り子時計は〔……〕いっときも休むことなくわけのわからないことばをしゃべりつづけ、その発言は私に意地悪なものにちがいなかった。というのもそれを黙って聴いていた大きな紫色のカーテンの態度が、第三者がいて目障りだと肩をすくめる人の態度と同じだったからである。〔……〕ほとんど私の自我の内部にまで攻撃をしかけ、私を追い詰めたのは防虫剤の臭《にお》いで、それに反撃しようとしても無駄であり、私はぐったりと疲れ、おびえ、たえず鼻をぐずぐずいわせて息をするのが関の山だった」（II, 27-28／④七八―七九）。

お寝みのキスの場面において少年「私」の不安を募らせた時計やカーテンなどの舞台装置は、『失われた時を求めて』では「コンブレー」で家族が滞在していた親戚の家から排除され、「私」がはじめて泊まったホテルの見知らぬ部屋のために再利用される。お寝みのキスの初稿には、のちにプルーストの小説のさまざまな核となる要素が、まるで凝縮されて詰めこまれたかのように準備されていたのである。

想起される母親の死

「七十五枚の草稿」に含まれるお寝みのキスの挿話には、大作の「コンブレー」にはあらわれない、さらに思いがけない記述が出てくる。それは、お寝みのキスをしてくれた若々しい母親の「輝くばかりの聡明さと穏やかな快活さ」にあふれた「愛らしい端正な顔」とともに、「弔いのベッドのうえに横たえられ、人生のもたらしたありとあらゆる苦痛を〔……〕死の天使の指によって拭い去られた」母親の顔が想起されることである。若いときの母親の「希望と無邪気な陽気さは、すぐに消え失せた」。なぜなら、お寝みのキスをせがんだ「私」の意志薄弱のせいで、その後、母親には気苦労が絶えなかったからだ。死後の母親の顔は、「長い歳月ではじめて苦痛と不安を示すことがなくなり、もとの形に戻った」という(43)。お寝みのキスの原初の挿話では、『失われた時を求めて』では消去されてしまう母親の死がまぎれもなく想起されていたのである。

ここで想いうかべられた死後の母親の顔、つまり「弔いのベッド」のうえに横たわり、人生の「ありとあらゆる苦痛」を拭い去られた母親の「希望と無邪気な陽気さ」をとり戻した顔は、のちの小説では、「弔いのベッド」のうえに横たえられて若さをとり戻した祖母の顔へと転化される。第三篇『ゲルマントのほう』に出るその一節をふり返っておこう。「祖母の目鼻立ちには、純潔と従順によって優雅に描かれた線がよみがえり、つややかな両の頬には、長い歳月がすこしずつ破壊したはずの、汚れなき希望や、幸福の夢や、無邪気な陽気さがただよっている。生命は、立ち去るにあたり、人生の幻滅をことごとく持ち去ったのだ。ほのかな笑みが祖母の唇に浮かんでいるように見える。この弔いのベッドのうえに、死は、中世の彫刻家のように、祖母をうら若い乙女のすがたで横たえたのである」(II

640–641／⑥三七八）。

「私」の少年期をものがたるお寝みのキスの場面に、早くも亡き母親の顔が想起されるのは驚くべきであるが、論理的な矛盾があるわけではない。この挿話をものがたっているのは、すでに母親を失った（おそらく晩年の）「私」だからである。物語の全体を主人公でもあり語り手でもある「私」の回想談とする『失われた時を求めて』の一人称の仕組みが、ここに早くも成立しているのだ。現在の「私」が想起するのは、死後の母親の顔だけではない。死へと向かう母の顔もまた、ここで想い出される。それは亡き「母と出会う睡眠と夢のなかの暗い街道上[44]」（傍点は引用者）でのことである。すこし長い引用になるが、この「私」の夢のなかに出てきた苦痛にみちた母親のすがたを読んでおこう。

　母の顔は、疲労困憊と血液循環の悪化のせいで真っ赤になり、絶えざる心配ごとで疲れきったその目は、私のせいで苦しむはずだ。母がきちんと身なりを整えているのは、なお生に執着しようと努めている証拠であるが、しかし母は急いで歩いてきたせいでワンピースの裾を泥だらけにして、駅のほうへ走らんばかりに歩いてゆく。見るからに息が苦しく、太りすぎて苦痛にあえぎ、スカートとスリップをよごさないよう不器用にたくしあげている。母がこんなふうに先を急いで疲れ果てているのを見ると、私は嗚咽《おえつ》して息が詰まる。そんな母に接吻してやりたくなるが、接吻したところでなにひとつ拭い去ることはできず、母の辛い道行きの終わりへもっと早く穏やかに到達させてやることはできないだろう。母はどんどん速く歩いてゆき、それで私の胸はこれ以上ないほど張りさける[45]［……］」。

ここで想起されているのは、「疲労困憊と血液循環の悪化のせいで真っ赤」になった母親の顔である。この顔もまた、『ゲルマントのほう』において、発作に襲われる直前の祖母の顔へと移し替えられる。祖母がシャンゼリゼ公園へ最後の散歩に出かける直前、その顔が「真っ赤に鬱血」(II, 605／⑥三〇四)していたという箇所である。ところでこの草稿に記された母親のすがたは、死に直面しているにもかかわらず「きちんと身なりを整えている」ことなど、矛盾した記述が目につく。夢においては日常の論理が破綻するからだ。夢のなかの母親が「見るからに息が苦しく、太りすぎて苦痛にあえぎ」ながらも「駅のほうへ走らんばかりに歩いてゆく」のは、死への「辛い道行き」を象徴しているのかもしれない。母親が急いでゆく目標の「駅」は、人生の終着駅たる「死」だと考えるべきだからである。そうであれば「先を急いで疲れ果てている」母親のすがたに「私」が「嗚咽して息が詰まる」のも腑に落ちる。

死後に夢のなかにあらわれた母親は、のちの大作では、やはり死後に夢のなかに出現する祖母へと転化される。祖母の死後、第四篇『ソドムとゴモラ』における二度目のバルベック到着時、最初の到着時にハーフブーツを脱がせてくれた生前の祖母が「私」の脳裏にありありとよみがえる(III, 152／⑧三五一以下)。そのあと見た夢のなかで「私」は祖母がまだ生きていると信じ、「きっとみじめな想いをしているだろう」と考えて必死に祖母のすがたを探し求める(III, 157–158／⑧三六〇―三六一)。「私」は、祖母のすがたを見ることはできないが、夢のなかで「突然〔……〕息ができなくなった」(III, 157／⑧三六〇)点も初稿と共通する。

このように見てくると、「弔いのベッド」のうえに「うら若い乙女のすがた」で横たえられる祖母といい、死へ向かう祖母の「真っ赤に鬱血」した顔といい、死後に夢にあらわれる祖母といい、すべてはお寝みのキスの場面の初稿で想起された母親の死から生成したことがわかる。

作中の祖母がプルーストの母親を転化したものであることを明かす資料は、ほかにも存在する。「七十五枚の草稿」の執筆中とおぼしき一九〇八年夏、ノルマンディー海岸カブールのグランドホテルに滞在中のプルーストは、以前から知られていたことであるが、創作の構想を書きとめていたメモ帖「カルネ1」にこんな作品プランらしきものを書きつけていた。「旅先で見出されたお母さん、カブールへの到着、エヴィアンと同じ部屋、四角い鏡」(46)。ミネラルウォーターで有名なレマン湖畔の町エヴィアンは、一九〇五年、ホテルに滞在中の母親が尿毒症の発作で倒れた土地である。メモに記されたのは、夏にカブールのホテルへ到着したとき、その「旅先」で、かつてエヴィアンのホテルに滞在していた生前の「お母さん」をふと想い出すという筋立てである。これはさきほど触れた夢のなかで生前の祖母を想い出す場面の先触れと言うべきであろう。

さて「七十五枚の草稿」へ戻ると、お寝みのキスの場面に、死へと向かう苦しげな母親とその死後の安らかな顔が想起されるのは、一九〇八年に執筆されたこの草稿にのみ認められる顕著な特徴である。プルーストが二十代に執筆した初期作品『ジャン・サントゥイユ』にもお寝みのキスが語られていたが、そのとき母親はもちろん健在だったから、その死が描かれるはずもなかった。「七十五枚の草稿」で想起された母親の死には、一九〇五年九月、作家を襲った母親の死が介在している。プルーストは、その年の十二月初頭から翌年の一月末までサナトリウムに入院するほど悲嘆に沈んだのである。

その悲嘆のさなかプルーストは、自身の病弱や定職のないこと、さらには同性愛などのせいで母親を苦しめ、死期を早めたという罪悪感にさいなまれていたにちがいない。若いときからプルーストは、たとえば『楽しみと日々』(一八九六)に収録された短篇「若い娘の告白」において、自身の性愛を母親にかいま見られた娘が、そのせいで母親を死に追いやったのではないかという罪悪感にさいなまれ、わが身に弾丸を撃ちこむ贖罪の物語を書いていた。

一九〇七年一月には、生前の両親が親交を結んでいた夫妻の息子アンリ・ヴァン・ブラランベルグが母親を殺したあと拳銃自殺したことを新聞の報道で知って、「フィガロ」紙に「親を殺した息子の感情」と題する文章を寄稿した。

そのなかでプルーストは「親を殺した男は、粗暴な殺人鬼でも人非人《にんぴにん》でもなく、高貴な模範的人間であり、明敏な精神の持主であり、親を敬う愛情ぶかい息子である」(Essais, 559)[47]と主張したうえで、こう書いていた。「じつのところわれわれは、歳をとるにつれ、その人たちに与える気苦労や、その人たちをたえず不安に陥れる愛情をかきたてることによって、われわれを愛してくれるすべての人たちを殺しているのだ。もしわれわれが、愛する人の肉体のなかで〔……〕目はかすみ、髪は〔……〕白くなり、動脈は硬化し、肝臓は詰まり、心臓には無理がかかり、〔……〕足取りはのろのろと重くなり、〔……〕不滅と思われた生来の快活さが〔……〕永久に涸れてしまったのを目にしたならば、〔……〕短刀を振るって母親の息の根を止めたときのアンリ・ヴァン・ブラランベルグのように、おのが人生の醜悪さを前にしてたじろぎ、鉄砲に飛びつき、ただちに自殺することだろう」(Essais, 560–561)。母親を殺したという罪悪感にさいなまれ、贖罪のために自殺しようとするのは、ひとりブラランベルグの息子だけではなく、すべての息子に共通する感情だというのである。

愛する者を殺したという自責の念は、『失われた時を求めて』の終盤、恋人アルベルチーヌの死後、主人公の「私」をもさいなむ。「私」は「祖母の死とアルベルチーヌの死とを結びつけ、わが生涯には、卑怯な世間のみが赦してくれる二重の殺人という汚点がついている気がした」(IV, 78／⑫一八一)と述懐する。作中の祖母の死の基底には自身の母親の死があり、アルベルチーヌの死の起源にはそのモデルの秘書アゴスチネリの死があったと考えれば、「二重の殺人という汚点」に自責の念に駆られたというのはプルースト自身の告白であったと考えたくなる。

自分のかける心労によって母親を殺してしまうという認識は、母を愛する息子に共通する普遍的な感情なのかもしれない。ボードレールも『悪の華』の詩篇「小さな老婆たち」で、息子への心労によって殺され「聖母となった」母親を謳った。

ひとりは、祖国によって不幸の試練にかけられ、
もうひとりは、夫からあまたの苦痛をしょいこまされ、
もうひとりは、わが子に胸を刺し貫かれて聖母となった。(48)

プルーストは、『サント＝ブーヴに反論する』に収録される予定であったボードレール論でこの詩句全体を引用した(Essais, 850)。『失われた時を求めて』の第二篇、バルベック海岸につどう乙女たちの顔にも老齢が訪れることを語ったときも、ボードレールの「わが子に胸を刺し貫かれて聖母となった」という詩句に想を得たかのように、こう指摘した。「べつの顔は、母親として毎日子供のために甘受してきた犠牲が彫り刻まれて使徒の顔になる」(II. 259／④五六一―五六二)。

すこし脱線したが、お寝みのキスの初稿に戻ろう。「私」の夢のなかに出現した母親の「疲労困憊と血液循環の悪化のせいで真っ赤」になった顔にあらわれているのは「損なわれた健康や打ちのめされた理性」への「いらだち」だという。その「いらだち」を母は「私を苦しませないよう隠しているが」、それは「私に向けられたもの」であり、「私をいくぶん糾弾している」(49)。つまり「輝くばかりの聡明さと穏やかな快活さ」にあふれていた若き日の母親の顔を変貌させた要因は、意志の弱い「私」にあるというのだ。

決定稿でこの一節は削除される。それゆえ現行最終稿の「コンブレー」で、お寝みのキスをねだる幼い子供がわがままを通して母親を屈服させたとき、母親に人生における「最初の譲歩」をさせ、「目には見えない親不孝な手で、母の心に最初の皺を刻みつけ、最初の白髪を生じさせた気がした」(I. 38／①九五)という述懐はなにやら大げさに感じ

られもする。しかし、初稿が示唆するように、それが母親の死を経たあとの慚愧《ざんき》の念だとわかれば納得できるのではないか。

プルーストの読者には馴染みのお寝みのキスの場面とは根本的に異なる母の死と夢での再会、そこから生じる「私」の罪悪感、こうした初稿の結構は、プルーストが充分意図して書きつけたものである。というのもさきに引用した「執筆済みのページ」の要約には、ここに紹介した筋立てが明快に追認されているからだ。「庭の祖母、ブレットヴィル氏の晩餐、私は二階にあがる、そのときとそれ以降、夢のなかのお母さんの顔、私は眠ることができない、譲歩、その他(50)」。

「七十五枚の草稿」から『サント＝ブーヴに反論する』へ

以上の概要で明らかなように、一九〇七年秋から一九〇八年秋にかけて執筆された「七十五枚の草稿」(および関連原稿)は、『失われた時を求めて』の正真正銘の初稿である。プルーストの来るべき大長篇の屋台骨ともいうべき、主人公であり語り手でもある「私」という一人称がすでに確立している。物語の主要な舞台となる土地もあらかた設定されている。慣れない部屋に寝泊まりする不安や、作中の祖母の原型となる母親における死へと向かう苦しみと死後の安らかな顔など、『失われた時を求めて』を貫く主要動機もすでに揺るぎなく奏でられている。

この時期のプルーストが、「七十五枚の草稿」を中心とする小説の構想と執筆に精力的にとり組んでいたことをうかがわせる創作メモも多数残されている。さきに引用した「カルネ1」の「旅先で見出されたお母さん、カブールへの到着、云々」というメモのほかにも、同じメモ帖には「お母さんの夢、その息づかい、ふり向いて、うめくように言う、「お前は私を愛しているのだから、二度の手術はさせないでおくれ、私はどうせ死ぬ身だし、延命する必要なんてないのよ[51]」という記述が出てくる。これも大作では祖母の夢のために再利用される。小説の後半について、まるで第五篇『囚われの女』の萌芽かと思われるこんなプランも書きつけられている。「小説の第二部では、娘は破産し、私はその娘を囲うことになるが、幸福にしてやる能力がないため、自分のものにしようとはしない[52]」。

ところがその後プルーストは、この小説草稿の執筆をまるで中断したかのように、一九〇八年の十一月頃、『サント＝ブーヴに反論する』を書きはじめる。十九世紀の文芸批評家サント＝ブーヴの「人と作品」を不可分な一体とみなす方法を批判した評論である。ジャン＝イヴ・タディエは、このたび発見された草稿の刊本に寄せた序文のなかで、「この七十五枚の草稿の最後のページを記したあと、〔……〕『サント＝ブーヴに反論する』のアイデアがほとばしり出る[53]」と書いている。これは「七十五枚の草稿」の放棄を意味するのだろうか。若書きの長篇『ジャン・サントゥイユ』に行き詰まったときと同様、プルーストは、みずから次善の活動とみなす評論へまたしても逃避したのだろうか。

私はそうは考えない。なぜなら作家が書きためた「七十五枚の草稿」とその関連原稿は、のちの大長篇の密度と分量からすれば暗中模索の小手調べにすぎないとはいえ、すでに『失われた時を求めて』の核をなす挿話と一人称の語りを確立しているからである。さらに『サント＝ブーヴに反論する』は、たんなる評論ではなく、そこには小説断章も組みこまれる予定であった。そこに「七十五枚の草稿」も吸収されたのではないか。この『サント＝ブーヴに反論する』がどのような構想の作品であったのか、次章で詳しく検討したい。

第二章

小説と批評の総合

――『サント＝ブーヴに反論する』の未完の構想――

二〇二一年に発見された「七十五枚の草稿」は一九〇七年から一九〇八年にかけて執筆された『失われた時を求めて』の第一稿である。その後、一九〇八年秋から一九〇九年にかけて、プルーストは生前未発表の評論集『サント＝ブーヴに反論する』にとりかかったとされる。これはどのような作品であったのか。タイトルに掲げられたサント＝ブーヴ（一八〇四―一八六九）は、詩や小説も発表したが、とりわけフランスにおける近代文芸批評の礎を築いた批評家として知られる。その代表作は、ポール＝ロワイヤル修道院におけるジャンセニスムの歴史を描いた『ポール＝ロワイヤル』全五巻（一八四〇―一八五九）、および「コンスティテュショネル」紙などの新聞に毎週月曜に連載された文芸批評『月曜閑談』全十六巻（一八五一―一八六二）とその続篇『新月曜閑談』全十三巻（一八六三―一八七〇）である。サント＝ブーヴが近代文芸批評の祖とされるのは、文学作品を論じるにあたり、作家の伝記をはじめ書簡や関連資料などを詳細に参照した点がのちの批評の常道となったからである。

プルーストはこれら批評の愛読者だったが、『サント＝ブーヴに反論する』では、対象作家の人生と作品とを不可分なものとみなす批評家の方法を批判した。批判の核心は、「一冊の書物は、私たちがふだんの習慣、他人との交際、さまざまな悪癖などに露呈させているのとは、はっきり違った、もうひとつの自我の所産である」（Essais, 704）という観点から、作家の真の自我は作品中にしか見出しえないと主張した点にある。『サント＝ブーヴに反論する』は、第一章で簡単に触れたように、マント＝プルースト夫人宅にのこる草稿類を調査していたベルナール・ド・ファロワが発掘し、このタイトルを付して一九五四年に刊行したものである。一九六〇年代には、ロラン・バルトをはじめヌーヴェル・クリティックと呼ばれる新しい批評の実践者たちから先駆的論考とみなされ、一躍有名になった。評論集には、この原理に立脚してバルザック、ネルヴァル、ボードレールなどの文学の神髄に光を当てた断章が収録され、文学作品それ自体を分析するテーマ批評の先駆として高い評価を受けた。

ところが、これらの断章をふくむ『サント＝ブーヴに反論する』の全体像については、謎が多い。ベルナール・ド・ファロワ版（一九五四）の後にピエール・クララックが出した版（一九七一）は、ファロワ版とはおよそ似て非なるものだったのである。(54) この未定稿を最初に解読・整理したファロワの刊本には、サント＝ブーヴと同時代作家をめぐる評論断章が収録されていた（ファロワが付したタイトルによれば「序文」のほか、「お母さんとの会話」「サント＝ブーヴの方法」「ジェラール・ド・ネルヴァル」「サント＝ブーヴとボードレール」「サント＝ブーヴとバルザック」「結論」の計六章）。そればかりか、評論断章の前後に、のちに『失われた時を求めて』に吸収される小説断章も採録されていた（ファロワのタイトルで「眠り」「部屋」「日々」「伯爵夫人」「『フィガロ』紙掲載の文章」「バルコニーに射す日の光」「ゲルマント氏のバルザック」「呪われた人種」「人物の名」「ゲルマントに帰る」の計十章）。すべてを合わせると、四百字詰原稿用紙換算でおよそ七百枚の分量である。

これにたいしてクララックは、小説断章を外して、評論だけを集めた『サント＝ブーヴに反論する』を編纂刊行した。クララック版には、おおむねファロワ版の「序文」「お母さんとの会話」「サント＝ブーヴの方法」「ジェラール・ド・ネルヴァル」「サント＝ブーヴとボードレール」「サント＝ブーヴとバルザック」「結論」が収録されたほか、「フロベール論に書き加えること」など数断章の批評文が追加された。全体の分量は、同じく原稿用紙換算にして約三百枚へと減少した。クララックは「大小説が批評から誕生した」という馬鹿げた事態はありえないと判断し[55]、評論と小説が同居するような書物は存在せず、当時の小説断章はすべて『失われた時を求めて』の草稿とみなすべきだと判断したのである。

アントワーヌ・コンパニョンが監修した最新のプルースト評論集『エッセー』(二〇二二)で『サント＝ブーヴに反論する』がどのように取り扱われているかについてはあとで検討するが、研究者の解釈がこのように分かれたのは、プルーストがサント＝ブーヴをめぐる評論断章を書きつけた数冊の草稿帳に、膨大な小説断章も記されていたからである。

逡巡するプルーストの執筆

なぜ草稿帳に評論と小説が混在しているのか、この謎を解明するには、『サント＝ブーヴに反論する』をめぐる断章が書きつけられた資料などを調べなければならない。プルーストが執筆のために用いた綴じていないバラの用紙、メモ帖、草稿帳、清書原稿、タイプ原稿、校正刷などの膨大な資料は、作家の死後、第一章で述べたマント＝プルースト夫人のもとに保管されていたが(閲覧できたのはファロワのような一部の特権者のみ)、一九六二年、まとめてフランス国立図書館手稿部に収蔵された。これらの資料のうち、とりあえず『サント＝ブーヴに反論する』に関するさまざまなメモや断章が記されたバラの用紙、メモ帖、草稿帳(カイエ)にかぎって、ここで簡単に説明しておきたい[56](以下、NAFで始まる番号は国立図書館の分類番号。メモ帖「カルネ1」や草稿帳「カイエ7」などの資料名と番号は、図書館が整理のために付したもので、番号はかならずしも執筆順をあらわすものではない)。

まず指摘すべきは、サント＝ブーヴをめぐる多くの断章が書きつけられた数十枚のバラの用紙である(NAF16636)

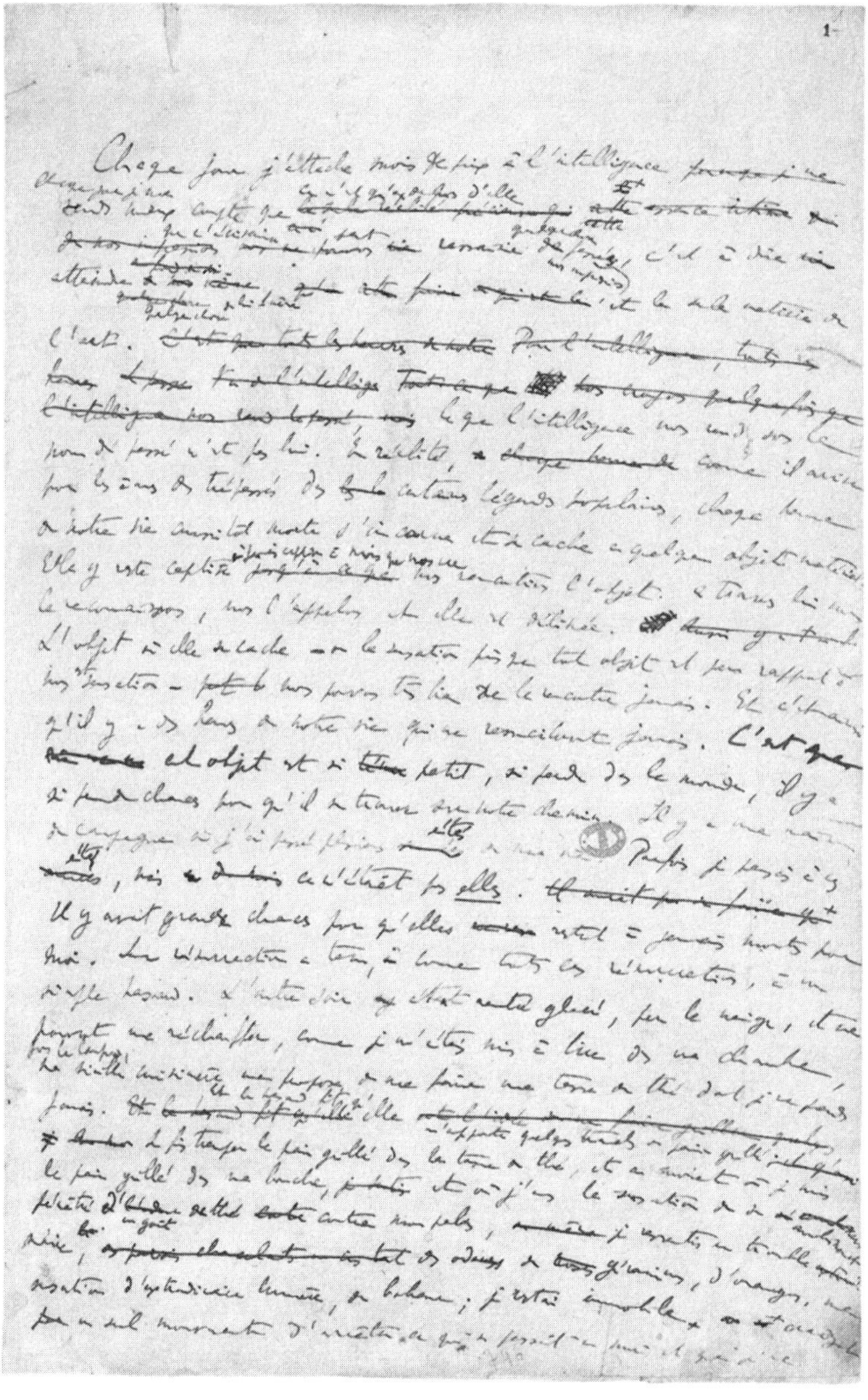

図5 『サント＝ブーヴに反論する』が執筆された用紙

図6　上は左から「カルネ3」「カルネ1」「カルネ2」，真ん中は「カルネ4」，下は「1906年の手帖」

（図5）。その多くは、縦三十六センチ、横二十三センチの大判紙で、これは第一章で紹介した「七十五枚の草稿」が記入された用紙（図2参照）と同じものである。さきに引用した「一冊の書物は、私たちがふだんの習慣、他人との交際、さまざまな悪癖などに露呈させているのとは、はっきり違った、もうひとつの自我の所産である」という命題をふくむ断章「サント＝ブーヴの方法」も、この用紙に書きつけられた。

　つぎに読書中のメモや創作の構想などを書きつけた「カルネ」と呼ばれるメモ帖が五冊存在する（「一九〇六年の手帖」「カルネ1」「カルネ2」「カルネ3」「カルネ4」）（図6）。このうち、第一章で検討した「七十五枚の草稿」を要約した「執筆済みのページ」などのメモが書きつけられた「カルネ1」には、とりわけ一九〇八年秋から、サント＝ブーヴに関する膨大なメモが記された。この時期は、あとで検討するように、プルーストが友人たちにサント＝ブーヴ論の構想を打ち明けた時期と重なる。

　最後にフランス国立図書館には、プルーストがやはり一九〇八年末頃から使いはじめた罫線付きの草稿帳計七十五冊が所蔵されている（図書館の分類により「カイエ1」から「カイエ75」と表記。詳しくは第三章参照）。このうちサント＝ブーヴをめぐる評論断章が書きつけられたのは、主として「カイエ1」から「カイエ7」までの七冊である（およそ一九〇八年末から一九〇九年五月ないし六月頃の執筆）。問題を複雑にしたのは、これら七冊の草稿帳に、サント＝ブーヴに関する評論断章だけではなく、のちに『失われた時を求めて』にとりこまれるさまざまな小説断章が含まれていたことである。これ以外にも、サント＝ブーヴに関する評論は書きつけられていないが、同時期の草稿帳「カイエ31」「カイエ36」「カイエ51」などにさまざまな小説断章が書きつけられた。これらの草稿帳に記された評論と小説とを一体のものと考えるか、別個のものと考えるかで、『サント＝ブーヴに反論する』の解釈はもとより、『失われた時を求めて』の成立についての見解が分かれる。この問題にはじめて包括的な仮説を提示したクローディーヌ・ケマール[57]や、アントワーヌ・コンパニョン監修のもとに最新の『サント＝ブーヴに反論する』を編纂したマチュー・ヴェルネ[58]は、評論と小説を統合した物語体『サント＝ブーヴに反論する』の存在を信じたファロワ説を支持している。私も一九八〇年代に『サント＝ブーヴに反論する』を『プルースト全集』（筑摩書房）のために出口裕弘と共訳した際、評論と小説を一体とみなす解題と訳注を発表した[59]。あとで引用するアルフレッド・ヴァレット宛ての手紙に記されたプルーストの意図も、こうした見解を支える有力な証拠となる。

そもそもこのような難題が生じたのは、サント＝ブーヴに反論する書物を構想するにあたり、プルースト自身が評論と物語というふたつの形式のあいだで迷っていたうえ、『サント＝ブーヴに反論する』が、完成しないまま、なし崩し的に『失われた時を求めて』へと転化していったからである。採用すべき形式をめぐる躊躇は、一九〇八年十二月、友人ジョルジュ・ド・ローリスに構想を語った手紙に明らかである。「サント＝ブーヴについて何か書こうと思うのです。言ってみれば頭のなかにふたつの論考が出来あがっています〔……〕。ひとつは古典的形式の論考です。〔……〕もうひとつは、ある朝の物語から始まります。お母さんがベッドのそばにやって来ると、僕がサント＝ブーヴをめぐって書こうとしている論考のことを語って聞かせるのです」(COR, VIII, 320)[60]。

草稿帳に書きつけられた『サント＝ブーヴに反論する』をめぐる断章は、たしかにこのふた通りの形式で記されている。たとえば「サント＝ブーヴの方法」をはじめ、ネルヴァルとフロベールを論じた断章は「古典的形式」で執筆されたのにたいして、バルザックやボードレールに関する評論は、二人称親称(tu)での呼びかけが頻出し、全体が「お母さん」に向けて語られている。この形式上の躊躇は、よほど作家の頭を悩ませたと見えて、同時期のメモ帖「カルネ1」には、つぎのような覚え書きが見られる。「私を慰めてくれるのは、ボードレールがさまざまな同一主題に関して散文詩と『悪の華』を書き、ジェラール・ド・ネルヴァルがひとつの詩篇と「シルヴィー」の一節とで、同じルイ十三世の城館や、ウェルギリウスのミルトの木などを書いたことである。実際これらは弱点であるけれど、われわれはこうした大作家を読むことで、彼らの作品以上に価値あるわれわれの理想の失墜を正当化できるのである[61]」。

実際プルーストは草稿帳「カイエ5」でボードレールに言及した際、『悪の華』に出る「永遠の暑気がきらめき揺れる澄みきった空」という詩句(韻文)と、小散文詩集『パリの憂鬱』にあらわれる「永遠の暑気がゆったりと寛いでいる澄みきった空」という一節とが相呼応していることを指摘した(Essais, 862)。ネルヴァルの場合も、まったく同一というわけではないが、詩篇「ファンテジー」で「ルイ十三世治世下」の「レンガの城館」を謳い、中篇小説「シルヴィー」に「アンリ四世時代の城館」を登場させた[62]。

さらにプルーストは、同じ「カイエ5」で、ネルヴァルにあって「詩句と中篇小説は〔……〕同じことを表現しようがための相異なる試み」だと指摘したうえで、こう書いている。「こうした天才たちの場合、内的なヴィジョンは非常に確固としていて、強い。だが、意志が病んでいるせいか、確かな本能が欠けているせいか、それとも知性が優越しているためか、そのヴィジョンは一本の道に流れこまず、むしろ何本もの異なる道を選び、かくて、まずは詩句で試みたのち、最初の着想を見失うまいとして、散文で書いてみることになる」(同上)。

詩人にとっての韻文と散文に相当するのは、小説家の場合、物語(フィクション)と批評ではなかろうか。プルーストが、ふたりの偉大な詩人における形式上のためらいを採りあげたのは、自身も批評と創作というふた通りの方法のあいだで躊躇していて、先駆者たちにその優柔不断を慰めるもの(「私を慰めてくれる」もの)を見出していたからではないか。このような問題意識に立脚して、サント＝ブーヴに反論したプルーストのネルヴァル論、バルザック論、ボードレール論を採りあげ、その評論執筆がまずは同時代批評の受容と批判から出発したこと、そして先駆的作家への深い傾倒をあらわす評論執筆と同時に、それに触発された独自の小説創作が試みられたこと、さらにそれが評論と小説の総合体としての『失われた時を求めて』への道を切り拓いたことを示したい。

ネルヴァルの「シルヴィー」とプルーストの「不眠の夜」

プルーストが『サント＝ブーヴに反論する』に収録すべき断章として、ジェラール・ド・ネルヴァルの中篇集『火の娘たち』(一八五四)に収録された傑作「シルヴィー」を論じたのは、「カイエ5」と「カイエ6」においてである(Essais, 859-869)。その執筆時期は一九〇九年春(二月から六月のあいだ)と推定される。プルーストが反論しようとしたのは、ネルヴァルを等閑視したサント＝ブーヴというより、むしろ、この中篇にはイル＝ド＝フランスの中庸の魅力が描かれているとする伝統的「シルヴィー」観である。これは、一九〇七年一月のモーリス・バレスの『アカデミー・フランセーズ入会演説』(プルーストはその一字一句を正確に引用)、また一九〇八年に出版されたジュール・ルメートルの『ジャン・ラシーヌ』、さらには「ジュルナル・デ・デバ」紙の一九〇八年七月十日号に掲載されたアンドレ・アレーの連載記事「そぞろ歩き」などに典型的に表明されていた見解である。プルーストはこれに反論するため、井上究一郎が指摘したように、アルヴェード・ド・バリーヌが『神経症患者』で描いた「第二の自我」に依拠しつつネルヴァルの狂気を語り(63)、さらにネルヴァルにおける夢と回想、とくに「非現実の色彩をまとった画面」(Essais, 862)の重要性を訴えた。

「シルヴィー」は、少年時代に憧れたアドリエンヌとシルヴィーというふたりの娘のイメージにとり憑かれた主人公(『失われた時を求めて』と同じく一人称の「私」)が、想い出の地ロワジーに戻るという筋を主軸に展開する。この過去の土地への回帰をもたらしたのは、『失われた時を求めて』の冒頭と同様、主人公がベッドで想いうかべる昔の想い出である。「ベッドに入ったものの、眠りにつくことはできなかった。夢うつつの境でまどろむうち、幼いころのすべてが想い出となってよみがえってきた。奇妙に織りなされてゆく夢の世界に精神がなおあらがっている状態においては、しばしば、人生の長い一時期のとりわけ際立った場面が、わずか数分のうちに次々と生起するさまを見ることができる(64)」。主人公はこの想い出に駆り立てられ、通りに降りて辻馬車を拾い、そしてプルーストの「シルヴィー」論によると、「ロワジーへと揺られてゆくその道すがら、想い出をたぐりよせつつ、物語る」(Essais, 865)。

ここで注目すべきは、「シルヴィー」の主人公が「想い出をたぐりよせつつ、物語る」この夜のことを、プルーストが二度にわたり「不眠の夜」nuit d'insomnie と呼んでいることである。「不眠の夜が明け、彼は到着する。このとき彼が目にするものは、ひとつには不眠の夜のせいで、また、ひとつには、彼の心中に少なくとも地図の上と同じほど歴然と在る、彼からするとむしろ過去と名づけるべき土地へ、いま帰り着いた感動のせいで、現実から切り離された形になってしまい、彼がたぐりつづける回想とあまりに深く絡みあっているものだから、読者はたえず前のページを繰っては、物語はいまどこまで来ているのか、いったいこれは現在のことなのか、それとも過去の喚起なのか、と問い直さずにはいられないほどなのだ」(同上。傍点は引用者)。

ところでプルーストは、同じ「不眠の夜」という呼称を『失われた時を求めて』の冒頭場面、主人公が自己の全生涯を想いおこす場面を指すのに用いている。『スワン家のほうへ』の第三部「土地の名―名」の一節である。「眠れない夜に私がいちばんよく想いうかべた部屋のなかでも、バルベックの海浜グランドホテルの部屋ほど、コンブレーの部屋と似ても似つかないものはなかった」(I, 376／②四二五。傍点は引用者)。『失われた時を求めて』とネルヴァル論の双方に「不眠の夜」(「眠れない夜」)という同じ呼称が使われているのは、作家が将来の自作で展開するのと同様の回想機能を「シルヴィー」の夜に読みとっていた証拠ではないか。『失われた時を求めて』の成立に「シルヴィー」が決定的役割を果たしたことは疑いようがない。私としては、回想機能ではないがつぎのネルヴァル論の一節にも、作家プルースト自身のすがたを認めずにはいられない。「ひとりの芸術家が、眠りに入りながら、覚醒状態から睡眠へと移ってゆく意識の諸段階を、眠りこむことで状態の二分割がもはや不可能になる瞬間まで、ずっと書きとめてゆく〔……〕」(Essais, 861)。同じ時期のメモ帖「カルネ1」には「ジェラールより遠くまで進もう」[65]という書きこみがあり、プルースト自身が「シルヴィー」から受けた啓示とそれを適用した自己の創作に自覚的だったことが窺われる。

ネルヴァルの「不眠の夜」が果たしている重要性をプルーストが強調したのはほかでもない、同じころ「カイエ5」の「シルヴィー」論のすぐそばに、「不眠の夜」をめぐる自身の小説断章を執筆していたからである[66]。その冒頭のみ引用しよう。「その時期、私はすでに病気で、横になって眠ることができるのは昼間だけだった。しかしそのころはまだ、つぎのような時期はそう昔のことではなく、やがてそんな時期も戻ってくると想いこんでいた」(Essais, 722)。この一節は、つぎに検討するバルザック論が記されたのと同じ「カイエ1」では、こう書き換えられる。「なぜか想い出を書きとめておきたいと思うその朝のころ、私はすでに病気で、夜どおし起きていて、朝になってベッドに入り、昼間は眠るのだった。しかしそのころはまだ、つぎのような時期は私のごく近くにあり、そんな時期もいずれ戻ってくると期待していたのだが、それも今となってはまるで別人によって生きられたものに思えてくる。つまり私が、夜の十時にベッドに入り、何度かしばらく目を醒ますとはいえ翌日の朝まで眠っていた時期である。たいてい、ランプの明かりを消したとたん、いきなり眠りに落ちるので、眠るんだと思う間もなかった」(Essais, 728)。そしてすでにこの「夜」から過去のさまざまな体験が、たとえば「コンブレーで滞在していた部屋」(Essais, 870)や「祖母と海辺ですごした年」のこと(Essais, 891)などが回想される。

まるで『失われた時を求めて』の冒頭を想わせる書き出しではないか。当時の『サント＝ブーヴに反論する』は、さきに検討したように母親との朝の会話という形で展開される予定であったが、その前段の導入部として『失われた時を求めて』の冒頭と同じような夜の場面が配置され、そこに類似の回想機能が付与されていたのだ。雑多な断章がとりとめもなく書きつけられたように見える「カイエ5」であるが、プルーストは評論断章で「シルヴィー」における「不眠の夜」の回想機能を分析しつつ、それと呼応して、同様の回想を契機とする物語断章を綴っていたのである。

プルーストがネルヴァルを論じつつ、それに触発されて同じカイエに創作断章を記した例は、ほかにもある。草稿帳「カイエ6」には、ネルヴァル論の後半として、「シルヴィー」と関係の深いシャンティイ、エルムノンヴィル、ポンタルメなど、ヴァロワ地方の地名が呼び覚ます「夢想の暗示力」が論じられた。ネルヴァルにおけるこれらの地名には、バレスやアレーが読みとった「中庸の国、ほどほどの魅力」ではなく、「いつの日か狂気」となりうる「追憶に似た、漠然としていながら取り憑いて離れない何ものか」、つまり「病的な強迫観念の見本」となるもの、「言葉のなかにはなく、言い表されてはおらず、シャンティイのある朝の霧のように、言葉と言葉のあいだに深く混じりこんでいる」ものが存在するというのだ(Essais, 869)。このネルヴァル論が記された同じページの直後に、じつは「パンソンヴィル」という小説中の地名をめぐるメモが出てくる。「パンソンヴィル／パンソンヴィル！　たしかにパンソンヴィル

ソンヴィル、ルーサンヴィルといった名は、トルーヴィル近在のトゥールジュヴィルやブロンヴィルなどの名と似たり寄ったりに思えるかもしれない。しかし私からすると両者には大へんな隔たりがあるのだ!」[67]ネルヴァルの地名に触発された作家が、ノルマンディー海岸トルーヴィル近在の地名とコンブレー近在の地名の相違をめぐる小説構想をメモしていたのである。プルーストの草稿帳は、ばらばらの断章が無秩序に書きつけられたように見えるが、これを執筆していた作家の側からすると、自己の創作の実践(小説断章)とその理論的根拠(評論)とをたがいに対応させつつ同時に作品化していた記録なのである。

バルザック論と作中人物の登場

ネルヴァルをめぐる断章は、母親との会話形式で書かれているわけではない。それゆえこれをサント=ブーヴに反論する「朝の物語」にとり込むのには困難を伴うかもしれない。しかし「カイエ1」に記されたバルザック論(Essais, 804-840)は、全体が二人称親称(tu)で母親に語りかける形式をとっている。それは冒頭部分を読めば明らかだろう。「サント=ブーヴが評価しそこねた同時代人のひとりがバルザックです。眉をひそめられましたね。お母さんがバルザックが嫌いなのは承知しています」。母親との会話形式で構想された『サント=ブーヴに反論する』に適合した語り口なのである。クローディーヌ・ケマールはこのバルザック論が一九〇九年三月頃に執筆されたものと推定したが、執筆に使われたメモ帖「カルネ1」のバルザックに関する読書ノートとの照合から、私は同年五月頃に執筆されたものと考えている[68]。プルーストはすでに前年二月にバルザックの文体模写《パスティッシュ》を発表しており、これが『人間喜劇』の世界と文体を再現する実践篇であったとすれば、一年後に記された本断章は、さしずめバルザック世界の理論的解明篇にあたる。プルーストは『人間喜劇』の数多くの主要作から登場人物の言葉づかいや文体上の特徴をとり出したばかりか、バルザックがハンスカ夫人や妹ロールに宛てた書簡まで援用している。

さて、このバルザック断章のなかに突然、未来の『失われた時を求めて』の主要人物が登場する。かならずしものちの大作と同一の人物とはいえないが、ゲルマント伯爵ないし侯爵、その叔母にあたるヴィルパリジ夫人、あとで詳しく検討するカルダイエック侯爵夫人らである(69)。

バルザックに関する批評文のなかに、いきなり小説の主要人物が登場するのは、奇異に感じられるかもしれない。しかしこの貴族たちは、いずれもフィクションと現実を同一視する偶像崇拝的なバルザック愛読者の典型として登場しているのだ。たとえばカルダイエック侯爵夫人は、バルザックの小説『老嬢』の舞台となったフランス中部アランソンの街に小説に出てくる想像上の世界をそっくり再現しようとする。『サント＝ブーヴに反論する』の語り手は、この夫人についてこう言う。「バルザックの読者で、この作家の影響が誰よりもあらわに見て取れたのは、フォルシユヴィル家出身の若いカルダイエック侯爵夫人でした。夫の所領のなかでも、アランソンにはフォルシユヴィル家の古い館があって、『骨董室』に出てくるような堂々たる建物正面《ファサード》が前庭を従え、『老嬢』に出てきそうな庭園がグラシユーズ川までなだらかにつづいていました」。さらに語り手は、このような偶像崇拝に「いささか落胆しました」と述懐し、こうつけ加える。「カルダイエック夫人が、アランソンで、コルモン嬢やバルジュトン夫人（バルザックの登場人物）ふうの館に住んでいると聞いたとき、私は、頭のなかでまざまざと想い描いていたものが存在するのだと知って強い衝撃を受け、現実が、もはや現実として再把握できないほど、ばらばらなものに見えてしまったのです」（Essais, 838–839）。

プルーストの登場人物の生成過程という観点から興味ぶかいのは、カルダイエック夫人の出自に関する語り手のコメントである。「事情にうとい人たちは、昔の田舎貴族の生活をこんなに手厚く復元しようとするのは、フォルシユヴィルの血筋のせいだと見ていました。でも私には、それがスワンの血筋のせいだと分っていました。スワンのことなど、もう彼女は思い出しもしなかったでしょうが、実は彼の知性と趣味〔……〕を受け継いでいたのです」(Essais, 839–840)。プレイヤッド版『サント＝ブーヴに反論する』を編纂したピエール・クララックは、このプルーストの一節に矛盾があると指摘し、「この若侯爵夫人が「スワンの血筋」なら、どうして「フォルシュヴィル家出身」なのか」と疑問を呈している[70]。しかし、これはすでに私が『サント＝ブーヴに反論する』の訳注でも述べたことだが、「事情にうとい人たち」は「フォルシュヴィルの血筋」だと考えていたが、「私」には「スワンの血筋」だとわかっていたという本文に注意すべきだろう。この一節によれば、カルダイエック夫人はジルベルトの原型にほかならない。というのもジルベルトもまた、スワン家に生まれ、オデットの再婚後フォルシュヴィルの養女となり、結婚してサン＝ルー侯爵夫人となるのだから[71]。カルダイエック侯爵夫人というジルベルトの前身は、プルーストの偶像崇拝的バルザック受容を契機に、スワンから偶像崇拝という血筋を受けつぐ人物として造型されたのである。『失われた時を求めて』の開幕を告げる「不眠の夜」がネルヴァルの「シルヴィー」から生成したとすると、小説の主要人物の多くはバルザックの小説から誕生したと言えるのだ。

バルザック論には、ほかにも小説断章と密接に関連する箇所が存在する。それはプルースト自身が「ガルマント氏のバルザックに書き加えること」と注記した「カイエ4」の断章である(Essais, 836–838)。この断章では、クローディーヌ・ケマールが指摘したように、クララック版が「ゲルマント」としている箇所(合計六箇所)は、すべて「ガルマント」と読むべきである[72]。バルザック論にすでに登場していたゲルマント氏の肖像への加筆断章と考えるべきだろう。そのなかにつぎのような一節が出てくる。「ファゲ氏の『批評試論』を読むと、『カピテーヌ・フラカス』の第一巻はすばらしいが、第二巻はつまらないとか、『ゴリオ爺さん』の、ゴリオをめぐる話はどこを取っても一流品だけれども、ラスチニャックに関する部分はみんな最低だとか書いてあります。コンブレーの近郊でも、メゼグリーズのほうは醜いが、ガルマントのほうは美しいなどと言われればびっくりするわけですが、それと同じことです」(Essais, 837)。バルザック断章の途中にこのようにいきなり出現したコンブレーのふたつの散歩道への言及は、バルザック論と小説断章がともに同じひとつの作品にくみ込まれていることを前提としなければ、とうてい理解できない。この一節は、当時の『サント=ブーヴに反論する』がもはや単なる評論ではなく、評論と小説を総合した物語構造を目指していたことの証なのだ。さらに詳しく「カイエ4」の原稿を調べると、評論断章のなかに小説への言及が紛れこんだ事情がよく理解できる。「ガルマント氏のバルザックに書き加えること」という断章(f°s 49 v°–52 r°)は、コンブレーの散歩道をめぐる長い小説断章(f°s 23 r°–49 r°, 52 v°–65 r°)を中断して、いわば即興で書きつけられたのである。さきに引用した一節にコンブレーの少年時代の読書をめぐる考察が出てくるのも、同じ「カイエ4」に少年時代を回想する小説断章が記されていたことの影響と考えられる。これは小説断章の執筆がむしろ評論に影響をおよぼした例と言うべきだが、いずれの場合も、プルーストが評論と小説を密接に関連づけて執筆していたことがここでも確認できるのである。

ボードレール論と物語断章「ゲルマントに帰る」

母親に語りかける形式で書かれたサント=ブーヴに反論する断章として、バルザック論のほかに、「カイエ7」と「カイエ6」(執筆順)に記されたボードレール論が存在する(Essais, 840–859)。一九〇九年五月頃に書かれたバルザック論からそう遠くない時期、おそらく同年の五月ないし六月頃の執筆と推定される。「カイエ7」に記されたボードレール論の前半でプルーストは、サント=ブーヴがいかに「十九世紀最大の詩人」を見誤っていたかを指摘した。そしてボードレールの伝記をたどるとき、一九〇七年刊行のクレペ父子による最初の本格的ボードレール論に全面的に依拠し、それをそっくり引き写している箇所も少なくない[73]。ネルヴァル論の場合と同じく、ボードレール論も最先端の専門的文献を踏まえて執筆されたのだ。「カイエ6」に記された後半では、プルーストは詩人の伝記から離れ、のちに「テーマ批評」と呼ばれる独自の先駆的手法でボードレールの詩的世界を分析している。

このボードレール論は、ネルヴァル論やバルザック論の場合とは違って、同一のカイエに記された小説草稿となんら関係がないように見える。「カイエ7」には、主としてヴェルデュラン夫人のサロンや、ゲルシー侯爵（のちのシャルリュス男爵）の同性愛的指向が語られ、また「カイエ6」には、コンブレーの教会や幻灯、就寝の悲劇など、のちの大作にあらわれる重要な挿話が書きつけられている。これらの小説断章は、内容上、ボードレール論と直接の接点はない。ところがこの二冊の草稿帳に、母親に語りかけるという形式上、ボードレール論と深い類縁の認められる物語断章が存在する。それは、ほとんど注目されていないが、ファロワ版『サント＝ブーヴに反論する』で「ゲルマントに帰る」と題する章に収録されたつぎの四断章である（AからDとする）。

A　ファロワ版二八四―二八八頁（「カイエ7」から）
B　ファロワ版二八八―二八九頁（「カイエ6」から）
C　ファロワ版二八九―二九一頁（「カイエ6」から）
D　ファロワ版二九八―三〇〇頁（「カイエ6」から）[74]

この四断章には、登場人物として「私」の母や祖母やヴィルパリジ夫人、地名としてコンブレーやゲルマントも出てくる。それゆえこれらの断章は『失われた時を求めて』の草稿とみなすことも不可能ではない。げんにタディエ編のプレイヤッド版『失われた時を求めて』は、これを『スワン家のほうへ』や『ゲルマントのほう』の草稿の一部とみなし、それぞれの巻の付録「エスキス」に分散して収録している[75]（ただしDは未収録）。新版のプルースト評論集『エッセー』でも、四断章が二箇所に分離収録されている（Essais, 896–898, 1011–1015）。しかし注意ぶかく検討すると、これら四断章はファロワが見抜いたようにひとまとまりの物語を形成していることがわかるうえ、このまとまりに対応する挿話は『失われた時を求めて』のどこにも見当たらない。この事実は、四断章をふくむ当時の小説草稿が、『失われた時を求めて』とはいささか異なる物語構造を指向していたことを示唆している。そうだとすると、この原初の構造を明らかにすることで、プルースト小説の生成の秘密に迫ることができるのではないか。

まず断章Aは、いっさい段落のない、数ページにわたる息の長い文章である。主人公「私」のゲルマント滞在の想い出が語られ、「私」はゲルマントの僧院や城館の遺跡に、長い歴史の刻印を感じたという。問題は、テクストにくり返しあらわれる二人称親称（tu）での語りかけである。このように、二人称親称が長い文章中に一貫してあらわれるのは、すでに検討したバルザック論やボードレール論の場合と完全に一致する。それゆえ断章Aも、やはり主人公が母親に語って聞かせたものと考えられるのだ。

［A］　お母さんは覚えていますか？　僕がゲルマントから送る、元気なことを知らせる何でもない葉書をどれほど喜んで受け取っていらしたか。〔……〕お母さんにゲルマントの話をしたことはありませんね。これなら僕が喜ぶだろうというお母さんの期待に反して、なにを見ても幻滅に終わった僕なのに、どうしてゲルマントはそうでなかったのか、とお訊ねでしたね。〔……〕ゲルマントでなにが美しいかと言えば、今はない幾多の世紀がそこにお存続しようとしている点、つまり、そこでは時間が空間の形をとっている点です。〔……〕十一世紀が、重厚な

丸い肩を出し、そこにわずかながら姿を見せるが、壁に塗りこめられてしまい、驚いて十三世紀と十五世紀のほうを見つめていると、十三世紀と十五世紀はその前に立ちはだかり、この無頼漢を隠し、われわれに愛想笑いをしているといった風情です。

このテクストは、最終的に、「時間」という四次元の空間をもつコンブレーの教会の描写につぎのようにとり込まれる。「〔教会の〕建物がそう言ってよければ四次元の空間を占めている〔……〕——第四の次元は「時間」である——〔……〕。十一世紀は粗野で社交性がないから、ぶ厚い壁のなかに匿《かくま》われ、重苦しく開口部のない無骨な石のアーチとして、玄関ポーチわきから鐘塔にのぼる階段にできた深いくぼみに姿をあらわすにすぎない。そこで優雅なゴシック様式のアーケードがコケティッシュに身を寄せあい、十一世紀を隠しているのは、あたかも姉たちがにっこり笑いながら前列にならんで、がさつで不平しか言わない身なりのひどい弟を他人の目から隠そうとする図に等しい」(I, 60-61／①一四六)。しかし一九〇九年の段階では、ボードレール論と同じ「カイエ7」に、同じく母親に語りかける物語断章として存在していたのである。

断章Bは、「でも、お前がそんなに気に入っていたのなら、どうして戻ってきたの?」という問いで始まる。Aとはべつの「カイエ6」に書かれた断章であるが、ファロワがこのふたつの断章をひとまとめにしたのも頷《うなず》ける。断章Aのゲルマント滞在談を受け、母親が息子に、それほど気に入ったゲルマントからなぜ戻ってきたのかと訊ねているのだ。

［B］でも、お前がそんなに気に入っていたのなら、どうして戻ってきたの?　それなんです。じつはある日のこ

と、いつもと違って、僕たちは昼のあいだ散歩に出かけていたのです。何日か前にすでに通ったことのある所までやって来ると、目に映るのは見渡すかぎりの麦畑に、森や村落。とつぜん左手のほうで、空のごく一部が帯のように暗くなったかと思うと、それが粘っこく固まってきて、雲ならそうはゆかない一種の活力と輝きを帯びるにいたり、ついには建築のやりかたにのっとり、青味がかった小さな町とそのうえに立つ二本の鐘塔に結晶したのです。すぐに僕にはわかりました、あの不揃いで、忘れがたい、いとしい姿、だが恐怖の的、シャルトルだったのです！

主人公がゲルマントからパリに戻ってきたのは、シャルトルの鐘塔を遠望したからだという。この箇所で、「見渡すかぎりの麦畑」という第一印象にはじまり、「あの不揃いで、忘れがたい、いとしい姿、だが恐怖の的、シャルトル」という結論に至るまで、主人公の視界にうつる継起的印象をつぎつぎと描き出してゆく手法は、すでにのちのプルースト的文体の特徴を備えている。だが、シャルトルの二本の鐘塔が「不揃いで、忘れがたい、いとしい姿」なのは了解できるとして、それがなぜ「恐怖の的」だったのか。それを理解するには、断章Cを読む必要がある。

［C］逆に私のほうは、悲しみを伴わずにシャルトルの鐘塔を見たことがなかった。それというのもお母さんが私たちより先にコンブレーを発つとき、よくお母さんを見送りにシャルトルまで出かけたからである。すると私の目の前に、避けることのできないあの二本の鐘塔の形が、駅と同様の恐ろしさであらわれるのだった。

コンブレーは、一九一三年の『スワン家のほうへ』初版では、シャルトル近辺のボース平野に位置づけられていた

（あとで見るように一九一九年再版以降シャンパーニュ地方に移される）。モデルとなったイリエの場合と同じく、汽車でパリへ戻るにはシャルトルを経由する必要があり、その鐘塔は母との別離の象徴となっていたのである。

では断章Cで語られたコンブレー滞在と、断章AとBで問題となったゲルマント滞在はどのような関係にあるのか。もとよりゲルマントは、同家の館が存在するコンブレー郊外に位置する。私には、Cのコンブレー滞在が少年時代の遠い過去のできごとであったのにたいして、A・Bのゲルマント滞在は主人公のごく近い過去の体験として母親に語られているように思われる。断章Aの「なにを見ても幻滅に終わった僕なのに、どうしてゲルマントはそうでなかったのか」という一文は、ゲルマント滞在までに主人公が多くの幻滅を経験してきたことを示唆している。幾多の人生の幻滅を味わいつくした主人公が、コンブレー近郊のゲルマントを訪れ、そこで出会った僧院と城館に「空間の形」をとった「時間」の啓示を受ける。それがゲルマント滞在の意味するところだったのではないか。

ここからさらにつぎの仮説が生まれる。最終篇『見出された時』では、晩年の主人公が、サン＝ルー夫人となったジルベルトをタンソンヴィルの故スワンの別荘に訪れ、少年時代に相容れないと思われた散歩道「スワン家のほう」と「ゲルマントのほう」とがつながっていたことを発見する。この啓示と同様の機能を、一九〇九年のAの草稿では、ゲルマント滞在中の「時間」の発見が果たしていたのではないか。この仮説を補強してくれるのは、主人公がゲルマント滞在中にシャルトルの鐘塔を目撃したのが、さきに引いた断章Bにあるように「いつもと違って、僕たちは昼のあいだ散歩に出かけていた」ときだという事実である。「いつもと違って〔……〕昼のあいだ散歩に出かけていた」という以上、ふだんは夜間に散歩していたことになる。そこで想起されるのは、決定稿で晩年のタンソンヴィル滞在を語ったつぎの一節である。「コンブレーでは、どんなに帰宅が遅くなっても、私の窓ガラスには赤い夕映えが見えていた。ところがタンソンヴィルのサン＝ルー夫人宅で送っているのは、すっかりべつの生活で、日が暮れると散歩に出て、昔は陽光をあびて遊んだ同じ道をいま月明かりに照らされてたどるという、べつの楽しみがあるのだ」(I. 7／①三二)。昼間に散歩していたコンブレーの少年時代から膨大な歳月が流れ、いまや夜の散歩を習慣とするという共通の状況は、一九〇九年の草稿A・Bにおけるゲルマント滞在と、決定稿『見出された時』のタンソンヴィル滞在とが同一の機能を果たしていたことを示唆しているのではないか。

断章Bにおける散歩の主体「僕たち」とは、主人公の「私」と誰を指すのだろうか。滞在先はゲルマントなのだから、タンソンヴィル滞在のようにスワン家のメンバーということはありえない。最後の断章Dを読むと、それはゲルマント一族のヴィルパリジ夫人だったことがわかる。

[D]〔……〕ゲルマントのほうへ散歩に出かけた帰り道、お母さんが僕のベッドにお寝みを言いに来てくれないことがわかっているとき、僕はそんな風にしてそれ〔コンブレーの町〕を目にしたのですし、僕たち〔「私」と弟〕がお母さんを汽車に乗せてから、これからはお母さんのいない町で暮らさなくてはならないのだと僕が感じたときも、だれにもわかってもらえなかったけれど、当時の〔コンブレー時代の〕僕が必要としていたもの、つまりお母さんのそばにいて、お母さんに接吻する必要を感じたのです。〔……〕ヴィルパリジ夫人のほうは、理由がわからないながらも、コンブレーを見たために僕が動揺したのを察して、黙っていてくれたのです。〔……〕かわいそうに、とお母さんは狼狽した声で言った。私がコンブレーを発つたびに、お前がそんなに悲しんでいたのかと想うと、お母さんも辛いわ。でもお前、私たちはもっと強い心を持たなくてはならないのですよ。ゲルマントでは元気にしていたのに、そんなことで戻ってきたんでしょ。(76)

引用文の真ん中あたりに「ヴィルパリジ夫人のほうは、理由がわからないながらも、コンブレーを見たために僕が動揺したのを察して」とある以上、ゲルマント滞在のホスト役がヴィルパリジ夫人であったことは明らかだろう。ゲルマントで「元気にしていた」主人公がパリに舞い戻ってきたのは母親との別離を想い出したからだが、その原因となったのは、断章BとCでは「シャルトルの鐘塔」であったが、断章Dではそれが「コンブレー」の町になっている。少年時代のコンブレー滞在時、「ゲルマントのほうへ散歩に出かけた帰り道」、コンブレーの町が見えてくると、母親がお寝みを言いに来てくれないことを想い出したからである。

このように見てくると、AからDの四断章は、ゲルマント滞在時の主人公に母親との別離を想い出させるのが、あるときは「シャルトルの鐘塔」であり、あるときは「コンブレー」であるという草稿特有の矛盾をはらみながらも、全体としてひとまとまりの物語を形成していたことがわかる。ここで注目すべきは、主人公のゲルマント滞在を受けて母親の発する「どうして〔ゲルマントから〕戻ってきたの?」という問いに対する主人公の説明に、二人称親称での呼びかけが頻出する点である。これはサント=ブーヴに関する母親との会話がくり広げられるバルザック論やボードレール論と同一の呼びかけであるうえ、「ゲルマントに帰る」の四断章が記された「カイエ7」と「カイエ6」は、ボードレール論が書きつけられた二冊の草稿帳にほかならない。同じ二冊の草稿帳に、同じ時期に執筆された、同じような母親との会話は、やはり密接に関連していると考えるべきではないか。バルザック論やボードレール論は、ときどきtuという呼びかけが介在するだけで、中断のない長大な母親への語りかけになっていた。これにたいして、「ゲルマントに帰る」をめぐる母親との会話断章には(断章Cだけは過去時制による物語を形成し、母親との会話体になっていない)、この会話を過去のできごととして提示する過去時制による地の文が出てくる。断章Bの引用文末尾の「シャルトルだったのです!」につづく「空の端へのこの町の出現はどこからやって来たのか」という一文や、断章

Dにおける「私はほぼ平静にお母さんの手をとって接吻し、こう言った」という一文がその例である。[77] それゆえ「ゲルマントに帰る」の母親との会話は、サント＝ブーヴに反論するためのバルザック論やボードレール論が母親に向けて語られた「ある朝」より以前の、しかしごく最近のできごととして、決定稿『見出された時』のタンソンヴィル滞在と同一の機能を果たしていたのである。

『サント＝ブーヴに反論する』の全体像

これら四断章は、どのような物語のいかなる箇所に位置づけられるはずであったのか。それを知るには、書きためた『サント＝ブーヴに反論する』を出版しようと考えたプルーストが、一九〇九年八月、出版社メルキュール・ド・フランスの編集長アルフレッド・ヴァレットに宛てた手紙を参照する必要がある。「私は、一冊の書物を書き終えようとしているところです。かりに『サント＝ブーヴに反論する──ある朝の想い出』と題されていますが、正真正銘の小説で、きわめて淫らな部分さえある小説です。主要登場人物のひとりが同性愛の男なのです。〔……〕サント＝ブーヴの名は偶然に出てくるものではありません。この書物は、まさしくサント＝ブーヴと美学に関する長い会話で終わっていて、〔……〕読み終えたとき読者が了解するのは（そうあってほしいものですが）、小説全体がこの最後の部分──いわば最後に置かれた序文のごときもの──で語られる芸術諸原理を作品化したものにほかならないということです」（COR, IX, 155-156）。

小説でもあり批評でもある『サント＝ブーヴに反論する』の二部構成とその意味について、これまで述べてきた仮説を裏づけてくれる貴重な資料である。ところがこの手紙が発見・公表されたのは一九八〇年であり、[78] それ以前に『サント＝ブーヴに反論する』を刊行したファロワ（一九五四）やクララック（一九七一）はここに表明されたプルーストの意図をその編纂に反映することができなかった。

プルーストの構想によれば、前半の第一部にはさきに説明したように「不眠の夜」から紡ぎ出される過去の回想が配置され、後半の第二部では母親との朝の会話という形でサント＝ブーヴ批判が展開されるはずであった。冒頭「不眠の夜」の回想機能が、ネルヴァルの「シルヴィー」に想をえたものであることはすでに検討した。その過去の回想には、コンブレーにおける休暇とふたつの散歩道をはじめ、スワンの肖像（「カイエ４」「カイエ７」「カイエ６」）、ヴェルデュラン夫人のサロンとその常連のコタール（「カイエ７」「カイエ６」「カイエ31」）、ゲルマント家をめぐる貴族社会、シャルリュスの前身ゲルシーにまつわる同性愛の世界（「カイエ７」「カイエ６」「カイエ51」）など、断片的草稿とはいえ、のちの大作の主要な挿話がすでに出揃っていた。そこに登場するゲルマント家の貴族たちが、バルザックの愛読者として誕生した経緯もすでに検証した。物語体評論『サント＝ブーヴに反論する』の前半を占める「不眠の夜」から回想されるのは、少年時代から晩年に至る主人公の全生涯だったのである。この巨大な回想の円環が閉じられると、ごく最近のできごととして「ゲルマントに帰る」の四断章（主人公がゲルマントで受けた「時間」に関する美学上の啓示を母親にものがたる断章）が提示される。そして回想の夜が明け、後半の第二部、母親との会話がくり広げられる「朝の物語」となる。「お母さん」を相手に、サント＝ブーヴ批判をはじめ、バルザック論やボードレール論が展開されるはずだったのである。

『サント＝ブーヴに反論する』において、「私」の全生涯をそっくり想い出させる回想機能が冒頭「不眠の夜」に付与されたことは、すでにのちの大作を予告しているが、マドレーヌの挿話で有名なプルーストのいう「無意志的記憶」はいまだ存在していなかったのだろうか。いや、そんなことはない。一九〇八年十一月ないし十二月、『サント＝ブーヴに反論する』の序文とおぼしい文章が執筆された（Essais, 695-700）。これが序文の草案だと想定されるのは、そこにこう記されているからだ。「サント＝ブーヴの方法は、一見したところそれほど重要な対象とは見えまい。しかし、以下の文章を読んでもらえば、それが知性をめぐる非常に重大な、芸術家にとってはおそらく最大の問題に〔……〕関わるものであることが、お分りいただけるであろう」(Essais, 700)。この序文草案に、『失われた時を求めて』で展開される「無意志的記憶」の実例がすでに列挙されていたのである。

たとえば「コンブレー」で語られるマドレーヌの挿話と同様の回想例が、紅茶に浸したビスコット(からからに焼いたラスク)として描かれ、そこにはすでに「日本の小さな花」という水中花の比喩も出てくる(Essais, 696)。のちに『見出された時』にて開陳される一連の回想現象(IV, 445-447／⑬四三〇―四三四)も、すでに用意されていた。「不揃いな石畳」を踏んだときの足の感覚がヴェネツィアの日々を想い出させ、「スプーンを皿に落とした」ときの音は「転轍手がハンマー」で車輪を打っていたときを想起させたというのだ(Essais, 697-698)。要するにここでプルーストは、サント＝ブーヴ批判を通じて、「無意志的記憶」という「知性をめぐる非常に重大な、芸術家にとってはおそらく最大の問題」をも明らかにしようとしたのである。

この序文草案の直前(一九〇八年十一月頃)、メモ帖「カルネ1」には「無意志的記憶」を念頭に置いたものと思われる知性批判のメモが記されていた。「われわれが過去をつまらないと思うのは、過去を考えてしまうからだ。だが過去とはそんなものではない。それはサン・マルコ洗礼堂のあの床石の不揃いさであり〔……〕われわれがもはや考えてもいなかったその不揃いさが運河に映えるまばゆい太陽をとり戻してくれるのだ。〔……〕怠惰や疑念や無力は、芸術形式に関する逡巡を逃げ口上にする。それを小説にすべきなのか、哲学的考察にすべきなのか、はたして私は小説家なのか？」(傍点は原文イタリック)[79]。無意志的記憶の実例は、この序文草案の段階では、いまだ知性批判の「哲学的考察」にとどまっていて、物語に有機的機能を与えるに至っていなかったのである。

このような「芸術形式に関する逡巡」は、このメモに先立つ一九〇八年前半、実際にプルーストを悩ませていたようだ。同年五月、友人のアルビュフェラ侯爵に、つぎのような一見ばらばらな執筆計画を列挙していたからである。「貴族に関する考察／パリの小説／サント＝ブーヴとフロベールに関する試論／婦人たちに関する試論／ペデラスティ（男性同性愛）に関する試論（発表は容易ではない）／ステンドグラスに関する考察／墓石に関する考察／小説に関する考察」（COR, VIII, 112-113）。この時期、プルーストは「七十五枚の草稿」を執筆中であった。その草稿に描かれた貴族の名への夢想をめぐる断章は、リストの「貴族に関する考察」に相当するのかもしれない。しかしそれ以外の項目は「七十五枚の草稿」とは関連を持たない統一を欠いた構想のように見える。

しかし一九〇八年秋に『サント＝ブーヴに反論する』の構想が具体化し、一九〇九年にかけて執筆が進むと、そこに上記リストの「サント＝ブーヴとフロベールに関する試論」に相当する断章が記された（「フロベール論に書き加えること」など）。『サント＝ブーヴに反論する』のなかにさきに列挙した小説断章が吸収されると、それは「パリの小説」にもなり、貴族やブルジョワの「婦人たちに関する試論」にもなり、シャルリュス男爵の前身ゲルシー侯爵をめぐる「ペデラスティに関する試論」にもなり、コンブレーの教会にまつわる「ステンドグラスに関する考察」や「墓石に関する考察」にもなった。物語体評論たる『サント＝ブーヴに反論する』は、前半の小説と後半の評論を合体させた特異な構造のおかげで「小説」も「考察」も「試論」もすべて吸収することができたのだ。それまでプルーストを悩ませていた「芸術形式に関する逡巡」はかくして解消されたように思われる。

のちにプルーストは第五篇『囚われの女』において、バルザックが書きためてきた複数の小説を人物再登場の手法によって『人間喜劇』という総合的作品にまとめた着想や、ワーグナーがべつべつに制作してきた台本を『ニーベルングの指環』という四部作にまとめた経緯に触れて、こう指摘する。これらの構想は創作中にふとひらめいた統一であり、「もはや合体するほかない多様な作品のあいだに統一が発見されたときの感激の瞬間から生まれたものであるだけに、いっそう現実的とさえ言える統一、理屈ではない統一、多様性を排したり制作の熱意を冷ましたりすることのない統一」である(III, 667／⑩三六〇)。さらにプルーストは、これら大作の作者たちは「あたかも自分がつくり手であると同時に裁き手であるかのように、仕事をする自分自身を見つめ、その自己観照から、作品の外にあって作品を超えたひとつの新たな美をひき出し、作品には備わらない統一と偉大さを回顧的にその作品に付与した」と褒めたたえる(III, 666／⑩三五七―三五八)。この指摘は、物語体評論『サント＝ブーヴに反論する』から『失われた時を求めて』に至るプルースト自身の作品執筆過程にも当てはまるのではないか。

このような経緯を考えると、「七十五枚の草稿」も最終的には、『サント＝ブーヴに反論する』の小説部分に発展的に吸収されたと考えるのが合理的であろう。そもそも「七十五枚の草稿」と、評論の根幹をなす「サント＝ブーヴの方法」とは、すでに指摘したように同一の大判用紙に記入されていた(本書六頁、図2および三三頁、図5参照)。そればかりか、第一章で概要を見た「七十五枚の草稿」は、実際、『サント＝ブーヴに反論する』の小説中に加筆、吸収された。たとえばお寝みのキスの挿話は「カイエ6」に書き加えられ(Essais, 912-917)、コンブレーのふたつの散歩道の新たなバージョンは「カイエ4」に執筆され(Essais, 870-880)、海辺の乙女たちとの出会いも「カイエ36」に改稿され(Essais, 1032-1038)、ヴェネツィア滞在のより詳しい草稿も「カイエ3」に記された(Essais, 753-761)。

第一に、「七十五枚の草稿」を構成するすべての小説断章も、『サント＝ブーヴに反論する』にくみ込まれたすべての評論断章も、主人公であり語り手であり作者でもある「私」という一人称で語られていた。『失われた時を求めて』の根幹をなす一人称の三重構造がすでに両方の語りに確立していた以上、両者は容易に統合されたと考えられるのだ。(80)

これらの吸収統合が支障なく遂行されたのは、第二に、予想されるつぎの異論を斥けることができると考えるからである。それは「七十五枚の草稿」では、第一章で検討したお寝みのキスの挿話に明らかなように「私」の母親はすでに死んでいるのにたいして、『サント＝ブーヴに反論する』において「私」が持論を語って聞かせる相手の「お母さん」はまだ生きている、という異論である。『サント＝ブーヴに反論する』の末尾に配置されるはずのボードレールやバルザックをめぐる「私」と「お母さん」との会話は、たしかに現在形で記されていて、母親はまぎれもなく生きている。しかしふたりの会話が交わされる現在の時点は、『サント＝ブーヴに反論する』の全体をものがたる語り手の「現在」からすると、すでに過去なのである。さきに引用したヴァレット宛ての手紙で、プルーストが本作のタイトルを『サント＝ブーヴに反論する――ある朝の想い出』(傍点は引用者)と記していたことに注意しよう。「お母さん」との会話がくり広げられた「朝」がすでに過去のことである以上、現在の「私」がすでに母親を亡くしていてもなんの不思議もない。プルーストが自身の文学論を語るために、対話の相手として生前の母親を設定したのは、亡き母を追悼する一形式だったのかもしれない。

　もっとも、この時期の草稿が何冊ものカイエに断片のまま放置され、首尾一貫した原稿にまとめられることがなかった以上、そのような作品が現実に存在したとはいえないだろう。また、サント＝ブーヴに反論する評論断章がすべて母親との会話形式で書かれたわけではない。さらには、バルザック論やボードレール論にしても「ゲルマントに帰る」を構成する四断章にしても、現実に母親に語られた会話にしては長すぎて、不自然に感じられるかもしれない。実際、プルーストはこのような母親との会話形式を最終的には放棄してしまう。たしかに夢見られたにすぎない作品ではあったのだ。

　しかし、この主人公が最後にサント＝ブーヴ批判を書こうとする物語から、主人公が自己の生涯を素材として小説を書く決意をする物語までは、一歩の距離しかないように思える。『サント＝ブーヴに反論する』の末尾に据えられる予定だった母親との会話形式による批評が脱落し、それが「私」が書こうとする小説をめぐる美学の表明に置き換えられると、それはもう『失われた時を求めて』という小説なのだから。まさしく事態はそのように進行した。一九〇九年後半から一九一〇年にかけて小説部分がみるみる膨張していくにつれて、草稿帳からサント＝ブーヴに反論する評論断章がしだいに影をひそめ、和田章男が指摘したように一九一〇年の春頃には、母親との会話形式による批評に代わって、のちに『見出された時』の末尾に配置される社交パーティー（老いの刻印された登場人物たち）の原型が記された。さらに一九一〇年末から一九一一年にかけて、ゲルマント大公妃邸でのパーティーと無意志的記憶のあらわれ（不揃いな敷石と皿に当たるスプーンの音）が「カイエ58」に書きつけられる[81]。

これまで検討してきた「七十五枚の草稿」から『サント＝ブーヴに反論する』を経て『失われた時を求めて』へと至る変遷の骨子を図示しておこう。

「七十五枚の草稿」
↓
夜→過去の回想（小説）＋ゲルマント滞在→**朝**→母親との会話によるサント＝ブーヴ批判など（評論）
↓　　　　　　　　　　　　　　↓
夜→過去の回想（小説）＋タンソンヴィル滞在→『見出された時』における啓示と文学論

このようにして『失われた時を求めて』が成立したのだが、小説の各挿話は、サント＝ブーヴ批判で自覚された文学理論によって根拠づけられていたのではないか。小説冒頭「不眠の夜」における無意志的記憶現象に立脚した過去の回想は、『サント＝ブーヴに反論する』の後半に置かれる予定だった「シルヴィー」論が消滅しても、ネルヴァルにおける回想機能に学びつつそれを作品化したプルーストの批評原理によって密かに根拠づけられている。『失われた時を求めて』の各挿話には、これと類似する文芸批評的根拠が存在し、小説全体が壮大な生きた批評となっているのではないか。かりに「コンブレー」だけに限定するとしても、母親が読み聞かせるジョルジュ・サンドの『フランソワ・ル・シャンピ』が最初の文学受容のありかたを示しているのにはじまり、作中の小説家ベルゴットには乗り越えるべき若き日の愛読書アナトール・フランスの影が落ちていたり、ルグランダンの文学趣味が『サント＝ブーヴに反論する』で論じられた偶像崇拝的バルザック受容の典型例になっていたり、祖母のせりふがセヴィニエ夫人の文体模写になっていたりと、小説の至るところに批評家プルーストによって創作へと転化された文学受容が隠されているのである。

プルーストの小説は、膨大な先人の作品の受容とその批評のうえに成立した。このような受容から創作に至る方法は、プルーストが偶像崇拝をめぐって書きつけたことばと見事に呼応している。「おのれ自身が感じていることを意識化するいちばんの方法は、師が感じたものを自分自身のうちに再創造してみることである。このように深く掘り下げた努力をすることで、師の思考とともに、自分自身の思考を明るみに出すことができる」(Essais, 543)。たしかにプルーストは偶像崇拝的な芸術受容を批判した(82)。しかし偶像崇拝に至るほどの熱烈な受容がなければ、真の創造もありえない。私にはそれが『失われた時を求めて』の作家が誕生するための不可欠な道筋だったのではないかと思われるのである。

第三章　増殖する長篇
――終わりなき加筆をたどる――

物語体評論『サント＝ブーヴに反論する』の末尾から一連の評論が脱落し、それが文学執筆の決意表明に置き換えられて『失われた時を求めて』は成立した。その後、プルーストの作品はどのような経緯をへて現在のような大長篇に成長したのか。それを解明するには、プルーストが残したメモ帖、草稿帳、清書原稿、タイプ原稿、校正刷など、フランス国立図書館に所蔵されている資料群を解読し、その執筆順序を推定したうえで小説の変遷の実態をまとめる必要がある。とはいえ資料はあまりにも膨大かつ複雑であり、その作業は専門家にも至難の業というほかない。本章では、私がみずから調べた資料を中心に、増殖する長篇の一端をできるかぎりわかりやすく明らかにしたい。

草稿から校正刷まで

『失われた時を求めて』の増殖と変遷のありさまを概観するに先立って、プルーストが執筆に用いた綴じられていないバラの用紙、メモ帖、草稿帳、清書原稿、タイプ原稿、校正刷がどのようなものなのか、簡単に紹介しておきたい。一九六二年にフランス国立図書館に収蔵された膨大な資料のうち、バラの用紙、メモ帖、初期の草稿帳については、『サント＝ブーヴに反論する』を検討した第二章でその概要を説明した。ここではそれ以外の資料について、本章以降の理解に必要なことに限って記すことにする。

国立図書館には、『サント＝ブーヴに反論する』が書きつけられたのと同様の草稿帳 Cahiers de brouillon が、七十五冊所蔵されている（当初は六十二冊、一九八四年に新たに十三冊が補充された）。図書館の分類により「カイエ1」から「カイエ75」と表記されるが、さきにも触れたように番号は執筆順を示すものではない。その一部（全体の約四分の一）はプレイヤッド版『失われた時を求めて』の付録「エスキス」に解読・収録された。二〇〇八年からは『フランス国立図書館所蔵七十五冊のカイエ』の転写校訂版の刊行がはじまり、現在までに八冊の草稿帳がファクシミレ版と転写・注解版の二分冊にて出版されている。[83] 草稿帳と呼ばれているが、文字どおり断片的な草稿が脈絡なく書きつけられたノートもあれば、さまざまな段階で「コンブレー」から『ゲルマントのほう』に至る各部や各篇の清書草稿をまとめた一連のノートもあれば、最晩年に加筆メモ用に使われたノートもある。作家は、おおむね最初は見開きノートの右側ページに執筆、あとで気づいた加筆は右側ページの左欄外や余白として残していた左側ページに記した（一例として本書七七頁、図14参照）。

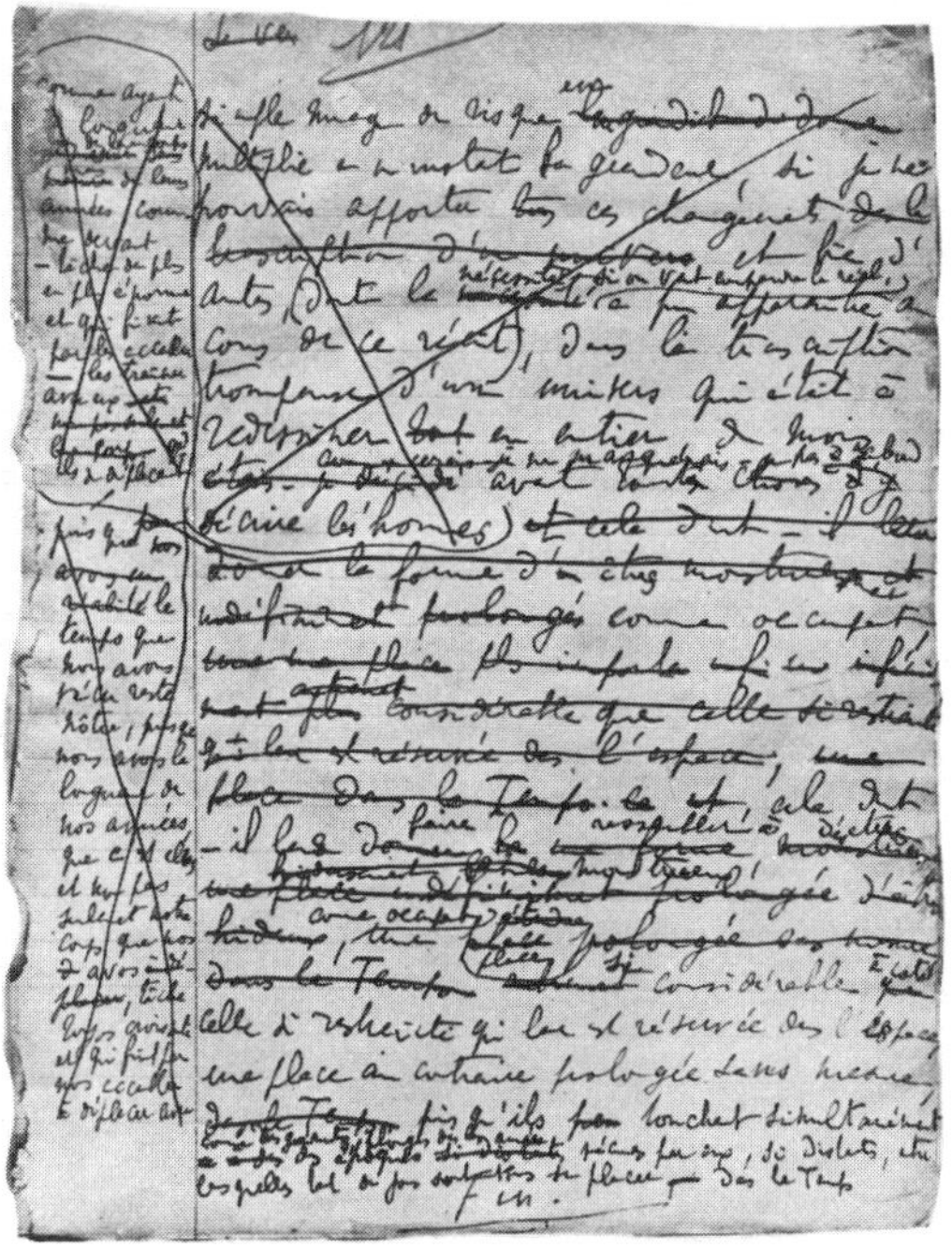

図7　「カイエ XX」の末尾に記された Fin

つぎに清書原稿 Manuscrit au net と呼ばれるノートが二十冊存在する。これは第四篇『ソドムとゴモラ』から最終篇『見出された時』までの首尾一貫した原稿である。本書でも「清書原稿」と呼び、七十五冊の草稿帳と区別するため、慣例によりローマ数字で「カイエⅠ」から「カイエXX」と表記する。最後の「カイエXX」の末尾には「終わり」Fin の文字が記されている（図7）。この「清書原稿」の第一稿はおよそ一九一六年頃に執筆され、最晩年に至るまで加筆された。加筆する余白がなくなると、プルーストは別紙に書きつけた紙をノートの端に貼りつけさせた。作中のフランソワーズが主人公「私」の原稿紙片を「紙切れ《パプロル》」（IV. 611／⑭二七二）と呼んだことに倣い、プルーストのこの追加紙片も「紙切れ《パプロル》」と称するのが慣例である。この「紙切れ《パプロル》」を何枚もつないで蛇腹のように貼りつけた例も珍しくない（図8）。

各セクションの清書原稿への手入れが一段落すると、作家はそれをタイピストに清書させた（カーボン複写によって複数部が作成された）。これをタイプ原稿と呼ぶ（NAFで始まるフランス国立図書館の整理番号で示す）。多くの場合、プルーストはこのタイプ原稿にも自筆でかなりの量の加筆修正をほどこした。死後出版となった第五篇『囚われの女』から『見出された時』の末尾までタイプ原稿が作成されたが、プルーストが手を入れたのは『囚われの女』の前半あたりまでである[84]。このタイプ原稿をもとに版元は各篇の校正刷を作成。プルーストは多くの場合これにも加筆訂正を加えた。とくに『スワン家のほうへ』のグラッセ初版の校正刷には膨大な自筆による修正が加えられたが、これについてはあとで触れる。

グラッセ初版（三篇構成）まで

このように順次執筆された『失われた時を求めて』は、いかにして現在の形にたどり着いたのか。第二章でその一部を検討したように、一九〇九年夏の時点で物語体評論『サント＝ブーヴに反論する』には、すでにコンブレーのふたつの散歩道をはじめ、スワンの肖像、ヴェルデュラン夫人のサロンとその常連のコタール、少女たちと出会う海辺

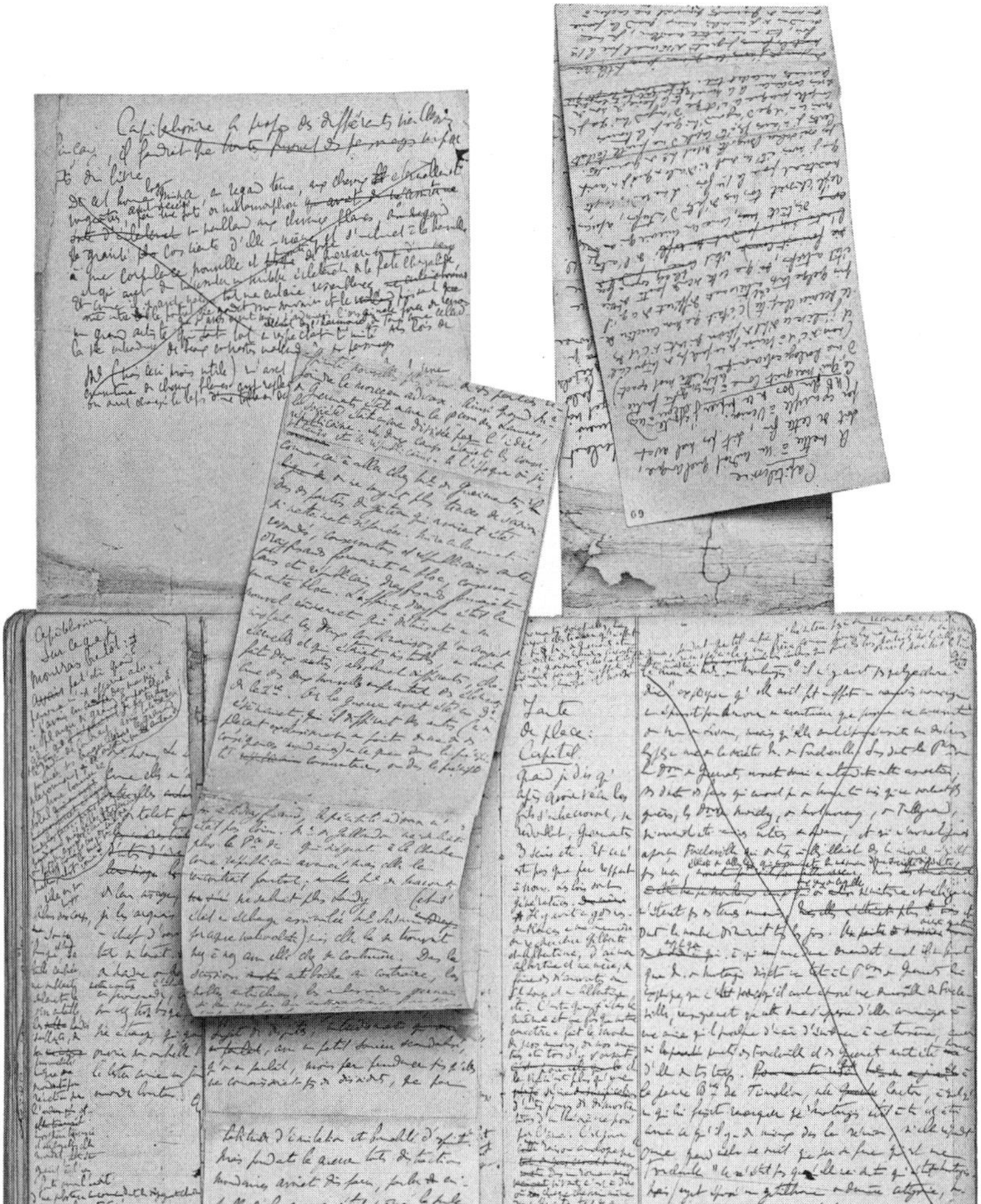

図8　蛇腹のように貼りつけられた「紙切れ《パブロル》」

の滞在、ゲルマント家をめぐる貴族社会、シャルリュスの前身ゲルシーにまつわる同性愛などがすでに記されていた。ところが一九一〇年の春頃、物語の末尾から母親との会話によるサント＝ブーヴ批判が脱落し、『見出された時』に相当する社交場面と文学論に置き換えられた。

こうして成立した『失われた時を求めて』は、その各セクションが「コンブレー」から『見出された時』へと順を追って執筆されたわけではない。執筆済みの各挿話がそれぞれ増殖したのである。一九〇九年秋から一九一〇年末にかけて各セクションに数多くの加筆増補がほどこされ、一九一一年には小説全体のかなりまとまった原稿が整いつつあった。のちに『スワン家のほうへ』を構成する「コンブレー」（「カイエ９」「カイエ10」「カイエ63」）、「スワンの恋」とジルベルトへの恋（「カイエ15」から「カイエ19」など）、「土地の名」（「カイエ20」「カイエ21」「カイエ24」）、海辺での少女たちとの出会い（「カイエ29」「カイエ28」など）、『ゲルマントのほう』（「カイエ39」から「カイエ43」）、現在とは異なる構想の小説後半の草稿（「カイエ47」「カイエ48」「カイエ50」）、『見出された時』（「カイエ58」と「カイエ57」）などに関するひとまとまりの原稿である。これらの完成度はまちまちであった。「コンブレー」については早くも一九〇九年十一月に最初のタイプ原稿二百ページが作成され、プルーストはそれを友人レーナルド・アーンに「読んで聞かせた」（COR. IX. 218）。その一方、小説の後半を執筆した前記三冊のノートは、いまだ草稿状態であった。

原稿はさらに増殖し、一九一一年末から一九一二年初頭にかけて小説前半（現在の『スワン家のほうへ』と『花咲く乙女たちのかげに』の原型）の七一二枚から成るタイプ原稿が作成された。表紙には、小説全体の当時の総題『心の間歇』（のちに『ソドムとゴモラ』の一部の章題となる）、および前半のタイトル『失われた時』が記されていた(85)（図9）。プルーストは一九一二年の秋以降、このタイプ原稿をさまざまな版元へ送って出版を打診したが、軒並み断られてしまう。出版を拒否したなかにファスケル社があり、その依頼で詩人のジャック・マドレーヌがしたためた審査報告書が残っている。[86] その冒頭にはこう記されている。「七一二ページもあるこの原稿の最後まで読んでも〔……〕なにが問題になっているのか、まったくなにもわからない。これでどうしようというのか。なにを意味しているのか。どこに導きたいのか。それについて、なにもわからないし、なにも言えない！」無理もない。プルーストの小説の前半だけを読んでも、その全体の結構は理解できないのだ。NRF社で原稿を審査したアンドレ・ジッドも出版を拒否した（その経緯については「コラム1」を参照されたい）。

　この結果、プルーストはグラッセ書店から自費出版することを余儀なくされた。当初は『失われた時』と『見出された時』の二巻構成になる予定で、一九一三年四月から前半『失われた時』の校正刷が出はじめたが、それは一冊に収めるには長すぎると判断された。[87] 結局、全三巻での刊行が予定され、第一巻『スワン家のほうへ』（現行版とほぼ同じ）は一九一三年十一月に出版された。その刊本に付された予告には、第二巻『ゲルマントのほう』の概要がつぎのように記されていた。「スワン夫人邸にて、土地の名―土地、シャルリュス男爵とロベール・ド・サン＝ルーの最初の素描、人の名―ゲルマント公爵夫人、ヴィルパリジ夫人のサロン」。そ

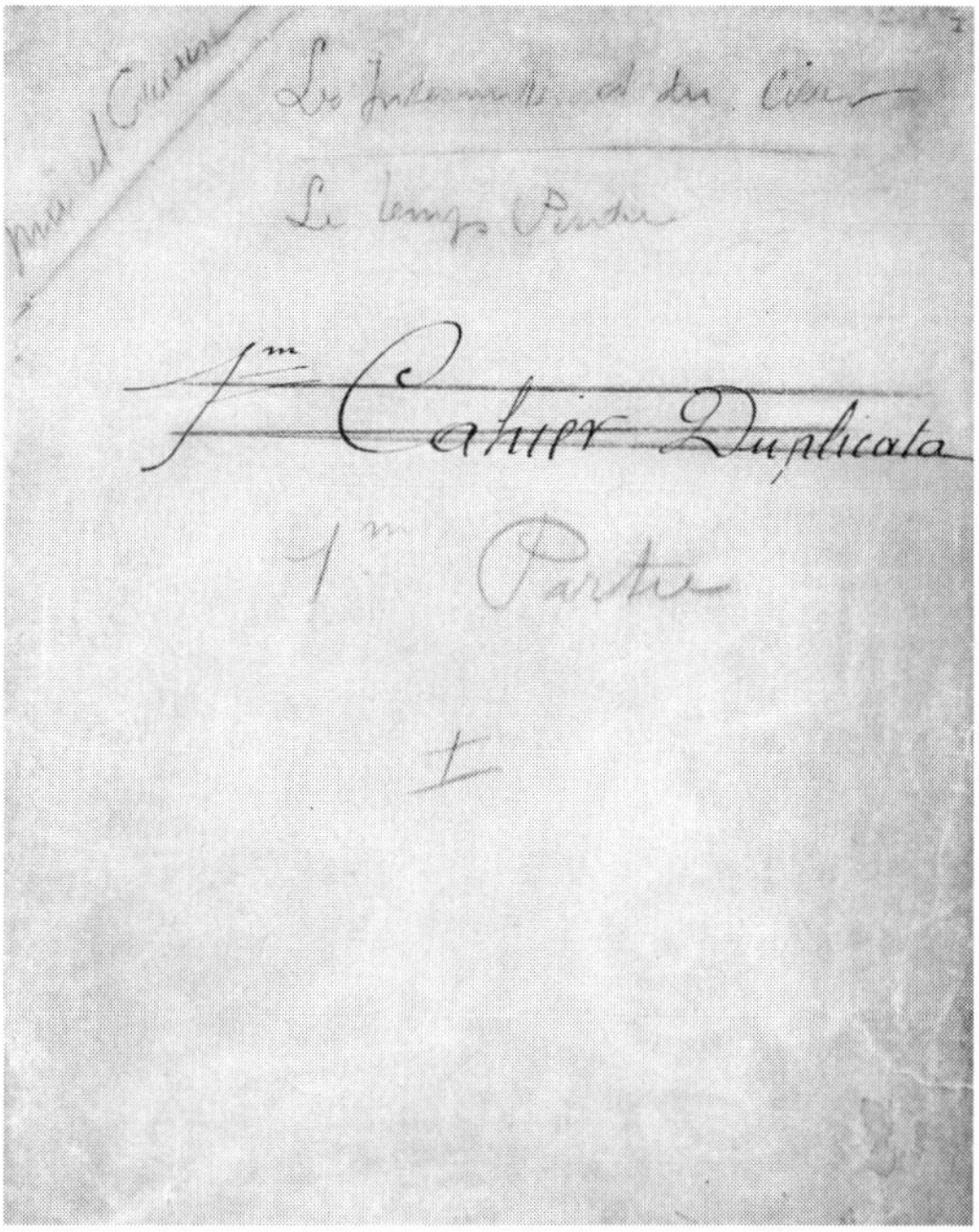

図9　総題『心の間歇』Les Intermittences du cœur と前半のタイトル「失われた時」Le Temps perdu（© BnF）

して第三巻『見出された時』の内容はつぎのように予告されていた。「花咲く乙女たちのかげに、ゲルマント大公妃、シャルリュス氏とヴェルデュラン家の人びと、祖母の死、心の間歇、パドヴァとコンブレーの「悪徳と美徳」、カンブルメール夫人、ロベール・ド・サン＝ルーの結婚、常時礼賛[88]」。最後の「常時礼賛」というのは、祭壇の聖体をつねに崇めるカトリックの典礼で、プルーストはこの用語によって、無意志的記憶が永遠を開示する『見出された時』の最終場面を指した。

この概要を見て気づくのは、海辺の保養地における「花咲く乙女たち」との出会いや、祖母の死と心の間歇の配置などが、現行の『失われた時を求めて』の構成とは異なり、最終巻に配置されていたことだろう。しかしなによりも大きな違いは、この三巻本にはアルベルチーヌの物語が存在しなかったことである。それが導入されるには、一九一三年後半から翌年前半にかけてプルーストが経験した秘書アゴスチネリの同居と失踪という事件を必要とした。

アルベルチーヌ導入による大改編（七篇構成へ）

アルフレッド・アゴスチネリ（一八八八―一九一四）は、モナコ出身の青年で、ノルマンディー海岸の保養地カブールで運転手として働いていた。プルーストは一九〇七年夏、そこに新装開業したグランドホテルに滞在したとき（その後一九一四年まで毎年夏に滞在）、アゴスチネリ運転の車で近隣の教会などを見てまわった（その体験をもとに同年十一月「自動車旅行の印象」を発表）。プルーストはこのアゴスチネリを一九一三年五月に秘書として雇い、連れ合いのアンナとともにパリの自宅に住まわせる。同年七月末にはアゴスチネリとカブールに出発したが、八月四日、急遽この青年をパリへ連れて帰る。ところが十二月、アゴスチネリは飛行機操縦を習うため突然モナコへ出奔。プルーストはべつの秘書ナミアスを派遣して連れ戻そうとしたが甲斐なく、青年は一九一四年五月三十日、飛行訓練中に南仏アンチーブ沖で墜落死する。青年の訃報に接したプルーストは「愛していたと言うだけでは充分ではない、熱愛していた」(COR. XIII, 311)と告白、深い悲嘆に沈んだ。

問題の青年を急遽パリへ連れ帰ったこと、同居していた青年がいきなり出奔して事故死したこと、これらは『ソドムとゴモラ』の末尾から『消え去ったアルベルチーヌ』に至るアルベルチーヌをめぐる物語の筋書きと符合する。それればかりではない、アゴスチネリが事故死した五月三十日、まさにその日にプルーストが本人に宛てた手紙が残っていて、そこには飛行機(作中ではヨットと自動車)を買い与える意図や、その機体(作中ではヨット)にマラルメの「けがれなく、生気あふれる、うつくしい今日は」ではじまる詩句を彫らせる計画が語られていた。これらがほぼそっくり、主人公がアルベルチーヌに書きおくる手紙に使われたのである(89)。

実際、アゴスチネリ事件をきっかけに、小説のなかにアルベルチーヌが登場し、それまでの作品の構造は大きく変更された。早くも一九一三年の夏前(五月頃)には「二年目のバルベック」滞在のプランを記したメモにおいて、当時の「花咲く乙女たち」のひとりであった「マリア」の名が消去され「アルベルチーヌ」の名が書きつけられた(90)。そしてアルベルチーヌの同居と失踪については、最初の下書きが一九一三年から一九一四年にかけて「カイエ71」や「カイエ54」に書きつけられ、ついで一九一五年頃にはまとまった草稿が「カイエ53」「カイエ55」「カイエ56」に執筆された。この草稿をもとに、さきに紹介したように一九一六年から一九一七年にこの部分の清書原稿が作成された。

かくしてグラッセ版で予告された三部構成は崩れ、『ゲルマントのほう』よりも前に、アルベルチーヌを中心とする「花咲く乙女たち」の挿話が配置されることになった。そして『ゲルマントのほう』と『ソドムとゴモラ』の延長上にアルベルチーヌを主人公とする「囚われの女」と「逃げ去る女」の物語が構想され、現行版に近い『失われた時を求めて』の構成が出来あがったのである。

このような大改編が可能になった要因のひとつは、アゴスチネリ事件直後の一九一四年夏に第一次大戦が勃発し、四年以上にわたりパリの出版が停止したことである。そのあいだにプルーストは、版元をグラッセからガリマールへ変更することにも成功した。出版の停止中に、のちの『ソドムとゴモラ』から『見出された時』に至る清書原稿はもとより、それ以前の巻にも膨大な加筆がほどこされ、『失われた時を求めて』は類を見ない大長篇へと発展した。

それぞれのセクションの清書原稿が加筆で一杯になると、さきに説明したようにタイプ原稿が作成され、それにも作家はおびただしい量の加筆をほどこした。その加筆は校正刷でも止まることはなかった。戦後の一九一九年にはガリマールから、第二篇『花咲く乙女たちのかげに』(年末にゴンクール賞を受賞)と第一篇『スワン家のほうへ』の再版が出版された(このときコンブレーを大戦の舞台とするためボース平野からシャンパーニュ地方へ移動する修正がなされた)。一九二〇年には『ゲルマントのほう 一』が、一九二一年には『ゲルマントのほう 二、ソドムとゴモラ 一』が、一九二二年四月末には『ソドムとゴモラ 二』が出版された。

ところがプルーストは一九二二年十一月に死去。そのため現在刊行されている第五篇以降は死後出版である。弟ロベールと編集者ジャック・リヴィエールが編纂の任にあたり、一九二三年には『囚われの女』が、一九二五年には『消え去ったアルベルチーヌ』が、一九二七年には『見出された時』が刊行され、全篇が完結した。タイプ原稿はプルーストの生前に最終篇の末尾まで作成されていたが、作家が最後まで手を入れることができたのは(『消え去ったアルベルチーヌ』の縮約版の作成をべつにすれば)、『囚われの女』のおよそ前半までである。したがって『消え去ったアルベルチーヌ』以降の巻は、さきに略述した清書原稿が作家の残した最終稿とされる。

ヴァントゥイユの誕生(モンジュヴァンから『囚われの女』へ)

アルベルチーヌの同居と失踪を描く『囚われの女』の後半に、その山場としてヴェルデュラン夫人の主催する夜会が出てくる。そこでヴァントゥイユの遺作である七重奏曲が演奏されるのだが、この遺作は、ヴァントゥイユ嬢の同性愛の相手だった女友だちが、みずからの所業がヴァントゥイユの死期を早めたのではないかという罪悪感にとらわれ、罪滅ぼしのために作曲家の遺稿を解読したおかげで世に出た。この遺作は、作曲家の死後の栄光を象徴するとともに、それを聴いた主人公の「私」には真の芸術のありかを教えてくれる。ところが一九一三年四月、グラッセから第一巻『スワン家のほうへ』の校正刷が出たとき、この遺作はいまだ存在していなかった。いや、ヴァントゥイユ自身が存在していなかった[91]。

問題の挿話の原型は、「コンブレー」への加筆が記された「カイエ14」の断章(一九一〇年頃)に見出される。しかし主役はヴァントゥイユではなく、ヴァントンという博物学者であり、学者の死後、その遺作を娘の同性愛の相手が何年もかけて解読し、世に出したという。一方で、この時期、スワンとオデットが聴くソナタの作曲者は、ベルジェという名前の別人だった。作曲家ベルジェと博物学者ヴァントンは、完全に別人として草稿やタイプ原稿のなかで成長し、それは一九一三年四月にグラッセ版の校正刷が出たときも変わらなかったのである。

印刷刊行された第一巻でスワンは、オデットと聴いたソナタの作曲者名を聞いて、ふとコンブレーの元ピアノ教師を想いうかべるが、そのしがない老人がソナタの作曲者とは信じられず「天才が老いぼれのいとこってこともありえます」と一笑に付してしまう(I, 211／②七六)。その後スワンは、コンブレーでヴァントゥイユと出会ったとき、「氏と同じ名前で、親戚のひとりと思われる人物について訊いておきたいことがあった」ことを想い出すが(I, 148／①三二七)、その機会は訪れず、スワンは両者が同一人物であることを知らぬまま第五篇『囚われの女』で世を去る。一九一三年四月の時点で両者はヴァントンとベルジェという別人であったから、当然、両者の同一性をめぐるスワンの問いも存在しなかった。

ところが同年五月頃、プルーストの脳裏に突然、それまで別人であったふたりを同一人物にするアイデアが浮かび、それが校正刷への加筆で実行される。作家の自筆による加筆修正が確認できるのは、ジュネーヴのボードメール財団

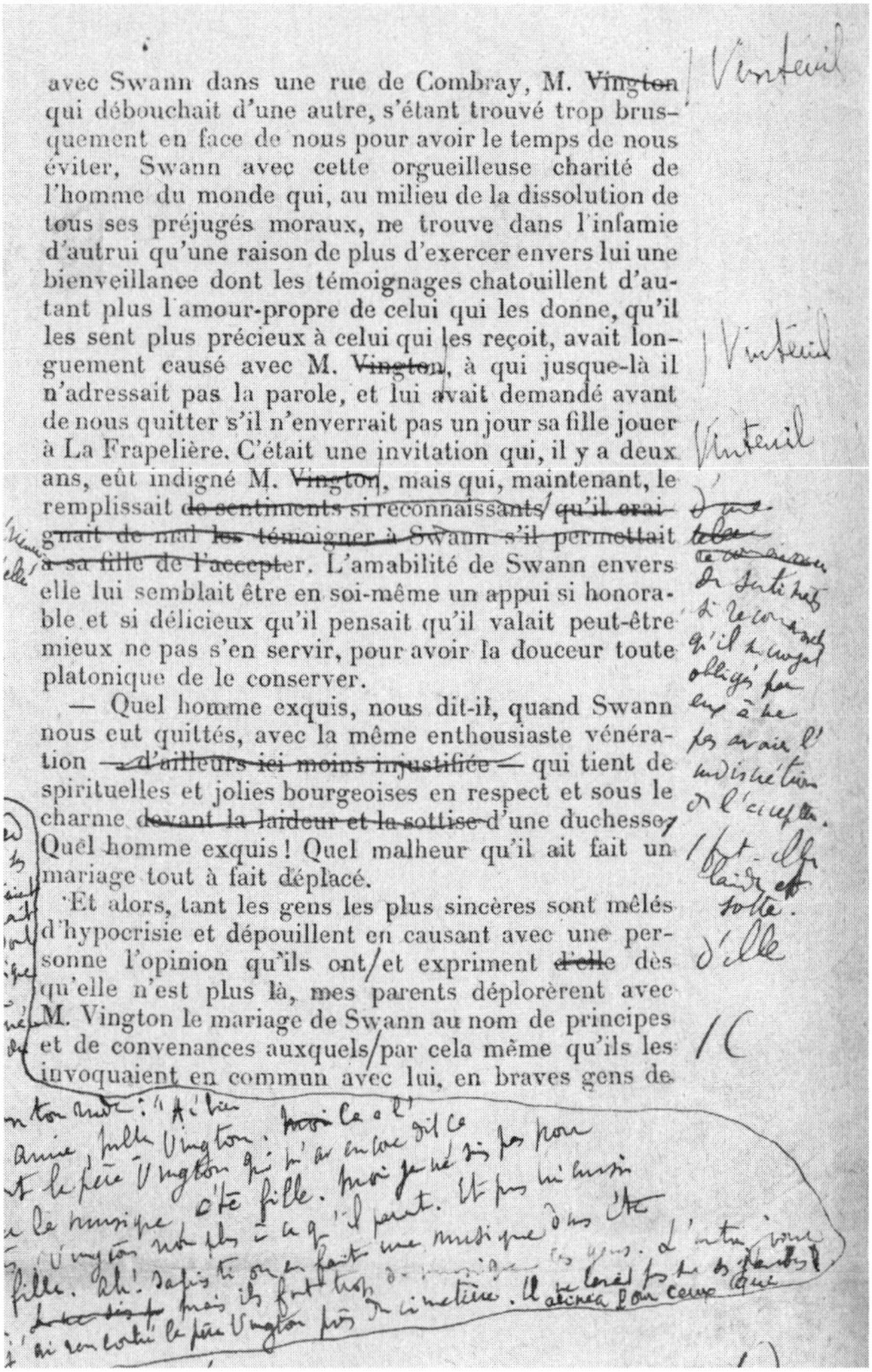

avec Swann dans une rue de Combray, M. ~~Vington~~ qui débouchait d'une autre, s'étant trouvé trop brusquement en face de nous pour avoir le temps de nous éviter, Swann avec cette orgueilleuse charité de l'homme du monde qui, au milieu de la dissolution de tous ses préjugés moraux, ne trouve dans l'infamie d'autrui qu'une raison de plus d'exercer envers lui une bienveillance dont les témoignages chatouillent d'autant plus l'amour-propre de celui qui les donne, qu'il les sent plus précieux à celui qui les reçoit, avait longuement causé avec M. ~~Vington~~, à qui jusque-là il n'adressait pas la parole, et lui avait demandé avant de nous quitter s'il n'enverrait pas un jour sa fille jouer à La Frapelière. C'était une invitation qui, il y a deux ans, eût indigné M. ~~Vington~~, mais qui, maintenant, le remplissait ~~de sentiments si reconnaissants qu'il craignait de mal les témoigner à Swann s'il permettait à sa fille de l'accepter~~. L'amabilité de Swann envers elle lui semblait être en soi-même un appui si honorable et si délicieux qu'il pensait qu'il valait peut-être mieux ne pas s'en servir, pour avoir la douceur toute platonique de le conserver.

— Quel homme exquis, nous dit-il, quand Swann nous eut quittés, avec la même enthousiaste vénération ~~— d'ailleurs ici moins injustifiée —~~ qui tient de spirituelles et jolies bourgeoises en respect et sous le charme ~~devant la laideur et la sottise~~ d'une duchesse. Quel homme exquis! Quel malheur qu'il ait fait un mariage tout à fait déplacé.

Et alors, tant les gens les plus sincères sont mêlés d'hypocrisie et dépouillent en causant avec une personne l'opinion qu'ils ont et expriment ~~d'elle~~ dès qu'elle n'est plus là, mes parents déplorèrent avec M. Vington le mariage de Swann au nom de principes et de convenances auxquels par cela même qu'ils les invoquaient en commun avec lui, en braves gens de

図 10　ヴァントン Vington からヴァントゥイユ Vinteuil への訂正

が所蔵する「コンブレー」と「スワンの恋」の校正刷である。「コンブレー」の校正刷では、ヴァントンの名が横線で消去、ヴァントゥイユと訂正された（図10）。そしてさきに引用したスワンが「氏と同じ名前で、親戚のひとりと思われる人物について訊いておきたいことがあった」ことを想い出すくだりが右欄外に加筆された（ただし一部にヴァントンの名も残存）（図11）。「スワンの恋」の校正刷でも、ソナタの作曲者ベルジェの名が横線にて消去され、欄外にヴァンドゥイユ（のちにヴァントゥイユ）と訂正され、スワンが作曲者名を聞いたとき「天才が老いぼれのいとこってこともありえます」と一笑に付すくだりが右欄外に加筆された（図12）。

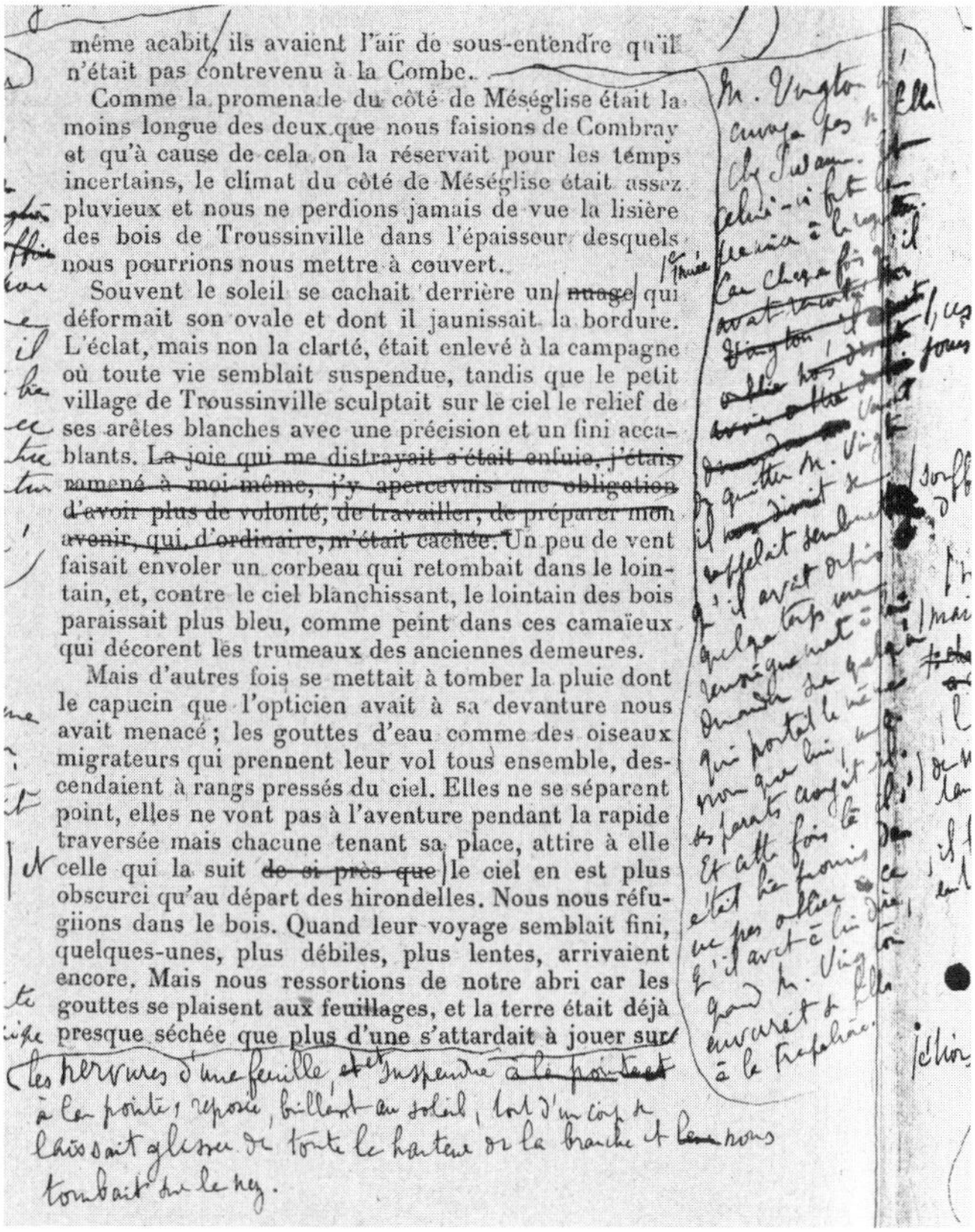
même acabit, ils avaient l'air de sous-entendre qu'il n'était pas contrevenu à la Combe.

Comme la promenade du côté de Méséglise était la moins longue des deux que nous faisions de Combray et qu'à cause de cela on la réservait pour les temps incertains, le climat du côté de Méséglise était assez pluvieux et nous ne perdions jamais de vue la lisière des bois de Troussinville dans l'épaisseur desquels nous pourrions nous mettre à couvert.

Souvent le soleil se cachait derrière un ~~nuage~~ qui déformait son ovale et dont il jaunissait la bordure. L'éclat, mais non la clarté, était enlevé à la campagne où toute vie semblait suspendue, tandis que le petit village de Troussinville sculptait sur le ciel le relief de ses arêtes blanches avec une précision et un fini accablants. ~~La joie qui me distrayait s'était enfuie, j'étais ramené à moi-même, j'y apercevais une obligation d'avoir plus de volonté, de travailler, de préparer mon avenir, qui, d'ordinaire, m'était cachée.~~ Un peu de vent faisait envoler un corbeau qui retombait dans le lointain, et, contre le ciel blanchissant, le lointain des bois paraissait plus bleu, comme peint dans ces camaïeux qui décorent les trumeaux des anciennes demeures.

Mais d'autres fois se mettait à tomber la pluie dont le capucin que l'opticien avait à sa devanture nous avait menacé ; les gouttes d'eau comme des oiseaux migrateurs qui prennent leur vol tous ensemble, descendaient à rangs pressés du ciel. Elles ne se séparent point, elles ne vont pas à l'aventure pendant la rapide traversée mais chacune tenant sa place, attire à elle celle qui la suit ~~de si près que~~ le ciel en est plus obscurci qu'au départ des hirondelles. Nous nous réfugiions dans le bois. Quand leur voyage semblait fini, quelques-unes, plus débiles, plus lentes, arrivaient encore. Mais nous ressortions de notre abri car les gouttes se plaisent aux feuillages, et la terre était déjà presque séchée que plus d'une s'attardait à jouer sur

図11　スワンの自問をめぐる加筆

　長期にわたりべつべつに準備・推敲され発展してきたヴァントンとベルジェをめぐる断章は、出版間際に急遽、ヴァントゥイユという唯一の人物へと統合された。そ

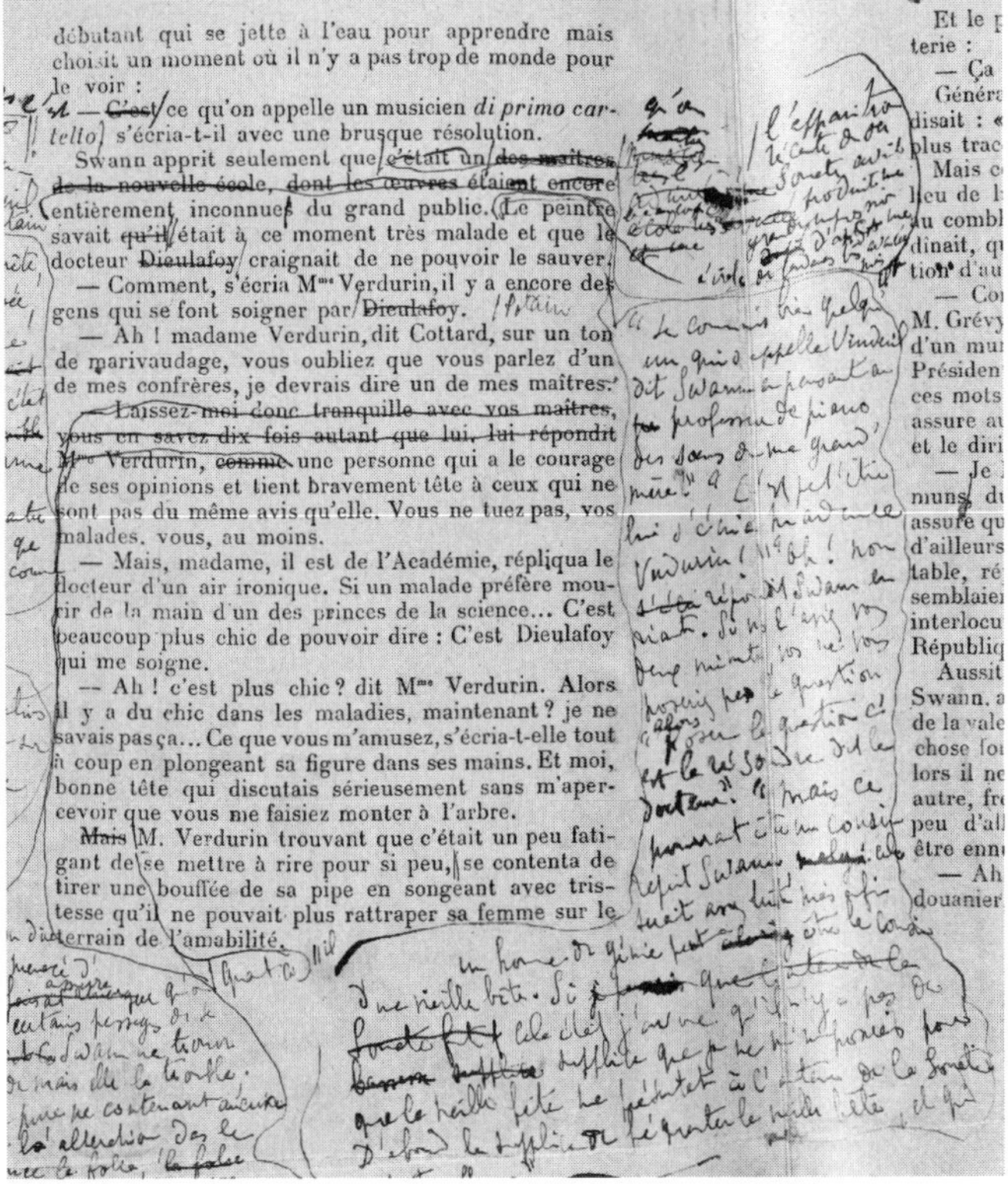
débutant qui se jette à l'eau pour apprendre mais choisit un moment où il n'y a pas trop de monde pour le voir :

— C'est ce qu'on appelle un musicien *di primo cartello*, s'écria-t-il avec une brusque résolution.

Swann apprit seulement que c'était un des maîtres de la nouvelle école, dont les œuvres étaient encore entièrement inconnues du grand public. Le peintre savait qu'il était à ce moment très malade et que le docteur Dieulafoy craignait de ne pouvoir le sauver.

— Comment, s'écria Mme Verdurin, il y a encore des gens qui se font soigner par Dieulafoy.

— Ah ! madame Verdurin, dit Cottard, sur un ton de marivaudage, vous oubliez que vous parlez d'un de mes confrères, je devrais dire un de mes maîtres.

— Laissez-moi donc tranquille avec vos maîtres, vous en savez dix fois autant que lui, lui répondit Mme Verdurin, comme une personne qui a le courage de ses opinions et tient bravement tête à ceux qui ne sont pas du même avis qu'elle. Vous ne tuez pas, vos malades, vous, au moins.

— Mais, madame, il est de l'Académie, répliqua le docteur d'un air ironique. Si un malade préfère mourir de la main d'un des princes de la science... C'est beaucoup plus chic de pouvoir dire : C'est Dieulafoy qui me soigne.

— Ah ! c'est plus chic ? dit Mme Verdurin. Alors il y a du chic dans les maladies, maintenant ? je ne savais pas ça... Ce que vous m'amusez, s'écria-t-elle tout à coup en plongeant sa figure dans ses mains. Et moi, bonne tête qui discutais sérieusement sans m'apercevoir que vous me faisiez monter à l'arbre.

Mais M. Verdurin trouvant que c'était un peu fatigant de se mettre à rire pour si peu, se contenta de tirer une bouffée de sa pipe en songeant avec tristesse qu'il ne pouvait plus rattraper sa femme sur le terrain de l'amabilité.

図12　スワンの発言「天才が老いぼれのいとこってこともありえます」をめぐる加筆

の結果、コンブレーのしがない老人には謎がつきまとい、その老人とソナタの作者とのあいだに深い乖離が生じ、プルーストが『サント=ブーヴに反論する』で浮き彫りにした日常の自我と創作する自我との乖離がいっそう際立つことになったのである。

　出版された『スワン家のほうへ』のモンジュヴァンの場面（ヴァントゥイユ嬢の同性愛シーン）の導入部には、重要な予告がふたつ記されている。「モンジュヴァンで感じた印象がもとになって、当時は理解できなかったその印象から、ずいぶん後に私はサディスムの概略を知ったのかもしれない。いずれおわかりいただけることだが、まるでべつの理由から、この印象の想い出は、私の生涯に重要な役割を果たすことになる」（I. 157／①三四四）。最初の「サディスム」についての一文は、『見出された時』で鎖につながれ鞭打たれるシャルリュス男爵のすがたを覗き見する場面を予告するもので、これは一九一一―一九一二年のタイプ原稿にすでに印字されていた[92]。第二の「私の生涯に重要な役割を果たすことになる」という予告は、第四篇『ソドムとゴモラ』末尾で、ヴァントゥイユ嬢の同性愛シーンの想い出から「私」がアルベルチーヌの同性愛を疑うようになり、その結果、同棲生活に踏みきることの伏線である。この第二の予告をなす「べつの理由から」の一文は、一九一三年春のボードメール財団所蔵の校正刷やフランス国立図書館所蔵の再校にも見当たらない[93]。しかし最終的に刊本に印刷されたのだから、出版間際(一九一三年の夏以降)に加筆されたものだろう[94]。この最終段階の加筆と同時期に、長篇に「囚われの女」の物語を導入することも決まったのである。

ソナタの作曲者の正体をめぐる数十ページを隔てたスワンの自問といい、ヴァントゥイユ嬢の同性愛場面でのアルベルチーヌ物語についての予告といい、最終段階の加筆が存在しなければ、『失われた時を求めて』の結構はずいぶん違ったものになっていたことだろう。プルーストがバルザックやワーグナーの作品について語った「もはや合体するほかない多様な作品のあいだに統一が発見されたときの感激の瞬間から生まれたものであるだけに、いっそう現実的とさえ言える統一」(III, 667／⑩三六〇)という命題は、ここで検討した加筆による統一にも当てはまるにちがいない。プルーストが理解されにくい自作について「大きく開いたコンパスの脚」(COR, XXI, 41)のような構成と呼んだ予告と帰結の遠く離れた呼応関係は、加筆による効果なのである。

「ライトモチーフ」フォルトゥーニの誕生(バルベックからヴェネツィアへ)

遠く離れた箇所に同時にほどこされた加筆によって遅ればせに実現したこのような統一の実例をもうひとつ見ておきたい。それはフォルトゥーニ制作の衣装についての描写が『失われた時を求めて』全体を貫くきわめて射程の長

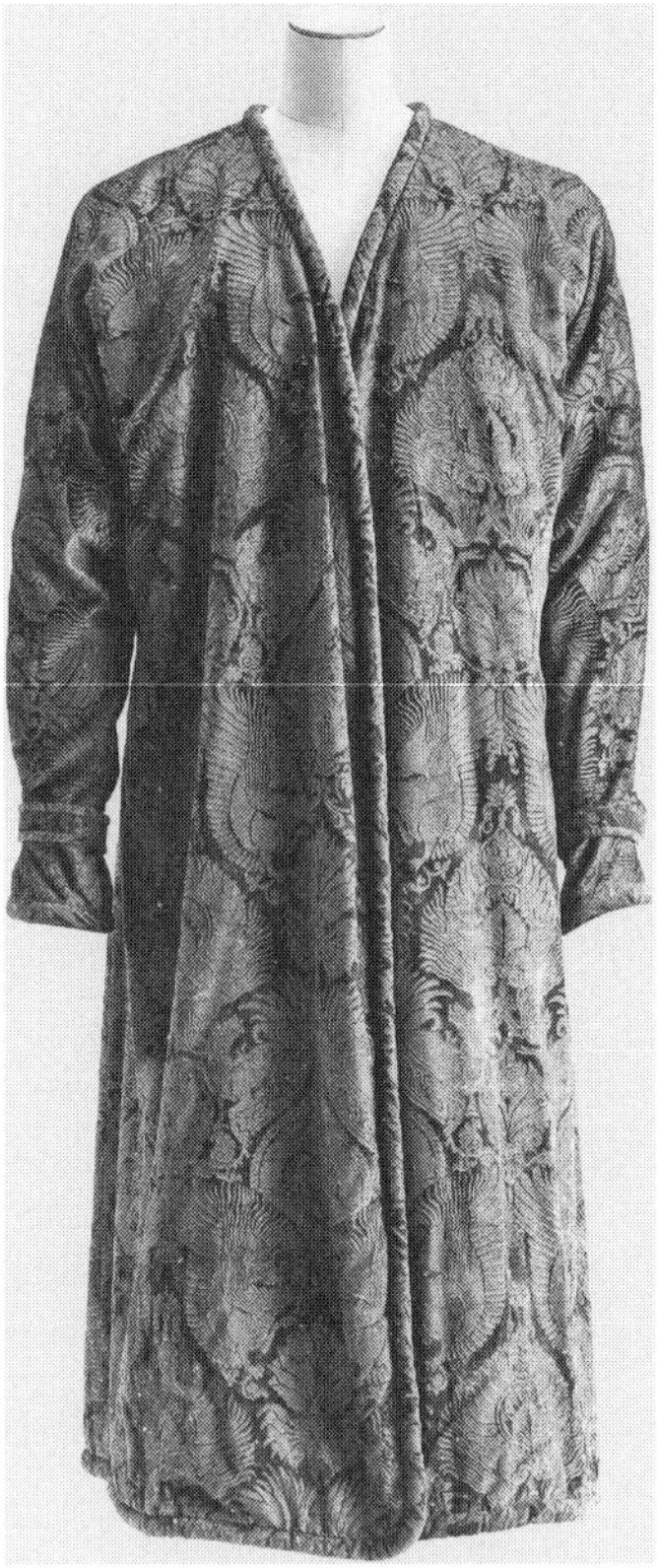

図13　フォルトゥーニのコート（フランス国立図書館「作品を制作するプルースト」展に出品）

いテーマになった例である。ヴェネツィアのデザイナー、マリアーノ・フォルトゥーニ（一八七一―一九四九）は一九〇七年に現地に工房を開き、パリにも支店を設け、社交界の貴婦人たちのドレスやサラ・ベルナールらの舞台衣装を手がけ、一世を風靡した（図13）。フォルトゥーニは、友人レーナルド・アーンの姉マリアが嫁いだマドラッゾ家の親戚だったから、プルーストは早くも一九〇九年五月に「フォルトゥーニの生地」に言及していた（COR, IX, 94）。

このテーマの導入部をなすのは、第二篇のバルベック海岸である。そこにアトリエを構える画家エルスチールが、主人公の「私」とアルベルチーヌを前にこう予言する。ヴェネツィア派の画家によって描かれた貴族の衣装の「服地製法の秘密」を最近フォルトゥーニが再発見したので、「ここ数年のうちに〔……〕オリエントの図柄で飾られたブロケード織りにも劣らない華麗なブロケード織りを身につけた女性たち」が出現するだろうというのだ（II, 252-253／④五四七―五四八）。実際、のちの第五篇『囚われの女』で主人公は、フォルトゥーニの衣装を愛用するゲルマント公爵夫人のアドバイスを得たうえで、同居するアルベルチーヌにその部屋着やコートをプレゼントする。この展開部には、都合九回のフォルトゥーニへの言及が出てくる。その最後、同居生活の終盤の夜、アルベルチーヌが身につける「フォルトゥーニの部屋着」にヴェネツィアへの夢想をかき立てられた主人公は、「ゴンドラが進むにつれて、眼前の大運河の紺碧色が炎のように輝く金属みたいに変化するさま」を想いうかべる(III, 895–896/⑪四七一―四七二)。このヴェネツィアへの旅の夢想にふけっていた翌朝、突然アルベルチーヌは出奔し、その後、落馬事故で死去したという知らせが届く。フォルトゥーニをめぐるテーマの結論部は、第六篇で、恋人を失った悲嘆もようやく癒えて主人公が出かけたヴェネツィアに出てくる。主人公がアカデミア美術館でカルパッチョの『悪魔に憑かれた男を治療するグラドの総主教』を眺めていたところ、そこに描かれたヴェネツィア貴族の衣装が生前のアルベルチーヌが羽織っていた「フォルトゥーニのコート」を想い出させるのだ。亡き恋人を想い出した主人公の心には「しばし欲望と憂愁のいりまじった感情の波立ちが押し寄せたが、それもやがて消え去った」(IV, 226/⑫五一九)。

プルーストは一九一六年二月、友人レーナルド・アーンの姉マリア・ド・マドラッゾに宛てた手紙で、いま略述したのと同様の筋書きを説明したうえで、みずからフォルトゥーニのテーマの意義をこう要約した。「「ライトモチーフ」フォルトゥーニは、ささやかながら、きわめて重要なテーマで、官能を刺激し、詩的イメージを喚起し、そして苦痛をもたらすという役割を、かわるがわる果たすのです[95]」(COR, XV, 57)。

このようにフォルトゥーニのテーマは、アルベルチーヌとの出会いの地であるバルベック海岸(『花咲く乙女たちのかげに』第二部)を導入部とし、恋人との同居生活を描いた『囚われの女』を展開部とし、恋人の忘却の地である海辺の町ヴェネツィア(『消え去ったアルベルチーヌ』)を結論部とする、これまた「大きく開いたコンパスの脚」(COR, XXI, 41)のような大掛かりな構成をとっている。

マリア・ド・マドラッゾ宛ての手紙を書きおくった一九一六年頃、フォルトゥーニをめぐる「ライトモチーフ」の構想を想いついたプルーストは、すでに出来あがっていたバルベック滞在とアルベルチーヌとの同居生活とヴェネツィア滞在を描いた草稿帳や独立した別紙に、これらフォルトゥーニへの言及をすべてまとめて加筆した。その一例として、『囚われの女』の末尾、「フォルトゥーニの青と金の部屋着」(III, 913/⑪五〇九)がヴェネツィアを想起させる一節を掲げる(図14の右頁中央空白部への加筆)。それらを各セクションの清書原稿にとり込んだ[96]。作家本人が「ライトモチーフ」と呼んだ大作全体に展開する大掛かりな構成もまた、加筆の効果なのである。同様の例は、第六章で述べるベノッツォ・ゴッツォリに関する加筆にも見られる。

最後の加筆

一九一三年から一九一五年にかけてアルベルチーヌ物語が導入された結果、グラッセ版で予告されていた構成は大きく変更されたが、『失われた時を求めて』の基本的な骨格、つまり最終篇『見出された時』のゲルマント大公妃邸における作品執筆の決意という骨格はいささかも揺らぐことはなかった。新たに導入されたアルベルチーヌの同居と出奔という物語にしても、一九一五年頃に執筆された首尾一貫した草稿(フランス国立図書館の分類で「カイエ53」「カイエ73」「カイエ55」「カイエ56」)の分量は、すべて合計しても、かりにプレイヤッド版で印刷したとすれば二百ページほどを占めるにすぎない。ところが実際に出版された『囚われの女』と『消え去ったアルベルチーヌ』はプレイヤッド版の約六七〇ページを占める。この二篇だけでも、あくまで概算であるが、一九一五年の草稿と比べると分量が三倍以上に膨れあがったのである。このような増殖は、大戦によって出版が中断された第二篇以降のすべての巻におよぶ。当初のグラッセ版と比べて現行の『失われた時を求めて』が膨大化したのは、一般に信じられているようにアルベルチーヌ物語の導入にのみ起因するのではなく、各篇そのものの肥大化に拠るところが大きい。どの篇も、草稿から清書原稿、さらにタイプ原稿から校正刷へと進行するにしたがい、すでに検討したヴァントゥイユの遺作や「ライトモチーフ」フォルトゥーニなどの例に見られるように、膨大な加筆がほどこされたのである。

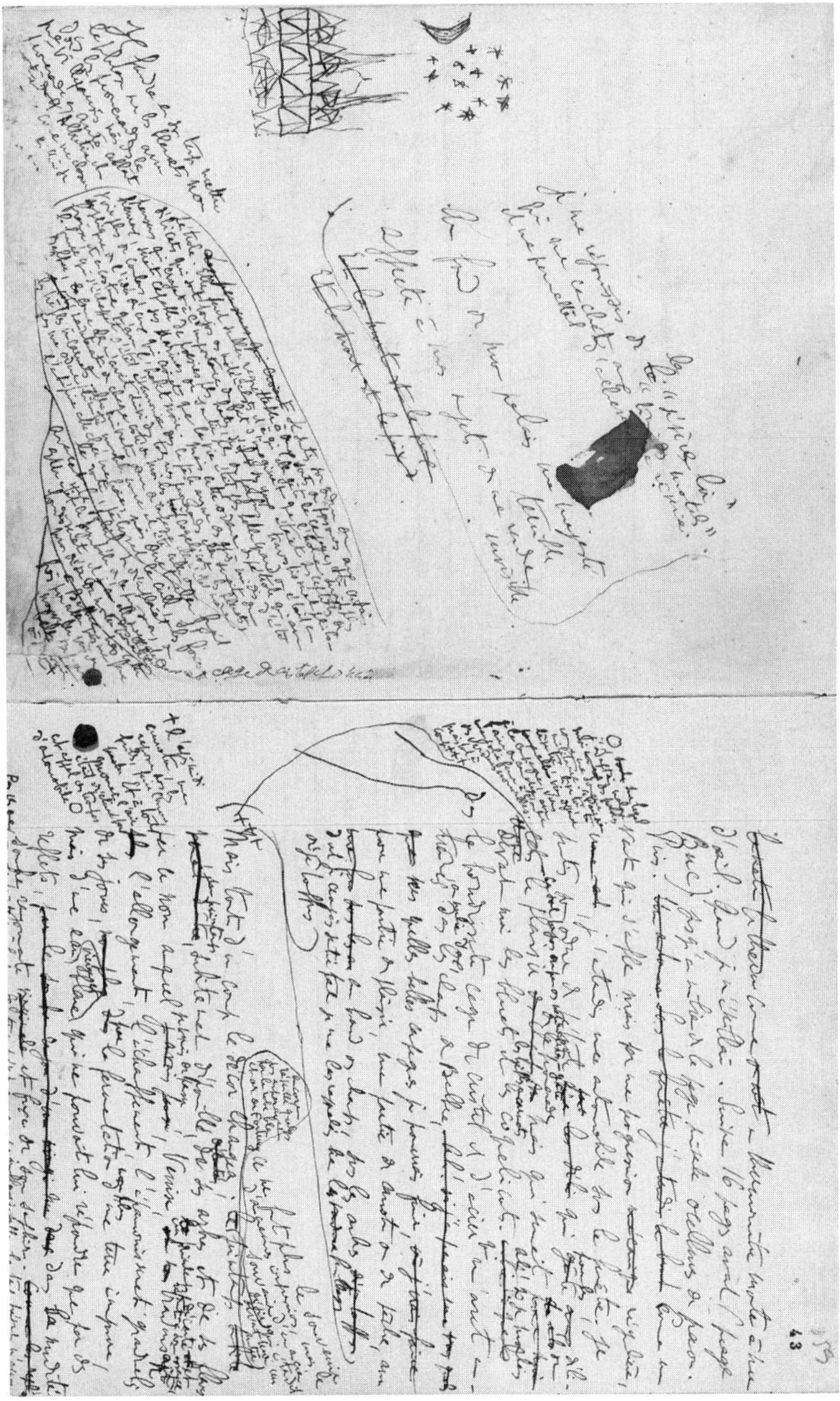

図14 「カイエ55」への「フォルトゥーニの青と金の部屋着」robe bleu et or de Fortuny の加筆(© BnF)

その加筆は、プルーストの最晩年までつづいた。一九二二年四月に『ソドムとゴモラ 二』が刊行され、それ以降、作家は続篇の『囚われの女』に手を入れていた。当然『囚われの女』には最晩年の加筆が数多く見られる。第十三章で採りあげる「パリの物売りの声」をめぐる長大な一節も、タイプ原稿への最晩年の加筆である。ここでは、ベルゴットの死とスワンの死についての加筆を見ておきたい。

ベルゴットの死をめぐる一節は、全篇を読んでいない人にもよく知られているだろう。「私」が少年時代から愛読していた作家ベルゴットは晩年、仕事もせず、不眠と悪夢に悩まされていた。しかし「ある批評家」がオランダ派展に展示されたフェルメールの『デルフトの眺望』に描かれた「小さな黄色い壁面」を賞讃しているのを読んで興味を惹かれ、その画をもう一度見ようと展覧会に出かけた。この挿話は、プルーストが一九二一年の五月下旬、パリのチュイルリー公園内ジュ・ド・ポーム美術館で開催された「オランダ派絵画展」に出向き、『デルフトの眺望』を鑑賞した経験をもとに執筆された[97]。作中で言及される「ある批評家」とは、友人の美術批評家ジャン＝ルイ・ヴォードワイエ(一八八三—一九六三)を念頭に置いている。プルーストは、ヴォードワイエが三回にわたって「オピニョン」誌に連載した展覧会評「謎のフェルメール」を読んで感激し、同行を頼んで展覧会を鑑賞したのだ。

フェルメールが描いた壁面を見つめたベルゴットは、こうひとりごつ。「こんなふうに書くべきだった。おれの最近の本は、あまりにも無味乾燥だった。この小さな黄色い壁面のように、絵の具を何度も塗りかさねて、文それ自体を貴重なものにすべきだった」(III, 692／⑩四一七)。そう考えているうち、ベルゴットは発作に襲われ、ソファーから床に転がり落ちて息絶える。ここにはベルゴットの死と「小さな黄色い壁面」の永続性とが対照的に描かれ、芸術家の肉体の死と、それを超えて生き残る芸術の永続性が示唆されている。というのもベルゴットの死を報告した語り手は、すぐさま「永久に死んだのか？　だれがそう言えよう？」(III, 693／⑩四一七)と疑問を投げかけ、芸術がその作者の死後にまで生きながらえる可能性を示唆しているからだ。ベルゴットが埋葬された夜、本屋のショーウインドーに「翼を広げた天使のように」飾られた本が「もはやこの世にない人にとって復活の象徴となっているように思われた」(III, 693／⑩四一九)という結びの文言は、その可能性を肯定するものだろう。

ベルゴットの訃報のすこし先では、スワンの死も報告される。前篇『ソドムとゴモラ』のゲルマント大公邸において触れられたスワンの死相の帰結である。ところがこの死は、主人公の「私」とソルボンヌの教授ブリショが語らいながらヴェルデュラン夫人邸の夜会へと向かう途中、その会話を中断する形でいきなり「そのころ私の心を動転させたのは、スワンの死である」と報告される(III, 703／⑪二三)。スワンの死は、このような不自然な形をとって、なぜこの箇所で語られなければならなかったのか。じつはふたりが向かうヴェルデュラン家ではヴァントゥイユの遺作の七重奏曲が演奏され、コンブレーの老ピアノ教師がじつは偉大な作曲家であることが明らかになる。さきに検討したようにこの両者が同一人物であることを理解できなかったスワンは、日常の自我と創作の自我とを峻別するすべを知らぬまま世を去らなければならなかったのである。

ベルゴットには死後の栄光が約束されていたのとは対照的に、絵画や音楽や文学に造詣の深い教養人でありながら「なにひとつ「生み出す」ことはなかった」(III, 705／⑪二七)スワンに、死後の生は約束されない。ところがここで語り手は、これまた唐突に「親愛なるシャルル・スワンよ」と呼びかけ、「あなたも生きながらえる可能性がある」のは、自分が「あなたを小説の一篇の主人公にしたから」だと宣言する(「私」がすでに「スワンの恋」に類する物語を書いていると言わんばかりである)。そしてこう言い添える。「ロワイヤル通りクラブのバルコニーを描いたティソの画のなかで、あなたはガリフェと、エドモン・ド・ポリニャックと、サン＝モーリスとのあいだにおられるが、そのあなたのことがこれほど話題になるのは、スワンという人物のなかにあなたのものであった特徴がいくつか認められ

10 Juin 1922 L'ILLUSTRATION N° 4136 — 551

Le Balcon du Cercle de la rue Royale en 1867, par James Tissot.
(*Au Baron Hottinguer.*)
De gauche à droite : le comte Alfred de la Tour-Maubourg, le marquis Du Lau, le comte Etienne de Ganay, M. Colerane Vansittart, le comte J. de Rochechouart, le marquis R. de Miramon, le baron Hottinguer, le marquis Maurice de Ganay, M. Gaston de Saint-Maurice, le prince E. de Polignac, le marquis de Galliffet, M. Charles Haas.

図 15　ジェームズ・ティソ『ロワイヤル通りクラブ』

るからにほかならない」(同上)。

ここにいうロワイヤル通りクラブとは、同通りとコンコルド広場の角に所在した閉鎖的な紳士向け社交クラブ。画家ティソ(一八三六―一九〇二)は一八六八年、クラブのバルコニーに十二名のメンバーを配した集団肖像画を描いた(図15)。一番右手がロチルド銀行代理人を父に持ちスワンのモデルとされるシャルル・アース、その左手に順次、ガストン・ド・ガリフェ侯爵、エドモン・ド・ポリニャック大公、ガストン・ド・サン゠モーリス男爵が描かれている。この画は一九二二年、パリの装飾美術館における展覧会に出品され、その図版が挿絵入り週刊紙「イリュストラシオン」の同年六月十日号に掲載された(図15は同紙から転載)。この図版の切り抜きを作家ポール・ブラックから送ってもらったプルーストが、同年八月九日にブラックに宛てた礼状が残っている。「ここに描かれた人物はアースとエドモン・ド・ポリニャックとサン゠モーリスしか知りませんが、こうして再会できるのはなんという喜びでしょう」(COR, XXI, 409)。プルーストは、この画の切り抜きをヒントにして、社交人として名士だったスワンを際立たせるため、新聞の訃報とともに、実際の画には描かれていないことは百も承知でティソの集団肖像画のなかに作中人物スワンを登場させたのである(98)。

ベルゴットの死といい、スワンの死といい、作家は自身の死が迫るなか、たまたま展覧会で鑑賞する機会を得た『デルフトの眺望』や、新聞の切り抜きでじっくり観察したティソの集団肖像画を利用しつつ、芸術家とアマチュアの対照的な死を加筆することができたのである。

『失われた時を求めて』は未完なのか

これまで概観したように『失われた時を求めて』は、すべてが最初からあらかじめ確立したプランに沿って計画的に執筆され作成された作品ではない。物語体評論『サント＝ブーヴに反論する』の末尾からサント＝ブーヴをめぐる評論を削除する決定の場合も、博物学者ヴァントンと作曲家ベルジェをひとりのヴァントゥイユなる人物に統合する着想の場合も、秘書アゴスチネリの同居と出奔という個人的な体験からアルベルチーヌの物語を構想した場合も、最晩年にベルゴットとスワンの死を加筆した場合も、プルーストは目の前に生起したできごとをその都度注意ぶかく見つめ、そこから重要な問題をとり出し、執筆中の小説のなかにとり込んだ。それが可能になったのは、第一に、物語と批評を総合し、最後の文学執筆の決意が小説全体の根拠をなすという結構が揺らがなかったからである。第二に、作品の主人公であり語り手であると同時にその背後に作家プルーストをも包含する「私」なる一人称を設定したからである。この一人称の融通無碍な構造が、人生と芸術にまつわるありとあらゆる主題を語ることを可能にしたのだ。

プルーストの執筆がつづかなかったのは、一九二二年十一月十八日、作家の死がその筆を止めたからである。それ

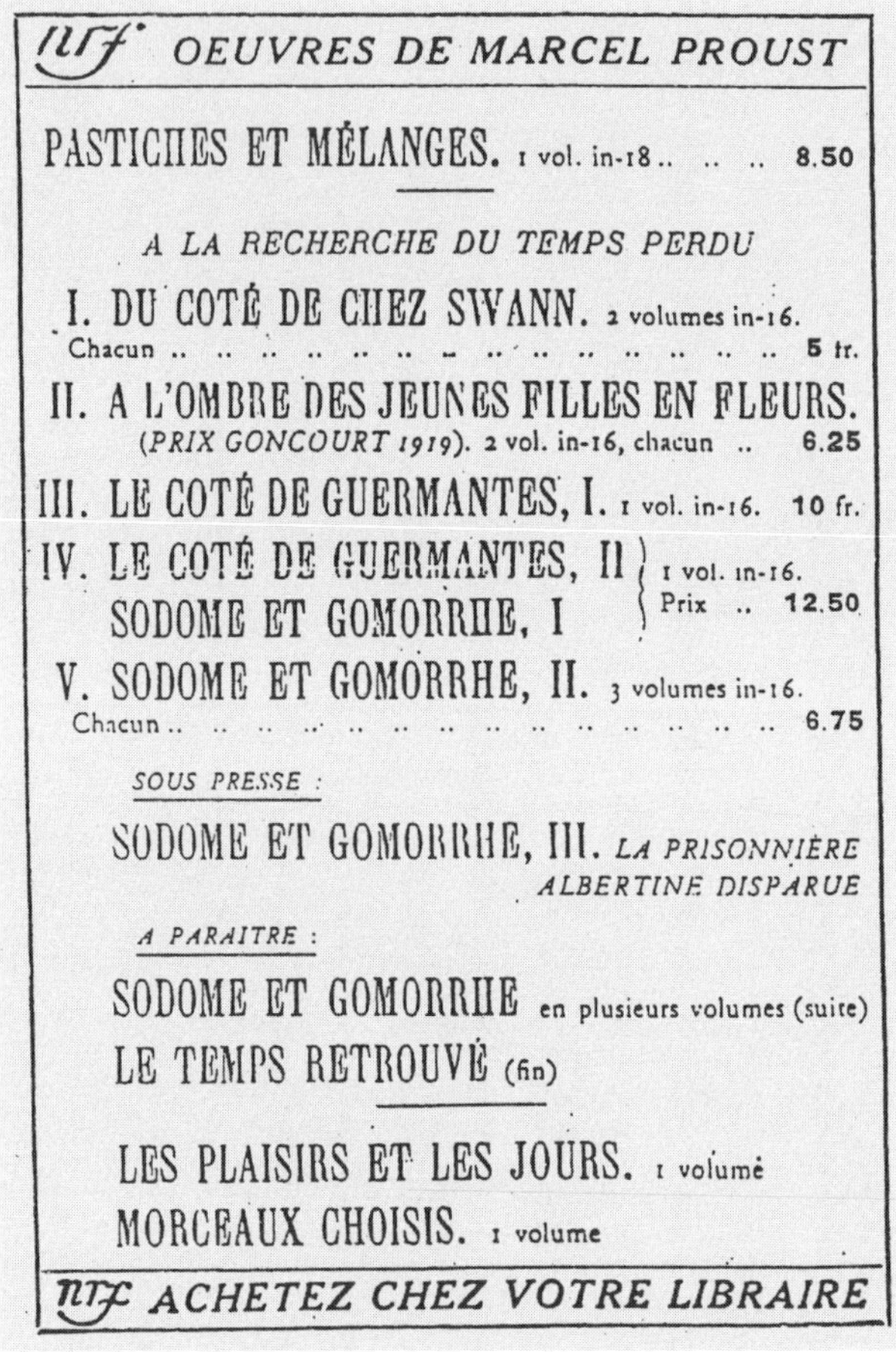
nrf OEUVRES DE MARCEL PROUST

PASTICHES ET MÉLANGES. 1 vol. in-18 .. .. .. 8.50

A LA RECHERCHE DU TEMPS PERDU

I. DU COTÉ DE CHEZ SWANN. 2 volumes in-16.
Chacun .. .. 5 fr.

II. A L'OMBRE DES JEUNES FILLES EN FLEURS.
(PRIX GONCOURT 1919). 2 vol. in-16, chacun .. 6.25

III. LE COTÉ DE GUERMANTES, I. 1 vol. in-16. 10 fr.

IV. LE COTÉ DE GUERMANTES, II / SODOME ET GOMORRHE, I } 1 vol. in-16. Prix .. 12.50

V. SODOME ET GOMORRHE, II. 3 volumes in-16.
Chacun 6.75

SOUS PRESSE :

SODOME ET GOMORRHE, III. LA PRISONNIÈRE
ALBERTINE DISPARUE

A PARAITRE :

SODOME ET GOMORRHE en plusieurs volumes (suite)
LE TEMPS RETROUVÉ (fin)

LES PLAISIRS ET LES JOURS. 1 volume
MORCEAUX CHOISIS. 1 volume

nrf ACHETEZ CHEZ VOTRE LIBRAIRE

図16 NRF誌1922年12月1日号掲載の出版予告

までの経緯からして、もしプルーストがさらに生きていたら、『失われた時を求めて』はなおも書き継がれていたにちがいない。作家が生前最後に出版した『ソドムとゴモラ 二』の続篇として用意されていた『囚われの女』と『消え去ったアルベルチーヌ』は、『ソドムとゴモラ 三』のそれぞれ「第一部」と「第二部」と位置づけられていた。プルーストの死後まもなく刊行されたNRF誌の一九二二年十二月一日号には、その『ソドムとゴモラ 三』が「印刷中」と記されていたばかりか、「刊行予定」として「数巻にわたる『ソドムとゴモラ』の続篇」まで予告されていた（図16）。

　ということは『失われた時を求めて』は未完の作とみなすべきなのだろうか。たしかに死後出版の巻では、プルーストの推敲が及んだのは『囚われの女』のタイプ原稿の前半までにすぎない。生前に出版された巻のように、タイプ原稿と校正刷への加筆訂正という手順を経ていない以上、死後出版の本文は未定稿と言わざるをえない。とはいえ、さきに見たように、作家は「清書原稿」にて物語を最後まで執筆、その末尾に「完」Fin の文字を記していた。残された原稿（一部はタイプ原稿）に基づく死後出版の部分は、ごく一部に小さな矛盾やメモふうの記述が残るものの、プルースト自身が校了にした『ソドムとゴモラ』までの巻と比べて完成度に遜色はなく、読んでいて違和感を覚えることはない。未定稿ではあるが、未完とは言えない、というのが私の結論である。

コラム 1 レオニ叔母の「椎骨《ついこつ》」——ジッドによる出版拒否

プルーストを読んでいると、奇妙な表現に出会って、面くらうことがよくある。ただ、奇妙な表現といっても、それはたいていプルースト特有の比喩が大胆になった場合で、最初は不可解に思われても、くりかえし読むうちに納得するのがふつうである。ところが、なんど読んでも違和感を覚え、専門家がそろって首をかしげる、そんな箇所もないわけではない。

たとえば第一篇『スワン家のほうへ』で、田舎町コンブレーに住むレオニ叔母が描写されるくだりで、叔母の額に「椎骨が浮き出ていた」という表現などは、そうした例の典型であろう。まずは説明の都合上、プルーストが校正したはずの一九一三年のグラッセ初版と一九一九年のガリマール再版に基づく旧プレイヤッド版(一九五四)にしたがい、問題の箇所の訳文と原文を掲げる。

叔母は、蒼白く生気のない哀れな額を私の唇のほうに差しだすのだが、朝のこの時刻ではまだかつらの毛を整えていないので、額のうえにはまるで茨の冠のとげや数珠《ロザリオ》の玉のように椎骨《ついこつ》が浮き出ていた。(①一二七)

Elle tendait à mes lèvres son triste front pâle et fade sur lequel, à cette heure matinale, elle n'avait pas encore arrangé ses faux cheveux, et où les vertèbres transparaissaient comme les pointes d'une couronne d'épines ou les grains d'un rosaire[. . .].

脊柱を構成する「椎骨」vertèbres が額にまで伸びているはずはないから、たしかに不可解な表現というほかない。こんな人体構造(解剖学)の初歩を、父親も弟も医者であった作家が知らなかったはずはないと考えるべきであろう。「椎骨」という語が使われている例は『失われた時を求めて』にもう一箇所あるが、そこにはエイのからだが「無数の椎骨をそなえ、ブルーとピンクの神経を走らせている」と書いてあり(II. 55/④一二〇)、用法に誤りはない。レオニ叔母の場合、プルーストの表現がどれほど突飛なものであるかは、『失われた時を求めて』の最初の英訳者スコット・モンクリフが、そのまま直訳したのでは意味不明になると判断し、「椎骨」をただの「骨」bones と訳し換えていることからも想像できよう。たしかに額に「骨が浮き出ていた」というのなら理解できる(ランダムハウス版、t. I, 1981, p. 56)。

この不可解な表現は、プルーストが一九一二年十一月、タイプ原稿をガストン・ガリマールに送ったとき、NRF社の編集責任者のひとりだったジッドが出版を断った元凶となったことでも知られる。実際ジッドは、プルースト宛ての手紙の下書きに「今のところ〔……〕理解できない唯一の文」として「椎骨が浮き出ている額」という箇所をメモしていた(COR. XIII, 51)。その後ジッドはこの出版拒否を後悔し、一九一四年一月十一日、プルーストにこんな詫び状を出した。「この本の出版を拒んだのは、NRFのもっとも重大な過ちになるでしょう。そのうえ(お恥ずかしいことながら、私に大へん責任のあることですから)、私の生涯でもっとも心をさいなまれる後悔の種となるでしょう」(COR. XIII, 53)。

このレオニ叔母の「椎骨」について、プルーストの書簡研究で知られるフィリップ・コルブは、一九六三年に「マルセル・プルーストの謎めいた隠喩」という論文で、新説を発表した(一九七〇年に「ユーロップ」誌のプルースト特集号に仏訳が掲載されて評判になった論文で、一九九九年刊行の筑摩書房版『プルースト全集』別巻に石木隆治訳がある)。コルブの仮説は、プルーストの姪にあたるマント夫人宅に保管されていた未発表タイプ原稿を調査したところ、そこにプルーストが自筆でetという接続詞を書きこんでいるが、これは作家のミスとしか考えられない。かりにこれを削除すると、「椎骨が浮き出ていた」という関係詞節は、etがあった場合のようにレオニ叔母さんの「額」にかかるのではなく、直前の「かつらの毛」を修飾することになる。したがって「椎骨」は、解剖学の用語として使われているのではなく、かつらの「骨組み」をさす比喩である。不可解に思われる表現も、まだ毛を整えていないので、かつらには椎骨状の骨組みが透けて見えた、という意味に解釈できるというのである。

ほかでもない書簡研究の権威であるコルブが、当時はだれひとり見たことのないプルーストのタイプ原稿を調査したうえで出した結論だったから、これは一躍脚光をあびて定説となった。実際、一九八〇年代につぎつぎと刊行された『失われた時を求めて』の新しい校訂版を見ても、ロベール・ラフォン版(p. 63)、新プレイヤッド版(p. 51-52)、フォリオ・クラシック版(同頁)が、いずれも本文校訂にあたってコルブ説を採用し、テクストから接続詞 et を削除している。その後の二種類の日本語訳もコルブ説を支持し、井上究一郎は「つけまげの椎骨状の骨のつらなりが透いていて〔……〕」と訳出し(ちくま文庫版、第一巻、八七頁)、鈴木道彦も同様に「つけまげには〔……〕椎骨状のものがいくつも浮き出してあらわれている」とする(集英社文庫版、第一巻、一二三―一二四頁)。問題はこれで一件落着かと思われたのである。

ところが一九九二年十二月、プルースト研究者ではないナディーヌ・コロンベルという女性が、詩の季刊誌「ポエジー」に、「いや、レオニ叔母さんの額に椎骨などなかった！」と題する文章を発表し、コルブ説に異を唱えた。この文章は、詩の専門誌に出たこともあって一般読者の注意を惹かなかったが、翌一九九三年、「ル・モンド」紙の書評欄(二月十二日付)でミッシェル・コンタから「説得的な仮説」と紹介され、世間の注目を浴びることになった。その年の四月、私が在外研究でパリに着いてみると、同じ「ル・モンド」紙の書評欄(四月二日付)に「レオニ叔母の椎骨(続報)」と題する記事が出て、さきのコロンベル説にたいして、マルセイユとチューリッヒのフランス文学教授から反論が提出されていた。興味をそそられて、さっそく図書館で雑誌「ポエジー」を借りだし、評判の文章を読んでみた。せっかくパリに来ているのだから、どちらの言い分が正しいのか、問題の箇所の草稿やタイプ原稿も自分の目で確かめ、納得できる結論を得たいと思ったのである。

雑誌「ポエジー」のコロンベル論文は、要するにコルブよりも説得力のある解釈を思いついた、という趣旨だった。「椎骨」vertèbres というのは、おそらく口述筆記した際のイギリス人速記者の書きちがいで、プルーストは「本物の」véritables と書こうとしたのではないか、「整えていないかつらの毛の下に透けて見えていた」のは、わずかに残った「本物の毛」だというのだ(「ポエジー」n° 62. p. 109)。この解釈自体は、批評家のコンタを魅了しただけあって、プルースト愛読者の意表をつく面白さがあり、それなりに筋も通っていて、文章も読ませる。ただしコロンベル説は、その後一九六二年から、パリの国立図書館にプルーストの草稿やタイプ原稿などが収蔵されている事実を考慮せずに記されたものだった。

　図書館でさっそく該当箇所の原稿を調べてみたが、プルースト自身、最初から明確にvertèbres（椎骨）と書いており、コロンベルのいうようにvéritables（本物の）と解釈するのは、どう考えても無理だとわかった。そもそも初期草稿帳「カイエ8」には、こう記されていた。

　叔母は私のほうに、蒼白く生気のない額を差しだしたが、そこには椎骨の尖った粒々が浮き出していた。

　[Elle] me tendait son front pâle et fade où les grains aigus des vertèbres transparaissaient[...].（図17）

　さらにいえば、「椎骨の尖った粒々が浮き出していた」という表現がかかっているのも、その先行詞であるレオニ叔母の「蒼白く生気のない額」以外にありえない。プルーストは、この草稿帳の清書コピーを秘書につくらせ、さらにそれに手を入れた。それが「カイエ10」である。

　叔母は私のほうに、蒼白く生気のない額を差しだしたが、朝のこの時刻ではまだかつらの毛を整えていないので、そこにはまるで茨の冠のとげや数珠《ロザリオ》の玉のように椎骨が浮き出ていた。

　Elle me tendait son front pâle et fade, sur lequel, à cette heure matinale[,] elle n'avait pas encore arrangé ses faux cheveux, où les vertèbres transparaissaient comme les pointes d'une couronne d'épines ou les grains d'un rosaire[...].（図18）

　ここでプルーストは、sur lequel ではじまる関係代名詞節をつけ加えたせいで必要となった接続詞 et を où の前に書き足すのを忘れたのではないか。

　この原稿から作成させたタイプ原稿の当該箇所を読みかえしたとき、プルーストはおそらくこの失念に気づき、タイプ原稿に自筆で et を書き加えた、というのが実態であろう（図19）。これこそ、コルブが六〇年代に見たタ

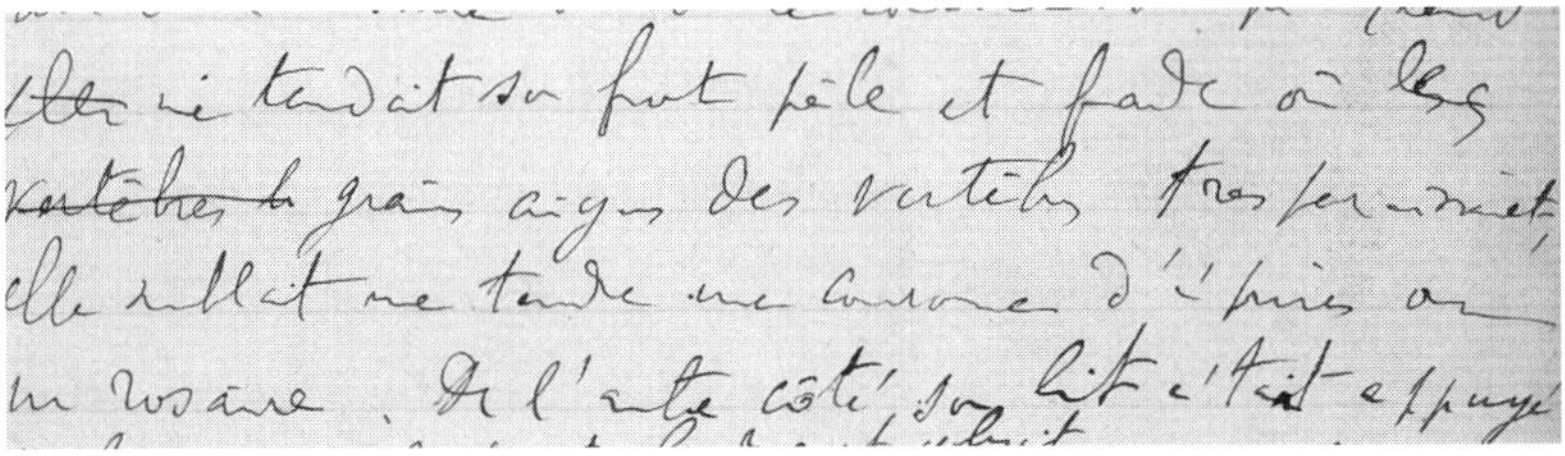

図17　Cahier 8, f° 49 r°

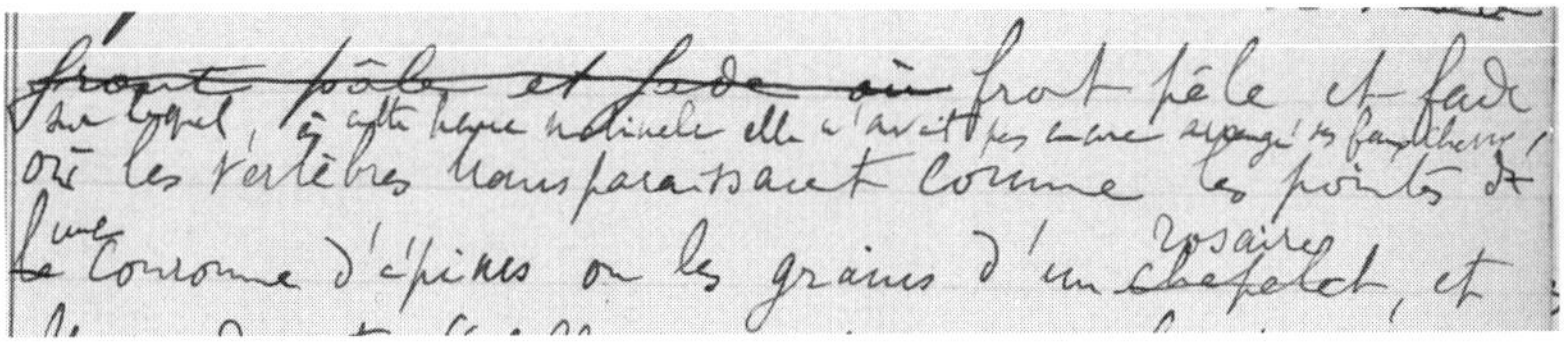

図18　Cahier 10, f° 26 r°

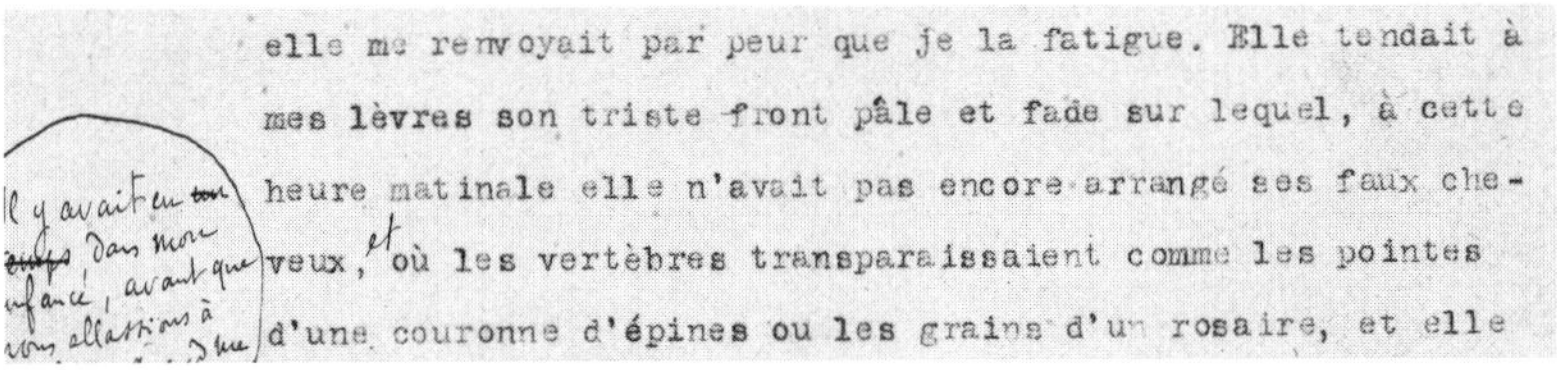

elle me renvoyait par peur que je la fatigue. Elle tendait à
mes lèvres son triste front pâle et fade sur lequel, à cette
heure matinale elle n'avait pas encore arrangé ses faux che-
veux, et où les vertèbres transparaissaient comme les pointes
d'une couronne d'épines ou les grains d'un rosaire, et elle

図19　タイプ原稿(NAF16733, f° 94 r°)へのetの加筆

イプ原稿であり、コルブはこのetを削除すれば、「椎骨が浮き出ていた」という関係詞節が修飾するのは「額」ではなく、直前の「かつらの毛」になるという説を提出したのであった。しかし、これまでのプルーストの推敲過程をふり返ってみると、作家が自筆でわざわざetを書き加えたのは、このままでは関係詞節が直前の「かつらの毛」にかかると解釈されるから、それを怖れて、むしろ修飾するのは最初の原稿どおり(「カイエ8」)「額」であると明示するためだった、と考えるほうが自然だろう。つまり推敲過程からみて、コルブの解釈とは正反対で、プルースト自身は、どう考えてもレオニ叔母さんの額のうえに「椎骨が浮き出ていた」と言おうとしたとしか解釈できないのである。

この調査から明らかになったのは、

少なくともレオニ叔母の額の「椎骨」をめぐるこの箇所に関するかぎり、昔から読者が慣れ親しんでいたテクスト、ジッドをはじめ大ぜいの読者が不可解としたテクスト、つまり『スワン家のほうへ』のグラッセ初版(一九一三)をはじめ、それをひきついだガリマール再版(一九一九)や、旧プレイヤッド版(一九五四)のほうが、作家の書いたものを忠実になぞっているということである。その後のコルブ説に基づいてetを削除したロベール・ラフォン版(一九八七)、新プレイヤッド版(一九八七)、フォリオ・クラシック版(一九八八)は、いずれも作家の意志に反して、テクストを改変している。一九八〇年代以降の新版のなかでは、ガルニエ・フラマリオン版(1987, p. 150)とリーヴル・ド・ポッシュ・クラシック版(1992, p. 92)が初版以来のetを墨守したテクストを提供している。今では貴重な版本といえるかもしれない。

かくしてテクストは確定したが、議論が振り出しに戻っただけで、やはり不可解なのは「椎骨」の意味であろう。これが額の骨でないとすれば、やはりコルブが推定したように(そして井上訳や鈴木訳がそれを踏襲したように)、かつらの骨組みが透けて見えたと解釈するのが妥当なのだろうか(この解釈はetが存在しても可能である)。プルーストが本文で、「椎骨」が出てくる直前に「かつら」に言及しているうえ、その直後に「椎骨」を「茨の冠」や「数珠」にたとえているのが、額におかれた円環状の骨組みを暗示しているように思われる。コロンベル説には納得できないと「ル・モンド」紙に反論を寄せたひとり、チューリッヒ大学のルジウス・ケラー教授も、私の調査結果とほぼ同じような推敲過程をかんたんに紹介したうえで、やはり「椎骨」は「かつらの骨組み」の比喩であるという解釈を提示している。

二〇〇八年、ナタリー・モーリヤック・ダイヤーは、『十九世紀ラルース辞典』に「頭蓋骨」は「椎骨」の一部であるとする旧説が掲載されていることを紹介した。

「このように理解された頭蓋骨は、脊椎の延長をなし、上下左右に重なる多数の椎骨に相当する一連の骨と考えられる。〔……〕広く認められているのは、頭蓋骨が頭蓋椎骨あるいは頭部椎骨と呼ばれる、三個の椎骨から構成されていることである」(『十九世紀ラルース辞典』t. 5, 1869, p. 443)。

この理論はプルーストの時代にはもはや支持されてい

なかったが、ナタリー・モーリヤックによれば、「固定観念」にとり憑かれ「頭のなかに何か壊れて浮遊しているものがあって、大きな声で話すとその位置がずれてしまうと信じていた」(I. 50／①一二三―一二四)レオニ叔母の額を修飾するためにプルーストはわざと旧説を援用したのではないかという。プルーストの本文を字句どおりに解釈する説得的な仮説である。

「椎骨」という語は、すでに見たように、エイのからだの描写にも使われているが、レオニ叔母の「椎骨」と関連づけるべきは、その直前、主人公の少年のために映写される幻灯場面に出てくる transvertébration という語ではないか、と私は考える。

> ゴロの身体自体、馬の身体と同じで超自然のエッセンスで出来ているから、たとえいかなる障害物に出会い、いかなる邪魔者に遭遇しても、なんとか折り合いをつけ、相手を骨格として内部にとりこんでしまう。それはドアの取っ手でも同じで、すぐに相手に順応し、なんとかそのうえにゴロの赤い服や青白い顔を浮かびあがらせるのだが、そのように相手を骨格としてとりこんでも、その顔はいつも同じように高貴で、憂鬱そうで、いっこうに困った気配はなかった。(I. 10／①三八。傍点は引用者)

Transvertébration という語は、「相手を骨格としてとりこんでも」と拙訳では意訳した傍点箇所(原文では文末)に用いられている。この語は、いかなるフランス語辞典にも掲載されていない。プルーストの完全な造語である。transvertébration なる用語は、植物を生えている場所からべつの場所に移植する行為を意味する語 transplantation から類推すると、ある身体の椎骨をべつの身体に移植する行為を示唆する。しかしこの一節の文脈はいささか異なる意味を提示している。ゴロの身体は「ドアの取っ手」のような「いかなる障害物」「いかなる邪魔者」をも「骨格として内部にとりこ」むのだから、出会ったあらゆる障害物がその身体に椎骨を提供していることを意味すると考えられる。

この場合、ゴロの身体の表面にその障害物(ここではドアの取っ手)が椎骨として浮き出しているという位置関係を想定することができる。この位置関係は、レオニ叔母の額という表面に内部の椎骨が浮き出しているという位置関係と軌を一にしている。そうであれば、「超自然のエッセンス」で出来ていて揺れうごくゴロの身体には、「頭のなかに何か壊れて浮遊しているもの」があると信じこんでいるレオニ叔母の額を重ね合わせることができるのではないか。ゴロが受ける椎骨の移植(trans-vertébration)は、レオニ叔母の額に椎骨(vertèbres)が存在することのキーワードになっているのである。

この論争は、テクストの校訂に許されないミスを白日のもとにさらす結果となった。研究者の端くれとして、コルブ教授のような実証に実証をつみ重ねた研究にも思わぬ落とし穴があることを想い、わが身を顧みて粛然とならざるをえない。

古い版のほうが作家の意図に忠実で、改善されたはずの新版のほうに行きすぎがあるのだから、本文の校訂というのはむずかしいものだ。「ル・モンド」紙に反論を寄せたひとりで、大冊のプルースト伝『手に負えないマルセル・プルースト』(一九九四)の著者でもあるプロヴァンス大学名誉教授のロジェ・デュシェヌはこう書いている。「ルネサンスにまで遡る伝統によれば、つねに良しとされるのは、いちばん意味の通りにくい解読である。これは謙虚たらんとする態度のあらわれといえよう。周知のことながら、私たちの理解が及ぶようなかたちに大作家の文章を訂正する真似はしてはならないことである」。

第二部

作品の構造をめぐる謎

第四章　社交界に君臨する人びと

――貴族・ブルジョワ・ユダヤ人――

プルーストの大作はどのような主題構成を採っているのか。この問いに私をふくむ多くの読者は、全七篇のタイトルを想いうかべ、その中心主題をつぎのように考えるだろう。第一篇『スワン家のほうへ』ではブルジョワのスワン家が、第二篇『花咲く乙女たちのかげに』ではバルベック海岸につどう乙女たちが、第三篇『ゲルマントのほう』では大貴族のゲルマント家が、第四篇『ソドムとゴモラ』ではシャルリュス男爵とアルベルチーヌをめぐる同性愛が、第五篇『囚われの女』と第六篇『消え去ったアルベルチーヌ』ではアルベルチーヌとの同居と別離がそれぞれ描かれ、第七篇『見出された時』は最後の解決篇である。この要約に間違いはない。しかし『失われた時を求めて』は、タイトルが示唆するこうした主題の背後に、さらに意義ぶかい構造を秘めているのではないか。

概してこの長篇は、コンブレーのふたつの散歩道「スワン家のほう」と「ゲルマントのほう」に象徴されるように、スワン家とゲルマント家が対照的に描かれ、当初は相容れないと思われたブルジョワ階級と貴族階級が最終篇において統合される物語として紹介される。小説の終盤でスワン家の娘ジルベルトとゲルマント家の貴公子サン＝ルーが結婚し、その娘サン＝ルー嬢が『見出された時』の最後の社交パーティーに登場するからだ。このような構成の捉えかたは、一九一三年のグラッセ版において、第一巻『スワン家のほうへ』の続篇として、第二巻『ゲルマントのほう』と第三巻『見出された時』が予告されていたことからも是認しうるものだろう（本書六五―六六頁参照）。

スワンとオデットは、たしかに第一篇『スワン家のほうへ』および第二篇第一部「スワン夫人をめぐって」の中心人物である。しかし夫妻のサロンは、作家ベルゴットと主人公の「私」が昼食に招かれる場面をべつにして、作中で詳しく描かれることがない。それにたいして「スワンの恋」(一八八〇年前後)の舞台となったヴェルデュラン夫人のサロンは、その常連客とともに詳述される。その後『ゲルマントのほう』と『ソドムとゴモラ』で長々と描かれるのは、パリ社交界に君臨するゲルマント家のサロンである。しかし時の経過とともにゲルマント家の威光はしだいに翳りを帯び、『見出された時』の最後のパーティー(一九二五年頃)を主催するゲルマント大公妃は、大公と再婚したヴェルデュラン夫人にほかならない。新興ブルジョワ階級がいわば一流貴族の爵位を乗っ取ったのである。

社交場面の隠された構成

プルーストの大作において対照的に描かれているのは、スワン家とゲルマント家ではなく、むしろヴェルデュラン家とゲルマント家ではないのか。この点に着目して都合七回にわたって描かれた長大な社交場面をふり返ってみると、その主催者はゲルマント家のメンバーであるか、それともヴェルデュラン夫人であることがわかる。

時代順に列挙すると、第一の社交場面は「スワンの恋」におけるヴェルデュラン夫人のサロン(モンタリヴェ通り)である。それからかなりの時を隔てて、第二の場面は『ゲルマントのほう』の前半に出てくるヴィルパリジ侯爵夫人(ゲルマント一族)のレセプション。第三の場面は『ゲルマントのほう』の後半を占めるゲルマント公爵夫人主催の晩餐会と夜会。第四は『ソドムとゴモラ』前半におけるゲルマント大公妃主催の夜会。第五は『ソドムとゴモラ』後半に描かれるヴェルデュラン夫人の別荘ラ・ラスプリエールにおける晩餐会。第六は『囚われの女』に出てくるヴェルデュラン夫人主催の夜会(コンティ河岸)。第七は『見出された時』の最後でゲルマント大公妃(元のヴェルデュラン夫人）が催す午後のパーティーである。

これら全七回の社交場面のうち、「スワンの恋」の舞台となったヴェルデュラン夫人のサロンは、一回かぎりのできごとではなく、おそらく数ヵ月にわたって開催されたサロンをまとめて描いたものと考えられる。それ以外の六回の社交パーティーは、一時間から二、三時間におよぶ一回きりのレセプションや晩餐会や夜会であり、それぞれの描写に拙訳の岩波文庫版では約二百ページの膨大な紙数が費やされている。「スワンの恋」は主人公の「私」が「生まれる前」のできごとだから（I. 184／①三九四）、これを小説本体への導入部とみなすと、「私」が招待された都合六回のパーティーは、前半におけるゲルマント家の主催が三回、後半におけるヴェルデュラン夫人の主催が三回と、対称的な構成をなす。この社交場面の前半と後半には、時の推移につれゲルマント家の威光が翳ってヴェルデュラン夫人が台頭し、最後にはゲルマント大公妃になり替わることが反映されているのだ。

差別と排除の論理

そもそもゲルマント家が、ついでヴェルデュラン家がこのように社交界に君臨できたのはなにゆえであろう。なかでもゲルマント公爵夫妻がパリの一流社交界、つまりプルーストのいう「フォーブール・サン＝ジェルマン」に君臨したのには、どのような要因が介在したのだろう。その第一要因は、もちろん公爵が「第十二代ゲルマント公爵にして第十七代コンドン大公」（III. 738／⑪一〇〇）であり、同家が中世にさかのぼる名門だという点にある。しかしこの由緒正しい家系に言及したのは、語り手ではなく、ゲルマント公爵の弟で名門意識の強いシャルリュス男爵である。

これにたいして語り手がゲルマント公爵家の卓越の要因として強調するのは、むしろ公爵夫妻が振りかざす差別と排除の論理である。公爵夫人「オリヤーヌの才気」をサロンの呼び物とする同家は、親戚筋の名門貴族でありながら権威主義的なマナーを墨守するクールヴォワジエ家を排除する。また一門に属するとはいえ作家気取りで回想録を執筆するヴィルパリジ夫人も遠ざける。公爵夫人は、親しくつき合っていたスワンが元粋筋《ココット》の女オデットと結婚すると、スワンの度重なる懇願にもかかわらず、オデットと娘のジルベルトを自分のサロンに出入りさせない。公爵も、ゲルマント家の系図と格式にこだわり、「愛想よくするのが大好きな」妻が疲れるという口実を設けて(II, 745／⑦二四四)、よそ者を締め出し、閉鎖的特権を守ろうとする。

ところがこのような差別と排除の論理は、一流貴族のサロンから締め出されたブルジョワ階級にも見出される。ブルジョワのヴェルデュラン夫人が貴族を「退屈な連中」とこきおろすのは、貴族へのやみがたい憧れの裏返しにほかならない。ヴェルデュラン夫人の十八番《おはこ》は、自己のサロンの存続を脅かす者を容赦なく排除することだ。サロンの「新入り」として迎え入れられた貴族のフォルシュヴィル伯爵について「不潔なやつですよ!」(I, 249／②一六〇)と正直な感想を漏らしたスワンは、ただちに夫人のサロンから追放される。夫人から「ムッシュー・ビッシュ」と呼ばれてかわいがられていた無名の画家(のちの大画家エルスチール)も、独立心をあらわにしたとたん、サロンを追われる(III, 334／⑨二一六)。

『失われた時を求めて』には、もちろん庶民も描かれている。ただしその多くは、主人公の家族に仕える女中フランソワーズのように、さきに挙げた上流階級の館に雇われた女中や、従僕、給仕頭などである。さらに主人公が出入りするカフェやレストランやリゾートホテルの従業員も出てくる。要するに『失われた時を求めて』に登場するさまざまな庶民は、上流階級の描写に付随する添えものとみなされがちである。しかし忘れてはならないのは、この庶民階級にも差別と排除の論理が認められることである。コンブレーの「私」の大叔母の家で働いていた女中フランソワーズは、下働きの台所番女中に毎日のようにアスパラガスの皮をむしらせる。「むしる役目の台所番女中がその匂いに怖ろしい喘息の発作をおこすからで」(I, 122／①二七五)、女中をいじめて辞めるように仕向け、女中頭としての自分の地位を守ったのである。[99]

『失われた時を求めて』には、貴族とブルジョワと庶民という三つの階級が対照的に描かれているが、差別と排除の論理と上昇志向という面では、三者に共通点が認められる。それは階級を越えた人間の普遍的な振る舞いだというプルーストの認識が反映されているのだろう。この共通点があるからこそ、階級間の交代が生じて、ヴェルデュラン夫人がゲルマント大公妃の爵位を名乗ることも可能になったと解釈することもできる。

ではスワンは、この社交界の変遷においていかなる地位を占めているのか。スワンはユダヤ金融資本の一翼をになう株式仲買人の息子として、遊び暮らせるだけの莫大な財産を所有していたから、もちろんブルジョワ階級の人間である。しかし『失われた時を求めて』における社交界の見取図においては、むしろユダヤ人という範疇によって考察するのがふさわしいのではないか。本作にはユダヤ人でもあり同性愛者でもあるニッシム・ベルナールという重要人物も登場するが、さきに挙げた社交サロンには出入りしない。作中のユダヤ人のなかで、社交界となんらかの関係をとり結ぶのは、スワン、ブロック、ラシェルの三人である。以下、この三者がヴェルデュラン夫人とゲルマント家のサロンにどのように登場(ないし退場)したかを検討し、さらにはユダヤ人将校ドレフュスの冤罪事件といかなる関わりを持ったかを考察することで、プルーストの小説における社交場面に新たな光を当てたい。

スワンのユダヤへの回帰

「スワンの恋」の時代(一八八〇年前後)、スワンはフォーブール・サン＝ジェルマンの寵児だった。のちにイギリス国王となるプリンス・オヴ・ウェールズと親しくつき合い(I, 243／②一四七)、フランス大統領グレヴィともエリゼ宮で昼食をともにし（I. 212／②七九―八〇）、のちにゲルマント公爵夫人となるレ・ローム大公妃オリヤーヌとも親交を結んでいた。スワンの社交生活の黄金時代である。フランスでは一七九一年の政令により、国内のユダヤ人は宣誓をすればフランス国民として認められていた。第一章で見たように、プルーストの母方の大伯父アドルフ・クレミユは、弁護士、政治家として活躍し、晩年には終身上院議員となり、死後は国葬に付された。上流階級でもてはやされていたスワンの場合も、一八九四年にはじまるドレフュス事件以前には深刻なユダヤ差別に苦しむことはなかったものと推測される。

それを示唆する興味ぶかい場面が「スワンの恋」のサン＝トゥーヴェルト侯爵夫人の夜会に出てくる。オデットに振られたスワンが久しぶりに社交界に顔を出し、そこで親しいレ・ローム大公妃と出会ったところである。そのとき親戚筋の貴婦人がスワンのユダヤ性をほのめかして「スワンさんってのは、とうていお招きできない人だと言う人たちがいるんだけれど、ほんとうなのかしら？」と訊ねると、レ・ローム大公妃は「そりゃ……ほんとうだってことは、あなたがよくご存じのはずでしょ。あなたがいくら招待なさっても、一度もいらっしゃらなかったんですから」と答える（I. 330／②三二七）。のちのゲルマント公爵夫人が親戚筋の貴婦人よりもスワンと親しくつき合っていたことを雄弁にしめす逸話である。

スワンの社交上の特権に翳りが見えるのは、元粋筋の女《ココット》オデットと結婚したことによる。主人公「私」の少年時代を描いた「コンブレー」（一八九一年前後）では、相変わらずスワンの華々しい上流社交界での威光がほのめかされる一方、「私」の母親はオデットを招くのを潔しとせず、スワンは夕食にひとりでやって来る。第二篇第一部「スワン夫人をめぐって」では、オデットの好みに合わせ、スワンのつき合いはブルジョワ相手に変わってしまう。

世紀末にはユダヤ人将校が軍の機密をドイツに漏らしたスパイ容疑で逮捕・投獄されるドレフュス事件が発生し、

そのせいでとりわけ一八九八年には反ユダヤ主義の嵐が吹き荒れた。同年一月にはゾラがドレフュスの無罪を訴える文章「われ弾劾す」を発表したところ、逆に重罪裁判所に召喚され、二月に裁判がおこなわれた。ゲルマント一族のサロンの皮切りとして描かれるヴィルパリジ侯爵夫人のレセプション（ゾラ裁判への言及が出てくるから一八九八年早春のできごと）では、階級も思惑も異なるさまざまな人物たちが一堂に会して口々にドレフュス事件について語る。

プルーストは、事件とほぼ同時期に執筆した『ジャン・サントゥイユ』では、熱烈なドレフュス支持派としての信条に基づき事件のリアルタイムな記述を試みた。しかしヴィルパリジ夫人のサロンにおけるドレフュス事件を描いたのは、それから二十年ほどを経て熱狂の冷めた円熟の作家である。事件は、初期作品とは違って、さまざまな人物の相矛盾する見解の集積として表現される（同様の方法は第十五章で採りあげる第一次大戦の描写にも使われる）。ヴィルパリジ夫人のサロンには、親戚としての義理からゲルマント家の面々が顔を揃えるが、参会者の多くは「ブルジョワ、田舎貴族、没落貴族といった三流の者ばかり」（II. 481／⑥二一）とされる。プルーストは、ドレフュス事件を語らせるため、階級と信条の異なるさまざまな人物をヴィルパリジ夫人のサロンに集めたのである。

ドレフュス事件では、陸軍と上流階級から成る保守派はドレフュスの有罪を主張し、ゾラの「われ弾劾す」に象徴されるように知識階級はその無罪を信じたとされるが、プルーストの作中人物たちの事件をめぐる発言はそう単純に二分できるものではない。保守派と目されるゲルマント一族のなかでも、個々のメンバーのドレフュス事件をめぐる信条は、かならずしも所属階級の大勢に従わない。ヴィルパリジ夫人は、主宰するサロンの生き残りのために「ドレフュス事件にはいっさいかかわらず」（II. 487／⑥三三）、「再審反対同盟の幹事をしている古文書学者」（II. 534／⑥一四六）のご機嫌をとって自分の回想録の資料整理を手伝わせる。その裏では「午後の会《マチネ》に出演料なしで出てくれる役者たちを揃えるべく」、ドレフュス支持派の「新進の劇作家」ブロックを当てにする（II. 487／⑥三三）。サン＝ルーの母親のマルサント夫人は、表向きは反ドレフュス主義を標榜しながら(II. 535／⑥一四九)、息子に「莫大な財産をもたらす結婚」(II. 549／⑥一八〇)をさせるため、裕福なユダヤ人スワンと結婚したオデットを「立派なご婦人」と褒めそやし、ユダヤ金融資本家の夫人レディー・イスラエルスとも交際している(II. 550／⑥一八二)。

ヴィルパリジ夫人のレセプションには、スワン自身が不在であるにもかかわらず、なんということであろう、夫人のオデットが顔を見せる。その理由を、オデットのすがたを認めたサン＝ルーが「私」にこう説明してくれる。「母からスワンの奥さんに紹介されるのだけはごめんだな。娼婦あがりでね。夫がユダヤ人だから、われわれにたいしてはナショナリストのふりをしてるんだ」(II. 560／⑥二〇五—二〇七)。オデットは、ドレフュス支持派の夫には内緒で、主として反ドレフュス派の面々がつどうヴィルパリジ夫人のサロンへやって来たのだ。ところがゲルマント公爵夫人は、すでに前篇の「スワン夫人をめぐって」で指摘されていたように、妻のオデットと娘のジルベルトを紹介したいというスワンの願いを拒否していた(I. 461-462／③一〇六—一〇八)。この事情ゆえ、「頭は空っぽの女」(II. 525／⑥一二七)だと毛嫌いしていたオデットがやって来たと知るや否や、公爵夫人はそそくさと帰ってしまう(II. 560／⑥二〇五)。

スワン自身は、これにつづくゲルマント公爵夫人の晩餐会と夜会(一八九八年頃の秋)にもすがたを見せない。ところがその「二ヵ月後」(同年十一月頃)、ゲルマント大公妃から夜会への招待状を受けとった主人公の「私」は、その招待が本物であるかどうかを確かめるためにゲルマント公爵夫妻を訪ねたとき、そこでスワンと出会う(II. 866／⑦五一六)。スワンはすでに不治の病に冒されていたが、これからサン＝トゥーヴェルト侯爵夫人宅の晩餐会へ出かける間際であるゲルマント公爵夫人をおもんぱかって、わが身の不幸を安易に打ち明けない慎み深さを発揮する(II. 881-882／⑦五五二—五五四)。

そこで別れた公爵夫人とスワンは、同じ日の夜、ゲルマント大公妃主催の夜会に出席するが顔は合わさない。公爵夫人はスワンのことを主人公にこう言う。「私はそれほどあの人に会いたいとは思いませんの、さきほどサン＝トゥーヴェルト夫人のお宅で小耳に挟んだところでは、あの人、死ぬ前に奥さんとお嬢さんを私に会わせたいと考えているとか。〔……〕死にかけてる人ならだれにでも会わなければならないのなら、もうサロンなんて成り立ちませんわ」(III, 79-80／⑧一八九)。公爵のほうは、これまた主人公を相手に、スワンのドレフュス支持を糾弾する。「ユダヤ人だってフランス人になりうると信じていたんです、ユダヤ人といっても、立派な、社交人士の場合ですよ。で、スワンは、これにぴったり当てはまる人間でした。ところがです！　私が間違っていたと認めざるをえないようなことをしてくれた。あんなドレフュス〔……〕の味方をして、自分を家族のように受け入れて身内同然に扱ってくれた社交界に盾突いたんですから」(III, 77／⑧一八四)。サン＝ルーがドレフュス支持派だと主人公から聞いていたスワンは(II, 869／⑦五二四)、主人公とサン＝ルーに向かって「おふたりがどこまでもわれわれと一緒に歩んでくださるものと承知している」と言うが、当のサン＝ルーは「こんな事件に首を突っこんだのを大いに後悔している」とドレフュス支持を撤回してしまう(III, 97／⑧二二七)。

そのときすでに死相があらわれていたスワンの顔を語り手はつぎのように描写する。「スワンのポリシネルふうの鼻は、整って好感のもてる顔のなかに長いあいだ吸収されていたが、鼻を小さく見せていた頬がなくなったせいか、あるいは一種の中毒症状たる動脈硬化の影響で、酔っぱらったときのように赤らみモルヒネを摂りすぎたときのように変形したせいか、いまや巨大に膨れて真っ赤になり、さる一風変わったヴァロワ王家の人の鼻に見えるというよりも、むしろ年老いたヘブライ人の鼻のように見えた」(III, 89／⑧二〇九―二一〇)。この「ヘブライ人の鼻」への言及をプルーストのユダヤにたいする差別意識のあらわれと解する向きがあるようだが、私は与《くみ》しない。なぜならスワンがユダヤの出自を強く自覚するようになったのは、公爵夫妻に代表される世間(社交界)の差別があったからである。語り手によれば、スワンの「ユダヤ人との精神的連帯」は「ドレフュス事件と、反ユダヤ主義のプロパガンダとが互いに結びついて目覚めさせたもの」だったのである(同上)。

この夜会では、ゲルマント大公がスワンを片隅へ呼び寄せ、ドレフュスの無罪を確信するに至った経緯を打ち明ける(III. 103–104, 106–107, 109–110／⑧二四二—二四三、二四九—二五一、二五四—二五六)。この個人的な告白はスワン以外だれも聞いていないはずであったが、あとでスワンはふたりの会談内容を主人公の「私」に打ち明ける。ここでも「私」は特権的な聞き手なのだ。この告白は、大公が頑固な反ユダヤ主義者であっただけにスワンを「深く感動」させる(III. 110／⑧二五六)。読者もひときわ心を打たれる挿話である。この大公の話は、もとより真摯な述懐であると推測されるが、とはいえ大公自身が本心をなんら偽らずに伝えたものであり、かつスワンがそれをいっさい脚色せずに報告したものであるという保証はどこにもない。というのも語り手は用意周到に、大公の話を伝え終えたスワンが大公のことを「まっすぐな心根の人なんです！」と褒めたとたん、「スワンは、きょうの午後、ドレフュス事件に関する意見は遺伝によって決まると、今とは正反対の説を私に語ったことを忘れていたようだ」(III. 110／⑧二五七)と、スワンの報告の信憑性に疑問を呈しているからである。

このあとスワンが登場する場面はなく、すでに見たように(本書七九—八一頁)、第五篇『囚われの女』において新聞の訃報に接した「私」がスワンの死を語る。フォーブール・サン＝ジェルマンの寵児だったスワンは、粋筋の女《ココット》との結婚を契機に世間から疎まれ、ドレフュス事件による反ユダヤ主義の高まりからゲルマント公爵夫妻とも疎遠になり、小説の前半ですがたを消したのである。

これにたいして、ゲルマント公爵夫人から排斥されていた妻のオデットと娘のジルベルトは、スワンの死後、ヴェルデュラン夫人の台頭と軌を一にするかのように、今度は公爵夫人から受け入れられる。ジルベルトの場合、「スワンの叔父のひとり」から莫大な遺産を相続し(III. 144／⑧三二九)、まず父親の恋敵だったフォルシュヴィル伯爵の養子となり(フォルシュヴィル嬢)、ゲルマント公爵夫人のサロンに迎え入れられる。ついで、ゲルマント家の貴公子ロベール・ド・サン＝ルーと結婚して侯爵夫人となる。こうしてジルベルトは公爵夫人のサロンに受け入れられ、ゲルマント一族の仲間入りを果たしたのである。

ジルベルトは、フォルシュヴィル嬢としてゲルマント公爵夫人のサロンに出入りしたころ、父親のユダヤの出自を隠そうとした。語り手はこう指摘している。「聞き及んだところでは、ある娘から、意地悪なのか不用意なのか、養父ではなく実父の名前を訊ねられたとき、ジルベルトは狼狽して、言わなければならない名前を少しでも変えようとしたのか、スワンと言わず、スヴァンと発音したという。しばらくしてジルベルトは、この変更はイギリス起源の名前をドイツふうにするがゆえに軽蔑的になることに気づいた。それでジルベルトは、自分の地位を高めるべく、へりくだってこんなことまで言い添えた、「わたしの生まれについては世間であれこれ言われていますが、わたしはなにも聞かないことにしていますの」」(IV. 165／⑫三六八―三六九)。

「スヴァン」の発音がなにゆえ「軽蔑的になる」のかについては、拙訳の注に記した。「Swann の wa を仏語ふうに「ヴァ」と発音すると、独語の Schwan「シュヴァーン」と類似し、むしろ東方由来のユダヤ人を連想させる」のだ。そのことに気づいたジルベルトは「なにも聞かないことにして」いると主張するが、この態度を語り手はつぎのように「ダチョウ人間」だと指摘する。「ジルベルトは、世間にいちばん広く見出されるダチョウ人間という種族のひとりだった、というか、すくなくともここ数年はそうなっていた。この種族の特徴は頭を隠すことで、そうするのは、そんなことができるとは思っていないので人にすがたを見られないためではなく、人から見られていることを見ないでいるためで、それだけでもなかなかのことと考え、あとは運を天に任せてしまう」(IV. 166／⑫三七二)。敵が近づくと頭を地面に突っこむダチョウの習性は、「危険を直視しようとしない」を意味する慣用句を生んだ。プルーストに言わせれば「ダチョウ人間」は、隠れるためではなく、「人から見られていることを見ないでいる」、つまり人からの攻撃や非難、嫌なことから目をそらしてやりすごす、というのだ。

ジルベルトがサン＝ルー侯爵夫人を名乗るのとともに、その母オデットもゲルマントの社交界にはいりこみ、最終社交場面のゲルマント大公妃邸における夜会ではゲルマント公爵の愛人になっている。スワンがユダヤへの回帰を鮮明にするとともにゲルマント家から疎遠にされて世を去ったのとは対照的に、オデットとジルベルトは、まるでスワンを裏切るかのように、ユダヤ性を薄めることでゲルマント家の中心を占めるに至ったのである。

ブロックのユダヤからの脱出

社交界に出入りする二人目のユダヤ人はブロックである。スワンはまず少年「私」の憧れの対象として登場したが、ブロックは当初「私」の年上の学友として描かれる。主人公の少年をベルゴットなどの文学へ導き、売春宿に連れて行って性の手ほどきもする（そのとき出会ったラシェルのことはあとで触れる）。このブロックは身勝手で滑稽なユダヤ人として描かれ、主人公の家族から軽蔑される。主人公の父親が「雨でも降ったんでしょうか」と訊ねたのにたいして、ブロックが「私としては雨が降ったかどうか、いっさい申しあげることはできません。断固として物質的偶事の圏外で暮らしておりますゆえ、私の感覚はわざわざ私にそんなことを通知したりしないのです」と答えたからだ（I. 91／①二一二）。心酔するホメロスを真似たブロックの大げさな口上は面白おかしく誇張して示される一方で、のちに劇作家として登場するにもかかわらず、その作品はいっさい紹介されない。バルベック海岸に登場したとき、ブロックはこう言う。「俺だって原則としてユダヤの民に絶対反対というわけじゃないが、ここは［ユダヤ人が］過剰だ」

(II. 97／④二一八)。プルーストは、ブロックに、自分がまるでユダヤ人でないかのようなユダヤ蔑視の言辞を口にさせたのである。

そのブロックが最初にゲルマント家のサロンへ出入りするのは、同家の最初の社交パーティーとして描かれたヴィルパリジ侯爵夫人のレセプションである。ヴィルパリジ夫人のサロンが「三流の者ばかり」という設定には、そこに人物再登場の手法によってブロックやオデットやルグランダンら、本来ならゲルマント家とはなんの縁《ゆかり》もない人間を登場させ、これら三者の出世における第一段階をしめす狙いもあったのではないか。

ブロックはドレフュス支持派で、熱心に裁判を傍聴し、「サンドイッチの弁当とコーヒーを詰めた瓶を携えて、朝、裁判所に着くと、夕方にならないと出てこない」(II. 531／⑥一三九)。裁判とほぼ同時期に執筆された『ジャン・サントゥイユ』の断章では、プルーストの分身とおぼしいジャンもまた「重罪裁判所のゾラ裁判に出るため、わずか数切れのサンドイッチと少量のコーヒーを詰めた水筒を携えて朝早く家を出て、そこに夕方の五時まで、空腹のまま、昂奮し、夢中になってとどまった」(JS. 620)[100]。プルーストはドレフュス支持派だった若き日の自己をこのようにブロックに仮託したのである。

ヴィルパリジ夫人のサロンでブロックは、元大使のノルポワから事件の情報を聞き出そうとするが、外交官は「慎重な性格」と「形式一点張りの頭脳」(II. 538／⑥一五六)ゆえに、独自の見解の表明を差し控え、言質を取られまいとする。ブロックがドレフュス支持を公言して同意を得ようとすると、ゲルマント家のメンバーから「それはフランス人同士のあいだでしか問題にならない事件だ」と、暗にフランス人ではないと皮肉られてしまう(II. 543／⑥一六九)。べつの貴族からは、「あなたとはドレフュスについて議論できないのです。この事件については原則としてヤフェト族〔アーリア系の白人〕同士でしか話さないことにしているもので」とクギを刺される。こうして出自の違いをほのめかされたブロックは、おめでたいことに、とっさにこう言ってしまう。「でも、どうしてわかったんです？　だれが言ったんです？」(II, 544／⑥一七〇―一七一)。

その後ブロックは、シャルリュスから性的な好意を寄せられることはあっても、それ以上に深くゲルマント家の社交界にはいりこむことはなく、公爵夫人の晩餐会や大公妃主催の夜会にもすがたを見せない。ブロックが社交界に再登場するのは、大団円のゲルマント大公妃(元ヴェルデュラン夫人)のサロンにおいてである。そのときブロックはフランス貴族を想わせる「ジャック・デュ・ロジエ」を名乗っている。語り手は、「この名前の裏にヘブロンの「優しき谷間」や、わが友が決定的に断ち切ったかと思われる「イスラエルの鎖」を嗅ぎつける」のは至難の業だと指摘する(IV, 530／⑭九二)。おまけに「髪型を変え、口髭をそり落とし、エレガンスを身につけてその典型となり、意志を貫いたおかげで、問題のユダヤ人の鼻は〔……〕目立たなく」なり、「恐るべき片メガネ」が変装を完璧なものにする(IV, 531／⑭九三)。スワンがユダヤ性へ回帰してゲルマント家から排斥されたのとは対照的に、ブロックはおのがユダヤ性を消去し、名前まで変えてパリ社交界の頂点に潜りこんだのである。

ブロックはユダヤ性を消滅させたばかりか、持ち前の身勝手さまで消し去った。語り手によれば、ブロックはいまや「午餐や晩餐への招待のみならず、こちらに二週間あちらに二週間といった滞在の招待まで引きも切らない身になって、その招待の多くを断り、しかもそれを口外せず、招待を受けたことも断ったことも自慢しない」という(IV, 548／⑭一三一)。語り手は「ブロックの孫たちなら、ほとんど生まれながらに善良で慎みぶかい人間になるだろう」(同上)とさえ予言する。プルーストに言わせると、人の性格とは、畢竟、その人物にたいする他人の評価の反映なのである。かつてブロックを「軽蔑」していたルグランダンは、いまやブロックに「きわめて愛想よく振る舞うようになった」という。プルーストはこの変化を「ブロックが以前よりずっと高い地位を占めたことに起因する」わけではなく、ルグランダンが昔のことを忘れているからだと説明する(IV. 552／⑭一四一)。ゲルマント公爵夫人も「長く見積もってもせいぜい二十年来の知り合いであるのに、ブロックを自分と同じ貴族社会の出で、二歳のときにはシャルトル公爵夫人の膝のうえであやされていたと請け合いかねなかった」とされる(IV. 550／⑭一三六)。こうした忘却を語ったプルーストは、これを広く社会の変容を説明する鍵として、こう結論する。「われわれが忘れるにつれて、人びとは変化する」(IV. 552／⑭一四一)。

ラシェルの出世

年上の友人であるブロックは、思春期の「私」をはじめて娼家に連れて行ってくれた。そのとき出会った娼婦がユダヤ人のラシェルである。このしがないユダヤ人娼婦に「私」は「ラシェル・カン・デュ・セニュール」というあだ名をつける(I. 566–567／③三三〇—三三一)。フロマンタル・アレヴィ作曲のオペラ『ユダヤ女』(一八三五年初演)で、ユダヤ人エルゼアールが娘に出自を打ち明ける有名なアリアの出だし「ラシェルよ、主の守護の恵みにより」のフランス語である。

第二篇のバルベック滞在では、サン＝ルーがある女優に惚れて苦しんでいるという噂が流れるが、それがだれとは特定されない。その正体が明らかになるのは『ゲルマントのほう』の前半、「私」がサン＝ルーに誘われてその恋人をパリ郊外に迎えに行ったときである。「私」は、噂されていたサン＝ルーの恋人が娼家で会った「ラシェル・カン・デュ・セニュール」だと知って愕然とする。そのとき語り手は、私にとっての娼婦とサン＝ルーにとっての高嶺の花たる女性との乖離をこう説明する。「娼家で私に二十フラン(約一万円)でどうかと差し出され、二十フランを稼げればいいと思っている女としか見えなかったときには、二十フランの価値もないと思えた女でも、のっけから知り合いたいという好奇心をそそる捉えがたく引き留めがたい未知の存在だと想像してしまうと、百万フラン〔約五億円〕以上の価値を備え、家族よりも、人に羨まれるどんな地位よりも価値あるものになりうる」(II, 457／⑤三四四―三四五)。

女優ラシェルは、当時のブロックと同様、ユダヤ人としての立場からドレフュス支持派である。南米ギアナの悪魔島に流刑になったドレフュスについて「あの人がどんなに苦しんでいるかと考えると、ほんとに辛いの！」と同情する(II, 462／⑤三五七)。ところがラシェルは恋人のサン＝ルーに腹を立てたとき、その母親のマルサント夫人は「マテル・セミタ」(「ユダヤ人の母」を意味する似非《えせ》語源説)だと事実無根の中傷をする(II, 476／⑤三八七)。ブロックがバルベック海岸でユダヤ蔑視の発言をしたのと同様、ラシェルもまた、ユダヤ人にたいする世間の差別用語を受け売りしたのである。

ラシェルは、息子のサン＝ルーに裕福な結婚をさせようと画策するマルサント夫人の悩みの種であるばかりか、ゲルマント一族の、とりわけゲルマント公爵夫人の嘲笑の対象になる。それはゲルマント公爵夫人の館でラシェルが『七人の王女たち』を演じたときのことである。この芝居はベルギーの作家メーテルランクの一幕劇(一八九一)で、『ペレアスとメリザンド』(一八九二)や『青い鳥』(一九〇八)へと結実する作家の象徴演劇の先駆的作品とされる。一八九二年四月、パリの私的会場二箇所で上演された。戯曲冒頭のト書きによると「七段の白大理石の階段が部屋全体の手前から奥にかけて置かれ、白いノースリーブのワンピースを着た七人の王女が、淡い色の絹のクッションを置いた階段のそれぞれの段で眠っている」。芝居は「王」と「王妃」と「王子」の単調で暗示的な会話から構成され、王女たちは眠っているだけで台詞はない。ラシェルの女優としての仕事は、直接描かれるのではなく、もっぱらゲルマント一族のうわさとして提示される。ゲルマント公爵夫人は、七人の王女のひとりを演じたラシェルについて「すぐに才能がないとわかりました」(II, 527／⑥一三二)と言い放ち、その台本を読んだというベルギー代理大使のアルジャンクール氏に「あなた『七人の王女たち』をご存じなの？」とまぜかえし（「七人とも知り合いなの？」という意味の警句）、「私なんて、その一人〔ラシェル〕しか知りませんけど、それだけでもう残りの六人を知ろうとする好奇心は失せました」と言って座を笑わせる（II. 526／⑥一三〇）。

マルサント夫人は「何度も辛い不毛な試み」をしたあげくようやくサン＝ルーをラシェルと別れさせる（II. 643／⑦二一五）。その後、小説の最終場面であるゲルマント大公妃主催の午後のパーティーで、「私」は詩句を朗読するラシェルと出会う。最初「私」はゲルマント公爵夫人と話している「ひとりの見るにたえない醜い老婆」を眺めても「だれなのか判然と」しない（IV. 569／⑭一七九）。その老婆から「にこやかに会釈」をされ、「わたしはだれでしょう？」と訊ねられても答えられない。「私」の窮地を救ってくれたのは、耳元で「奇遇だねえ、こんなところでラシェルに会うなんて！」とささやいてくれたブロックである（IV. 579／⑭二〇〇）。娼家での最初の出会いから膨大な時が流れ、最後に三人は社交界の頂点で再会したのだ。

この最後のパーティーでは、ブロックがフランス貴族を名乗って幅を利かせているのと同様、ラシェルはユゴーとラ・フォンテーヌの詩句を朗読する主役を演じる。その一方、『ゲルマントのほう』においてオペラ座で『フェードル』を演じた大女優ラ・ベルマは、いまや「不治の病いにとり憑かれ」、娘のスノビスムのせいで無理やり舞台に立たされて憔悴し、自邸には招待客もめったにやって来ない（IV. 572-573／⑭一八七―一八八）。ラ・ベルマとラシェルというふたりの女優をめぐる対照的な挿話は、ほんものの芸術家がまがいものに駆逐される事態を象徴しているのかもしれない。

社交的にはラシェルの大勝利に終わったこの朗読会であるが、『フェードル』を演じたラ・ベルマの目立たない「透明」な演技を高く評価していた語り手は（II. 347／⑤一〇七）、ラシェルが「血迷ったような表情で目を宙にさまよわせ、懇願するかのように両手を上げ、やがてうめくように一語一語を発する」大げさな「感情の露出」に、聴衆が「困惑し、不快感を覚えた」(IV. 577／⑭一九六)ことを批判まじりに報告している。ラシェルを褒めそやすオリヤーヌについても語り手は、「詩篇が終わったものと思い「すてき！」と大声をあげて勝利を決定づけたが、それはまだ詩篇の真ん中であった」(IV. 578／⑭一九九)と皮肉を差し挟み、オリヤーヌの知性など当てにならぬことをほのめかしている。この大公邸のパーティーでは、ヴェルデュラン夫人が「ゲルマント大公妃」になり、まがいものの朗読をするラシェルが一座を支配し、その朗読をブロックが賞讃する。『失われた時を求めて』は、主人公「私」の大作執筆の決意という崇高な結論の裏で、まがいものが成り上がる人間喜劇で幕を閉じるのである。

さきに指摘したようにプルーストの長篇における社交場面は、三回にわたるゲルマント家主催のパーティーと、これまた三回におよぶヴェルデュラン夫人主催のパーティーにまとめることができる。この対称的な構成には、新興ブルジョワ階級が一流貴族にとって替わる時代の変遷が示され、そこにプルーストの小説の根幹をなす「時間」が可視化されている。その背後には、人物再登場の手法を用いて、スワン(および妻のオデットと娘のジルベルト)、ブロック、ラシェルというユダヤ人が周到に配置されている。しかもドレフュス事件の推移を背景に、スワンは没落するのにたいしてオデットとジルベルトは一流貴族へ接近し、ブロックとラシェルは社交界に台頭する。

ゲルマント公爵夫人と違ってヴェルデュラン夫人は、ヴァントゥイユの音楽をはじめ、バレエ・リュスやモレルのヴァイオリン演奏などの芸術を庇護し、時流に合わせてドレフュス事件や第一次大戦までサロンの呼び物としてお客を惹きつけ、貴族へ触手を伸ばしてきた。夫人は、ラ・ラスプリエールでは地元貴族のカンブルメール家と親交を結び、美男のヴァイオリン奏者モレルを媒介にしてシャルリュス男爵まで自分のサロンへひき込んだ。ところがコンティ河岸のサロンでは、勝手に夜会を差配し、女主人への軽蔑を露わにし、その「地位を制限する気配」を見せたシャルリュスは追い出されてしまう。スワンがヴェルデュラン夫人のサロンから追放されたのと同じ憂き目を見たのである。プルーストは自己の同性愛をシャルリュスに、おのがユダヤ性をスワンに仮託した。ふたりがそれぞれ同性愛者として、ユダヤ人として辛酸をなめ、社交界で没落してゆく苦しみには、プルースト自身の苦悩と共感が込められているのではないか。最後の大公邸のパーティーに残ったのは、サン＝ルーやシャルリュスといったゲルマント家の大立者ではなく、オデットとその娘をはじめルグランダンやブロックなど、もともと貴族とはなんの関係もなかったのにいまや爵位を称する出世主義者たちである。

『失われた時を求めて』の社交界は、ふつう十九世紀末から二十世紀初頭にかけてのフランス上流社会の戯画を描いたものとされる。しかし私は、プルーストの社交界の眼目はそのような個別の対象にあるのではなく、人物再登場の手法によってさまざまな立場の人間を一堂に集め、社会や芸術に関する滑稽なおしゃべりを交わさせた仕掛けにあると考える。いかなる時代の上流階級にもブルジョワにも平民にも等しく見受けられる人間の愚劣、身勝手な自尊心と排除の論理に貫かれた人間心理を明らかにする場が、『失われた時を求めて』における社交界だったのではないか。それが数十年にわたる多種多様なサロンを通じて描かれているがゆえに、長い歳月にわたる「時」が及ぼした変容とともに、人間心理の普遍性がかえって浮き彫りにされたのである。

第五章

ジュヌヴィエーヴ・ド・ブラバンの幻灯
——コンブレーとゲルマントをつなぐ伝説——

『失われた時を求めて』の序曲とも言うべき開巻数ページの「不眠の夜」が終わり、一行アキのあと実質的に「コンブレー 一」が始まると、真っ先にジュヌヴィエーヴ・ド・ブラバンをめぐる幻灯の挿話が出てくる。夜が近づくと家族と離れてひとり寝室へ向かわなくてはならない少年「私」を慰めるための「気晴らし」として「幻灯」が映写される。すこし長くなるが、その一節を読んでみよう。

幻灯は、ゴシック様式時代の最初の建築家やステンドグラス工のひそみにならい、不透明な壁のかわりに、触れることのできない虹色の輝き、超自然の多彩色のまぼろしを配置する。そこに伝説が描き出されてゆくさまは、揺らめいては消え去るステンドグラスを想わせる。ところが私の悲しみは募るばかりで、というのも就寝の責め苦はべつにして、習慣のおかげで耐えられるものとなっていた私の部屋が、照明が変わるだけで破壊されてしまうからである。いまやこれが自分の寝室とは思えず、不安な想いに駆られた私は、まるで汽車から降りてホテルや「山荘」の部屋にはじめて着いたときの気分になるのだ。

ぎくしゃくした足取りの馬に揺られ、おぞましい企みを胸に秘めたゴロが、ビロードのような暗い緑が丘の斜面を覆う小さな三角形の森から出てくると、飛び跳ねるように、かわいそうなジュヌヴィエーヴ・ド・ブラバンの城へと歩を進める。その城は一本の曲線で断ち切られているが、それは幻灯の溝に差しこむフレームにとりつけられた楕円形のガラスの縁《ふち》にほかならない。見えるのは城の壁面の一部にすぎないが、その前の荒野では、青いベルトをしたジュヌヴィエーヴが夢想にふけっている。城と荒野は黄色だが、見なくても私にはその色がわかっていた。ブラバンという名の金褐色の響きで、色はすでに明らかだったからである。ゴロはいっとき歩みを止め、大叔母が大声で読みあげる口上に悲しげに耳を傾けるが、その口上が隅々まで理解できるといった顔つきで、従順に、とはいえある種の威厳は失わずに、台本の指示どおりの姿勢をとる。それから同じぎくしゃくした足取りで遠ざかってゆくが、そのゆっくりした騎行を止めるものは何もない。家族の者が幻灯器を動かすと、ゴロの馬はひきつづき窓のカーテンのうえを進み、襞《ひだ》の山のうえで膨らんだり、襞の谷底に降りたりするのが手にとるように見えた。ゴロの身体自体、馬の身体と同じで超自然のエッセンスで出来ているから、たとえいかなる障害物に出会い、いかなる邪魔者に遭遇しても、なんとか折り合いをつけ、相手を骨格として内部にとりこんでしまう。それはドアの取っ手でも同じで、すぐに相手に順応し、なんとかそのうえにゴロの赤い服や青白い顔を浮かびあがらせるのだが、そのように相手を骨格としてとりこんでも、その顔はいつも同じように高貴で、憂鬱そうで、いっこうに困った気配はなかった。（I, 9–10／①三六―三八）

図20　牝鹿の乳で子供を育てるジュヌヴィエーヴ

ジュヌヴィエーヴ・ド・ブラバンの物語は、とりわけ十九世紀以降、人口に膾炙《かいしゃ》していた。物語は、メロヴィング朝を統合したカール・マルテル治世下の八世紀ベルギーを舞台とする。ブラバン公の娘ジュヌヴィエーヴは、トレーヴ伯ジークフリートと結婚。夫が従軍で留守中、執事のゴロに言い寄られるが、これを斥けたために逆恨みされ、料理番と不義をはたらいたと誹謗中傷される。それを信じた夫から死刑を宣告されるが、刑吏の同情をえて森に捨てられ、牝鹿の乳で子供を育てているうちに救出され、のちに無実が明らかになる。

あとで検討するプルーストの時代の刊本や幻灯プレートでも、物語の中核をなすのは、ジュヌヴィエーヴが森のなかで、子供を牝鹿の乳で育てる場面[101]（図20）や母子の救出劇である。ところがプルーストの幻灯場面では、元の物語には存在しないゴロの騎行のみが描かれる。これはどうしてなのか。また、幻灯場面が「コンブレー 一」を構成する就寝の悲劇の直前に置かれているのはなぜなのか。本章ではこれらの問いに答えることで、「コンブレー」の読解にいくつか新たな仮説を提示したい。

ジュヌヴィエーヴ・ド・ブラバン伝説の普及

この物語の最初の刊本は、十四世紀ないし十五世紀のラテン語版にさかのぼる。[102]これがフランス語で広まる契機となったのは、十七世紀にイエズス会神父ルネ・ド・スリジエ（一六〇三―一六六二）によって出版された『認められた無実――聖ジュヌヴィエーヴ・ド・ブラバンの生涯[103]』の功績とされる。このスリジエ版は、ヨーロッパの大部分の言語（ドイツ語、オランダ語、英語、スペイン語、イタリア語、チェコ語、スウェーデン語）に翻訳されたという。この刊本がフランスで普及したのは、とくに十七世紀と十八世紀にさまざまな小説や伝説や笑劇や民謡などを出版した叢書

「ビブリオテック・ブルー」のおかげである。一八四三年には『ヌーヴェル・ビブリオテック・ブルー――フランスの民間伝説』と銘打って「ジュヌヴィエーヴ・ド・ブラバン」のほか、「腕白小僧ロベール」「怖いもの知らずのリシャール」「パリのジャン」「カレーのジャン」「ジャンヌ・ダルク」「グリゼリディス」を一巻にまとめた刊本が出版された[104]。

ドイツ人神父クリストフ・フォン・シュミットが十九世紀初頭に作成したドイツ語版からも、十九世紀と二十世紀に数多くのフランス語版が世に出た。そのなかに十九世紀中葉にアシェット社から刊行された『子供のための伝説』がある。収録されているのは「ダゴベルト王」「腕白小僧ロベール」「パリのジャン」「グリゼリディス」「さまよえるユダヤ人」と並んで「ジュヌヴィエーヴ・ド・ブラバン」[105]。同書の「ジュヌヴィエーヴ・ド・ブラバン」のまえがきは、読者の子供たちにこう語りかける。「子供たちには、これから読むことになるお話をその昔お父さんお母さんが読んで泣いたことを、その以前にはお爺さんお婆さんも同じように泣いたことを知ってもらいたい[106]」。ジュヌヴィエーヴ・ド・ブラバンの伝説が当時いかに広く知られていたかを物語る一節で、おそらく少年プルーストもこの種の刊本を通じて同伝説を知った可能性が高い[107]。

伝説があまりにも有名になったせいで、伝説とは無縁な内容であるにもかかわらずジュヌヴィエーヴ・ド・ブラバンの名を冠する作品まであらわれた。プレイヤッド版、フォリオ版、ガルニエ＝フラマリオン版、リーヴル・ド・ポッシュ版の『失われた時を求めて』の注がいずれも本挿話の源泉として言及しているのは、オッフェンバックのオペレッタ『ジュヌヴィエーヴ・ド・ブラバン』である[108]。一八五九年にブッフ＝パリジャン座で初演され、一八七五年にゲーテ座で再演されただけでなく、その後何度も上演された人気作であり[109]、プルーストが観ていた可能性は否定できない。しかしこのオペレッタは、少なくとも書簡を含むプルーストの書きものに言及がないうえ、内容からして作家が幻灯場面を描くのに依拠したとは考えられない。題名が同一で、ジュヌヴィエーヴ・ド・ブラバン伝説に想を得たとはいえ、内容は当時のブルジョワ風俗を笑いのめしたオッフェンバック一流の現代喜劇だからである。

オッフェンバックのオペレッタの好評に影響されてか、その後も元の伝説とは無関係にジュヌヴィエーヴ・ド・ブラバンの名を冠したブールヴァール喜劇も量産された。ごく初期の映画として一九一三年にゴーモンから配給された『ゴロはいかにしてジュヌヴィエーヴと結婚したのか』(110)(図21)も同様の作例である。この幻灯の登場人物ゴロに関しては、プルーストが一九一一年二月にテアトロフォンで聴いて親しんでいたドビュッシーのオペラ『ペレアスとメリザンド』(一九〇二年初演)に登場するゴロを源泉とする説も存在する(111)。

幻灯の普及と『ジャン・サントゥイユ』

一方、紀元二世紀の中国にさかのぼるとされる幻灯は、二〇〇九年にシネマテック・フランセーズで開催された幻灯展(112)が示すように映画の先駆となった映写器で、これまた十九世紀に広く普及した。アンヌ＝マリー・バロンによると、バルザックは「万華鏡や幻灯やパノラマ館や、当時流行したあらゆる魔術幻灯《ファンタスマゴリ》に魅せられ、「激動するさまを捉えた社会の現実」をあらわすため、揺れうごく極彩色の光景を見ているような錯覚を小説のなかに持ちこもうとした(113)」という。ランボーは『地獄の一季節』の「地獄の夜」のなかで、こう誇っていた。「ありとあらゆる神秘のベールを剝いでやる。宗教上の神秘でも自然の神秘でも、死でも、誕生でも、未来でも、過去でも、宇宙の発生でも、虚無でも。俺は魔術幻灯《ファンタスマゴリ》の大家なのだ(114)」。

一八六〇年代には、ジュヌヴィエーヴ・ド・ブラバンの伝説に基づく一連の幻灯用プレートが製作された(図22)。さきに言及した幻灯展によると、少年プルーストはこれを見ていたという(115)。当時の幻灯はとくに魔術幻灯《ファンタスマゴリ》の形で普及

Sté des Etablissements Gaumont
15 JUIL 1913

N° 4336

Société des
Etablissements Gaumont
SOCIÉTÉ ANONYME - CAPITAL : 3.000.000 DE FRANCS

57-59, Rue Saint-Roch, 57-59
PARIS

COMPTOIR CINÉ-LOCATION, 28, rue des Alouettes, PARIS

Agences du Comptoir Ciné-Location :

LILLE, 23, Rue de Roubaix.
LYON, 52 Rue de la République.
MARSEILLE, 1, Rue de la République.
TOULOUSE, 54, Rue de Metz.
BORDEAUX, 24, Cours de l'Intendance.
TOURS 5, Place du Palais de Justice.
GENÈVE, 11, Rue du Marché.
ZURICH, 1, Bahnhofplatz.
ALGER, 48 Rue de Constantine.
SMYRNE, Rue Francque, imp. des Capucins.
CONSTANTINOPLE, Hezarène Nazli-Han.
LE CAIRE, 1, Rue el Mash-Hadi.

COMMENT GOLO
ÉPOUSA GENEVIÈVE

COMÉDIE

図 21 『ゴロはいかにしてジュヌヴィエーヴと結婚したのか』

図 22　ジュヌヴィエーヴ・ド・ブラバン伝説の幻灯用プレート

しており、そこでは光学上の錯覚を利用して、しばしば幽霊や霊媒が映し出された。この意味で興味ぶかいのは、「コンブレー」の幻灯場面で、ゴロが超自然の存在として登場することである。語り手は、降霊術の用語を使ってゴロの「幽体」corps astral（人体をつつむ霊妙な覆いをさす心霊学用語）に言及し、その身体はドアの取っ手を「骨格としてとりこんでも〔……〕いっこうに困った気配はなかった」という（I. 10／①三八）。実際、ゴロの騎行は、幽霊を思わせる超自然のすがたを示すことで少年の恐怖をかき立てる役割を果たしているように見える。「コンブレー」の幻灯の挿話の背後には、ともに十九世紀に普及した中世の民間伝説と先端の映写装置というふたつの流行が統合されていたのである。

ただし初期の小説断章『ジャン・サントゥイユ』の幻灯場面では、のちの「コンブレー」とは異なり、少年は「ジュヌヴィエーヴ・ド・ブラバン」のみならず「青髯」などの物語が映し出されるのを楽しんでいた（JS. 316）。この幻灯場面で映写された演目は、さきに挙げた子供向け童話集に広く収録された物語と共通していて、当時の少年の童話受容の実態に近いのではないかと想像される。幻灯は「ジャンの想像力のなかに幻想的な詩情を保ちつづける」だけで、コンブレーの場合のような不安をもたらさない。たしかに「コンブレー」の幻灯場面にも、ジュヌヴィエーヴ・ド・ブラバンの幻灯映写のあとに『ジャン・サントゥイユ』の残滓とおぼしき「青髯」が出てくる。「大きな吊りランプは、ゴロや青髯のことは関知しない」（I. 10／①三九）。

幻灯場面は「不眠の夜」と「就寝の悲劇」をつなぐ蝶番

『スワン家のほうへ』第一部「コンブレー」は、小説全体の序曲ともいうべき冒頭数ページの「不眠の夜」（I. 3-9／①二五―三六）をべつにすると、母親がお寝みのキスにあがってきてくれなかった悲しい夜の想い出としての「コンブ

レー　一」(I. 9-43／①三六―一〇八)と、マドレーヌ体験後に全面的によみがえった昼間の想い出である「コンブレー　二」(I. 47-183／①一一九―三九四)から構成される。「コンブレー　一」で最初に映写される幻灯は、その直前に置かれた「不眠の夜」とその直後に置かれた「就寝の悲劇」とをつなぐ蝶番の役割を果たしているのではないか。

実際「コンブレー　一」はこう始まる。「コンブレーでは、〔……〕ベッドに入って眠れないまま母や祖母と離れてすごさなくてはならない時刻にはまだずいぶん間《ま》があるというのに、早くも寝室のことが心にとり憑き、辛い想いをする。私がひどく悲しげな顔をしている夕べには、気晴らしに幻灯を見せるという手が考えてあり、家族の者は夕食の時刻を待ちながら、幻灯で私のランプを覆ってしまう」。ところが「照明が変わり」壁に「超自然の多彩色」が映し出されることで、幻灯は少年の「気晴らし」になるどころか、「習慣のおかげで耐えられるものとなっていた私の部屋が〔……〕破壊され」、少年はむしろ「不安な想いに駆られる」。幻灯は、家族の期待とは裏腹に、少年の部屋を薄暗くし、その不安をかき立て、むしろ就寝の悲劇への序曲となるのだ。

その一方、幻灯が引きおこす不安について、語り手は「汽車から降りてホテルや「山荘」の部屋にはじめて着いたときの気分」とも表現している。見知らぬホテルの部屋に泊まる最初の夜に見舞われる激しい不安は、プルーストには馴染みぶかいテーマ系で、すでに小説冒頭「不眠の夜」に喚起されていた。「それは病人が、やむなく旅に出て知らないホテルに泊まるはめになり、発作で目覚めたとき」の「瞬間である」(I. 4／①二六)。幻灯場面は、その直後に置かれた「就寝の悲劇」の前触れとなるだけではなく、こうしてその直前に置かれた「不眠の夜」の不安を延長し、両者を結びつける役割をも果たしているのである。

ジュヌヴィエーヴ・ド・ブラバンの物語自体も、母と子を結びつける強い絆を少年に想いおこさせることによって、「就寝の悲劇」のお膳立てをする。少年は、幻灯の映写のあと「大急ぎで食堂に駆けつけ〔……〕すぐにお母さんの両腕に身を投げるのだが、ジュヌヴィエーヴ・ド・ブラバンの不運を想うとお母さんがいっそう愛《いと》おしく、同時に、ゴロの犯罪を想いうかべつつわが良心を糾明すると、ますます気が咎《とが》めるのだった」という(I, 10／①三九―四〇)。姦通の濡れ衣を着せられ、牝鹿の乳で子供を育てるほかなかったジュヌヴィエーヴの悲運は、少年自身の母親への憐憫をさそうが、それと同時に、みずからをゴロになぞらえた少年は「わが良心を糾明すると、ますます気が咎める」。この表現はカトリックでいう「良心の糾明」なる概念を想起させるうえ、少年の自責の念は、しばしば近親相姦の欲望のあらわれと解釈されてきた。いずれにしてもコンブレーの少年の母親への依存ぶりは、少年に罪の意識を感じさせるほどのものだったと考えて間違いない。これもまた、幻灯の場面が「就寝の悲劇」の伏線となっている根拠のひとつと言えよう。

ゴロの騎行が意味するもの

この幻灯場面を読み直すと、映し出されるのはもっぱらゴロの騎行であることに気づく。「ぎくしゃくした足取りの馬に揺られ、おぞましい企みを胸に秘めたゴロが、ビロードのような暗い緑が丘の斜面を覆う小さな三角形の森から出てくると、飛び跳ねるように、かわいそうなジュヌヴィエーヴ・ド・ブラバンの城へと歩を進める」。「コンブレー」の幻灯では、伝説の中核をなすジュヌヴィエーヴの森での生活はいっさい映写されず、城の前の「荒野」で「青いベルトをした」ヒロインが「夢想にふけっている」のをべつにすると、ゴロの騎行ばかりがクローズアップされるのだ。

ところがこの騎行は、すでに言及したジュヌヴィエーヴ・ド・ブラバンのさまざまな刊本に登場しないばかりか、この中世伝説を彩るために一八六〇年代に製作された幻灯用プレートにも出てこない。そもそもゴロはブラバン伯に仕える執事で、おそらく城のなかに居住しているはずだから、「おぞましい企み」を実行に移すため馬に揺られて「ジュヌヴィエーヴ・ド・ブラバンの城へと歩を進める」必要がない。プルーストはいかなる理由で原作の伝説には存在しないゴロの騎行を創作したのだろうか。もとより騎行は「ドアの取っ手」や「窓のカーテン」のうえにまで移動する幻灯の魔術を際立たせるのに好都合だったと想定される。しかし理由はそれだけでない。

小説冒頭の「不眠の夜」には、すでに幻灯と同じような騎行が登場している。「このような想起のうずまく混沌とした状態は、きまって数秒しかつづかなかった。多くの場合、いっとき自分のいる場所が不確かなので、その元凶であるさまざまな推測のひとつひとつも区別できなかった。それはキネトスコープなる映写器で馬が走るのを見ても、つぎつぎと提示されるコマをひとつずつ取り出せないのと同じである」(I. 7／①三二)。この冒頭の一節と幻灯の場面とに共通するのは、騎行というテーマだけではない。箱のなかを覗きこむと連続した写真映像が見られる「キネトスコープ」なる映写器(一八九一年にエディソンが発明)も、幻灯と同じく、対象の動きを再現する最新の器具だったのである。ともに映画の先駆とされる幻灯とキネトスコープの両者に、作中では同様の馬の動きが出てくるのは、私には偶然とは思われない。「不眠の夜」にキネトスコープで映し出された馬の走行は、その直後の「コンブレー　一」冒頭で幻灯にて映し出されるゴロの騎行を予告しているように感じられるのである。

教会訪問の前触れ

幻灯の映写は、「コンブレー　一」の「就寝の悲劇」を準備するだけでなく、「コンブレー　二」に出てくる教会訪問をも予告している。当初から幻灯の映写が「揺らめいては消え去るステンドグラス」にたとえられ、「触れることのできない虹色の輝き、超自然の多彩色のまぼろし」となる比喩は、なるほど幻灯とステンドグラスに共通する形態上および色彩上の類似が根拠になっている。しかしここに登場したステンドグラスの比喩は、「コンブレー 二」で少年が訪れる教会の描写へと読者をいざなう役割をも果たしているのではないか。

そもそも教会は「コンブレー 二」の冒頭から、「町を凝縮し、町を代表し、遠方にまで町について、町のために語る」存在として紹介される（I, 47／①一一九）。興味ぶかいのは、この直後に出てくるコンブレーの家並みと教会の描写にも、ジュヌヴィエーヴ・ド・ブラバンの幻灯が想起されることである。「このようなコンブレーの通りは、私からするとはるか昔の記憶の片隅に存在するだけで、目の前の世界を彩るのとはまるで異なる色彩でそこに描かれているため、じつのところどの家も、中央広場から家並みを見下ろしていた教会も、いまや幻灯の映写にもまして現実味を欠いているとしか思えない。それゆえ今もなおサン＝チレール通りを横切ったりロワゾー通りに部屋を借りたりできるということ自体〔……〕あの世と交流するのと同じで、ゴロと知り合ったりジュヌヴィエーヴ・ド・ブラバンと話したりするよりもはるかに驚くべき超自然現象に思える」（I, 48／①一二〇）。このように幻灯は、「コンブレー 一」に中世の伝説を導入しただけではなく、同じく中世に属するコンブレーの教会をもさりげなく予告しているのである。

コンブレーの教会について多くの注釈者は、それが「四次元の空間」を占め、その第四の次元が「時間」であることを頻繁に強調する。しかし私としては、「コンブレー 二」にはむしろ教会訪問の場面が二度にわたり出てきて（I, 58-61, 172-176／①一四〇―一四七、三七四―三八一）、その二回の訪問のあいだに、主人公一家の滞在先であるレオニ叔母を訪ねてきた司祭による教会解説が介在することにも注目したい（I, 101-105／①二三二―二四二）。両親のお伴で行った最初の教会訪問では、描写の中心をなすのは墓石であり、ステンドグラスであり、タピスリーであり、そこにはジュヌヴィエーヴ・ド・ブラバンへの言及はいっさい出てこない。教会に残るジュヌヴィエーヴ・ド・ブラバン伝説についてはじめて語るのは、叔母を訪ねてきた司祭である。この司祭による教会解説をへた二度目の教会訪問により、ようやく教会とジュヌヴィエーヴ・ド・ブラバンとの関係が明確化する。教会の重要な構成要素である墓石、ステンドグラス、タピスリーの三点について、それらの描写が最初の訪問と司祭の解説をへた二度目の訪問とでどのように変化するかを整理しておこう。

まず「墓石」の場合、最初の教会訪問では、「その下にコンブレーの歴代神父の尊い遺灰が埋葬され、内陣の床に信仰心あふれる石畳を形成していた」ことが報告されるにすぎない(I, 58／①一四一)。ところが司祭は、これにあらたな認識をつけ加え、石畳は「コンブレーの歴代神父」だけではなく、「昔はブラバン伯だったというゲルマントの領主たちのお墓だ」と教えてくれる。さらに司祭は、その「領主たち」が「こんにちのゲルマント公爵と、公爵夫人の、直系のご先祖だそうです。なにしろ公爵夫人といってもゲルマント一族のお嬢さんで、従兄弟と結婚なさいましたから」とつけ加える(I, 102／①二三五—二三六)。

司祭の指摘によると、ジュヌヴィエーヴ・ド・ブラバンと教会との関係は、ステンドグラスにもおよぶ。最初の教会訪問では、ステンドグラスの描写は、もっぱらその審美的側面にかぎられていた。ステンドグラスが「クジャクの尾羽のような千変万化の華麗な輝き」をおび、「うち震え、波うち、フランボワイヤン様式の幻想的な雨となって、暗い岩の丸天井の高みから湿った壁にそって滴り落ちてくる」ため、内陣が「くねくねと鍾乳石のぶらさがる虹色の洞窟」を想わせるという(I, 59／①一四三)。ところがコンブレーの教会はなにもかも古いと嘆く司祭は、ステンドグラスがとり替えてもらえないのはそこに「ジルベール・ル・モーヴェという、ゲルマントの領主で、ゲルマントのお嬢さんだったジュヌヴィエーヴ・ド・ブラバンの直系の子孫が、サン・チレールさまから罪の赦しを受けるところが描かれている」からだと指摘する(I, 103／①二三八)。

司祭による解説は、教会のタピスリーについての認識にも変化をもたらす。最初の教会訪問で、「二枚の竪機《たてばた》の夕

図 23　エステル戴冠のタピスリー（サン＝テチエンヌ大聖堂）

ピスリーには、エステルの戴冠が描かれていた（伝承によると、アハシュエロスにはさるフランス王の目鼻立ちが、そしてエステルには王が惚れていたゲルマントの貴婦人の目鼻立ちが与えられたという）」（I. 60／①一四四）と説明されていたことの意味がここで明らかになる。タピスリーの主題である戴冠するエステルとは、旧約聖書「エステル記」に記されたユダヤの女で、ペルシャ王アハシュエロス（クセルクセス一世）の妃のこと。司祭がのちに「目利きのかたからはサンスのタピスリーにつぐものと評価されております」（I. 102／①二三五）と説明するように、同主題を描いたサンスのタピスリーに想を得たものである。実際、サンスのサン＝テチエンヌ大聖堂の宝物室にはエステルの戴冠をあらわすタピスリー（十五世紀末頃）が存在し、中央に聖母マリアの戴冠が描かれ、その左右にバテシバとエステルの戴冠を配している。これをプルーストは、エミール・マールの『フランス中世末期の宗教芸術』に掲載された図版（図23）で見ていた[116]。とはいえ重要なのは本文括弧内の「エステルには王が惚れていたゲルマントの貴婦人の目鼻立ちが与えられた」という伝承である。言うまでもない、のちにコンブレーの教会にゲルマント家の墓や専用の礼拝室が存在することが明らかになる伏線である。

　このように見てくると、教会の重要な構成要素である墓石、ステンドグラス、タピスリーの三点はすべて、教会をゲルマント家とその祖先たるジュヌヴィエーヴ・ド・ブラバンに結びつける証言として登場していることがわかる。幻灯がはじめて映写されたとき、「不透明な壁のかわりに、触れることのできない虹色の輝き、超自然の多彩色のまぼろし」が配置された、とゴシック様式のステンドグラスへの言及が出てきた根拠もいまや明らかだろう。のちに主人公が訪問する教会のステンドグラスに、幻灯にまつわる「ジュヌヴィエーヴ・ド・ブラバンの直系の子孫」が描かれるからである。

ゲルマント公爵夫人の前触れ

こうして周到に配置された伏線により、ジュヌヴィエーヴ・ド・ブラバンとの関係が解説された教会に、ようやくその末裔たるゲルマント公爵夫人が登場する。ところが夫人のことを「タピスリーやステンドグラスの色彩につつまれた、べつの時代の、べつの素材でできた、実在の人とは異なる存在と想いこんでいた」少年は、「高い鼻に、眼光のするどい青い目をして、首にふんわりと巻いた絹のスカーフはモーヴ色ですべすべして真新しく、きらきら輝いているが、鼻のわきに小さなおできがある」婦人がゲルマント公爵夫人と知って落胆する(I, 172／①三七四)。夢想が幻滅に終わる道程はプルーストには親しいテーマで、芸術作品がつねに夢想を育むのにたいして、現実は否応なく幻滅をもたらす。

とはいえ教会にあらわれた現実のゲルマント公爵夫人像でとくに強調されている「ツルニチニチソウのように青くなる」目、「摘むことはできずとも、夫人が私に捧げてくれた贈りものに感じられた」青い目(I, 175／①三八〇)は、ある意味では幻灯のジュヌヴィエーヴ・ド・ブラバンによって予告されていた面もある。この「青い目」は、城の前で夢想にふける幻灯のジュヌヴィエーヴが締めていた「青いベルト」(I, 9／①三七)と呼応しているように思われるからだ。この「青い」色は、もともと伝説のヒロインと深く結びついていた。たとえばこの箇所の草稿「カイエ9」の削除された一節には「ジュヌヴィエーヴという名の紺碧のひびき[117]」という文言が記されていた。草稿ではジュヌヴィエーヴという名の「紺碧のひびき」が、最終稿ではその「青いベルト」が、それぞれ小説の冒頭から、その子孫たるゲルマント公爵夫人の「青い目」を予告しているように感じられるのである[118]。

幻灯・読み聞かせ・黙読

このように考えると、ジュヌヴィエーヴ・ド・ブラバンの幻灯は、「不眠の夜」を受け継ぎ「就寝の悲劇」を予告するのみならず、メロヴィング朝時代のジュヌヴィエーヴ・ド・ブラバンにはじまり今日のゲルマント公爵夫人に至るゲルマント家の全歴史を包摂し、さらにはコンブレーの教会の墓石やステンドグラスやタピスリーに代表されるゴシック時代をも包含しているといえる。

さらに言えば、この幻灯の映写には、もうすこし広い意味があるのではないかと私は考える。さきに紹介した子供向けのさまざまな伝説集が全体を通読すべき本として刊行されているのにたいして、幻灯の「ジュヌヴィエーヴ・ド・ブラバン」では伝説のいくつかの断片のみが簡略化された形で映写され、そこに大叔母によるナレーションがつく。幻灯で映写されるジュヌヴィエーヴ伝説は、小さな子供にも受容できるごく初歩的な物語鑑賞として、つまり主人公の最初の文学体験として提示されているのではないか。

これにつづく「就寝の悲劇」のベッドでは、母親がジョルジュ・サンド作『フランソワ・ル・シャンピ』(一八四八)を読み聞かせてくれる(I, 41-43／①一〇四—一〇八)。この田園小説は、主人公の「捨て子のフランソワ」(「シャンピ」はベリー地方方言で「野に捨てられた子」の意)のうちに、養母マドレーヌにたいする恋心が芽生える物語。ジュヌヴィエーヴをめぐる幻灯がごく簡単な物語へのイニシエーションだったとすると、『フランソワ・ル・シャンピ』朗読の挿話では、読み聞かせによる小説鑑賞という、より年長向けの第二段階の文学受容が提示されているように感じられる。おまけに幻灯とサンドの小説には、母と子の愛情という主題まで共通する。中世伝説におけるジュヌヴィエーヴとその子に、十九世紀のサンドの田園小説における養母マドレーヌとその子フランソワが対応するのである。

この仮説が正しいとすると、「コンブレー　一」の冒頭に幻灯場面が存在し、同じ「コンブレー　一」の末尾に『フランソワ・ル・シャンピ』朗読場面が配置されているのは、偶然とは思われない。「コンブレー　一」における少年の文学受容は、幻灯による中世伝説「ジュヌヴィエーヴ・ド・ブラバン」の映写で幕を開け、母親による十九世紀の田園小説『フランソワ・ル・シャンピ』の朗読で幕を閉じるのである。

この少年の文学受容は、さらに「コンブレー　二」で飛躍的な発展をとげる。少年は、もはや受け身ではなく、みずから率先して自力での黙読によって現存の流行作家ベルゴットの小説を読破する(I, 92-96／①二一四―二二一)。小さな子供向けの幻灯にはじまり、母親による読み聞かせをへて、さらに年長の子供による黙読に至るプログラムには、読書媒体からみたコンブレーの少年の成長過程がコンパクトな三段階に要約されているのではないか。一方、この個人の成長の歴史には、中世伝説(ジュヌヴィエーヴ・ド・ブラバン)にはじまり十九世紀の田園小説(サンド)をへて現代小説(ベルゴット)に至る文学の歴史がやはり三段階に封じこめられているようにも感じられる。

「不眠の夜」の意味するもの

この観点から関心を惹かれるのは、小説冒頭の「不眠の夜」である。この数ページで想起されるさまざまな部屋や土地は、コンブレーの寝室といい、「花咲く乙女たち」の舞台バルベックのグランドホテルの部屋といい、サン＝ルーの駐屯地ドンシエールのホテルの部屋といい、晩年に訪れたタンソンヴィルのサン＝ルー夫人宅で与えられた寝室といい、すべて主人公がかつて滞在した部屋を指し示している。想起されるのはそれだけでなく、「コンブレーの大叔母のところや、バルベックや、パリや、ドンシエールや、ヴェネツィアや、その他の土地ですごした私たちの昔の生活を想い出したり、そんな土地や、そこで知り合った人たちのこと、そんな人たちについて私が見たり聞いたりしたこと」である(I. 9／①二六)。これはもう主人公の過去にかかわるすべての体験と見聞であり、冒頭「不眠の夜」で提示されるのは『失われた時を求めて』の完全な要約であると言っても過言ではない。

私がここで付言したいのは、「不眠の夜」には主人公の生涯が要約されているだけではなく、人類の全歴史が想起されているのではないかという仮説である。というのも主人公の個人的な想起のなかに、人類の集団的歴史が暗黙のうちに反映されていると思われる箇所があるからだ。主人公が「夜のただなかに目覚めたとき」は、「最初の一瞬」「自分がだれなのかさえわからず」、「動物の内部にも微《かす》かに揺らめいている存在感をごく原初の単純なかたちで感じるだけで、穴居時代の人よりも無一物である」という。これこそ「不眠の夜」を体験するプルースト的人間の原点で、「動物の内部にも微かに揺らめいている存在感」を感じるだけの「穴居時代」の原始生活である(I. 5／①二九)。

そんな「虚無」から主人公の「私」を救い出してくれるのが「想い出」である。「かくして私は、何世紀にもわたる文明の歴史を一瞬のうちに飛びこえるのだが、すると、ぼんやりとかいま見た石油ランプや、つぎにあらわれた折り襟のシャツなどのイメージが、すこしずつ私の自我に固有の特徴を再構成してくれる」(I. 5-6／①二九―三〇)。

冒頭の夜の場面で想起されるのは、主人公の全体験であり『失われた時を求めて』の総体であるだけでなく、「何世紀にもわたる文明の歴史を一瞬のうちに飛びこえる」という表現に示されているように、原始の「穴居時代」から「石油ランプ」の現代文明に至る人類の全歴史ではないか。胎児が母胎の暗闇のなかで人類進化の全歴史をたどり直すとされるのと同じく、プルースト的人間の母胎ともいうべき小説冒頭「不眠の夜」でも、人類の全歴史が一瞬のうちに想起されるのである。これと同じように幻灯は、ジュヌヴィエーヴ・ド・ブラバンの物語の背後にメロヴィング朝にまでさかのぼるゲルマント家の歴史を映し出すばかりか、少年の文学受容の発端ともなり、そこから紡ぎ出される「コンブレー」の物語全体に中世から現代に至るフランス文学の全歴史が象徴的に封じこめられていることを予告しているのである。

第六章

画家ベノッツォ・ゴッツォリ

――「コンブレー」から『囚われの女』への四極構造――

イタリア・ルネサンスの画家ベノッツォ・ゴッツォリ(一四二〇頃―一四九七)の名は、『失われた時を求めて』の冒頭章「コンブレー」で、主人公の少年が母親のお寝みのキスを奪われる有名な場面に出てくる。父親から「さあ、上にあがって寝なさい、ぐずぐず言わないで!」と二階の寝室へ追いやられた少年は、諦めきれず二階の廊下で母親を待ち受けているところを父親に見つかる。厳罰がくだるかと思われた瞬間、事態を説明した母親に父親は「だったら〔……〕すこしこの子の部屋にいてやったらいい」と言う(I. 36/①九〇)。かくして少年は救われるが、それでも子供にとって父親が逆らえぬ家父長的権威であることに変わりはない。ベノッツォへの言及が出るのはそのときである。

父に御礼を言うことはできなかった。父が感傷癖と呼ぶようなマネをしたら、かえっていらいらさせるにちがいないからである。私は身動きひとつできないでいた。父はまだ私たちの前にいたが、背が高く、白いナイトガウンにつつまれ、神経痛に悩まされて以来の、頭のまわりに紫色とバラ色のインド産カシミアの肩掛けを巻きつけたすがたは、スワン氏が私にくれたベノッツォ・ゴッツォリの複製版画に出てくるアブラハムが、妻のサラにイサクのそばから離れるように告げる仕草を想わせた。(I. 36/①九〇―九一)

この最後の一節が想起させるのは、旧約聖書の「創世記」で、アブラハムが燔祭《はんさい》の犠牲にイサクを差し出すことに心を決めた場面だろう。引用の最後で、父親はアブラハムに、母親はサラに、少年はイサクになぞらえられている。アブラハムがサラに息子のそばを離れるよう命じるとき、小説で用いられた動詞「離れる」se départir は、同じ意味をあらわす現用 s'éloigner の古めかしい言いかたである。

「イサクのそばから離れるように告げる仕草」とは

ところが聖書の語るイサクの犠牲には、この場面が存在しない。聖書にはつぎのように記されている。神からイサクを燔祭の犠牲に献げるよう命じられたアブラハムは「次の朝早く、ろばに鞍を置き、〔……〕二人の若者と息子イサクを連れ、神の命じられた所に向かって行った。〔……〕アブラハムは若者に言った。「お前たちは、ろばと一緒にここで待っていなさい。わたしと息子はあそこへ行って、礼拝をして、また戻ってくる。」〔……〕神が命じられた場所に着くと、アブラハムはそこに祭壇を築き、薪を並べ、息子イサクを縛って祭壇の薪の上に載せた」。そしてアブラハムが刃物で息子を屠《ほふ》ろうとしたとき、天使があらわれ、息子に代わる犠牲の雄羊を差しだす（新共同訳「創世記」二二章二―一三節）。

ベノッツォは、ピサのカンポサント（霊廟）にアブラハムの生涯をめぐる一連のフレスコ画を描いた。このフレスコ画は、第一次大戦の空爆で甚大な損傷を受けたが、損傷前の二十四画面をすべて収録していた書物が存在する。十九世紀初頭にカルロ・ラシーニオの手で制作された版画を収載して一八九六年にフィレンツェで出版された『ピサのカンポサント』である(119)。

そこに描かれた「イサクの犠牲」を検討する前に、「創世記」の語るアブラハムとサラの前史をふり返っておこう。

アブラハムは、妻サラ（当時の名はサライ）に子供が生まれなかったので、妻の勧めに従い、妻の女奴隷ハガルと交わる。身ごもったハガルは息子イシュマエルを産む。ところがその後、神のお告げにより、高齢のアブラハムとサラに男の子が授けられ、イサクと名づけられる。

さてベノッツォが描いたフレスコ画の一場面「イサクの犠牲」（図25）を見てみよう。物語は画面の左手から右手へと進行する。まず左端では、サラが自分の息子イサクと女奴隷ハガルの息子イシュマエルとの喧嘩を目撃し、アブラハムに召使いの子供を追い出すよう頼んでいる。その右手奥のテントの横では、ハガルが裸足のイシュマエルを連れて今にも立ち去るところである。[120] テントのなかでは、真ん中にサラが、右側にイサクが眠っている。そのとき空にあらわれた天使が、左手のアブラハムに、イサクを燔祭の犠牲に献げるよう告げる。画面の右端上部には、アブラハムがイサクに刃物を振るおうとする瞬間も描かれている。ところがアブラハムが「妻のサラにイサクのそばから離れるように告げる仕草」は見当たらないのだ。

とはいえベノッツォの一連のフレスコ画には、プルーストの知悉するべつの場面が存在した。『ラスキン全集』第四巻（一九〇三）に収録された図版「天使たちと別れるアブラハム」（図24）である。[121] この図版は、ベノッツォの描いた「ハガルの出発」（図26）の右上端場面のみをラスキンがスケッチしたもので、ラスキン本人も書いているように、[122] サラに子供（イサク）を授かると天使から告げられた九十九歳のアブラハムが、はたして九十歳の妻にそんなことが起こるものかといぶかる瞬間を描いている（「創世記」一七章一五―一七節）。アブラハムは、信じられぬという顔をするだけで、なんの仕草もしていない。しかしその威風堂々と立つすがたは、頭に「紫色とバラ色のインド産カシミアの肩掛け」こそ巻いていないが、「コンブレー」に描かれた父親の「背が高く、白いナイトガウンにつつまれた」すがたに通じるものがある。

図 24　ラスキンが模写した「天使たちと別れるアブラハム」

ラスキン自身は、この図版が収録された『全集』第四巻の序文で、みずからスケッチした天使たちについてこう書いていた。「きょうは簡単な小品を一点仕上げたところだ〔……〕」――ソドムへ向かう天使たちと別れるアブラハムの図である。フレスコ画では中央の天使は上昇中で、ソドムのほうをふり返りつつ、片手をあげて糾弾の仕草をしている。この仕草は、のちにミケランジェロが『最後の審判』に採り入れたものである。ふたりの天使はソドムのほうを

図 25　ベノッツォ・ゴッツォリ「イサクの犠牲」

図 26　ベノッツォ・ゴッツォリ「ハガルの出発」

向き、ひとりは断固とした目でソドムの町を見すえ、もうひとりは顔をアブラハムのほうに向けている」[123]。ラスキンの愛読者だったプルーストが、このように指摘された中央に位置する天使が悪徳の町ソドムを糾弾する仕草に注目しなかったはずがない。実際プルーストは一九〇五年八月、ロベール・ド・モンテスキウの『美を天職とする人たち』の書評「美の教師」において、この図版についてこう書いていた。「ベノッツォ・ゴッツォリのすばらしい「アブラハムのもとを去る天使たち」を前にしたラスキンは、片側にひとりの天使が、反対側にふたりの天使が描かれている点が面白いと指摘した」(Essais, 344)。イタリア人研究者アルベルト・ベレッタ・アンギッソラは、この図版に描かれた天使の手の仕草をコンブレーの父親の仕草の発想源だと解釈している[124]。

しかし『ラスキン全集』でこの図版を見ていたプルーストが、天使の仕草として描かれたものをアブラハムの仕草と混同したとは考えにくい。そこで問題のプルーストの一節は、原文の「サラ」を「ハガル」と読み替えて理解すべきだという説が出てきた。この説の最初の提唱者はエーリヒ・アウエルバッハ（一八九二―一九五七）かもしれない。一九四六年刊行の代表的評論『ミメーシス』のなかでアウエルバッハは、プルーストの問題の一節をフランス語で引用する際、意図してか無意識のうちにか原文のサラを書き替え、「ハガルにイサクのそばから離れるように告げる仕草」と記していた[125]。アウエルバッハの書き替えの延長上にあるのが、イスラエルのプルースト研究者ジュリエット・ハッシンの解釈である。プルーストの問題場面で示唆されているのは、本文の表面に出てくるアブラハム、サラ、イサクではなく、父なる神、ハガル、イシュマエルという三者であり、神がイサクから離れるよう命じた相手はハガルだというのだ[126]。アルベルト・ベレッタ・アンギッソラの解釈も、これに類似する。「この〔ベノッツォ・ゴッツォリの〕フレスコ画では、左手でイシュマエルとイサクが遊んでいる。サラは召使いのハガルを虐待する。そこでアブラハムはこのハガルにイサクのそばから離れるように告げ、息子とともに砂漠に追放する」[127]。

だが、このように解釈したからといって、問題が解決されるわけではない。さきに掲げたベノッツォ・ゴッツォリの「ハガルの出発」でも、アブラハムがハガルに遠ざかるよう命じる場面など存在しないからである。この画面の左端では、子を産むにはあまりにも高齢のサラが、アブラハムに子孫を儲《もう》けるため、ハガルを愛人として託すさまが描かれ、これに右側のハガルは前腕を重ねて恭順の仕草をしている。右手のテントの前では、サラが夫に不平を訴え、夫が召使いを思うがまま扱っていいと言う場面が描かれている。さらに右手では、サラが哀れなハガルを鞭打ちにしている。その右奥には立ち去るハガルが描かれ、そのふり返る顔には軽蔑の表情が浮かんでいる。フレスコの画面を子細に検討しても、アブラハムがハガルにイサクから離れるよう指示する場面は描かれていないのである。

これは旧約聖書においても同様である。聖書の問題の場面でも、アブラハムに「あの女とあの子を追い出してください」と言うのはサラであり、神はアブラハムに「すべてサラが言うことに聞き従いなさい」と告げる。そこで「アブラハムは、次の朝早く起き、パンと水の革袋を取ってハガルに与え、背中に負わせて子供を連れ去らせた」（新共同訳「創世記」二一章一〇―一四節）。

以上の検討から明らかなように、プルーストの描いたアブラハムの仕草は、聖書にもベノッツォのフレスコ画にも描かれていない。そもそも一九〇九年の夏前に作成された「コンブレー」の清書原稿「カイエ8」の段階では、問題の一節に絵画への言及は存在しなかった。「父はまだ私の前にいたが、背が高く、白いナイトガウンにつつまれ、神経痛に悩まされて以来、頭のまわりにインド産のカシミアを巻きつけたうえ、黒い髯を生やしていて、妻のサラにそばを離れるように告げるアブラハムの仕草をした」(128)。この一節に拠るかぎり、なんらかの画の場面がアブラハムの仕草の典拠となったわけではないらしい。むしろこの仕草が作家の脳裏に宿り、しかる後に作家はこの仕草を描いた実在画家を探したというのが真相ではないのか。プルーストはこの一節を「カイエ9」に清書させたうえで手を入れているが、そこにはスワンの与えてくれた版画の作者としてむしろボッティチェリの名が出てくる。「スワン氏が私にくれたボッティチェリの版画のように、同じ仕草で、サラにイサクのそばから離れるように告げるアブラハムの仕草〔……〕」。[129]

同じ一節の一九〇九年十一月頃に作成されたタイプ原稿では、そこに印字されたボッティチェリの名をプルーストは線を引いて削除している。[130]ところで私がべつに検証したように、「スワンの恋」におけるボッティチェリへの言及はすべて、一九一一年にローランス社から出版された「大画家」シリーズの『ボッティチェリ』に基づいてタイプ原稿に加筆されたものである。[131]「コンブレー」の問題のタイプ原稿上で作家がボッティチェリの名を削除したのも、「スワンの恋」へのボッティチェリをめぐる加筆と同時期のことではないか。要するにこの頃プルーストは、このような仕草を描いたボッティチェリの画が存在しないことを確認したと推定されるのである。

アブラハムの仕草をめぐる一節は、一九一三年四月に作成されたグラッセ版の校正棒組までこの状態だったようで、そこにも画家名は存在しない。「スワン氏が私にくれた版画において、同じような仕草で、サラにイサクのそばから離れるように告げるアブラハムの仕草を想わせた」。[132]ところが同年六月に作成されたグラッセ版再校には、「ベノッツォ・ゴッツォリの複製版画」を含む決定稿と同じ記述が印刷されている。[133]したがってプルーストが紆余曲折をへて最終的に問題の一節にベノッツォ・ゴッツォリの名を記したのは、校正の最終段階ともいえる一九一三年の五月頃のことと断定できる。ベノッツォの画面に「サラにイサクのそばから離れるように告げるアブラハムの仕草」など存在しないことを承知していたにもかかわらず、プルーストがこの時期になぜベノッツォの名を加筆したのか。この謎はあとで検討しよう。

いずれにしろ興味ぶかいのは、小説本文で「妻のサラにイサクのそばから離れるように告げる」アブラハムの仕草が想起されるのは、少年が母親から引き離される瞬間ではなく、むしろ父親が妻に「すこしこの子の部屋にいてやったらいい」と告げる瞬間であることだ。この父親の態度に、語り手（後年の「私」）は皮肉な批判的注釈を加えている。母や祖母が、愛情から、子供の「意志を強くする」べく厳しく育てようとしたのにたいして、父親の行動はその場かぎりのご都合主義で「（祖母のような意味での）原則が存在せず、文字どおりの頑固一徹でなかった」（I. 36／①九〇）というのだ。逆説めいているが、妻に子供のそばにいてやりなさいと言うまさにそのとき、父親は気まぐれで有無を言わせぬ家父長的権威を帯びたのであり、それゆえアブラハムのすがたを想起させたのである。もとより父親は、アブラハムのような神への信仰を持ちあわせない。両者に共通しているのは、子供の命運を握る絶対的家父長像である。アブラハムが、燔祭の犠牲に献げようとしたまさにそのとき（神のお告げにより）イサクを解放するように、コンブレーの父親もまた、少年を母親から引き離した直後に最終的には母親のもとへ送りかえす。あくまで服従するほかなく「御礼を言うこと」もできない絶対的権威を強調するために、作家はアブラハムの家父長的すがたを必要としたのである。

ベノッツォの『東方三博士の行列』と「花咲く乙女たち」

つぎに小説中にベノッツォ・ゴッツォリへの言及があらわれるのは『花咲く乙女たちのかげに』の第一部「スワン夫人をめぐって」においてである。やはりスワンの芸術趣味をきっかけに、このルネサンス期フィレンツェの画家が想起される。

絵画のなかにさまざまな人との類似を見いだすこのスワンの変わった癖にはうなずける面もあった。というのもわれわれが個人の表情と呼んでいるものにも一般性があり〔……〕同じ表情がさまざまな時代に存在したことが発見できる。とはいえ東方三博士の行列に関するスワンの言い分に耳を傾けると、ベノッツォ・ゴッツォリがその画にメディチ家の人たちを描きこんだだけでも時代錯誤なのに、そこにゴッツォリと同時代人ではなくスワンと同時代の群像まで含まれることになる。これではキリスト降誕の十五世紀も後どころか、画家本人よりさらに四世紀も後の人びとが含まれる結果となって、時代錯誤はいっそうはなはだしい。スワンによると、著名なパリ人士でこの行列に描かれていない者はひとりもいないという〔……〕。（I, 525-526／③二三七―二三九）

スワンがここで想いうかべているのは、ベノッツォ・ゴッツォリが一四五九年にフィレンツェのメディチ・リッカルディ宮殿礼拝堂に描いた『東方三博士の行列』以外に考えられない。この礼拝堂では、中央祭壇の奥にフィリッポ・リッピがキリストの生誕場面を制作した。ベノッツォは、三博士の「礼拝」の場面ではなく、キリスト生誕場面をとり巻く礼拝堂三方の壁画に、キリスト生誕に立ち会うべく三博士の一行がエルサレムからベツレヘムへと向かう旅の「行列」を描いた。絵画で「東方三博士の礼拝」を描く場合、カトリックの伝承によって三博士にメルキオール、バルタザール、ガスパールの名を与え、それを老年、壮年、若年のすがたであらわし、さらに世界の諸民族を代表させるため三者を白人、アラブ人、黒人として表現することが多い。ベノッツォもこの伝承に従ったが、フレスコ画の背景をなすのは、実際の聖地ではなく、フィレンツェ郊外とおぼしいボローニャ地方の山岳地帯である。

画面には、小説本文に「ベノッツォ・ゴッツォリがその画にメディチ家の人たちを描きこんだ」と記されているとおり、メディチ家と関係の深い当時の著名人たちが描きこまれた。たとえば先頭をゆく白髭の老人メルキオール（図27の左端）は、コンスタンティノポリス総主教ヨセフス二世の肖像だという。つぎに登場するアラブ人の風貌のバルタ

図 27　白髭の老人メルキオールの行列

図 28　アラブ人の風貌のバルタザールの行列

ザール(図28)は、ヨセフス二世とともに、一四三九年のフィレンツェ公会議で東西両教会の統合令を締結した東ローマ帝国皇帝ヨハネス八世パレオロゴスの肖像とされる。行列の掉尾を飾る若いガスパール(図29)は、フィレンツェの黄金時代を築いたロレンツォ・デ・メディチの十一歳(十二歳説もある)の肖像にほかならない。このガスパールの行列には、ほかにもメディチ家の有力メンバーの肖像が描きこまれていて、画面中央やや左手の馬上の立派な帽子の壮年男にはロレンツォの父ピエロの肖像が、その左手の老

図 29　若いガスパールの行列

人にはコジモのすがたが認められる。画家は、最後の行列の中ほどにみずからの自画像まで描きこんだという。ベノッツォの『東方三博士の行列』は、このように聖地におけるキリスト生誕という宗教的背景から解き放たれ、フィレンツェの盛期ルネサンスを演出したメディチ家の華麗な風俗絵巻をくり広げているのである。

興味ぶかいのは、さきに引用した『東方三博士の行列』を語るプルーストの一節が一九一三年春に印刷されたグラッセ校正刷（前述した小説前半の『失われた時』）には存在せず[134]、一九一七年に作成されたガリマール版『花咲く乙女たちのかげに』の校正刷に印刷されていたという事実である[135]。この一九一三年春以降の加筆は、一九一三年の五月頃に「コンブレー」へ加筆されたアブラハムの仕草に関するベノッツォへの言及と呼応しているのではないか。二箇所のベノッツォ・ゴッツォリへの言及は、たんにスワンの美術趣味を際立たせるためにのみ配置されているのではない。前者が旧約聖書に基づくカンポサントの壁画を、後者が新約聖書に拠るメディチ家礼拝堂の壁画を想起させることで、プルーストは小説中にベノッツォの両傑作をめぐる対称的な二つの画面を形成しようとしたと考えられるのだ。

さらに興味ぶかいことに、一九〇九年末から一九一〇年にかけて執筆された「カイエ64」[136]では、バルベック海岸の堤防上にあらわれる少女の一団の描写にも、ベノッツォの『東方三博士の行列』への言及が三箇所にわたり出てくる。なかでも「いちばん背が低く」「バラ色の頬に緑色の目をした娘」の背後に、語り手は「ベノッツォ・ゴッツォリの描いた独特の見事なフリーズ」を想起している。[137]明らかに『東方三博士の行列』へのほのめかしである。

娘とベノッツォの行列との結びつきはよほど語り手にとり憑いていたのか、同じ草稿帳のすこし先にも再度あらわれる。「ふっくらしたバラ色の頬と緑色の目をもつ背の低いブロンド髪の、臆病なくせに無礼なその娘を見つめていると、もしかするとほかの娘ほどには成長していないその娘が貴重な本性をさほど身につけていなかったせいなのか、私がよく知らなかったせいなのか、その娘が海の前を通りすぎるのを見かけたあの日のように、私にはいささかベノッツォ・ゴッツォリの描いた女性のように思われたせいなのか、その娘は、私にはなおも超自然的なものを備えた最後の女神のように、どことなく伝説めいた女性のように思われた」[138]。たしかにベノッツォの壁画には、とりわけメルキオールの行列（図27）の中央などに、ふっくらしたバラ色の頬の女性が何人か登場する。これはプルーストの一時的な想いつきではない。同じ草稿帳のさらに先にも、明らかにベノッツォの描いた女性を示す一節が出てくる。「それなのだ、私にとってあのかわいい娘たちが意味したものは。マリア〔アルベルチーヌの前身〕にせよ、アンドレにせよ、白鳩のような色白の娘にせよ、ベノッツォの女性にせよ、そんな娘たちはひとり残らず、熱気でできた野の草や小さな花のように、暑い大気から生まれ、その大気をかぐわしくさせ、その大気を私に想起させてくれる[139]」。

ベノッツォに関する情報源

プルーストが一九〇九年末から一九一〇年頃「カイエ64」にベノッツォへの言及を書きつけるのを可能にした資料は何だったのか。さきに検討したアブラハムの図版を収録する『ラスキン全集』第四巻は、ベノッツォに関するそれ以外の詳しい情報を含んでいない。プルーストも寄稿した雑誌「ルネサンス・ラチーヌ」の一九〇三年六月十五日号にはカラマン＝シメー大公妃の筆になる「イタリア所感」が掲載され、そこにはベノッツォの作品への言及が存在するが、ごく簡単な印象記にとどまる。「ベノッツォ・ゴッツォリの優雅な人物たちが行列をくり広げるのは、リッカルディ宮殿の礼拝堂内である。〔……〕街道は曲がりくねってえんえんとつづくが、足はしっかり大地を踏みしめ、その軽快な歩みはいささかも労苦を感じさせない。ピサは呑気に眠っている。〔……〕そこではひっそりとものの言わぬ月が、カンポサントとドームと孤独な塔の周囲に監視の目を光らせている[140]〔……〕」。

もっともベノッツォを採りあげる場合、リッカルディ宮殿とカンポサントの作に触れるのは、スタンダール以来の常道だった[141]。またプルーストがゲインズバラ、レオナルド、ボッティチェリ、カルパッチョなど多くの巻を参照したローランス版「大画家」シリーズには、ベノッツォの巻は存在しなかった。同社の「著名芸術都市」シリーズの『フィレンツェ』の巻にはベノッツォに関する簡便な紹介が記されていたが[142]、『東方三博士の行列』の図版としては、ロレンツォ・デ・メディチを描いたガスパールの行列、その行列に含まれるコジモの肖像、祈る天使たち、以上の三点を掲げるのみで[143]、プルーストが草稿で「ベノッツォの描いた女性」に言及するのに充分な材料だったとは言えない。

『東方三博士の行列』に触れた当時の文献のなかで、このフレスコ画の全貌をしめす図版を収録していたのは、ユルバン・マンジャンが一九〇九年に出版した「絵画の巨匠」叢書の一冊『ベノッツォ・ゴッツォリ』[144]である。同書に収録された問題のフレスコ画のキャプションを挙げると、「東方三博士の行列の先頭をゆく総主教ヨセフス」[145]、「東ローマ帝国皇帝ヨハネス八世パレオロゴス」[146]、「メディチ家の人びとと従者たち」[147]、および「十二歳のロレンツォ・デ・メディチ」[148]（拡大図）である。おそらくプルーストは一九〇九年末から一九一〇年頃、上梓されて間もないユルバン・マンジャンの著作に依拠して、さきに検討した「カイエ64」のなかにベノッツォの『東方三博士の行列』へのほのめかしを書きつけたと考えられる[149]。

小説中の「アラブ人ふうの東方の博士」

ところが、いま検討した草稿中のベノッツォへの言及は、その後、バルベックの堤防上の娘たちの描写から消えてしまう。一九一三年頃に執筆された「カイエ34」を読むと、すでに決定稿に近い形の「花咲く乙女たち」の描写が整っているが、そこにフィレンツェの画家への言及は存在しない。「ひとりひとりはまったく違うタイプでありながら、どの少女もみな、めったにお目にかかれないほど美しい。といっても少女たちに気づいたのはじつはほんのすこし前のことで、じっと見つめる勇気のない私は、ひとりひとりの個性をまだ見わけられなかった。私がほかの少女と区別できたのはひとえに、ひとりは険しく意固地でからかうような黒い両目ゆえであり、もうひとりは人形のようにまるまるしたバラ色の頬ゆえであり、またべつのひとりはまっすぐな鼻と褐色の顔ゆえであった[150]」。

その後、少女たちの風貌がいくぶん顕著になるときも、やはりベノッツォのフレスコ画への言及は出てこない。「いまや少女たちの魅力あふれる目鼻立ちは、私にとって小さなグループのなかで区別もつかぬ状態ではなくなった。

それぞれの名前を知らなかったから、すでに私はさまざまな目鼻立ちをひとりひとりに割りふって、たとえば跳躍を試みた大柄の青白い顔の娘とか、ふっくらしたバラ色の頬と緑色の目をした小柄な娘とか、さらにべつの背の高い娘とかにまとめていた。この最後の娘などはエレガントな物腰を打ち消すほどみすぼらしいケープを羽織っているから、両親はきっと立派な人だろうが、娘の服装の善し悪しなどには関心がないのか、庶民からなんて質素なんだと思われるような恰好で娘が出かけてもまるで平気なのだ。べつの褐色の髪の娘は、きらきら輝いてからかうような黒い目と目深《まぶか》にかぶった黒い「ポロ帽」の下に、ふっくらしたバラ色の頬をのぞかせ、腰をひどくぎこちなく左右に振りながら自転車を押してくる」(151)。これら「カイエ34」の娘たちの描写を読むと、すでに一九一三年の時点で、少女の出現場面が決定稿とほぼ同じ文言で描写されていて、もはや「カイエ64」の段階のようなベノッツォへの言及は存在しないことがわかる。

この不在は、決定稿でも変わらない。ところが決定稿には、「アラブ人ふうの東方の博士」への奇妙な言及が出てくる。グランドホテルの前で祖母を待っていた主人公は、まるで「奇妙なひとつの斑点がうごめくように五、六人の少女」が「カモメの群れ」のように、個性も定かならぬひとかたまりの一団としてあらわれるのを目撃する(II, 146／④三二五)。一団の少女たちは、近づくにつれて風貌を明確にする。「片手で自転車を押している」娘の風貌は、やがて「目深にかぶった黒い「ポロ帽」の下にきらきら輝くからかうような目とふっくらした艶のない頬をのぞかせ」(II, 150-151／④三三四)、それがのちにアルベルチーヌだと判明する。「老銀行家の頭上を跳びこえた大柄の娘」(II, 150／④三三三)は、あとでアンドレだとわかる。ほかの少女たちの風貌はなお判然としないままだが、「ただひとり鼻筋が通り、肌が褐色の少女だけは、ほかの少女たちとは鮮やかな対照をなし、ルネサンス期の画に描かれたアラブ人ふうの東方の博士を想起させた」という(II, 148／④三二八―三二九)。

なぜこの少女にかぎり、ことさらに「ルネサンス期の画に描かれたアラブ人ふうの東方の博士」を想わせるのか。この事実が興味をそそるのは、ほかの少女の風貌がしだいに具体的になって名前も与えられてゆくのにたいして、この少女だけは「ほかの少女とは対照的な日焼けした褐色の顔に鼻筋の通った娘」(II. 150／④三三二)であると、最初の特徴を維持するばかりで、これ以外の風貌をなんら与えられないからである。まったくの端役にすぎず、なんの役割も果たさないまま、このあとテクストから完全に消えてしまう。少女の一団中で完全に浮いた存在であり、まるでルネサンス期の画に出てくる「アラブ人ふうの東方の博士」を想起させるためにのみ登場したかと思わせる娘である。

プルースト研究者の酒井三喜によると、この「アラブ人ふうの東方の博士」にはベノッツォの『東方三博士の行列』に描かれたアラブ人博士バルタザール(図28)への暗示が読みとれるという[152]。もちろん「東方三博士の礼拝」でアラブ人ふうのバルタザールを描いたルネサンス期の大画家は、マンテーニャ、ボッティチェリ、ギルランダイヨ、レオナルドなど、枚挙にいとまがない。おまけにベノッツォの作は、伝統的な「東方三博士の礼拝」を描いた小説本文にいう「画」(油彩)ではなく、キリスト生誕に立ち会うべく聖地へと向かう行列を描いた一連のフレスコ画である。しかし酒井説に理があると思われるのは、プルーストの小説本文でも「少女たちの身体は〔……〕群衆のあいだを行列となってゆっくりと進んでゆく」(II. 151／④三三五)と、娘たちの行進もまた「行列」として提示されている点にある。少女の一団の出現を描いた一節はつぎのように「行列を描いた〔……〕フレスコ」への言及で締めくくられ、これまたベノッツォのフレスコ画を想起させる。「私自身がいつか少女たちの仲間となり少女たちが海辺にくり広げる行列に加わるという想定」は「私には解消しようのない矛盾を内包している」と思われ、「なにかの行列を描いた古代のフリーズやどこかのフレスコ画を前にして、それを見つめる私が、その行列に加わる神に仕える女性たちから愛され、その行列に入りこめるのではないかと考えるほどの矛盾だった」(II. 153／④三四〇)。

この仮説は単なる深読みなのだろうか。私はそうは思わない。そもそも草稿帳「カイエ64」の段階で、少女出現の背景にベノッツォ・ゴッツォリの壁画が想定されていたからである。ベノッツォ・ゴッツォリの作品への言及はその後いったん消滅するが、一九一三年から第一次大戦中にかけて、すでに検討した「コンブレー」における父親の仕草とパリにおけるスワンの発言の二箇所に再登場する。しかしベノッツォへの言及はそれだけにとどまらず、第五篇『囚われの女』でアルベルチーヌとの同居生活の最初の一日が終わり、主人公が恋人のさまざまな過去のイメージを想いうかべる際にもつぎのようにあらわれる。

わが生涯のもろもろの時期にアルベルチーヌが私との関係でさまざまに異なる位置を占めているのを想いうかべると、干渉作用をおこした多様な空間の美しさ、つまりアルベルチーヌに会わずにいたすぎ去りし長い時間が感じられる。〔……〕というのも、たとえわれわれがしきりに夢見たあげく、緑色をおびた背景に浮かびあがるベノッツォ・ゴッツォリの描いたある人物のように単なるイメージとしか思われなくなった人間でも、すなわち相手があれこれ変わるのは、ひとえに相手を見つめるわれわれの視点や、相手とわれわれを隔てる距離や照明の違いが原因だと思いがちなそんな人間でも、その人間がわれわれとの関係において変化するあいだに、じつはその人間自身も変化しているからである。かつて海を背景にさっと輪郭を描いただけのすがたも、豊かさと、堅牢さを加え、ボリュームを増していたのである。（III. 577／⑩一四八―一四九）

ここに言及される「緑色をおびた背景に浮かびあがるベノッツォ・ゴッツォリの描いたある人物」というのは、ボローニャ地方の緑の山のなかをゆく『東方三博士の行列』に由来するとしか考えられない。この『囚われの女』の一節では、ベノッツォの行列に描かれた娘に「かつて海を背景にさっと輪郭を描いただけのすがた」（アルベルチーヌ）が重ね合わされている。「カイエ64」に書きこまれ、そのあと消え去ったはずの「ベノッツォの描いた女性」は、あいかわらず作家の脳裏にとり憑いていたのである。

このベノッツォという名の出現は、「カイエ64」の亡霊というべきもので、さまざまな矛盾が残存する死後出版の『囚われの女』を作家が充分に推敲していたらおそらく削除されたはずの一節だと考えるべきなのだろうか。しかしこの箇所の草稿を調べると、実態はその逆で、このベノッツォへの言及は『囚われの女』の草稿帳「カイエ53」の左ページへの加筆なのである。「注記。むしろゴッツォリのフレスコ画の一人物像、私が海を背景に通りすぎるのを見たような気がした人物と言うこと」[153]（図30）。同様に、円盤状の雲母片のような黒い目を何度も想い起こさせること「カイエ53」の本体の執筆は一九一五年と推定されるから、この加筆はおそらく一九一六年頃のものであろう。『囚われの女』における「ゴッツォリの描いたある人物」をめぐる加筆は、娘たちの行列があらわれるのを見たバルベック海岸に主人公を立ち返らせる役割を果たしているのである。

海辺の少女たちのうち、さきに検討した「ただひとり鼻筋が通り、肌が褐色の少女だけは、ほかの少女たちとは鮮やかな対照をなし、ルネサンス期の画に描かれたアラブ人ふうの東方の博士を想起させた」という一節に戻ると、私が調査したところ、これまた作家が一九一六年頃、『花咲く乙女たちのかげに』の清書原稿に加筆したものと判明した。この清書原稿帳はプルーストが「カイエ・ヴィオレ」と呼んでいたもので、一九二〇年にガリマール社から『花咲く乙女たちのかげに』豪華限定版五十部が出版された際、その原稿帳の原本が五十点に分割され、一点ずつ豪華版に添付された。その原稿断片にこの「アラブ人ふうの東方の博士」をめぐる加筆が見出されるのだ[154]（図31）。さきにも検討したように、「ルネサンス期の画に描かれたアラブ人ふうの東方の博士」というのがベノッツォの描いた人物を

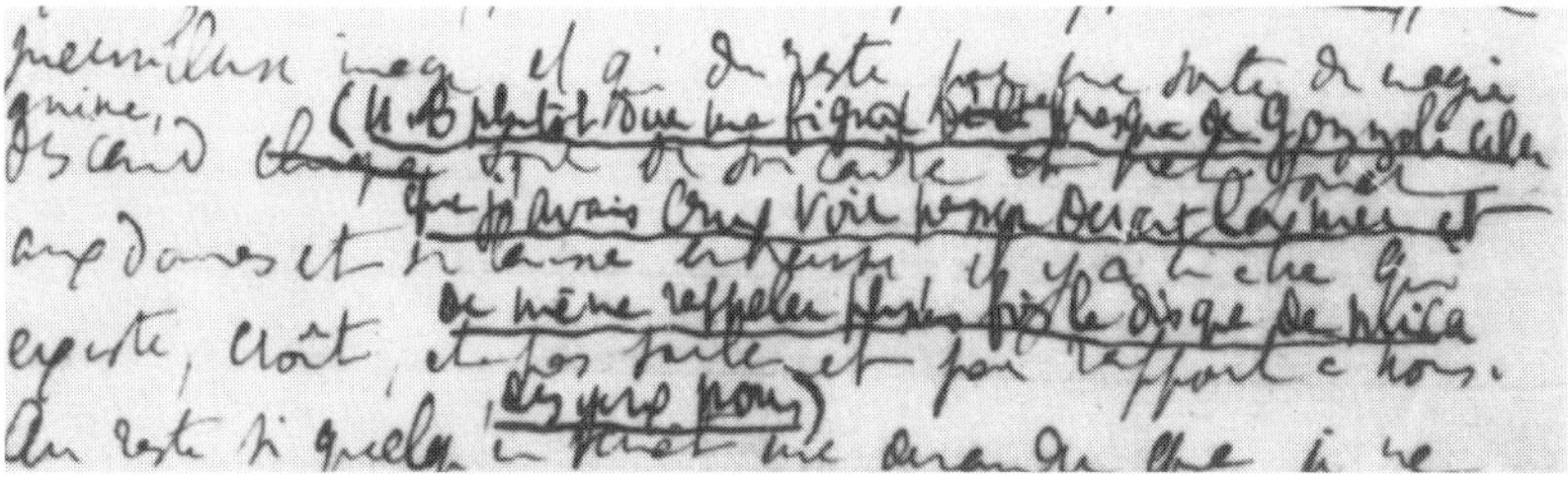

図 30 「カイエ 53」への注記

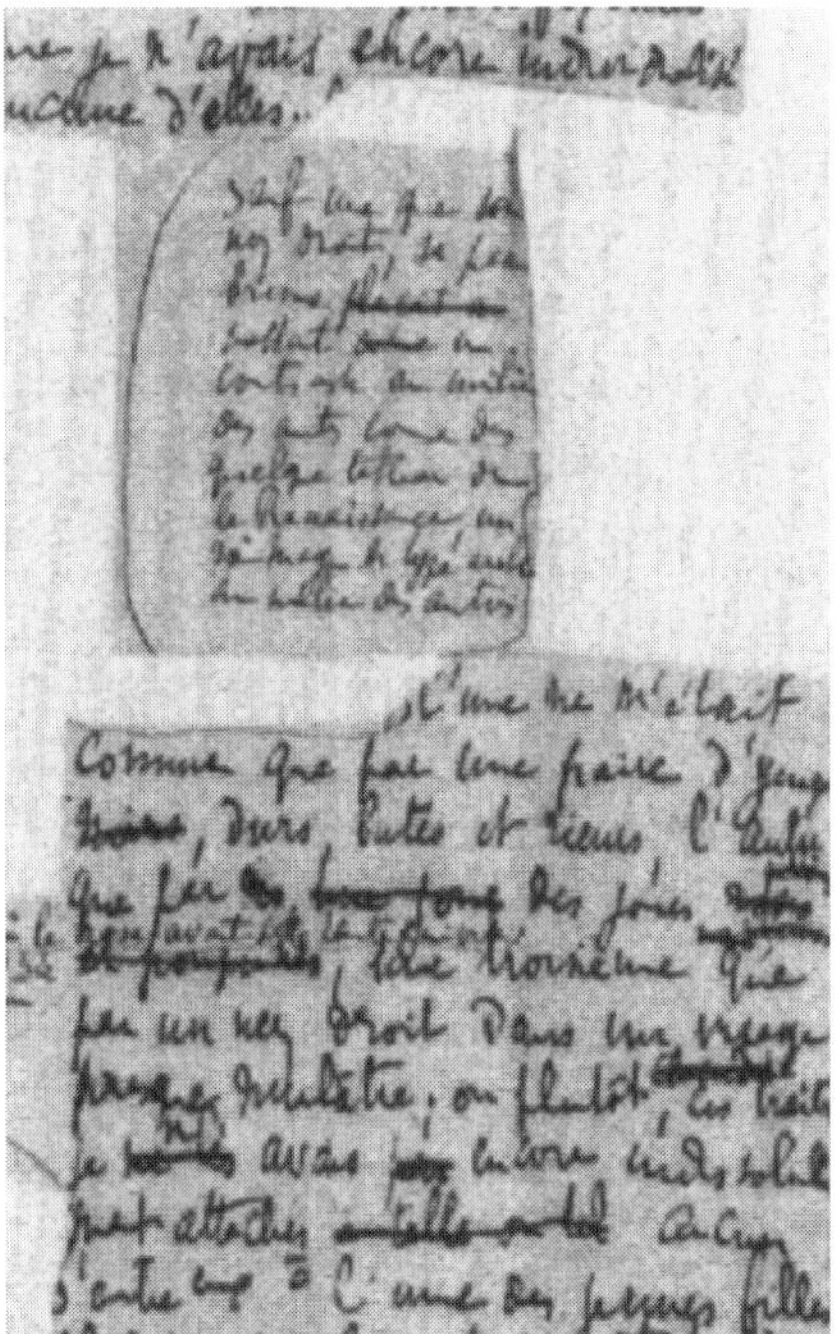

図 31 「アラブ人ふうの東方の博士」をめぐる加筆

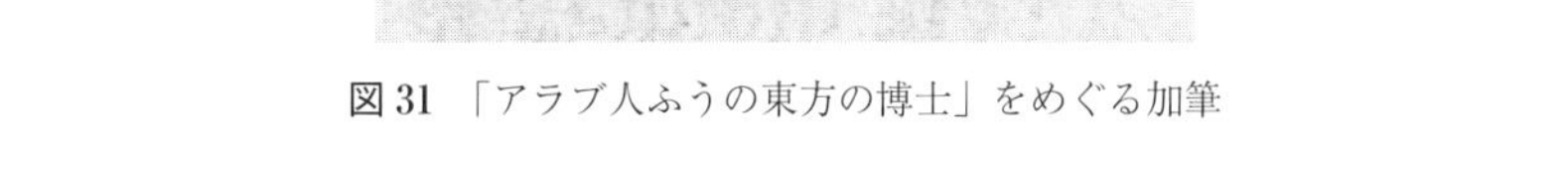

avait sauté par dessus
de géranium ; de celle au teint bruni, au nez droit, qui tranchait
au milieu des autres, comme placée là par la fantaisie d'un Rubens ;
d'une autre au nez busqué de jeune homme, grande, couverte
donnait un aspect si pauvre et démentait

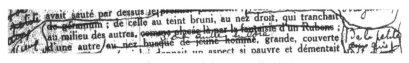

図 32 「ルーベンス」をめぐる一節の削除

指すとは明示されていない。しかしこの加筆によって「鼻筋が通り、肌が褐色の少女」をベノッツォに近づける段取りは整ったと考えられる。

というのも、それ以前の一九一七年に作成されたガリマール版『花咲く乙女たちのかげに』の校正刷には、この一節は当初「顔色が褐色で、鼻筋が通り、ほかの少女たちとは鮮やかな対照をなし、ルーベンスの自由奔放な想像力でそこに描かれたように見えた」と印刷されていたからだ。褐色の肌の少女の背後には、むしろバロックの画家ルーベンスの画が想定されていたのである。しかしその後プルーストは、「ルーベンスの自由奔放な想像力でそこに描かれたように見えた」という文言に線を引いて削除した(155)(図32)。その一方で「カイエ・ヴィオレ」と呼ばれた清書原稿帳への加筆、つまり「ただひとり鼻筋が通り、肌が褐色の少女だけは、ほかの少女たちとは鮮やかな対照をなし、ルネサンス期の画に描かれたアラブ人ふうの東方の博士を想起させた」という一節は、校正刷にそのまま反映され、作家は手を入れていない。これらの推敲過程は、さきに想定されたバロックの画家ルーベンスに代わり、ルネサンスの画家ベノッツォ・ゴッツォリへの意識的なほのめかしが存在することを示唆しているのである。

このように成立したベノッツォへの言及とほのめかしは、小説全体を考えた場合、どのような構造を指し示しているのか。「コンブレー」の父親に付与されたアブラハムを想わせる仕草と、「スワン夫人をめぐって」における『東方三博士の行列』の想起は、ともに一九一三年の春以降に加筆された。両者は、スワンの偶像崇拝的芸術趣味を際立たせるため、ピサのカンポサントとフィレンツェのメディチ家礼拝堂に描かれた二点のベノッツォの代表的フレスコ画という一対の対称的画面を形成している。一方が旧約聖書冒頭の「創世記」のアブラハムを起源とするものであり、他方は新約聖書の冒頭における救世主の誕生にさかのぼる。自作の対称的構成を好んだプルーストらしい配置である。

とはいえベノッツォの画面と同様、プルーストのテクストには宗教的感情がまるで感じられない。前者では、お寝みのキスの場面にふさわしく、父親の白いガウンの浮かびあがる暗闇が全体を覆いつくしているのにたいして、後者の『東方三博士の行列』では、メディチ家の主要メンバーにさんさんと昼間の光が射している。これも対照の妙に配慮した構成であろう。

二箇所の加筆に以上のような構成上の配慮が認められるとすると、バルベックの少女出現の場面にもやはりベノッツォ・ゴッツォリの『東方三博士の行列』へのほのめかしを読みとりたい誘惑にかられる。『囚われの女』への「ベノッツォ・ゴッツォリの描いたある人物」に関する加筆や、バルベックの海岸で少女の一団を「行列を描いた〔……〕フレスコ」にたとえる箇所は、そのような読解を許容してくれる。少女たちの出現場面において「アラブ人ふうの東方の博士」を想起させる箇所で、かりに「ルネサンス期の画」ではなく「ルネサンス期のフレスコ」という文言が使われていたら、ベノッツォへの暗示は決定的になっていたであろう。その場合、「スワン夫人をめぐって」に登場する『東方三博士の行列』への詳しい言及は、のちにバルベック海岸に登場する少女たちの「行列」へのまぎれもない伏線として機能していたかもしれない。

そうなると、伏線としてのパリにおけるベノッツォの『東方三博士の行列』への言及とバルベック海岸における少女の「行列」の出現は、プルーストが「『見出された時』の最後のページは『スワン家のほうへ』の最初のページのうえに重ね合わせて閉じられる」と指摘した「大きく開いたコンパスの脚」(COR, XXI, 41)のごとき構成原理にしたがい、対称的な二大画面を構成していたことであろう。それをとり囲むように、一方ではコンブレーにおけるベノッツォへの短い導入が、他方では『囚われの女』における同画家への最終的言及が配置され、全体として巨大な四極構造を備えていたことであろう。もとよりこの都合四箇所のベノッツォへの暗示とほのめかしの配置は、作家によって充分に構造化され大々的にくり広げられたとはいえない。しかしこれらの執筆過程には、作家のさまざまな野心と躊躇をともなう創作の経緯が透けてみえる。『失われた時を求めて』におけるベノッツォ・ゴッツォリへの暗示の生成と構造には、『スワン家のほうへ』を構成するさまざまな部分について語り手が指摘したのと同じように、「ほんとうの亀裂や断層とはいえないまでも、ある種の岩石や大理石などに見られる、すくなくとも起源や年代や「生成期」の違いをしめす石目模様、まだらな彩色」(I, 184／①三九五)が認められるのである。

コラム2 フロイトの時代──スワンの「夢」を分析する

プルーストは、フロイトより十五歳年下であるが、ともに二十世紀初頭に主要作を世に問うた同時代人である。プルーストも、『夢解釈』や『精神分析入門講義』の著者と同じく、現実や知性ではなく、むしろ無意識や夢を重視して、われわれの人間認識に大きな転換を迫った。もっとも同じ無意識といっても、フロイトは患者の言動を規定するものとして、無意識のうちに抑圧されたリビードを治療の鍵としたのにたいして、プルーストは、無意識のなかに埋没した過去をよみがえらせる無意志的記憶現象なるものを小説構成のかなめとした。無意識という領域は同じでも、探査する方法や、目指すべき終着点は、まるで異なっていた。

それでも『失われた時を求めて』には、都合の悪いことを無意識のうちに抑圧して忘れようとする人物がくり返し描かれたり、さまざまな種類の夢が出てきたりして、フロイトとの類縁が感じられる箇所も少なくない。とくに主要人物のスワンが見る夢は、内容といい、解釈といい、フロイトの記述と驚くほど符合している。

小説中の「スワンの恋」には、ヴェルデュラン夫人の社交サロンを舞台に、オデットに惚れこんだスワンが、恋敵のフォルシュヴィル伯爵に恋人を奪われ、嫉妬に苦しむ顚末が語られている。スワンが夢を見るのは、物語の終局、ようやく恋人を忘れかけたときである。

夢に出てくるのはスワン自身とオデットのほか、ヴェルデュラン夫人のサロンの常連だが、だれかわからないトルコ帽の若い男に、なぜかナポレオン三世が加わる。一行は、海岸の断崖沿いの道を登ったり下りたりしている。「ときに崖っぷちにまで波が飛んできて、スワンは頬に冷たいしぶきを感じた。オデットが拭けと言うもののスワンは拭くことができず、女を前に恥ずかしい思いがしたが、自分が寝間着すがたなのにも同じように恥ずかしい気がした。暗くて気づかないことを期待したが、ヴェルデュラン夫人は驚いた目つきで、しばらくスワンをしげしげと見つめた。すると夫人の顔がみるみる変形し、鼻が伸びて立派な口髭が生えていた。振り向いてオデットを見ると、頬は青白く、小さな赤いぶつぶつが浮き出て、目鼻立ちはやつれて隈ができていたが、それでも自分を見つめる目には愛情がこもり、その目が涙のように自分のうえに落ちてきそうだった。スワンはオデットへの愛を感じて、すぐに連れて行きたいと思った」。ところがオデットは時計を見て「もう行かなくちゃ」と帰ってしまう。「一秒後には、オデットが帰ってから何時間もたっていた」が、そのあとナポレオン三世もすがたを消す。ふたりが示し合わせて帰ったことがわかると、「見知らぬ若い男」が泣き出す。そこでスワンは「目を拭ってやり、楽になるようトルコ帽をとって」やる。そうこうするうち「突如として真っ暗闇になり、半鐘がなった。目の前を住民たちが駆けてゆく。炎につつまれた家から逃げ出してきた」という。火傷《やけど》だらけの農夫が通りすがり、「来てシャルリュスに訊くがいい、オデットがお友だちとどこに夜をすごしに行ったのか。ヤツは昔、あの女といっしょだったんで、女はヤツにはなんでも話すんだ。火をつけたのはあのふたりだ」と叫ぶ。それはスワンの従僕が起こしにきて、こう言っているのだった。

「旦那さま、八時です、床屋が来ております。一時間後にもう一度、寄るように言っておきました」(I, 372-374／② 四一五—四一九)。

スワンはここで目覚めるのだが、作家はフロイトよろしく、みずから夢の材料と置き換えの事例解説をしている。農夫のせりふはスワンを起こしにきた従僕の声だったが、その前に「目覚まし時計の音が半鐘の響きとなり、火事の挿話を生み出した」という。さらにプルーストは「だれかわからなかった若い男」はスワンの分身で、小説家がそうするようにスワンは「わが人格をふたりの人物に分かち与えた」のであり、また「ナポレオン三世」はフォルシュヴィル伯爵にほかならないと解説する。人物の置き換えだけでなく、ヴェルデュラン夫人の「顔がみるみる変形し、鼻が伸びて立派な口髭が生えていた」という肉体の変形(夫人の家父長的権威の象徴なのかもしれない)や、「一秒後には、オデットが帰ってから何時間もたっていた」という時間の圧縮なども、フロイトが夢の特性として強調したものである。

しかしこのような外的特徴よりも、フロイトとの類縁がより顕著なのは、この夢がスワンの無意識の願望をあらわしたものだという点だろう。断崖にうち寄せる波にしても、水という欲望の象徴と考えることができる。スワンの頬にかかる「冷たいしぶき」も嫉妬の涙だと解すると、「オデットが拭けと言うもののスワンは拭くことができず、女を前に恥ずかしい思いがした」のも納得がゆく。女の「頬は青白く、小さな赤いぶつぶつが浮き出て、目鼻立ちはやつれて隈ができていた」というのは、スワンが認めたオデットの最初の風貌であり、その「目には愛情がこもり」「すぐに連れて行きたい」と思うのは、長いあいだ袖にされたスワンの満たされない欲望のあらわれと解することができる。スワンが「寝間着すがた」なのも、差し迫った欲望の象徴なのかもしれない。

しかしこの夢は、抑圧されたリビードだけでなく、失恋の確認と、嫉妬の終焉をも提示している。オデットとナポレオン三世(フォルシュヴィル伯爵)が揃って帰ると、スワンは「あの女にしてみれば、無理もないこと」と失恋を認めてしまう。スワンが「見知らぬ若い男」の「目を拭ってやり、楽になるようトルコ帽をとって」やるのも、すでに恋から醒めたスワンが、おのが分身の「嫉妬の涙」を拭ってやり、もはやトルコ帽＝男性器は不要であると戦線撤退をみずから宣言したものとも解釈できる。

このように考えると、スワンの夢が恋物語の終局に置かれているのも納得できる。夢から覚めたスワンは、すっかり嫉妬の苦しみから癒えており、「俺の好みでもない女」のために「自分の人生を何年も台なしに」したという独白が物語をしめくくる。スワンの夢は、無意識のリビードを意識化させることでそれからの解放をめざす精神分析と同じような軌跡をたどっているのだ。文学研究に精神分析を応用したジャン・ベルマン＝ノエルなどは、スワンの夢について私とほぼ同じような分析をしたうえで、さらにそこにフロイト流の父と母と子の関係や、エディプスコンプレクスなどが読みとれると指摘している(一九九六年PUF刊『テクストの無意識のほうへ』所収の「スワンの恋を〈精神分析する〉?」)。

このようにスワンの夢の記述には精神分析との類縁が認められるが、そもそも『失われた時を求めて』の作家には、フロイトとの接点はなかった。プルーストの父親はパリ大学医学部の衛生学教授であり、フロイトがパリで師事したシャルコーなどの臨床医も知っていたが、フロイトの著作が本格的に仏訳されるのは一九二二年のプルーストの没後である。フランスでは、精神分析におけるセックス重視への反感と、ドレフュス事件により増幅された反ユダヤ主義のせいで、フロイト受容が遅れたと言われている。

それでもプルーストには、フロイトが仏訳されたころ、それを読むチャンスがあった。それは一九二〇年十二月から翌年二月にかけて「ルヴュ・ド・ジュネーヴ」誌に三回にわたり掲載された「精神分析の起源と発展」(一九〇九年の「精神分析について」の仏訳)で、たまたま連載の最終回を読んだアンドレ・ジッドが、一九二一年五月、プルーストに宛てて「フロイトの驚くべき論文」がじつに面白いので「まだ読んでいなければ喜んで貸す」と書き送っていたのである(COR. XX. 262)。これが作家と精神分析の唯一の接点であるだけに、プルーストの返信が残されておらず、すぐにフロイトを読んだ形跡もないのは残念というほかない。プルーストは同年九月、自作とフロイトを関連づけた批評家ロジェ・アラールに宛てて「フロイトに関する御高文が理解できなかったのは、私がその著作を読んだことがないからです」と書いている(COR. XX. 447)。これが今のところ、プルースト自身がフロイトに言及した唯一の資料である。

それでも小説中に『夢解釈』や『精神分析入門講義』と同じような記述が見出されるのは、直接の影響でないだけにかえって興味ぶかい。すでに小説刊行中にも、フロイトとの類似を指摘する声があがっていた。一九二二年には、批評家ルネ・ジルワンが「『ソドムとゴモラ』は、はるかに公正と中庸をえた形でフランス人の嗜好と精神に合わせているが、フロイトの精神分析の文学版である」と書いていた。また一九二三年にはプルーストの小説を出版した編集者ジャック・リヴィエールが、「精神分析学の三大命題」という題目で、フロイトとプルーストの類縁関係について語っていた。

しかしフロイトとの類似は、なにもプルーストにかぎったことではあるまい。夢の解釈にしても、シュールレアリスム以前に、プルーストと同世代の詩人ヴァレリーがじつに精緻な洞察をノートに書きつけていた。フロイトが精神分析を構想した世紀の変わり目には、新たな時代の幕開けにふさわしく、時代全体の人間認識が大きく転換しようとしていたのかもしれない。

第三部

芸術と芸術家をめぐる謎

第七章　キク、乃木将軍、浮世絵、水中花
——ジャポニスムへのまなざし——

プルーストは十九世紀末から二十世紀初頭にかけての青春期、パリにおける日本趣味(ジャポニスム)の流行を目の当たりにする環境にいた。プルーストをパリの上流社交界へ紹介した詩人ロベール・ド・モンテスキウ伯爵は、「パッシーの日本人」と言われるほど日本趣味に染まっていた。伯爵は、館の前で番傘を背にし、提灯を手にしてポーズをとる写真[156](図33)が雄弁にものがたるように熱烈な日本愛好家で、住まいを屏風や提灯などで飾りたて、日本人庭師の畑和助《はたわすけ》を雇ってヴェルサイユの屋敷に日本風の庭園と温室をつくらせ[157]、大輪のキクや盆栽を育てさせていた(図34)。モンテスキウの屋敷に何度も招待されたプルーストは一八九四年三月十四日、そのモンテスキウにウメかサクラの鉢植えとおぼしい「バラ色の花の灌木」を送りとどけ、「あなたの日本人庭師はここに故国の花を認めるでしょう」というメッセージを添えた(COR. I, 282)。またモンテスキウが同年五月三十一日にヴェルサイユの館で催したパーティーをめぐる文章では、招待客たちが「日本風温室の珍しい花々を愛でた」ことを報告している(Essais, 118)。

来日して大量の美術品を買いつけ、月刊誌「芸術の日本」を一八八八年から一八九一年にわたり刊行し、パリにおける日本趣味の普及に貢献したサミュエル・ビングの店「アール・ヌーヴォー」も、プルーストに親しいものだった。これはビングの店で彫金師として働き、プルーストのラスキン翻訳を手伝ったマリー・ノードリンガーの影響による。プルーストは一九〇四年四月、本物の花が喘息をひきおこすことを心配してくれたマリーから日本の水中花をプレゼ

図33　日本趣味のモンテスキウ伯爵

ントされ、こんな礼状を書き送った。「秘められた魔法の花々をありがとう。おかげで今夜、セヴィニエ夫人の言う「春を咲かせる」こと、ただし害のない水中の春を咲かせることができました。電灯の照明が暗い私の寝室は、あなたのおかげで極東の春に彩られました」[158](COR. IV. 111)。

　プルーストは、日本の美術品の蒐集家であったゴンクールの『日記』や、ロチの『お菊さん』(一八八七)などを愛読していたのみならず、当時有数の日本美術の蒐集家だったシャルル・ジロ(一八五三―一九〇三)のコレクションの競売カタログまで購入していた[159](COR. IV. 133)。このようにプルーストとジャポニスムの接点は枚挙にいとまがないが、これらはすべて鈴木順二の詳細を極めた研究などに譲ることにする[160]。本章では『失われた時を求めて』にあらわれた日本の風物への言及にかぎって採りあげ、従

図 34　畑和助と温室

来の研究のようにそこにいかなる日本趣味が認められるかを指摘するのではなく、それらの日本趣味が作中でいかに描かれ、いかなる機能を果たしているかを中心に考察したい。

作中で言及された日本の風物

プルーストは『失われた時を求めて』の随所に日本独自の風物を採りいれた。たとえば、当時のサロンに触れた箇所にこんな指摘が出てくる。「せいぜい一輪のバラか日本のショウブがそれ以上余計には一本の花すら入らないほど細長い首のクリスタル製花瓶に活けられている」(I. 582／③三六〇)。「日本のショウブ」(原語は un iris du Japon で、アヤメやカキツバタかもしれない)は、ジャポニスムを代表する花のひとつとして、ビングが発行した雑誌「芸術の日本」にも頻繁に図版が掲載されていた[161]。「一本の花すら入らないほど細長い首の〔……〕花瓶」も、日本の一輪挿しの花器を想わせる。また、架空の画家エルスチールが「初期には〔……〕長期にわたり日本美術の影響を受けていた」(II, 424／⑤二七二)という指摘もある。この指摘に基づきエルスチールのモデルはモネだとかホイッスラーだとか推定されているが、この「日本美術の影響」がいかなるものであったのか、プルーストはこれ以上具体的に語っていない。

また第四篇『ソドムとゴモラ』では、シャルリュス男爵の「恋愛や嫉妬や美」に関する「単純な格言」が、本人の同性愛という「極悪非道の経験」から引き出されたがゆえに、「ロシアや日本の芝居」が「その国の俳優たちによって演じられたときと同様の異郷の魅力を帯びた」(III, 429／⑨四二五)という。十九世紀後半にはロチの『お菊さん』のオペラ化(一八九三)など日本を舞台にした芝居が少なからず上演されたが、日本人俳優による芝居は、一九〇〇年のパリ万博のために設営されたロイ・フラー劇場で川上音二郎と妻の貞奴が『芸者と武士』を演じたのを嚆矢とする(歌舞伎の「浮世柄比翼稲妻《うきよづかひよくのいなずま》」の「鞘当《さやあて》」と「道成寺」のさわりを組み合わせた二幕物)[162]。プルーストがこの芝居を見たという記録は残っていないが、作家が愛読していた「フィガロ」紙や「ルヴュ・ブランシュ」誌などの媒体で採りあげられて評判になった。モンテスキウは、一九〇四年十一月二十二日にジョルジュ・プチ画廊でおこなった日本美術に関する講演「涙が流れる前の空の青」でこの芝居を採りあげ、日本の俳優を「人間骨董」と呼び、嫉妬に狂う「サダ・ヤッコ」の「踊りは、華奢で残忍なサロメを想わせた」[163]と書いた。プルーストはこの講演を収録した評論集『殿下《アルテス・セレニッシム》』(一九〇七)を著者から寄贈されていたから(COR, VII, 148)、当然この文章を読んでいたはずである。

オデットとコタール夫人におけるジャポニスム

以上のジャポニスムの例は、いずれも簡単に言及されているにすぎず、『失われた時を求めて』のなかで重要な役割を担っているわけではない。ところが小説中には日本趣味が人物造型と深く関わっている場合もある。その代表例は、『スワン家のほうへ』の第二部「スワンの恋」（一八八〇年前後）に描かれた粋筋の女《ココット》オデットであろう。オデットの館には「細い絹の紐につるした大きな日本の提灯」が掛けられ、控えの間には「壁にそって横いっぱいに長方形の箱が置いてあり、そこに温室よろしく一列に大輪のキクが咲いていた」という（I, 217／②八九）。オデットの日本趣味は、「スワンの頭のうしろと両足の下に日本の絹のクッション」（I, 217／②九〇）を置いたという箇所にもあらわれている。オデットは当時流行の英国趣味にかぶれて片言の英語を口にするのを粋と考える一方、パリの上流階級に浸透しはじめた日本趣味をも併せもつ人物として造型されたのである。

オデットの「大輪のキク」について語り手が「当時としてはまだまだ珍しいものとはいえ、のちに園芸家が栽培に成功した立派なキクにはとうていおよばなかった」（I, 217／②八九）と言うように、日本ふうの大輪のキクがパリで一世を風靡したのは少し後の一八八〇年代末から九〇年代初頭である。プルースト自身、そうした流行のキクを購入して女性たちへ贈っていた。一八九〇年十一月二十二日には、コンドルセ高等中学校で同級生だったジャック・ビゼーの母親ストロース夫人（『カルメン』の作曲家ジョルジュ・ビゼーの未亡人）に宛てた手紙で「キクの花をお送りしたことをお赦しください」（COR, I, 163）と語っているし、一八九二年十一月二日には、オデットのモデルのひとりロール・エーマンに「十五輪のキク」を贈りとどけている（COR, I, 190）。キクを栽培する日本の庭師の工夫に通じていたプルーストは、小説のなかで、「相手の女性に愛していると告白する歓びを断念することでいっそう相手の好意を惹こうとする」のは、「日本の庭師が一輪のみごとな花を咲かせるために残りの花はどんどん摘んでしまうのに倣ったもの」（I, 393／②四六三）と書くことができた。

一八九四年から一八九六年頃を時代背景とする第二篇『花咲く乙女たちのかげに』の第一部「スワン夫人をめぐって」⑯⁴では、オデットも自分のサロンに「昔スワンが訪ねても見ることのできなかった」「色とりどりの巨大なキクの花」(I. 585／③三六七)を飾る。このキクの花は、スワン夫人宅を訪れたヴェルデュラン夫人とコタール夫人とのあいだにちょっとした食い違いをひきおこす。キクに目をとめたヴェルデュラン夫人は、つねに変わらぬ毒舌を発揮して「これは日本の花でございましょ。でしたら日本人と同じように活けてあげなくては」とオデットを叱責する。それにたいしてコタール夫人は、オデットを擁護してこう言う。「あなただけですわ、オデットさん、こんなに美しい《ベル》キクを見つけることができるのは、いや、こんなに美しい《ボー》と言うべきかしら、いまではそう言うと聞いていますから」(I. 592／③三八一―三八二)。キクの植物名は言うまでもなく男性名詞であるが(形容詞は「ベル」でなく「ボー」)、女性名詞である「花」への連想から、アルマン・シルヴェストルの無題詩篇(一八八二)の出だし「キクの季節のこと」C'est au temps de la chrysanthème に見られるように、当時は女性名詞としての用法も散見された。プルーストは一九〇六年十月二十六日直後のストロース夫人宛ての手紙で、この詩篇の「出だしの詩句の文法上の性の間違い」を指摘していた(COR. VI. 255)。作家はみずから気づいたキクの活けかたや文法上の性についての論議を、ヴェルデュラン夫人とコタール夫人というふたりの登場人物のせりふに割りふったのである。

そもそもプルーストには、日本の風物を正確に描く意図はなかったのかもしれない。これまでに検討した『失われた時を求めて』におけるジャポニスムへの言及は、主にオデットとコタール夫人が担っている。このふたりが足繁く通って影響を受けたはずのヴェルデュラン夫人のサロンでは、不思議なことに女主人の日本趣味をうかがわせる描写がいっさい出てこない[165]。「スワンの恋」に描かれたヴェルデュラン夫人邸での晩餐会でも、日本趣味の流行をほのめかすのはコタール夫人である。サロンの女主人が「サラダをお出しするのはすこし待ってくださいな」と召使いに命じたのを小耳に挟んだコタール夫人は、「それって、日本のサラダじゃありませんこと?」と訊ねる(I. 252／②一六七)。これはテアトル＝フランセで一八八七年に初演されたデュマ・フィスの戯曲『フランシヨン』へのほのめかしで、

「日本のサラダ」とは、第一幕二場で貴婦人アネットが友人に教える日本とはなんの関係もないサラダのレシピである（一八八〇年代の日本には生野菜をサラダとして食する慣習はなかった）。そのレシピとは、ジャガイモとムール貝に白ワインをかけ、シャンパンで煮たトリュフの輪切りをあしらう、というものだった。「それって日本のものなの？」と訊かれてアネットは、「今じゃ、なんでも日本でしょ」と答え、自分の命名だとうそぶく[166]。プルーストは、当時のパリ上流階級を席巻していた日本趣味を皮肉ったデュマ・フィスのシーンを、さらにコタール夫人がほのめかす場面をつくり、日本趣味の流行を二重に茶化したのである。

日露戦争にまつわる日本像

このようにプルーストの目指した文学は、十九世紀末の日本美術蒐集家たちの趣味とはほど遠いものであった。第四篇『ソドムとゴモラ』では、同性愛者たちの集まりが「古い嗅ぎタバコ入れや日本の浮世絵や珍しい花の愛好家たちが集まる門外漢お断りの会合」（III. 20／⑧五七）にたとえられ、その閉鎖性が批判されている。プルーストの日本を見る目は、当然モンテスキウの日本趣味とは相容れないものであった。モンテスキウはさきに触れた講演「涙が流れる前の空の青」において、日本美術の紹介に力を尽くしたサミュエル・ビング、ルイ・ゴンス、林忠正に敬意を表したあと、Moronobou（菱川師宣）、Okusaï（北斎）、Outamaro（歌麿）ら大家の色彩版画を絶讃し、ジュディット・ゴーチエの日本趣味の詩を分析したうえで、日本の盆栽や、さきに検討した「サダ・ヤッコ」の踊りを褒めたたえた。そして最後に日露戦争（一九〇四―一九〇五）において、サダ・ヤッコの「残忍なシーン」が「実際に戦争という舞台で演じられる」と指摘し、芸術の「友」たる日本人がヨーロッパの「敵」となる事態を嘆いている[167]。要するにモンテスキウは、フランスにおける日本趣味の歴史を振りかえり、それが日露戦争によって終焉を迎えたことを哀惜したのである。プルーストも『失われた時を求めて』で日露戦争に言及しているが、その視点はモンテスキウのそれとはまるで違っていた。

異国趣味を満足させてくれる極東の美を愛する国であった日本が、一九〇五年一月、乃木将軍率いる陸軍によって旅順要塞の二〇三高地を攻略し、さらに同年五月には、東郷平八郎指揮する海軍によってバルチック艦隊を殲滅してロシアに勝利した日露戦争の顚末は、さきのモンテスキウの引用がものがたるように、西洋列強を震撼させた。西洋人にとって日本軍の粘りづよい戦いを要約するのは、『花咲く乙女たちのかげに』で引用される「勝利は相手より十五分だけ余分に苦しみに耐えられるほうにあり」(I. 454／③九〇)という格言であろう。これはフランスでは、二〇三高地の戦いで勇名をはせた乃木将軍の発言として伝えられ、一九三二年刊行の『二十世紀ラルース辞典』第五巻には、この発言が「ノギの十五分」として掲載されるに至った。[168] しかし日本ではかならずしもそのようには伝えられていない。[169] おそらくフランスにおけるこの伝承は、ジョルジュ・クレマンソーがみずから創刊した「オム・リーブル」紙の一九一四年八月十六日号で日本参戦を語った際、日本を訪れた将校から「昨日」聞いた土産話として、ある日本の将軍が戦勝の秘訣として「相手より十五分だけ余分に苦しむことができる者が勝者となる」[170](傍点は原文イタリック)と語ったと伝えたことが発端となり、同年十一月頃にはこの発言の主が乃木将軍に帰され、[171] 第一次大戦の泥沼化に苦しんだフランスで頻繁に引用されるようになったと考えられる。[172]

欧米では日露戦争における日本の勝利を予測した軍事評論家は皆無といっても過言ではなかったようで、プルーストの小説ではブロックとその父親がこれを痛烈に皮肉る。ブロックの父親は「日露の戦争では、いかなる誤謬なき論拠によって日本が敗北しロシアが勝利するかを証拠に基づき精緻に論証した慧眼の軍事評論家」(II. 128／④二八四)という警句を好んで口にする。息子のほうも「わが輩も読んだ気がしますぞ。いかなる反駁不可能な論拠によって、日露戦争はロシアの勝利と日本の敗北に終わるかをあの御仁が証明しておられる学識ゆたかな論文は」(II, 517／⑥一〇六)と、暗に作中の外交官ノルポワの愚蒙を揶揄する。日本の予想外の勝利の結果、黄色人種(日本人)が白人種を凌駕して世界を制覇する危険、つまり黄禍論が当時のジャーナリズムを賑わした。『失われた時を求めて』の後半に「黄禍論」(III, 210／⑧四七九)への言及が出てきたり、シャルリュス男爵が「もしかすると日本軍がわれらのビザンチウムの城門にまで到達しているやもしれぬときに」(III, 346／⑨二四三)などと嘆いたりするのも、このような危機意識の反映にほかならない。

プルーストは『失われた時を求めて』において、ある意味ではフランスにおける日本趣味をその発端から終焉まで描いたともいえる。ただそれはモンテスキウのように日本の美を礼賛して「敵」たる日本を嘆くためではない。『失われた時を求めて』における日本への言及が、「日本のサラダ」という過剰な日本趣味への警告ではじまり、日露戦争における「日本の敗北」という玄人筋の間違った予測で幕を閉じるのは、ほかでもない、プルーストのこうした描写が安易なジャポニスムの批判になっているからではなかろうか。

アルベルチーヌにおけるジャポニスム

小説の前半においてジャポニスムを体現していたのがオデットであったとすれば、後半に日本趣味を身につけるのはアルベルチーヌである。海辺のリゾート地バルベックのホテルで「私」の接吻を拒んでいたアルベルチーヌは、『ゲルマントのほう』でふらっと「私」の部屋にあらわれたとき、バルベックの少女の一団のひとりで「小柄で割ときれいな娘」について、「そうね、小さなムスメといった感じね」と言う。それを聞いて「私」はこう考える。「私が知り合ったころのアルベルチーヌは、どう考えても「ムスメ」などということばは知らなかったはずである。〔……〕

というのもこれほどぞっとさせられることばはないからだ。このことばを聞くと、口のなかにずいぶん大きな氷のかたまりを入れられたように歯がうずく」(II, 652-653／⑦四五)。「ムスメ」mousmé なる語は、日本語としては単に「娘」を意味するだけで、その語が特殊なニュアンスを帯びることはない。これに特殊なニュアンスを与え、これをフランス語の一単語たらしめたのは、世紀末の日本趣味のなせる業である。

とくにピエール・ロチは『お菊さん』で「ムスメとは娘や非常に若い婦人を意味する。日本語の最もきれいなことばのひとつで、この語には、口をとがらすこと《ムー》や〔……〕潑剌とした《フリムース》顔が含まれる感じがする」[173]と書いて、この語に主観的な夢想を投影した。この箇所のプレイヤッド版に付された注でも「ムスメ」の初出として『お菊さん』の本箇所が引用されているが、なぜ主人公の「私」がこの語に「ぞっとさせられ」、「口のなかにずいぶん大きな氷のかたまりを入れられたように歯がうずく」のかについては解説されていない。これはロチの描いた「ムスメ」が、多くの場合は芸者で、プルーストのいう「粋筋の女《ココット》」を想わせるからだと考えるべきだろう。『トレゾール仏語辞典』は「ムスメ」はその後、俗語として「情婦」ばかりか「尻軽女」を意味すると注記する。[174] 主人公の「私」は、「ムスメ」なる語を口にするアルベルチーヌがもはや接吻を拒否したときのような生娘ではなく、男に身を任せたことのある女だと信じて、アルベルチーヌに接吻し、とうとう相手をものにしてしまう。ここで「ムスメ」なる語は、ロチの小説の場合のような審美的日本趣味の対象ではなく、アルベルチーヌの肉体上の変化を「私」に知らしめる性的符牒として機能しているのである。

オデットは「親しい人たちを迎えるときに日本風の部屋着を羽織るのはまれで、むしろ泡のようにふんわりした絹の明るい色のヴァトー風化粧着を身につけ」ていた(I, 605／③四〇八)。それにたいして、第五篇『囚われの女』で「私」と同居中のアルベルチーヌは、「私のそばへ戻ってくるときには着替えをすませて、クレープ・デシンのきれいな化粧着なり日本ふうの部屋着なりの一着」をまとう（III, 571／⑩一三五）。この「日本ふうの部屋着」は、すこし先では「キモノ」と表現される。「ときに暑すぎるとアルベルチーヌは、ほとんど眠りながらキモノを脱いで肘掛け椅子に投げかけた」（III, 581／⑩一五九）。「キモノ」の原語 kimono は、フランスでは日本の着物を指すために十七世紀から多様な綴りで使われていたが、ジャポニスムの流行に伴い、十九世紀から二十世紀の変わり目には着物を想わせる「広い袖の薄手のガウン」を指す語としてこの綴りで定着した[175]。この部屋着「キモノ」がパリの上流階級に広まったのはサダ・ヤッコの公演後の二十世紀初頭のことで[176]、アルベルチーヌとの同居生活の時代設定（やはり二十世紀初頭）とも符合する。このキモノは、アルベルチーヌがその「内ポケットのなか」に入れている「手紙」（III, 581／⑩一五九）によって主人公の嫉妬をかき立てるが[177]、それ以上の役割を果たすわけではない。当時のキモノには、作中で重要な役割を果たす実在のヴェネツィアの服飾デザイナー、フォルトゥーニが手がけたものも存在するが[178]、アルベルチーヌが脱ぎ捨てるキモノにはフォルトゥーニの名が冠されていない。『失われた時を求めて』では、オデットが愛でる花でも、日本趣味のキクよりむしろカトレアが重要な役割を果たすように、アルベルチーヌの衣装でも、重要なのは日本のキモノであるよりも、ヴェネツィアを想わせるフォルトゥーニのドレスや部屋着なのである（III, 871–872, 895–896／⑪四〇三―四〇五、四七〇―四七二）。

アルベルチーヌは「キモノ」を身にまとうばかりか、「日本の盆栽」についても語る。といっても「盆栽」bonsaï なる日本語ではなく、「日本の小さな木」petits arbres japonais であるが、これは当時「盆栽」の一般的な表現だった。ゴンクールも『ある芸術家の家』（一八八一）で「植木鉢で育てられた小さなコナラ[179]」と書いているし、ロチも『お菊さん』（一八八七）で「小さな木[180]」と表記し、モンテスキウもさきに引用した日本文化論（一九〇七）で「ごく小さな灌木[181]」と記している。そもそも盆栽は、プルーストには馴染み深い対象であった。モンテスキウ邸の日本の温室やビングの店でそれに親しんでおり、[182] 一九〇七年六月二十一日のストロース夫人宛ての手紙によると、ドルオーの競売でみずから「日本の小さな木」petits arbres du Japon を購入し、同夫人への贈りものにしていた(COR, VII, 188)。

アルベルチーヌの口から「日本の盆栽」が出てくるのは、歴史的建造物や山などをかたどったアイスクリームを食べているときである。「小型のアイスクリームでもいいのよ、でもこの手のレモン味のアイスクリームは小さくてもやっぱり山は山で、うんと縮小されていても想像力が元の大きさをとり戻してくれるのよ、日本の盆栽を見ればこれはヒマラヤスギ、これはコナラ、これはマンチニールだとわかるようにね」(III, 637／⑩二九二)。アルベルチーヌが例に挙げた盆栽の木は、日本人にお馴染みのマツやウメやボケではない。とはいえモンテスキウは盆栽の木として「ヒマラヤスギ」[183]を、またゴンクールはさきに見たように「コナラ」を挙げている。しかしアルベルチーヌの発言の突飛な点は、盆栽の木として「マンチニール」を挙げていることであろう。これはアメリカ大陸の熱帯地方の常緑樹で、樹液や葉液や果実に強い毒性がある。[184] この毒性は、アイスクリームを食べながら建物や森を壊すのを夢みるアルベルチーヌの、サディスムの象徴なのかもしれない。いずれにせよアルベルチーヌの語る「日本の盆栽」は、盆栽そのものの正確な描写やその賞讃をなんら目指していない。ここでもプルーストにおける日本趣味は、アルベルチーヌの常識はずれの突飛な発言をあらわす一例として活用されているのである。

語り手におけるジャポニスム

以上、『失われた時を求めて』において作中人物たちに託された日本趣味がかなり辛辣な皮肉をこめて描かれていることを確かめた。では、登場人物ではなく、物語の語り手がみずから日本趣味に言及する場合、それはどのように描かれているのだろう。まず目を惹くのは、ノルマンディー地方のリンゴの木と花が描写される際、あとで詳しく検討するように、くり返し日本の絵画が援用されることである。日本の絵画に好んで描かれるのはサクラやウメの花であるのに、なぜリンゴの花なのか。プルーストが読んでいたゴンクールの『ある芸術家の家』や『北斎』には、日本の代表的な花としてサクラが採りあげられ、またサクラ見物の名所なども紹介されていた[185]。ビングが刊行した「芸術の日本」創刊号の第一頁を飾ったのもサクラの花である（図35）。ではプルーストはリンゴの花とサクラの花を混同していたのだろうか。いや、それどころか両者を明確に区別していた。なぜなら作家は、『ゲルマントのほう』のヴィルパリジ夫人のサロンで、ある歴史家に「なるほど美しい花をお描きですね、サクラの花でしょうか……、それともローズ・ド・メ[186]でしょうか」と訊ねさせ、ゲルマント公爵夫人に「いいえ、それはリンゴの花でしょ」と答えさせているからである（II. 511／⑥九一―九四）。

図 35　「芸術の日本」創刊号の第１頁

プルーストにとって五月にいっせいに咲くリンゴの花は、鈴木順二が指摘するように、おそらく日本の絵画における満開のサクラの情景と同様の価値を持っていたのだろう[187]。ただし両者を結びつけるのが当時の日本愛好家の通例だったとは言いがたい。ゴンクールの『ある芸術家の家』『歌麿』『北斎』、ロチの『お菊さん』には、サクラの花への言及が数多く出てくるのに、私が調べたかぎり、リンゴの花とサクラの花を重ね合わせた例は見られないからである[188]。満開のリンゴの花に日本の風情を見出すのは、むしろプルースト独自の連想だったのかもしれない。というのもプルーストは、一八八九年頃（十八歳頃）につくった詩篇で、早くもリンゴの花に「エド」の風情を認めていたからである。プルーストは「エド近辺のオパール色の海」と「日本趣味の明るい色調」を喚起したあと、「おぼろなリンゴの木は／(愛らしい不条理が許されるこの国ゆえ)／妙なる宝物のあいだに愛しい花びらを散らすだろう」[189]と書いている。一八八九年といえば、日本趣味の大家モンテスキウと知り合う以前のことである。おそらくプルーストは、なんらかの形で目にしたエドに咲くサクラの光景に心を動かされ、それを馴染みのリンゴの花に重ね合わせたのだろう。

『失われた時を求めて』に戻ると、リンゴの木(と花)の描写にかかわって日本趣味が言及される場面は、まるで等閑視されているが、作中で導入、展開、帰結という三部構成を形づくっている。その導入部は、小説冒頭の「コンブレー」でリンゴの木がつぎのように描写される箇所である。「等間隔に植えられたリンゴの木が夕陽に照らされて日本ふうの図柄の影を落としている」(I. 180／①三八八)。ここで「日本ふうの図柄の影」というのは、もちろん「影」が「日本ふうの図柄」を描いているという意味であるけれど、「図柄」のどのような特徴が「日本ふう」であるかは明示されていない。少々奇異に感じられるのは、影の存在が「日本ふう」と結びつけられている点である。プルーストが愛読していたゴンクールの『日記』には、日本画の木々につけられた影への言及が出てくる[190]。しかし十九世紀末にフランスでもてはやされた日本の絵画や版画は、むしろ西洋式の影をつくらない平面的な画面構成で知られていたのではないか。実際ゴンクール自身『ある芸術家の家』で、「白い花やバラ色の花をつける木々に、日本の水彩画家たちは西洋式の影を描きいれることはしない」[191]と指摘していた。以上の前提が正しいとするなら、リンゴの木のつくる影を「日本ふうの図柄」と形容したプルーストの比喩は、かならずしも明確な根拠を有するとは言えないのではないか。もしかするとこの一節は、比喩に明確な根拠が存在しないがゆえに、日本趣味とは無縁な読者にはもとよりそれに通じた読者にも、不思議な印象を残すのかもしれない。

ついで三部構成の展開部をなすのは、すでに検討したパリのヴィルパリジ夫人のサロンにおけるサクラの花とリンゴの花をめぐる会話にほかならない。両者が混同されやすいことを指摘したうえでヴィルパリジ夫人は、リンゴ園をサクラの園と重ね合わせ、ノルマンディーのシャテルロー家は「海辺に、まるで日本の屏風絵のような立派なリンゴ園[192]をお持ちですけど、すっかりバラ色に咲きそろうのは五月二十日をすぎてからです」(II, 511／⑥九四)と言う。この発言が小説後半の帰結部を予告している。

その帰結部は、二度目のバルベック滞在における「心の間歇」末尾に出てくる満開のリンゴ園の情景である。最初のバルベック滞在は夏だったので、リンゴの花盛りは過ぎていた。プルーストは満開のリンゴ園を描くために、「私」がバルベックへ「早くも復活祭になると出かけてきた」(III, 148／⑧三四二)という設定をつくったようである。「未曾有の豪華絢爛たる一面の花盛りであった」とされるリンゴ園の描写は、この直前に亡き祖母が面影に立つ辛い経験をした「私」の悲しみはもとより、それを追体験した読者の悲しみまで浄化してくれると感じられるほど、崇高な美しさに輝いている。

> 遠くに見える海は、リンゴの木々からすると、まるで日本の浮世絵版画に描かれた遠景であろう。私が顔をあげて、花のあいだに、からりと晴れて鮮烈なまでに青い空を眺めようとすると、花のほうは隙間をあけてこの楽園の奥深さを見せてくれるように思われる。そんな紺碧の空のもと、いまだに冷たいそよ風が、ほんのり赤く染まる花束をかすかに揺らしている。おびただしい数の青いシジュウカラ《アオガラ》が飛んできて枝にとまり、花のあいだを跳びまわるのを花が寛大に許しているのを目の当たりにすると、この生きた美も、まるで異国趣味と色彩の愛好家によって人為的につくり出されたかに見える。〔……〕やがて太陽の光線にかわって不意に雨脚があらわれ、あ

たり一面に筋目をつけ、その灰色の網のなかに列をなすリンゴの木々を閉じこめた。しかしその木々は、降りそそぐ驟雨《しゅうう》のなか、凍てつくほど冷たくなった風に打たれながら、花盛りのバラ色の美しさをなおも掲げつづけていた。春の一日のことである。（III, 177–178／⑧四〇五—四〇六）

この一節の崇高な美の秘密はどこにあるのだろう。その要因のひとつは、色彩上の対比にある。遠景をなす青い海、「からりと晴れて鮮烈なまでに青い空」、それと対照をなすリンゴの「花盛りのバラ色」との対比、さらにはそのバラ色の花と「おびただしい数の青いシジュウカラ《アオガラ》」との色彩の対比がそれである。また「太陽の光線」にかわって「不意に」あらわれた「雨脚」、つまり「降りそそぐ驟雨」は、「あたり一面に筋目をつけ、その灰色の網のなかに列をなすリンゴの木々を閉じこめた」という天候の急変も印象的である。さらにつけ加えれば、動かぬリンゴの花と、そのまわりを飛びまわるシジュウカラや降りそそぐ驟雨という、静と動の対比も目を惹く。こうした対比だけで美的な印象を読者に与えるに充分である。ところがこの一節には、「海」が「日本の浮世絵版画に描かれた遠景」であり、この光景が「異国趣味と色彩の愛好家によって人為的につくり出されたかに見える」という比喩が差し挟まれている。この比喩は、いかなる役割を果たし、いかなる効果をもたらしているのか。

ここに描かれた情景のように「あたり一面に筋目をつける」「驟雨」は、ビングの「芸術の日本」に図版が掲載された広重の版画[193]（図36）や、プルーストが購入したジロ・コレクションの競売カタログに収録された「浅草」を描いた図版[194]などのように、もちろん日本の浮世絵版画の典型的なモチーフとして知られていた。またリンゴの花に群れるシジュウカラのように、花咲くサクラやウメの枝に鳥を配する「花鳥図」は、たしかに日本画の伝統的図柄のひとつである。ただし当時の一般のフランス人に、この図柄が正確に把握されていたとは言えない。たとえば、サクラとウメを区別すること自体、容易ではなかったようである。プルーストも「日本人庭師」が「故国の花を認める」はずだと書き送ったさきに引いたモンテスキウ宛ての手紙で、花の名称を正確には記さず、ただ「バラ色の花の灌木」と書いていた[195]。日本通のあいだでも、両者はしばしば混同されていた。というのも私が調査したビング蒐集品カタログ（一九〇六年競売）にも、両者の混同が散見されるからである。「モロノブ」（菱川師宣）の作とされる画には明らかにウメが描かれているが、図版の解説には「花咲くサクラ」と記されている[196]。また「モトノブ」（狩野元信）作とされる画（図37）では「花咲くサクラの枝の下のシジュウカラ」を描いたものと解説されているが[197]、実際に描かれているのはウメとセキレイである[198]。

満開のリンゴ園を描いたさきの一節におけるプルーストの「日本の浮世絵版画」や「異国趣味」への言及は、このように作者や一般読者のかならずしも正確とはいえない知識を前提としているのではないか、と私は考える。要するにプルーストは、読者が具体的な個別の日本版画を想いうかべることを期待しているわけではないのだ。プルーストが画家の名も画題も示さず、ただ「日本の浮世絵版画」という一般的な呼称にとどめていることは、その傍証になるのではないか。プルーストは小説中で西洋の名画を語る際でも、しばしば画題を明示せず、画家の名前だけを挙げて読者に画面を自由に想像させるという（私が「暗示された画[199]」と名づけた）手法を用いた。たとえば小説中のある骨董屋の店内の暗がりに射す光が「がらくたと粗悪な画しかないこのボロ屋を、ついには評価を絶する一幅のレンブラントたらしめている」（II, 395／⑤二〇六）という一節は、読者にレンブラントの典型的な画を自由に想いうかべさせ、それによって作中のプルースト自身の描写を補わせる。この場合も「日本の浮世絵版画」という文言がまるで具体性を欠くからこそ、またこれに関する読者の知識があやふやであるからこそ、すでに充分に美的印象に満たされていた読者の脳裏にいっそう「異国趣味」がかき立てられるのではなかろうか。

図 36 「芸術の日本」掲載の広重の版画

図 37 「モトノブ」作とされる画

このように考えると、最初のバルベック滞在時にホテルの窓の外に見える情景に「日本の浮世絵版画」が重ね合わされる一節のメカニズムも、同様に解釈できそうだ。「あるときは、あたかも日本の浮世絵版画の展示であった。月のように丸くて赤い太陽がぺらぺらの切り抜きに見えるかたわらに、ひとひらの黄色い雲がまるで湖と化し、その湖を背景にして黒い両刃の剣《つるぎ》のような花茎《かけい》が岸辺の木々とともに浮かびあがり〔……〕」という一節である（II, 162／④三六二）。ここでは「丸くて赤い太陽」と「黄色い雲」と「黒い〔……〕花茎」という赤と黄と黒の際立った対比がまず印象的である。ところがこの一節では、「太陽」には「月のように」という比喩が、「雲」には「湖」というたとえが、「黒い〔……〕花茎」には「両刃の剣のような」という修飾がつけ加えられている。比喩が加わることによって、「太陽」と「雲」と「花茎」という連続する三つのイメージが、さらに重層化され奥行きを与えられている。これだけでも充分に美的印象をかき立てるが、さらにそこに「日本の浮世絵版画」を想わせるという比喩が加わることで、イメージの重層化は三重にもなっているのである。

すこしでも日本の浮世絵版画に通じた人なら、たとえば「芸術の日本」に掲載された図版のように[200]（図38）、そこに頻繁に描かれる赤くて丸く「ぺらぺらの切り抜き」のような夕陽を想いうかべることができるかもしれない（これは浮世絵版画の平面的な画面構成の一例である）。しかしつぎの一節、「ひとひらの黄色い雲がまるで湖と化し、その湖を背景にして黒い両刃の剣のような花茎が岸辺の木々とともに浮かびあが」る情景は、いかにも日本版画にありそうな描写であるにもかかわらず、プルーストにおけるジャポニスムを調査した日本人研究者たちもこれに正確に対応する「日本の浮世絵版画」を特定できないでいる。これは、この描写に正確に対応する浮世絵版画の実在の有無にかかわらず、それを実際に想いうかべることのできる読者がほぼ皆無だということを意味している。となると、いかにも日本版画にありそうな描写だと読者に想わせるのは、むしろ一節の冒頭に置かれた「あたかも日本の浮世絵版画の展

図 38 「芸術の日本」掲載の広重の版画

示であった」という文言なのかもしれない。この文言が具体性を欠くがゆえに、まるで呪文のように以下の情景を「日本の浮世絵版画」のように見せているとも解釈できるのである。

この一節の前後には、じつはほかにも窓の外の情景が三種類つづけて描かれている。注目すべきはいま検討した一節と同じように、どの情景にもそれぞれ絵画へのかなり一般的な言及が付与されていることである。まずさきの一節の直前には、こんな情景が描かれている。「アマツバメやツバメが飽かず穏やかに飛びかい、噴水か命の花火かと思えるほど高く舞いあがり、間隔をおいてあがるその火箭《ひや》は、糸のように長くのびて動かない白く水平ないくつもの航跡と結びついて碁盤目をなしていた」(II, 162／④三六一)。この情景は、どんな画なのかは明示されないものの「一枚の画」にたとえられている(同上)。

さらにさきの一節の直後には、「水平線に吸収されて液体化した船が〔……〕水平線とほとんど同じ色合いに見えて、材質も同じであるように感じられる」という一節があり、この情景は「印象派の画」のようだとされる(II. 162／④三六二)。さらにそのあとでは、「ときには一様にグレーの空と海のうえに、えもいわれぬ繊細なわずかなピンクが絶妙な細やかさでつけ加えられる」情景が、「窓の下方で眠りこんでいた小さなチョウがその羽で、ホイッスラーと同じ趣向の「グレーとピンクのハーモニー」の下方にチェルシーの巨匠が好んだ署名を描き添えたような案配である」とされる(II. 163／④三六三)。以上のようにホテルの窓の外の三種の情景が、それぞれ「一枚の画」や「印象派の画」や「チェルシーの巨匠(ホイッスラー)」の「グレーとピンクのハーモニー」にたとえられているのだ。これらの場合もまた、さきに検討した「日本の浮世絵版画」への言及と同様、どれか特定の個別の画を指し示すことを目指したものではなく、読者が自由に脳裏に想いうかべる絵画によってプルースト自身の描写がいっそう豊饒になることが期待されているのである。

マドレーヌの挿話における水中花

最後になったが小説冒頭の「コンブレー」へ戻り[201]、いちばん有名な日本趣味の一例、つまりマドレーヌの挿話に差し挟まれた水中花の比喩を検討したい。少年期に休暇をすごしたコンブレーの想い出としては、お母さんがお寝みのキスにあがってきてくれなかった悲しい夜のことしか憶えていなかったのに、ふと紅茶に浸したマドレーヌを口にしたとたん、忘れていた昼間のコンブレーがそっくりよみがえるという挿話である。この一節で注目すべきは、「日本人の遊び」に言及する最後のセンテンスがはじまる前に、すでにその前段で、その感覚がレオニ叔母の出してくれたハーブティーに浸けたマドレーヌの味だとわかったとたん、コンブレーの「家」が、「そして家とともに、朝から晩にいたるすべての天候をともなう町があらわれ、昼食前にお使いにやらされた「広場」はもとより、私が買い物に出かけた通りという通り、天気がいいときにたどったさまざまな小道があらわれた」ことである(I. 47／①一一六―一一七）。マドレーヌによるコンブレー全体のよみがえりは、じつは水中花の比喩以前に実現しているのである。

プルーストがこの挿話に水中花を採りいれようと考えたのは、一九〇四年にマリー・ノードリンガーから贈られた水中花のことを想い出したからだろう。実際、一九〇八年の冬に執筆されたとおぼしい物語体評論『サント＝ブーヴに反論する』の序文草案では、マドレーヌはいまだビスコットという設定ではあるが、すでにつぎのように水中花の比喩が配置されていた。「紅茶の浸みたビスコットを味わってみたとたん、〔……〕とある庭園が、咲いていたあらゆる花の、そのひとつひとつの花壇に至るまで、小さな紅茶茶碗のなかにそっくり描き出されたのだった。ちょうど、水のなかでしか開かない日本の小さな花のように」(Essais, 697)（「水中花」という文言は最終稿に至るまでいっさい使われず、原文はあくまで「日本の小さな花」である）。とはいえこの草稿では、水中花の比喩が挿話の末尾に配置されているため、その比喩は「とある庭園」が「紅茶茶碗のなかにそっくり描き出された」というダイナミズムに直接はたらきかけることができず、それを事後的に補足する役割しか果たしていない。

ついで一九〇九年秋頃[202]に執筆された草稿帳「カイエ25」でも、町があらわれ出る動きは詳しく描写されるが、水中花の比喩はあいかわらず末尾に配置されているせいで、読者のイメージ形成になんら参与できていない。さらに「日本の紙でつくられた小さな花々や小さな人物たちのように」という水中花の描写は、水中に浸けられて「伸び広がる」変化の動きをまるで欠いている。作家はこの欠陥に気がついたようで、草稿帳のこの箇所の左ページにこんな新しいバージョンを書きつけている。「日本人の遊びで、それまで形をなさなかった小さな紙片が、好みのハーブティーに浸したとたん、伸び広がり、輪郭がはっきりし、確かにまぎれもない花や、家や、人物になるように[203]〔……〕」。この改稿は、これまでの草稿の二重の欠陥、つまり水中花の比喩が最後に置かれているせいで「伸び広がる」動きを欠いていたという欠点を克服し、早くも決定稿に近い画期的な改善を示している。

ただしこの部分的改稿でも、水中花を「好みのハーブティーに浸したとたん」という記述が奇異に感じられる。コンブレーの全体があらわれ出るのが紅茶からであること、その味覚のもとになったのがレオニ叔母のつくったハーブティーであること(I. 51／①一二六)、そうした連想がはたらいて「好みのハーブティーに浸した」という表現が出てきたのだろう。いずれにせよこの表現は、一九〇九年冬頃に作成されたとおぼしい「コンブレー」のタイプ原稿にも引き継がれた。しかしプルーストは、タイプ原稿の「好みのハーブティー」の直前に、その行間に自筆で「水または」d'eau ou と加筆している。[204] この加筆の時期は、プルーストが一九一一年夏、絵画の蒐集家ルネ・ジャンペルにこう問い合わせた時期と重なると考えられる。[205]「小さな紙片を水に浸けると、その輪郭がはっきりして人形などになる日本の遊び(それとも中国の遊び？　どちらなのか？)をご存じですか？　いろいろな日本人に、これはなんという名の遊びなのか、とくにそれを紅茶に浸けるときもあるのか、水に浸けるなら湯でも冷たい水でもどちらでもいいのか、いちばん複雑な紙片なら多くの家や木や人物などにもなるものなのか、訊いていただけませんか？」(COR. X. 321. 傍点は原文イタリック)。「紅茶に浸けるときもあるのか、水に浸けるなら湯でも冷たい水でもどちらでもいいのか」とは、水中花を知らない人の問い合わせである。最終稿では、幸いなことに「好みのハーブティーに浸けたとたん」という実態に合わない記述は削除された。

ここで水中花の比喩が出てくる決定稿の末尾を読みなおしておこう。

> そして日本人の遊びで、それまで何なのか判然としなかった紙片が、陶器の鉢に充たした水に浸したとたん、伸び広がり、輪郭がはっきりし、色づき、ほかと区別され、確かにまぎれもない花や、家や、人物になるのと同じで、いまや私たちの庭やスワン氏の庭園のありとあらゆる花が、ヴィヴォンヌ川にうかぶ睡蓮が、村の善良な

人たちとそのささやかな住まいが、教会が、コンブレー全体とその近郊が、すべて堅固な形をそなえ、町も庭も、私のティーカップからあらわれ出たのである。（I. 47／①一一七）

これを読むと、水中花の比喩が結論よりも先に出てくるために、それが結論たるコンブレーの出現に直接参与していることが納得されるだろう。おまけに水中花のたとえは、「それまで何なのか判然としなかった紙片が〔……〕水に浸したとたん、伸び広がり、輪郭がはっきりし、色づき、ほかと区別され、確かにまぎれもない花や、家や、人物になる」と記されることによって、物質的には無に等しい味覚の一致から「コンブレー全体とその近郊」がそっくりあらわれ出るという奇跡のような躍動感が、前もって読者の脳裏に可視化されたのである。

以上の検討でプルーストは、登場人物たちに日本の風物について語らせるときは、ヴェルデュラン夫人が食卓に飾るキクといい、コタール夫人の語る「日本のサラダ」といい、ブロック父子が得意とする日露戦争をめぐる警句といい、アルベルチーヌの口にする「ムスメ」や「盆栽」といい、故意に正確ではない言説を振るわせていることがわかる。『失われた時を求めて』における日本趣味は、当時のパリの上流社会を席巻していたジャポニスムにたいする辛辣な皮肉、アンチテーゼとして提示されているのである。これにたいして小説の地の文で言及されるジャポニスムは、オデットの屋敷を飾る提灯やキクなどをべつにすると、日本の「屛風絵」や「浮世絵版画」にたとえられるリンゴ園といい、日本の「浮世絵版画の展示」のようだとされる海辺の太陽や雲や花茎といい、日本の水中花になぞらえられるマドレーヌの挿話といい、すべては審美的情景を豊饒化する比喩として機能している。その場合でもプルーストは、浮世絵版画に関する一般読者の知識の不正確さを利用して、むしろ読者の脳裏に不思議な想像をかき立て、おのが描写のイメージを増幅させる役割を果たさせたのである。

『失われた時を求めて』におけるジャポニスムは、日本の美術品に心酔してそれを蒐集したゴンクールやモンテスキウにおける日本趣味とは異なり、日本の風物がそれ自体で珍重されることはなく、プルースト独自の辛辣な人間認識や詩的な情景描写に奉仕する一要素となっているのである。

第八章

ギリシャの彫刻とエジプトのミイラ
――偶像崇拝と分身について――

『失われた時を求めて』には、十九世紀後半から格段の進展をみた最新の技術や実証的諸科学の成果がふんだんに盛りこまれている。世紀末に実用化されたスナップ写真や電話、映画の先駆とされる「キネトスコープ」などの最新技術をはじめ、急速に普及した自転車、自動車、飛行機などの乗物はもとより、細菌学、流体力学、植物学などの諸科学のもたらした最新の知見が、作家の多彩な比喩に豊富な材料を提供した。プルーストは小説中の重要なテーマについては、当時の権威ある専門家の著作を参照している。作中に頻出する教会の描写に際しては、中世宗教美術研究者であったエミール・マールの著作を援用し、絵画や彫刻への言及においては、すでに検討したように二十世紀初頭に刊行された『ラスキン全集』やローランス版「大画家」シリーズ、さらには美術専門誌「ガゼット・デ・ボザール」に収録された論文まで援用した。

本章では、十九世紀後半、オリエント各地の発掘でもたらされた考古学上の発見を作家がどのように受容吸収して『失われた時を求めて』に採りこんだのか、それが作中でいかなる機能を果たしているのかを検討したい。当時は、帝国主義とオリエンタリズムの影響のもと、考古学的発掘によって、ポンペイ、エジプト、アッシリア、ギリシャなどの古代文明の遺跡がつぎつぎと明らかにされた。プルーストはこれら同時代の考古学上の発見に無関心ではなかった。第三篇『ゲルマントのほう』のドンシエール滞在では、「幼少期をすごした家や庭に戻ると、いっとき昔の自分が見出される」と主張する「詩人たち」に反論して、語り手はこう言う。「そんな庭に再会するには、旅をする必要はなく、深く降りてゆかなければならない。地上を覆ったものは、もはや地上にはなく、その下にある。死んだ町を訪れるには、遠出だけでは充分ではなく、発掘が必要なのだ」(II, 390-391／⑤一九四)。

ヴェスヴィオ山の噴火によって灰に埋もれたポンペイの遺跡が、数度にわたる発掘をへて、本格的学術調査の対象となったのは一八六〇年からである。考古学者ジュゼッペ・フィオレッリが、灰の層に残された空洞に石膏を流しこむ方法を考案し、焼失した人間や動物の遺骸の形をとり出すことに成功したのだ。二十世紀初頭にローランス社から刊行され、プルーストが好んで参照した「著名芸術都市」シリーズの一冊『ポンペイ――私的生活』には、そうして復元された石膏像数点が図版として掲載されていた(206)。第二篇『花咲く乙女たちのかげに』には、海辺で出会った少女たちの目鼻立ちに関連して、つぎのような「ポンペイの大災禍」への言及があらわれる。「人間の目鼻立ちは、さまざまな仕草が習慣によって最終的な形をとったものにほかならない。自然は、ポンペイの大災禍やニンフの変身のように、慣れ親しんだ動作をしている人間を固定したのだ」(II, 262／④五六七)。

アッシリアも十九世紀に度重なる考古学的発掘の対象になった。とくにフランス領事ポール＝エミール・ボタ(一八〇二―一八七〇)によって一八四三年から始められた発掘は、サルゴン二世(在位前七二二／七二一―七〇五)が築いたコルサバード(かつての都ドゥル・シャルキン)の遺跡を明るみに出した。また古代ペルシャのダレイオス一世(在位前五二二―四八六)が都としたスーサ(イラン南西部)の宮殿は、十九世紀中葉以降、とりわけ一八八四年、フランス隊考古学者のマルセル＝オーギュスト(一八四四―一九二〇)およびジャンヌ(一八五一―一九一六)のディユラフォワ夫妻によって発掘され、その遺物はルーヴル美術館に収められた。プルーストは一九〇四年九月、友人ジョルジュ・ド・ローリス宛ての手紙で「ディユラフォワ夫人が持ち帰った彫刻、ダレイオス大王の宮殿の射手」について語っている(COR, IV,

262)。

これらの発掘は小説中で言及される。第二篇『花咲く乙女たちのかげに』の前半、主人公が訪れたスワン夫人邸の食堂には、立派なケーキが鎮座している。「ジルベルトがふとチョコレートの狭間《はざま》をはぎとったり、竈《かまど》で焼かれて鹿毛《かげ》色になったダレイオス大王の宮殿の稜堡《りょうほ》のような急斜面の城壁を壊したりしたくなったときのために備えているといった趣である」(I, 497／③一八〇)。

また同篇後半のバルベック滞在に出てくるユダヤ人ブロックの別荘における夕食の場面では、ブロックの母親の伯父ニッシム・ベルナール氏のユダヤを想起させるファーストネームが、コルサバードの出土品と結びつけられる。「このスーサを想わせる風貌にオリエント風の仕上げをほどこそうとした好事家に選ばれたかのように、ニッシムというファーストネームがコルサバードの人面牡牛像がつける翼のようにひるがえっていた」(II, 132／④二九四)。このように『失われた時を求めて』に援用されたアッシリア考古学は、アントワーヌ・コンパニョンが「アッシリアふうの横顔」と題する興味ぶかい論文で詳細な検討を加えたように、多くの場合、ユダヤの表象に関連づけられる(207)。

十九世紀後半の考古学的発掘といえば、ギリシャ(とくにアテネ)で発見された古代の彫刻群と、当時の碩学ガストン・マスペロらが研究の対象としたエジプト考古学の成果も重要である。これらが『失われた時を求めて』にどのように採りこまれ、作中でいかなる機能を果たしているかを考察しよう。

古代ギリシャの彫刻群

ギリシャでは、ドイツの考古学者ハインリヒ・シュリーマン(一八二二—一八九〇)が一八七三年にホメロスの『イリアス』に謳われたトロイアの遺跡を発見してその実在を証明し、一八七六年にはミケーネの都市文明を発掘、当地の考古学的調査に拍車をかけた。七〇年代から八〇年代にかけて、アテネのアクロポリスが学問的発掘調査の対象となったのをはじめ、各地で古代ギリシャの重要な建築や彫刻が掘り出された。その後一九〇〇年には、イギリスの考古学者アーサー・エヴァンズ（一八五一—一九四一）がクレタ島のクノッソス遺跡の発掘に着手して、ミノア文明の存在を明らかにする。この発見は、『失われた時を求めて』に頻出するラシーヌの悲劇『フェードル』の舞台となった「ミノスとパジファエの娘」の故郷が実在したことを証明するもので、プルーストの関心を惹いたのは間違いない。実際、第三篇『ゲルマントのほう』で主人公がサン＝ルーの愛人の住むパリ郊外を訪ねたとき、そこに残る十八世紀の別荘（フォリ）を転用したナシ園が「クレタ島にでも見出せそうな」部屋にたとえられる。そのナシの木々が「まるで低い垣根に囲われたみたいに——白い花々のとり囲む大きな四辺形」を形成するのが、「屋根のない露天のごとき部屋」を想わせ、「なにやらクレタ島にでも見出せそうな「太陽の宮殿」の部屋の様相を呈していた」という（II. 453／⑤三三七）。

とはいえギリシャ考古学の最新の成果がきわめて詳細に反映されているのは、第二篇第一部「スワン夫人をめぐって」のスワン邸において催された昼食会の場面である。そこで主人公は、紹介された作家ベルゴットから女優ラ・ベルマの演技について、それがいかに古代ギリシャ彫刻に想を得ているかを聞かされる。主人公がフェードルを演じるラ・ベルマを聴く機会があったと言うと、ベルゴットはこう答える。「ラ・ベルマが片腕を肩のあたりに上げたままでいる場面〔……〕では、じつに気高い芸術の力によって、そもそも本人がけっして見たことのない傑作をいくつも想起させることに成功した、たとえばオリュンピアの小間壁《メトベ》で同じ身ぶりをしているヘスペリデスのひとりや、昔のエレクテイオンの美しい処女たちだ」（I. 550／③二九一）。

ベルゴットが指摘したのは、オリュンピアのゼウス神殿の小間壁《メトベ》を飾るヘラクレス十二の功業（紀元前五世紀）の一場面で、一八七五年に開始された発掘で日の目をみた小間壁《メトペ》のなかでもっとも保存状態のいい彫刻である（図39）。ヘスペリデス（夕べの娘たちの意）は世界の西の果てで黄金のリンゴを守るニンフたちで、このリンゴを持ち帰ることを命じられたヘラクレス（中央）が、天空を支える見返りに、アトラス（右）にリンゴを取ってこさせた場面を描いている。左側で片手をもちあげてヘラクレスを助けているのは、今日ではアテナ女神とされるが、二十世紀初頭の『オリュンピア博物館カタログ』によると「アテナ」または「アトラスの娘たちのひとり」（ヘスペリデスのひとり）とされていた。[208] ナタリー・モーリヤック・ダイヤーの論文によると、ベルゴットが言及したこのヘスペリデスの仕草は、一九一二年にバレエ・リュスが上演した『牧神の午後』（ドビュッシー作曲）におけるニジンスキーの演技について批評家アンリ・ビドゥーが発表したつぎの一節（六月十日付「デバ」紙）を借用したものだという。「まず、ふたりのニンフが片手を肩の高さにまであげて登場するのが、オリュンピアの小間壁《メトペ》で同様の仕草をするヘスペリデスを想わせる[209]」。

この演技を編みだした「ラ・ベルマはきっと各地の美術館に足を運んでいると睨《にら》んでるのです」というベルゴットにたいして、スワンは「おっしゃっておられるのは、あのカリアティードのことでしょうか」と訊ねる。それにたいしてベルゴットは、つぎのような比較をもち出す。「激しい恋心をエノーヌに打ち明ける場面で、ケラメイコスの墓碑に刻まれたヘゲソの手の身ぶりをするのをべつにして、ラ・ベルマが蘇らせるのはもっと古い芸術です。私がお話ししたのは、昔のエレクテイオンのコレーたちのことでした」（I, 550／③二九三）。ここでスワンとベルゴットが言及するのは、やはり十九世紀後半の考古学的発掘によって明らかになった、アクロポリスの丘に建つイオニア様式の神殿エレクテイオン（紀元前四二一―四〇七）を飾る彫刻である。その南面を飾るカリアティード（女人像の柱）のうち、大英博物館が所蔵していた一体をのぞく五体は、当時、いまだエレクテイオンに残存していた（現在、オリジナルはアクロポリス博物館所蔵）。さきに挙げたローランス版「著名芸術都市」シリーズには『アテネ』（一九一二）の巻もあり、そこにこのカリアティードの図版が掲載されていた[210](図40)。

スワンが想起するカリアティードが紀元前五世紀のものであるのにたいして、ベルゴットのいう「コレーたち」とは、一八八六年のアクロポリスの発掘によって出土した十数体の少女の着衣立像で、紀元前六世紀(アルカイック期)の作である。このコレーたちは、ベルゴットの主張するように「昔のエレクテイオン」を飾っていたのかどうかは不詳であるが、当時、一八七四年に完成した旧アクロポリス博物館が所蔵していた。その展示室に飾られた多数のコレー像は、これまたさきに挙げた「著名芸術都市」シリーズの『アテネ』に図版として収録されていた[211](図41)。

ベルゴットが言及した「ケラメイコスの墓碑に刻まれたヘゲソの手の身ぶり」は、アテネの墓地があったケラメイコス(「セラミック」の語源)地区が一八七〇年から発掘調査されたとき、出土した墓碑のひとつに表現されている。

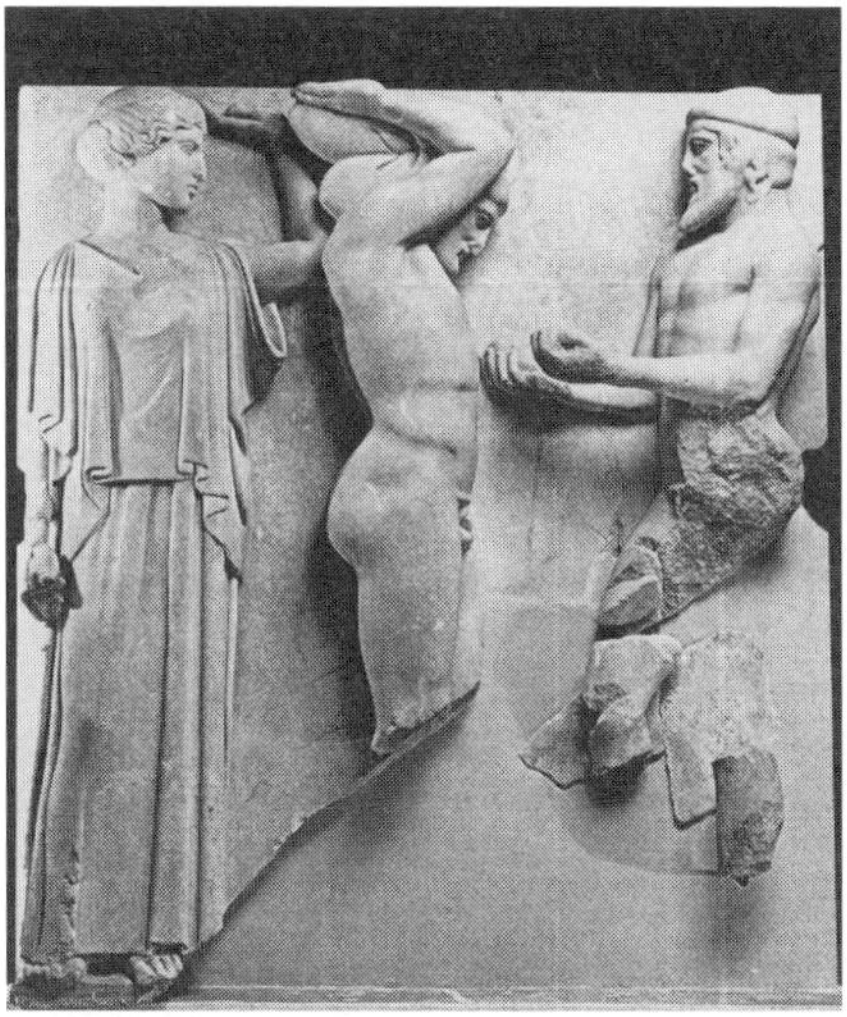

図39　ヘスペリデスのリンゴ(オリュンピア考古学博物館)

図40　エレクテイオンのカリアティード

図 41　アクロポリスのコレー像

図 42　ヘゲソの墓碑

この墓碑の図版も、「著名芸術都市」シリーズの『アテネ』に掲載されていた[212]（図42）。この古典期ギリシャ美術の傑作（オリジナルは現在アテネの国立博物館所蔵）には、プロクセノスの娘ヘゲソのすがたが描かれ、娘が片手をあげているのは、召使いの差しだす宝石箱から首飾りをとり出しているからだという。

小説に込められたメッセージ

ベルゴットが開陳したこのような古代ギリシャ彫刻への傾倒は、いかに解釈すべきか。十九世紀末の発掘で注目をあびた古代ギリシャ美術は、さきに挙げたバレエ・リュスの公演において『牧神の午後』の振付と主演をになったニジンスキー自身がギリシャの壺絵からニンフの仕草の想を得たとされるように、当時の新しい流行であった。ベルゴットのギリシャ彫刻への言及もまた、異国趣味の単なる発露と考えるべきなのだろうか。プルーストは作家として、この一節にどのようなメッセージを込めたのか。

注意すべきは、このような古代ギリシャ芸術への嗜好が、語り手ないし作者自身によって表明されたものではなく、作中人物の口から語られていることであろう。古代ギリシャ趣味といえば、まず想いうかぶのは、高踏派の詩人ルコント・ド・リールに心酔するブロックが好んでホメロス調の弁舌を披露することである。そもそも「スワン夫人をめぐって」において主人公が『フェードル』上演に出かけた遠因は、その昔、コンブレーでブロックから、フェードルその人を指す「ミノスとパジファエの娘」というせりふが「なかなかリズム感のある詩句」であり、「その最高の美点は、まったくなにも意味しないところ」にあると聞かされたことにあった（I. 89／①二〇六）。ただしプルースト自身は、つぎの一九二一年一月のアンケートへの回答を見るかぎり、この評価にいささかも与していないことがわかる。「テオフィール・ゴーチエのごとき二流詩人の尻馬に乗って、ラシーヌのもっとも美しい詩句は「ミノスとパジファエの娘」だと言うことほどばかげたことはありません」(Essais, 1265)。作中における『フェードル』への言及は、ブロックの表現をこのように否定的に提示することから始まっていたのである。

「スワン夫人をめぐって」の冒頭でラ・ベルマ演じる『フェードル』をはじめて鑑賞した主人公は、深い幻滅を味わう。「ラ・ベルマの朗唱や演技には、共演者には見出せた洞察に富んだ抑揚や美しいしぐさを見つけることさえできなかった。ラ・ベルマを聞いていると、まるで私自身が『フェードル』を読んでいるか、フェードル自身が現に私が聞いていることばを述べているとしか思えず、そこにラ・ベルマの才能がなにかをつけ加えたとは思えない」(I. 440／③六〇)。ところが主人公は、第三篇『ゲルマントのほう』冒頭のオペラ座における二度目の『フェードル』観劇において、この空白としか見えない「透明」な演技こそが「傑作〔……〕に向けて開かれた窓」(II. 347／⑤一〇七)であり、そこにこそラ・ベルマの天分があると理解する。

「スワン夫人をめぐって」における最初の観劇場面にたち戻ると、主人公の少年は「観客の熱狂的な喝采」に触発されて「拍手」をしたり(I. 442／③六二)、新聞に掲載された「華々しい大成功」とか「名実ともに演劇的事件」とかの劇評に影響されて「なんて偉大な芸術家だ」と大声をあげたりしていた(I. 472／③一二六—一二七)。そして今回は、ラ・ベルマの演技に古代ギリシャ彫刻の仕草を認めたベルゴットの指摘に影響され、「あれはオリュンピアのヘスペリデスのひとりなのだ、あれはアクロポリスのあのすばらしい祈願の娘の妹なのだ、あれこそ気高い芸術というものだ」と感激する始末である(I. 550–551／③二九七)。

自己の幻滅を隠して他人の評価の尻馬に乗るこのような少年の単純さは、読者の微笑を誘うかもしれない。しかし少年の反応は、むしろ正直だったと言うべきかもしれない。というのも少年が示した欠陥こそ、万人に広く共有されているものだからである。なんらかの芸術作品を受容したとき自分の印象がその時代の支配的評価と異なった場合、少年と同様の付和雷同に陥らないと自信をもって言える人がどれほどいるだろう。この挿話は、われわれが自前のものと自任している評価でさえいかに危ういものであるかを教えてくれるのではないか。

ラ・ベルマをいかに受容するかを問われているのは、少年だけではない。その芸術を褒めそやす外交官ノルポワや作家ベルゴットのことばも、作家プルーストの冷ややかな視線を通じて提示されているように感じられる。というのもノルポワは、ラ・ベルマ観劇を「若い人には終生の想い出になる」(I. 431／③三八)と少年に勧めておきながら、結局のところ「『フェードル』のベルマ夫人は観たことがありませんが、すばらしい出来だと聞いております」(I. 448／③七五)と告白するからだ。おまけに女優としての「成功」は「フェードルという難役に挑戦した」がゆえの成果だという。要するにノルポワのラ・ベルマに関する言説は、女優の演技それ自体の評価をたくみに避けて、つぎのごとき紋切型に終始する。「イギリスやアメリカにも頻繁に巡業して成果を挙げていますが、俗悪なものに染まったためしがありません。俗悪といってもジョン・ブル〔頑固で保守的なイギリス人の典型〕が俗悪だと申しあげてはイギリスへの、すくなくともヴィクトリア朝のイギリスへの不当な非難になるでしょう。ですがアンクル・サム〔合衆国およびアメリカ人の一般像〕の俗悪には染まったことがないのです」(I. 449／③七七―七八)。ノルポワのおしゃべりが示しているのは、すべてを処世の観点から判断する外交官の会話であって、芸術を正当に評価することばではないことである。

これにたいして作家ベルゴットは、芸術を鑑賞する教養を備えている。とくにフェードルを演じたラ・ベルマの仕草に、「オリュンピアの小間壁《メトペ》で同じ身ぶりをしているヘスペリデスのひとり」や、「ケラメイコスの墓碑に刻まれたヘゲソの手の身ぶり」や、「昔のエレクテイオンのコレーたち」など、古代ギリシャ彫刻との類似をつぎつぎと指摘する博識ぶりには思わず目をみはるものがある。しかしベルゴットの指摘を冷静に読みかえすと、それはラ・ベルマの「片腕を肩のあたりに上げたままでいる」ひとつ
の仕草に関してギリシャ彫刻との類似を言いつのるだけで、女優

の演技全体がどのように優れているのかという考察には及んでいない。プルーストがベルゴットに「ラ・ベルマはきっと各地の美術館に足を運んでいると睨んでるのです」(I. 550／③二九三)と言わせたとき、そこには偶像崇拝に陥りかねない芸術受容にたいする作家の皮肉がこめられているように感じられる。

古代ギリシャ彫刻に関する造詣は、かえってベルゴットを芸術の誤った受容へと導いたのではないか。ベルゴットの発言は、プルーストがラスキン『アミアンの聖書』翻訳の序文の最後(一九〇四年執筆)で批判した芸術受容の過ち、すなわち、芸術家の創作行為において偶像崇拝がおよぼす過度な支配を体現したものと考えるべきであろう。プルーストによると、偶像崇拝はいかなる芸術家も免れえない欠点であり、「人間精神に本質的な欠陥」(Essais, 537)でさえあるという。さらに作家は、「これは芸術家が陥りがちな知的な罪であり、その誘惑に屈しなかった芸術家はほとんどいない」(Essais, 539)と断言する。なぜそうなのか。それは先人の遺産への心底からの傾倒なくして、いかなる創造もありえないからである。そのことをプルーストは若いときから知悉していて、「おのれ自身が感じていることを意識化するいちばんの方法は、師が感じたものを自分自身のうちに再創造してみることである」(Essais, 543)と書いていた。このように芸術受容は、みずからの精神的創造に不可欠であるものの、偶像崇拝に陥る危険と背中合わせなのである[213]。ベルゴットのラ・ベルマをめぐる言説は、このような偶像崇拝が優れた作家のうちにも認められることを示したものではないだろうか。なお芸術家における偶像崇拝については第九章であらためて検討する。

べつの観点からするとプルーストは、最初の『フェードル』鑑賞場面で、あらゆる芸術上の予備知識を欠いたうぶな少年こそ、ベルゴットとは異なり、むしろラ・ベルマの芸術の神髄をもっともよく理解できる立場にあることを示唆したともいえる。実際、オペラ座での二度目の『フェードル』鑑賞でようやくラ・ベルマの「透明」な芸を理解したあと、語り手はつぎのように最初の幻滅の意味するところをふり返る。「われわれがなにかを感じる世界と、考えたり名づけたりする世界はべつであり、この両者を対応させることはできるが、両者の隔たりを埋めることはできない。〔……〕きわめて個性的な人物や作品と、美の概念とのあいだに存在する相違は、そんな人物や作品がわれわれに感じさせる印象と、愛や賞讃の概念とのあいだに存在する相違と同じほどに大きい。だから人は、それが愛や賞讃だと認識できないのだ。私は当初ラ・ベルマを聴いてもなんら歓びを感じなかった〔……〕。そこで私は「ということは自分はラ・ベルマに感心していないんだ」と思った。ところがそのとき私の考えていたのはラ・ベルマの演技を深く知ろうとすることだけで、私の頭にはそのことしかなく、その演技に含まれているものをそっくり受けとるべく私の思考をできるだけ広く開いておこうとしていた。ほかでもない、それこそ賞讃するということなのだと、いまや私も納得したのである」(II. 349-350／⑤一二一―一二三)。『失われた時を求めて』の語り手がここで示唆しているのは、ラ・ベルマの芸術を理解する鍵は、ベルゴットのような古代ギリシャの美術に関する深い造詣ではなく、あらゆる先入観を排して、芸術に含まれるものに「思考をできるだけ広く開いておこう」とする態度にあるということなのだ。

十九世紀後半の考古学的発掘によって明らかになった古代ギリシャ彫刻に関する成果を、アンリ・ビドゥーの『牧神の午後』に関するバレエ評や、「著名芸術都市」シリーズの『アテネ』に収録された図版によって受容したプルーストは、それらについての知見をラ・ベルマの演技を語る作家ベルゴットの口から言わせることによって、芸術作品をいかに受容するべきかという『失われた時を求めて』全体を貫く重要なテーマの礎としたのである。

プルーストと古代エジプト考古学

ギリシャにおける古代文明の発掘に比べると、フランス人が貢献したエジプト考古学の歴史はずいぶん古い。すでに一八二二年、ジャン＝フランソワ・シャンポリオン（一七九〇―一八三二）がヒエログリフの解読成果を公表し、その成果として『ヒエログリフ体系の概要』を一八二四年に上梓していた。その後継者オーギュスト・マリエット（一八二一―一八八一）は、一八五一年にエジプトに到着、エドフ神殿の発掘など数多くの調査研究を指揮して、その成果を展示する博物館を創設した（一九〇二年にカイロ博物館となる）。プルーストの時代においてフランスのエジプト学を代表するのは、二代目のカイロ博物館館長となり、コレージュ・ド・フランスの教授を務めたガストン・マスペロ（一八四六―一九一六）である。プルーストは、このようにフランスの学者たちの尽力で十九世紀に飛躍的展開をとげたエジプト考古学に通じていた。その成果を作家がいかに知って、それをどのように小説にとり込んだかを検証しよう。

『失われた時を求めて』には、エジプトの代名詞として月並みなピラミッドも出てくる。「スワンの恋」では、長旅に出るオデットがスワンに「ピラミッドの絵葉書を送るわ」（I, 350／②三七〇）と告げる。『ゲルマントのほう』では、ふと鏡をのぞいた病人が「干からびて何もない顔のまんなかに巨大なピンクの鼻がエジプトのピラミッドよろしく斜めにそびえているのを目《ま》のあたりにしてたじろぐ」（II, 439／⑤三〇六―三〇七）という記述が見られる。

とはいえプルーストは、このような紋切型のエジプトに満足することなく、当代随一の碩学ガストン・マスペロの著作をも援用していた。一九〇七年三月二十日付「フィガロ」紙に掲載された『ボワーニュ夫人の回想録』の書評原稿（長すぎるという理由で編集者に削除された一節）では、古代人の生活の「無意味きわまる細部」までが「わが国の碩学たちのきわめて真面目な学問的営為」の対象になったと指摘し、その例証としてマスペロの著作を引用した。そこにはアッシリア王アッシュールバニパルが催した狩猟に招かれた「ウンマニガシュ、ウンマナッパ、タンマリトゥ、クドゥッル」という名前とか、同じくアッシリアで「百二十匹のライオンを殺したと自慢するティグラト＝ピレセル（一世）」の名前とか、古代エジプトで飼われていたグレーハウンド犬の「アバイカロ、プーテス、トグル」というベルベル語の名前まで挙げられているというのだ[214]。この一節は、マスペロの著した『ラムセスとアッシュールバニパルの時代――エジプトとアッシリア』を参照して記されたもので、実際この本にはプルーストの挙げた例がすべて出てくる。[215]

古代のアッシリアおよびエジプトの文明を扱ったこのマスペロの著作は、一八九〇年以来、何度も版を重ねた当時の教科書である。ラスキンの翻訳に協力したマリー・ノードリンガーは一九〇六年、プルーストからこの本を借りていたらしい(COR. VI, 308, note 3)。同年十二月七日にプルーストからマリーに宛てた手紙には、返却された本を落掌した旨の記述がある。「なんて奇特なことでしょう、こんなささやかな教科書を送り返してくださるとは！　私としては、もし日中に外出できるものなら、じつに見事なものと感じられるこうしたエジプトとアッシリアの美術を見てみたい気分です」(COR. VI, 308)。この返却されたマスペロの本を参照して執筆された狩猟の招待客やグレーハウンドなどの名前のリストは、『ボワーニュ夫人の回想録』から導き出された結論、つまり、過去の日常生活の「無意味きわまる細部」がやはり人の記憶のなかに刻まれ、その結果、歴史に残るという結論を補強するはずだったのである。

プルーストは、執筆したものをけっして放棄しない作家だったようだ。「フィガロ」紙に掲載されなかったマスペロをめぐる一節は、「スワン夫人をめぐって」において主人公がその著作を読むつぎの一節で復活をとげる。「私はもののみごとに驚かされたが、その驚きは、紀元前十世紀という昔にアッシュールバニパルが狩猟に招いた狩人のリストが正確にわかると、最初にマスペロの著作で読んだ日に受けたのと同じ驚きであった」(I, 469／③一二二)。この小説の一節では、『ボワーニュ夫人の回想録』の書評の場合と同じくマスペロの著作が引き合いに出されているが、狩猟の招待者リストそのものは援用されない。重要なのは、もはや招待者の名簿ではなく、「私」の「驚き」がいかに大きかったかを伝える物語の状況である。この直前の「私」は、スワン夫人とジルベルトに寄せる愛情を伝えてくれると約束したノルポワ氏の「優しい両手に接吻したくなり、〔……〕あやうくその動作をやりかけて中止したが、それに気づいたのは私だけだと思った」(I. 468／③一二〇)。ところが主人公は「何年か後に」、「氏が昔の一夜のことをほのめかし、「あの子が自分の両手に接吻しそうになった瞬間を見た」」と言うのを伝え聞く。マスペロの著作が引き合いに出されるのはこのときで、その両手に接吻しかけた動作をノルポワ氏が憶えているはずがないと考えていた「私」は、「人間の精神を織りなす放心と注意の、記憶と忘却の予想外の釣り合い」に驚嘆する(I. 469／③一二二)。「フィガロ」紙に拒否された一節は、いかに些細な事実といえども人の記憶に残りうることを示して、『失われた時を求めて』にて探究される人間精神をめぐる想いがけない真実の例証となったのである。

エジプトのミイラと分身

古代エジプト文明に話を戻すと、それはプルーストがここに「分身」という概念を導入する契機となった。エジプト人が死後の輪廻転生を信じていたことは、当時よく知られていた。プルーストが頻繁に参照したローランス版「著名芸術都市」シリーズの一冊『カイロ』の巻でも、古代エジプトにおける「分身」なる概念の重要性が指摘されていた[216]。さきに検討したマスペロの『ラムセスとアッシュールバニパルの時代』には、エジプト人が死をどのように捉えてミイラを作製していたかがより詳しく解説されていた。「魂は、人間の唇が呼吸を止めた瞬間に死滅するわけではなく、その後も生きのびるが、死後の魂の余命ははかなく、その余命の長さは遺骸の余命に左右されて決まる」。人間にあっては「二度にわたり、まずは肉体が、ついで分身が完全に」死滅する。そこで分身の死を遠ざけるために「肉体の腐敗を避ける必要があり、肉体をミイラ化することでそれを実現した[217]」。遺体をミイラ化するのは、遺体の腐敗をふせぎ、魂のやどる分身を生きながらえさせるためである。この考えは同じマスペロが著わした『カイロ博物館見学ガイド』(一九一五)でさらに明確に表現されていた。分身には「それが欲し、必要とする、ありとあらゆる食料や物品を与える」必要があるというのだ[218]。

『ゲルマントのほう』に描かれた二度目のラ・ベルマ観劇場面でプルーストは、この「分身」という概念を引き合いに出している。ラ・ベルマの芸術に主人公がしばらく賞讃を捧げなかったために、賞讃の念はエジプトの死者の分身と同様に衰退したという。「私の信仰や欲望がもはやラ・ベルマの朗唱法や仕草にたえず賞讃をささげなくなったため、私が心中に所持していたそんな演技や技法の「分身」も、たえず糧を与えつづけて生命を維持しなくてはならない古代エジプトの死者の「分身」と同じように、すこしずつ衰退していたらしい。その技法はとるに足らぬくだらないものになり果て、そこにはいかなる深遠な魂も宿っていなかった」（II, 336–337／⑤八三）。さきのアッシュールバニパルの場合と同じく、ここでもマスペロの注釈から得られた古代エジプト文明に関する知見が、人間心理の普遍的真実を明らかにするために援用されたのである。

プルーストの描いたミイラ

古代エジプト人が死後の「分身」とみなしたミイラは、第二篇『花咲く乙女たちのかげに』の最後の場面できわめて重要な役割を果たす。バルベック滞在の最後、主人公の部屋の窓に目張りをした布とカーテンをフランソワーズがとりのぞき、夏の日を「むき出し」にする場面である。

正午が鳴ると、ようやくフランソワーズがやって来る。それから数ヵ月のあいだ、かつては嵐に打たれ深い霧のなかに沈んでいるものと想像してあれほど訪ねたいと願っていたこのバルベックに、じつに輝かしい晴天がしっかり腰をすえて崩れず、フランソワーズが窓を開けにやって来るとき、私がかならず見出されるものと期待したのは外壁の角からなかに折り込まれるいつも同じ陽の光の小片で、いつも変わらぬ同じ色をまとい、夏のしるしとして感動をそそることもなくなり、とってつけたエナメルの色のように陰気で生気がなかった。そしてフランソワーズが明かりとりの窓につけたピンをはずし、あてがった布をとりのぞき、カーテンを引くと、むき出しになった夏の日は死んでしまった太古の光のように思えて、まるで私たちの老女中が、数千年も前の贅を尽くしたミイラをつつむ布を注意ぶかくひとつずつはがし、金の衣のなかの馨《かぐわ》しいすがたをあらわにしたかと思われた。(II, 306／④六五六―六五七)

フランソワーズが当て布をはがしカーテンを引くと夏の日がまるでミイラのように「金の衣のなかの馨しいすがた」をあらわすのは、第二篇『花咲く乙女たちのかげに』の掉尾を飾る華麗な比喩である。しかしここで、ふたつの疑問が生じる。ひとつは、フランソワーズが前夜にカーテンに目張りをして翌日にそれを開けるのはバルベックのグランドホテルに滞在した当初からの習慣であったはずなのに、なぜこれ以前には語られず、滞在の最後になってはじめて出てくるのか、という疑問である。もうひとつは、輝かしい夏の日がなぜ完全に「死んでしまった」ミイラにたとえられるのか、という疑問である。これらの必然性はどこにあるのか。

まず第一の問いへの回答を試みよう。出版された決定稿では、フランソワーズがカーテンを開ける動作は、バルベックへ到着した「翌日の朝」の描写には見られない(II, 33／④八八)。この動作そのものは、滞在のなかほどで一度だけ、「フランソワーズが光除けに窓に掛けていた毛布をはずす朝」という形で言及されるものの、それにつづいて夏の日があらわれるわけではない(II, 191／④四一九)。ところが、GF版やプレイヤッド版が注記しているように[219]、一九一三年に作成されたグラッセ校正刷では、第二巻『ゲルマントのほう』に収録される予定であったバルベック(当時はクリックベック）滞在のかなり早い時期に、つまりヴィルパリジ夫人の馬車での散歩の直前に、フランソワーズがカーテンを開ける仕草と夏の日がミイラのようにあらわれる場面が配置されていたのである。最終稿とほぼ同じ文言のその箇所を引用しよう。

　しかしときには、何週間ものあいだ、じつに輝かしい晴天がしっかり腰をすえて崩れず、フランソワーズが窓を開けにやって来るとき、私がかならず見出されるものと確信していたのは外壁の角からなかに折り込まれるいつも同じ陽の光の小片で、いつも変わらぬ同じ色をまとい、夏のあらわれとして感動をそそることもなくなり、とってつけたエナメルの色のように陰気で生気がなかった。そしてフランソワーズが明かりとりの窓につけたピンをはずし、あてがった布をとりのぞき、カーテンを引くと、むき出しになった夏の日は死んでしまった太古の光のように思えて、まるで私たちの老女中が、数千年も前の贅を尽くしたミイラをつつむ布を注意ぶかくひとつずつはがし、金の衣のなかの馨しいすがたをあらわにしたかと思われた[220]。

　この一節は、バルベック滞在の抜粋がＮＲＦ誌の一九一四年七月一日号に掲載されたとき、これまたヴィルパリジ夫人の馬車での散歩の直前に、ほぼそのまま再録された[221]（図43）。フランソワーズがカーテンを開ける仕草と夏の日のあらわれは、このように一九一四年のバージョンまでは、バルベック滞在のかなり早い時点にて言及され、浜辺のホテルに到着して以来の日常的慣習の一齣として描かれていたのである。

　つぎに夏の日がミイラにたとえられる必然性はどこにあるのか？　その答えは、「何週間ものあいだ、じつに輝かしい晴天がしっかり腰をすえて崩れず」という表現にあるように私には思われる。「何週間」もの晴天に慣れた主人公の目には（プルーストにあっては、習慣があらゆるものの様相を変えてしまう）、輝かしい夏の太陽もその輝きと鮮烈さを喪失する運命にあり、「とってつけたエナメルの色のように陰気で生気がな」くなり、まるでミイラのように「死んでしまった」にも等しい存在になったのではないか。夏の日をミイラにたとえる比喩を説得力あるものたらし

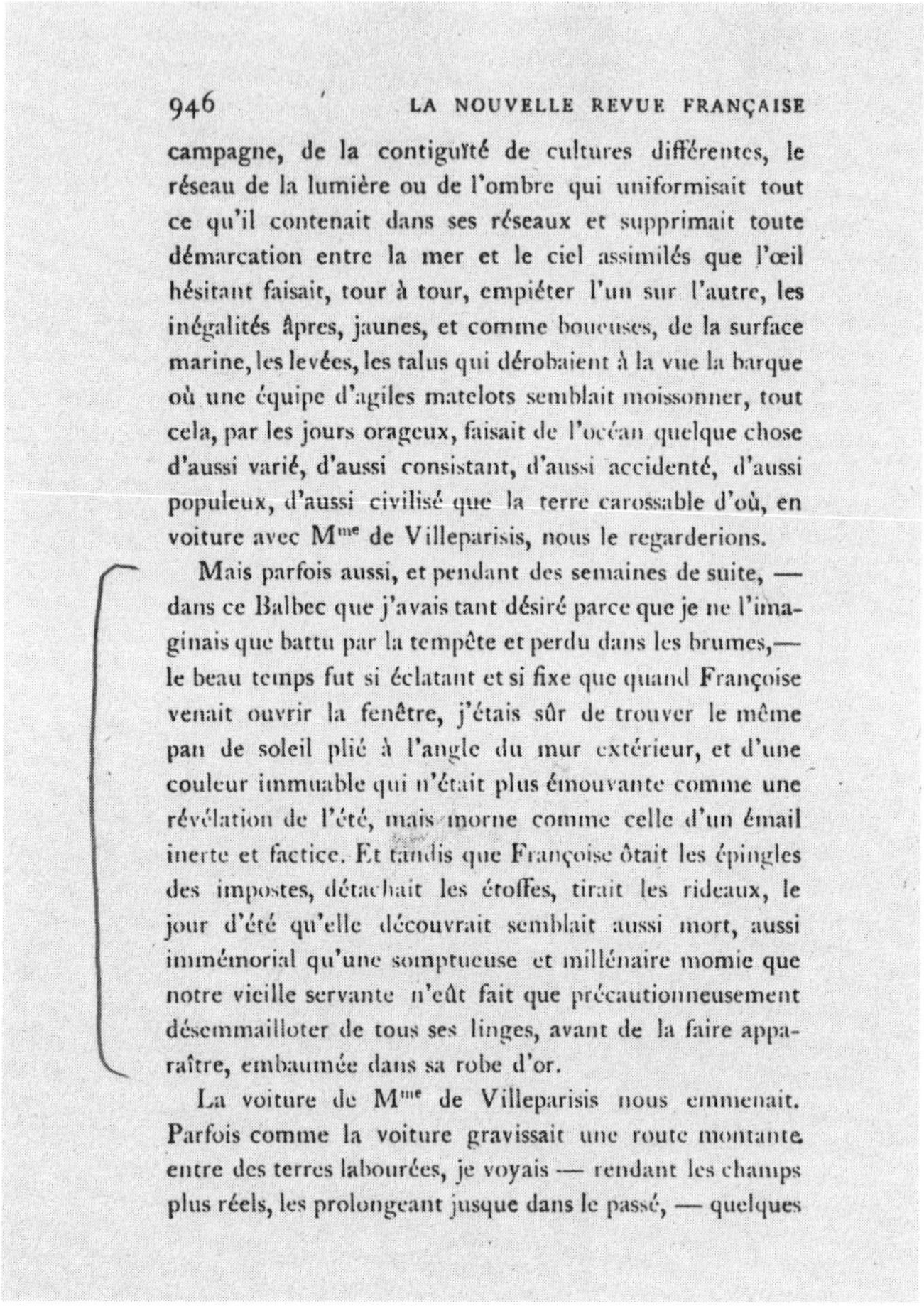
946 LA NOUVELLE REVUE FRANÇAISE

campagne, de la contiguïté de cultures différentes, le réseau de la lumière ou de l'ombre qui uniformisait tout ce qu'il contenait dans ses réseaux et supprimait toute démarcation entre la mer et le ciel assimilés que l'œil hésitant faisait, tour à tour, empiéter l'un sur l'autre, les inégalités âpres, jaunes, et comme boueuses, de la surface marine, les levées, les talus qui dérobaient à la vue la barque où une équipe d'agiles matelots semblait moissonner, tout cela, par les jours orageux, faisait de l'océan quelque chose d'aussi varié, d'aussi consistant, d'aussi accidenté, d'aussi populeux, d'aussi civilisé que la terre carossable d'où, en voiture avec Mme de Villeparisis, nous le regarderions.

Mais parfois aussi, et pendant des semaines de suite, — dans ce Balbec que j'avais tant désiré parce que je ne l'imaginais que battu par la tempête et perdu dans les brumes, — le beau temps fut si éclatant et si fixe que quand Françoise venait ouvrir la fenêtre, j'étais sûr de trouver le même pan de soleil plié à l'angle du mur extérieur, et d'une couleur immuable qui n'était plus émouvante comme une révélation de l'été, mais morne comme celle d'un émail inerte et factice. Et tandis que Françoise ôtait les épingles des impostes, détachait les étoffes, tirait les rideaux, le jour d'été qu'elle découvrait semblait aussi mort, aussi immémorial qu'une somptueuse et millénaire momie que notre vieille servante n'eût fait que précautionneusement désemmailloter de tous ses linges, avant de la faire apparaître, embaumée dans sa robe d'or.

La voiture de Mme de Villeparisis nous emmenait. Parfois comme la voiture gravissait une route montante entre des terres labourées, je voyais — rendant les champs plus réels, les prolongeant jusque dans le passé, — quelques

図43　NRF誌1914年7月1日号掲載のミイラをめぐる一節

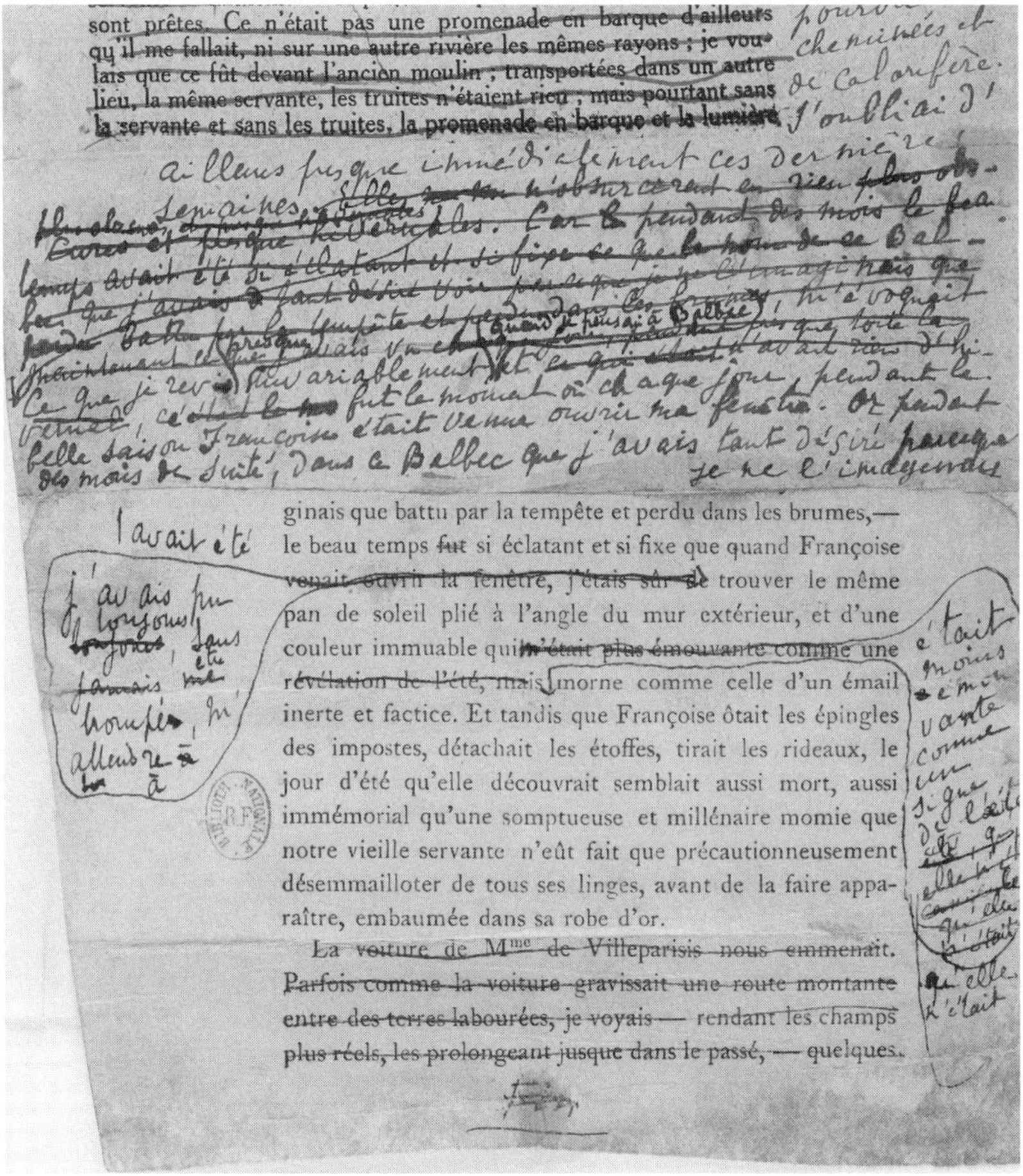
sont prêtes. Ce n'était pas une promenade en barque d'ailleurs qu'il me fallait, ni sur une autre rivière les mêmes rayons ; je voulais que ce fût devant l'ancien moulin ; transportées dans un autre lieu, la même servante, les truites n'étaient rien ; mais pourtant sans la servante et sans les truites, la promenade en barque et la lumière

ginais que battu par la tempête et perdu dans les brumes,— le beau temps fut si éclatant et si fixe que quand Françoise venait ouvrir la fenêtre, j'étais sûr de trouver le même pan de soleil plié à l'angle du mur extérieur, et d'une couleur immuable qui m'était plus émouvante comme une révélation de l'été, mais morne comme celle d'un émail inerte et factice. Et tandis que Françoise ôtait les épingles des impostes, détachait les étoffes, tirait les rideaux, le jour d'été qu'elle découvrait semblait aussi mort, aussi immémorial qu'une somptueuse et millénaire momie que notre vieille servante n'eût fait que précautionneusement désemmailloter de tous ses linges, avant de la faire apparaître, embaumée dans sa robe d'or.

La voiture de Mme de Villeparisis nous emmenait. Parfois comme la voiture gravissait une route montante entre des terres labourées, je voyais — rendant les champs plus réels, les prolongeant jusque dans le passé, — quelques

図 44　『花咲く乙女たちのかげに』校正刷におけるミイラをめぐる一節

めるため、作家は夏の日を修飾するのに、ミイラ momie という単語自体に内在する子音 m および母音 o と i をふくむ一連の形容詞を用いている。すでに指摘した「生気のない」morne や「死んだ」mort のみならず、「いつも変わらぬ」immuable や「太古の」immémorial など、「ミイラ」momie と共通する音素が重ねられているのである。

とはいえ、このような配慮だけで、夏の日が「ミイラ」と化するイメージの必然性は担保されるのだろうか。夏の晴天が「何週間ものあいだ」つづいたとしても、夏の滞在の当初から、太陽の「生気のない」性格やその死までが想起されるのは、あまりにも早計すぎる帰結ではないか。そんな疑問が解消されないからこそ、プルーストはこの場面をバルベック滞在の最後に移したのだろうと思われる。実際、一九一七年には、プルーストが点検したガリマール社の『花咲く乙女たちのかげに』校正刷において、ミイラの比喩を含むこの一節は巻末に移動された[222]（図44）。この移動の事実そのものは、多くの校訂版によって指摘されているが、その狙いと効果については充分に検討されていない。

問題のガリマール校正刷の最終ページを見ると、作家がこの移動をどのように実施したかが手にとるようにわかる。最後に出てくる夏の日をミイラにたとえる比喩の一文は、いっさい変更されず、一九一四年にNRF誌に発表された抜粋と一字一句に至るまで完全に同一である。というのもプルーストは一九一七年頃、印刷書体が同一であることから明らかなように、NRF誌に発表された当該ページをそっくり切りとり、ガリマール校正刷へ貼りつけたからである。余談になるが作家は、やはり一九一六年から一九一七年頃、第五篇『囚われの女』の古いバージョンのひとつが書きつけられた草稿帳「カイエ53」から数ページを切りとり、それをこの箇所の清書原稿に貼りつけていた（「カイエ53」の校訂版においてナタリー・モーリヤックと私が明らかにした[223]）。

グラッセ版やNRF誌抜粋版と異なり、ガリマール校正刷の余白は新たな自筆の加筆で埋めつくされた（図44参照）。その加筆のうち、重要なのは、フランソワーズのカーテンを開ける動作が、もはやバルベック滞在中に、進行する、行為であることをやめ、のちにこの夏の滞在を想いうかべる「私」の回想のなかで想起されることである。「この滞在最後の数週間のことは、あっという間に忘れてしまった。私があとでバルベックに想いを馳せたとき、ほとんどつねに想いうかべたのは、夏らしい好天のつづくシーズンたけなわの毎日、フランソワーズが私の窓を開けに来てくれたときのことである」。ミイラをめぐる最終場面は、のちの「私」の回想のなかで想起されるできごとなのである[224]。もうひとつの加筆は、これまた重要なもので、バルベックで好天のつづく期間が、ＮＲＦ誌抜粋発表時の「数週間」から、ガリマール校正刷では「数ヵ月」へと変更されたことである。

　これら二点の重要な変更から、いかなる効果が生じたのか。フランソワーズがカーテンを開けてあらわにする夏の光が「数ヵ月」にわたりつづき、しかもそうしてあらわれた夏の光が、海辺のホテルに滞在中には直接に語られず、この夏の滞在の追想のなかで回顧的に想起されることである。夏の日をミイラにたとえた比喩は、その本文が古いバージョンから新しいバージョンへと変更なく受け継がれはしても、校正刷という最終段階において導入されたこの二点の変更によって、いっそう説得力を増したのではないか。「数ヵ月」のあいだ「いつも変わらず」居座っていた輝かしい夏の日も、のちに回顧されることによって輝きと躍動感を失い、「生気のない」「死んだ」存在になったと考えられる。フランソワーズの布を外す動作もまた、昔のバカンスの回想という過去を掘りおこす行為として想起されることによって、死者を「つつむ布を注意ぶかくひとつずつはがし」、裸の「ミイラ」をあらわにする行為との類似がより顕著になったといえよう。さらにこの夏の光は、自筆の書きこみが示しているように、海の光景とともに、のちに主人公が「バルベックに想いを馳せたとき」、かならず想いうかべるものとなる。この回想の行為によって、死に絶えた夏の日という分身もまた、エジプト人が死者の分身を生存させるために「ありとあらゆる食料や物品」を与えつづけたミイラと同様、主人公の精神のなかで不死の存在になったのではないか。そう考えると夏の光をミイラにたとえた比喩は、巻末に配置されてのちの回想の対象になることによって、より正当性を獲得したことがわかる。こうしてエジプト考古学の最新の知見から導き出された『花咲く乙女たちのかげに』の掉尾を飾るミイラの比喩は、プルーストの小説を貫く過去の想起という一般理論を裏づける例証としての地位を獲得したのである。

古代ギリシャの彫刻群と、エジプトのミイラを例にとり、十九世紀後半に進展をみた考古学上の発見が『失われた時を求めて』にどのように採りこまれ、それが作中でいかなる役割を果たしているのかを検討した。いずれの場合も、プルーストの小説ほど、古代趣味や異国情緒、古典期への憧憬などと縁遠いものはないことを示している。古代のギリシャやエジプトに関する学問的成果といえども、『失われた時を求めて』にあっては、十九世紀の文学には顕著だったローカル色を拭い去られ、人間心理の普遍的真理を明らかにするための一材料と化しているのである。

第九章　作中の芸術家たち

――エルスチールを中心に――

プルーストの長篇に登場するベルゴット、ヴァントゥイユ、エルスチールの三者は、それぞれ文学、音楽、絵画の三分野を代表する架空の芸術家として、しばしば同列に採りあげられる。しかし三者が芸術家として歩んだ人生の違いは、あまり注目されていない。三人のうち、音楽家ヴァントゥイユと作家ベルゴットは、芸術家の日常の自我と創作の自我とのあいだに深い乖離のあることを雄弁に体現する。

コンブレーで出会うヴァントゥイユは、祖母の姉妹の元ピアノ教師で、作曲をしていると噂されるものの、田舎のしがない老人のうちに『ソナタ』と『七重奏曲』という斬新な曲の作者が潜んでいるとはだれも気づかない。スワンはヴェルデュラン家のサロンで鑑賞して感銘を受けた『ソナタ』の作曲者の名前がヴァントゥイユだと聞いて、コンブレーの老人を想いうかべるが、第二章で検討したように「天才が老いぼれのいとこってこともありえますから」(I. 211／②七六)と言って、ソナタの作曲者とコンブレーの老人とが同一人物であることを信じない。ベルゴットの場合も、「私」は愛読していた「壮大な作品の美しさ」から、作者を雲の上の存在と崇めて「もの憂げな老人」だと想像していたのに、スワン家ではじめて会ったその人は「カタツムリの殻の形をした赤い鼻と黒いヤギ髭をたくわえ」、「若くて粗野な、背が低くがっしりした近眼の男」であった(I. 537／③二六七)。

ふたりの芸術家は、プルーストが『サント゠ブーヴに反論する』のなかで提示したテーゼ、つまり芸術作品は「私たちがふだんの習慣、他人との交際、さまざまな悪癖などに露呈させているのとは、はっきり違ったもうひとつの自我の所産である」(Essais, 704)というテーゼを体現しているのだ。

ふたりの作品が世に認められる時期もまた、日常の自我と創作の自我との乖離を際立たせる。ヴァントゥイユは、その遺作『七重奏曲』が小説終盤の『囚われの女』で演奏されることが示すように、死後に栄光を授かる芸術家の運命を代表している。ベルゴットの人生で際立つのは、若くして栄光の絶頂に登りつめた作家の晩年の悲惨であろう。その晩年において強調されるのは作家としての無為である。体調を崩して「何年も前から家の外へ出なくなっていた」(III, 688／⑩四〇七)ベルゴットが診断を仰いだところ、「医者たちは、体調不良の原因は、きわめて勤勉な仕事ぶりにあると過労のせいにした(じつは二十年前から仕事はなにもしていなかった)。医者たちが勧めたのは、スリラー小説を読まないこと(じつはなにひとつ読んでいなかった)」である(III, 690／⑩四一二)。ベルゴットがフェルメールの『デルフトの眺望』を前に息絶えたあとの葬儀の夜、本屋のショーウインドーに飾られた著作が作者の「復活の象徴」のように思われた、と語り手は言う(III, 693／⑩四一九)。ここでは作家の肉体の死を超えうる作品の栄光が讃えられているが、無為に沈んでいた晩年から推測すれば、その作品はかなり前から忘れられていたのかもしれない。

ふたりの肉体の死と作品の命運とがこのように対照的に描かれているのにたいして、エルスチールは、ただ一箇所「のちに逝去した友人の大画家」(III, 789／⑪二一八)とその死への言及は出てくるが、『失われた時を求めて』の全体にわたり健在である。「ムッシュー・ビッシュ(牝鹿)」というあだ名で知られる無名の画家として「スワンの恋」に顔を見せるのを皮切りに、アトリエを構えるバルベック海岸では「エルスチール画伯」として活躍し、小説の最終場面であるゲルマント大公妃邸における午後のパーティーでも、すがたこそ見せないものの「時はラシェルをエルスチールと同時にスターに仕立てあげ」た(IV, 581／⑭二〇四)と言及される。小説の至るところに遍在するこのエルスチールの特異性は、なにゆえに生じたものなのだろうか。

エルスチールの評判

この問いに答えるべくエルスチールの生涯を検討する前に、その画業と世間の評価がどのように描かれているかをふり返っておこう。エルスチールの絵画は、世界の新たな見方を提示するのを本領とする。語り手の定義によれば「他者の諸感覚の質的精髄をわれわれに知らしめてくれる」(III, 665／⑩三五六)画業である。「言いあらわしがたいもの」、すなわち「芸術なくしてはけっして知ることのないさまざまな世界の内密な組成」を「スペクトルの色彩として顕在化させることによって、目に見えるようにしてくれる」のだ(III, 762／⑪一五四)。

主人公の「私」は、バルベックの画家のアトリエやパリのゲルマント公爵夫妻のコレクションなどでエルスチールの画業に接し、そのヴィジョンを理解する。画家のアトリエは「私にはいわば新たな世界創造の実験室のように思われた」という(II, 190／④四一七)。その画業を代表する海洋画の「ひとつひとつの画の醍醐味は、詩でいうところのメタファーと同じでいわば描かれたものの変容にあり、父なる神がこの世の事物の創造にあたりひとつひとつに名前を与えたのにたいして、エルスチールはそれらを再創造するにあたり、その名前を剝奪したりべつの名前を与えたりしている」(II, 191／④四一八―四一九)。ゲルマント公爵夫妻が所蔵する初期エルスチールの画に接したときも、「私」は「偉大な画家に特有のものの見方が投影されたもの」として「未知の色彩をたたえた世界の断片」(II, 712／⑦一七〇)を目の当たりにする。画家が「印象という根源自体にたち戻って、〔……〕自分がじかに感じたものから、自分が頭で知っているものをはぎ取ってしまおうと努めていた」(II, 713／⑦一七一)ことも理解する。

ところが社交人士たちは、「私」が把握したエルスチールのヴィジョンを理解できない。「スワンの恋」におけるヴエルデュラン夫人のサロンで、画家に肖像を描いてもらったコタール夫妻は、その画には「真実味がなく、ビッシュには肩がどのようにできているかも、女性の髪がモーヴ色でないことも知らないように思えた」(I. 210／②七五)。ゲルマント公爵夫妻は、初期の作風に属する「神話を描いた数点の水彩画」(II. 714／⑦一七八)を所蔵していたが、その画業を真に理解していたとはいえない。公爵夫人が画家の画は写実的でないと苦情を言うからだ。「エルスチールは私の立派な肖像を描いてくれたつもりですが、似ても似つかぬ奇妙なしろものになりまして。〔……〕私をまるで老婆のように描きましたのよ」(II. 813／⑦三九七)。公爵もエルスチールの画にたいする無理解を露呈して、「私」にこう言う。「ただざっと描いただけで、丹念に仕上げたとはいえないしろものです。〔……〕人物たちまで描かれますと、どうも下品で厭世的な面が出てきまして、私の気に染まぬのです。あなたのように繊細な心とすぐれた頭脳をお持ちのかたが、あんなのがお好きだとはじつに意外です」(II. 790–791／⑦三四一―三四五)。

エルスチールの画業を理解できなかった公爵夫人は、所蔵していた画を従姉妹のゲルマント大公妃に譲ってしまう。ところがのちにエルスチールが「人気の画家」になると、公爵夫人は「多くの画を従姉妹に譲ってしまったことが諦めきれなかった。その画が流行《はや》っているからではなく、いまやその画を高く評価していたからである」(IV. 163／⑫三六三)。公爵夫人も世間の評価の尻馬に乗るだけの人間である、とプルーストは皮肉を差し挟んだのである。

では無名の「ムッシュー・ビッシュ」を庇護していたヴェルデュラン夫妻は、早くから画家の才能を見抜いていたのだろうか。ヴェルデュラン夫人は、エルスチールが妻としてガブリエルを選び、自分と袂をわかって以来、画家の才能は潰えたと主張する。「女ですのよ、あれをあんなに堕落させたのは！」(III. 330／⑨二〇五)、「あれが宅に来なくなってから展覧会に出している眉唾ものの、どでかい書き割りみたいなの、あんなものをあなたはやはり画とお呼びになるんでしょうか」(III. 329／⑨二〇四)。ヴェルデュラン夫人がこれほどエルスチールをこき下ろすのは、「ここに残っていましたら！　きっと現代の風景画の第一人者になったでしょう」(III, 330／⑨二〇五)という発言から明らかなように、自分が画家を育てたという自負があるからだ。プルーストがその文体を模写して作中に差し挟んだゴンクールの偽日記によれば、夫人はこう言ったという。「花となりますと、まるで見る目はございませんでしたね、なにしろビロードアオイとタチアオイの区別もできない人でしたから。わたくしが違いを教えましたの。まさかと思われるでしょうが、ジャスミンがどれかも教えましたわ。〔……〕なにを選んだらいいのか見極める生来の趣味がないもので、それもわたくしが言ってやらなければならなかったんでございます」(IV, 292／⑬八〇―八一)。

このような悪口にもかかわらず、ヴェルデュラン夫人は心の底ではエルスチールの「画家としての優れた資質」(III, 330／⑨二〇五)を認めていたようだ。「スワンの恋」のサロンでも、夫人は「私がとりわけ描いていただきたいのは、ドクターの微笑みでございます。お願いしたのはドクターの微笑みの肖像なんでございます」(I, 200／②五四)と、無名の画家への期待を表明していた。画家がサロンを去ったあと、別荘ラ・ラスプリエールでも、エルスチールの描いたバラの画を「私」に見せて、夫人はこう言う。「なかなかのものでございましょ！　それにマチエールも立派で、思わずさわってみたくなります。あの人がこれを描くのを見ているのがどんなに楽しいことだったか、とうてい口では言いあらわせません。この効果を出すのに夢中になっているのが感じられましたもの」(III, 333／⑨二一五)。

ヴェルデュラン夫人は、意地も口も悪いうえ、芸術への心酔をきどる鼻持ちならない女であるが、その鑑賞眼を過小評価するのは禁物である。なぜならバレエ・リュスの斬新な上演や、モレルのヴァイオリン演奏など、最先端の才能を見抜く目を備えていたからだ。三大芸術家のうち、いまだ世間に認められていなかった音楽家ヴァントゥイユと画家エルスチールの才能をふたつながら発見し、それを早々にサロンの呼びものにしたのは、ほかならぬヴェルデュラン夫人の眼力であろう。さらに注目すべきは、最終巻『見出された時』でその死が報告されるヴェルデュラン氏がエルスチールを高く評価していた事実である。これについては第十四章で詳しく検討したい。

奇人から賢人へ

さてエルスチールの人生をふり返ってみると、ヴェルデュラン夫人から「ムッシュー・ビッシュ」と呼ばれた無名の時期には、奇怪な言動で周囲の注目を浴びようとする身勝手な青年だった。ある画家の展覧会に出かけたあと、見てきた画について、こんなふざけたことを言う。「どんな具合に描いたものか、よおーく見ようと、この鼻をくっつけんばかりにしたんです。わわわ、うへええ。いやはや、なんで描いたものなのか、わかりゃしません。糊なのか、ルビーなのか、石鹼なのか、ブロンズなのか、それとも太陽なのか、いや、ウンチなのか！」(I. 250／②一六二)。サロンの常連ブリショの語ったところでは、エルスチールは「水を張った浴槽をサロンへ運びこませておき、みなが食卓を離れてサロンへやって来たときを見計らい、浴槽から素っ裸で悪態をつきながら出てきた」という(III. 707／⑪三二)。

ビッシュは、サロンへ招じ入れられたスワンがそもそもオデットに惚れているのだと想像し、「カップルをつくることほど愉快なことはありません。もうずいぶんつくりましたからね、女同士のカップルさえも！」とうそぶく(II. 199／②五二)。この「女同士のカップルさえも」という発言が示唆するように、この若き画家は同性愛の嗜好の持主ではないかと疑わせる箇所もある。「夜中に起きだし海辺にかわいいモデルを連れて行って裸でポーズをさせ」たり(I. 183／④四〇二)、「朝日の昇る直前、〔……〕何度もモデルの少年を起こして、砂のうえで素っ裸にしたその少年を描いた」りしたという(III. 493／⑨五六九)。

エルスチールの前史といえば、これよりさらに数年前、オデットが女優だったころの肖像画を描き、それに「ミス・サクリパン、一八七二年十月」と署名していた(II. 205／④四四七)。画家のアトリエで「私」がこの肖像画を眺めているとき、ふと妻の足音を聞きつけたエルスチールはこう言う。「さあ早く、その画を渡してくださ い、家内のやってくる音がしますから。この山高帽の若い人は、誓って私の人生でなんの役割も演じませんでしたが、こんな水彩画を家内の目に入れてもなんの役にも立ちません」（II, 205／④四四八）。なぜエルスチールは「ミス・サクリパン」の肖像を妻の目から隠そうとしたのか。この肖像を描いたころ、オデットと愛人関係にあったからではないかと推測することも不可能ではない。

ヴェルデュラン夫人のサロンでは、無名の画家にだれひとり興味を示さないのにたいして、スワンだけは「画家に訊きたいことがある」（I, 250／②一六〇）と関心を寄せる。これはエルスチールがオデットの前史に通じていると睨んでいたからではないか、と想像をたくましくすることもできる。その反面、エルスチールのほうは「私が何度スワンのことを話題にしても、なにも答えなかった」（I, 184／④四〇三）。語り手がなんら解答を与えてくれないこれらの謎も、エルスチールがオデットの愛人であったと考えれば氷解するのではないか。小説本文の括弧内には「（もっともエルスチールはオデットの愛人だったというわさもある）」（IV, 23-24／⑫六四）と注記されている。もしそうであればスワンは、オデットを介して、エルスチールと隠れた絆をもつことになる。スワンはベルゴットと親交を結び、ヴァントゥイユともコンブレーで隣人づき合いをし、若いエルスチールにも親近感をいだいていた。『見出された時』に記された「私の書物の素材〔……〕はスワンに由来する」（IV, 493-494／⑬五三一）という命題は、三人の芸術家すべてにも当てはまると考えるべきだろう。

若きエルスチールの世間の常識に反する奇行は、いかにもボヘミアンの芸術家らしいものである。ところが歳月を経てバルベック海岸にアトリエを構える「エルスチール画伯」からは、このような奇行はすっかり影を潜める。画伯はいまや「賢人」として「私」にこんな教訓を垂れる。「青春のある時期に、想い出しても不愉快で抹消したくなるようなことばを口にしたり、そんな人生を送ったりしなかった者など、ひとりもありません。〔……〕まずはありとあらゆる滑稽な人、忌まわしい人になったあとでなくては、なんとか曲がりなりにも最終的に賢人になどなれるわけがありません。〔……〕人間は、他人から叡知を受けとるのではなく、だれひとり代わりにやってもくれず逃れることもできない道程の果てに自分自身で叡知を発見しなければならないのです」(II, 219／④四七七―四七八)。若いときの「夢想」の過多を克服する方法を勧めるエルスチールの忠告もまた、「賢人」のそれである。「夢想にふけりがちな人は、夢から遠ざかったり夢を制限したりしてはいけません。〔……〕すこし夢みるのが危険だというなら、それを治してくれるのは、夢の量を減らすことではなく、もっとたくさん夢を見ること、夢の総体を自分のものにすることです」(II, 199／④四三六)。

かくしてエルスチールは、奇行の人でなくなり、「賢人」、つまり「例外的な教養に裏打ちされた知性の持主」(II, 196／④四二七)となった。このようなよき趣味人の暮らしは、芸術創造とは相容れない生きかたとみなされるかもしれない。自分自身の内部ではなく、外部の人生に「美」を求めるのは、プルーストが友人の肖像画家ジャック＝エミール・ブランシュの著作『画家のことば』の書評で批判した「フェティシズム」ではないのか。「「美」のかなりの部分は外部で実現され、われわれがそれを創造する必要もあるまいと信じるのは、たいへん心地よいフェティシズムであろう」(Essais, 1203)。おまけにエルスチールは「背は高く、筋骨たくましい、端正な目鼻立ちの男で、白いもののまじる頬髭をたくわえ」ていた(II, 182／④三九九)。エルスチールの風貌は、「カタツムリの殻の形をした赤い鼻」というおよそ風変わりなベルゴットの容貌からほど遠いものだったのである。

バルベックの教会はペルシャ風だと思っていたのに当てが外れて幻滅している「私」に、「賢人」エルスチールは、その彫刻群の宗教的意味を解説してくれる。この箇所のエルスチールのことば(II, 196-198／④四二七―四三四)は、エミール・マールの『十三世紀フランスの宗教美術』(一八九八)から数箇所を抜粋し、それを適宜つなぎあわせて成立したものである。[225] さらにエルスチールは、アルベルチーヌを相手に、良き趣味のありかも教える。ヨットに乗る婦人の装いについて、「優雅なのは、コットンやリネン、ローン、ペキンシルク、キャンバス地などの、軽くて白い無地の衣装で、そこに陽が当たると、紺碧の海を背景に白い帆と同様のまばゆい白になります」と助言するのだ(II, 253／④五四八—五四九)。

教養人であり趣味人であるエルスチールは、ボヘミアンの芸術家像とはかけ離れているが、やはり芸術家の自我の一面を示したものではなかろうか。芸術家は日常生活において、奇人変人であるとはかぎらない。あの『七重奏曲』において「想いも寄らぬひとつの世界の評価を絶した未知の色合い」(III, 759／⑪一四八—一四九)を創りだしたヴァントゥイユにしても、「現代の風潮に染まった、だらしない若者の、嘆かわしいありさま」に厳しく、「今ふうの風潮に染まって身分違いの結婚」をしたスワンを避けるほど、保守的な考えに染まった老人であった(I, 110-111／①二五二—二五三)。

学識と創作

芸術家魂とは相容れないと思われるエルスチールの「例外的な教養に裏打ちされた知性の持主」という特徴は、そっくりプルースト自身にも当てはまる。バルベックの教会の彫刻群の宗教的意味を解説するエルスチールのことばは、すでに見たようにエミール・マールの『十三世紀フランスの宗教美術』から数箇所を抜粋したものであるが、このマールの著作こそプルーストが愛読していたものにほかならない。プルーストは、さまざまな教会の彫刻群を解説した『ラスキン全集』(ライブラリー・エディション)も愛読していたし、一九〇四年にはラスキンの『アミアンの聖書』を仏訳し、詳しい序文と注解を付して出版していた。エルスチールの学究的ともいえる「例外的な教養に裏打ちされた知性」は、プルースト自身の特徴でもあったのだ。

古い教会を敬愛するこのような芸術受容は、修復された教会への嫌悪につながる。「古い石の〔……〕貴重な美しさ」を愛するエルスチールは、バルベック近郊の「半分は真新しく半分は修復された」教会を嫌い、アルベルチーヌも「これは気に入らないわ、修復してるんだもの」と断言する（III, 402／⑨三六八―三六九）。この見解もプルーストと共通する。プルーストはヴィオレ＝ル＝デュックの『建築学事典』を参照しながらも、この専門家がフランスの数多くの教会を修復した方法を批判していた。「ヴィオレ＝ル＝デュックが情熱ではなく学識をもって多くの教会を修復し、フランスを台なしにしたことは不幸というほかありません。われわれに語りかけてこない新しい石材や、原物と形は同じでもその名残をなんらとどめない複製を用いて考古学的に修復されたものより、廃墟のほうがずっと心を打つでしょう」（COR, VII, 288）。

ところがエルスチールやプルーストの美学からすれば、美は対象のうちにあるのではないから、作品の題材は問わないはずである。げんに語り手は「偉大な画家エルスチールが、一枚の画ではなんの変哲もない校舎を、もう一枚ではそれ自体が傑作である大聖堂をモチーフに選びながら、優劣のつけがたい二点の画に仕上げる」ことに注意を喚起していた（II, 351／⑤一一四―一一五）。主人公の「私」もエルスチールの矛盾を見逃さず、「印象派の巨匠」の「建築物の価値のみをあがめるフェティシズム」（III, 402／⑨三七〇）に疑問を呈し、アルベルチーヌにこう言う。「エルスチールが真新しくて嫌いだと言ってた教会だよ。〔……〕エルスチールがそんなふうに建造物だけをとり出し、それが溶けこんでいた光の外へもち出して、考古学者みたいにその内在的価値を検討するのは、本人の提唱する印象主義といささか矛盾していないだろうか？　エルスチールが描いた画では、病院にしても学校にしても壁のポスターにしても、分割できない一幅のイメージのなかに描かれてるんだから、その横にある傑作の大聖堂と同じ価値があるのではないだろうか？」(III, 673／⑩三七四)。

プルーストはこの「私」の発言を肯定する一節を書き記している。「理論家としてのエルスチールや、趣味の人、中世愛好家としてのエルスチールよりも大胆なその病院は、「ゴシックもなければ傑作もない。様式など持たぬ病院でも、輝かしい聖堂の玄関ポーチに匹敵するのだ」と勝ち誇っているように見える。〔……〕より貴重なものと、それ以下のものとがあるわけではない。ありふれたドレスと、それ自体が美しい帆布とは、同じ光の反映をうつす二つの鏡にほかならない。すべての価値は、画家のまなざしのなかに存在するのだ」(II, 714／⑦一七七―一七八)。教会の修復をめぐるエルスチールの見解と実作もまた、プルーストの見解と実作を反映しているのである。

ただしこのような教養ある趣味人は、スワンと同様、人生において自分の趣味を実現することに満足し、芸術創造へ向かわないのではないか。こうした「知性」は創作の邪魔になるのではないか。エルスチールの海洋画で「町を描くのに海の用語だけを使い、海を描くのに街の用語だけを用い」る(II, 192／④四二〇)手法もまた、「教養に裏打ちされた知性」とは正反対の作業に見える。語り手に言わせるとエルスチールは、セヴィニエ夫人やドストエフスキーと同じく、「ものごとを呈示するにあたって論理的順序によるのではなく、つまり原因からはじめるのではなく、最初にわれわれをとらえる効果、錯覚を示そうとする」(III, 880／⑪四三三)からである。論理的知性の人が、なぜ非論理的な「錯覚」を描くことができるのか。この疑問に語り手はつぎのように答えている。「現実を前にしておのが知性のもたらすあらゆる概念を捨て去ろうとするエルスチールの努力がなおのこと賞讃に値したのは、描く前に自分を無知の状態におき(自分の知っていることは自己のものではないと考え)実直にすべてを忘れようとするこの男が、例外的な教養に裏打ちされた知性の持主だったからである」(II, 196／④四二七)。

ところが、「原因からはじめるのではなく、最初にわれわれをとらえる効果、錯覚を示そうとする」エルスチールの画面を描写するプルーストの文章は、私がべつに詳しく分析したように、かならずしも「効果」を先に提示するわけではなく、むしろ「原因」から始めて「効果」に至るという論理的順序に従っている[226]。一例のみ挙げると、プルーストの描写は「家並のむこうに隠れているのが港の一部なのか、それとも修理ドックなのか、あるいはこのバルベック地方でよく見かけるように海が湾となって陸地にくいこんでいるのかは判然としない〔……〕」と、まず印象の生じる原因が列挙される。そのあとようやく、原因から生じる印象がこう語られるのである。「そのせいでマストの下にある船まで、なにやら街の一部となって地上に建っているように見える」(II, 192／④四二〇)。

要するに「エルスチールの努力」を説明する理論(「われわれの最初のヴィジョンがつくられる錯覚」(II, 194／④四二四―四二五)をさきに提示する方法)と海洋画を描きだすプルーストの文章の実態(原因から結果へと記述する論理的方法)は、みごとなまでに正反対の軌跡を描いている。このような矛盾が生じるのは、絵画と文学の根本的相違に原因があるように思われる。絵画は、画布という二次元の空間に固定された世界であるから、そこには時間の介在する余地がない。ところが因果関係を説明するには、ふつう原因と結果という二段階の時間差を必要とする。それをあらわすのは、絵画という二次元の空間は不向きで、むしろ時間の推移にしたがってことばが配列される文学というジャンルが向いているのではないか。カルクチュイ港の画面を描写するプルーストの文章は、絵の画面の等価物を提示したものというより、むしろ作家自身の文学のヴィジョンとスタイルを表明したものと考えるべきなのである。

偶像崇拝の功罪

エルスチールの人生と芸術は、偶像崇拝という点でも、プルーストの人生と芸術を反映している。プルーストは真の創作を阻害するものとして偶像崇拝を厳しく批判した。槍玉に挙げられたのは名指しこそされていないが、ロベール・ド・モンテスキウ伯爵である。「伯爵は、さる悲劇女優がゆったりと羽織っている布地を見て、それが、ギュスターヴ・モローの『若者と死神』のなかで死神が身にまとっている生地そのものだと気づいたり、友人の女性の装いを見て、〔バルザックの〕カディニャン大公妃がはじめてダルテスに会った日のドレスや髪型だと気づいたりすると、すっかり感心する。悲劇女優の生地や社交界貴婦人のドレスを見つめていると、その高貴な想い出に感動して、「なんて美しい！」と叫ぶのだが、それは布地が美しいからではなくて、それがモローによって描かれたり、バルザックによって描写されたりした布地だからであって、偶像崇拝者には永久に神聖なのである」(Essais, 538)。

この偶像崇拝がエルスチールにも認められることを、語り手はつぎのように指摘する。「ある日エルスチールは、〔自分の芸術の〕理想が自分の外のある女性の肉体のなかに体現されているのに気づいた。のちにエルスチール夫人となる女性の肉体であり、画家はその女性のうちに――自分ではないものにしか見出しえない――この理想を、崇むべきもの、胸を打つもの、神聖なものとして見出すことができたのである。そもそもそんな「美」のうえに唇を重ねることができるとは、なんと心の安まることだろう！　なにしろそれまでは自己から抽出するのにあれほど苦労した美が、いまや秘儀の力のおかげで肉体をまとい、霊験あらたかな一連の聖体拝領のためにわが身を差し出してくれるのだから。この時期のエルスチールは、思考の力だけで理想を実現できると期待する、第一の青年期をすでに脱していた。〔……〕たとえ天才に恵まれずとも、ある肩の動きやある首の緊張具合を写しとるだけで傑作がつくれるのではないかと考えるようになる。〔……〕こんなふうに人生に美を求めるという意味を欠いたことをするのは、芸術の手前の段階、かつてスワンがそこにとどまるのを私が目撃した段階である。かのエルスチールといえども、創造する天分が減退するせいで、おのが天分に寄与したさまざまな形を偶像として崇拝するせいで、できるだけ努力を惜しもうとするせいで、いつかそこへすこしずつ後退してゆくのである」(II, 206-207／④四五〇—四五三)。

このような偶像崇拝は、エルスチールに認められるだけではなく、じつは主人公の「私」にも見出される。「私」がこう語る一節があるからだ。「エルスチールが自作にしばしば描いたヴェネツィアの美が、目の前の妻のうちに体現されているのを見ることを好んだように、私もある種の美的エゴイズムのせいで、苦痛を与えてくれそうな美女たちに惹かれるのだと自分に言い訳をしたうえで、自分がこれから出会うかもしれない未来のジルベルトたち、未来のゲルマント公爵夫人たち、未来のアルベルチーヌたちに、偶像崇拝にも似た感情をいだき、古代の美しい大理石像を見てまわる彫刻家のように、そうした美女たちから霊感を与えてもらえる気がした」(IV, 566／⑭一七三—一七四)。それだけではない。「アトリエに閉じこもらざるをえない」エルスチールが、「春になって森にスミレが咲きみだれているのを知ると、それを見たくて矢も盾もたまらず、門番の女にその一束を買ってこさせた」ことを語ったあと、「私」もまた、「フランソワーズがしばしば用事を頼んでいた娘たちのだれかがやって来たら、使いを頼みたいから私のところへ寄こすようにとフランソワーズに言いつけた」ことを言い添えたうえで、「この点、私はエルスチールに似ていた」と述懐しているのだ(III, 645／⑩三一二)。

エルスチールと偶像崇拝をわかち持っているのは、作中の「私」だけではなく、『失われた時を求めて』の作者たるプルースト自身もそうなのである。プルーストは、つぎのようにラスキンにおける偶像崇拝を批判していた。「私としては、ラスキン自身がたえず偶像崇拝の罪を犯していたのではないかと感じている。ラスキンが誠実であるべきだと諭すまさにそのとき、語っている内容でなく、語りかた自体において、みずから誠実さを欠いていたというほかない」(Essais, 533)。ところがプルースト自身、ラスキン巡礼としてアミアン大聖堂を訪れたとき、参道の途中で「ラスキンが書いているのと同じ場所に、やはりラスキンの語っている物乞いたち」を認める。もしかするとそれは「同じ乞食」ではないか、とまでプルーストは言う(Essais, 490)。これが偶像崇拝でなくて何であろう。偶像崇拝を批判した当のラスキンを受容する仕方において、プルースト自身もまた、偶像崇拝としか言いようのない態度をとっていたのである。

偶像崇拝を批判したプルーストは、この罪を自分自身にも認め、エルスチールにも作中の「私」にもそれを付与したのではないか。これはなにゆえだろうか？　あらゆる芸術創造はその根底において偶像崇拝と紙一重だと考えていたからであろう。プルーストは「ラスキンの作品の根底には、その天賦の才の根源には、ほかでもない、この偶像崇拝が見いだされる」(Essais, 533)と書いたうえで、こう述べていた。「ラスキンの偶像崇拝と誠実との真の闘いは〔……〕本人にもほとんど意識されない心の奥底で、つまり、私たちの個性が、想像力からはイメージを、知性からは概念を、記憶からはことばを受けとり、それらをたえず選びとるなかでおのれを確立し、いわば精神的かつ倫理的生活の運命をたえまなく賭けている領域で、間断なく演じられていた」(同上)。というのも偶像崇拝が芸術家の創造行為と密接に関係しているからであり、先人の遺産への心底からの傾倒なくして創造もありえないからである。プルーストは「これは芸術家が陥りがちな知的な罪であり、その誘惑に屈しなかった芸術家はほとんどいない」と指摘したうえで(第八章で指摘したベルゴットのラ・ベルマ賞讃もこの「知的な罪」だろう)、こう書いている。「しかしそのおかげで芸術家がいかに魅力あふれる作品を創りだしたかを見ると、幸多き罪《フェリックス・クルパ》、と言いたくなる」(Essais, 539)。

この観点からすれば、エルスチールが海洋画というおのが作風を確立する前の初期作品において、さまざまな画風を試みていたのも肯《うなず》けるのではないか。エルスチールは「初期には神話を題材とする画を描いていて〔……〕、ついで長期にわたり日本美術の影響を受けていた」(II, 424／⑤二七二)。この「日本美術」が具体的にどのような作品であるかはまったく説明されていないが、ゲルマント公爵夫妻のコレクションのなかに「神話を描いた数点の水彩画」(II,

714／⑦一七八）があり、それは私がべつに調査したように、明らかにギュスターヴ・モローの作品を下敷きにしている。「神話時代であれば、夕べなど、そんなミューズが二、三人で連れだって、どこかの山道をたどるのを見かけるのは珍しくなかったであろう」（II, 714／⑦一七八―一七九）という一節は、モローの水彩画『愛の神とミューズたち』（図45）から想をえた可能性がある。(227) また「詩人が山のなかを歩きまわって憔悴しきっていたとき、これと出会ったケンタウロスがその疲労困憊ぶりに心を動かされ、詩人を背負って送ってやるのを描いた」（II, 715／⑦一七九）という箇所は、同じモローの水彩画『ケンタウロスに運ばれる亡き詩人』（図46）を下敷きにしている。(228)

さらに社交人士たちは「エルスチールがシャルダン〔……〕といった自分たちのお気に入りの画家を賞讃するのに驚いていた」（II, 713／⑦一七二）という一節も画家の関心のありかを示している。というのも「エルスチールがおのが仕事の手を休めて賞讃したのは、これらの画家のうちに認められる自分と同種の企て、自作の先駆けとなる断片であった」（同上）と指摘されているからだ。この点で興味ぶかいのは、「エルスチールの水彩画」でそれを見てから「私」が好んで眺めたというバルベックのグランドホテルの食卓の描写に、シャルダンの影響が認められることである。食卓には「斜めに置かれたナイフ〔……〕、くしゃくしゃになったナプキン〔……〕、飲み残しのワインの残るグラス〔……〕、なかば空になったコンポート鉢〔……〕、小さな聖水盤のような牡蠣の殼」などが置かれている（II, 224／④四八八）。これらが形成する「静物」の画面は、シャルダンの『食器台』（図47）の転写文にほかならない。(229)

これらの画面の描写は、エルスチールの画業が具体的にモローやシャルダンの作品から深い影響を受けつつ、それを克服したところに成立したことを示している。語り手は『見出された時』でこう述べる。「私が子供らしく無邪気に愛した本、まるで恋人に執着するみたいに、ほかの本を想像すると嫌悪を覚えるほどに盲信して執着した本、そんな本を書きなおすつもりもない。そうではなく、エルスチールがシャルダンにたいしてそうしたように、人は愛する

図 45　ギュスターヴ・モロー『愛の神とミューズたち』

図 46　ギュスターヴ・モロー『ケンタウロスに運ばれる亡き詩人』

図 47　シャルダン『食器台』

ものを捨て去ってこそ、それをつくりなおすことができるのだ」(IV. 620／⑭二九三)。この命題は、今しがた検討したように、小説中のエルスチールの画の描写によって実証されたのである。

いま引用した文章では「エルスチールがシャルダンにたいしてそうしたように」、「私」もまた、「盲信して執着した本」を乗り越えて自分の作品をつくることを宣言している。ところでモローとシャルダンの画業は、エルスチールが深い影響を受けて自作の出発点にしただけではない。プルースト自身も青年期に、モローについて「ギュスターヴ・モローの神秘的世界についての覚書」(一八九九年頃)を記したように、またシャルダンについて「シャルダンとレンブラント」(一八九五年頃)を執筆したように、みずからの芸術観に深い影響を受けていた。プルーストはふたりの画業を糧にして『失われた時を求めて』を貫く美学を確立したのである。[230] この意味でもエルスチールはプルースト自身の似姿にほかならない。すでに何度か引用したが、プルーストがラスキン論で提示していた命題、「おのれ自身が感じていることを意識化するいちばんの方法は、師が感じたものを自分自身のうちに再創造してみることである」(Essais. 543)という命題は、エルスチールにもプルースト自身にも同時に当てはまるといえよう。

さらに言えば、エルスチールが芸術家の生と死に関して表明する見解にも、プルースト自身の生と死をめぐる思想が反映されているように感じられる。制作するエルスチールについて語り手はこう指摘する。「ある人たちのために作品を制作しようと考えたとしても、それを制作しているあいだはそんな人とのつき合いを離れて無関心となり、自分自身のために生きていたはずだ。孤独の実践が孤独への愛を生んだのである」(II. 185／④四〇五)。プルーストもまた『消え去ったアルベルチーヌ』で、作品にとりかかる芸術家を「孤独な人(名誉のために仕事にとりかかったものの同時にその仕事によって名誉欲から心が離れた人)」(IV. 156／⑫三四八)と定義している。「おのが作品の永続性を信じる人たちは――エルスチールがそうだった――、自分がはや灰燼に帰しているはずの時代にわが作品を置いてみるのを習慣とする。栄光をそんなふうに考えることは死を考えるのと不可分であるため、芸術家たちは否応なく虚無を想って悲しむ」(II, 198／④四三五―四三六)。小説の最終場面においてプルーストの分身たる「私」もまた、啓示をえた無意志的記憶の「永遠の価値を、わが財産によって豊かにしてやれる人たちに託したい」と考え、「その歓びが一瞬後に終わりを迎えて虚無のなかへはいる」のに恐怖を覚える(IV, 613／⑭二七六―二七七)。

このようにふり返ると、長篇に描かれた三人の芸術家のうち、エルスチールの人生と作品をめぐる考察だけが、小説の冒頭から末尾に至るまで途切れることなく遍在し、そこに芸術家の人生と作品をめぐる複雑な問題がすべて織りこまれていることがわかる。芸術家の人生と作品は、『サント＝ブーヴに反論する』に提示されたような日常の自我と創作の自我という単純な二元論ではとうてい片付けられない。それを自覚したプルーストは、おのが人生と作品が提起するあらゆる問題をエルスチールに投影したのではないか。エルスチールの海洋画に認められる大掛かりな比喩が、プルーストの文学の大掛かりな比喩とヴィジョンの反映であることはすでに言い古されたことである。もちろんプルーストはエルスチールのような「筋骨たくましい大男」でもなければ、ビッシュのように「浴槽から素っ裸で悪態をつきながら出て」くる奇癖や、ヨットに乗る婦人の装いについて助言を与える趣味を持っていたわけではない。しかしエルスチールの人生における、教会の宗教美術への深い関心といい、その修復を嫌う趣味といい、芸術上の偶像崇拝という悪癖といい、モローやシャルダンへの崇拝を通じての美学の確立といい、芸術家の生と死をめぐる考察といい、エルスチールの人生と作品をめぐるすべての問題は、プルースト自身の課題への解答だったのである。

コラム 3 厳寒のパリにプルーストとモローを訪ねる

一九九八年十一月の下旬、十日ほどパリに滞在した。東京ではコートも要らない陽気だったのに、着いた日は、日中の最高気温が二度、その夜の最低気温はマイナス七度という寒さだった。それから数日は、同じような厳しい冷えこみがつづいた。

そんなパリでも、秋の美術シーズンということだろうか、興味ぶかい展覧会が目白押しであった。オルセー美術館で、没後百年にあたる詩人を回顧した「ステファヌ・マラルメ展」を見たあと、その足で同じ美術館で開かれていた「ミレー＝ゴッホ展」をはしごした。ゴッホがどれほどミレーから構図をそっくり拝借していたのかがわかるように、ふたりの画を並べて展示するという趣向の展覧会で、会場入口には長蛇の列ができていた。大展覧会場のグラン・パレでは、十六世紀ヴェネツィアの忘れられた画家を紹介する「ロレンツォ・ロト展」を鑑賞した。いずれも巧みな工夫がほどこされていて、新たな発見の興奮が味わえる展覧会であった。

しかし、この時期にパリへ出かけた最大の目的は、マラルメと並んで、やはり没後百年を迎えた画家ギュスターヴ・モローの大規模回顧展を見ることだった（会場は「ロト展」と同じグラン・パレ）。モローこそ、私があれこれ調べているプルーストの芸術観成立に大きな役割を果たした画家だったからである。

『失われた時を求めて』ではモローの画にあちこちで言及されるが、作中の画家エルスチールの絵画にモローの影が落ちている箇所を読んでおこう。第四篇『ソドムとゴモラ』の第二部、主人公の「私」が馬に乗って岩肌もあらわな渓谷にさしかかるところで、つぎのようなエルスチールの画が出てくる。

いっとき、私をとり巻くむきだしの岩山と、その切れ目から見える海とが、まるで別世界の断片のように目の前にただよった。この山と海の光景には見覚えがあって、それはエルスチールが「ミューズと出会う詩人」と「ケンタウロスと出会う若者」を描いた二点のみごとな水彩画の背景としたもので、私はこの二点をゲルマント公爵夫人邸で見ていたのだ。(II. 416／⑨三九八―三九九)

問題になっているのは、あくまで作中の画家エルスチールの架空画面であるが、「むき出しの岩山と、その切れ目から見える海」という背景に「ミューズ」や「詩人」や「ケンタウロス」が出てくる「水彩画」といえば、だれしもギュスターヴ・モローの世界を想いうかべずにはいられない。モローの作品で、もっともこの場面に近いのは、本書第九章でも言及したが、「岩肌」と「海」の見える水彩画『ケンタウロスに運ばれる亡き詩人』(図46、本書二二七頁)である。しかも小説を第三篇『ゲルマントのほう』にまでさかのぼり、主人公がゲルマント公爵夫人邸でこれらの画を見る箇所の成立過程を調べると、実際にプルーストが、モローの画について書いていた草稿をそっくりエルスチールの画に転用していることが確かめられる(拙著『プルースト美術館』二〇一―二〇四頁参照)。

モロー展を見るためにパリへ出かけたのは、このような画家とプルーストの関係について新たな発見があるかもしれない、もしかするとモローの『ペルシャの詩人』が出品されているかもしれないと期待したからである。『ペルシャの詩人』は、一八九八年秋、プルーストが社交界の友人ストロース夫人のサロンで見て、モロー論をつづる重要なきっかけになった画ではないか。そのような仮説を私は一九九七年夏、ノルマンディー地方スリジー＝ラ＝サルで開催された国際会議で発表し、その原稿を当時ギュスターヴ・モロー美術館の館長で今回の展覧会の責任者でもあったジュヌヴィエーヴ・ラカンブルにも送っていた。所蔵者の許可が下りなかったのか、残念ながら『ペルシャの詩人』はその下書きしか展示されていなかったが、氏が執筆したカタログで拙稿の仮説が是認されていることを確認できて、やはり嬉しかった。

そのような個人的な想いはさておき、モロー展でカタログの表紙やポスターを飾ってひときわ目立っていたのは『ガラテイア』(図48)である。長らくパリの蒐集家が秘蔵していたが、オルセー美術館が購入したばかりの画だった(美術史家の喜多崎親によると、日本にも打診があったが輸出許可が下りなかったという)。裸身のガラテイアを盗み見ているのが、ひとつ目の巨人ポリュペーモスだから言うのではないが、文字どおり展覧会の「目玉」となっていた。この画が一八八〇年のサロン(官展)に出品されたとき、作家ユイスマンスは「たくさんの宝石の光に照らされた洞窟のなかに、比類のない、晴れやかな宝石、つまり、ガラテイアの白い肉体が収められている」と書いた。はじめてオリジナルの前に立った私も、「乳白色の女」を意味するガラテイアのまばゆいばかりの裸身と、髪を飾る花のあざやかな色彩にしばし陶然とした。

図48　ギュスターヴ・モロー『ガラテイア』

　はじめてオリジナルを見る画は、ほかにも数多く出品されていた。とくに画家の代表作のひとつ『ヘロデ王の前で踊るサロメ』(ロサンゼルスのアーマンド・ハマー美術館蔵、図49)では、背後の窓から宮殿内にかなりの光が射しこんでいて、複製図版よりはるかに明るい画面であることに驚いた。また、『ヘラクレスとヒドラ』(シカゴ美術研究所蔵、図50)の死闘を描いた画では、まわりに展示された習作群といっしょに見たせいか、画家がこの画の制作にどれほど異様な情熱を注いでいたかが実感されて、不思議な胸騒ぎを覚えた。

　ところが、モロー展を出た私は、その四日後、このふたつの画に同じパリのど真ん中で再会することになった。いまや

図49　ギュスターヴ・モロー『ヘロデ王の前で踊るサロメ』

プルースト研究者になったナタリー・モーリヤック・ダイヤーに誘われ、その母上（作家フランソワ・モーリヤックの息子で高名な批評家だった故クロード・モーリヤックの未亡人）に、サン＝ルイ島のベチューヌ河岸のお宅でお目にかかったときのことである。クロード・モーリヤック夫人から「祖父はモローの大へんなファンでした」と見せられたのが、表紙に「ルイ・マント・コレクション」と印刷されたパリのシャルパンティエ画廊の販売カタログ（一九五六）で、そこに、つい四日前グラン・パレで見たばかりの『ヘロデ王の前で踊るサロメ』と『ヘラクレスとヒドラ』の図版が載っていたのである。私は一瞬、目をうたがった。モーリヤック夫人の「祖父」が所蔵していたモロー七点のうち、なんと二点が、画家の極めつきの代表作だったからである。

　モローの画の来歴はいろいろ調べていたから、「ルイ・マント」というモロー蒐集家の名前には漠然とした記憶があった。あとで確かめるとルイ・マント（一八五七―一九三九）は、莫大な財産を築いたマルセイユの船主で、早くも一八八七年に画家から直接『ヘロデ王の前で踊るサロメ』と『ヘラクレスとヒドラ』の二点を買いつけていた。一方で、クロード・モーリヤック夫人の母親が、プルーストの姪（弟のひとり娘）のシュジー（一九〇三―一九八六）で、ジェラール・マントと結婚し、生前はプルーストの著作権相続人として「マント＝プルースト夫人」と呼び慣わされていたこともよく知っていた（シュジー・マント＝プルースト夫人には生前に何度かご自宅でお目にかかり、パリ・ソルボンヌ大学での博士論文審査にも列席いただいたというのが、私が若手プルースト研究者にする自慢話のひとつである）。ただうかつなことに「ルイ・マント」の息子が「ジェラール・マント」だとは気づかなかったのである。モローの大蒐集家だったルイ・マントがシュジーの義父だったとすると、モローの画とプルースト家とは、ずいぶん近い関係になるではないか。

図50　ギュスターヴ・モロー『ヘラクレスとヒドラ』

　宿に帰り、さっそく、パリに持っていっていた一九〇六年の「ギュスターヴ・モロー展」（画家の没後パリのジョルジュ・プチ画廊にてはじめて開かれた回顧展）のカタログのコピーを見直してみた。たしかにカタログには、「マルセイユのルイ・マント氏コレクション」から計五点の出品があり、そのなかに『ヘロデ王の前で踊るサロメ』（カタログでは『サロメの踊り』）と『ヘラクレスとヒドラ』の二点も記載されている（同書、p. 38）。ただ、この一九〇六年の時点で、作家の姪シュジーはまだ二歳半で、マント家との関係もなかったと推定されるうえ、残念なことにプルーストはこの展覧会には出かけず、使いの者にカタログを買わせただけであった。とはいえこの思いがけない発見は、プルーストの美術受容を考えるうえで当時のコレクションの実態をもっと詳しく把握しておくべきだという反省を促すことになった。

なぜなら、一九〇六年に開かれたモロー回顧展では、その主催者がなんと当時のパリ社交界の花形グレフュール伯爵夫人だったからである。また、カタログに長い序文を書いているのは、グレフュール伯爵夫人の従兄にあたる(正確には母親の従弟だが、夫人のわずか五歳年長だった)ロベール・ド・モンテスキウ伯爵である。グレフュール夫人がモンテスキウに「あなたの名誉になるわよ」と序文執筆をもちかけている手紙が残っている(アントワーヌ・ベルトラン著『ロベール・ド・モンテスキウの美的好奇心』t. 1, p. 314)。要するに、プルーストもよく知っていた社交界の内輪で準備された展覧会だったのである。グレフュール夫人自身、所蔵する五点のモローを出品しているが、展示された計二十九点のうち、かなりの画は当時のパリ社交界有力者のコレクションだったと言っても過言ではない。十九世紀末の社交界ではちょっとしたモロー蒐集ブームだったのである。

しかもそうした貴族たちは、たんにプルーストとなんらかの関係があったというだけではない。主催者のグレフュール伯爵夫人は、小説のなかでゲルマント公爵夫人となり(ゲルマント公爵夫人が、モローそっくりのエルスチールの画を所蔵していたのを想い出そう)、モンテスキウ伯爵は作中のシャルリュス男爵になる。プルーストの小説世界が成立し、そこに絵画が登場するにあたっては、パリ社交界という背景をどうしても無視するわけにゆかないのである。その人たちが特権的消費者として、絵画のみならず、当時のパリの文学や音楽などを支えていたのだから。

十日の滞在はあまりにも短く、パリで調査したいことは山積していた。プルースト研究者に会うたびに「あなたは寒波とともにやって来た」とからかわれた寒さもいつしか緩んで、出発の日はさわやかに晴れあがっただけに、なおのことパリを離れるのが惜しまれた。

第四部

恋心と性愛をめぐる謎

第十章

情熱と冷静

――恋心を語る自由間接話法――

『失われた時を求めて』の中心主題のひとつは、恋愛心理の描写である。スワンのオデットへの恋においても、主人公「私」のジルベルトやアルベルチーヌへの恋においても、その恋心を語っているのは、はたして恋する本人なのか、それとも語り手なのか、判断のつきかねる場合がある。そこに自由間接話法が介在すると、判断はさらに厄介になる。『失われた時を求めて』における自由間接話法は研究者からまるで等閑視されているが、じつは小説の随所に出てくる。自由間接話法（自由間接文体）とは、作中人物の発言や想いを地の文のなかに表出する技法である。まず直接話法、間接話法、自由間接話法の基本的な例をふり返っておこう。

直接話法　Le médecin dit: « Bref tous vos nez sont malades. »
医者は言った、「要するにあなたがたの鼻はどれも病気だ」

間接話法　Le médecin dit que bref tous nos nez étaient malades.
医者は要するに私たちの鼻はどれも病気だと言った。

自由間接話法　Bref tous nos nez étaient malades.
要するに私たちの鼻はどれも病気だという。

このように自由間接話法では、間接話法に必要な主節の主語と動詞（言う dire、思う croire、考える penser など）と接続詞（多くは que）を省略したうえで、従属節には間接話法と同じ人称・法・時制を残す。直接話法では、登場人物は引用符（ギュメ）内に記されたとおりに言ったり考えたりしたと受けとられるが、間接話法では語り手が登場人物の発言や想念を要約しているとみなされる。自由間接話法では、「言った」や「考えた」という導入動詞の反復を避け、地の文のなかに人物の発言や想いをさりげなく表出できる利点がある。

プルーストの自由間接話法のうち、見過ごされやすい例を三つ見ておこう[231]。小説の中盤、病いに倒れた「私」の祖母のもとに、すべての病気の原因は鼻にあると主張する専門医が往診にやって来る。滑稽なその一節を読んでみよう。傍線部が自由間接話法になっている。

その専門家は、アイオロスの革袋よろしく往診カバンに自分の患者の風邪をすべて詰めこんでやって来た。祖母はその診察をきっぱり断った。そこで私たちは、無駄足をふんだ臨床医にたいして申し訳なく、私たち全員の鼻を診てやろうという医者の表明した希望に従うことにしたが、もとよりだれの鼻にもなんら異状はない。いや、そんなことはない、と医者は言い張る、偏頭痛にせよ腹痛にせよ、心臓病にせよ糖尿病にせよ、いずれも鼻の病気を誤認したものだという。その医者は私たちひとりひとりを診て、こう言う。「ここにちょっとコルネ〔不詳〕がありますな、これはもう一度診せていただけるといいですね。放っておいてはいけません。焼いた針先でついて治してあげますよ。」私たちはもとよりうわの空だった。それでも「なにを治してくれるというのだ？」といぶかしく思った。要するに私たちの鼻はどれも病気だという。（Bref tous nos nez étaient malades.）医者が間違ったのは、それを現在形で言ったことだけである。というのも早くも翌日、医者の診察と応急処置がその効果をあらわしたからである。私たち全員がひどい風邪になったのだ。すると医者は、通りで咳きこみ身体を揺らす父を見て、無知な輩は俺の診察のせいで病気になったと思うかもしれぬと考えて、にやりとした。診察したとき私たちはすでに病気だったというのだ。（Il nous avait examinés au moment où nous étions déjà malades.）（II. 620–621／⑥三三五—三三六。傍線は引用者、以下同様）

この自由間接話法の効用は、どこにあるのだろう。かりに傍線部の二箇所が、医者は「要するにあなたがたの鼻はどれも病気だ」と言ったとか、「診察したときヤツらはすでに病気だったのだと考えた」とかのように、直接話法ないし間接話法で記されていたなら、直截な説明に読者の喜びは半減するのではあるまいか。自由間接話法においては、それと見分けがつかぬよう地の文のなかに紛れこんでいる当の話法を見抜き[232]、そこに登場人物の発言や想いを読みとるという、読者の主体的参与が大きな役割を果たすのではなかろうか。読者は、そうなのか、この医者はそんなことを言ったのか、とみずから想い至るがゆえに、「にやり」としてこの一節を笑えるのだ。この主体的参与による喜びの大小は、自由間接話法を見分ける難易度には比例しない。

つぎの例は、最終篇『見出された時』に描かれた第一次大戦下のパリを舞台とする。空襲の危険の迫るある夜、主人公の「私」は偶然立ち寄った男娼館で、サン＝ルー侯爵とおぼしい将校が出てゆくのを目撃し、さらに男娼館のなかで戦功十字章の落としものが話題になっているのを小耳に挟む。近くに爆弾が落ち、ほうほうのていで家に帰り着いた「私」は、女中のフランソワーズに出迎えられる。

私はフランソワーズが給仕頭といっしょに地下室からあがってくるのに出くわした。フランソワーズは私が死んだものと思っていたという。それからサン＝ルーさまがいらして、申し訳ないが朝がた訪ねてきたとき戦功十字章を落としていかなかったかとお訊ねになりました、と言った。今しがたそれをなくしたことに気づいたが、あすの朝には部隊に帰らなければならないので、万一この家で落としたのではないかと探しに来た、とおっしゃるので、いっしょに隈なく探したが、どこにも見つからなかった、という。（Car il venait de s'apercevoir qu'il l'avait perdue et, devant rejoindre son corps le lendemain matin, avait voulu à tout hasard voir si ce n'était pas chez moi. Il avait cherché partout avec Françoise et n'avait rien trouvé.）フランソワーズは、サン＝ルーさまはきっと旦那さまに会いにいらっしゃる前に落とされたのでしょう、お会いしたときには十字章をつけておられなかった気がします、そう誓ってもいいくらいです、と言った。これはフランソワーズの勘違いである。（IV. 419／⑬三七四）

傍線部の前後に「フランソワーズは……と言った」と、発話者がフランソワーズであるとくり返し強調されていることから、私は傍線部が自由間接話法で記されたものと判断する。しかし、それとわかりにくいのか、先行訳はいずれもこれを地の文（つまり語り手の説明）として訳している。[233] ところが同性愛者の将校サン＝ルーが男娼館で戦功十字章を落としたことは、注意ぶかい読者なら先行する男娼館の場面における暗示によってすでに見抜いている。にもかかわらず、サン＝ルーがそれを主人公「私」の家で紛失したのではないかと考えた勘違いのみならず、それを得々として伝えるフランソワーズの「勘違い」をも暴きだし、人間の記憶がいかにいい加減なものであるかを示すのが、この一節の眼目であろう。ここでも読者は、地の文に溶けこんでいる傍線部 Car il venait de s'apercevoir[...]Il avait cherché partout avec Françoise et n'avait rien trouvé という一節がフランソワーズの発言であると自分自身で見抜くことによって、ふたりの勘違いを主体的に笑うことができるのではなかろうか。

以上の二例は、いずれもコミックな効果を醸し出している場合であるが、自由間接話法が『失われた時を求めて』の重要な主題をそれとなく示唆する役割を担っている場合もある。コンブレーの教会に父親とともにあらわれたヴァントゥイユ嬢について、主人公の祖母が感想を漏らす箇所がそれである。この娘は「男の子のような風貌」を持っていたので、「父親が娘の肩に掛けてやる予備のショールを手にする気遣い」には「微笑を禁じえないほど」だったという。ここでテクストは、その娘にたいする主人公の祖母の見解をつぎのように伝える。

祖母は、そばかすだらけの顔の、あれほど荒っぽい女の子の眼差しのなかに、どんなにか優しく、感じやすい、ほとんど臆病ともいえる表情がしばしばよぎることがあると指摘した。なにかひとこと口にしたとたん、あの子は言われた相手の気持になって自分のことばを聞いてしまい、受けるかもしれない誤解に気づいてはっとなる。すると、あの「好漢」といってもよい男まさりの顔つきの下に、泣き濡れた乙女のようなはるかに繊細な目鼻立ちが、透きとおるように照らし出されてくっきり浮かびあがる、というのだ。(Quand elle venait de prononcer une parole elle l'entendait avec l'esprit de ceux à qui elle l'avait dite, s'alarmait des malentendus possibles et on voyait s'éclairer, se découper comme par transparence, sous la figure hommasse du « bon diable », les traits plus fins d'une jeune fille éplorée.)(I, 112/①二五四―二五五)

先行訳は、傍線部をおおむね地の文として、つまり語り手の見解の表出として訳出している[234]。しかし私は、それと断定できる形式上の指標は存在しないけれど、傍線部を祖母の発言を表出する自由間接話法であると解釈する。前文の「祖母は〔……〕指摘した」という主節がこの文にもひき継がれていると感じられるうえ、心根が優しく文学的素養にも恵まれた祖母だからこそ、「そばかすだらけの」「荒っぽい」風貌の下に「優しく、感じやすい、ほとんど臆病ともいえる」乙女の心が隠されていることを指摘できると考えるからである。このあと主人公は、散歩の途中ふとしたことから、ヴァントゥイユ家にてこの娘が同性愛にふける現場をのぞき見る。私が解釈したように、娘を同性へと向かわせる性格の一面を祖母はそうとは知らずに指摘し、それを少年の主人公はただ謎めいたことばとして聞いていると考えるなら、この一節はあとに出る同性愛シーンの秘かな伏線として重要な意味を帯びてくるのである。

以上、『失われた時を求めて』に登場する鼻の専門医、女中のフランソワーズ、「私」の祖母、この三者の発言ないし想念を表出する自由間接話法の例を検討した。いずれも原文の形から自由間接話法と断定できる指標は存在せず、作中に散発的にあらわれる具体例にすぎない。ところがプルーストの小説では、その中心主題である登場人物の恋心を表出・分析する箇所で、自由間接話法がもっと判別しやすい形で、しかも頻繁に使用されている。

スワンの恋における自由間接話法

まずそのいくつかの例を、第一篇第二部「スワンの恋」のなかに見ておこう。フォルシュヴィルという恋敵があらわれてスワンが嫉妬にさいなまれる箇所で、当のフォルシュヴィルといっしょにオデットの住まいを訪れたときのスワンの感慨が、傍線部のように自由間接話法であらわされている。

突如としてスワンは、オデットの家のランプのもとでこうしてすごす時間は、芝居の小道具やボール紙の果物などを配して自分のために取り繕った時間ではなく〔……〕、もしかするとこれが正真正銘のオデットの暮らしではないかと思った。オデットは、かりに自分がいなくてもやはり同じ肘掛け椅子をフォルシュヴィルに勧め、なにか得体の知れない飲みものではなく、ほかでもないこのオレンジエードを注いでやるのではないか。オデットが暮らしている世界とは、身の毛もよだつ超自然の別世界でもなければ、わざわざ時間を費やしてオデットをはめ込もうとしている自分の想像のなかにしか存在しない世界でもなく、現実のこの世界なのではないか。なんら特別の悲しみを発散させる世界ではなく、これから書きものをすることもできるテーブルが備わり、実際に味わうことのできる飲みものがあり、このように目の前にある事物をすべて備えた世界ではないか。〔……〕ああ！いかなる運命のいたずらで、オデットとひとつ屋根の下で暮らすことにならないのだろう。女の家がわが家にならないのだろう。召使いにお昼はなにかと訊ねたとき、答えがオデットの立てた献立というわけにゆかないのだろう。オデットが朝からボワ・ド・ブーローニュ大通りを散歩したいと言えば、たとえ外出したくないときでも良き夫としての義務からお伴をし、女が暑いと言えばコートを持ってやり、夕食後は部屋着のまま家にいたいと言えば、そばにいて女がしたいことをしてやるわけにゆかないのか。そうなればじつに侘しく思える生活上の些事も同時にオデットの暮らしの一部になって、いかにありふれたものにも――たとえばこのランプにしてもオレンジエードにしても肘掛け椅子にしても、じつに多くの夢想を吸収し、多くの願いを物質化しているのだから――すべてに溢れんばかりの心地よさと神秘的充実感がただようはずなのだ。（Ah! si le destin avait permis qu'il pût n'avoir qu'une seule demeure avec Odette et que chez elle il fût chez lui, si en demandant au domestique ce qu'il y avait à déjeuner, c'eût été le menu d'Odette qu'il avait appris en réponse, si quand Odette voulait aller le matin se promener avenue du Bois de Boulogne, son devoir de bon mari l'avait obligé, n'eût-il pas envie de sortir, à l'accompagner, portant son manteau quand elle avait trop chaud, et le soir après le dîner si elle avait envie de rester chez elle en déshabillé, s'il avait été forcé de rester là près d'elle, à faire ce qu'elle voudrait; alors combien tous les riens de la vie de Swann qui lui semblaient si tristes, au contraire parce qu'ils auraient en même temps fait partie de la vie d'Odette auraient pris, même les plus familiers — et comme cette lampe, cette orangeade, ce fauteuil qui contenaient tant de rêve, qui matérialisaient tant de désir — une sorte de douceur surabondante et de densité mystérieuse.)（I, 294／②二五四―二五六）

傍線部は、先行訳では地の文（語り手の言説）として訳されているが、[235] 最初に出る「ああ！」Ah! という間投詞と感嘆符が、私には自由間接話法の明白な指標のように思われる。この箇所の自由間接話法に表出されているのは、オデットの日常生活をふと目の当たりにして、こうした穏やかな暮らしをオデットと夫婦として送ることができないスワンの心中の嘆きである。その嘆きの前段にはスワンの想いが、「突如としてスワンは〔……〕ではないかと思った」にはじまり、それと同格の接続詞 que をくり返す間接話法にて表出されていた。

「スワンの恋」では、とくにフォルシュヴィルという恋敵の出現以降の後半において、スワンの憤慨や嫉妬など心中の想いを表現するにあたりプルーストは、いまの例のように間接話法と自由間接話法を組み合わせるばかりか、しばしばそこに直接話法をもつけ加えた。すこし先でスワンが、自分の与える金銭を使ってオデットがフォルシュヴィルと楽しみを共有することに憤慨するつぎの一節などは、その典型である。

するとスワンは、オデットが憎らしくなる。「それにしても俺もばかだ」とスワンは思う、「俺の金で、ほかの男のお楽しみの出費を払ってるんだから。といってもあの女も、せいぜい気をつけて図に乗りすぎないようにしたほうがいい。もう一切なにひとつやらんことにするかもしれん。いずれにしても、しばらくは余計な世話を焼くのはやめよう。つい昨日もバイロイトの音楽祭に行きたいと言うものだから、うっかり、ふたりのために近くのバイエルン王の美しい城を借りようかと言ってしまった。それほど喜んでいるようではなかったし、今のところ行くとも行かないとも言ってこない。いっそ断ってくれるとありがたい。魚がリンゴに見向きもしないようにワーグナーなど屁とも思わぬ女と二週間もその音楽を聞くはめになるなんて、とんでもない苦行だ。」スワンの憎悪は、恋心と同じで外にあらわれて行動とならずにはいられなかったから、スワンは嬉々としてどんどん悪い事態を想定した。オデットが不実をはたらいたことにすれば、ますます憎しみは大きくなり、もし——スワンがそう想いこもうとしたように——不実がほんとうだと判明した場合、こっぴどく懲らしめ、こみあげてきた怒りをぶちまけることができると考えたからである。そこで今にも女から手紙が届くことを想定し、バイロイトの近くのお城を借りるお金を送ってほしい、ただ前もって断っておくがあなたには来てもらえない、フォルシュヴィルとヴェルデュラン夫妻を招待すると約束したから、と書いてくるにちがいないと想像した。いやはや、こんな図々しいマネをしてくれたら、どんなにありがたいことか！　大喜びで断ってやり、見せしめの返事が書けるというものだ！（Ah! comme il eût aimé qu'elle pût avoir cette audace! Quelle joie il aurait à refuser, à rédiger la réponse vengeresse!）スワンは、実際にその手紙を受けとったかのようにいそいそと返事の文言を考え、それを大声で言ってみた。（I, 295–296／②二五七—二五九）

この一節では、憤慨するスワンの想いが、最初は「それにしても俺もばかだ」ではじまる括弧を付した直接話法によって、ついで「スワンは嬉々としてどんどん悪い事態を想定した」とか「そこで今にも女から手紙が届くことを想定し〔……〕と想像した」とかを主節とする間接話法によってあらわされる。そして最後に、その憤慨が「いやはや」Ah! ではじまる自由間接話法によって表出される（動詞が条件法現在、つまり過去における未来に置かれていることから容易にそれと判別できる）。

このようにスワンの憤慨を表出するのに三つの話法が使いわけられているのはなにゆえであろうか。これらをすべて直接話法のみや間接話法のみで表現する場合に生じる叙述の単調さを回避することが、もちろん第一の理由であろう。しかし私は、三つの話法が、まず直接話法、ついで間接話法、最後に自由間接話法という順序で使われているのには、第二の理由があると考える。スワンの想いが直接話法で伝えられた場合には、読者は括弧内の一字一句をスワンが実際に考えたこととして受けとるほかない。それにたいして、間接話法ではスワンの想いに読者の想像力の介在する余地が広がり、さらに自由間接話法ではスワンの想いの解読はひとえに読者の判断に委ねられる。スワンの想いを表出する方式がこの順序でしだいに間接の度合いを増してゆくにつれて、読者の判断の介在する余地がしだいに拡大する。自由間接話法こそ、スワンの想いに読者を主体的に参与させる恰好の方策といえるのだ。「スワンの恋」においてて嫉妬に駆られたスワンの内心の想いが表出される場合、三つの話法が揃っていなくても、その想いはまず直接話法ないし間接話法にて提示され、しかるのちに自由間接話法による提示がつづくというパターンが多いことも、これで説明できるのではないか。

スワンの分身の声

これまで検討したスワンの想いの表出は、嫉妬と焦燥に駆られた恋する男の憤慨や怨恨にかぎられる。要するにらわされる。

「恋は盲目」と言われるように、表現されているのは理性的な自己判断を欠いた男の妄想と言っても過言ではない。ところがそのような憤慨や怨恨のさなかでもスワンの内心には、そうした自分をふと冷静に見つめるもうひとりのスワンの声が、いわばスワンの「分身」の冷静沈着な声が聞きとれる場合がある。多くの場合、それは間接話法にてあらわされる。

ときにスワンは、オデットの日常の行動はそれ自体で心をそそられるほどに興味ぶかいものではなく、ほかの男と結んでいるかもしれない関係も、一般的にいってすべての人間にたいして自殺を誘うほどの病的な悲しみをおのずと発しているわけでないと考えた。（I. 274／②二一四）

スワンの内なる分身が、わが身にとり憑いた「自殺を誘うほどの病的な悲しみ」とその原因となった「オデットの日常の行動」について冷静で鋭い「一般的」な分析を加え、常軌を逸した嫉妬と悲嘆とを批判的に眺めているのだ。スワンの嫉妬を記述した箇所にこのような明晰な分身の声が差し挟まれるのは、かならずしも例外的なことではなく、ほかにも類似の例が数多く見られる。もう一例を見ておこう。オデットとの逢瀬を楽しんだあと、家に帰る途中、スワンはこんな想いにとらわれる。

ところがこの帰り道のこと、月が自分から見ていまや位置を変え、ほとんど地平線の端にまで移動しているのにふと気づく。するとスワンは、自分の恋もまた、悠久不変の自然法則に従わざるをえないのを感じて、このような時期がはたして今後も長くつづくのだろうか、あの親しい顔もやがておのが思考の目には遠くの小さな位置

を占めるだけとなり、もはや魅力をふりまくこともなくなるのではないかと自問した。(I. 235／②一二九)

恋のゆく末を見据える明晰な分身は、スワンのうちに狂おしい恋心が生じた瞬間、早くも顔をのぞかせる。恋心が生じた瞬間とは、いつでも会えると想いこんでいたオデットのすがたがヴェルデュラン夫人のサロンに見当たらず、動転したスワンがオデットを探し求めてプレヴォーの店へ向かう瞬間である。この分身は、洞察力に富み、おのが恋心を冷静に分析し、その恋心の消滅まで見通している。

プレヴォーの店でオデットに会えるという可能性がかりに実現したとしても〔……〕、ほかの出会いと同様のじつに取るに足りないものになるとの想いがかすかに脳裏をよぎった。いつもの夜と同じで、オデットといっしょにいると、その変わりやすい顔にそっと視線を投げかけるものの、相手がそれを欲望の前触れと解釈して無関心ではないと思うようになるのを怖れてすぐに視線をそらし、すぐにオデットと別れなくてもいいような口実、翌日もまたヴェルデュラン家で会えるのを固執するそぶりは見せずにそれとなく確かめられる口実——つまり、近づきはするが、あえて抱き締めることができないこの女のむなしい現存がもたらす幻滅と責め苦をいっとき引き延ばし、もう一日それを新たに味わうだけになる口実——を探すのに汲々とするあまり、もはやオデットのことは考えられなくなるだろうと、かすかに考えたのである。(I. 225／②一一〇—一一一)

オデットへの恋心に目がくらんでいるときにさえスワンのうちに認められる冷静沈着な分身の声は、いかに解釈すべきか。これはスワンに特有の内心の声なのか？　これまで貴族階級の貴婦人のみならず庶民階級の女をも相手にした数多くの色恋沙汰が、スワンに言わしめた人生の知恵なのだろうか？　私はそうは考えない。なぜならこの冷静かつ炯眼の分身の声は、ジルベルトに初恋の想いを寄せる少年「私」の心からも発せられるからである。恋心にとらわれた「私」の想いがいかに表出されているかを検討することは、これまで検討した三人称の登場人物ではなく、一人称の「私」の心の表出において自由間接話法がいかに用いられているかを検証する機会にもなるだろう。

「私」の恋における自由間接話法

まず、ジルベルトへの恋心にとり憑かれた「私」の想いの表出に、自由間接話法がいかに使われているかを見ておこう。ジルベルトの家を訪ねた「私」が、バルコニーにふたりで並んで立ったとき、娘のお下げ髪が自分の頬に触れて心をときめかす場面である。

そのようなときにはお下げに編んだジルベルトの髪が私の頬に触れる。私にはその髪が、自然のものであり同時に超自然のものでもある芝草のしなやかさと、芸術的な唐草模様の織りなす力強さゆえに、「天国」の芝草そのものを用いて制作された一点ものの工芸品に思えた。この髪のほんの一部でも収められるのなら、聖遺物箱として天上のどれほど尊い秣《まぐさ》倉を与えても惜しくないのではないか？　しかしあのお下げ髪の実物がひと房でも手にはいる見込みはないのだから、せめてその写真だけでも手にはいれば、ダ・ヴィンチが素描した小さな花の写真よりどんなに貴重なものになることだろう！（À une section même infime d'elles, quel herbier céleste n'eussé-je pas donné comme châsse ? Mais n'espérant point obtenir un morceau vrai de ces nattes, si au moins j'avais pu en posséder la photographie, combien plus précieuse que celle de fleurettes dessinées par le Vinci!）（I, 494

／③一七三―一七五）

傍線部の自由間接話法には、ジルベルトの「お下げ髪の実物」の「ひと房」でも手に入れたいという少年の一途な恋心があらわされている。つぎに引用するエピソード、「ノートというノートのあらゆるページに」娘の「名前と住所を際限もなく書きつけ」る行為にも、そんないじらしい恋心がうかがわれる。ところが、そんな「私」の内に、その恋心を皮肉な目で見つめるもうひとりの冷静な「私」があらわれる。

しかし私にしても、ジルベルトを想う気持をまだ自分からも打ち明けてはいなかった。なるほど私はノートというノートのあらゆるページに、その名前と住所を際限もなく書きつけていた。とはいえそれを見ると、このように取るに足りない文字を書き連ねたところでジルベルトが私のことを考えてくれるわけではなく、その文字で私の身近に存在するように見えたからといってジルベルトが今まで以上に自分の人生の一部になるわけでないとわかり、私は意気消沈した。この文字の語っているのが、それを目にすることさえないジルベルトのことではなく、私自身の欲望にすぎないことがわかったからで、その欲望もまったく個人的なもので、現実味を欠いた、うんざりするだけの無力なものと思い知らされたからである。（I. 393／②四六二）

この炯眼の分身、恋の最中にもその空しさを自覚する分身は、ジルベルトから瑪瑙《めのう》玉をプレゼントされて有頂天になるときにも顔をのぞかせる。

私は瑪瑙のビー玉に接吻した。それが友の心の軽薄でなく忠実な最良の部分をなし、ジルベルトの暮らしという神秘的魅力をまとって私のそばにあり、私の部屋に住み、私のベッドに寝てくれるからである。この石の美しさやベルゴットの文章の美しさを私が嬉々としてジルベルトにたいする恋心と結びつけたのは、恋心がもはや虚無としか思えなくても、それらが恋心に確固とした拠りどころを与えてくれたからである。ところが私が気づいたのは、これらの美しさは私の恋心以前から存在し、なんら恋心と似たところがなく、その美を形づくる要素はすべて才能なり鉱物学上の法則なりによってジルベルトが私を知る以前に定められていたものであり、たとえジルベルトが私を愛する事態がなかったとしても、この本もこの石もなんら変わるところなく存在したはずで、それゆえ私にはそこに幸福のメッセージを読みとる権利がないことだった。（I. 403／②四八一）

「私」の内心の声と自由間接話法

冷静沈着に恋の空しさに気づく分身の声は、いまの例では間接話法であらわされているが、それが自由間接話法にて表出される例もなくはない。その興味ぶかい一節を見ておこう。ジルベルトへの恋の終盤、相手に自分とはべつの恋人がいるらしいと気づいた「私」がジルベルトともはや会わない決心をしたときの心中が分析されるくだりである。

私がもはやジルベルトを愛さなくなる未来は、私の想像力ではいまだ明確に想い描けず、私の苦痛によって推察されるにすぎないが、そんな未来がすこしずつ形成されつつあり、すぐには到来しなくても、ジルベルトが助けに来て私の将来の無関心の芽を摘みとってくれなければその事態は少なくとも避けられない、今ならそう相手に警告することもできたはずである。私は、ジルベルトに手紙を書くなり口で言うなりして、何度こう警告しかけたことか。「用心したまえ、もう決心はついて、ぼくがとるのは最後の行動だ。きみに会うのはこれが最後だ。そのうちきみのことはもう愛さなくなるよ！」　だが、そんなことをしてどうなるというのか？　いかなる権利があってジルベルトの無関心を非難できるというのか？　私にしても、非難されるとは夢にも思わず、ジルベルト以外のすべてのものに無関心を示しているではないか？　最後だというのか！（À quoi bon ? De quel droit eussé-je reproché à Gilberte une indifférence que, sans me croire coupable pour cela, je manifestais à tout ce qui n'était pas elle ? La dernière fois!）この脅しが私には途方もなく重要なものに思えるのは、私がジルベルトを愛しているからだ。（I, 601／③三九九―四〇〇）

「私」のジルベルトへの恋心の表出に認められたこのような特徴は、小説の後半に描かれる「私」のアルベルチーヌへの恋心の表出にも同様に認められるのだろうか。答えは然りである。そのことを第六篇『消え去ったアルベルチーヌ』を例に検討したい。この巻は、同居していた家から出奔し、やがて落馬事故で命を落とした恋人をめぐる「私」の心の苦悶のみに数百頁を費やしている。それゆえ、恋心と悲嘆の表出がどのように描かれているか、そこに自由間接話法や分身の声がどのように出てくるかを検討するのに恰好の巻なのだ。以下の一節は、恋人の事故死の知らせを受けとった直後、失ってみてはじめて気づいた恋人の「占める位置の大きさ」に「私」が愕然とするくだりである。

私は本能的に自分の首や唇に手をやった。この首や唇はアルベルチーヌが出ていってからもその接吻を受けていたが、もう二度とその接吻を受けることはないだろう。〔……〕今後の私の生涯は、わが心から切り離されてしまった。今後の私の生涯？　してみると私は、アルベルチーヌのいない暮らしをときに考えることさえなかったのか？　もちろん考えたこともない！　だとするとずいぶん前から私は、生涯のあらゆる瞬間を死ぬまでアルベルチーヌへ捧げてしまったのか？　もちろんそうだ！（Ma vie à venir ? Je n'avais donc pas pensé quelquefois à la vivre sans Albertine ? Mais non! Depuis longtemps je lui avais donc voué toutes les minutes de ma vie jusqu'à ma mort ? Mais bien sûr !）アルベルチーヌと切り離しえないこの未来を私は目にすることはできなかったが、その未来の封印が解かれた今、ぽっかり穴の開いたわが心のなかにそれが占める位置の大きさを感じることができたのである。（IV, 59／⑫一三九―一四〇）

「私」が自分の心をしかと見つめていなかった迂闊さに気づいたときの感慨が、疑問符を付した問いと感嘆符を付した答えからなる自己問答という形の自由間接話法で表出されている。このように迂闊な想いを「私」に言いあらわせたプルーストは、ジルベルトへの恋心の表出の際と同じく、内心の冷静沈着な「分身」の声を『消え去ったアルベルチーヌ』の「私」にも付与したと言えよう。その例は枚挙にいとまがないが、自由間接話法のない典型的な例を挙げよう。

私はもはや将来にひとつの希望しか持たなかった、それは——不安よりもはるかに胸を引き裂く希望であったが——アルベルチーヌを忘れることだった。自分がいつの日かアルベルチーヌを忘れてしまうことは知っていた。ジルベルトのこともゲルマント夫人のこともすっかり忘れたし、祖母のこともすっかり忘れた。（IV, 64／⑫一五一）

最後に、このような炯眼の分身の声が自由間接話法で表出されている例をもうひとつ見ておこう。アルベルチーヌが失踪して悲嘆に暮れる「私」が、ふと階上で演奏されるオペラ『マノン』の調べに耳を傾け、こう述懐する場面である。

マノンはデ・グリューのもとへ帰ってきたのだから、アルベルチーヌにとっては私が生涯でただひとり愛した人とみなされるような気がした。しかし残念ながらアルベルチーヌは、かりにいまこの同じ歌を耳にしたとしても、デ・グリューの名を聞いて愛おしく思うのはこの私ではないだろうし、たとえそう思ったとしても、アルベルチーヌの好みよりもずっとよく書けた繊細な曲であるとはいえやはり好きであったこの音楽を聴いても、私の想い出に妨げられて胸が熱くなることはないだろう。（Hélas, il est probable que si elle avait entendu en ce moment le même air, ce n'eût pas été moi qu'elle eût chéri sous le nom de Des Grieux, et, si elle en avait eu seulement l'idée, mon souvenir l'eût empêchée de s'attendrir en écoutant cette musique qui rentrait pourtant bien, quoique mieux écrite et plus fine, dans le genre de celle qu'elle aimait.）私としては、アルベルチーヌが私を「わたしの心がただひとり愛した人」と呼んで「わが身を奴隷と思った」のは間違いだったと認めてくれるなどと考える、甘い気分に身をゆだねる気にはなれなかった。（IV, 35–36／⑫八八）

盲目に見える恋心の表出においてさえ意識される理性的な分身の声は、このようにオデットに恋するスワンにも、ジルベルトやアルベルチーヌに恋焦がれる「私」にも共通して認められる。スワンといい、「私」といい、恋心の対象はオデットやジルベルトやアルベルチーヌとさまざまに異なるにもかかわらず、嫉妬や焦燥のさなかにも内心に備わる冷静沈着な分身の理性の声は、いずれにも存在する。これは、人間の心にはときに相反する複数の視点が存在するという、プルーストの認識のあらわれではないか。げんに『消え去ったアルベルチーヌ』のなかで恋人の失踪に動転した「私」の心中が描かれる際、その「私」には複数の側面の存在することがくり返し強調されている。アルベルチーヌが出奔したのは自分に結婚を迫るためだと考えたとき、「憐れみ深いわが理性が、そう私に告げながらも」、もうひとりの「私」はそうではないと感じる(IV. 6／⑫三〇―三一)。同じひとりの「私」のうちで、「理性」の告げることに「感性」が疑問を差し挟んでいるのだ。べつの箇所では、「私」のうちに複数の視点が存在するからこそ、アルベルチーヌが戻ってくる可能性について「私の理性はときには平気でそれを疑問視することができたが、私の想像力は片時も休まずアルベルチーヌの帰還を想い描いていた」(IV. 58–59／⑫一三九)という、自己分析も可能となる。これらはいかにもプルーストらしい精緻な心理分析であるが、ここには人間の心というものは、一定の傾向を有する確固不動の単一の存在ではなく、ときには相反する様相さえ同時に呈する多面的な存在であり、ひとりの人間には無数の自我が共存しているという、プルーストの人間認識が示されていると考えるべきであろう。

恋心にとらわれた登場人物の内心にきざす冷静沈着な理性の声は、プルーストにおいて極端に精緻な分析を見せるものの、それ以前のフランス文学に例がないわけではない。プルーストが自作の小説に何度も引用したうえ、主人公みずから「私自身の生涯の恋愛体験をいわば予言するように思われた」(IV. 43／⑫一〇六)というラシーヌの『フェードル』のヒロインにも、そんな内心の声は見出される。義理の息子イポリットに恋焦がれたフェードルは、息子が愛しているのはアテナイ王家の血をひくアリシー姫だと知って嫉妬に狂い、「アリシーを亡きものにせねばならぬ」、「嫉妬の勢いにまかせて夫にそれを嘆願しよう」と思いつめながらも、そんな自分自身をふと省みて、こう述懐する。

わたしはなにをしているのか？　わが理性はどこまで狂うのか？
わたしは嫉妬に狂い、テゼに嘆願せんとしている！
夫は生きているのに、わたしはなおも恋焦がれている！
だれに？　わたしの願いが求めているのはだれの心？
このひとことひとことにわが髪は額のうえに逆立つ。
わが大罪は限界を越えた。
わたしは近親相姦と欺瞞にほかならない。（ラシーヌ『フェードル』第四幕六場）

フェードルの独白は直接話法で自分自身に語りかける内心の声であり、もとより芝居の登場人物の独白と、小説の人物の内心の想いを同列に論じることはできない。しかしプルーストの小説では、恋の最中の妄想もそれを疑い諌める声も、自由間接話法が担っている。恋愛心理の多面性を表出し分析するプルーストのことばは、『フェードル』における自己の心理分析の系譜に連なりつつ、それを革新して、ズームアップの手法で極端に精緻なものにまで高めたと言えよう。

第十一章　ジッドとプルーストの対話
――『コリドン』から『ソドムとゴモラ』へ――

アンドレ・ジッドの『コリドン』とプルーストの『ソドムとゴモラ』は、男性同性愛を語るのがタブーであった時代に激しい議論を巻きおこした。『コリドン』を禁書とすべきかを検討したパリ大司教区監視委員会は、一九二七年に教皇庁の異端糾弾機関「検邪聖省」に送った報告書で「ジッドとプルーストは文学における同性愛の二使徒である」と断言した[236]。私がこの二作品を比較検討しようと考えたのは、同様の性的指向を持つふたりの作家が、同じ時期に、類似の主題を採りあげたという明らかな親近性があるにもかかわらず、これまでジッド研究においてもプルースト研究においても、両作品の関係がほとんど等閑視されてきたからである[237]。

一九二一年に出版された『ソドムとゴモラ 一』は、シャルリュス男爵とチョッキの仕立屋ジュピアンの出会いとその交接を主人公が盗み聞くという場面で幕を開ける。この導入部のあと、男色家たちが少年期にどのように自分の本当の指向を自覚するのかに始まり、「自分の神をも否認せざるをえない」人として、「母なき息子」として、「友情なき友」(III, 16–17／⑧五〇)として生きてゆかざるをえない境遇に至るまで、同性愛者の置かれたさまざまな状況が総合的に考察される。一方、「ソクラテスふうの四つの対話」から成るジッドの物語では、同性愛者の医師コリドン(名前はウェルギリウスの牧人にちなむ)が、同性愛に懐疑的な語り手に向かって、少年愛を正常で自然な本能だと主張する。この物語は一九一一年と一九二〇年に匿名で印刷されたが、ジッドが自分の名でこれを公刊するのはようやく一九二四年のことである。

男性同性愛をめぐる二作品の社会的背景

この二作品は、べつべつに構想・推敲された成果であるにもかかわらず、多くの共通点を有する。ふたりの作家による男性同性愛の記述は、十九世紀末から二十世紀初頭にかけてソドミー（男性同性愛）が罪とされ、裁判沙汰となった社会的背景を反映している。この種の性愛は、古代ギリシャ以来どの時代にも存在したし、とりわけ宮廷や上流階級ではさしたる咎めも受けずに広まっていた。ところがヨーロッパの十九世紀末には、ソドミーが新たにスキャンダルとなった。ジッドとプルーストが無関心でいられなかったスキャンダルにかぎっても、イギリスでは一八八六年から男性同性愛そのものが非合法とされ、オスカー・ワイルドが一八九五年に逮捕、二年間の獄中生活のあと、パリで客死した。ドイツでは、一八七一年制定の刑法第一七五条によってソドミーが二年の懲役に処せられる事態となり、オイレンブルク事件が世間を騒がせた。皇帝ヴィルヘルム二世が皇太子時代から恋人にしていた外交官フィリップ・ツー・オイレンブルクの名を冠したこの事件は、皇帝のフランス贔屓《びいき》の政策を嫌ったジャーナリストのマクシミリアン・ハルデンが、宮廷に蔓延する「女性的側近」を糾弾し、とくにオイレンブルクとベルリン軍司令官モルトケ将軍を「ソドミット」として告発したことで表面化した。一九〇七年から一九〇八年にかけて三次にわたり名誉毀損をめぐる裁判が開かれたが、一九〇八年五月に偽証罪で逮捕されたオイレンブルクは、潔白を証明することができなかった。[238]

このふたつの裁判は、『コリドン』と『ソドムとゴモラ』の双方で想起される。医師コリドンは「われわれはワイルドや［……］オイレンブルクを知った」（CORY, 66）とこの両事件に言及する。[239] プルーストは『ソドムとゴモラ　一』の冒頭でワイルドの投獄に言及している。「前日まではロンドンのありとあらゆるサロンで歓待され、あらゆる劇場で喝采されていた詩人が、翌日にはあらゆる家具付きの貸間から締め出され、頭を休める枕さえ見出せず、サムソンのように石臼をまわ」す(III, 17／⑧五一―五二)。『ソドムとゴモラ 二』では、シャルリュスがオイレンブルク事件の「もっとも高い地位にある被疑者のひとり」を想いうかべる(III, 338／⑨二二五)。フランスの法律では同性愛行為自体は犯罪とされなくなっていたが、しばしば公然猥褻罪によって弾圧された。コリドンの対話の相手が「ハルデンのような手合いに糾弾されて裁判沙汰になったら、どんな態度をとらざるをえないかわかっているはずだ」(CORY, 66)と心配するのは、このような裁判という歴史的背景が存在したからにほかならない。『ソドムとゴモラ 一』の語り手が、同性愛者が「被告として」出廷するときの「法廷の証言台」(III, 16／⑧五〇)に言及するのも、同様の事情ゆえである。

十九世紀末には、刑法第一七五条の撤廃を求めたドイツの医師たちが、同性愛を病理的には正常な現象として捉えようとした[240]。カール・ハインリヒ・ウルリヒス(一八二五―一八九五)は、同性愛者を男性の身体に女性の心が宿った存在だと考えた[241]。コリドンの「自然に反するとか、肉体に反するとかの語は、二十年と経たずしてまじめに受けとる人はいなくなるだろう」(CORY, 74)という発言には、このような当時の医学界の議論が反映されている。『ソドムとゴモラ 一』の語り手も、同性愛を「自然が無意識のうちにおこなう感嘆すべき努力のあらわれ」と捉え、「社会の当初の誤謬のせいで遠くに追いやられていたものへと忍び寄ろうとする秘かな企て」であると考える(III, 23／⑧六六)。

現在もっとも普及している「同性愛」なる用語は、ベルリンに移住したハンガリー人の文筆家カール・マリア・ケルトベニー(一八二四―一八八二)が一八六九年に編みだしたもの(Homosexualität)で、それが世紀の変わり目にフランス語(homosexualité)へ導入された[242]。ジッドもプルーストもこの用語を用いてはいるが、両者ともこの新語を嫌っていた。ジッドが好んだのは「ペデラスティ」pédérastie なる用語で、ギリシャ語のパイデラステイア(少年愛)に由来する。この語は、フランスでは十六世紀から少年愛を指すのに使われていた。その派生語である「ペデラスト」pédéraste はその実践者を指した。ジッドとプルーストがともに援用したプラトンの『饗宴』では、パウサニアスがこう主張する。愛の女神エロス〔ウェヌス〕には二種類あり、「万人向きのもの」（パンデモス）に鼓舞された男の愛は「男よりも女へ、精神よりも肉体へ」向かい、「天の娘」（ウラニア）に鼓舞された場合は、「みずからを律することのできる者たち」[243]、つまり「少年たち」[244]に愛着をいだく。このプラトンの理論にヒントを得たカール・ハインリヒ・ウルリヒスは、男性同性愛を擁護するため、一八六四年に「ウルニング」Urning なる概念を導入し[245]、そこからフランスでは「ユラニスム」uranisme なる新語が生まれた[246]。ジッドはこの語を好み、コリドンは「自分の本が扱うのは健全なユラニスム、つまり〔……〕正常なペデラスティだ」（CORY, 74. 傍点は原文イタリック）と主張する。

　プルーストはジッドとは異なり、聖書の呪われた二都市に由来し起源は中世にまでさかのぼる「ソドムとゴモラ」をはじめ、その派生語である「ソドミー」Sodomie やその実践者「ソドミット」Sodomite（ないし「ソドミスト」Sodomiste）なる用語を用いた。また「きわめて不適切に同性愛（homosexualité）と呼ばれるもの」（III, 9／⑧三二）を避け、ずっと実態に近いと判断して「倒錯者」inverti（III, 17／⑧五〇）なる語を好んだ。「同性愛者」という語は「あまりにもゲルマン的かつ衒学的」[247]で、男に惹かれる要因となる倒錯者のうちに潜む女性の心という存在をないがしろにしていると判断したからである。この「倒錯者」という概念は、ベルリンの神経科医カール・ヴェストファール（一八三三—一八九〇）の理論、つまり「シャルコー〔一八二五—一八九三〕とマニャン〔一八三五—一九一六〕が性感覚の倒錯」と要約した理論に由来する[248]。『グラン・ラルース仏語辞典』は、フランス語での「倒錯者」と「倒錯」の初出を一九〇七年とする。

　『コリドン』と『ソドムとゴモラ　一』は、同性愛が自然な行為であることを主張するために、当時の自然科学の成果、とりわけダーウィンの進化論を援用している点も共通する。「ダーウィンの業績」である進化論に言及していたプルースト(II, 651／⑦四二)は、「倒錯者」との類似を示すためにダーウィンの『同種植物における花の多様な形態について』(一八七八年仏訳)を、とくにそこに付されたクータンス教授の「序文」を援用した(III, 5, 30／⑧二五、七九―八〇)。ジッドのほうも「ラン科の植物の不確実な受胎」(CORY, 96)に言及するのみならず、「蔓脚類《まんきゃくるい》に関する研究を扱ったダーウィンの二著作」(CORY, 87)に言及している。

同性愛をめぐる二作家の対談

ふたりの作家の緊密な交流は一九一二年十二月、プルーストが自作第一巻のタイプ原稿をＮＲＦ社の編集責任者のひとりジッドに送ったときに始まる。「コラム1」に記したようにジッドは、その原稿を拒絶したあと、出版された『スワン家のほうへ』を読んで、遅ればせながら一九一四年一月、プルーストに「この本の出版を拒んだのは、ＮＲＦのもっとも重大な過ちになるでしょう」という詫び状を送った。しかしふたりの作家は、一九〇八―一九〇九年頃、べつべつに男性同性愛をめぐる考察の執筆を始めていた。ジッドは『コリドン』の第一稿(第一と第二の対話の主要部分)を一九〇八年頃に執筆し、一九〇九年夏にはそれを親しい友人たちに読み聞かせ、一九一一年五月には第三の対話の途中までを収録する初版を匿名で少部数(十二部または二十二部)印刷させた[249]。プルーストも一九〇八年五月、「ペデラスティに関する評論」を執筆する構想を友人ルイ・ダルビュフェラに打ち明け(COR, VIII, 113)、一九〇九年頃には同性愛者たちを指す「タントの種族[250]」La Race des tantes をめぐる最初の断章を執筆していた。

ジッドの『コリドン』執筆は第一次大戦の開戦で中断したが、一九一七年十二月に再開、一九一八年六月八日付の日記には「ここ数日『コリドン』を完成すべく奮闘[251]」との記述がある。一九二〇年三月には『コリドン』第二版が、やはり匿名で二十一部印刷された。ジッドはこのきわめて理論的な物語と並行して、同年五月、それと対をなす自伝篇『一粒の麦もし死なずば』を印刷させた。ジッドは同年の一月、親しいイギリス人女性ドロシー・ビュッシーにこう打ち明けていた。「私のほうは非売品となる二冊の本を内密に印刷させます。どちらもあなたを仰天させるような本ではないと思いますが、そのうちの一冊は私を監獄にぶちこみかねない性格のものです」[252]（傍点は原文イタリック）。ジッドはこの二著を大胆すぎると判断して公刊する勇気が出ず、きわめて親しい友人にのみ回覧させたのである。

ところがジッドを『コリドン』公刊に踏み切らせる出版状況があらわれた。そのひとつは、当時の反ユダヤ主義と反ゲルマン感情からフランスでは紹介が遅れていたフロイトの著作がはじめて仏訳されたことである。これを読んで感激したジッドは、一九二一年四月二十六日、これまたドロシー・ビュッシーにこう書いている。「フロイトの「精神分析の起源と発展」に関する連載第三回を（「ジュネーヴ誌」で）読み終えたところです。〔……〕早くもフロイトに『コリドン』のドイツ語訳の序文を書いてもらえないかと夢見ています。もしかするとフランス語版よりもそちらを先に出すことができるかもしれません」[253]。フロイトの論考はもちろん直接同性愛を扱ったものではなかったが、ジッドはこのオーストリアの精神分析家なら『コリドン』を熱心に支持してくれるのではないかと期待したのだろう。同じ観点からわれわれの注意を惹くのは、ジッドがこの直後、フィリップ・コルブの書簡日付推定によると「一九二一年五月十三日（金）の朝」、プルーストに「「ジュネーヴ誌」に出たフロイトの驚くべき論文」を読むように勧め、「まだ読んでいなければ喜んで貸す」と書き送っていることである（COR, XX, 262）（「コラム2」参照）。

ジッドがこの時期プルーストにフロイトの論文を読むよう勧めたのは、単なる偶然ではない。実際、ジッドがフロイトをはじめて読んで感激した数日後の五月二日には、プルーストの『ソドムとゴモラ　一』が出版されていた。そしてジッドがプルーストの自宅を訪ね、ふたりが腹蔵なく同性愛談義をくり広げたのは五月十三日の夜、ほかでもない、ジッドがプルーストにフロイトの論文を貸すと書き送った日の夜なのだ。この会談を記録したジッドの『日記』の有名な一節をふり返っておこう。「プルーストは自分のユラニスムを否定したり隠したりするどころか、それを表に出した。いや、それを鼻にかけていた、と言いたいほどだ。女は精神的にしか愛したことがなく、セックスは男としかしたことはないという」(254)。この証言は、プルーストの性癖を伝える貴重な資料として頻繁に引用される。しかしこの対面で伝えられた告白に光が当たるあまり、この時期にふたりの作家が会ってそれぞれの「ユラニスム」を論じた動機のほうは闇に葬られてしまった。ジッドがプルーストを訪ねたのは、『ソドムとゴモラ　一』を読んで、『コリドン』(いまだ公刊されていなかった一九二〇年の第二版)をプルーストに読んでもらいたいと考えたからである。ジッドは同じ日の日記にこう書いている。「『コリドン』を持ってゆくと、プルーストはだれにも他言しないと約束してくれた。私の回想録〔『一粒の麦もし死なずば』〕のことをすこし話すと、プルーストは大声を出して「なにを語ってもいいが、けっして『私』とは書かないことですね」と忠告した。そんなことを私はやりたくない」(傍点は原文イタリック)。

二　作家の秘かな対話

五月十七日、プルーストの運転手はジッドの家に赴いて『コリドン』を返却した。これを読んだプルーストの感想は残されていないが、以下、『コリドン』の作者と『ソドムとゴモラ　一』の作者とのあいだに秘かに交わされた議論をそれぞれの記録から再構成してみたい。さきに引用したジッドの『日記』の一節には、プルーストのもうひとつの重要な発言が報告されている。「プルーストは私に、ボードレールはユラニストだった、「ボードレールがレスボスについて語るやりかた、いや、それについて語りたいという欲求を見るだけで、それは充分に確信できる」と語った」(255)。

この驚くべき断言を理解するには、プルーストが当時「ジッドの序文」まで期待しながら準備していたボードレール論、つまり一九二一年六月一日付のNRF誌に「ボードレールについて」というタイトルで発表した論文を参照しなければならない。この論文のなかでプルーストは、ボードレールの詩篇「レスボス」の詩句、「レスボスの島は、地上すべての者のなかで俺を選んだ／その島の花咲く乙女たちの秘密を歌うために」を引用して、こう言い添えている。「私はソドムとゴモラのこの「親密な関係」を自作の終わりのほうで（最近出版された『ソドムとゴモラ　一』ではない）、シャルル・モレルという粗野な男に委ねたが〔……〕、ボードレールはきわめて特権的なやりかたでこの関係にみずから自身を「当てはめた」ようである。ボードレールがなぜこの役割を選びとり、いかにこの役割を果たしたのか、それを知ることができればどんなに興味ぶかいことであろう。シャルル・モレルの場合には理解できることが『悪の華』の作者にあっては深い謎のままなのである」(Essais, 1247)。

ボードレールのこの詩句がなぜ「ソドムとゴモラの「親密な関係」」を築くことになるのか？　また、男色家シャルリュスから庇護され、メーヌヴィルの売春宿でゲルマント大公と「一夜をともにした」(III, 464／⑨五〇三)モレルが、なにゆえ、だれにもましてこの「親密な関係」を体現しているのか？　「深い謎のまま」と形容すべきは、むしろこのプルーストの発言だと言いたくなる。この謎を解明する鍵は、ジッドの前では語られながらこの論文では隠されている「ボードレールはユラニストだった」というプルーストの仮説にあるのではないか。もうひとつの重要な手がかりは、プルーストの小説の「終わりのほう」で明らかになるモレルのバイセクシャル性である。ジッドに告白をした一九二一年の時点でプルーストは、『囚われの女』の原稿でモレルをきわめて特殊なバイセクシャルの男として描いていた。レスビアンとして有名な女優レアがモレルに宛てた恋文で、モレルに「もっぱら女性形で語りかけ、「貴女《あなた》って下劣！　まったく！」「あたしのいとしい女《ひと》、あなたもやっぱりあの仲間なのね」などと言っていた」というのだ(III, 720／⑪六二二)。ソドムの男でありながらゴモラの女の愛人たるモレルは、まさしく「ソドムとゴモラの「親密な関係」を体現していることになり、われわれが「ユラニスト」たる詩人ボードレールに託されたレスボスの「秘密を歌う」べく「地上すべての者のなかで」選ばれた役割を理解するのを助けてくれるのである。ジッドとのユラニスムをめぐる会談の直後に発表されたプルーストのボードレール論の一節は、自分の描くソドムの世界はコリドンの賞讃する少年愛という限られた展望をはるかに凌駕している、これを超えるものがはたして書けるのかという、プルーストがジッドに投げかけた挑発として読むべきではなかろうか。

フロイトの文章とプルーストの『ソドムとゴモラ　一』、この二篇を読んだことがジッドを『コリドン』の実名での公刊に踏み切らせる契機になった。一九二二年になると、ジッドは八月十三日付の日記に、『コリドン』のための新たな「序」の草案をつくり、「〔初版から〕十年が経ち、多くの事例や新たな根拠やさまざまな証言が、私の理論の正しいことを証明してくれた」と書いた[256]。そして興味ぶかいことに、「一九二二年十一月」の日付のある、プルーストの死の前後に執筆された『コリドン』二四年版の序文で[257]、ジッドは『ソドムとゴモラ』の著者への反論を注に記した。「いくつかの書物――とりわけプルーストの本――のおかげで一般の人は、知らないふりをしていたこと、まずは知らないほうがいいと考えていたことに、以前ほど怖気《おぞけ》をふるわず、それを冷静に考察するようになった。〔……〕しかしこれらの本は、同時に世論を過たせることに大いに貢献したのではないか、と私は心配している。ドイツで戦争のかなり前にヒルシュフェルト医師が提唱し、マルセル・プルーストが依拠しているとおぼしい男＝女の理論――つまり「ゼクスエレ・ツヴィッシェンシュトゥーフェン」(中間の性)――は間違いではないかもしれないが、同性愛のいくつかの症例、〔……〕倒錯や女性化やソドミーだけを説明し議論しているにすぎない」(CORY, 60)。

性科学の先駆者とされるベルリンの医師マグヌス・ヒルシュフェルト(一八六八―一九三五)は、二十世紀初頭に同性愛を説明するために、たしかに「中間の性」ないし「第三の性」の理論を唱えた[258]。ただしすでに見たように、ジッドが主張するのとは違って、「男＝女の理論」はヒルシュフェルトが唱えたものではなく、ウルリヒスが提唱したものである。プルーストはたしかにこの男＝女の理論に依拠して、「女みたい」なシャルリュスを描いたが（III, 16／⑧四九）、シャルリュスはこの一節では「巨大なマルハナバチ」（III, 8／⑧三一―三二）にたとえられ、むしろ男役を演じている。それにたいしてジュピアンは「マルハナバチにたいしてランの花がするような媚をふくんだポーズ」をとり（III, 6／⑧二八）、むしろ「雌」（III, 8／⑧三二）とみなされる。プルーストは、この「男＝女」説の矛盾には気がついていたようで、まるでジッドの反論に先回りするかのように、語り手にこれは「当時の私が想い描いていたがあとで修正される理論」（III, 17／⑧五一）だと断わらせている。実際プルーストは続篇で、すでに検討したモレルのようなバイセクシャルを何人も登場させることになる。

ジッドは『コリドン』序文に付した注で、こう言い添えている。「この第三の性の理論は、「ギリシャ的性愛」と呼び慣わされているペデラスティをとうてい説明することはできないだろう」（CORY, 60）。この主張は、コリドンの最終の願望、つまり「国家に大いに貢献するために」「ギリシャの風習に立ち返りたい」という願望と呼応する（CORY, 140）。コリドンは「十三歳から二十二歳の少年にとって、愛してくれる男があらわれることほど望ましいことはない」と主張する（CORY, 142）。要するにジッドは、理想の愛はギリシャふうの少年愛（ペデラスティ）にあり、プルーストが描いた「倒錯や女性化やソドミーの症例」とは異なる、とコリドンに主張させているのだ。

ジッドは一九二一年十二月、NRF誌に発表された『ソドムとゴモラ 二』の抜粋を読んで「怒りがこみあげ」、『日記』にこう記した。「プルーストがなにを考えているか、どんな人間であるかを熟知している私としては、これは欺瞞、自己弁護欲、カムフラージュ以外のなにものでもないと考えざるをえない」(259)。ジッドの専門家クロード・マルタンは、この怒りの動機をこう解釈している。「明らかにプルーストは〔……〕倒錯を病気として描いた。倒錯の秘匿性がプルーストには追い求める快楽の決定的要因とさえ思われたのだ。プルーストが倒錯について語ったのは大した成果であるが、倒錯に関する偏見を少なくすることにほとんど貢献しなかった。ジッドのほうは敢然とその弁護に立ちあがらんとした[260]〔……〕」(傍点は原文イタリック)。また『コリドン』校訂版の編者アラン・グーレは、こんな結論を下している。「プルーストは同性愛をフィクションという迂回路を通じて描き、それに変装をまとわせるか〔……〕、あるいはジッドからすると好意的ではない「嫌悪を催すような」光を当てるかした〔……〕。ジッドは「私」の名で発言することを重視し、同性愛をおのが本性と人生のまぎれもない事実として引き受けた[261]」。

たしかに『ソドムとゴモラ 一』には、一見、「倒錯者」や「ソドミット」にたいする差別や揶揄とさえ受けとられかねない言辞が、現代の読者の顰蹙《ひんしゅく》を買いかねない言辞が含まれている。「倒錯者」は「たいていは見るに堪えない一種族に特有の肉体および精神の特徴を備えるにいたる」(III, 18／⑧五三)とか、「祖先が呪われた町から逃れるのを可能にした虚言を遺伝として受け継いで」いる(III, 33／⑧八六)とかの言辞である。同性愛者がしばしば他人の同性愛をあばくのに熱心で、「隠しおおせた者がいると、好んでその仮面を剝ごう」としたり(III, 18／⑧五三―五四)、「おのが悪徳をまるで自分のものではないかのような口ぶりで面白おかしく語りあう」(III, 19／⑧五六)とされる。とはいえ、こうした言辞をプルーストが自分自身に同性愛の嫌疑がかからぬように仕向けた陰険な策略だとか、このような辛辣な攻撃をプルースト自身の見解だとか考えるのは早計であろう。プルーストはこれをまるで自分の言辞であるかのように装っているが、そのじつ差別的言辞を得々として弄する人たちによって広められた紋切型を提示しているのではないか。『ソドムとゴモラ 一』では、同性愛者の置かれた状況はいわゆる「正常」とされる世間の人たちのプリズムを通して描かれている。「世間が不適切にも悪徳と呼ぶもの」(同上)とか、「呪われた不幸にとり憑かれ、嘘をつき、偽りの誓いを立てて生きてゆかざるをえない種族」(III, 16／⑧五〇。傍点はいずれも引用者)とか、差別的に見える言辞に付された留保がその証拠である。プルーストは、この外部の視点に立つことによって、自己の同類の偽善をも余すところなく暴きだすことができたのである。

ジッドが『ソドムとゴモラ』を歯に衣着せず公然と批判したのにたいして、プルーストは『コリドン』についてなにも語らなかった。この未刊の書について他言しない、とジッドに約束したことを守ったのである。とはいえわれわれは『囚われの女』のなかに、コリドンの語った少年愛礼賛にたいする、暗黙のうちの、だが明々白々たる批判を読みとることができる。プルーストの語り手は、「古代において青年を愛することは、こんにちなら（プラトンのさまざまな理論よりもソクラテスの冗談がその事情を明らかにしてくれるように）踊り子を囲っておき、やがて婚約するようなものであった」（III. 710／⑪三八）と主張する。このたとえが言わんとしているのは、古代ギリシャにおける青年愛は、聖人君子による若者の教育という機能を担っていて、若者が成人するとその役目を終えた、それゆえこれは「慣習的な同性愛」（同上）であり、「当時の流儀に従っているにすぎない」（III. 710／⑪四〇）ということである。だからこそプラトンの『饗宴』を締めくくる対話でソクラテスは、プルーストに言わせると、若いアルキビアデスの恋心の告白を嘲笑したのだ。さらにプルーストはここできわめて重大な一文を書き添えている。「さまざまな障害にもかかわらず生き残った同性愛、恥ずかしくて人には言えず、世間から辱められた同性愛のみが、ただひとつ真正で、その人間の内なる洗練された精神的美点が呼応しうる唯一の同性愛である」（同上）。

この一文が『コリドン』への批判と考えられるのは、これが一九二一年、プルーストがジッドの未発表の物語を読んだ後の加筆だからである。加筆の時期がわかるのは、この一節が原稿帳に貼りつけた長い紙片（本書六二頁で触れた「紙切れ《パプロル》」）に記されたもので、[262] そこに有名な連続殺人犯への「ランドリュが（実際に何人もの女性を殺したと仮定して）」（III. 710／⑪三七）という言及があり（図51）、その世間を騒がせた裁判が始まったのが一九二一年十一月だからである。

こうした状況を勘案すると、プルーストが「慣習的な同性愛」に対置した「恥ずかしくて人には言えず、世間から辱められた」「ただひとつ真正」な同性愛は、『コリドン』にたいする厳しい反論と考えられるのである。

以上のように、類似の性的指向から出発したふたりのNRF誌の作家は、同様の社会的状況から、根本的に相異なる言説をひき出した。一方はおのが指向を一人称で語るとともに公然とペデラスティを礼賛し、もう一方は自分の指向を隠しとおすとともにソドムの住民のむしろ否定的側面を強調した。このような対立をどう説明すべきだろうか。ジッドのことだから、自分のペデラスティを率直に告白し、それを包み隠さず擁護したのは、おそらくプロテスタントの信仰に鼓舞された真摯さへの倫理感ゆえだろう。ジッドは『コリドン』の校正を終えたあとの一九二三年十二月、『日記』に「私は嘘が大嫌いだ、私のプロテスタントの信仰が緊急時に拠り所とするのはその点である」と記した[263]。ジッドが『一粒の麦もし死なずば』において波瀾万丈の青春期を語るのに一人称を選択したのもそれゆえである。

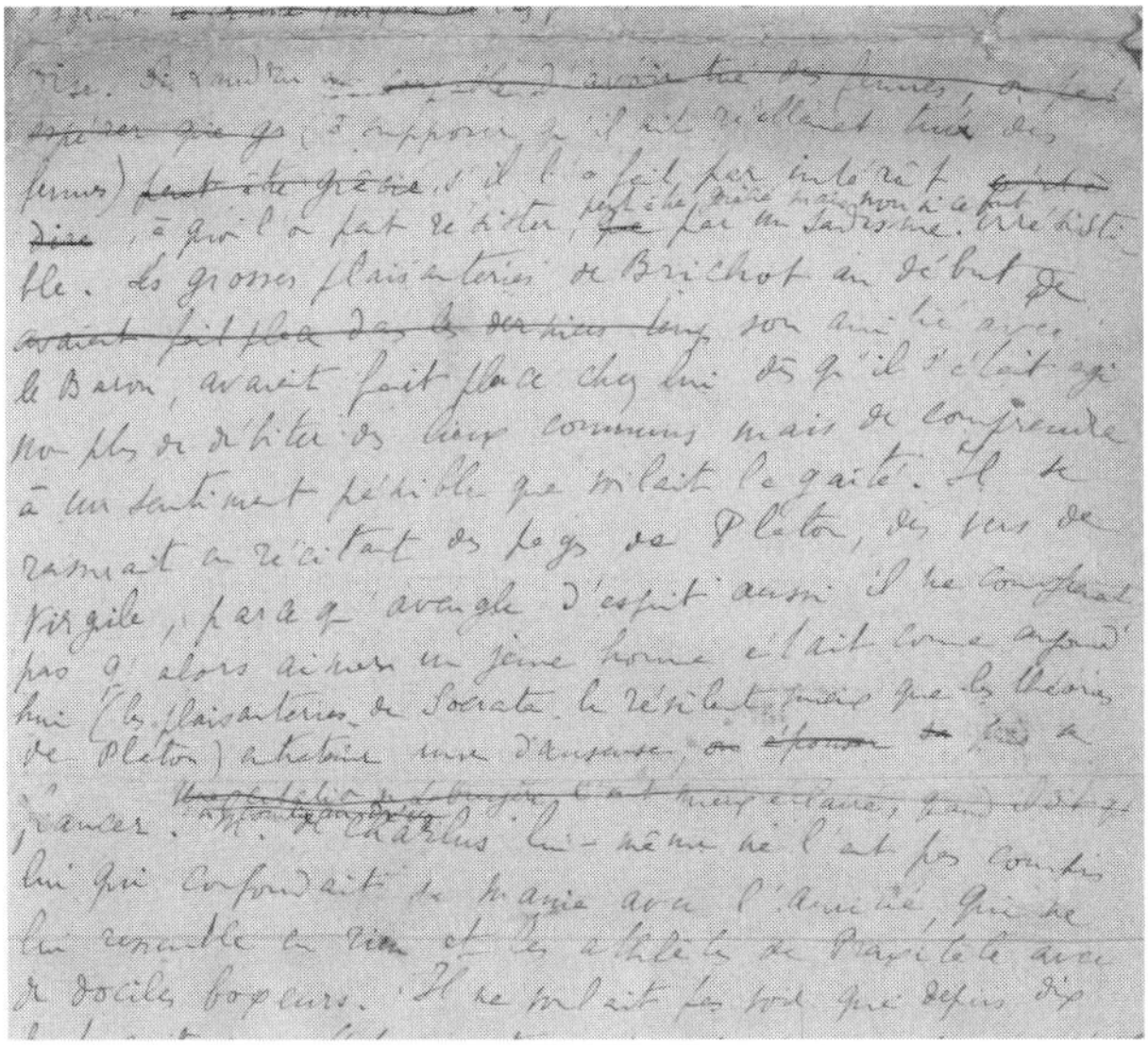

図 51　ランドリュおよび『コリドン』批判が記された紙切れ《パプロル》

　これにたいしてプルーストは真摯といわれる一人称の告白にきわめて懐疑的である。というのもプルーストの見るところ、「嘘をつき、偽りの誓いを立てて生きてゆかざるをえない」のは「呪われた不幸にとり憑かれ」た「種族」（III, 16／⑧五〇）だけの宿命ではないからである。プルーストは、だれの人生においても「嘘とは、最も必要にして最もよく使われる自己保存の道具」（III, 676／⑩三八一―三八二）であると考えていて、その小説には嘘をつく人物が溢れている。このような嘘の支配からプルーストは、「その人に軽蔑されるのが最も辛いのでわれわれがいちばんよく嘘をつく相手」は「われわれ自身」だという究極の結論をひき出した（III, 271／⑨六九）。プルーストがジッドの意図に投げかけた警告（「なにを語ってもいいが、けっして「私」とは書かないこと」）は、自分の発言の責任をとらないための言い逃れではなく、一人称の告白が陥るほかない自己正当化という危険にたいする明晰な不信の表明なのである。

この対照的なふたつの態度は、どちらが正しいと言えるのだろう？　ジッド研究者がしばしばジッドを擁護したのとは正反対に、最初のプルースト伝を準備していたレオン・ピエール＝カンは、一九二四年に『コリドン』は「偽善の書」だと断言した[264]。私としては、ふたりの作家にはそれぞれの言い分がある、その相容れない相違は両者の個性の際立った違いに由来すると言いたい。後年ジッドは、やはり『コリドン』を「私にとっては自分の著作のなかで最も重要なもの[265]」と書き、「この本は〔……〕最も役立ちうる」（傍点は原文イタリック）ものであり、「人類の進歩に最も役立つもの[266]」とみなした。『コンゴ紀行』（一九二七）や『ソ連から帰って』（一九三六）を書いたジッドは、そう呼ばれる以前のアンガージュマンの作家であり、いわばサルトルの先駆者であり、『コリドン』も現代のLGBT運動の先駆と考えることができる。これにたいしてプルーストは、非アンガージュマンの作家、「懐疑の時代」の作家である。いまや以前と比べてジッドがあまり読まれず、プルーストが流行っているのは、われわれが同類の真摯さや人類の進歩を信じることができない不幸な時代を生きているからなのかもしれない。

第十二章 「サディストは悪の芸術家である」

――ヴァントゥイユ嬢の純粋さ――

『失われた時を求めて』に描かれた性愛には、二箇所の「のぞき」の場面が存在する。『見出された時』で屈強な男に鞭打たれるシャルリュス男爵と「コンブレー」で女友だちから亡き父親の遺影につばを吐きかけられるヴァントゥイユ嬢という、ふたりの同性愛を「私」がのぞき見るシーンである。この場面でふたりは、苦痛を受けることに快楽を覚えるのだから、ふつうならマゾヒストと呼ばれて然るべきであるが、ふたりとも一貫して「サディスト」と呼ばれている。シャルリュスの「サディストらしい快楽」(IV, 404／⑬三四一)、「ヴァントゥイユ嬢のようなサディストは、悪の芸術家である」(I, 162／①三五二)という箇所が、その例である。

これはなにゆえか。ふたりの場合、ひとえに受け身の快楽を味わっているのではなく、苦痛をみずから自身に課していることに注目すべきだろう。シャルリュスは男娼館を運営させる元恋人ジュピアンに命じて、屈強な男にわが身を鞭打たせる。コンブレー近在のモンジュヴァンでヴァントゥイユ嬢が女友だちと同性愛にふけるシーンを主人公がかいま見る場面では、ヴァントゥイユ嬢はみずから「小さなテーブルをそばに引き寄せて写真を置いた」(I, 158／①三四六)うえで、「あらいやだ、お父さんの写真が私たちを見てるじゃないの」(I, 160／①三四九)と言って、亡くなったばかりの父親の遺影に女友だちがつばを吐きかける冒瀆行為をそそのかす。ふたりの快楽は、「マゾヒスト」特有の受動的快楽に見えて、みずから自身に苦痛を与える点で「サディスト」の能動的快楽でもあるのだ。つまりプルーストは、ここで「サディスト」なる概念を、当時はいまだ普及していなかった用語であるが、現代でいう「サドマゾヒスト」の意味で用いているのである。[267]

本章では、さきほど引用した「ヴァントゥイユ嬢のようなサディストは、悪の芸術家である」という命題の後半部、これまで不問に付されてきた「悪の芸術家」がなにを意味するのかを明らかにしたい。

バタイユ説の当否

ジョルジュ・バタイユは『文学と悪』において、背徳的な快楽に身を任せるヴァントゥイユ嬢とそれを心配の種とする父親には、アルベルチーヌと同棲する主人公マルセルとそれに心を痛める母親との関係が透けてみえると指摘した。バタイユによれば、この一節のヴァントゥイユ嬢は「まさにマルセルの分身」であり、ヴァントゥイユ氏は「マルセルの母親」に置き換えることができるという。小説本文の「ヴァントゥイユ氏がかりに娘の品行を知ったとしても、それで娘を崇拝する気持が減少したとは思えない」(I. 146／①三二三)という一文は、「マルセルの母親がかりに息子の品行を知ったとしても、それで息子を崇拝する気持が減少したとは思えない」と読みとるべきだというのだ。[268]

そのうえでバタイユは、『楽しみと日々』所収の短篇「若い娘の告白」で官能の歓びを味わう娘にヴァントゥイユ嬢の原型が認められると指摘した。[269]「告白」の若い娘は、情事の快楽に恍惚とする自分のすがたを母親にかいま見られたとき、その母親がショックのあまり「仰向けに後ろに倒れ、バルコニーの二本の支柱に頭をはさまれ」て死亡したことを目撃し、罪悪感に駆られてわが身に弾丸を撃ちこむ。[270]

「告白」の若い娘、ヴァントゥイユ嬢、『失われた時を求めて』の主人公の三者には、たしかにバタイユが指摘したように、自身の快楽のせいで肉親の死を早めたという罪悪感が共通して認められる。昔の情事をふり返ったヴァントトゥイユ嬢は、語り手の推測によれば、「わたしは自分を見失っていた。わたしは今でもお父さんのために祈ることができるし、お父さんには赦してもらえないとあきらめているわけじゃない」(III, 766／⑪一六四―一六五)と考えた。『失われた時を求めて』の主人公も「祖母〔つまり母親の分身〕の死とアルベルチーヌの死とを結びつけ、わが生涯には、卑怯な世間のみが赦してくれる二重の殺人という汚点がついている気がした」(IV, 78／⑫一八一)と懺悔する。

さらにバタイユは、三者の内心には善意が存在するからこそ悪が際立つ、とこう指摘する。「〈善〉の強烈な光によって〈悪〉の闇が暗いものになるのでなければ、〈悪〉はその魅力を失うだろう」[271]。そのとおりである。しかしヴァントゥイユ嬢が味わう快楽には、「告白」の娘や『失われた時を求めて』の主人公が覚える快楽とは根本的に異なるものがあるのではないか。その違いを浮き彫りにすることで、プルーストの言う「悪の芸術家」の意味を明らかにしたい。

『失われた時を求めて』の主人公の場合、自分の身勝手な振る舞いによって祖母やアルベルチーヌを苦しめたという罪悪感にとらわれはするが、アルベルチーヌとの快楽それ自体を「悪」と考えている形跡はない。二度目のバルベック滞在時、主人公は「この年のシーズンだけで十二人の娘が、私に一時的な愛のあかしを授けてくれた」(III, 185／⑧四二二)と自分の旺盛な性生活を自慢する。アルベルチーヌがはじめて身を任せたとき、主人公はむしろ恋人が「好意あふれる従順な子供を想わせる率直な顔になっていた」(II, 662／⑦六五)と指摘し、その表情には「無私無欲とか、職業の命じる自覚や寛大さとかを越えた、人間の身に備わる献身がとっさに表に出たような趣があった」(II, 662／⑦六六)と讃美する。なぜならプルーストに言わせると「性愛は〔……〕あらゆる人に手持ちのどんなに小さな善意や自己放棄までも出し尽くすよう強いるので、その美点がすぐそばにいる人の目に輝いて見える」(I, 145／①三二一)からである。主人公は、純粋な「快楽」として、性行為をむしろ礼賛しているのだ。

「告白」の若い娘は、もちろん快楽に後ろめたいものを感じている。しかし誘惑者ジャックから「されるがままに」

愛撫を受けると、「目を輝かせ、頬を火照《ほて》らせ、口を差し出したその顔の全体には、愚かしく露骨な官能の歓びがあふれていた[272]」という。娘は、『失われた時を求めて』の主人公のようにみずから進んで快楽を求めることはしないが、誘惑されると抵抗はせずに快楽を味わう。

ところが、バタイユが同一視した三者のなかでヴァントゥイユ嬢だけが、快楽を得るために、父親の遺影を汚させるという手のこんだお膳立てを必要とする。これはなぜなのか。語り手の説明に耳を傾けよう。「ヴァントゥイユ嬢のような種類のサディストは、きわめて純粋な心情の持主であり、生来の美徳を備えているから、官能の歓びさえ悪いものであり、悪人の特権だと考えてしまう。そこでそんな歓びにしばし身をまかせる段になると、みずから悪人の皮をかぶり、それを共犯者にもかぶらせようとする。そうすれば自分の潔癖で優しい心から一時的に抜けだし、非人間的な快楽の世界に入りこむ幻想が抱けるのだ」(I, 162／①三五三)。つまり「悪の芸術家」とは、「自分の潔癖で優しい心」から抜けだすために「悪人の皮」をかぶる人、自分の外部に仮装としての「悪をつくり出す人」だというのだ。これは「告白」の若い娘や大長篇の主人公には見られない、ヴァントゥイユ嬢に固有の特徴である。

ここにいう「芸術家」とは、芸術作品をつくり出す人という意味ではない。「悪の芸術家」とプルーストが言うときの「芸術家」とは、モーリス・バレスが『自我礼賛』第三部『ベレニスの園』(一八九一)のなかで引用した一文« Quel artiste, quel fabricant d'émotions je tue »(なんたる芸術家、なんたる情念のつくり手を私は殺すことか[273])において、« artiste »と同格に置かれた« fabricant »(つくり手)に相当する。バレスは、スエトニウスの『ローマ皇帝伝』に記されたネロの最期のことば「なんと偉大な芸術家として我は死ぬことか！」*Qualis artifex pereo!* をフランス語で引用していたのだ。プルーストは『ソドムとゴモラ』において、皇帝ネロのこのことばをラテン語原文でソルボンヌの教授ブリショに引用させているうえ(III, 289／⑨一一〇)、バレスの『ベレニスの園』にも通じていた[274](COR, I, 193)。プルーストの「悪の芸術家」という表現も「悪のつくり手」の意味だと理解すべきだろう。

ヴァントゥイユ嬢の「繊細な心」

「悪の芸術家」の意味をさらによく理解するには、プルーストがそれと対置した「完全な悪人」との違いに注目するのが手がかりになる。語り手によれば「完全な悪人が芸術家たりえないのは、悪が外部にあるのでなく、ごく自然に自分に備わっているため、悪と自分自身が区別できないからである。そもそも美徳とか死者の名誉とか親にたいする子としての愛情とかは大事にしていないから、それを冒瀆しようにも神聖なものを汚す快楽は感じられるはずがない」(I, 162／①三五二—三五三)。

この「完全な悪人」の定義を逆転させれば、「悪の芸術家」をはっきり定義できるだろう。つまりヴァントゥイユ嬢が快楽を味わう際に「悪人の皮」をかぶるのは、「死者の名誉とか親にたいする子としての愛情とか」を「大事」にする「美徳」を備えているからである。さきに引いたように語り手は、ヴァントゥイユ嬢は「きわめて純粋な心情の持主であり、生来の美徳を備えている」と断言し、娘はこの美点を父親から受け継いだと付言する(I, 162／①三五三)。娘と父親に共通する「純粋な心情」はきわめて重要な点なので、小説の記述を詳しくふり返っておこう。

ヴァントゥイユ嬢は、女友だちと同性愛をくり広げる最中にも「繊細な心」を発揮し、遠慮がちに相手の心を想いやる。女友だちがやって来る馬車の音が聞こえると、ヴァントゥイユ嬢は父親の遺影を「手にとってソファーに身を投げ出し、小さなテーブルをそばに引き寄せて写真を置いた」が、その仕草は「その昔、ヴァントゥイユ氏が私の両親に弾いて聴かせようと楽譜をそばに置いた仕草とそっくり」だったという(I, 159／①三四六)。ヴァントゥイユ氏も、「私」の両親の来訪が告げられたとき、自分の曲を聴かせたいと「大急ぎでピアノのうえに楽譜を目につくように置いた」（I. 111／①二五四）。しかし「いったん両親が入ってくると、楽譜をよけて片隅に追いやった」。なぜなら語り手によれば「ヴァントゥイユ氏は、自作を弾いて聴かせるのが嬉しくて会うのだと両親に想われるのではないかと怖れた」（I. 112／①二五四）からである。ヴァントゥイユ嬢もまた、恋人が入ってきたとき「相手が座れるように、そのままソファーの端に後ずさりした」が、「すぐに、これでは友だちに迷惑な姿勢を強要するような気がし」、相手は「自分のそばでなく、むしろ椅子に座りたいのかもしれないと考え、これではぶしつけだったと思いなおし、繊細な心ゆえに心配になった」という（I. 158／①三四六―三四七）。このような相手を想いやる「繊細な心」こそ、ヴァントゥイユ嬢が父親から受け継いだ美点なのである。

ただしこの美点を指摘しているのは語り手（とその背後のプルースト）であって、ヴァントゥイユ嬢と女友だちの親しい関係は、田舎町の住民の顰蹙を買わずにはおかない。父親が「現代の風潮に染まった、だらしない若者の、嘆かわしいありさま」（I. 110／①二五二）にたいして非常に厳しいうえ、「今ふうの風潮に染まって身分違いの結婚」（I. 111／①二五三）をしたスワンを避けるほど潔癖な人間であっただけに、その娘の不品行は恰好のうわさの対象になった。その典型は、こんな発言である。「かわいそうだ、ヴァントゥイユさんも、娘かわいさのあまり、目がくらんだとしか思えない。人のうわさにも気づかず、自分ではひとこと場違いな言い草を聞いただけで憤慨するのに、娘にあんな女とひとつ屋根の下で暮らさせておくとは」（I. 145／①三二一。傍点は原文イタリック）。

町じゅうの顰蹙を買うヴァントゥイユ嬢がじつは「繊細な心」の持主であることを例外的に見抜き、それを的確に指摘していたのは祖母である。「そばかすだらけの顔の、あれほど荒っぽい女の子の眼差しのなかに、どんなにか優しく、感じやすい、ほとんど臆病ともいえる表情がしばしばよぎることがあると指摘した」（I. 112／①二五四―二五五）というのだ。祖母は、男まさりな娘が同性愛へと向かう宿命をそうとは知らずに喝破したと言えよう。これにつづく一文は、第十章で見たように、祖母のこのような炯眼を自由間接話法によって提示する。「なにかひとこと口にしたとたん、あの子は言われた相手の気持になって自分のことばを聞いてしまい、受けるかもしれない誤解に気づいてはっとなる。すると、あの「好漢」といってもよい男まさりの顔つきの下に、泣き濡れた乙女のようなはるかに繊細な目鼻立ちが、透きとおるように照らし出されてくっきり浮かびあがる、と言うのだ」(I, 112／①二五五)。

シャルリュス男爵との相違点

ヴァントゥイユ嬢は「ゴモラ」を代表するサドマゾヒストであり、シャルリュス男爵は「ソドム」を代表するサドマゾヒストであった。ではヴァントゥイユ嬢が「悪の芸術家」であるのなら、男爵も「悪の芸術家」なのだろうか。ふたりがサドマゾヒストになった環境には、たしかに共通のベクトルが認められる。ふたりとも、自分の暮らす保守的環境から抜けだそうとして異端者になった。ヴァントゥイユ嬢の父親は「現代の風潮に染まった、だらしない若者の、嘆かわしいありさま」にたいして非常に厳しく、風紀の乱れに厳格な人間だったから、ヴァントゥイユ嬢のサドマゾヒストとしての振る舞いは、そうした保守的環境からの離脱の試みでもあったと解釈できる。

シャルリュスも、保守的なゲルマント一族のなかで、異端というべき存在である。甥のサン＝ルーによれば男爵は、ゲルマント公爵を名乗る兄とは違って、「四つか五つの大公の称号から自分で好きなのを選べたのに、抗議の意味に加えて、表向きの気取りのなさの裏に大いなる矜持《きょうじ》をこめて、シャルリュス男爵という称号をあくまで堅持」したという(II, 114／④二五四)。もとより男爵は、フランス貴族のなかでも自分が最古のゲルマント家のメンバーであると自負する傲慢さを持ち合わせている。そして権力をかざして相手を見下すことができるからか、男色家としてつき合ったのはチョッキの仕立屋ジュピアンであり、好意を寄せたのは従僕の息子モレルをはじめ、給仕頭のエメ、ユダヤ人ブロックなど、主として庶民階級の人間である。おまけに戦争中の男爵は、敵国ドイツへの親近感さえ隠そうとしない。シャルリュス男爵は、所属する環境からの離脱を企てる点で、ヴァントゥイユ嬢と心性を共有しているのだ。

ふたりはサドマゾヒストであるから、性愛の相手を「悪」の権化と想いこみ、その相手から受ける苦痛を快楽とする点も共通する。ヴァントゥイユ嬢が「友だちの顔にうかぶ微笑みやまなざしに接吻して快楽を覚えたのは、〔……〕その背徳的な卑しい表情が、善意や苦悩の人のものではなく、残忍で快楽をむさぼる人が浮かべるものとそっくりだったからである」(I, 162-163／①三五四)。シャルリュス男爵も、自分を鞭打たせる男が「ラ・ヴィレット地区の女門番殺し」や「屠畜場の男」だと聞いて「嬉しいね」と昂奮する(IV, 396／⑬三二四―三二五)。

ところがふたりの性的欲望は、けっして充たされない。ヴァントゥイユ嬢は「みずから悪人の皮をかぶり、それを共犯者にもかぶらせ」れば、「自分の潔癖で優しい心から一時的に抜けだし、非人間的な快楽の世界に入りこむ」ことができると考えるが、語り手に言わせれば「入りこむ幻想が抱ける」(I, 162／①三五三)にすぎない。快楽を味わうのを妨げるのは、すでに検討したように、ヴァントゥイユ嬢のもつ相手の心理を洞察する鋭敏な感受性である。

ヴァントゥイユ嬢は、鎧戸を閉めようとして、女友だちから「開けときなさいよ、あたし、暑いの」と言われたとき、「だって困るでしょ、見られたら」と答える。そのときの娘の心を語り手はこう分析する。「娘は、友だちのほうは、自分がそう言ったのは相手をそそのかして返事としてべつの言葉を言わせるためで、その言葉が聞きたい本心は慎み深く隠しておいて相手が率先してそれを口にするのを期待していると考えるだろう、と推察した」(I, 159／①三四七)。語り手によればヴァントゥイユ嬢は、「自分の欲望を完全に充たすのに不可欠と考えてあらかじめ用意していた言葉は封印」するほどに「本能的な寛大さと無意識のうちに出る礼儀正しさ」(I, 159／①三四八)を備えていたのである。

女友だちから「見られたとしたら、かえって好都合じゃないの」と言われたときも、ヴァントゥイユ嬢はとっさの返答ができない。「本来の道徳的性格からできるだけかけ離れた、背徳の娘になりたいという願いにふさわしい言葉づかいを探し求めたものの、背徳の娘なら心底から口にするにちがいない言葉は自分が口にしたのでは嘘になると思えた」からである(I, 159／①三四八)。語り手の解釈によれば、ヴァントゥイユ嬢は「女友だちといっしょに父親の写真を冒瀆したとき、これは病的な、ばかげたマネにすぎず、やってみたかった心躍る本物の悪行ではないことをきっと承知していた」はずであり(III, 766／⑪一六四)、さらにこれが「心躍る本物の悪行」ではなく「悪行のまねごとにすぎない」と考えることは、「娘の快楽を損なった」という(同上)。ヴァントゥイユ嬢が「非人間的な快楽の世界に入りこむ」のが「どれほど不可能だったかを見て、どれほどそうなりたがっていたかを理解した」(I, 162／①三五二)と語り手が言うように、ヴァントゥイユ嬢の欲望は、相手の心情をおもんぱかる繊細にして明敏な感性ゆえに、完全には充たされないのである。

シャルリュス男爵もまた、男娼館で屈強で残忍な男から鞭打たれる快楽に身を任せていながら、その欲望が完全に充たされることはない。ジュピアンは男爵に「この夢が現実化したような幻想」を抱かせるため、「木のベッド」を「鎖とよく合う鉄のベッド」にとり替え(IV, 419／⑬三七三—三七四)、男爵の相手役を凶悪犯に見せかけるため、さきに見たように、雇い入れた青年たちを「女門番殺し」や「牛殺し」に仕立てあげる(IV, 396／⑬三二四)。しかし男爵自身が「わしを極道者めと呼ぶのが、いかにも教えられたとおりにやってる感じなんだ」(同上)と嘆くとおり、男爵の夢が完全に充たされることはない。男娼館に雇われた若者たちは、男爵から謝礼を受けとった青年が「これは歳とったおやじとおふくろに送りますよ」(IV, 405／⑬三四五)と言うように、極悪犯どころか、おおかた心根の優しい男たちであるからだ。おまけに男爵自身も、男娼館のこのような演出を重々承知している。男娼館の青年のひとりにつぎのように言うからだ。「嬉しいことを言ってくれるねえ。それに言いかたがうまい！ まるでほんとうみたいだ。結局、ほんとうだろうが嘘だろうがどうでもいいんだ、こいつがほんとうだと俺に信じさせたんだから」(IV. 404／⑬三四二)。このとき語り手は「氏のかぶる仮面の下から持ち前の知性が心ならずもあらわれ」た(同上)と指摘している。

このようにシャルリュス男爵の快楽には、ヴァントゥイユ嬢の快楽と共通する点が数多く見られる。だからといって男爵も「悪の芸術家」だとみなすことはできない。ヴァントゥイユ嬢が「悪の芸術家」となったのは、性的快楽を「悪」とみなしていたがゆえに、性的快楽を味わうには自分の善良で「繊細な心」から抜けだして「悪」の仮面をかぶらなければならなかったからである。ところがシャルリュスは、繊細な心の持主ではあったが、性的快楽を「悪」と考えていた形跡はない。したがってヴァントゥイユ嬢のように快楽を味わうために「悪」の仮面をかぶる必要もなかった。男爵がいっさい悪びれることなく貪欲に快楽をあさるすがたは生涯変わることはない。第一次大戦後、シャンゼリゼ大通りに老残のすがたをさらしたときも、ジュピアンが主人公に語ったところによれば「(そのころの男爵は完全に目が見えなかったものですから)、以前はむしろ大人の男を愛していたのに、十歳にもならない男の子を相手にしていた」という(IV. 443／⑬四二五―四二六)。男爵は、ヴァントゥイユ嬢のような意味での「悪の芸術家」ではない。ヴァントゥイユ嬢は、小説のなかで唯一の「悪の芸術家」として特異な位置を占めているのである。

ヴァントゥイユ嬢と作曲家の遺作

「コンブレー」で主人公の母親は、こう言っていた。「かわいそうなヴァントゥイユさん。お嬢さんのために生き、お嬢さんのために死んだのに、報われなかったんですから。もしかすると死後に報われるのかしら、でもどんな形で？　報われるとしたら、報いはお嬢さんから受けとるほかないでしょうに」(I. 158／①三四六)。この発言は、ヴァントゥイユの悲嘆を償うことができるのはその娘だけであることを示唆している。

ところがこの償いをしたのは、ヴァントゥイユ嬢ではなく、その女友だちのほうである。『囚われの女』において作曲家の遺作が演奏されたときの語り手の説明によれば、ヴァントゥイユ嬢の女友だちは「自分がヴァントゥイユの死期を早めたのではないかという拭いきれぬ想い」にとらわれ、「ヴァントゥイユが遺した判読できない書きこみを何年もかけて解読し、だれひとり知らぬその判じ物の正しい読みかたを確定することによって、自分は音楽家の晩年を暗いものにしたが、その償いとして音楽家に不滅の栄光を保証したのだという慰めを得た」(III. 766／⑪一六三)。女友だちがこのような反省をしたうえで亡き作曲家のために力を尽くしたのは、「娘が父親に寄せていた崇拝の念をその娘から学んでいた」からであり、さらに「ふたりの娘」が「冒瀆の行為に錯乱した快楽を覚えることができた」のは「この崇拝の念があったから」(III. 765／⑪一六二―一六三)だという。

ヴァントゥイユの遺作を解読したのは、なぜ娘本人ではなかったのだろう。この疑問について小説の本文はなんの説明もしていない。この点について、ヴァントゥイユの遺作を解読して世に出した女友だちの献身に触れた『囚われの女』の一節の結語を参照しておこう。そこには昔日の親不孝をふり返るヴァントゥイユ嬢について、こう記されている。ヴァントゥイユ嬢は「女友だちといっしょに父親の写真を冒瀆した」ことを想い出したとき、さきにも引用したが、こう言い聞かせて自分を慰めたにちがいないと語り手は想像する。「わたしは自分を見失っていた。わたしは今でもお父さんのために祈ることができるし、お父さんには赦してもらえないとあきらめているわけじゃない」(III. 766／⑪一六四―一六五)。

このヴァントゥイユ嬢の想いは、語り手によれば「快楽のさなかには娘の脳裏に去来した」にちがいなく、それは「娘の快楽を損なった」はずであるが、娘の「苦痛のさなかには去来しなかった可能性がある」という(III. 766／⑪一六五)。語り手は「その想いを娘の頭のなかに注入して〔……〕やることができれば、〔……〕父親の想い出と娘本人とのあいだに充分なごやかな交流を回復してやれたであろう」（同上）と述懐する。ヴァントゥイユ嬢もまた、亡き父親を想う「苦痛のさなか」には懺悔の想いに突き動かされていたと推測される。ただしそれはヴァントゥイユ嬢に贖罪の機会を与えることにはならなかったのである。

『囚われの女』におけるヴェルデュラン夫人の夜会で報告されているように、作曲家の遺作を解読して世に出したのはヴァントゥイユ嬢の女友だちであり、それを演奏して世に広めたのはシャルリュスの恋人のヴァイオリン奏者モレルであった。そしてこの演奏会を企画したのはシャルリュス男爵にほかならない。ヴァントゥイユの知られざる作品を世に出すのに貢献したシャルリュスとモレルのふたりは、小説の終盤に至るまで活躍する。ヴァントゥイユ嬢の女友だちも、作曲家の「一連の天才的作品」を世に出した「あまりにも目覚ましい発見」のおかげで、「文部大臣の後援をえて近々ヴァントゥイユの銅像を立てるための募金が始ま」る（III, 768／⑪一六九）ことに貢献した。

ところがヴァントゥイユ嬢だけは、モンジュヴァンの同性愛シーンを想い出した「私」がアルベルチーヌへの嫉妬を募らせる契機になることを除くと、「コンブレー」以降、小説の表舞台からすっかり消えてしまう。その父親の場合は、早くも「コンブレー」で他界している。シャルリュス、モレル、ヴァントゥイユ嬢の女友だちという三者とは違って、ヴァントゥイユの父娘だけが、「コンブレー」以降すがたを消してしまうのはなぜなのか。

父親のヴァントゥイユは、娘を遊びに寄こしてほしいとスワンから誘われたとき、相手の親切に感激しながらも「招待を受ける無遠慮なマネはすべきではない」と考え、「その好意をそっとしまっておくプラトニックな心地よさを味わった」（I, 147／①三二五）という。この父親の遠慮ぶかい性格は、すでに検討したように娘のヴァントゥイユ嬢に受け継がれていた。ヴァントゥイユ自身が人生において自分の存在を声高に主張することがなかったのと同様、ヴァントゥイユ嬢も身内たる父親の作品を宣伝することはなかったのである。娘も父も遠慮ぶかい性格であり、表舞台から完全にすがたを消しているからこそ、ヴァントゥイユの遺作の栄光はいっそうの輝きを放ったのではなかろうか。

スワンは、失恋の苦しみの最中にヴァントゥイユのソナタを聴いたとき、「同じようにひどい辛酸をなめたはずの気高い同類」である作曲家に想いを馳せ、「いかなる苦痛の底からこの神のごとき力、無限の創造力を引き出したのだろう」と自問した(I. 342/②三五五)。作曲家がその独創的な七重奏曲において「大気を切り裂くような歌、なにやら雄鶏が時をつくるような不思議な声、永遠なる朝の霊妙ながらも異様にかん高い呼び声」を響かせ(III. 754/⑪一三八)、「苦しげに地に足をひきずり、何本かの棒でテーブルを叩けばその音だけでもリズムの大部分をそっくり真似ることができそう」なそのリズム(III. 755/⑪一三九)をつくり出したのは、最晩年、娘の振る舞いに心を痛めていたときである。ヴァントゥイユ嬢は、尊敬する父親に並大抵でない苦痛を与えることによって、そうとは知らず、作曲家の遺作に永遠の輝きを付与することに貢献したのである。

モンジュヴァンの同性愛の場面を目撃した主人公は、のちにこの場面を想い出してアルベルチーヌもゴモラの女ではないかという猜疑心にさいなまれ、その嫉妬の地獄を将来の作品執筆の大きな原動力とする。プルーストが言うように「芸術の残酷な法則は〔……〕われわれ自身があらゆる苦しみを嘗めつくして死ぬことによって、忘却の草ではなく、永遠の生命をやどす草、豊穣な作品という草が生い茂ることにある」る(IV. 615/⑭二八一)。ヴァントゥイユ嬢は、主人公の芸術創造にそうとは知らず貢献したただひとりの「悪の芸術家」として、作中で孤高の位置を占めている。「相手の気持になって自分のことばを聞いて」しまう「純粋な心情」が災いして、みずから完全な快楽を味わうことができなかったヴァントゥイユ嬢は、「悪の芸術家」として自身に完璧な快楽をもたらすことはできなかった。しかし父親と主人公に地獄のような苦痛を与える「悪の芸術家」としては、そうとは知らず、ふたりの芸術家が「豊穣な作品」を生みだすことに多大の貢献をしたのである。

コラム 4

ニジンスキーの跳躍——作家の見たバレエ・リュス

二〇〇一年の正月、プルーストの関連資料を調査するためパリへ出かけ、サラ・ベルナール展(国立図書館)とニジンスキー展(オルセー美術館)を見た。どちらも『失われた時を求めて』と縁のふかい舞台芸術家である。ふたりの足跡をふり返ると、百年前の世紀の変わり目が見えてくる。サラ・ベルナールが、大時代な朗唱法といい、豪華絢爛の衣装といい、どちらかというと十九世紀の伝統に繋がっているのにたいし、ニジンスキーは、バレエ・リュスを支えたストラヴィンスキーやピカソら、二十世紀の前衛芸術に開かれている。

プルーストも第五篇『囚われの女』のなかで、「『シェエラザード』とか『イーゴリ公』の踊りとかにかき立てられた熱狂」について語り、「大革新者たち」がなしとげたのは、「印象派にも匹敵する根本的な革命」だったと書いている(III. 742／⑪一一〇—一一二)。しかしニジンスキー展で私は、むしろ狂気に冒されたあとの、おびただしい数の異様なデッサンに息を呑んだ。はじめて全貌が公表された「第四の手記」(一九一九年のサン＝モリッツ療養中の手記)の一節の前でも、呆然と立ちつくすほかなかった。怪しげな綴り字で、こんなことがえんえんと記されていたからである。「ぼくはおとこ／ぼくはおとこ。／あなたはおとこ／あなたはおとこ。／あなたのおとこはおとこ／あなたのおとこはおとこ／〔……〕／あなたはおとこ、ぼくはおとこ／あなたはひかりのないおとこ／ぼくはひかりのあるおとこ／〔……〕」。

暗澹たる想いでオルセー美術館を出た私に、もうひとつ衝撃が待ち構えていた。同じ日の夕方、『評伝フォーレ』の著者ジャン＝ミシェル・ネクトゥーと会い、たまたま話題がニジンスキー展におよんだところ、同氏から、プルーストの未発表草稿を解読し、作家が一九〇九年の第一回バレエ・リュス公演を観ていた事実を明らかにしたと聞かされたのである。これは青天の霹靂《へきれき》だった。作家がバレエ・リュスと出会ったのは、一九〇九年ではなく、翌一九一〇年の二度目のシーズンだというのが定説だったからである。プルーストの書簡研究の権威であるフィリップ・コルブの考証でも、一九〇九年の公演については書簡になんら記述が残っていないのにたいして、作家が一九一〇年の第二回公演を観ていた証拠はいくつも存在する。詳細なプルースト伝を著したジャン＝イヴ・タディエも、それを追認したうえでこう書いている。

〔一九一〇年〕六月十一日には、グレフュール伯爵夫人の招待を受け、オペラ座のバレエ・リュスの公演に出かけた。出しものは、『クレオパトラ』（リムスキー＝コルサコフ、グリンカ、グラズノフ、ムソルグスキーらの音楽と、フォーキンの振付による。プルーストは草稿でこれを描いたが、最終稿には再録されなかった）、『レ・シルフィード』（オーケストラ用に編曲されたショパンに基づくフォーキンのバレエ）、『シェエラザード』（リムスキー＝コルサコフとフォーキン）だった。この公演では、主宰者はディアギレフであり、首席振付師はフォーキン、花形ダンサーは、ニジンスキー、カルサヴィナ、イダ・ルビンシュテイン、そして舞台衣装・装置はブノワとバクストが担当した。すぐにプルーストは『花咲く乙女たちのかげに』の草稿に、この舞台を想いおこしつつ、「天才的な画家」バクストの青い衣装や幻想的な庭園のこと、「天才的なダンサー」ニジンスキーのことなどを書きつけた。（ジャン＝イヴ・タディエ『評伝プルースト』下、筑摩書房、一八三頁）

ここに挙げられた三つの演目のうち、パリの観客が熱狂したのが『シェエラザード』である（六月四日初演）。プルースト自身も、のちに「『シェエラザード』よりすばらしいものは知らない」と語っている（COR. X, 258）。これは『千夜一夜物語』に想を得たバレエで、スルタンが狩りに出ると、愛妾たちが禁制の黒人奴隷たちと乱痴気騒ぎをくり広げるが、いきなり戻ってきたスルタンに皆殺しにされるという筋立てである。愛妾ゾベイダを演じたイダ・ルビンシュテインと金の奴隷役を担ったニジンスキーの官能的な踊りが人気をよび、このあともバレエ・リュスの定番としてくり返し上演された。

作家の友人レーナルド・アーンは、この『シェエラザード』について六月十日の「ジュルナル」紙に紹介文を書き、スルタンが「狩りに出かける」という設定や、バクストの舞台装置の「トルコ石のように光り輝くブルー」について語っていた(COR. X. 115. note 4. 5)。プルーストはこの文章を読み、ただちに筆者のアーンにこう書きおくった。「君のいうブルーとは、どんなものなのか。僕にはそれがよく見えなかった。どうして君は、ニジンスキーのジェスチャーまで見分けられるのか。いつも二百人ほどの人物の背後に隠れて、よく見えないのに」(COR. X. 114)。「僕にはそれがよく見えなかった」というのは、プルーストが『シェエラザード』の公演を観ていた証拠である。

さらに作家は、そのときの印象を手元の草稿帳に書きつけていた(さきの引用でタディエが「『花咲く乙女たちのかげに』の草稿」と書いているとおりで、正確には草稿帳「カイエ67」13枚目の裏頁)。そこには「天才的なダンサー」として「ニジンスキー」が出てくるだけでなく、「ブルーの衣装」を考案した「天才的な画家」が「崇高な光の効果を発揮できたのは、ペルシャの宮廷じゅうが狩りに出かけるとき」だという記述がある(プレイヤッド版、I. 1002)。興味ぶかいのは、プレイヤッド版にこの草稿を収録したピエール＝ルイ・レーが指摘したように(同、I. 1502)、プルーストが「僕には〔……〕よく見えなかった」と言っていた「ブルー」の色調について、臆面もなく友人アーンの指摘を借用していることである。作家の貪欲な創作態度の一端がはからずも露呈したというべきであろう。

これが従来の説だが、数日のパリ滞在から帰国すると、ネクトゥーが航空便で送ってくれた問題の論文が届いていた(「プルーストとニジンスキー」、オルセー美術館発行「48／14」n°11. p. 74-83)。編集部がつけた「若いダンサーは、舞台裏のプルーストを魅了した。未発表原稿の一節がこの出会いを再現してくれる」というキャッチコピーに胸躍らせて読んでみると、作家は一九〇九年の五―六月、バレエ・リュスの第一回パリ公演で『アルミードの館』を観ていたという。

『アルミードの館』はパリ公演の記念すべき最初の演目で、ブノワが舞台・衣装のデザインだけでなく、台本も作成した。ネクトゥーによれば、作家の未発表草稿に記されているのは、アルミードの奴隷を踊ったニジンスキーのすがた(図52)だという。なるほど「蝶のように」

図 52　アルミードの奴隷を踊ったニジンスキー

軽快に舞うすがたの描写は、ニジンスキーの超人的な飛翔を想わせる。ただ私なりに調べてみて、ネクトゥーの根拠がかならずしも万全でないことに気づいた。

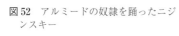

　衣装を担当したブノワの回想によると、ニジンスキーは「白と金と黄の衣装」をつけていたという。また信頼できるバレエ・リュスの専門家によると、奴隷役のニジンスキーは、「駝鳥の羽根のついた絹の白いターバン」をかぶり、「絹の花飾り、レースの襞、黒貂の毛皮のついた」衣装を身につけ、「半ズボンの上からトヌレ、すなわち針金の入ったスカート」をはいていた（リチャード・バックル著、鈴木晶訳『ディアギレフ』上、リブロポート、一六〇頁）。これらの説明は、たしかにアルミードの奴隷の衣装をつけた前掲ニジンスキーの写真と合致しているようだ。ところがネクトゥーが解読した草稿では、ダンサーは「黒いビロードのベレー帽」をかぶり、「青い絹の袖」をひらめかせ、「サクランボ色のスカート」をはいている（同論文八二頁）。これは検討したばかりのアルミードの奴隷の衣装と、かならずしも一致しない。おまけにプルーストが草稿帳に書きつけたダンサーの役柄は、「アルミードの奴隷」ではなく「空気の精《シルフ》」である（同上）。

　さらに問題にすべきは、ネクトゥーが解読した草稿の執筆時期である。まず、この一節をさらに膨らませた草稿帳「カイエ39」のほうから検討しよう。同じダンサーが、ほぼ同じような衣装、つまり「黒いビロードのトック帽」（さきの「カイエ67」では「黒いビロードのベレー帽」）をかぶり、やはり「青い絹の袖」をひらめかせ、「サクランボ色のスカート」をはいて登場する（プレイヤッド版、II. 1151–1159）。さらに「それは目下、パリで大好評を博している外国バレエ団の有名な天才ダンサーだった」(同、II, 1155)と、明確にニジンスキーをしめす文言も出てくる。この草稿の執筆時期は、校訂者のチエリ・ラジェによると一九一〇年四―五月から九月までのあいだであり(同、II, 1494)、和田章男によれば一九一〇年夏頃だという(*Bulletin d'Informations proustiennes*, n° 29, p. 59, 62)。

ネクトゥーの解読した「カイエ67」の草稿は、べつの和田論文によれば、およそ一九一〇年の春以降の執筆だという(「プルーストの小説創造――「劇場」の場面の生成過程」、大阪大学『言語文化研究』一七号、三三五―三四〇頁)。「一九一〇年の春以降」といえば、作家の観ていた六月のバレエ・リュスの第二回公演と重なる時期ではないか。これ以上に詳しい情報は与えられていないが、いずれにしてもネクトゥーが解読した「カイエ67」の一節が一九〇九年に書かれた可能性はほとんどないと言わざるをえない。新説を知った興奮も、これで一挙に冷めた。

プルーストの描いたニジンスキーのすがたが、『アルミードの館』でなかったとしたら、どの役だったのだろう。一九〇九年と一九一〇年にパリで演じられたバレエ・リュスの演目、『ポロヴェッツ人の踊り』『饗宴』『レ・シルフィード』『クレオパトラ』『カルナヴァル』『シェエラザード』『ジゼル』『火の鳥』『オリエンタル』のなかで、ニジンスキーの踊ったすべての役柄をバレエ・リュスの研究書や展覧会カタログなどで調べてみたが、作家の記述と完全に一致する衣装は見当たらなかった。

したがってプルーストの描いた「カイエ67」のダンサーには、たしかにニジンスキーの舞台すがたが反映されているとしても、すでに小説家としての創作がふくまれていたと考えるべきであろう。この草稿は『ゲルマントのほう』にとり込まれ、女優ラシェルが楽屋でダンサーの仕草に惚れこみ、それにサン＝ルーが嫉妬する場面へと発展する(II, 475-479／⑤三八四―三九四)。作家は「カイエ67」の段階から、ダンサーの踊りを「蝶」の舞いにたとえたうえ、その衣装や化粧をことごとく女性化している。ダンサーは「サクランボ色のスカート」をはき、その「顔は、蝶の羽の鱗粉みたいに淡い色の白粉におおわれ」、「頰はヴァトーのデッサンみたいに、ピンクの紅がひいて」あり、「黒いロウで触覚みたいに尖らせた睫毛のあいだで、目がほほえんでいた」という。この描写は、つづく草稿「カイエ39」でも決定稿でも、それほど変わらない。

ダンサーの女性化が完成するのは、決定稿でラシェルが言う「あなた自身もまるで女みたい、あたしたち、きっと気が合うと思うわ、あなたと、あたしの女友だちを入れた三人なら」というせりふである（II. 478／⑤三九二）。青年ダンサーの女装すがたというのは、女優の男装と同じで、作家が好んだ「性をとり替えた」いでたちである。プルーストは、「カイエ67」の草稿段階では、ニジンスキーの踊った性別のない『バラの精』（一九一一）を観ていなかったが、早くも最初の出会いから、ニジンスキーのなかに両性具有ふうの魅力を見出していたのではなかろうか。

いや、もっと言えば、作家はニジンスキーの同性愛的側面に興味をそそられていたのではないか。ニジンスキーは、座長ディアギレフの恋人として生活を共にしていた。バレエ・リュスの内情に詳しい友人が身近にいたプルーストは、その事情を知っていたにちがいない。『ソドムとゴモラ』のなかには、そんなふたりの関係を示唆する一節が出てくる。小説の語り手が、若いヴァイオリン奏者モレルの庇護者として「シャルリュス氏」という一流の「マネージャー」が存在すると語ったあと、「バレエ・リュスのある器用なだけのダンサーが、ディアギレフ氏から仕込まれ、訓練を受け、あらゆる方面に技量を伸ばしてもらったことを想像すべきである」というのだ（III. 303／⑨一四一）。ここにニジンスキーの名前は出てこないから、「ある器用なだけのダンサー」とは、べつの二流の踊り手を想定したものとも考えられる。しかし私としては、「仕込まれ、訓練を受け、あらゆる方面に技量を伸ばしてもらった」という箇所に、年配のパトロンが若い同性の恋人を仕込むさまがほのめかされている気がしてならない。

同様の皮肉は「ディアギレフ氏（M. de Diaghilev）」という言いかたにも感じられる。たしかにディアギレフは活躍中の同時代人で、しかもロシア貴族の家柄に生まれたから、ふつうなら貴族への敬称としてMonsieur deをつけるのは礼儀にかなったやりかたである。しかし現存の人物でも、有名人は呼び捨てにするのが慣用で、げんにプルーストもべつの箇所で「バクストやニジンスキーやブノワのみならず、ストラヴィンスキーの天才を世に知らしめたバレエ・リュスの驚異的な隆盛」（III. 141／

⑧三二〇)と、四人の高名な同時代人に敬称をつけていない。『失われた時を求めて』にはもう一箇所、ディアギレフの名前が出てくるが、そこには敬称がなく、ただ「ディアギレフのバレエ団」(同上)と記されている。したがって問題の「ディアギレフ氏(M. de Diaghilev)」という敬称は、モレルを庇護するパトロンに「シャルリュス氏(M. de Charlus)」という敬称がついているのに合わせたものであり、そこには若いダンサーの「旦那」となり、好んで奴隷の役をわりあてた座長にたいする皮肉さえ読みとれる。いや、ディアギレフだけではない。ニジンスキーにたいする評価も、称賛一辺倒ではなかったようだ。「ある器用なだけのダンサー」というのが、かりにニジンスキーを指しているのなら、これが皮肉でなくて何であろう。

いずれにしても、生涯を『失われた時を求めて』の執筆に捧げ、それを書物として後世に残そうとした作家からすると、はかなく消えゆく舞台芸術をみる目は、バレエ・リュスの公演に通いつめたパリ社交界の名士連とは、おのずと違っていたにちがいない。最初に「天才的なダンサー」を称えた「カイエ67」の断章の主題にしても、舞台芸術の「はかなさ」であった(たとえ今日のように録画が普及しても、オリジナルの演技は刻々と消滅してゆく)。

たしかにプルーストは、このあともストラヴィンスキー作曲の『春の祭典』(一九一三)や、ピカソが台本と美術・衣装を担当した『パラード』(一九一七)など、バレエ・リュスの歴史的公演に立ち会っている。しかし友人アーンの作曲した『青い神』(一九一二)をはじめ、招待を断っている演目も少なくない。そもそも本コラムの冒頭に引用した、バレエ・リュスが「印象派にも匹敵する根本的な革命」をなしとげたという一節にしても、舞台芸術は「絵画と比べればいささか人工的かもしれぬ芸術」(III. 742/⑪一一二)という留保がついている。エキゾチスムを売りものにし、「弾けるような色彩と野生のリズムで〔……〕世紀末の退廃にとって替わった」(タディエ前掲書一八四頁)とされるバレエ・リュスの神髄と、プルースト自身の芸術理念とがどのように交わっていたのかについても、より詳しい検証が必要だろう。バレエ・リュスに本格的に自己投影したのは、むしろピカソら若い世代の前衛芸術家だったと思われるからである。

そう考えると、プルーストの小説にバレエ・リュスが出てくる『ソドムとゴモラ』と『囚われの女』の二箇所の意味も、より明確になるのではないか(さきに検討した『ゲルマントのほう』の一節、つまりサン゠ルーとラシェルのいさかいの原因となった無名ダンサーをめぐる一節はべつにする)。どちらもバレエ・リュスの公演にふれた箇所だが、そこで作家が照明を当てているのは、公演それ自体や演目の評価というより、むしろ熱狂的な観客としてのパリ社交界である。その庇護者として「特別ボックス席」にすがたをあらわすのは、ヴェルデュラン夫人と、パリの女性たちが見たこともない「頭のうえに巨大な羽根飾りを揺らして登場」するユルベレティエフ大公妃である(III, 140／⑧三一〇、III, 741／⑪一〇九)。ちなみに後者は、バレエ・リュスの熱心な後援者だったミシア・エドワーズ、のちの画家セール夫人をモデルにしていた。夫人のトレードマークの「羽根飾り」はコクトーの描いたデッサンなどで偲ぶことができる(図53)。

図53　コクトーの描いたミシア

しばらく小説の表舞台から消えていたヴェルデュラン夫人が二度にわたり、同じバレエ・リュスの公演にすがたをあらわすのは、ブルジョワ女の社交界での地位向上を示すためにほかならない。プルーストは、社交界の有為転変と同じで、バレエ・リュスの「隆盛」といえども長つづきするものでなく、さらに新たな流行にとって替わられることを熟知していたのではないか。ここでバレエ・リュスが、ドレフュス事件と同列に論じられていることにも、無関心ではいられない。いずれも社交界の、熱しやすく、冷めやすい移り気を際立たせる実例として引き合いに出されているのである。

ニジンスキーが一九一四年にディアギレフの許可なくハンガリー女性ロモラ・デ・プルスキと結婚し、バレエ団を追われると、第一次大戦の勃発もあって、華々しいパリ公演も中断のやむなきに至る。ニジンスキーは一九一八年に精神異常に見舞われ、一九一八―一九一九年、療養先のサン＝モリッツで冒頭に挙げた「手記」を書いた。こんどの新説には賛成できないが、ネクトゥーが問題の論文の最後で、プルーストが早くからニジンスキーの狂気を読みとっていたと指摘しているのには、心底、共感を覚えずにはいられない。

『ゲルマントのほう』に出てくるダンサーの跳躍がまるで「気がふれたように」(II, 475／⑤三八四)と修飾されているだけでない。すでに検討した「カイエ39」の草稿にも「この若い狂人」(II, 1155)と記され、「カイエ67」の一節にも「この狂人」と書きつけられている。ネクトゥーはこの事実を指摘したうえで、「十年後にニジンスキーを襲う悲劇を奇妙にも予告している」と書いている。プルーストには、すべてお見通しだったのだろうか。作家がニジンスキーに見ていたのが、たんなる「天才的なダンサー」でなかったのは明らかだ。もしかすると最初の出会いから、無意識のうちに、ニジンスキーに「囚われの男」の悲劇を嗅ぎつけていたのかもしれない。オルセー美術館で見たニジンスキー晩年の奇怪なデッサンと、

「ぼくはおとこ／ぼくはおとこ」という呪文のような文字の列は、いまもなお私の脳裏にとり憑いて離れない。

第五部

作家の方法をめぐる謎

第十三章　パリの物売りの声
――フィクションか批評か――

プルーストの長篇の成立に批評が大きな役割を果たしたことは、第二章「小説と批評の総合――『サント=ブーヴに反論する』の未完の構想」において詳しく検討した。そのとき考察した文学に関する批評はもとより、それ以外の音楽や美術などの芸術をめぐる批評についても、プルーストがそれらをいかに受容して『失われた時を求めて』に消化吸収したのかを跡づける研究、言い換えれば批評から小説への進化・変遷をたどる研究が広くおこなわれてきた。先行するさまざまな批評が『失われた時を求めて』へとり込まれた因果関係からして、これは正統な方法であろう。プルーストは『ジャン・サントゥイユ』の放棄後、文筆活動の大半を広い意味での批評活動に費やした。ラスキンの追悼および著作の翻訳・注解（一九〇〇―一九〇六）を皮切りに、サロン批評（一九〇三―一九〇七）、「大聖堂の死」（一九〇四）や「親を殺した息子の感情」（一九〇七）をめぐる論考、バルザックからレニエに至るさまざまな作家の文体模写《パスティッシュ》（一九〇八―一九〇九）、さらに『サント=ブーヴに反論する』（一九〇八―一九〇九頃）を執筆したのである。このような試行錯誤の末、一九〇九年頃にようやく本格的な『失われた時を求めて』の執筆にたどり着いた。作家のエクリチュールの年代的進展からしても、プルーストにおける評論から創作への道筋をたどるのは有効な方法なのである。

本章では、この正統かつ有効な方法を用いて、プルーストがパリの物売りの声をどのように第五篇『囚われの女』のなかにとり込んだのかを検討したい。パリの物売りの声については、シュピッツァーの先駆的考察をはじめ、数多くの研究が発表されている。(275)私自身も拙訳『囚われの女』の「訳者あとがき」(⑩四六二―四七五)にて私見のあらましを述べた。その一部をここでくり返すことをお許しいただき、パリの物売りの声を描写した一節に、批評の受容から小説の創作への転化がいかに図られたのかを検証したい。

『囚われの女』における「朝」

恋人たちの半年にわたる同居生活を描いた第五篇『囚われの女』は、それまでの各篇とは異なり、朝の「私」の目覚めで始まりアルベルチーヌとすごす夜で終わる「一日」を都合六回ほど積み重ねて描かれている。この「一日」とは、主人公の朝の目覚め、午後の外出、夜の就寝という三部から構成される一日のことで、かならずしも二十四時間の一日を意味しない。

岩波文庫版冒頭の一五〇ページ余りを占める「一日目」(III, 519–589／⑩二一―一七七)は、秋から冬に至る同居の初期において嫉妬が沈静化し、「私」が比較的平穏にすごすことのできた典型的一日をものがたる。それゆえ原則として動詞の時制は、反復された習慣的行為を表出する半過去に置かれている。「二日目」(III, 589―623／⑩一七七―二四八)も、それにつづく習慣的日々を半過去時制で描くが、途中につぎのような単純過去の一文が差し挟まれる。「その晩アルベルチーヌは、心に秘めていた計画について私にひとこと漏らさざるをえなかった。ただちに私は、アルベルチーヌは翌日ヴェルデュラン夫人を訪ねたいのだと悟った」(III, 595／⑩一九〇)。習慣的日々を描いてきた「二日目」の叙述のなかに、いきなり単純過去による一回きりの行為(その夜だけのできごと)が挿入されるのだ。このあと物語は、その夜「私」のなかに突然再発した疑念(アルベルチーヌはヴェルデュラン夫人邸でヴァントゥイユ嬢に会うつもりではないかという疑念)を詳述する。そして「三日目」(III, 623–862／⑩二四八―⑪三八四)は、アルベルチーヌが「ヴェルデュラン夫人を訪ねたい」意向を表明した日の翌日、つまり夫人邸で夜会が催された日を一回かぎりの特定の日としてものがたる（それゆえ大部分の動詞は単純過去）。こうして恋人たちの同居生活は、数ヵ月にわたる習慣を叙述した「一日目」、その習慣を乱すできごとを挟んだ「二日目」を経て、「三日目」という特定の日へと移行するのだ。

　これら三様に描きわけられた「一日」は、いずれも「私」の目覚めから、より正確に言えば目覚めた「私」の耳に届く通りの物音の描写から始まる。本篇冒頭の一日目の朝、「私」はベッドで「通りの最初の物音」を聞くだけで、「そのときの天気がわかる」。その物音が「やわらかく屈折して届くとそれは湿気のせい」だと判断でき、「矢のように震えながら届くとそれは朝の冷たく澄んだ広々としてよく響く虚ろな空間を飛んできた」ことがわかり、さらに「始発の路面鉄道《トラムウェー》が通る音」が「雨のなかで凍えているのか、それとも青空へ向けて飛び立たんとしているのか」も判別できるという（III, 519／⑩二一）。

　主人公が耳を澄ます通りの物音は、その日の天気を告げるばかりか、天候の移り変わりをも示して、季節を秋から冬へ、さらに冬から春へと進める役割も果たしている。二日目の朝には、夜のあいだに「家がまるで魔法の旅にでも出たかのように」、主人公は「べつの天気、異なる気候」のもとで目を覚ます（III, 589／⑩一七七）。朝の夢想のなかでも秀逸なのは、「近隣の修道院」から聞こえてくる「早起きの信心ぶかい女たち」を想わせる朝の「最初の鐘」である。その「まばらな音」が、「ときおり驟雨《しゅうう》に濡れても、ひと吹きの風やひと筋の光がそれを乾かしてくれるあいだ、雨の滴《しずく》をハトの声のようにくうくうとしたたらせ、風向きがふたたび変わるまで、虹色をもたらす束の間の陽光をあびて、ハトの胸のごとく玉虫色に映えるスレートを羽繕いしたように輝かせる」（III, 590／⑩一七八）。「最初の鐘」の音が「不安定なあられ」という早春の季節を示すうえ、「雨の滴」を「ハトの声のようにくうくうとしたたらせ」、「玉虫色に映えるスレート」を「羽繕い」するハトの胸にたとえた比喩には、匂いこそ想起されないものの繊細な音と華麗な色彩が喚起される点で、ボードレールの「万物照応」の美学をいっそう発展させた感がある。

三日目の朝、つまりアルベルチーヌが「ヴェルデュラン家へ行くかもしれない」と告げた翌日の朝、「私は、まだうとうとするあいだに湧いてきた歓喜ゆえに、冬のさなかに挿入されて春の一日が始まることを知った」（III, 623／⑩二四八）という。かくして季節は一挙に進み、実際この日は、あとで明らかになるように「二月」（III, 680／⑩三八九）の「日曜」である（III, 646, 650, 663／⑩三一三、三二三、三五一）。このように『囚われの女』において朝の目覚めは、大掛かりな比喩に彩られ、季節の推移を示すという重要な役割を果たしているのだ。

物売りの声の伝承と創作

さて三日目の朝には、天気の変化を示すだけではない特異な物音も聞こえてくる。通りを行き交う「さまざまなつつましい職人や商人」たちが「近隣の小さな家並みに向けて発する呼び声」（III, 623／⑩二五〇）である。ここで「つつましい職人や商人」と訳したのは「プチ・メチエ」petits métiers と総称される行商人で、プルーストの本文には、研《と》ぎ屋、目立て屋、鋳掛屋《いかけや》、樽屋、ガラス屋などの職人をはじめ、古着屋や屑屋《くずや》のような回収業者、乳を売り歩くヤギ飼い、お菓子のプレジール売り、さらにはビゴルノ、エスカルゴ、牡蠣《かき》、ムール貝といった貝類や、小エビ、エイ、メルラン、サバなどを売る魚屋、アルティショ（アーティチョーク）をはじめロメーヌ、アスパラガス、ネギ、ニンジン、サヤインゲンなどの野菜や、オレンジ、ブドウなどの果物を売る八百屋、はたまたおもちゃ売りなど、さまざまな職種の「プチ・メチエ」を網羅するように描かれる。

これら職人や商人の声は、パリの呼び声を意味する「クリ・ド・パリ」Cris de Paris なるフランス語でヨーロッパじゅうに知られていた。その呼び声は、街頭における唯一の宣伝手段として中世から存在し、十六世紀以降にはその幾多の変遷がさまざまな歌や芝居のなかに記録され、提供する仕事や商品に応じて十八世紀から十九世紀にかけてしだいに定着したものである。プルーストが『囚われの女』のなかにこの呼び声を「古い貴族街」であるがゆえに「庶民的な面」をも残す「古《いにしえ》のフランス」(III, 623／⑩二四九―二五〇)のあらわれとして描いたのは、街なかに立つ市(十九世紀に発達して現在もパリの随所に週三回ほど立つ定期市)や、十九世紀中葉に創業したフェリックス・ポタンのようなスーパーマーケットの発達によって、古き良き「パリの呼び声」が急速に消滅しつつあったからである。

十九世紀後半には、ジョルジュ・カストネルの『パリの声』(一八五七)やヴィクトル・フルネルの『古きパリの街路』(一八七九)など、これら売り声の歴史をたどり、その文言や抑揚を記録にとどめる試みが相ついで出版された[276]。その頃すでに「パリの呼び声」の近い将来における消滅が自覚されていたからであろう。プルーストも、すでに定着していた多彩な呼び声を挙げている。そこには八百屋の「さあ、やわいよ、さあ、あおあおだよ」(III, 625／⑩二五五)をはじめ、牡蠣売りの「さあ舟だよ」(III, 633／⑩二七七)や、伝統菓子を売る「奥さまがた、プレジールですよ」(III, 626／⑩二六〇)など、古来の売り声はもとより、「エイもあるよ、生きたまま、生きたまま」(III, 633／⑩二七八)、「さあメルラン、フライ用」(同上)、「来たよサバ」(同上)、「さあムール貝」(同上)、「やわらかいインゲン」(III, 635／⑩二八四)、「フロマージュ・ア・ラ・クレ〔ーム〕」(III, 635／⑩二八五)、「フォンテーヌブローのシャスラ」(同上)などの売り声が出てくる。また「樽、樽!」(III, 634／⑩二八一)、「ガラス……屋」(同上)をはじめとする職人の声も拾われている。ここに列挙したプルーストの用例は、一部はメルシエの『十八世紀パリ生活誌』[277]やバルザックの『ゴリオ爺さん』[278]にも挙げられ、多くはカストネルの前掲書に収録されており、また本作と同時代の二十世紀初頭の絵葉書にも記されていた。プルーストはこうした呼び声を入念に調べたうえで、それを小説本文に採り入れたのである。

職人や商人が提供する仕事や品物によって一定の呼び声が決められていたのは、それが高い階に住む人が聞いても

図 54　プレジール売りの呼び声

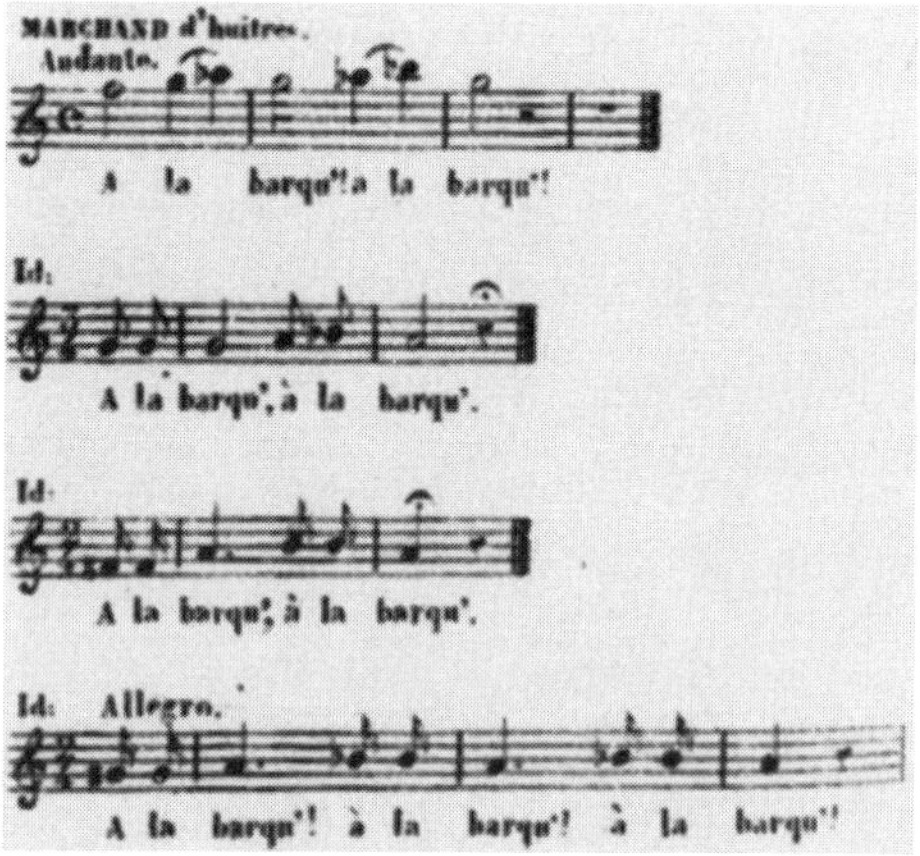

図 55　牡蠣売りの呼び声

すぐにわかる符牒として機能していたからである。もとよりカストネルは前掲書で、同一の文言でも、「奥さまがた、プレジールですよ」(図54)や「さあ舟だよ」(図55)の抑揚に複数の例を挙げているように、職人や商人の創意によって節回しにさまざまなヴァリエーションが存在したことを報告している。そうであれば呼び声の文言自体にもさまざまなアドリブが許されていたとして不思議ではない。

プルーストが挙げた呼び声でひときわ生彩を放つのは、「よくフレージングされ、リズム感にあふれ、韻律に富んでいる」[279]とカストネルが指摘したような呼び声である。そのなかで当時の研究書や絵葉書に記録されていない呼び声を三つ挙げておこう。第一は、鋳掛屋が張りあげる、つぎのような語呂合わせの陽気な歌声である。「かけ、かけ、かけ、／参上しました、どれでも、いかけ、／マカダム〔砕石に砂を混ぜて敷き固める舗装〕でも、いかけ、／つぎ当てに参上、あの穴この穴、／どれでも詰めます、開いた穴、／穴、穴、穴」(III, 626／⑩二六〇)。第二は、八百屋が濃緑色の分厚い葉のロメーヌを売るときに発する「ロメーヌで、ロメーヌで！／売らないよ、見せるだけ路面《ロメーヌ》で」(III, 633

／⑩二七八）という駄洒落。第三は、おもちゃ売りが歌う「どれもこれも私がつくり、私が売らん、／かせいだお金は私がつかう。／あら、ら、ら、ら。あら、ら、ら、ら、らー」(III, 644／⑩三〇八)という人を食った地口である。これらがプルーストの純然たる創作とは考えにくいが、もしかすると作家は、遊び心から部分的に創意を発揮したのかもしれない。

物売りの声に認められる音楽

小説の本文では、パリの物売りの声が「際限なくつづく世俗声楽曲《カンティレーナ》」(III, 625／⑩二五四)にたとえられ、「ミサの最中の司祭による詩篇詠唱」(III, 623／⑩二五〇)との類似にも言及される。ただしこれはプルーストの創見ではなく、つとに指摘されていたことである。たとえばフルネルは前掲書『古きパリの街路』で、「これら通りの世俗声楽曲《カンティレーナ》の大多数は単旋律聖歌《カントゥス・プラーヌス》の調性を再現している」と指摘していた。[280] また小説中で、「古着、古着屋、古……着」と唱えて「最後の古着《アビ》という二音節のあいだに休止を入れる」やりかたには司祭が「ペル・オムニア・サエクラ・サエクロ……ルム」と唱える「単旋律聖歌《カントゥス・プラーヌス》」との類似が認められる、という箇所(III, 625／⑩二五四)も、プルーストの純然たる創作ではない。すでにカストネルの前掲書が、省略が多くて遠くで聞くと判然としない「パリの呼び声」が、「サエクロルム、アーメン」を「エウオウアエ」と省略する「典礼の決まり文句」に似た効果を醸し出すと指摘していたからだ。[281] とはいえカストネルが指摘したパリの呼び声と単旋律聖歌《カントゥス・プラーヌス》との類似はあくまで一般論であり、それを「古着、古着屋、古……着」という呼び声に当てはめ、「古着屋がことさら自分の売る古着の永遠性を信じているわけでも、古着を最期の安らかな眠りのための経帷子《きょうかたびら》として提供するわけでもない」(同上)という皮肉を挿入したのは、やはりプルーストの創意と判断すべきだろう。

さて多くの注釈者が指摘しているように、パリの呼び声を描いたプルーストの脳裏には、ギュスターヴ・シャルパンティエのオペラ『ルイーズ』が存在していたらしい。一九〇〇年にオペラ＝コミック座で初演されて大好評を博し、その後も一九五七年までに累計千回の上演を重ねたヒット作である。このオペラは、パリの芸術家《ボヘミアン》たちを描いたプッチーニのオペラ『ラ・ボエーム』（一八九六年初演）にも似て、父親の束縛によって囚われの身となっているお針子ルイーズが、ボヘミアンの詩人ジュリアンに身を任せる恋の讃歌である。その第二幕六―八場に、娘の自由な恋を讃える役柄として、モンマルトルの街をゆきかう行商人たちの呼び声が出てくるのだ。その呼び声のうち、屑屋、古着屋、樽屋、ニンジン売り、プレジール売りの声が、プルーストが引用した呼び声と共通する。とりわけ八場の末尾には、プルーストの本文と同じく、アルティショ売りの「さあ、やわいよ、あおあおだよ」という売り声が出てくる。アルベルチーヌと同様に囚われの身であるルイーズの耳には、さまざまな売り声が誘惑として聞こえてくるが、シャルパンティエのオペラでは、「奥さまがた、プレジールですよ」（八場）の売り声が「プレジール」の本来の意味である「快楽」への誘い水になるという浅薄な役割を果たしている。プルーストは一九〇八年一月の友人ダニエル・アレヴィ宛ての手紙で『ルイーズ』を「ばかげたオペラ」と軽蔑している（COR. XXI, 632）。『囚われの女』にみずから描いた「パリの呼び声」には、シャルパンティエのオペラに出る呼び声を顔色なからしめる意図があったと考えるべきかもしれない。

「パリの呼び声」におけるプルーストの独創

『ルイーズ』とは異なる『囚われの女』の独創は、「パリの呼び声」がつくり出す音楽自体をいわば総合的な一大オペラたらしめた点にあるのではないか。総合的という意味は、行商人たちをできるかぎり網羅的に登場させ、前掲の三例に見られる陽気な地口などに多少の創作も交えながら多様な呼び声を展開したことにとどまらない。プルーストは職人や商人の呼び声を「レチタティーヴォ」(III, 624／⑩二五二)や「アリア」(III, 644／⑩三〇七)にたとえたうえ、それぞれの行商人に独自の楽器を持たせている。さきに挙げた「パリの呼び声」を収録した研究書や、そのすがたを写した図版や絵葉書には、ほとんど「楽器」が登場しない。ところがプルーストの本文では、犬や猫の毛の散髪屋が「けたたましいラッパの音」を出すのをはじめ(III, 625／⑩二五四)、ヤギ飼いは「素朴な笛やバグパイプ」を鳴らし(III, 626／⑩二六〇)、研ぎ屋は「鐘の音《ね》」を奏でる(III, 626／⑩二五六)。さらにプレジール売りは「がらがら」を手にし(III, 626／⑩二六〇)、ボンボン売りも同じく「がらがら」を打ち鳴らし(III, 644／⑩三〇七)、おもちゃ売りは「ミルリトン」を奏で(同上)、修繕屋は「ファイフ」(III, 644／⑩三〇八)を演奏する。このように職人や商人にそれぞれ楽器を奏でさせたのはプルーストの独創ではないかと推測される。

これら呼び声に関する一節の冒頭には、つぎの一文が配置されていた。「陶磁器修理屋の角笛や椅子張替屋のラッパから、〔……〕ヤギ飼いの横笛にいたるまで、さまざまな楽器のために巧みに書きわけられた民謡のさまざまな主題《テーマ》が、朝の空気をオーケストラのように軽やかに震わせて「祝日のための前奏曲」を奏でていた」(III, 623／⑩二四八―二四九)。興味ぶかいのは、ここに登場しているのが、歌声に相当する呼び声ではなく、職人や商人が手にする楽器だけであることだ。オペラで幕が開く前にオーケストラが奏でる序曲と同じく、プルーストは行商人たちにまず楽器のみを奏でさせ、それを文字どおり「祝日のための前奏曲」としたのである。

プルーストの第二の創意は、物売りの声を一方では「ミサの最中の司祭による詩篇詠唱」にたとえ、他方ではリムスキー＝コルサコフによる改訂版『ボリス・ゴドゥノフ』(一九〇八年初演)やドビュッシーの『ペレアスとメリザンド』(一九〇二年初演)の現代オペラの朗唱法に重ね合わせた点にある(III, 623／⑩二五〇)。さきに検討したように、パリの呼び声と単旋律聖歌《カントゥス・プラーヌス》との類似は、つとにカストネルやフルネルが指摘していた。また『ボリス・ゴドゥノフ』の朗唱に「とうてい歌とは言えない」「きわめて庶民的な音楽」(III, 624／⑩二五〇、二五二)が含まれていることは、オペラ冒頭の修道院中庭における民衆の会話などを考えれば容易に理解できる。さらに言えば『ボリス』の影響を受けたとされる『ペレアス』は、従来のオペラのアリア、重唱、レチタティーヴォなどの区別を排して「無限旋律」を創始したワーグナーの音楽をさらに刷新し、これまた「とうてい歌とは言えない」新しい朗唱法を創始したことで知られる。それればかりか『ペレアス』の第三幕冒頭でメリザンドが塔の上から長い髪を垂らしながら口ずさむ有名な歌には、しばしばグレゴリオ聖歌の旋法との類似が指摘されてきた。そもそもオペラ初演当時から音楽批評家は『ペレアス』冒頭の四小節」に「グレゴリオ聖歌の入祭唱」との類似があることに注目していた(282)。

プルーストの創意工夫は、「パリの呼び声」に見られる一方では単旋律聖歌《カントゥス・プラーヌス》との、他方では『ペレアス』におけるグレゴリオ聖歌との、それぞれ別個に指摘されていた類似を合体させ、パリの物売りの声を中世のグレゴリオ聖歌から現代オペラに至る西洋の音楽史のなかに位置づけた総合性にあるのではないか。プルーストは、おもちゃ売りの「さあお父さん、さあお母さん」という呼び声の「時代遅れの純メロディー派」の「アリア」が、「大聖グレゴリウスの典礼の朗唱法にも、パレストリーナの改革朗唱法にも、現代作曲家たちのオペラの朗唱法にも」頓着しないと指摘している(III, 644／⑩三〇七―三〇八)。これは逆に言えば、それ以外の「パリの呼び声」が今しがた見たように西洋の音楽史全体を踏まえることを示唆しているのではなかろうか。

アルベルチーヌの発言のエロティシズム

プルーストの第三の工夫は、『ルイーズ』には出てこない魚介類などの売り声にアルベルチーヌが食欲をそそられるという設定をした点にある。「もしアルベルチーヌがいなかったら私は怖気《おぞけ》をふるっただろう」(III, 624／⑩二五二)というビゴルノやエスカルゴをはじめ、海鮮料理店の「プリュニエに行けばもっとおいしいのが食べられる」(III, 633／⑩二七七)と「私」が難色を示す牡蠣や、ムール貝、さらにはロメーヌの売り声に、アルベルチーヌは「あたし食べたいわ！」(同上)と食指を動かす。フロイトふう精神分析の安直な適用に与するわけではないが、この解釈には一理あると言わざるをえない。この一節には、たとえば「来たよサバ」の呼び声を聞いて「私」が「思わず身震い」して「売春婦のヒモ」を想いうかべる(III, 633／⑩二七八)こと(サバの仏語 maquereau には売春婦のヒモの意味がある)など、性的暗示にこと欠かないからだ。アルベルチーヌがムール貝やロメーヌを食べたいと言ったとき、「私」はコタール医師がそれらを「厳しく禁じていた」ことを想い出す(同上)。この箇所については、ムール貝が女性の性器を暗示し、「ローマの女」をも意味するロメーヌが女性同性愛をほのめかすという説も提起されている。[283] 作家自身が読者を性的暗示へと誘導しているように感じられる一節なのである。

こうした性的暗示は、アルベルチーヌの口から発せられるアイスクリームのエロチックな想起の前触れになる。真冬の「二月」になぜアイスクリームかと訝《いぶか》る読者を想定したのだろう、作家はアルベルチーヌにサヤインゲンやシャスラなどの売り声を聞けるのは「まだまだ先ね」と残念がらせ、「あなたはまだアイスクリームの季節じゃないって言うでしょう、でも、あたし食べたいの！」と言わせている(III, 636／⑩二八五―二八六)。アルベルチーヌは「神殿や、教会や、オベリスクや、岩山なんか」をかたどったアイスクリームを所望し、それを「喉ごしに冷たいさわやかなものに変えてしまう」のが楽しいと言う(III, 636／⑩二八九―二九〇)。とくにアルベルチーヌが「ヴァンドームの塔をかたどった」アイスクリームや、「フランボワーズのオベリスク」について語って、それを「喉の奥で溶かしたら、きっとオアシスよりも快適に喉を潤してくれるはずよ」(同上)と言うくだりには、多くの注釈者が指摘するように性的な暗示（フェラチオ）を読みとらずにはいられない。このすぐあとに出る「レモン味の黄色っぽい小型のアイスクリームの麓《ふもと》にだって、大勢の御者だの旅人だの貸し馬車《シェーズ・ド・ポスト》だのがはっきり見えるの。あたしの舌の役目はね、そんな一行のうえに凍るように冷たい雪崩をおこして一行を埋めてしまうことだわ」（III, 637／⑩二九二）というアルベルチーヌの発言にも、性的サディスムが感じられる。

読者がこうした解釈に誘われるのは、この発言に語り手が括弧を付して「（アルベルチーヌがそう言ったときの残忍な官能の歓びが私の嫉妬をかき立てた）」（同上）と注記しているからである。いや、ただのサディスムではない。アルベルチーヌは「あたしの唇の役目はね、イチゴの斑岩でできたたくさんのヴェネツィアの教会の柱を一本また一本と壊していって、その教会の残骸を信者たちのうえに落下させることなの」（同上）とまで言う。のどかなパリの朝の罪なき売り声にグレゴリオ聖歌の旋法を想起させたプルーストの描写は、教会を冒瀆する性的サディスムで幕を閉じるのである。ゲルマントの館の前を通るパリの物売りの声は、理屈上は第三篇『ゲルマントのほう』の冒頭で主人公一家がそこへ引っ越してきたときから聞こえていたはずだ。それが『囚われの女』ではじめて報告されるのには、アルベルチーヌの同居という舞台設定を必要としたのである。

最後に付言すると、アルベルチーヌがアイスクリームを「ヴァンドームの塔」や「オベリスク」や「ヴェネツィアの教会」にたとえた大掛かりな比喩は、「私」（およびその背後のプルースト）の文学の自己模作ないし自己嘲笑のあらわれとみなす見解がある。[284] アルベルチーヌの発言は、その内部に「豊かな知性と潜在的趣味とが急速に発達した」証左であり、それは「ひとえに私の影響を受け、寝ても覚めても私といっしょに暮らしているからこそ身についた種類のことばだ」と本人が言い張り、「私」も「きっと心底ぼくの影響を受けているんだ、〔……〕あの娘《こ》はぼくの作品なんだ」（III, 635–636／⑩二八七―二八九）と考えることが、その根拠とされる。

しかし私はこの解釈に与しない。アルベルチーヌの知性が「発達した」といっても、アンドレの母親について「なにせ画まで、馬や車なんかと同じぐらい立派なものへ格上げしちゃうんだもの」(III, 527／⑩三八)と言い放つ娘である。『囚われの女』にはこれまでの巻と同様、各登場人物のことば遣いが周到に描きわけられている。「私」の母親のセヴィニエ夫人引用癖(III, 526-527, 647／⑩三六―三七、三一五―三一六)はもとより、ゲルマント公爵夫人の「地方色」を残す発音(III, 544-546／⑩七五―八〇)にせよ、公爵の口癖である「まさしく」(III, 549-551／⑩八八―九四)にせよ、ブレオーテ氏の「しの音がうまく発音できない」(III, 550／⑩九〇)会話にせよ、各人のことば遣いの奇癖が面白おかしく誇張されているのだ。アイスクリームの比喩も、アルベルチーヌの「知性」が「急速に発達」してバランスを欠いたせいで出てきた珍妙な発言として誇張されているように私には感じられる。

そもそもアルベルチーヌが「会話のなかに書きことばに近いイメージを性急に使う」のを聞いた「私」は、「文学的表現」は「もっと神聖な用途のためにとっておくべきものと思われた」(III, 636／⑩二八九)と述懐して、「もっと神聖な用途」とは会話ではなく真の文学作品だと示唆している。プルースト自身の比喩は、意表をつく大胆なものであるにもかかわらず一読してその必然性が納得できるのにたいして、アルベルチーヌがアイスクリームを「小さな子供たちが迷子になるくらいの森」や「ヴェネツィアの教会」にたとえる比喩(III, 637／⑩二九二)は、豪華に盛りつけられたさまをあらわしたにしても大仰にすぎると言わざるをえない。なによりも語り手は、これを「安直な風流」(III, 638／⑩二九四)だと断言している。アルベルチーヌの大仰なアイスクリーム談義は、性的ファンタスムのみならず、誤った文学的修辞をめぐる考察へと読者をいざなう機会を提供していると考えるべきであろう。

物語化された批評

以上、プルーストが「パリの呼び声」に関するさまざまな批評からヒントを得て、それを『囚われの女』の「三日目」の朝に組みこんだ経緯を検証した。しかし翻って考えるなら、この一節においてプルーストが発揮したさまざまな創意は、鋳掛屋の「かけ、かけ、かけ、〔……〕」の語呂合わせや、ロメーヌ売りの「売らないよ、見せるだけ路面《ロメーヌ》で」の地口や、おもちゃ売りの「どれもこれも私がつくり、私が売らん、／かせいだお金は私がつかう」の軽口にせよ、パリの物売りたちに楽器まで持たせて、その楽器と呼び声の醸し出す音楽を一大オペラに仕立てた点にせよ、はたして小説家の褒めたたえるべき重要な成果であろうか？

この一節の核心である、パリの呼び声を一方ではグレゴリオ聖歌にたとえ、もう一方では『ボリス』や『ペレアス』という同時代オペラの新しい朗唱法と重ね合わせ、それを古代から現代に至る音楽史のなかに位置づけた発想にしても、古着屋の呼び声と単旋律聖歌《カントゥス・プラーヌス》との類似を指摘しつつ「古着屋がことさら自分の売る古着の永遠性を信じているわけでも、古着を最期の安らかな眠りのための経帷子《きょうかたびら》として提供するわけでもない」と指摘した諧謔にしても、これらは小説構成上の興趣をそそる挿話であるというよりも、むしろ「パリの呼び声」をめぐる批評家プルーストの炯眼を示す成果と考えるべきではないのか？

読者の興味を惹くのは、いずれもパリの呼び声それ自体に関するプルーストの批評的考察の斬新さであって、この考察は「私」とアルベルチーヌの恋物語の結構になんの影響も与えない。もちろんアルベルチーヌの魚介類への嗜好やアイスクリーム談義に性的暗示を読みとろうとする「私」のファンタスムは、囚われの女への嫉妬という小説の重要なテーマと深くかかわっている。しかしこの性的暗示も、すでに見たように文学的比喩は会話において可能なのかという問いをめぐり、誤った文学的修辞に関する考察へと読者をいざなう役割を果たしている。このように考えると、

『囚われの女』のこの一節においてプルーストは、パリの呼び声をめぐる各種批評から出発してそれを純然たる小説的創作へ転化したというよりは、むしろ独自の批評的考察を開陳したとみなすべきであろう。

パリの物売りの声は、先述のように理屈上は第三篇『ゲルマントのほう』の冒頭、主人公一家がゲルマントの館へ引っ越してきたときから聞こえていたはずである。それが、なぜ『囚われの女』において、しかも「三日目」の朝の描写においてはじめて報告されるのか？　もちろんアルベルチーヌのアイスクリーム談義の前段として、恋人との同居という舞台設定を必要としたからである。しかしそうであれば、なぜ『囚われの女』の冒頭から、パリの呼び声が描写されなかったのか。これには「一日目」の朝も「二日目」の朝も、もっぱら「私」の孤独な夢想に費やされていて、そこにアルベルチーヌは不在だったから、と答えることもできよう。しかしより重要な理由は、『囚われの女』の「三日目」が、午後にはワーグナーと芸術をめぐる考察が、夜にはヴェルデュラン家におけるヴァントゥイユの七重奏曲に関する考察がまとめて展開される、いわば音楽批評の一日であることではないか。

『囚われの女』では、その冒頭、アルベルチーヌが化粧室で歌うイポリット・ゲランの詞にエミール・デュランが音楽をつけた歌（III. 521／⑩二四）からして、音楽がこの巻全体を貫く重要なライトモチーフであることを示唆している。その歌の「胸の痛みなんて、愚かなもの、／それに耳かす者は、もっと愚か者」という歌詞は、『囚われの女』全体の通奏低音をなす嫉妬の愚かさを示唆しているようにも聞こえる。「三日目」の朝においてパリの呼び声が奏でる庶民の音楽は、グレゴリオ聖歌から現代オペラに至る西洋音楽史全体を貫く朗唱を体現している。これら流行歌と庶民的呼び声のかたわらにつねにアルベルチーヌが存在しているのは、それらが受容に孤独を必要としない大衆音楽だからであろう。

それにひきかえ「三日目」の午後、「私」がヴァントゥイユのソナタをピアノで弾く際にも、それに導かれてワーグナーの『トリスタンとイゾルデ』について省察をめぐらす際にも、「私」には孤独が不可欠となる。さらに「私」(その背後のプルースト自身)の考察は、ワーグナーの『ニーベルングの指環』四部作、バルザックの『人間喜劇』、ユゴーの『諸世紀の伝説』、ミシュレの『フランス史』や『フランス革命史』へと展開する。そこには作家たちが「回顧的にその作品に付与した」「統一」が認められることが指摘される。この統一は「あたかも自分がつくり手であると同時に裁き手であるかのように、仕事をする自分自身を見つめ、その自己観照から」導き出された統一で、「もはや合体するほかない多様な作品のあいだに統一が発見されたときの感激の瞬間から生まれたものであるだけに、いっそう現実的とさえ言える統一」だという(III, 666-667／⑩三五七―三六一)。この指摘は、十九世紀の大作のみならず、『サント＝ブーヴに反論する』から『失われた時を求めて』に至るプルースト自身の作品執筆過程にも、さらには「私」がある作品を執筆する決意で終わる『失われた時を求めて』自体の不完全さにも、また最終篇『見出された時』の文学論によって小説全体に回顧的に与えられた統一にも、当てはまるように感じられる。

こう考えると『囚われの女』の「三日目」に展開されるパリの呼び声からヴァントゥイユの七重奏曲へと至る音楽に関する批評的考察は、文学創作に至る「私」の歩むべき道を象徴的にあらわしていることがわかる。これはほんの一例にすぎないが、一般に『失われた時を求めて』に挿入された批評的断章は、プルーストの小説が単なる「失われた時の探究」ではなく、その探究の批評的根拠をも示す小説として構想されたときから、つまり不完全とされた十九世紀の大作と同じく「あたかも自分がつくり手であると同時に裁き手であるかのように、仕事をする自分自身を見つめ、その自己観照から」つくり出された作品として構想されたときから、主人公「私」の文学創造に至る歩みの根拠を示すのに不可欠な小説的要素となったのである。

このように考えるなら、『ジャン・サントゥイユ』の放棄後、ラスキンの著作の翻訳・注解から『サント＝ブーヴに反論する』までの長い低迷期を乗り越えて、ようやく一九〇九年頃から『失われた時を求めて』という創作に立ち至ったという、プルーストの小説成立に関して唱えられてきた定説にも、異論を差し挟むことができるだろう。プルースト自身、一九〇六年十二月、ラスキンの翻訳を手伝ってくれたマリー・ノードリンガーに宛てて「お母さんが奨励してくれた翻訳の時期は永久に終わりにしますが、私自身の翻訳にはもう勇気が出ません」(COR, VI, 308)と語って、この時期を創作には不毛な時期とみなしていた。しかし作家自身のこの自己判断にもかかわらず、長い逡巡であり、低迷であり、不毛の十年であるとみなされがちなプルーストの翻訳や評論の活動は、第二章で見たように、『失われた時を求めて』という小説が成立するのに必要不可欠な要素だったのである。

近年のプルースト研究は、ラスキンの翻訳・注解、サロン批評、「大聖堂の死」などの評論、さまざまな作家の文体模写《パスティッシュ》、『サント゠ブーヴに反論する』など、小説に先立つすべての評論は、余分な回り道だったのではなく、ことごとくなんらかの形で『失われた時を求めて』のなかに採り入れられたうえ、小説の各挿話の理論的根拠となっていることを示した。『失われた時を求めて』は、その批評的根拠をも提示する小説として構想されているからには、必然的に、物語化された批評、フィクションと評論との総合たらざるをえないのである。

第十四章　ゴンクール兄弟の「未発表の日記」
――文体模写とフェティシズム――

『失われた時を求めて』の最終篇において主人公は、サン＝ルー夫人ジルベルトをコンブレー郊外のタンソンヴィル(故スワンの別荘)に訪ねた。しかし少年時代をすごした想い出の地へ戻っても心を動かされず、「想像力も感受性も衰えてしまったという感慨」(IV, 267／⑬二三)にとらわれ、文学的才能の欠如を痛感する。その想いをいっそう募らせたのは、滞在最後の夜に読んだゴンクール兄弟が残した「日記の未発表の一巻」(IV, 287／⑬六〇)である。そこに数頁にわたり引用された日記(IV, 287-295／⑬六一―八六)は、本物の日記ではなく、プルーストが文体模写《パスティッシュ》の手法を用いて、エドモン・ド・ゴンクールふうの文体でヴェルデュラン夫人のコンティ河岸のサロンを描写した擬似日記である。

エドモンとジュールのゴンクール兄弟は、一八五一年からふたりの共同名義で、弟が没した一八七〇年からは兄エドモンの単独名義でその死の前年(一八九五年)まで、当時の社会と文壇の詳細を日記に書きつけた。日記といっても、個人的な備忘録ではなく、「文学的生活の回想録」という副題が示すように出版を前提とした回想録であり、読者に同時代の作家たち(サント＝ブーヴ、ゴーチエ、フロベール、ゾラ、テーヌなど)の興味ぶかい逸話を提供するのが眼目であった。エドモンはこの『日記』の抜粋九巻を一八八七年から一八九六年にかけて刊行した。

プルーストは、本人の回想によれば、二十代の青年期にアルフォンス・ドーデ家やマチルド大公妃邸でエドモン・ド・ゴンクールに会っていた(Essais, 1268)。また『失われた時を求めて』にとりかかる前の一九〇八年二―三月、ルモワーヌがひき起こしたダイヤモンド偽造事件を素材に、さまざまな十九世紀作家の文体を描きわけた一連の文体模写《パスティッシュ》を発表、そこにゴンクールのそれも含まれていた。プルーストの文体模写《パスティッシュ》の校訂版を作成したジャン・ミイの詳細な注釈によると、作家はこれを作成するにあたり、すでに出版されていたゴンクールの『日記』を渉猟していた[285]。さらに一九〇八年末から一九〇九年初頭にかけて、メモ帖「カルネ1」に『日記』からの抜粋を大量にメモしていた[286]。このメモは、その頃とりかかった『サント＝ブーヴに反論する』のために、社交と会話を重視したゴンクールの日記文学のありかたを批判する準備作業だったようである[287]。

擬似ゴンクールによる「未発表の日記」の草稿

さてプルーストが、『失われた時を求めて』へとり込むべく、ゴンクールの「未発表の日記」をめぐる最初の草稿を書きつけたのは、「カイエ55」においてである。ジャン・ミイはこの草稿の執筆時期を一九一七年以降と推定したが[288]、これは一九一五年頃と考えるべきだろう。プルーストは一九一五年十一月、シェイケヴィッチ夫人へ送った『スワン家のほうへ』の献辞に、小説の当時未刊行であったアルベルチーヌをめぐる物語の概要を記しているが、この概要は「カイエ55」と「カイエ56」に記された草稿から十数箇所を抜粋して作成されたものである。ゴンクールの日記の下書きはこの草稿の途中に差し挟まれて執筆されたから、当然この献辞以前の執筆と推測されるのである[289]。

この執筆時期は、他の資料によっても追認できる。『プルースト書簡集』の編者フィリップ・コルブが一九一五年三月十一日の執筆と推定したリュシアン・ドーデ宛て書簡によると、プルーストは「ゴンクール兄弟の『日記』のたまたま開いた巻」のなかに「ヴィクトル・ユゴーの葬儀の日に関して信じがたい記述が多数あること」に気づき、「あなた〔ドーデ〕か私の作成した文体模写を読んでいる気がした。〔……〕ゴンクールがラップランド〔スカンディナヴィア半島最北部地域〕における自作への崇拝を語った一節の場合と同じだ」と指摘した(COR, XIV, 77-78. 傍点は引用者)。引用末尾の文言は、ゴンクール『日記』の一八八五年の「巻」に出てくるつぎの文章に基づく。「ベレンドセン〔ゴンクール作品のデンマーク人翻訳家〕がユイスマンスに語ったところによると、デンマークやボスニアやバルト海周辺諸国では私に一種の崇拝が捧げられているようで、文学に心得があると言うにふさわしい者は、寝る前には欠かさず『ラ・フォースタン』なり『シェリ』なりを一頁は読むという」(290)(291)。さきに引用した「あなたか私の作成した文体模写」という文言は、プルーストが自分で作成したか作成しようとしていた「文体模写」の存在を示唆する。「カイエ55」に書きつけられた文体模写の最初の草稿には、いま提示したゴンクールの日記に触発されたとおぼしいこんな記述がある。「若い娘は婚約者がシェリやラ・フォースタンの讃美者と判明せぬかぎり金輪際《こんりんざい》結婚を首肯せぬという」(292)。この一文は、『見出された時』の最終稿となるつぎの文章がすでにこの段階でほぼ完成していたことを示している。「若い娘は婚約者が『ラ・フォースタン』の讃美者と判明せぬかぎり金輪際《こんりんざい》結婚を首肯せぬという」(IV, 289／⑬七一)。

実際一九一五年には、メモ帖「カルネ3」にゴンクールの『日記』からのメモが集中して書きつけられている。それらはアントワーヌ・コンパニョンが詳しく注記したように、文体模写《パスティッシュ》のためのメモであった(293)。プルーストはこの文体模写を、なぜ、いかなる事情で、一九一五年に、とりわけ「カイエ55」に記したのだろうか。一九一五年という執筆時期は、エドモン・ド・ゴンクールが遺言で「この日記の出版は私の死後二十年を待つこと」(294)と指定した期日(一九一六年七月)の前年にあたる。この遺言とそれに伴う議論に通じていたプルーストは遺言期日の到来を「恰好の機会」と考えて文体模写《パスティッシュ》にとりかかった、とアニック・ブーイヤゲは推定した(295)。しかし、存命作家たちのプライバシーに鑑み、アカデミー・ゴンクールは日記の公開をさらに五年間(一九二一年まで)延長する決定をくだし、ついで期日はさらに一九二五年まで延長された。実際に『日記』の全体が刊行されるのには、死後二十年どころか、一九五六―

一九五八年に刊行されたロベール・リカットによる校訂版二十五巻を待たなければならなかった。

プルーストがゴンクールの「未発表の日記」の草稿を書きはじめたのが一九一五年であり、それが当時『囚われの女』の原型を執筆していた「カイエ55」であったのは、当初から作家に、『囚われの女』で語られるコンティ河岸におけるヴェルデュラン家のサロンの描写と、擬似ゴンクールの語る同サロンの描写とを比較対照して提示する意図があったからではないか、と私は考える。「ゴンクール兄弟の未発表日記の一巻」(296)をめぐるこの文体模写《パスティッシュ》が最終的に『見出された時』のタンソンヴィル滞在へ再配置されるのは、さらに後の一九一六―一七年頃の清書原稿の段階になってからのことである。

プルーストがゴンクール兄弟の『日記』のいかなる部分をどのように利用して擬似日記をつくりあげたかについては、すでに挙げた文献に詳しい。本章では、文体模写《パスティッシュ》それ自体の分析によって、この擬似日記が『失われた時を求めて』のなかでいかなる機能を果たしているかに絞って考察したい。

擬似ゴンクールが語るヴェルデュラン夫人のサロン

この擬似日記によると、エドモン・ド・ゴンクールはコンティ河岸のヴェルデュラン家の晩餐に招待され、そこで大学教授のブリショ、医師のコタール、スワンといった『失われた時を求めて』の登場人物たちと会食をする。実在の人間エドモンが架空の人物と実際に会食してそれを日記に記すことなどありえないから、これがプルーストの純然たるフィクションであることは自明の理である。それゆえ、この文体模写《パスティッシュ》執筆の時点で、本物の『日記』の未発表部分がいつ刊行される予定であったかは、本模作の「本当らしさ」の度合いにはなんら影響を与えない。それよりも問われるべきは、この文体模写《パスティッシュ》に描かれたヴェルデュラン家での晩餐会が『失われた時を求めて』の物語のどの時期に位置づけられるかであろう。

晩餐会には、ゴンクールの相客として「ヴィラドベッスキーなるポーランド人彫刻家」と「オフの名のつく大公妃」(IV, 289／⑬六九)が登場する。このふたりは『ソドムとゴモラ』の後半、バルベック近郊に所在するヴェルデュラン夫妻の別荘ラ・ラスプリエールの常連であった「スキー」と「シェルバトフ大公妃」にほかならない。擬似日記には、ヴェルデュラン夫妻がバカンスで滞在中のノルマンディー地方において「囲い農地」の「柵を残らず撤去せずにはいられなかった」(IV, 291／⑬七八。傍点は原文イタリック)という記述が出てくる。これもラ・ラスプリエール滞在中のヴェルデュラン氏が「ほかの人ならおそらく二の足を踏むような場所にまで私たちを案内して、たとえ私有地であっても放置されていれば柵をはずしたり」した(III, 387／⑨三三七)という記述と符合する。

会食者としてスワンが登場するからといって、この擬似日記に描かれているのが「スワンの恋」(一八八〇年前後)の舞台となったヴェルデュラン家のサロンであると考えるのは[297]、正しい解釈とは思われない。なぜなら「スワンの恋」の時代、ヴェルデュラン夫妻のサロンはシャンゼリゼ公園の北方の「モンタリヴェ通り」(III, 707／⑪三一一)に存在したからである。この擬似日記が記しているのは、夫妻の館がまぎれもなくセーヌ左岸の「コンティ河岸」にあり、そこがかつて「歴代ヴェネツィア大使の館」(IV, 288／⑬六二)であったこと、そのすぐそばに「プチ・ダンケルク」(IV, 288／⑬六四)なる店が存在したことである。すべての記述は『囚われの女』に描かれたコンティ河岸のサロンと合致するのだ。

ただし『囚われの女』に出てくるヴェルデュラン家での夜会の時点で、スワンはすでに他界している。『ソドムとゴモラ』におけるラ・ラスプリエール滞在はおよそ十九世紀末のできごとと推定され、『囚われの女』におけるヴェルデュラン邸での夜会は一九〇〇年頃に位置づけられる。文体模写《パスティッシュ》に描かれたヴェルデュラン夫人のサロンをエドモン・ド・ゴンクールが訪れたのは、もちろんエドモンが死んだ一八九六年より以前のこと、つまり『囚われの女』に描かれたコンティ河岸の夜会より数年前のことと考えるべきだろう。ではゴンクールの擬似日記に描かれたサロンに、ずいぶん前にヴェルデュラン家から追い出されたはずのスワンが登場しているのはなにゆえであろう？　この疑問については、あとで検討しよう。

さて主人公が「未発表の日記」を読むタンソンヴィル滞在は、いかなる年代に位置づけられるべきか。ジェラール・ジュネットはこの滞在を「一九〇三年？」[298]と推定する。しかし本滞在に先立つ『消え去ったアルベルチーヌ』のヴェネツィア滞在において、ノルポワ元大使とヴィルパリジ夫人とのあいだで話題になるイタリアの政治情勢は、ソンニーノ内閣の終焉といい、ヴィスコンティ・ヴェノスタが派遣されたアルヘシラス会議といい、一九〇五年から一九〇六年のできごとである。[299]この歴史的事件より後に位置するタンソンヴィル滞在は、一九〇〇年代の後半のできごとと考えるべきだろう。この時期は、エドモンの死からおよそ十年後、つまり遺言に記された「死後二十年」(一九一六年)という期限のかなり以前に相当する。この時期、ジルベルトはなぜゴンクールの日記の「未発表の一巻」をタンソンヴィルに所有していたのだろう。これについて『見出された時』の本文はなにも語っていない。「蒐集家スワン」(IV, 289／⑬六九)は、擬似ゴンクールとの親交のおかげで未発表の刊本を所持することができ、それが遺品としてジルベルトへ継承されたと考えるべきなのだろうか。あれこれ謎は尽きない。

いずれにせよ『見出された時』という小説の解決篇にゴンクールの擬似日記が差し挟まれたのは、文体模写《パスティッシュ》を「実践的文学批評」[300](COR. VIII, 59)とみなすプルーストが、これを文学の根拠を問いただす機会としたからにほかならない。年代がわずかに異なるものの、コンティ河岸のヴェルデュラン夫人のサロンを描写したプルーストの文章(III, 703／⑪二一以下)と、それと同じサロンを描いた擬似ゴンクールの文章とを読み比べてみるといい。もちろん両者には、夫人邸のそばに実在する小物店「オ・プチ・ダンケルク」への言及をはじめ、ヴェルデュラン夫人のエルスチール批判や会食者のホラ話など、多くの共通点を指摘できる。そのうえで両者の相違に注目すれば、プルーストのいう「実践的文学批評」の意味が明瞭になるだろう。

ゴンクールの古風な語彙と美文調

プルーストの擬似日記において第一に際立つのは、古風なめずらしい語彙を多用するゴンクールの文体である。ゴンクールは、たとえば画家ホイッスラーに関するヴェルデュラン氏の著作を賞讃してこう語る。「その書には斬新なアメリカ人画家の手法、芸術的彩色が、絵画の洗練と美麗とを余さず愛でるヴェルデュランの筆にて、しばしば繊細を極めて表現される」(IV, 287／⑬六一—六二。傍点は原文イタリック)。ここで「美麗」と訳した語 *joliesses* は、事物の美しさを言いあらわす文語としてバルザックなどに先例が存在するが、ゴンクールは本物の『日記』でこれを偏愛し、人物の容姿を描くためにも用いた[301]。ヴェルデュラン氏はその「長広舌」において「一語一語を区切る」(IV, 287／⑬六二)話しかたをする。このさまを擬似ゴンクールが言いあらわした名詞 épellement もめずらしい語で、辞書が一般に記載する語は épellation である。『トレゾール仏語辞典』は épellement という綴りの存在を注記し、ゴンクールの『日記』とプルーストの本箇所のみを用例に挙げる[302]。擬似ゴンクールが記した「フランスや異国の美品」(IV, 288／⑬六四)というときの「美品」jolités なる語も、一般の辞書に記載がない。『トレゾール仏語辞典』はこれに bibelot(かわいい置物)という語釈を与え、プルーストのこの箇所を用例に挙げる[303]。

これらのめずらしい語彙に加えて、プルーストが皮肉をこめて強調しているのは、ゴンクールの美文調である。文体模写《パスティッシュ》の作者は、擬似ゴンクールにたとえばつぎのような比喩を使わせている。「折しも黄昏時《たそがれどき》となり、トロカデロの塔のかたわらには残照の最後の灯《ともしび》のごときものがただよい、眼前の塔は心なしか古《いにしえ》の菓子職人がスグリのゼリーを塗りこめたかと見える」(IV, 287-288／⑬六二)。一読したところ華麗で鮮やかな表現のように感じられるが、トロカデロの塔が「古《いにしえ》の菓子職人がスグリのゼリーを塗りこめたかと見える」必然性は判然としない。

このようにめずらしい語彙を駆使する美文調には、『十八世紀の美術』においてシャルダンやヴァトーらの絵画を賞讃し、新古典主義的文体を好んだエドモン・ド・ゴンクールの趣味が反映されている。ところがプルーストは、ゴンクールを含む十九世紀作家の文体模写《パスティッシュ》を発表して間もない一九〇八年十一月六日、ストロース夫人宛ての書簡において、「十八世紀や十九世紀初頭の新古典主義者」の文体を厳しく批判していた。「言語を擁護する唯一のやりかたは、それを攻撃すること」にあるとの逆説を弄したうえで、「フランス語を擁護したければ、実際には古典フランス語とは正反対のものを書くはめになる」と断言し、そうした革新を実践した作家として「ルソー、ユゴー、フロベール、メーテルランク」の名前を挙げていたのだ(COR. VIII, 277)。『見出された時』の文学論において「作家にとって文体とは〔……〕テクニックの問題ではなく、ヴィジョンの問題だ」(IV, 474／⑬四九〇—四九一)と喝破したプルーストにとって、新たな世界の見方を開示しない美文は、もっとも唾棄すべきものと映ったにちがいない。コンブレーに登場したスノッブの典型たるルグランダンが弄ぶ、「ときあたかも黄金色の月がのぼり、玉虫色の水面に航跡をひいて戻ってくる小舟は〔……〕」(I, 130／①二九二)などといった美文調の口上も、プルーストが皮肉をこめて描いたものである。

ゴンクールのフェティシズム

この模作のなかでゴンクールの文章のもうひとつの特徴として強調されているのは、めずらしい品々の細密な描写であり、その品々へのフェティシズムともいうべき執着である。ヴェルデュラン邸で供される極上ワインに関しても、プルーストは擬似ゴンクールにその銘柄と由来とを正確に言わしめている。「眼前のヴェネチアン・グラスになみなみと深紅の宝石のごとく注《つ》がれるは、モンタリヴェ氏の競売にて購入された極上のレオヴィルである」(IV, 290／⑬七四)。何度も内相を務めたカミーユ・ド・モンタリヴェ伯爵(一八〇一―一八八〇)は、ルイ＝フィリップ王の親友で、その遺言執行人になった。レオヴィルは、ボルドーの北北西に位置するサン＝ジュリアン＝ベシュヴェルのシャトーで産する当地最高の銘柄ワインである(304)。

この種の物質的細部へのこだわりは、プルーストの文学にはけっして見られない。たとえば『ソドムとゴモラ』において落魄したクレシー伯爵を見かねた主人公の「私」が、相手をバルベックの豪華な晩餐に招待してやったとき、伯爵は「とりわけワインは室温《シャンブレ》にすべきものは室温にさせ、冷《フ》やす《ラッペ》べきものはワインクーラーの氷で冷やさせた。食事の前後に、ポルトや高級蒸留酒の日付や番号まで指示するときは、一般の人は知らないものの氏が精通するある公爵位の設けられた経緯を指摘するさまを想わせた」(III, 469／⑨五一三)という。このようにプルーストは、高級酒の具体的銘柄をなんら記していないのである。

擬似ゴンクールのフェティシズムは、とりわけヴェルデュラン家の横に開店していた「オ・プチ・ダンケルク」をめぐる一節において顕著にあらわれる。この店はダンケルク出身のグランシェが十八世紀にパリのコンティ河岸三番地に開いた骨董屋で、当時は「プチ・ダンケルク」なる語が「粋な小物や装身具(305)」の代名詞になるほど繁盛した。十八世紀末以降にはワイン店となり、一九一三年にとり壊されるまで「オ・プチ・ダンケルク」を名乗った。『囚われの女』の時代設定とほぼ同時期の一九〇〇年に写真家アジェが撮影した店の玄関の写真が残っている(図56)。戸口上部に店名が記され、その上方に掲げられた帆船は店の看板である(現在はパリのカルナヴァレ博物館所蔵)。

『囚われの女』では、ヴェルデュラン家の夜会へ向かう「私」とブリショがコンティ河岸で出会ったとき、ブリシヨがこの店をほのめかしてこう言う。「こうしてお会いするのは」「もはや大シェルブールのそばではなくて、小ダンケルクのそばですな」(III, 703／⑪二一―二二)。この発言を聞いた「私」は「うんざり」する。「その意味するところを理解できなかったからであるが、さりとてブリショにそれを訊ねる気にはならなかった。軽蔑されるのを怖れたからではなく、氏の説明をくどくど聞かされるのを怖れた」からだという(III, 703／⑪二二)。プルーストは「私」の無関心を強調することで、間接的に教授ブリショの衒学的駄弁を批判したのである。

これにたいして擬似ゴンクールはこの店についてこう語る。「ヴェルデュラン夫妻の館にほぼ隣接する「プチ・ダンケルク」の看板に再会した私は、突如この界隈を再愛する情に駆られた。これはガブリエル・ド・サン＝トーバンの鉛筆デッサンなり薄塗り《フロッティ》なりの挿絵に描かれたものを除けば残存する珍しき店のひとつである。十八世紀の好奇心旺盛な人士が閑暇の折にやって来て値切らんとしたのは、フランスや異国の美品、すなわち「プチ・ダンケルク」の勘定書の謳う「工芸の粋を尽くした最新の品々」」である(IV, 288／⑬六四。傍点は原文イタリック)。プルーストは、『囚われの女』における「私」とは対照的に、擬似ゴンクールを当店の「工芸の粋を尽くした

図56 アジェが撮影した1900年のオ・プチ・ダンケルク

最新の品々」へ並々ならぬ好奇心を寄せる人間として描いたのである。

またプルーストは、ゴンクールの十八世紀美術への特別な関心を浮き彫りにするため、当時のパリの日常生活を描いた画家ガブリエル・ド・サン＝トーバン（一七二四―一七八〇）がそのデッサンに採りあげた店にも言及させている。実際ゴンクール兄弟は、プルーストも愛読した(306)『十八世紀の美術』のなかで、サン＝トーバンの「版画作品」の目録を作成し、その二十四番に「金物商ペリエの宣伝チラシ」（一七六七）が記載されていた。このサン＝トーバンのチラシの上部には、「ペリエ」の所在地ラ・メジスリー河岸（シャトレー広場の西側）が記され、画面右手には、店番の女性の前に腰かけて、錠前と鍵を手にした客が描かれている（図57）。上部の三角形の空白部には店の商品の宣伝が書きこまれる予定だった。

この「金物商ペリエの宣伝チラシ」をエドモンは世紀末に購入していた(307)。この蒐集趣味こそ、プルースト自身や主人公の「私」には見られない『日記』の著者のきわめて顕著な特徴である。プルーストはこの蒐集趣味を皮肉るためであろう、サン＝トーバンのチラシと構図がよく似た「オ・プチ・ダンケルク」の勘定書（図58）をゴンクールに蒐集させ、「思うにこの勘定書の印刷物を所持するはヴェルデュランと私のみであろうか、これぞルイ十五世治下に勘定のため用いられた装飾付用箋のまさしく傑作、レターヘッドには船を何艘も浮かべる波立つ海が描かれている」（IV. 288／⑬六四―六五）と、これを自慢させている。

この箇所の記述によると、「オ・プチ・ダンケルク」の勘定書に描かれた「波立つ海」は、擬似ゴンクールに「「牡蠣と訴訟人」のフェルミエ・ジェネロー版に添えられて然るべき挿画かと想わせ」たという（IV. 288／⑬六五―六九）。ここにいうフェルミエ・ジェネロー版とは、アンシャン・レジーム期に徴税の特権を有した数十名の徴税請負人たち（フェルミエ・ジェネロー）が資金を出しあって出版したラ・フォンテーヌ『コント』の挿絵入り豪華版上下二巻（一七六二）を指す。この版には、画家シャルル・エゼン（一七二〇―一七七八）の挿絵数十点が収録、ゴンクール兄弟は『十八世紀の美術』でこれを「類を見ない豊かな版」と賞讃していた。[308] 挿絵のなかで「波立つ海」が描かれているのは、「ガルブ王の婚約者」と題するコントに添えられた図版一点[309]（図59）に限られる。一方、ラ・フォンテーヌの『寓話』にはそもそもフェルミエ・ジェネロー版など存在せず、ゴンクールが言及する「牡蠣と訴訟人」（『寓話』第九巻九）に

図57　金物商ペリエの宣伝チラシ

図58　オ・プチ・ダンケルクの勘定書

図59　波立つ海の挿絵

は、「砂浜」で見つかった「牡蠣」こそ話題になるものの、「波立つ海」は出てこない。『見出された時』のプレイヤッド版注は、この矛盾の責任をプルーストに帰すべきかゴンクールに帰すべきか判然としないと指摘する。[310] しかし小説本文の「「牡蠣と訴訟人」のフェルミエ・ジェネロー版に添えられて然るべき挿画」という文言は、かりにエゼンが「牡蠣と訴訟人」の挿絵を描いたなら、という非現実仮定を前提として擬似ゴンクールに言わしめたものと解釈すべきであろう。そうすればなんら矛盾なく理解できる。

めずらしい蒐集品を崇めるフェティシズムは、この擬似日記ではゴンクールのみならず、「黒い真珠のネックレス」の由来を得々と語るスワンにも認められる。女主人が身につけた「黒い真珠のネックレス」は、スワンによれば「アンリエット・ダングルテールがラ・ファイエット夫人に与えた品で、ラ・ファイエット夫人の末裔の所蔵品売り立てにてヴェルデュラン夫人が購入したときは純白の真珠であったが、〔……〕昔ヴェルデュラン夫妻が住んでいた屋敷の一部が火災に遭った折、焼け跡の宝石箱から発見されたときは真っ黒になっていたという」(IV, 293／⑬八三)。この逸話をスワンに語らせるためにプルーストは、ゴンクールの一八九三年四月二十六日付の日記に記された「ロンドン近辺」の火災を情報源とした。宝石箱にはいっていた真珠のネックレスは、火事の焼け跡から出てきたとき実際「真っ黒になっていた」という。[311] しかしその真珠が「アンリエット・ダングルテールがラ・ファイエット夫人に与えた品」

だとスワンの披露する来歴はもとより、それがヴェルデュラン家の火事(III, 706／⑪三〇)で真っ黒になったという経緯は、もちろんプルーストの創作である。

そもそも『失われた時を求めて』においてスワンは、骨董や画に「うつつを抜かし」、「蒐集品を詰めこんだ古い館」に住んでいることを「私」の大叔母から揶揄されていた(I, 16／①五〇)。また「あえて自分の意見を持たず、正確な情報を丹念に提供できれば安心と決めこんでいるように見える」態度には「許しがたいところがある」と、語り手からも批判されていた(I, 97／①二二四)。プルーストは、コンティ河岸のサロンにゴンクールと並んでスワンを登場させることによって、両者に共通する蒐集家のフェティシズムを批判したと考えるべきであろう。なぜなら「美は対象のなかにあるのではない」(「シャルダンとレンブラント」Essais, 172)と考えるプルーストにとって、このようなフェティシズムは芸術上の「偶像崇拝」(「ジョン・ラスキン」Essais, 533)として糾弾すべき態度だったからである。

プルーストのゴンクール批判

これら擬似ゴンクールのこまごまとした記述を読んだ「私」は、社交の場では「注意ぶかく耳を傾けるすべもじっくりと見つめるすべも心得」ないことを自覚し(IV, 295／⑬八八)、「文学にたいする天賦の才の欠如」(IV, 301／⑬一〇二)を痛感するが、これはプルースト自身の見解ではない。プルーストは一九二二年五月、ゴンクール兄弟の評価を問う「ゴーロワ」紙のアンケートに答え、兄弟は「真実の奉仕者としての義務」を果たすかわりに「観察し、メモを取り、日記を書いたが、それは偉大な芸術家のなすべきことではない」(Essais, 1269)と断言している。ゴンクールの擬似日記を読みおえた「私」もまた、自分のうちに存在するのは、ゴンクールのような観察する人間ではなく、「さまざまなことがらに共通するなんらかの普遍的精髄が顕在化するときにのみ〔……〕生気をとり戻す」「間歇的な人物」

（IV, 296／⑬八九）だと述懐する。この「間歇的な人物」が捉える「普遍的精髄」とは、最終篇の末尾で開陳される文学観の基礎となる無意志的記憶によって開示されるエッセンスにほかならない。「私」とプルーストの理想とする文学は、ゴンクールのそれとは根本的に異なるのだ。

　ゴンクールが十八番とする正確な観察にも、この文体模写《パスティッシュ》は疑問を投げかける。もちろんプルーストは、擬似日記の間違った記述をすべてゴンクールのせいにしているわけではない。たとえば、この模作にはこんな記述がある。「主《あるじ》が断言するに、バック通りの名称は――私にはまるで想いも寄らぬことながら――ミラミオーヌと称した古の修道女らがノートルダム大聖堂のミサに赴かんとして乗った渡し船に由来する」（IV, 288／⑬六四）。「ミラミオーヌ」とは、ミラミオン夫人（一六二九―一六九六）が一六七五年以降、パリのトゥールネル河岸四七番地に創設した出入り自由の修道院「聖ジュヌヴィエーヴ修道会」の通称である（一七九二年に消滅）[312]。その修道女たちが、トゥールネル河岸の対岸に位置するノートルダム大聖堂へ赴くのに、わざわざ遠くのバック通りから渡し船に乗ったはずはない（バック通りの渡し船は、対岸のチュイルリー宮殿建立の石材を運ぶために設置されたもの）。この珍説について、プレイヤッド版の注はこれが擬似ゴンクールの間違いだと指摘するが[313]、そうではなく（擬似ゴンクールは「私にはまるで想いも寄らぬことながら」と断っている）、「主が断言するに」という文言に明らかなように、プルーストが故意にヴェルデュラン氏に言わしめた間違いと考えるべきである。

　とはいえプルーストは、擬似日記の書き手に多くの間違ったことを言わせている。たとえばゴンクールは、「クールモン家の私の叔母」（IV, 288／⑬六四）、つまりジュール・ルバ・ド・クールモンの夫人、旧姓名ネフタリ・ルフェーヴル（一八〇二―一八四四）が、コンティ河岸の近くを意味する「このあたり」（同上）に住んでいたと言うが、この叔母が実際に住んでいたのはオペラ座に近い「ラ・ペ通り」であった[314]。ほかにもこの模作でゴンクールは「フロベールがわれら兄弟をトルーヴィルへ連れていった」(IV, 291／⑬七八)と書いているが、リーヴル・ド・ポッシュ版の注によれば、ゴンクール兄弟はル・アーヴルに滞在中の一八六六年一月、クロワッセにフロベールを訪ねたことはあるが、両者が揃ってトルーヴィルへ出かけた事実はない[315]。プルーストは、この点、擬似ゴンクールにわざと間違いを犯させ、細密な描写を旨とする文学のいい加減さを際立たせたのではなかろうか。

そう解釈できるのは、熱心な日本美術蒐集家として知られたゴンクールに、プルーストがわざとばかげたことを言わせている箇所が散見するからである。ヴェルデュラン夫人の料理に心酔したゴンクールは、「単なるジャガイモのサラダが、日本の象牙のボタン型のごとき固さ」(IV, 290／⑬七四)を備えていると言う。ここで「ボタン型」と訳した語 boutons は、ゴンクールをはじめ十九世紀後半の日本愛好家たちが盛んに蒐集した江戸時代の「根付《ねつけ》」(帯に携帯品を吊すための留め具)を指すのかもしれない。というのもこの留め具は、一八九七年に実施されたゴンクールの蒐集品競売カタログでこそ「ボタン型の象牙製根付[316]」と記載されているが、ゴンクールが日本の品々で飾りたてた自邸を一八八一年に描いた『ある芸術家の家』では、ただ「一連のボタン型[317]」と記されていたからである。それにしても「日本の象牙のボタン型のごとき固さ」を備えたジャガイモというのは、唐突きわまるたとえと言わざるをえない。私が調べたところ、ゴンクールの本物の『日記』にはこのような記述は存在せず、これはプルーストの純然たる創作と考えられる。おそらくプルーストは、蒐集してきた根付の固さをジャガイモの固さにまで重ね合わせてしまうゴンクールの日本趣味のばかばかしさを皮肉ったのであろう。

プルーストは、このような濡れ衣を着せてまで、なぜゴンクールの文業を揶揄し、批判したのか。それは逆説になるが、ここで批判されたフェティシズムといい、長文になりがちな美文といい、ともにプルースト自身の「悪癖」だったからにほかならない。ゴンクールの擬似日記を読んだ「私」も、それが自分の目指す文学ではないことを自覚しながらも、「まだ現存しているものならプチ・ダンケルクの店も見に行きたい」(IV, 295／⑬八八)と、ゴンクールと同様のフェティッシュな願望をいだく。そもそもプルーストが一九〇八年に文体模写《パスティッシュ》の対象としたゴンクール、バルザック、サント＝ブーヴこそ、自分が心底から愛読していながら、『サント＝ブーヴに反論する』などの評論において厳しく批判した作家である。第八章と第九章において検討した偶像崇拝という知的な趣味の場合と同じく、このような愛着と批判、受容と相克は、矛盾するかに見えて、あらゆる芸術の創造過程に不可欠な葛藤として介在しているのではないか。プルーストが自身の文体模写《パスティッシュ》について一九一九年八月にラモン・フェルナンデスに語ったつぎの述懐は、いみじくもこの葛藤の機微に触れている。「文体模写《パスティッシュ》は私にとって精神衛生上の問題でした。生来の偶像崇拝と模倣という悪癖を清算しなければならなかったのです」(COR. XVIII, 380)。ゴンクールの文体模写《パスティッシュ》は、「偶像崇拝」や「模倣」とその克服という文学創造の核心を問う「実践的文学批評」として、本作の解決篇たる『見出された時』に配置されたのである。

語り手の黙して語らぬ事実

『見出された時』のなかにゴンクールの「未発表」の擬似日記が差し挟まれた意義は、プルースト自身の文学観とは異なる視点を批判的に提供するだけにとどまらない。というのもこの模作に登場したゴンクールは、語り手の「私」が報告したヴェルデュラン夫人のコンティ河岸のサロンについて、観察に長けた人間としてべつのヴィジョンを提示しているからである。この観点に立つと、ヴェルデュラン夫人のサロンから放逐されたはずのスワンがここにすがたを見せていることにも、新たな解釈の余地があるように思われる。

スワンは第一篇第二部「スワンの恋」の後半で、たしかにヴェルデュラン夫人のサロンから追放されていた。しかし第二篇第二部「スワン夫人をめぐって」を注意ぶかく読めば、オデットが嫁いだスワン家をヴェルデュラン夫人がときどき訪ねていたことがわかる。スワンが「オデットとヴェルデュラン夫人が年に二回だけ訪問し合うのを許していた」(I. 589／③三七六)からである。それだけではない。じつは「スワンは、妻についてヴェルデュラン夫人の夜会に行きはしたが、夫人がオデットを訪ねてきたときは席を外すようにしていた」のだ(I. 590／③三七七。傍点は引用者)。擬似ゴンクール(というよりゴンクールに扮したプルースト)は、語り手の「私」が報告していない(あるいは知らない)新たな事実をわれわれに暴露する役割をも果たしているのである。

擬似ゴンクールが読者に知らせてくれる新事実のなかでさらに驚くべきは、作中のヴェルデュラン氏が「『ルヴュ』誌の元批評家にして、ホイッスラーをめぐる一書の著者」(IV. 287／⑬六二)であったという事実だろう。ヴェルデュラン氏といえば、第一篇や第五篇に描かれたパリの自宅サロンでも、第四篇に出てくる別荘ラ・ラスプリエールのサロンでも、口数が少なく、意地悪な妻の意向を実行する役目を果たし、サロンの常連サニエットをいじめるすがたが描かれていた。これはどう解釈すべきなのか。ヴェルデュラン氏がかつて美術批評家であったとする擬似ゴンクールと、それにはなんら言及しない語り手のどちらを信じるべきなのか？　私は、擬似ゴンクールが指摘するとおり、やはりヴェルデュラン氏は美術批評家であったと考える。

というのも擬似ゴンクールによるこの言及は、最終篇のこれまた等閑視されているつぎの一節と呼応しているからである。ヴェルデュラン氏が死んだとき、「その死を悲しんだのはただひとり、だれあろう、エルスチールだった」(IV. 349／⑬二一三)という一節である。そこにはこう記されている。「エルスチールは、自分の絵画について最も正しい見方をしてくれ、この絵画がいわば愛しい想い出として棲みついていた目と頭脳とがとりわけヴェルデュラン氏とともに消えゆくのを見ていた〔……〕。もちろん同じように絵画を愛する若者たちがあらわれてはいたが、とはいえその若者たちが愛するのはべつの絵画であり、その若者たちはスワンやヴェルデュラン氏のように、エルスチールを正当に評価できるだけの趣味の教えをホイッスラーから受けていたわけでもなく、真実の教えをモネから受けていたわけでもなかった」(IV. 349／⑬二一四―二一五)。この一節は、ゴンクールの擬似日記に記されていたこと、つまりヴェルデュラン氏が「「ルヴュ」誌の元批評家にして、ホイッスラーをめぐる一書の著者」であったことを踏まえなければ、とうてい理解できないだろう。

ヴェルデュラン氏をめぐるこの遅ればせの開示は、同氏やスワンのみならず、さまざまな人物について、われわれの知る『失われた時を求めて』に明示された物語の背後に、語り手が黙して語らぬ予想外の現実が存在することを示唆する。「スワン夫人をめぐって」を注意ぶかく読んでも、振られたはずのスワンがなぜオデットと結婚できたのか、その経緯はなんら説明されていない。そうだとすると、「私」の生涯にも、『失われた時を求めて』には語られざる多くの事実がさらに隠されているのではないか。プルーストの小説は、よく言われるように円環をなしてはいるが、その円環はそれ自体で自足しているわけではない。ゴンクールの擬似日記は、『失われた時を求めて』が、自分自身の物語にさえ疑問を投げかけさせる、自己否定の契機をはらんだ前衛小説であることを示唆しているのである。

第十五章　第一次大戦下のパリ
――反リアリズムの方法――

本章では『見出された時』における第一次大戦を採りあげる。その際、小説のなかに歴史的事象の痕跡を探し求めるのではなく、むしろ大戦という現実の事件をプルーストがどのように描いたのか、そこに作家のいかなる現実認識が反映しているのかを考察したい。プルーストは『サント＝ブーヴに反論する』のなかで、バルザックの登場人物たちの「現実味がありすぎてグレヴァン博物館〔蠟人形館〕めいてしまった細部」についてこう書いている。「これらはすべてある時代と関わり、その時代の外的遺物を描き出し、時代の核心を偉大な知性で判定してみせるので、小説としての興味が涸れてしまっても、歴史家の資料として新たな生命を持ちはじめる」(Essais, 825)。この見解を『失われた時を求めて』に描かれた大戦の描写に適用するのは困難である。「小説としての興味」は百年後のこんにちも「涸れ」るどころか、そこに歴史資料固有の価値を付与されることを拒み、その現代的意義はますます先鋭化しているように感じられるからである。

療養生活による空白

一九〇〇年代の後半に位置づけられるべきタンソンヴィル滞在(318)以降、主人公は「書くことを完全にあきらめ」、「長い歳月」を「治療のためにパリから遠く離れた療養所ですごした」とされる。そしてまず「一九一四年八月に診察を受けるため」、ついで「一九一六年のはじめ」には「療養所に医療スタッフがいなくなった」ため、パリへ戻ってくる（IV. 301／⑬一〇二）。その後、主人公は「あらたにひきこもった療養所」で「多くの歳月」をすごし（IV. 433／⑬四〇四）、最終的にパリへ戻った日、「ゲルマント大公邸で翌日に開催される午後のパーティーへの招待」を受けとる（IV. 434／⑬四〇八）。大戦下のパリを検討する前置きとして、まずこの療養所生活の意味するところを考えたい。

ゲルマント大公邸における午後のパーティーでは、ロベールとジルベルトの娘サン＝ルー嬢が「十六歳ぐらいの少女」（IV. 608／⑭二六六）として登場する。一九一四年にジルベルトから届いた手紙ではこの子はまだ「小さな娘」（IV. 330／⑬一六七）だったから、大公邸におけるパーティーは、ジュネットが推定するように「一九二五年頃」(319)と考えるべきだろう（小説内の論理からすると最終場面は、一九二二年のプルーストの死後に位置づけられる）。つまり主人公の「長い歳月」（IV. 301／⑬一〇二）にわたる「療養所」暮らしは、じつに二十年近くにも及ぶ。「パリから遠く離れた療養所」ですごしたこの「長い歳月」のあいだ、主人公はなにをしていたのか。その具体的生活については、「書くことを完全にあきらめ」ていたこと以外、なにひとつ語られない。この「長い歳月」の完全な空白が、全篇の解決を、すなわち大公邸にて突然訪れる一連の啓示による作品執筆という解決を、劇的なものたらしめるのである。

長期間の空白によるこの場面転換を、プルーストは心酔していたフロベールの『感情教育』から学んだらしい。晩年の評論「フロベールの「文体」について」（一九二〇）においてプルーストは、『感情教育』第三部五章の末尾に配置された「フレデリックは、呆然として、それがセネカルだと気づいた」という一文と、次章冒頭に置かれた「フレデリックは旅をした。船旅の憂鬱を、テントのなかでの肌寒い目覚めを知った……。そして戻ってきた。／社交界に頻繁に出入りした」という数行を引用したうえで、両者のあいだには「途轍もなく大きな「空白」」が存在すると指摘している。そのうえでプルーストは、「なんらの移行過程もなく、突如として時間の単位が、数十分から数年へ、数十年へと変わってしまう」この「時の変化」をフロベールは「はじめて音楽に奏でた」と絶讃した（Essais, 1228–1229）。『見出された時』における主人公の療養生活という「途轍もなく大きな「空白」」もまた、介在した時間の膨大さを際立たせる役割を果たしているのである。

『失われた時を求めて』は、主人公の「私」が「長いこと早めに寝《やす》むことにしていた」Longtemps je me suis couché de bonne heure という一文で始まる。筆者は以前、『見出された時』に言及された長期にわたる療養生活の時期こそ、小説冒頭約十ページに語られた「私」が「早めに寝《やす》むことにしていた」という「長い歳月」longtemps に相当するのではないかという仮説を提起した[320]。この長い期間に、主人公は「コンブレーの大叔母のところや、バルベックや、パリや、ドンシエールや、ヴェネツィアや、その他の土地ですごした私たちの昔の生活を想い出したり、そんな土地や、そこで知り合った人たちのこと、そんな人たちについて私が見たり聞いたりしたことを想いおこしたりして、夜の大半をすごした」（I, 9／①三六）という。

小説冒頭の「眠れない夜」（I, 376／②四二五）の主人公は、これらの土地ですごした体験を、さらには「タンソンヴィルのサン＝ルー夫人宅」（I, 7／①三二）ですごした体験を、「昔の生活」として想い出す以上、こうした体験をすべて過去のものとして背後に所有しているはずである。一方、『見出された時』末尾のゲルマント大公邸において過去の生涯を素材に物語を書く決心をした主人公の脳裏には、スワンを出発点としてそれまでの生涯を導いてきた偶然の糸がつぎつぎと想いうかぶ（IV, 493–495／⑬五三一―五三四）。この全体的回顧は、主人公が冒頭の「不眠の夜」における回想をすでにわがものにしているのでなければ不可能であろう。それゆえ小説冒頭の「不眠の夜」は、主人公の生涯において、タンソンヴィル滞在以降、ゲルマント大公邸のパーティー以前のできごとと推定される。これに相当する期間は、『見出された時』の記述に拠るかぎり、主人公が一箇所の療養所で暮らした「長い歳月」以外にありえない。

以上の推定は、小説の本文でそう明示されているわけではなく、あくまで仮説にすぎない。しかし小説冒頭の「不眠の夜」でふと目覚めた主人公の耳に「汽車の汽笛が、あるときは遠く、あるときは近く、森のなかで一羽の小鳥がさえずるように聞こえてきて、距離の違いを際立たせ、描き出してくれるのは人けのない野原の広がりで、そこを旅人が最寄りの駅に急いでいる」(I, 3-4／①二六)という描写は、主人公が「パリから遠く離れた療養所」に滞在していると考えると腑に落ちるのではないか。

いや、それだけではない。「コンブレー」のタイプ原稿の冒頭には当初、「想い出を書きとめておきたく思うその朝のころ」云々という文言が印字されていた。[321] この「朝」とは、「お母さん」とのサント＝ブーヴをめぐる会話がくり広げられた「朝」にほかならない(本書第二章参照)。タイプ原稿では、この『サント＝ブーヴに反論する』の構想の残滓である出だしが削除され、行間に作家の自筆でこんな文言が記された。「外国へ行って暮らす前にパリの郊外ですごした最後の数ヵ月のあいだ、医者は私に療養生活をおくらせた。夜、私は早めに寝《やす》んだ。(Le soir, je me couchai de bonne heure.)ときにはロウソクを消すとすぐに目がふさがり、「眠るんだ」と想う間もないことがあった」。このあと冒頭で療養生活に触れた前文と、つぎの Le soir, je me couchai までが削除され、その上部の余白に小さく Longtemps, je me suis couché と書きこまれた。われわれがよく知る『失われた時を求めて』の書き出しはこのように成立したのだ。この成立過程を見るかぎり、主人公が早めに寝《やす》むことにしていたという「長い歳月」は、『見出された時』に言及される長い療養生活のあいだに相当すると考えても不自然ではないだろう。

一九一六年のパリとヴェルデュラン夫人

プルーストは戦時下のパリを描写するにあたり、「一九一四年八月〔および九月〕」と「一九一六年のはじめ」という正確な年代を記入した（これは『失われた時を求めて』では異例である）。作家は、これらの挿話の大部分を戦争中に執筆し、戦後も死に至るまでこれに加筆した。

大戦中のプルーストは、出征した友人たちの安否を気遣いつつ「新聞七紙に毎日目を通し」（COR, XIV, 76）、戦況に通じていた。それゆえ作中に言及された空襲の記述は、当時の正確な戦況を反映している。タンソンヴィルに滞在中のジルベルトから「一九一四年九月ごろ」主人公に届いた手紙では、「パリの上空にたえず飛来するタウベ〔ドイツの単葉軍用機〕の空襲」が怖くて「小さな娘」を連れて逃げだしたという（IV, 330／⑬一六七。傍点は原文イタリック）。実際、一九一四年八月三十日、はじめて一機のタウベがパリ東駅地区に多数の爆弾を投下した。その後も数週間のあいだ爆撃はつづき、多くの犠牲者と負傷者が出た[322]。また「一九一六年のはじめ」、軍の休暇でパリに戻ったサン＝ルーは主人公に「前日にあったツェッペリン〔ドイツの硬式飛行船〕による空襲」に言及し、それは「相当すごい」ものだったと語る（IV, 337／⑬一八二）。ここで問題になっているのはおそらく一九一六年一月二十九日から三十日にかけての夜の空襲で、実際、二十数名が死亡、三十数名が負傷した[323]。とはいえ作中の空爆それ自体は、のちにジュピアンの男娼館と主人公のそばに突然「爆弾が落ちてきた」（IV, 412／⑬三五九）場合などを除くと、直接には描写されない。今しがた検討した「タウベの空襲」も「ツェッペリンによる空襲」も、それぞれジルベルトとサン＝ルーの口から語られるにすぎない。

このような戦争の描きかたは、一九一六年パリの描写の冒頭にプルーストが真っ先に採りあげた当時流行の服飾品と関連づけられるのではないか。そのころパリの婦人たちが好んで身につけたのは、「円筒形のターバン帽」、「いかにも「戦時中」らしく黒っぽい色のストレートラインのエジプトふうチュニック」、「戦士たちのゲートルを想わせる丈の長いレギンス」、「砲弾の破片や七五ミリ砲の弾帯でつくった指輪やブレスレット」、ずんぐり胴の「ローブ＝トノー」

などであったという(IV. 302–303／⑬一〇三―一〇六)。

これらエレガントな婦人たちの衣装を描写するにあたりプルーストは、坂本浩也が指摘したように、一九一七年に「フィガロ」紙に掲載されたファッション・コラム「女性の話題」の文章からその一部を引用した[324]。たとえば一月十五日付のコラムには、「ローブ=トノー」や「エジプトふうシャツに似たストレートラインのワンピース」が出てくるばかりか、小説本文に出る「いかにも「戦時中」らしい[325]」という当時の典型的表現も使われている。

このコラムをそのまま引き写したかと思われる小説中の一節も存在する。同コラムの冒頭にあらわれる「新たなものを求め、凡庸なものを避けること、それがずいぶん前から作家や芸術家につきまとう夢である」という記述に呼応するかのように、プルーストの引用文にも「新たなものを求め、凡庸なものを避け、〔……〕美の新たな様式を導きだすこと、それがこの芸術家たち〔服飾デザイナーたち〕の心にとり憑いた野心であり、追い求める夢まぼろしである」(IV. 303／⑬一〇六)と書きつけられている。このように引用符つきで示された常套句は、結局のところ、当時の集団的心理の典型的な特徴を反映する。戦争のような世の中を覆す大事件がおこったとき、人びとは周囲の雰囲気に押されて時代の風潮を示す「符牒」を、この場合は「いかにも「戦時中」らしく」見える「符牒」を臆面もなく掲げてみせるのである。

語り手によると、一九一六年のヴェルデュラン夫人は「ボンタン夫人とともに〔……〕戦時下のパリの女王だった」(IV. 301／⑬一〇二)。「石炭と照明」の欠乏ゆえに、夫人はもはやコンティ河岸の館ではなく、マジェスティックという高級ホテルでサロンを開催し(IV. 312／⑬一二七―一二八)、フランス軍の総司令部「GQG」との親交を誇示する(IV. 307／⑬一一七)。そして検閲を意味する「キャビア」とか将校の左遷を示す「リモージュ行き」(IV. 311／⑬一二六。傍点は原文イタリック)とかの戦時用語を駆使して招待客を楽しませ、いまや上流貴族から多くの客を迎えている。「じゃあ五時に戦争の話をしにいらっしゃい」と夫人が客に放つ誘い文句には、夫人のサロンでは「昔なら「ドレフュス事件の話をしにいらっしゃい」と言い、そのあいだの時期なら「モレルを聴きにいらっしゃい」と言ったのとなんら変わらなかった」と語り手が付言するように、プルーストの辛辣な皮肉がこめられている（IV. 308／⑬二二〇）。なんのことはない、戦争の話題は、このサロンの常である社交上の呼びものと化したのである。当時の上流階級の実態を補うものとして、かつて「ドレフュス派であった」ボンタン氏はいまや軍部支持の「徹底抗戦主義者」であることが明らかになる（IV. 306-307／⑬二一二―二一五）。

ヴェルデュラン夫人が好む「ＧＱＧ」や「キャビア」や「リモージュ行き」などの話題にせよ、ボンタン氏が誇る「徹底抗戦主義」にせよ、これらの発言は、戦時中のパリの社交界において新たに採用された信仰箇条をまるで旗印のように高く掲げた「符牒」にほかならない。オデットがドイツ兵に欠けると主張する「肝っ玉《クラン》」や「覇気《モルダン》」なる語（IV. 367／⑬二五六）も、やはり同様の「符牒」の誇示であろう。プルーストは『見出された時』のこれらの箇所で、戦争それ自体を描くのではなく、戦争に迎合する登場人物たちが口にする紋切型の言説を際立たせたのである。

銃後の日常生活は、窮乏を強いられるとはいえ、以前と変わりなくつづく。たとえ空襲下でも、人は「まさか今日、〔砲弾に〕直撃されることはあるまいと確信している」（IV. 381／⑬二九一）からである。銃後の日常の意味するところを雄弁にものがたるのは、一九一五年五月七日のルシタニア号難破を知ったときのヴェルデュラン夫人の反応である。新聞が報じた約千二百人の犠牲者に夫人は「なんて恐ろしいことでしょう！　どんなにむごい惨事でも、こんな恐ろしい結果にはならないわ」と心を痛めながらも、同時に、戦中には入手困難な「クロワッサンの風味」に「甘美な満足の表情」を浮かべずにはいられない（IV. 352／⑬二二一）。プルーストは「すべての溺死者の死も、夫人の目には十億分の一に縮小されて見えたにちがいない」（同上）と語るにとどめているが、おそらく読者は、夫人の贅沢と身勝手とる自身の振る舞いとなんら変わらぬことに気づくのではなかろうか。を笑いつつ、その振る舞いは、マスメディアで報じられる戦争や大災害の第一報に接しても前日までと同様に朝食を

戦争を語るサン＝ルー夫妻

一九一六年のパリを描く物語のこの箇所には、主人公が開戦直後の一九一四年に「二ヵ月」(IV, 315／⑬一三四)滞在したパリをめぐる原書で二十頁ほどの描写が挿入される。この一九一四年のパリの主役は、サン＝ルー夫妻である。ジルベルトはパリを逃げだした結果、またロベールはみずから志願した結果、それぞれ「前線」の近くにいるからである。プルーストはタンソンヴィルを大戦の激戦地にするため、よく知られているように、『スワン家のほうへ』の一九一三年初版(グラッセ版)ではボース平野に位置づけていたコンブレーを、一九一九年再版(ＮＲＦ版)で大戦の激戦地となったシャンパーニュ地方へ移動させた。

ジルベルトは「一九一四年九月ごろ」の手紙で、「タウベの空襲に肝をつぶし」、パリから逃げだしたと書いていた(IV, 330／⑬一六七)。ところが一九一六年の手紙ではタンソンヴィル行きの動機の説明を変更する。今度は「大切なタンソンヴィルに危険が迫っている」ことを知って「ドイツ軍から自分の城館を守るため」に「卑怯じゃない」決心をしたと主張する(IV, 334-335／⑬一七六—一七七)。語り手は、二通の手紙の矛盾を見逃さず、ジルベルトは以前の「手紙の趣旨を忘れていたのだろう」(IV, 334／⑬一七六)と辛辣な皮肉を投げかけている。無意識のうちに自分自身に嘘をついて自己を正当化する多くの『失われた時を求めて』の登場人物のなかに、語り手は初恋の相手ジルベルトも加えたのである。

一九一六年のジルベルトの手紙では、「メゼグリーズの戦い」が「八ヵ月以上つづき、ドイツ軍は六十万以上の兵を

失」った(IV. 335／⑬一七八)ことにも言及される。これは甚大な犠牲を出した長期戦という点で、同年二月から十二月のロレーヌ地方ヴェルダンの戦いを思わせる(ドイツ軍の負傷者と戦死者は三十三万人とも四十三万人とも言われる)。しかし重要なのは、ジルベルトが報告した戦闘にいかに現実の戦闘が反映されているのか、その報告が史実に合致しているのかを検討することではなく、メゼグリーズが破壊されたという重大な戦いがジルベルトの手紙のみで語られている事実であろう。プルーストにあっては最重要の戦闘といえども一人物の発言によって語られるだけなのである。

『見出された時』に出る戦時下のパリの描写は、ロベール・ド・サン＝ルーの前線への志願に始まり、その前線での戦死にて終焉を迎える。宣戦布告の直後にロベールが「ぼくだって、軍務に戻らないのは、そりゃもう怖いからだ、それさ！」(IV. 316／⑬一三六。傍点は原文イタリック)と言っていたのは、「会話で耳目を惹くため、心理的な独創を衒《てら》うため」だったという。実際には「志願が許可されるようあらゆる手を尽くしていた」ロベールの振る舞いは、語り手によれば、古き良きフランスの伝統を守る「サン＝タンドレ＝デ＝シャンのフランス人のなかにその時点で見出された最良のものと合致していた」(IV. 317／⑬一三八)。その戦死の際にも語り手は、「礼儀正しさゆえに自分の言動からあらゆる弁解や罵倒や美辞麗句をとりのぞく習慣を身につけていた」ロベールの「他人の前でこのように自己を空しくする態度」(IV. 425／⑬三八八)を賞讃している。

猫も杓子も敵国ドイツへの憎悪を口にするなか、ロベールは「他の民族に憎悪をいだか」ず、ドイツ贔屓《びいき》を隠そうともしない(IV. 425／⑬三八七―三八八)。その点はのちに検討するシャルリュス男爵と共通するが、語り手はロベールの言辞にたいしては懐疑的で、それは「ただの駄弁にすぎず、サン＝ルーは叔父がときどき示した深い独創性には〔……〕遠く及ばなかった」と断言する(IV. 340／⑬一九〇)。ロベールは、さきにも触れた「相当すごい」「ツェッペリンによる空襲」について長々と語り、「夜空へ上昇する飛行機」を「星座をなし」*faire constellation* と表現し、そこから離れる飛行小隊を「黙示録をなす」*font apocalypse*（IV, 337-338／⑬一八三―一八四）と言いあらわす。ロベールは、詩人気取りでいるのかもしれないが、プルーストはこの発言をイタリックにして、ロベールの表現が文法的に正しいとはいえないものであることを示そうとしたのだろう。[326] またロベールは、ドイツ趣味を隠さず、サイレンの警報をドイツ国歌の『ヴァハト・アム・ライン』や「ワルキューレの騎行」にたとえる（IV, 338／⑬一八四）。ところがサイレンなどの音をドイツ音楽にたとえるのは、当時の紋切型であった。[327] すでに『ゲルマントのほう』に描かれたドンシエール滞在でも、サン＝ルーの「ほんとうの影響といえるのは、知的環境の場合なんだ！」という利発に聞こえる発言が、じつは主人公が表明した見解の受け売りであることが指摘されていた（II, 417／⑤二五九）。語り手は、サン＝ルーの発言に関して「人間は戦争があっても以前の自己のままであるかのように、戦争以前に聞いたことばとほとんど変わらなかった」（IV, 337／⑬一八二）と、皮肉を投げかけている。

ロベールにあっては、戦争がその言説の癖を変えることがないのと同様、タンソンヴィル滞在直前にジュピアンの口からヴァイオリン奏者モレルとの関係が明かされた同性愛を変えることもない。戦時下のパリの描写が、ロベールの前線への志願より以前に、ロベールがレストランの支配人へ言い寄った事実にて幕を開ける（IV, 315／⑬一三五）ことにも無関心ではいられない（「支配人」とは同性愛者ニッシム・ベルナール氏が庇護していた若いボーイの出世したすがたである）。ロベールの戦死の直後にも、ロベールと親密な関係にあったモレルが「戦功十字章をつけて帰還した」（IV, 432／⑬四〇二）ことが語られる。モレルは戦前にはシャルリュス男爵の同性愛を、開戦後にはそのドイツ贔屓を揶揄する論陣を張っていた（IV, 346-347／⑬二〇六―二〇七）。ところが「内なるフランス人の血が〔……〕騒いだのか」「前線で勇敢に戦い、あらゆる危険をかいくぐり、戦争が終わると戦功十字章をつけて帰還」する。サン＝ルーが名誉の入隊を志願し（IV, 347／⑬二〇八―二〇九）、その後「脱走兵」として行方知れずとなるが（IV, 309／⑬一二〇）、結局「前

しるしである「戦功十字章」をジュピアンの男娼館でなくしたことを考えあわせれば(IV. 419, 432／⑬三七四、四〇二)、ことのなりゆきにたいする語り手の皮肉は何倍にも増幅して感じられる。

語り手はロベールの英雄的行為にはその同性愛的欲望が露呈していると指摘する。ロベールが前線で讃美する「男同士がたがいに命を捧げあうどこまでも純粋な友情」には、「同性愛者たちを夢中にさせる小説じみた」「夢想」が存在し、それゆえロベールは「部下の従卒を救うために自分の命をも危険にさらすことができるし、部下たちのなかに熱烈な愛情をかき立てつつ死んでゆくこともできる」というのだ(IV. 324-325／⑬一五四)。ただしこの愛情は、シャルリュスのモレルにたいする愛情と同様プラトニックなものにとどまっていたから、ロベールは、これまたシャルリュスと同様、その代償をジュピアンの男娼館に求めたのである。

戦争を語るシャルリュス男爵

「一九一六年のはじめ」に主人公は、サン＝ルーの戦争談義を聞いた翌々日(IV. 335, 341／⑬一七九、一九四と注255)、「唯一の関心事であった戦争の話が聞きたくて、〔……〕夕食後、ヴェルデュラン夫人に会いに行った」(IV. 301／⑬一〇二)。ところが大通りで「ばったりシャルリュス氏に出会った」(IV. 343／⑬一九九)。その折、夜のパリを歩きながらシャルリュスが主人公にくり広げる戦争をめぐる長広舌は、サン＝ルーの気取った紋切型とは対照的に、異彩を放つのみならず、プルースト自身の見解を体現している部分も多い。その言説の最大の特徴は、ドイツ贔屓にあり、氏が「愛国心を持たなかった」(IV. 353／⑬二二三)点にある。語り手はシャルリュスの見解を「フランスの勝利を熱烈に願うことを潔しとしないばかりか、〔……〕ドイツの勝利を願うとは言わずとも、せめてみなの願望どおりにドイツが粉砕されることはないよう願っていた」(IV. 352／⑬二二一)と要約している。

シャルリュスのフランス嫌いとドイツ贔屓の要因は、ひとえにフランスに蔓延する戦争プロパガンダへの嫌悪にある。「勝ち誇った時評子たち」が、連日「ドイツは降参寸前だ」と断定し、「野獣は、絶体絶命で、無力と化した」などと、真実ではないことを書きたてる「軽薄かつ残忍な愚かさに激怒していた」のだ（IV, 355／⑬二二七）。さらに語り手はこう解説する。「氏はきわめて明敏な人間であったが、どの国でもいちばん数が多いのは愚か者である。氏がドイツに住んでいたら、愚かにも不当な主義主張を情熱的に擁護する愚かなドイツ人たちに憤慨したであろう」、しかし「フランスに住んでいる以上、氏はドイツ贔屓にならざるをえなかった」（IV, 353-354／⑬二二五）。

シャルリュスのドイツ贔屓は、氏が置かれた状況に由来するもので、アプリオリな信念の表明ではないのだ。その証拠にシャルリュスは、時流の愛国心とは無縁で、厳密な論理に支えられたつぎのような考察を口にする。「腹立たしく嘆かわしいのは、どの国も同じ言い分をくり返していること。ドイツの産業団体がフランスの報復思想から自国を守るのに不可欠なのはベルフォール〔アルザス地方の南の町〕の奪取だと言明する理由は、ボッシュ〔ドイツ兵の蔑称〕の侵略欲からフランスを守るためと称して〔愛国心を鼓舞した作家〕バレスがマインツ〔ライン川流域の町〕を要求する理由と、寸分たがわない」（IV, 375／⑬二七八）。時代の支配的潮流にあらがうシャルリュスの独立不羈の気概ゆえ、氏は小説家自身の揺るぎない代弁者なのである。たとえば、まるで等閑視されているが、氏のつぎの警句はプルースト自身のメッセージのように聞こえる。「つねづね私は、文法や論理学を擁護する人たちを尊敬してきた。そうした人たちが大きな災禍を回避してくれたことは、五十年経ってようやくわかる」（IV, 376-377／⑬二八二）。

シャルリュスは空襲下でもジュピアンの男娼館やメトロの通路で快楽をむさぼりつづけ、戦後にはシャンゼリゼに耄碌《もうろく》した老残の身をさらす（IV, 437-439／⑬四一四―四一八）。だが一九一六年、シャルリュスが主人公と共にした夜の散歩のことに戻ろう。シャルリュスの言説は、戦争中でも、結局はおのれの志向する同性愛へと向かう。男爵は自己の同性愛を隠していながら、それを語らずにはいられない。「だれかれ構わず他人を特殊な範疇に分類し非難しておきながら、当人もその範疇に属することが知られているにもかかわらず自分だけはそこから除外する」自己欺瞞に陥っているのだ（IV. 366-367／⑬二五四）。

自分以外の同性愛者が「特殊な範疇」に属する人間であることを暗示するために、男爵は隠語を頻発する。たとえば「ブルガリアの国王《ツァール》のほうは、完全なあばずれ、公然とひけらかすあの口」（IV. 366／⑬二五三）だという。ブルガリア王フェルディナント一世は、実際バイセクシャルとして知られ、シャルリュスが用いた「公然とひけらかすあの口」affiche は「ホモセクシャルの物腰を誇示する男[328]」（ラルース『隠語俗語仏語辞典』）を意味する。しかしこれは、他人をあげつらう男爵本人にこそ当てはまる呼称だと言いたくなる。男爵はドイツ皇帝ヴィルヘルム二世の同性愛にも触れ、「ブルガリアとドイツの同盟」が結ばれたのは、「おねえ相手じゃつい甘くなって、なにもかも言いなりですからな」と主張して「間抜けな薄ら笑い」をうかべる（IV. 367／⑬二五五。傍点は原文イタリック）。「おねえ」*sœur* には、隠語で「同性愛者[329]」、とくに「若い男性同性愛者」ないし「受け身の男性同性愛者[330]」の意味がある。男爵が同性愛を語るやりかたに、戦争はなんの変化ももたらさなかった。ラ・ラスプリエールへ向かう「小鉄道」の車内と同様、またコンティ河岸のヴェルデュラン夫人邸におけるブリショとの会話中と同様、その同性愛談義はつねに覆い隠されていると同時にこれ見よがしにひけらかされているのだ。

すべては人間喜劇

こうした男爵の志向のゆき着く先は、かつての恋人ジュピアンのとり仕切る男娼館で鎖に縛られ鞭打たれるすがたである。この場面における男爵の「サドマゾヒスト」の側面については、すでに第十二章で採りあげた[331]。むしろ男娼館のそれ以外の客たちとその相手をすべく雇われた若者たちの語ることに耳を傾けたい。

ジュピアンの男娼館を訪れるのは、サン＝ルーやシャルリュス以外に、クールヴォワジエ子爵（IV. 402／⑬三三八）やフォワ大公（IV. 406／⑬三四七）といった貴族など、空襲をものともせず快楽をむさぼる上流階級の人たちである。その生態をプルーストは諧謔に満ちた筆致で描き出す。男娼館の入口ではエレガントな出で立ちのふたりが「欲望に駆られてはいりたい気持がありながら、途轍もない恐怖心に足がすくんで」二の足を踏んでいる。するとそのうちのひとりが「半ば問いただすような半ば説得するような笑み」を浮かべて「要するにどうなってもいいじゃないか」と言いつつ館の敷居をまたぐ（IV. 401／⑬三三五）。「アクション・リベラル派の代議士」は「正午に」「娘の結婚式があった」帰りがけにやって来る。この代議士のことをジュピアンは、大臣たちにはとり入るものの警察の「ガサ入れ」にはなんの役にも立ってくれない「裕福で臆病な国会議員」だとこきおろす（IV. 395／⑬三二二）。

この男娼館の場面で精彩を放つのは、かねて語り手から、「おそらく教養など皆無なのに、数冊の本をざっと読んだだけで言語のもっとも巧みな言いまわしを〔……〕身につけた」（II. 321／⑤四七）と賞讃されたジュピアンの機知であろう。部屋代の支払いを忘れて出て行こうとした悪徳司祭にたいして、ジュピアンは「祭式のためにご献金を、神父さま！」（IV. 408／⑬三五〇）と声をかける。そのとき語り手がなに食わぬ顔で「悪徳司祭というのは、きわめてめずらしい存在で、とくにフランスでは完全に例外的な存在である」（IV. 407–408／⑬三四九―三五〇）と反語による皮肉を投げかけるのが、ジュピアンの才気をなおのこと際立たせる。

極めつきは、ジュピアンが『千夜一夜物語』の「アリババと四十人の盗賊」を念頭に主人公に放った警句である。「四十人の盗賊とは申しませんが、十人ほどの盗賊に会ってみたいとお思いになる夜がありましたら、ここへいらしてください」、「上の窓」に「細いすきまを開けて明かりをつけて」あれば「はいってても大丈夫という目印、これが私なりの「胡麻」です〔「開け胡麻」への暗示〕。〔……〕「百合」のほうをご所望でしたら、べつのところへお求めにいらっしゃるようお勧めするほかありません」(IV. 411–412／⑬三五八)。ここでジュピアンは「胡麻」で男娼との出会い、「百合」で娼婦との出会いを暗示する洒落っ気を発揮するのみならず、これが「男爵のお宅で見かけた気がいたします本のタイトルと関係」がある(同上)とほのめかす。この本について語り手は括弧内でこう断っている。「(ジュピアンがほのめかしたのは、私が以前シャルリュス氏に送ったラスキン著『胡麻と百合』の翻訳のことだった)」(IV. 411／⑬三五八)。ラスキンの『胡麻と百合』は、ほかでもない、主人公ではなくプルースト自身が一九〇六年に翻訳を出版した書である。『失われた時を求めて』を貫く一人称の「私」は作者プルーストではないという定式を覆してしまう、驚くべき一節である。ここはナタリー・モーリヤック・ダイヤーが指摘したように[332]、『見出された時』の最終場面で語り手の「私」が作家プルーストと重ね合わされることの予告だと考えるべきなのかもしれない。

作家の諧謔は、ジュピアンのもとで働く若者たちの会話にも遺憾なく発揮される。とりわけ滑稽なのは、その場に居合わせて「おい、ジュロ、やっぱり志願するのか?」(IV. 390／⑬三一一)と呼びかけられる「ジュロ」と、前線にいて「便りがない」「ノッポのジュロ」(IV. 392／⑬三一四―三一五)のうわさ話が出てくる場面である。ふたりが混同される危険があるにもかかわらずプルーストが両者を同じ名前にしたのは、「ジュロ」に俗語で「ヒモ」の意味があるからだ[333]。それゆえ「ノッポのジュロ」の「親友」である「二十二歳の青年」がムキになって口にする「ジュロが、ヒモだって！〔……〕ヤツはヒモじゃないばかりか、俺に言わせれば、とんでもない間抜けだ」(IV. 392–393／⑬三一五―三一六)という反論は、読者を笑わせずにはおかない。

男娼館の若者たちの会話には、庶民が戦争を語る際の特徴が端的に示されている。「ジュロ」は、意気軒昂なところを見せて「俺はな、あっちへ行って、あの汚いボッシュどもを手当たりしだい皆殺しにしたいんだ」(IV. 390／⑬三一二）と息巻く。この勇猛心についてプルーストは戦争に関する格言を挿入することを忘れない。「たとえば古代の歴史のある時期を調べると、個人としては善良な人たちが良心の咎めもなく大量殺戮や人間を生贄《いけにえ》にすることに加担するのを見て驚くが、当人たちはそんな行為を当たり前のことと思っていたのだ」（IV, 416／⑬三六六―三六七）。

さらに若者たちは「ツェッペリンはもう来ないよ。新聞の言うところじゃあ、残らず撃ち落とされたんだから」（IV, 391–392／⑬三二四）とか、「ボッシュどもはひとり残らず殺さなくちゃならん。〔……〕ルーヴェン〔ブリュッセル東方の町〕でなにをしたか、小さな子供たちの手首をちょん切ったんだぞ！」（IV, 400／⑬三三二）とか、新聞の報道を鵜呑みにしたり誇張したりして自説をくり広げる。ここでもシャルリュスの正鵠を射たつぎの警句を想い出すべきだろう。「戦争にまつわる人間や事物について新聞の報じることによってのみ判断をくだしている世間の人が、自分自身で判断をくだしていると想いこんでいる」（IV, 367／⑬二五五）。

メディアが報道することとしないことをとり混ぜて、人が自分に都合のいいことだけを他人に伝えるなど、戦時にかぎらず日常茶飯事である。戦争に関する誇張した情報を吹きこんでフランソワーズを怯えさせる給仕頭の発言は、この典型として出てくる。給仕頭は「ヤツらは〔……〕機が熟するのを待ってるんだ、しかし好機到来となれば、パリを占領する、その日になりゃ情け容赦なしだ！」（IV, 420／⑬三七六）と信じてもいないことを吹きこんで、フランソワーズを震えあがらせる。注目すべきは、この給仕頭とフランソワーズの戦争談義は、一九一四年の開戦時（IV, 327–330／⑬一六〇―一六六）と一九一六年の戦中（IV, 420–425／⑬三七五―三八七）の二度にわたりくり返されていることである。いや、この給仕頭は、かつてドレフュス事件のときにドレフュス支持派であったにもかかわらず、反ドレフュス派のゲルマント家の給仕頭とやりとりする際に、「あらかじめ不首尾の場合を想定し、正義が敗れてゲルマント家の給仕頭が快哉《かいさい》をさけぶのを避けよう」として、「ドレフュスの有罪をほのめかし」ていた（II, 593／⑥二八〇―二八一）。サン＝

ルーやシャルリュスの発言と同様、戦争によっても給仕頭の発言の癖は変わらなかったのである。これらさまざまなケースのあいだに認められる類似の現象は、戦争によっても変わらぬ人間本性の恒常性を遺憾なく示している。貴族にも庶民にも同様に当てはまるこのような教訓を際立たせるために、『失われた時を求めて』において戦争それ自体の描写には二次的な位置しか与えられず、むしろ戦争がひきおこす人間の振る舞いや発言が重視されているのである。

戦時下のパリの描写には、三つの社会階層が出てくる。ヴェルデュラン夫人の小派閥に代表されるブルジョワ階級、シャルリュス男爵とサン=ルー侯爵、および侯爵夫人となったジルベルトが所属する上流貴族階級、フランソワーズと給仕頭および男娼館に雇われた若者たちの声を通じて見解を表明する庶民階級、以上三つの階級である。戦争に関するさまざまな言説をめぐるこの切り口は、表面的な流行の変化には還元しえない人間本性の恒常性を明るみに出すことになった。

この人間喜劇とは対照的に、夜のパリの情景はむしろ詩的に描かれる。人けのない夜、「月の光は、オスマン大通りの、もはやだれひとりかき寄せようとしない雪のうえに広がり、まるでアルプスの氷河のうえに広がる月光を想わせた」(IV, 314／⑬一三二)。シャルリュス男爵と出会った夜、「トロカデロの塔が見下ろす町のこのあたり一帯では、空がトルコ石のごとき色調の広大な海のように見え、その海の潮が引いてゆくと、軽やかに一筋に連なる黒い岩場か、もしかすると漁師たちが前後に列をなして引いているただの網かと思わせるものが早くもあらわれ出るが、それは小さな雲の連なりだった」(IV, 341–342／⑬一九六)。

ここにあらわれているのは、もちろん大通りを「アルプスの氷河」へ、空を「広大な海」へ、雲を「漁師たちのただの網」へと転化させるプルースト十八番の比喩である。しかしこうした比喩は、たんに戦時下のパリの非現実的で、異様で、エキゾチックに見える情景を示すためだけに援用されたのではあるまい。作家は、むしろ地上でくり広げられるはかない人間喜劇をあざ笑うかのように、つねに変わらぬ「自然の要素」(IV. 314／⑬一三二)を賞讃したと考えられる。その証拠に、空を「広大な海」にたとえたプルーストは、その海は「大地の巨大な公転《レヴォリュション》に巻きこまれた人類を〔……〕みずからとともに運び去ってゆくが、地上では人類は相変わらず愚かにも〔……〕目下フランスを血に染めている戦禍のごとき空しい戦争をつづけている」(IV. 342／⑬一九六)と書き添えている。

とはいえプルーストが戦争をさまざまな社会階級を代表する人たちの相矛盾する言説によって浮かびあがらせようとしたのは、ただ人間の愚劣を暴きだすためだけであったとは考えられない。プルーストがこの手法を『見出された時』における大戦の大部分に適用したのは、この方法のみが「現実」をより正確に表現できると確信していたからだと私は考える。新型コロナウイルスの感染拡大やウクライナ戦争に直面した最近の経験が教えてくれたのは、われわれが現実と言い習わしているものがいかに実体のないあやふやなものであり、しかもそれを、信頼できるかどうかも判然としない相矛盾するさまざまな他者のことばを通じてのみ、さらにはわれわれ自身のことばを通じてのみ、感知しているという事実であろう。プルーストは『見出された時』のすこし先で、「写実主義を自称する芸術のうそ偽り」について語り、「この芸術が嘘八百になってしまうのは、人生において自分の感じることにそれとはまるで異なる表現を与えていながら、しばらくするとそんな表現を現実そのものだと想いこんでしまうからである」と指摘している(IV. 460／⑬四六〇—四六一)。最初に述べたように、こんにちプルーストの小説は、歴史的資料に還元されることなく、アクチュアリティーを保っている。それが普遍性を表現する力をいまだ保持しているからである。『失われた時を求めて』は、写実主義ではない芸術によって真実に到達できること、その真実のなかにこそ真のアクチュアリティーが宿ることを教えてくれるのである。

コラム5 プルーストの墓(二〇二二)

プルーストが世を去ったのは、一九二二年十一月十八日。没後百周年にあたる二〇二二年秋には、関連する行事や出版があいついだ。十一月二十五日と二十六日にはソルボンヌで「時代のなかのプルースト」をテーマとする記念シンポジウムが開催され、三年ぶりにパリへ出かけた。

出発前には新型コロナウイルスの感染リスクに懸念を覚えたものの、到着したパリは、空こそ例によってどんより曇っていたが、疫病蔓延前とさして変わらぬ、明るく賑やかな街に戻っていた。シンポジウムの前後には、プルースト研究者をはじめ友人たちと会食をしたり、ムンク展(オルセー美術館)、静物画展(ルーヴル美術館)、キモノ展(ブランリ河岸美術館)を見たりしてすごしたが、この機会にぜひ訪ねておきたい場所があった。

そのひとつは、国立図書館で開催されていた「作品を制作するプルースト」展である(図60、筆者撮影、以下同様)。これは未発表資料をふんだんに展示した、きわめて刺激的な大規模展覧会であった。とりわけ興味を惹かれたのは、当時のメトロや映画館や電話交換のありさまをはじめ、当時最新の自転車や自動車や飛行機に乗る人たちなどを映写した動画フィルムである。よく目にする写真とは違って、動く映像からはまるでプルーストの時代にタイムスリップしたような臨場感を味わうことができた。フォルトゥーニ制作のコート(一九一二年頃)は、作中でゲルマント公爵夫人が愛用していたコートを想像する手助けになった。

プルーストの同性愛にまつわる展示品にも心を動かされた。一八九四年頃、二十歳頃のレーナルド・アーンが二十三歳頃のプルーストに「ぼくの愛しいマルセルへ」と署名して贈った写真には、憂いのただよう美貌が写し出されている。やはりプルーストと親密な関係にあったとされるリュシアン・ドーデ(作家アルフォンス・ドーデの息子)が、裏面に「ぼくの愛しいマルク〔Marcel の略称 Marc〕へ、リュシアン、〔一九〕一〇年一月」と記して

図60「作品を制作するプルースト」展のポスター

贈った肖像写真も、凛々しい憂い顔が印象的だった。

大戦中の一九一八年一月、男性同性愛者向けの娼家マリニー館(プルーストの住まいから遠からぬアルカード通り)が立入検査を受けたとき、そこに「プルースト、マルセル、四十六歳、金利生活者、オスマン大通り一〇二番地」が居合わせたという警察調書の原本(タイプ原稿)が展示されているのにも驚いた。プルーストが手帖にメモしていた同性愛者用のマドリッド・ホテル(ブルス通り)の写真も、壁面いっぱいに拡大展示されていた。

しかし今度の展覧会のいちばんの目玉は、はじめてオリジナルが公開された「七十五枚の草稿」だろう。その存在を知って半世紀後、ようやく出会えた『失われた時を求めて』の初稿を私は食い入るように眺めた。というのも展示された「七十五枚の草稿」のなかに、『失われた時を求めて』の直接の母体となった『サント=ブーヴに反論する』の一部草稿と同一の用紙に書きつけられたものを見つけたからである。

第二章で検証したように、新たに発見された「七十五枚の草稿」もまた、物語体評論『サント=ブーヴに反論する』の小説部分に組み込まれる予定だったのではないかと想像していたので、これが確認できたのは収穫だった。「七十五枚の草稿」を解読・出版したナタリー・モーリヤック・ダイヤーも、それに序文を寄せた専門家ジャン=イヴ・タディエも、プルーストは「七十五枚の草稿」を放棄したあと『サント=ブーヴに反論する』にとりかかったと説明しているが、この両者を分離する解釈に賛同できなかったのだ。アントワーヌ・コンパニョンが監修した新編プルースト評論集『エッセー』(二〇二二)に収録された『サント=ブーヴに反論する』の関連資料に「七十五枚の草稿」が採用されなかったことにも、疑問を感じていた。

もうひとつの計画は、プルーストの墓へ詣でることだった。市内の東端、ペール・ラシェーズ墓地の作家の墓には、一九七三年秋、留学生としてはじめてパリを訪れたときに立ち寄った。しかしその後は、文学巡礼めいたフェティシズムを自分に禁じていた。このたび半世紀ぶりに墓参をしたのは、私の人生をたえず鼓舞してくれ、とりわけ近年の『失われた時を求めて』全訳という刺激的な仕事で私を楽しませてくれた泉下のプルーストに、最後に感謝を伝えたい気持に駆られたからである。

十一月二十二日、墓の前に立って驚いたのは、十八日の命日に供えられたとおぼしいプルースト家とプルースト友の会からのふたつの大きな花束とともに、さまざまな形や色のおびただしい数の献花が、墓石の表面を覆いつくしていたことである(図61)。フランスの墓参者がやるように墓石にそっと手を添えて来訪を告げたが、なんの応答もない。それで日本ふうに手を合わせ、心のなかで「ありがとう、プルースト」と唱えていたら、若い女性が花を持ってやって来た。高校生のときプルーストを読んで愛読者になったという。私が『失われた時を求めて』を日本語に翻訳したことを告げ、プルーストは「生涯にわたって楽しませてくれた」と言うと、女性は「あなたはまだ若いでしょ」とお世辞を言ってくれたが、あらたに二組の参拝者があらわれたので、墓を離れた。

その足で、同じ墓地の南端、ルポ通りに沿ったユダヤ人墓地に参拝しようと考えていたのだ。プルーストがこの墓所を訪れていたことは、アンドレ・モーロワの古典的伝記『プルーストを求めて』(一九四九)に引用された文言によって知られていた。「ルポ通りに沿った小さなユダヤ人墓地を訪れる人は、もうだれもいません。〔……〕祖父は、毎年、墓地に参り、もはやその意味を理解していたとは思えませんが、儀式どおりに両親の墓に小石を置いていました」。ただし出典は記載されていなかった。

アントワーヌ・コンパニョンは、二〇二〇年に発表した論文「ルポ通りに沿って」(二〇二二年刊『プルースト、ユダヤのほうへ』に収録)で、引用した文言と墓所について新たな知見を披露した。ユダヤ人の同化政策に伴い、一八〇九年、ルポ通りに面した一画(第七区画)がユダヤ人墓地として譲渡されたことを説明したうえで、プルースト母方のヴェイユ家の先祖もこの墓地に埋葬されたというのだ。問題の墓は、一八二八年、母方の曾祖父バリュック・ヴェイユのためにつくられた。そこには、母方の祖母アデルが一八九〇年に、祖父ナテが一八九六年に、

図62　ヴェイユ家の墓

図61　献花に覆われたプルーストの墓

図63　ヴェイユ家の墓(部分)

また大叔父ルイが一八九六年にそれぞれ埋葬され、プルーストはこの墓所をよく知っていた。さらにコンパニョンは、祖父ナテと大叔父ルイが火葬に付された事実を明らかにし、火葬は一八八七年に法的に許可されたとはいえカトリックでは例外的であり、ましてユダヤ教はこれを厳しく禁じていたから、ヴェイユ家の火葬は自由思想(おそらくはフリーメイソン)のあらわれとみなすべきだと説いた。

問題の墓は、ルポ通りのすぐ脇に難なく見つかった。高い塔を供えた墓がそれである(図62)。墓石には、祖母のアデル、祖父のナテ、大叔父のルイの名前と没年がたしかに刻まれていた(図63)。基底の墓石上には、自然に運ばれてきたものか、だれかが置いたものなのか、小石がいくつか載っていた。

コンパニョンは、祖父ナテが「儀式どおりに両親の墓に小石を置いていました」と記された自筆原稿(ナタリー・モーリヤックから提供された原稿)に基づき、これが、一九〇八年五月七日のリュドヴィック・アレヴィ(オッフェンバック作曲『地獄のオルフェ』や『美しきエレーヌ』、ビゼー作曲『カルメン』などの台本作者)の逝去に際して、その息子ダニエル・アレヴィ(プルーストのコンドルセ高等中学校の学友で文筆家)に宛てた手紙の下書きだと推定した。

この墓参から一週間後、プルーストなど作家の自筆原稿を蒐集するパリのあるコレクターから、アパルトマンに所蔵する資料を見に来ないかと誘われた私は、そこで驚くべきものに遭遇した。なんという偶然であろう、それは「祖父は、毎年、墓地に参り、〔……〕儀式どおりに両親の墓に小石を置いていました」という文言が記されたプルースト自筆の原稿だった。しかしその原稿は、たしかにダニエル・アレヴィに宛てたものであったが、コンパニョンが推定したような一九〇八年のリュドヴィック逝去に際して執筆されたものではなかった。

プルーストは、第一章で見たように一九〇七年二月一日付の「フィガロ」紙に「親を殺した息子の感情」と題する重要な文章を発表した。アンリ・ヴァン・ブラランベルグが母親を殺害して自殺した事件について、「われわれは、歳をとるにつれ、その人たちに与える気苦労や、その人たちをたえず不安に陥れる愛情をかきたてることによって、われわれを愛してくれるすべての人たちを殺している」と指摘したうえで、『オイディプス王』や『リア王』や『カラマーゾフの兄弟』などの文学作品を援用しつつ、「親を殺した男は、粗暴な殺人鬼でも人非人《にんぴにん》でもなく、高貴な模範的人間であり、明敏な精神の持主であり、親を敬う愛情ぶかい息子である」と主張した刺激的な論考である。

これを読んで感激したダニエル・アレヴィは、記事を切り抜いて白紙数葉に貼りつけ、さらに数枚の白紙を挿入して製本させ、そこへ献辞をもらうべくプルーストに届けた。問題の原稿は、父リュドヴィックの死に際してダニエルに認《したた》めたものではなく、この挿入された白紙にプルーストが執筆したダニエルへの献辞だったのである。あとで知ったことだが、この切り抜きと献辞を製本した貴重な資料は、しばらく前に古書店主ジャン＝バチスト・ド・プロワイヤールが売り出したもので、それをくだんのコレクターが購入したばかりであった。

プルーストの献辞の全文は、古書店のカタログにも収載されている。祖父ナテが両親の眠るユダヤ人墓地を訪ねていたことをプルーストが旧友ダニエルに語ったのは、ともにユダヤの血筋を引くという親近感ゆえであったらしい。カタログに載ったプルーストの献辞をよく読むと、大のオペラ好きだった祖父ナテが、ダニエルの父親リュドヴィックが台本を執筆したオッフェンバック作曲の『美しきエレーヌ』の上演には欠かさず出かけていたこと、来客がユダヤ人だと見てとると、サン＝サーンス作曲の『サムソンとデリラ』の一節「イスラエルの民よ、なんじの鎖を断ち切るべし」とか、リュドヴィックの伯父フロマンタルが作曲した『ユダヤ女』の一節「われらが父祖の神よ、われらが秘密をお隠しください、悪人どもの目から」とかを口ずさんでいたことが記されていた。

なんということか。これは『失われた時を求めて』の主人公の祖父がユダヤ人の来客に際してこっそり口ずさんだ「イスラエルの民よ、なんじの鎖を断ち切るべし」（『サムソンとデリラ』）や「われらが父祖の神よ」（『ユダヤ女』）という一節そのままではないか（I. 90／①二〇八）。第一章で検討したように、二〇二一年に発見・刊行された「七十五枚の草稿」では「お寝《やす》みのキス」の舞台はプルースト母方のルイ大叔父の屋敷であり、さらにユダヤ人スワンの肖像にもルイ大叔父の影が落ちていた。今度の新資料によって明らかになったのは、ユダヤ人ではない作中の祖父の造型にまで、母方の祖父ナテ・ヴェイユが大きな寄与をしていたことである。

コンパニョンの探究はもちろん、それを是正する今回の資料を目の当たりにして、心の高鳴りを抑えることができなかった。作家の生涯と作品との接点に関して、新たな発見がもたらされたからである。プルーストについてはその生涯だけに限っても、つぎつぎと新事実が明らかになる。たとえば死の床のプルーストをマン・レイが撮影した有名な写真について、つい最近、プルースト友の会会長ジェローム・バスティアネリは、べつの写真家が撮影した同様のネガが存在することを指摘した。とはいえ小説の生成とは結びつかない伝記的探究には、さして心を動かされることはない。私の若い頃、ヌーヴェル・クリティックと呼ばれる新しい批評が、プルーストの『サント゠ブーヴに反論する』を先駆と仰ぎ、作家の伝記に関する詮索を批判して「作家の死」を宣言した。私はその主張に全面的に賛同したわけではないが、作品それ自体こそ重要だという新批評が提起した教訓をいささかも忘れたことはないからだ。

プルーストと家族の墓に詣でるという柄にもないセンチメンタルな行為も、作品の成立にまつわる資料との遭遇へと導いてくれる前触れだったのだろうか。作家の生涯と作品との微妙な結びつきに気づく没後百年の墓参であった。

終章　深まる謎

十五章にわたって『失われた時を求めて』に潜むさまざまな謎について考察してきた。大長篇誕生の謎、作品の構造をめぐる謎、芸術と芸術家をめぐる謎、恋心と性愛をめぐる謎、そして作家の方法をめぐる謎である。しかし小説のなかでもっとも謎めいているのは、登場人物の描きかたかもしれない。たとえば、読者の感想で目につくのは、長篇のヒロイン、アルベルチーヌの存在感が希薄で謎めいているという指摘である。最初「花咲く乙女たち」のひとりとして海辺のリゾート地にあらわれたとき、主人公「私」の目に映じたすがたは魅力的であるが、その後の人物像はたしかに明確な輪郭を結ばない。第五篇『囚われの女』における同居中、はたして「私」を愛していたのか、「私」が疑うようにやはり同性愛の女だったのか、いずれも判然としない。アルベルチーヌの人物像がぼやけているのなら、ジルベルトはどうなのか。その母親のスワン夫人の場合はどうなのか。いや、もっと広く、そもそも『失われた時を求めて』における登場人物はどのように描かれているのか。この問いは、つまるところ、プルーストは人間をどのように把握していたのかという問題に帰着する。最後にこの謎について考えたい。

伝統的な人物造型――シャルリュスとスワンの場合

アルベルチーヌの茫漠としたイメージとは違って、作中でもっとも明確な輪郭を結ぶ魅力的な人物として、多くの読者はシャルリュス男爵を挙げる。男爵の言動には大貴族としての矜持と傲慢が遺憾なく発揮される。同性愛者シャルリュスの心情と見解は、チョッキの仕立屋ジュピアンとの出会いをはじめ、美貌のヴァイオリン奏者モレルへの執心や、ソルボンヌの教授ブリショとの男色談義などに、隈なく浮き彫りにされる。第一次大戦下のパリでシャルリュスが男娼館で鞭打たれる衝撃的な場面には息を呑む。男爵がくり広げるドイツ贔屓の長広舌には、戦争プロパガンダに熱狂するフランス世論への鋭い批判精神が見てとれる。じつに精彩に富む人物像なのだ。

この人物造型を可能ならしめたのは、作家がシャルリュスに、ブリショや「私」を相手にして同性愛や戦争に関する自説を思う存分に開陳させたからである。シャルリュスの内心の葛藤についても、たとえば自分を裏切ったモレルを殺害せんと決意した心の秘密は、男爵からひそかに「私」に託された遺言によって明らかになる(IV. 384–385／⑬二九七—二九九)。いや、そればかりではない。ジュピアンとの出会いの場面で男爵の同性愛が明らかになったとき、プルーストはソドムの人間の宿命について一般的考察を書き加えている。ここには主人公「私」の見聞だけにはとどまらない作家の「神の視点」が介在していると考えるべきだろう。プルーストが精彩あるシャルリュスの人物像を造型できたのは、要するにスタンダールやバルザックらと同様の伝統的小説手法を用いたことが一因なのである。

同様の人物像の造型は、スワンにも見出される。「スワンの恋」は「私の生まれる前にスワンがした恋」(I. 184／①三九四)の物語であり、その顚末はのちに「細部まで正確に聞かされた」(I. 184／①三九五)「私」がものがたるという設定である。とはいえ数箇所の「私」への言及をべつにすれば、恋物語の全体は、スワンを主人公とする三人称小説とみなして差し支えない。それゆえ十九世紀の伝統的な小説と同様、オデットへの恋に翻弄されるスワンの心中が隅々まで描き出される。猜疑心にさいなまれるスワンの嫉妬が、直接話法、間接話法、自由間接話法を駆使して克明に描かれていることは、第十章で見たとおりである。スワンの結婚前の上流貴族階級との華々しいつき合いをはじめ、オデットと結婚後の交際範囲がブルジョワ階級に限られた社交についても、さらに絵画や音楽や文学に関する深い造詣についても、語り手は「神の視点」から詳しく解説する。ドレフュス事件を契機として、スワンが社交界で孤立し、不治の病いに冒され、ユダヤの出自を強く自覚してゆくさまも、克明に伝えられる。スワンも、シャルリュス男爵と同様、おおむね伝統的な人物造型によって描かれたと言える。『失われた時を求めて』の作中人物のなかで、このふたりが読者の共感を呼ぶことの多い所以である。

スワンの結婚の経緯——相矛盾する証言

「私」が生まれる前の「スワンの恋」(一八八〇年前後)で、ヴェルデュラン夫人のサロンから追い出され、オデットに振られたスワンは、長いあいだ嫉妬にさいなまれる。しかしその末尾では「もはや不幸ではなくなり」、心中でこう言い放つ。「自分の人生を何年も台なしにしてしまった。死のうとまで思いつめ、かつてないほどの大恋愛をしてしまった。気にも入らなければ、俺の好みでもない女だというのに!」(I. 375/②四一一)。この述懐を読むかぎりスワンは、ようやく嫉妬の苦しみから解放され、オデットに無関心になったものと考えられる。こうしてふたりは完全に別れたはずであるが、少年期の「私」を描いた「コンブレー」(一八九一年前後)では、スワンとオデットはすでに結婚し、「私」と同じ年頃のジルベルトという娘がいる。この結婚の経緯が闇につつまれているのだ。

「コンブレー」で描かれるのは、田舎の大叔母宅に滞在する「私」の家族の目に映じたスワン像であり、「いまも呑気な余暇の時間に充たされ、大きなマロニエの木や、フランボワーズの籠や、ひと茎のエストラゴンの匂いを放っている」「最初のスワン」(I. 19/①五七)のすがたである。「身分違いの結婚」(I. 111/①二五三)をした相手のオデットは「私」の家族から周到に遠ざけられていて、ふたりの結婚は話題にならない。その後「私」がシャンゼリゼ公園でジルベルトと遊ぶ「土地の名―名」(一八九二年頃)でも、少年の心を占めるのはジルベルトとその両親への憧れであり、夫妻の結婚の経緯は問われない。

第二篇第一部の「スワン夫人をめぐって」(一八九四―一八九六年頃)になると、語り手は結婚によってスワンの交際範囲が「華麗なエリート」から「野暮ったい役人や堕落した婦人」へと移行したことを報告するが(I, 424／③二四)、やはり結婚の経緯については語られない。それを語るのは、主人公の家へ夕食にやって来た元大使のノルポワである。その説明によれば、こんな経緯があったという。「ふたりが結婚する前の数年間は、たしか、女のほうがかなり卑劣な恐喝まがいの策略を弄したとかで、スワンが女の言うことを聞かないと、そのたびに娘を連れ去られていたそうです。気の毒なのはスワンです、洗練された男なのにおめでたいところもあって、娘が連れ去られるたびに偶然のめぐりあわせだと信じて真相を見ようとしなかったのです。それに女はたえずスワンに食ってかかっていましたから、結婚という目的を遂げてしまうと女を縛るたがも外れ、ふたりの生活はさぞや地獄の惨状を呈するだろうとだれしも考えたものです。ところがです、実際には正反対の結果になりました」(I, 458／③一〇〇)。要するに、ふたりの結婚前にジルベルトが生まれ、スワンは娘を人質にとられて結婚するはめになったが、その結婚生活は想いのほか無難に推移したというのだ。

このノルポワ説を、語り手は肯定も否定もしない。指摘したのは、スワンがこの結婚によって「社交上の野心」から「解脱」したこと(I, 461／③一〇六)、「オデットと結婚したときにはもはや愛していなかったうえ、オデットと生涯にわたって暮らしたいとあれほど願いながらそれが叶わず絶望していたスワンの内なる存在は、すでに死んでいた」から、スワンにとってこの結婚は「死後の幸福だった」ことである(I, 462-463／③一〇九)。

ずいぶん後になって、スワンとオデットの知られざる関係について主人公に教えてくれる人物がもうひとりあらわれる。『囚われの女』でヴェルデュラン夫人の夜会をとり仕切ったシャルリュス男爵である。男爵の説明によれば、オデットのことは女優として「ミス・サクリパンの役を演じたとき」(一八七二年前後)から知っていたが、自分に「うるさくつきまとう」ようになったので「厄介払い」するためスワンに紹介した、「オデットがスワンに何発もピストルをぶっ放して、その弾をあやうく」食らいそうになったこともある、ゲルマント公爵の従兄のオスモン侯爵が「オデットをかっさらったところ、スワンが腹いせにオデットの妹を愛人にしたか、愛人に見せかけた」という(III, 803–804／⑪二五〇—二五三)。

にわかには信じがたい荒唐無稽な話である。これはシャルリュス男爵お得意の鬼面人を嚇《おど》すたぐいのホラ話と考えるべきなのだろうか。これと比べればノルポワ説のほうがもっともらしく聞こえるが、こちらもそれが真実だという保証はない。いずれにせよスワンとオデットの結婚の経緯は、ノルポワの口から語られるだけで、語り手はどこまでも口を閉ざしている。スワンにもオデットにも黙して語られぬ謎が存在すると想像させられるのである。

「バラ色の婦人」の正体

オデットをめぐる謎といえば、少年の「私」がパリのアドルフ大叔父の家で出会った「バラ色の婦人」のことも想いうかぶ。艶福家の大叔父がつき合っていた「女優」や「粋筋の女《ココット》」のひとりとおぼしい「バラ色の絹のドレスにつつまれ首に大きな真珠のネックレスをした若い婦人」(I, 75／①一七七—一七八)である。その女は少年に「お隣りのイギリス人が言うようにア・カップ・オヴ・ティーをご馳走しますから」と言う(I, 77／①一八二。傍点は原文イタリック)。このことばには、「スワンの恋」で明らかになるオデットの英語趣味がほのめかされているのだが、もとより少年は(その時点の読者も)そんなことを知る由もない。

　主人公がこの女性の正体を知るには、続篇における二段階の発見を待たなければならない。第一段階は、第九章でも採りあげたが、画家エルスチールがアトリエで見せてくれた「ミス・サクリパン、一八七二年十月」(II, 205／④四四七)と署名された水彩画である。主人公は、それがオデットの女優時代の、つまりスワンとの結婚前の肖像であることを知る(II, 216／④四七〇)。第二段階は、ずっと後にアドルフ大叔父の従僕の息子シャルル・モレルが届けてきた写真のなかに「エルスチールの描いたミス・サクリパン(つまりオデット)の写真」があったことだ。それに驚いた主人公が訊ねるとモレルは、主人公が大叔父宅で出会ったのは「この裏社交界の女《ドゥミ・モンデーヌ》」だと認める(II, 563／⑥二一二)。主人公が出会った「バラ色の婦人」とは「ミス・サクリパン」を演じたオデットだというのである。

　「バラ色の婦人」がオデットだったとすると、この婦人は結婚後のスワン夫人だとみなすべきなのか。フォリオ版『スワン家のほうへ』の校訂者アントワーヌ・コンパニョンは、そう考えるのに否定的で、この箇所の注でこう記している。「主人公の少年は娘のジルベルト・スワンと同年齢なのだから、この婦人はずいぶん前からすでにスワン夫人であり、もはや、アドルフ叔父がつき合っていた女優のごとき暮らしはしていないはず」である、それゆえ(独身のオデットとの)「この出会いは小説の年代とうまく符合しない」[334]。最新のリーヴル・ド・ポッシュ版『スワン家のほうへ』を校訂したマチュー・ヴェルネも同様の注をつけている[335]。集英社文庫版の鈴木道彦訳も「これはいずれスワンと知り合い、結婚することになるオデット・ド・クレシーの、若いときの姿である」と注記している[336]。

　多くの注がこのように符合する以上、「私」が出会ったのは結婚前のオデットだというのが定説のように思われるが、はたしてそうなのか。というのも主人公の少年とジルベルトがほぼ同年齢であるという基本的な年代設定を作者のプルーストが失念していたとは考えにくいからだ。少年が出会った「バラ色の婦人」はやはりスワン夫人だったと考えるべきではないか[337]、オデットは結婚後もパトロンをつくっていたのではないか、というのが私の見立てである。

というのも「バラ色の婦人」の一節を注意ぶかく読みかえすと、この婦人が少年にとっては謎めいた「女優」や「粋筋の女《ココット》」に見えるものの、叙述の節々に、それがスワン夫人であっても不自然ではないとする作家の配慮が感じられるからだ。その一例として、問題の女性が「若い婦人」とされ、少年が「その人にマダムと言うべきかマドモワゼルと言うべきかわからず」赤面したことが挙げられる（I. 75／①一七七―一七八）。さらにこの婦人は、少年の母親に「階段ですれちがいました」と言い（I. 75／①一七八）、少年の「お父さまにも」「あなた〔アドルフ大叔父〕のお宅でお会いしたはずだわ」と付言する（I. 76／①一八〇）。この発言は、少年の両親がスワンの結婚相手である元「粋筋の女《ココット》」オデットを避けていて、スワン夫人のことをよく知らない事実と符合する。主人公の少年は、コンブレーでスワンの別荘の生け垣ごしに夫人のすがたをかいま見たときも、「バラ色の婦人」を思い出すことはなく、それが「白い服を着た〔……〕見たことのない人」（I. 140／①三二〇）だと認識するだけである。その後、第二篇第一部「スワン夫人をめぐって」で夫人と親しくなったときも、主人公が「バラ色の婦人」を想い出すことがないことも、不自然には感じられない。

プルーストが「バラ色の婦人」を「スワン夫人」として描いていたのではないかと判断すべき、さらに明白な指標がある。のちにモレルから、アドルフ大叔父のところで会った「裏社交界の女《ドゥミ・モンデーヌ》」はオデットだと聞かされた主人公は、モレルに「叔父の生涯のどの時期にこのご婦人を位置づけたらいいのか〔……〕、スワンさんのことを想うとそれが気になるのです」と打ち明けたうえ、「スワン夫人に想いを馳せ、これからは夫人と「バラ色の服の婦人」を同一人物と考えなくてはならないのかと考えて愕然とした」という（II. 563／⑥二一二―二一三）。プルーストはこの記述によって「バラ色の婦人」が結婚後のスワン夫人にほかならないことをほのめかしたのではなかろうか。

スワン夫人の謎めいた振る舞い

スワン夫人には、粋筋の女《ココット》だったからだろう、男との関係をほのめかす噂が絶えない。コンブレーで主人公の大叔母はこう言う。「あの人〔スワン〕も、浮気な奥さんのせいで、気苦労が絶えないでしょう。シャルリュスって人と暮らしてるのは、コンブレーじゃ、だれひとり知らない人はいませんからね。町じゅうの笑い草ですよ」(I. 34／①八六)。同性愛者のシャルリュスを浮気相手に持ち出すのはお門違いであるが、田舎町におけるスワン夫人の噂の実態を伝える発言である。のちに元大使のノルポワは、スワン家のお客は「なかんずく……殿方のようなんです」(I. 457／③九六―九七)とオデットの男関係をほのめかし、それを敏感に受けとめた主人公の母親は、ノルポワが帰ったあと夫にこう言う。「あなた、お気づきになりまして、ひどい悪意をこめておっしゃったの、「あのお宅にいらっしゃるのは、なかんずく殿方のようなんです」って?」(I. 475／③一三二)。

登場人物のみならず語り手もまた、スワン夫人の「殿方」との交際をほのめかす。第一篇第三部「土地の名―名」で、ブーローニュの森を馬車で散策するスワン夫人を主人公の少年が待ち受けていたとき、夫人の「微笑み」が少年には「女王陛下の厚情」のようにしか見えないが、語り手はそこに「粋筋の女《ココット》の媚をふくんだ挑発」があらわれていたと指摘する。その微笑みはある者には「あら、いいわよ！　もうすこし馬車の列についてゆくけど、できるだけ早く抜け出すわ！」と語っていたというのだ(I. 411-412／②四九九)。語り手によれば、実際「夫人は、長い時間ひとりでいることはなく、すぐに男友だちのひとりと合流した」(I. 413／②五〇四)。スワン夫人を「女王陛下」のように崇拝しているのは主人公の少年だけで、周囲の紳士たちは夫人を相変わらず「粋筋の女《ココット》」とみなしていたと言わんばかりの記述である。

その後プルーストは、夫人と関係を持ったという人物まで登場させる。ブロックである。主人公が憧れのスワン夫人とブーローニュの森の順化自然観察園《ジャルダン・ダクリマタシオン》を散歩していたとき、偶然、夫人はブロックから「こんにちは」と挨拶される。そのとき夫人はブロックに会ったことは否定しないが、相手の名前すら知らないようだった（I. 533–534／③二五八—二五九）。そのあとバルベック海岸でブロックは「私」にこんなことを言う。「俺はその数日前に〔パリの〕環状線《サンチュール》の車内で会ったんだ。あの女は、きみの僕《しもべ》たるこの俺様のためになんと自分のベルト《サンチュール》をはずしてくだされたぞ、あれほどいい想いをしたことはなかった」（II. 136／④三〇五）。「環状線《サンチュール》」に「ベルト《サンチュール》」を掛けた洒落っ気からも、これは大げさな自慢話が好きなブロックのホラだとみなすべきなのだろうか。しかしスワン夫人がブロックと会ったことを否定しなかった事実をわざわざ差し挟んだ語り手は、ブロックの発言がかならずしも嘘八百ではないことを示唆しているようにも受けとれる。

オデットは、小説末尾のゲルマント大公妃邸のパーティーではゲルマント公爵の愛人となっている。しかしオデットは「公爵が出ていくと、自分も出かけてほかの男たちと合流」し、「ゲルマント氏を裏切っていた」と語り手は伝える（IV. 597／⑭二三九）。おまけにオデットは、すべての登場人物に老いの刻印が際立つなかで、「一種の流動パラフィンを注入されたみたいに、昔の粋筋《ココット》の女のまま永遠に「標本化された」ように見えた」（IV. 526／⑭八二）という。フォーブール・サン＝ジェルマンの寵児であったスワンがつぎつぎと役柄を変えて没落していったのとは対照的に、オデットは、その年齢からすれば公爵を夢中にさせることが「常軌を逸している」（IV. 592／⑭二三〇）と評されるものの、変わることなく生涯「昔の粋筋《ココット》の女のまま」だったのかもしれない。とはいえスワン夫人の裏面の実態については、シャルリュスやスワンの場合と違って、語り手がみずから断定することはない。すべては登場人物の口から語られる伝聞にすぎないから、謎は深まるばかりである。

恋慕から無関心へ――ジルベルトの場合

スワンの娘ジルベルトは、叔父から莫大な遺産を相続し、父親の死後フォルシュヴィル伯爵の養女となってゲルマント公爵夫人のサロンに迎え入れられる。すると第四章で見たように、実父の名前を訊ねられたとき、とっさに実父のユダヤの出自を隠そうとして「スヴァン」と言ってしまう（IV. 165／⑫三六八）。その後、サン＝ルー侯爵と結婚してゲルマント家の一員にのしあがると、その地位に慢心して「フォーブール・サン＝ジェルマンの人士はどれもこれも愚か者」だと断言し、「つき合うのをやめて」しまう（IV. 248／⑫五六八）。このようなジルベルトの社交生活の変遷は、語り手の「神」の視点から客観的事実として叙述されている。

ところが主人公の「私」が初恋の相手とした娘ジルベルトは、もっぱら恋焦がれる少年の視点から描かれる。タンソンヴィルのスワンの別荘の生け垣ごしにはじめて娘を見かけたとき「黒い目が輝いていた」が、「そのときも以降も私は、〔……〕長いあいだ少女のことを考えるたびに、髪がブロンドだから、その目の輝きの想い出はただちに鮮やかな青としてあらわれた」という（I. 139／①三〇八）。シャンゼリゼ公園でジルベルトと再会したとき、真っ先に主人公が感知するのは、娘の友人が「大声」で発したつぎのことばである。「じゃ、ジルベルト、あたし帰るわ。でも忘れないでね、今晩、お夕食のあとに、あたしたちがお伺いすること」。その名前が「そばを通りすぎたとき」、「私」は娘の「親密なつき合い」を想いうかべ、「近寄りがたくて苦痛をもたらすほかないこの未知の存在」が送っている「生活の目に見えないさまざまな局面」を想像する（I. 387／②四四九―四五〇）。恋する者の目で見ると、対象を客観的に捉えることができないばかりか、恋心ゆえの想像力を相手に照射してしまうのだ。

ジルベルトとの交友には初恋の嬉しい瞬間も描かれている。シャンゼリゼ公園でジルベルトが「両腕を大きく広げて微笑みながら進んで」くるとき、それが「まるで両腕のなかに私を迎え入れようとせんばかり」に見える（I. 391／

②四五八）。公園の物売りからジルベルトが買ってプレゼントしてくれた「瑪瑙玉《めのう》」に「私」は接吻する。それが「ジルベルトの暮らしという神秘的魅力をまとって私のそばにあり、私の部屋に住み、私のベッドに寝てくれるから」である（I. 403／②四八一）。ジルベルトの家におやつに招かれ、並んで窓から身を乗り出したとき、「お下げに編んだジルベルトの髪が〔……〕頬に触れる」と、「私」にはそれが「「天国」の芝草そのものを用いて制作された一点ものの工芸品」に思われる（I. 494／③一七三）。これらの例に描かれているのは、ジルベルトの人物像であるというよりも、それに憧れる「私」の心のときめきにほかならない。

最後にジルベルトを訪問したとき、母親に外出を止められたジルベルトが不機嫌になったと感じた「私」は、意地を張って同様の不機嫌な態度をとりつづける（I. 572–574／③三四〇―三四四）。それが破局の原因となり、「私」は自尊心から「もうジルベルトに会わない決心」をする。ここでも「私」の心の動揺が問題になるばかりで、ジルベルトは「あなたのこと、ほんとに好きだったのよ」と言うが、「私」にはそれが信じられず、相手の本心もわからないままになる（I. 574／③三四五）。

それから長い歳月が流れ、最終篇『見出された時』で、亡きスワンの別荘タンソンヴィルを訪ねて思い出話に花が咲いたとき、「コンブレー」における生け垣ごしの最初の遭遇時からジルベルトは「わたしのほうがあなたを愛していた」と告白する（IV. 269／⑬二七）。「私」はそれがジルベルトの真摯な告白だと信じるが、もはや昔日の恋心のときめきを感じることはない。そんな「私」の無関心を象徴的にあらわす挿話も記されている。昔、ジルベルトに二度と会わない決意を固めたのは、ジルベルトが「若い男」と連れだってシャンゼリゼ大通りをくだってゆくすがたを目撃したからだった（I. 612–613／③四二三―四二四）。しかし今やこの件を想い出した「私」は、その「若い男はだれだったのかと訊ねてみようとは思わなかった」（IV. 270／⑬二九）。その理由を語り手はこう解説している。「われわれの恋心がもはや存在しないという事実が、当時の女と当時のわれわれとを、ともに死者たらしめるからである」(IV, 270／⑬三〇)。

このようにジルベルトは、多くの場合、恋する主体である「私」の心の目で描かれている。そうであるかぎり、その風貌や性格や心情は明確な像を結ぶことがなく、ジルベルトは「私」にとって謎のままにとどまるのである。

恋慕から無関心へ――アルベルチーヌの場合

「私」の恋焦がれたジルベルトが捉えがたい存在であった一方で、スワンの娘としての少女時代やその後のサン＝ルー侯爵夫人としての社交生活については、語り手がつまびらかに報告している。ところがアルベルチーヌの場合、そうした輪郭さえはっきりしない。

バルベック海岸における最初の出会いからかなり経って、娘の名は「アルベルチーヌ・シモネ」だと画家エルスチールから教えられる(II, 200／④四三八)。ところがそのシモネ家 Simonet については「名前にnがひとつしかないことを〔……〕重視している」(II, 201／④四三九)と指摘されるだけで、どのような家柄であるのか判然としない。アルベルチーヌが「かなり貧しい生活を送り」、叔父の「ボンタン氏の世話で暮らしてい」ることは報告される(II, 287／④六二〇)。叔母のボンタン夫人のことは、『囚われの女』でたびたび言及され、『消え去ったアルベルチーヌ』では主人公が友人サン＝ルーをフランス中部トゥーレーヌ地方に住むボンタン夫人のもとへ派遣して、恋人を連れ戻そうとする。しかしボンタン夫人の発言が前面に出てくるのは、アルベルチーヌの事故死を告げる夫人の電報が届くときだけである(IV, 58／⑫一三八)。

このようにアルベルチーヌの出自に関する情報がきわめて希薄であるうえ、本人の人物像はもっぱら「私」の視点から描かれ、明確な像を結ばない。アルベルチーヌの風貌はと訊かれても、多くの読者は答えに窮するのではないか。バルベック海岸に登場して、まだ名前すら明らかでないとき、娘の風貌の描写は「黒い「ポロ帽」の下にきらきら輝くからかうような目とふっくらした艶のない頬」をのぞかせていたことに尽きる（II, 151／④三二四）。作家があらかじめ超越的な視点から人物の風貌や性格を決めてそれを読者に伝えるのではなく、われわれの人生における他者との出会いがそうであるように、アルベルチーヌは「私」の目や耳に届くかぎりの存在としてあらわれる。アルベルチーヌに関する「私」の当初の認識には、ジルベルトの「黒い目」が記憶のなかでは「鮮やかな青」として想いうかんだのと同様の錯誤が生じる。主人公は「娘のあごに小さなほくろがあるのに気づいた」が（II, 200／④四三八）、のちにエルスチールから娘に引き合わせられたときには「目の下の頬に小さなほくろがある」ことを発見する（II, 228／④四九六）。その後も「さまよえる私の記憶は〔……〕ほくろをアルベルチーヌの顔のうえに歩きまわらせ、あるときはこちらに、べつのときはそちらに置く始末だった」という（II, 230／④五〇〇）。「私」の記憶に想いうかぶアルベルチーヌの風貌もまた、このように揺れ動いて定まらない。

「花咲く乙女たち」とバルベックの断崖で遊んでいたとき、「私」はアルベルチーヌから渡された紙切れに「あなたのこと、好きよ」と記されているのを読んだり（II, 264／④五七二）、車座になって「イタチまわし」（長い紐に通した環を手に隠してまわし、環がだれの手に渡ったかを当てるゲーム）をしていたとき、「アルベルチーヌの手が軽く私の手に押しつけられ、その指が愛撫するように私の指の下にすべりこむ」のを感じたりする。「私」は「ゲームにかこつけてぼくが大好きだと知らせようとしてるんだ」と考えて「有頂天」になるが、アルベルチーヌは「腹を立てて」早く環を手に取るよう促す（II, 274／④五九三―五九四）。しばらくしてアルベルチーヌから「今晩はあなたのホテルに泊まるの、〔……〕ベッドのわきであたしの夕食につきあってくださってもいいのよ。そのあと、あなたの好きなことをして遊びましょう」と誘われ(II, 283／④六一二―六一三)、その気になった「私」はベッドに横たわるアルベルチーヌに接吻しようとするが拒否される(II, 286／④六一七―六一八)。これらの挿話に描かれているのは、あくまで「私」の恋心のときめきであり、アルベルチーヌの「私」にたいする気持は謎のままである。

アルベルチーヌは第三篇『ゲルマントのほう』で「私」と結ばれ、第五篇『囚われの女』では「私」の家に同居する。そのあいだ「私」の嫉妬や身勝手な想いは際限なく記述されるのにたいして、恋人の心中は断片的にしか明かされない。第十三章で見たように、アルベルチーヌがアイスクリームを食べる楽しみについて饒舌に語る場面は存在するが、その饒舌は文学的修辞をめぐる作家の理念を示唆するために描かれたものと考えられる。アルベルチーヌが「私」にいかなる感情をいだいて暮らしているのかは、依然として明確にならない。出奔したアルベルチーヌが書き置いた手紙には、「運よく仲直りできたのですから、よいお友だちとして別れたほうがいいのです」、「あたしの悲しみがどんなに大きいかを察して、どうかお赦しください」と記されている(IV, 5／⑫一七)。その後アルベルチーヌから二度にわたり届いた手紙にも(また事故死の直前に記したとされる後続の手紙にも)、ごく素直な気持が表明されているように感じられる。きっと主人公の身勝手な言動に嫌気がさして逃げ出したのだろうと想像することはできるが、その本心は主人公にも読者にも判然としない。

第六篇『消え去ったアルベルチーヌ』では全篇にわたり、アルベルチーヌの出奔と死去にともなう「私」の悲嘆がしだいに癒えてゆき、ヴェネツィア滞在において完全な忘却に至る過程が語られる。そのヴェネツィアでは、アルベルチーヌから「わたしはいたって元気です、お会いして結婚のことなどお話ししたいです」という電報が届く(のちにそれは、ジルベルトからの電報でサン＝ルーとの結婚の報告だとわかる)。しかし「私」は「アルベルチーヌが生きていることに自分が歓びを覚えないこと、アルベルチーヌをもう愛していないこと」に気づき(IV, 220／⑫四九八)、この電報は「受けとらなかったことにしよう」と心に決める（IV, 223／⑫五〇四）。ジルベルトと連れだってシャンゼリゼ大通りをくだっていった「若い男」がだれだったかをタンソンヴィル滞在時の「私」が訊ねなかったのと同様、「私」の恋心が完全に消滅したことを示す挿話である。「私」と同居していたアルベルチーヌの心中になにが去来していたのか？　はたしてゴモラの女だったのか？　すべては謎のまま、アルベルチーヌは「私」の心から消え去るのだ。

恋の対象は「脳裏に棲まう人形」

ジルベルトとアルベルチーヌをめぐる恋の顚末では、微に入り細をうがち分析され語られているのは、「私」の憧れであり嫉妬である。その心の動揺の原因となった恋の対象のほうは、実態が明らかにされず、明確な人物像を結ばない。これはじつは作家の作為であり、戦略ではないか。というのもプルーストはこう述べているからだ。「小説家が、ほかの登場人物にはさまざまな性格を描き分ける一方で、愛する女性にはなにひとつ性格を与えない配慮をするなら、それによって新たな真実をもうひとつ表明することになるかもしれない。われわれは無関係な人の性格には通じているが、われわれの人生と区別できずやがて自分自身と切り離せなくなる人の性格、その人の動機について絶え間なくあれこれ不安にみちた仮説を立ててはその仮説をたえず修正しているような人の性格など、どうして把握できるだろう？」（II, 248–249／④五三七―五三八）。

プルーストは作家として、恋の対象となったジルベルトやアルベルチーヌに「なにひとつ性格を与えない配慮」をしたのだ。その一方で、シャルリュスやスワンには詳しい人物描写をしてそれぞれの「性格を描き分け」た。それ以外の作中人物の場合でも、描かれた人物像から読者は、ヴァントゥイユ氏は「つつしみ深い人」、モレルは「出世主義者」などとその性格を抽出できる。われわれが知り合いの人や報道される人について、だれそれは「情熱家」、だれそれは「慎重居士」などと、その「性格」を言いあらわすことができるのと同様である。そのようなプルーストのいう「無関係な人」なら、つまり執心の対象でない人なら、ほんとうにその「性格には通じている」のだろうか。そんなことはない。正しくは「無関係な人の性格には通じている気になる」と言うべきだろう。というのもわれわれは知人や政治家らの内面の隅々にまで通じているわけではないが、それを明らかにしたいと願うほどの関心を寄せていないからだ。ところが恋する相手のことは、なにからなにまで知りたくなる。プルーストが言うように「相手を愛していなければ、ふつうは動かないように固定できる。ところが愛しいモデルはその反対にすこしもじっとしていなくて、ピンぼけの写真しか撮れない」(I, 481／③一四五)。ジルベルトやアルベルチーヌへの恋心において見たように、「愛の対象となった人間とは、われわれが自分の愛情を外部へ投影する茫漠とした広大な場所」にすぎないからである(IV, 77／⑫一八〇)。

恋とは「要するに相手を所有したいという非常識で痛ましい欲求」(I, 227／②一一四)であるが、その「痛ましい欲求」は、たとえ相手と親しくなっても充足されず、謎が解消することはない。オデットと親密な関係になったスワンの恋といい、アルベルチーヌと同居するに至った「私」の恋といい、そのなによりの証拠である。

恋人はゴモラの女だったのか

アルベルチーヌをめぐる謎がいっそう深まるのは、恋人がゴモラの女ではないかという疑念が「私」の心につきまとうときである。プルーストはこの疑念が「私」の脳裏に巣くう主観的な想いにすぎないことをことあるごとに警告しているように感じられる。

というのも「私」は恋人の同性愛を目撃したわけではなく、またべつの機会に明らかにしたように[338]、「私」の耳にはいる恋人の同性愛をめぐる情報も信憑性に乏しいからである。アンドレと踊るアルベルチーヌの同性愛を「私」に最初に指摘した医師コタールは「鼻メガネを忘れてきたんでよく見えんのですが」と言ってその指摘の信憑性を疑わせる(III, 191/⑧四三五)。アルベルチーヌが告白したヴァントゥイユ嬢の女友だちとの親交も、のちに本人がそれを否定する(III, 839/⑪三三一―三三三)。恋人の死後に調査を依頼されたバルベックの給仕頭エメが報告してきたアルベルチーヌの同性愛も、根拠薄弱と言うほかない(IV, 101, 106/⑫二三一、二四〇―二四一)。

このようにアルベルチーヌへの嫉妬なるものは、疑心暗鬼となった「私」の心がつくり出した妄想というべきものである。嫉妬ばかりではない。恋心それ自体についても、プルーストは「恋というものがいとも恐ろしいペテンである所以は、われわれを外界の女性とではなく、まずはこちらの脳裏に棲まう人形とたわむれさせる点にある」と述べている(II, 665/⑦七四)。「私」のアルベルチーヌへの恋といい、スワンのオデットへの恋といい、それが虚妄であることを指摘していながら、なにゆえ作家は恋心にともなう嫉妬心をこれほど執拗に描いたのだろうか。われわれがふだん無関心を決めこんでいる他者なる存在も、その実態を隅々まで知ろうと欲したとたん捉えがたい存在になる。相手のことをすべて知りたいという恋心こそ、他者という謎の存在への唯一真摯なアプローチなのではないか。プルーストはしばしば言及される恋と死との類似に触れ、その類似の根本は、「人間存在の現実はとうてい把えきれないのではないかと怖れはするものの、〔……〕われわれに人間存在の謎をいっそう深く問いつめさせる」点にあると指摘している(I, 303/②二七二)。

ソドムとゴモラの「親密な関係」

プルーストの小説では、アルベルチーヌに代表される「ゴモラ」の世界がことのほか謎めいているのにたいして、

「ソドム」の関係はどれも明々白々たる事実として提示される。シャルリュスとジュピアンの交接は「私」がすぐそばで盗み聞きをする（『ソドムとゴモラ　一』の冒頭）。「私」が目撃しない関係でも、たとえばゲルマント大公邸の門衛がシャテルロー公爵から「あらゆる愛の証《あかし》を〔……〕受けとった」ことや（III, 35／⑧九二）、ゲルマント大公とモレルが「メーヌヴィルの娼館で一夜をともにした」ことは、語り手が神の視点からまぎれもない事実として報告する（III, 464／⑨五〇三）。

もちろん「ゴモラ」の関係でも、「私」の恋の対象にならない端役の場合は、疑問の余地ない事実として提示されている。たとえばバルベックのグランドホテルで衆人環視のなかで関係を持つ「ブロックの妹」と「さる元女優」がその典型例である（III, 236／⑧五三七―五三八）。主人公の「私」が同席している会食の場で、テーブルの下でたがいに脚をからませ合うレスビアンの女たちも、その範疇にはいる（III, 853／⑪三六四）。この女たちは、それぞれ男の愛人をもっているから、単なるレスビアンではなく、バイセクシャルの女たちというべきだろう。

バイセクシャルといえば、コンブレーで食料品店の店員として働きながら教会の聖歌隊員も務めていたテオドールもその仲間だと判明する。テオドールは、フランソワーズの手伝いをしてレオニ叔母の「頭を枕のうえにもちあげるときの純朴で献身的な表情」がまるで教会の「浅浮き彫りに描かれた小さな天使」のようだと称えられていたが（I, 149／①三三一）、当初から「それなりの理由があって不良という烙印を押され」ていた（I, 149／①三三〇）。そのうわさを裏づけるかのように、のちのジルベルトの証言によれば、当時のテオドールはコンブレー近郊ルーサンヴィルの天守閣の廃墟で「近所の農家の娘とだれかれ構わず遊んでいた」という（IV, 269／⑬二七）。シャルリュス男爵の指摘によると、バルベックのホテルに滞在していた「四人組のリーダー格」（III, 801／⑪二四五）の男がほかでもない同性愛者であり、その男が御者として雇い入れた「ペチコートをたくしあげるのが得意技」のテオドールは、いまや「水夫を漁っては舟であたりを遊覧し、さらに「ほかのことも」していた」という(III, 810-811／⑪二六七―二六八)。

これらの同性愛は、事実として提示されているにもかかわらずその実態が詳述されることはなく、いずれも謎めいている。その謎がいっそう深まるのは、これまたバイセクシャルのモレルの場合である。第十一章で詳しく検討したようにモレルは、プルーストのいう「ソドムとゴモラのこの「親密な関係」」を体現する。レスビアンとして知られた女優レアは、モレルに宛てた恋文で「もっぱら女性形で語りかけ、「貴女《あなた》って下劣！　まったく！」「あたしのいとしい女《ひと》、あなたもやっぱりあの仲間なのね」などと言っていた」というのだ(III, 720／⑪六二)。ソドムの男モレルがゴモラの女レアを愛人としているのだから、まさしく「ソドムとゴモラの「親密な関係」」である。

このソドムとゴモラの関係には、いかなる心理上ないし生理上の要因がはたらいているのだろうか。『ソドムとゴモラ』の冒頭でシャルリュスとジュピアンの出会いを描いた語り手は、シャルリュスは「女なのだ」(III, 16／⑧四九)と指摘し、男性同性愛者の場合、男の身体のなかにひそむ女の心がべつの男を求めると解説していた。この理論を当てはめると、レアの場合、モレルを「貴女《あなた》」や「いとしい女《ひと》」と女性あつかいしているのだから、女(レア)の身体のなかにひそむ男の心がべつの女(モレル)を求めている、つまり、ふたりの同性愛者の関係において、レアは男役を、モレルは女役を、それぞれ演じていると理解すべきなのであろうか。ところがシャルリュスを「女なのだ」と断定した語り手は、これは「当時の私が想い描いていたがあとで修正される理論」(III, 17／⑧五二)だと断っている。そうであれば、レアは男役、モレルは女役とする解釈も、妥当性を失う可能性がある。ところがプルーストは修正された新たな理論をなんら示していない。ソドムとゴモラの「親密な関係」の理論的根拠は、深い謎につつまれているのである。

きわめて特殊な性愛に見えるソドムとゴモラの「親密な関係」は、しかしモレル以外の人物にも認められる。サン＝ルー侯爵もその願望を表明するのだ。サン＝ルーは、バルベック海岸で女性たちの注目を一身に集め、ユダヤ女のラシェルと同棲し、のちにジルベルトと結婚して娘を儲ける。小説の終盤で「私」は、この女好きという評判のサン＝ルーがじつはモレルと関係を持っていた、とジュピアンから教えられる(IV. 257／⑫五八七)。それを聞いた「私」は、以前サン＝ルーが「きみのバルベックの恋人〔アルベルチーヌ〕がぼくの母親が求める財産を持っていないのは残念だ、あの娘《こ》とぼくなら意気投合できたはずなのに」と言ったことをふと想い出し、サン＝ルーは「自分がソドムの男であるようにアルベルチーヌはゴモラの女であると言わんとしたのだ」(IV. 258／⑫五八九)と考える。これはなにを意味するのか。すくなくとも主人公「私」の解釈では、サン＝ルーもまたゴモラの女を求めるソドムの男だ、ということでなくてなんであろう。

モレルだけではなく、サン＝ルー侯爵という主要人物までが同じ性向をあらわにする以上、プルーストはソドムとゴモラの「親密な関係」をきわめて重要な性愛の形とみなしていたものと推測される。第三章で見たように、NRF誌の一九二二年十二月一日号には、作家の死後出版として『囚われの女』と『消え去ったアルベルチーヌ』から成る『ソドムとゴモラ 三』が「印刷中」と記され、さらに「刊行予定」として「数巻にわたる『ソドムとゴモラ』の続篇」が予告されていた(本書八二頁、図16参照)。もしかするとプルーストは、この「続篇」においてソドムとゴモラの「親密な関係」をさらに詳細に展開するつもりだったのではないか、と想像をたくましくしたくなる。

それはともかく、さきに引いた主人公「私」の解釈にはつづきがある。「私」はこう断言するのだ。「とどのつまりロベール〔・ド・サン＝ルー〕にも私にもアルベルチーヌと結婚したいという欲望を与えたのは、同じひとつの事実（つまりアルベルチーヌが女を愛する存在であること）だった」(IV. 258／⑫五九〇。丸括弧内も原文)。一瞬ぎょっとさせられる解釈である。というのもアルベルチーヌと結婚したいと欲した「私」の動機がサン＝ルーと同じく相手が「女を愛する存在であること」であったとすれば、「私」もまたサン＝ルーと同様ソドムの男なのではないかという疑念が生じるからだ。もちろん語り手は、その疑念を否定し、ただちに「私」とサン＝ルーの違いをこう説明する。「ふたりの欲望の原因は、その目的と同様、まるで違っていた。私の場合はその事実を知って絶望したのが原因であったのにたいして、ロベールの場合はそれを知って満足したのが原因であった。私の場合は、たえまない監視によって、アルベルチーヌがその嗜好にふけるのを妨げるのが目的であったのにたいして、ロベールの場合は、その嗜好を育て、アルベルチーヌを自由に放任して、自分のところへ女友だちをどんどん連れてこさせるのが目的だった」（同上）。

語り手と作者

この「私」の補足はそれなりに筋の通ったものであるが、それにしても異性愛者の「私」がなぜゴモラの女にそれほど嫉妬するのか、という疑問はやはり拭いきれない。プルースト自身が同性愛者だから、「花咲く乙女たち」は作者の愛した青年たちの性を娘たちへと転換したものであり、アルベルチーヌは作家の愛した青年アゴスチネリにほかならない、「私」の嫉妬はソドムの男プルーストの青年への嫉妬をこれまた転化したものだ、との説がしばしば唱えられる所以である。そもそも「私」とサン＝ルーとの関係には、単なる友情以上の親密さがにじみ出ていた。サン＝ルーがモレルと関係を持ったことを知ったとき、「私」が「こみあげる涙をなんとかこらえざるをえなかった」（IV. 266／⑫六〇六）という箇所も、「私」のサン＝ルーへの想いが単なる友情以上のものであったと仮定すればいっそう合点がゆく。主人公の「私」は、隠しているが同性愛の男なのではないか。正真正銘の異性愛者であるなら、アルベルチーヌの同性愛の相手はライバルたりえず、「私」の嫉妬には根拠がなくなるのではないか。しかし語り手の「私」は、この俗説にも前もって反論を用意している。「ライバルと言うべき存在」が男なら「うち勝つべく努力することもできる」が、相手が女なら「所持する武器も違うので同じ土俵では勝負ができず、アルベルチーヌにその相手と同じ快楽を与えることができないばかりか、それがどんな快楽なのか正確に想いうかべることさえできない」(III. 504-505／⑨五九二―五九三)、それゆえゴモラの女に嫉妬するというのだ。この「私」の言い分も、それなりに筋が通っている。

すでに見たようにプルーストは、「その人に軽蔑されるのが最も辛いのでわれわれがいちばんよく嘘をつく相手」は「われわれ自身」だと認識し(III. 271／⑨六九)、一人称の告白がしばしば自己正当化という虚飾に陥る危険を自覚していた。それゆえプルーストは、作中の「私」に自己のすべてを投入せず、自己のユダヤ性はスワンやブロックに、ソドムの側面はシャルリュス男爵に投影した。その結果、主人公の「私」は、きわめて影の薄い存在となり、もっぱら見たり聞いたり感じたり考えたりする人となった。

主人公の「私」は、小説に描かれているかぎり、ジルベルトや「花咲く乙女たち」に恋する男であり、シャルリュス男爵の度重なる求愛の仕草にもけっしてなびくことはない。いろいろ疑わしい点はあるが、ソドムの男ではないという本人の言を信じよう。しかし主人公の「私」は異性愛者であるとしても、その想いを書きとめる語り手の「私」もそうであると断定できるだろうか。なぜなら語り手の「私」の背後にはつねに作者プルーストの「私」が寄り添い、しばしば作者の「私」が前面に出てきて、モラリストふうの芸術論や人生訓を開陳するからである。その作者プルーストは、第十一章で見たようにジッドとの対談でソドムの男であることを隠さず、『悪の華』のなかでボードレールが「レスボスについて語るやりかた、いや、それについて語りたいという欲求を見るだけで」詩人が「ユラニスト」だとわかると断定し、『失われた時を求めて』のモレルには「ソドムとゴモラの「親密な関係」」が認められると指摘した。そうであれば作者が統御している語り手にも、つまりモレルやサン＝ルーがソドムとゴモラの「親密な関係」を体現していると指摘する語り手にも、ソドムの男であった生身のプルーストの想いが多かれ少なかれ反映しているのではないか。

さきに検討した引用文において「私」が「ロベール〔・ド・サン＝ルー〕にも私にもアルベルチーヌと結婚したいという欲望を与えたのは、同じひとつの事実（つまりアルベルチーヌが女を愛する存在であること）だった」と述懐したこと自体、語り手の「私」もまた作者と同様、ソドムとゴモラの「親密な関係」を意識していたことを示唆しているのではないか。ソドムとゴモラの「親密な関係」をめぐる小説の本文と作家自身の発言とを照らし合わせると、ふとそのような疑念が頭をもたげる。

もちろんプルーストは、作者として『失われた時を求めて』の語りを隅々まで統御していた。すくなくとも統御していると信じていた。そのことは、つぎの一節から明らかである。「私がアルベルチーヌと別れたいと口に出して言ったのは、私がアルベルチーヌなしには生きてゆけないときだけだった〔……〕。つまり私の発言はいささかも私の感情を反映していなかったのだ。読者があまりそんな印象をいだかないのは、私が語り手として、読者に私の発言を伝えると同時に、私の感情をも叙述しているからである。しかし私がかりに読者に私の感情を隠しておき、それゆえ読者が私の発言だけを知ることになれば、その発言とはまるで辻褄の合わぬ私の行為は、読者にしばしば異様な豹変との印象を与えかねず、読者は私をほとんど気が狂ったかと思うだろう」（III, 850／⑪三五五―三五六）。このように「私の感情をも叙述している」語り手は、小説の大団円でそれまでの体験をすべて想い出した後にそれをものがたる「私」であり、理性の支配する冷静な存在であるはずである。

とはいえ語り手の現在は、悟りをひらいた最晩年の「私」のある一定の時期に固定することはできない。語り手の「私」は、最晩年の老人といった具体的肉体をもつ存在ではなく、あらゆる言説が生じるところに発生する「語る声」として、『失われた時を求めて』の至るところに遍在すると考えられるからである。その「語る声」は、べつの見方をすれば、作者が手にしたペンから文言があふれ出るたびに発生しているのではないか。その語りの声が、同性愛者である作者の想いと完全に切り離されているという保証はあるのだろうか。一般論として考えても、そもそもわれわれが発する言説は、どのようなメカニズムから出ているものなのか。

もしかすると語り手の「私」こそ、もっとも謎めいた存在なのかもしれない。アルベルチーヌに代表される他者という存在がかぎりない謎であるとするなら、作者が『失われた時を求めて』を語らせている「私」こそ、さらに不可解な暗闇ではないか。プルーストの小説からは、読めば読むほど新たな謎が立ちあらわれる。作家の探究は、それほど人間精神の深い闇にまで届いているのだ。『失われた時を求めて』が多くの読者を惹きつけてやまないのは、自然の神秘と同じく、また人間の心の神秘と同じく、解き明かしえぬ謎につつまれているからなのかもしれない。

プルースト自身も、作家として、この謎を利用していたふしがある。プルーストは、海の嵐に怒って「海に三百の鞭打の刑」を加えたというアハシュエロス王の古事（ヘロドトスの『歴史』に拠る）を援用して、こう述べている。「きわめて卑近な現実からとり出された芸術はたしかに存在するし、そんな芸術の領域がいちばん広大なのかもしれない。それでもやはり、われわれが感じたり信じたりするいかなるものからも大きくかけ離れた思考形態に由来するがゆえにわれわれには理解すらできず、眼前に根拠なき光景としてあらわれるだけの行動からこそ、多大の関心が、ときには美が生まれることも事実である。ダレイオスの息子クセルクセス〔アハシュエロス王〕が、自軍の艦隊を呑みこんだ荒海を鞭打たせたという行為ほどに詩的なものがほかにあるだろうか？」（III, 556／⑩一〇四）。

『失われた時を求めて』の梗概

原書の全巻構成（括弧内は、作品の舞台となる土地）

第一篇『スワン家のほうへ』
　第一部「コンブレー」（コンブレー）
　第二部「スワンの恋」（パリ）
　第三部「土地の名―名」（パリ）
第二篇『花咲く乙女たちのかげに』
　第一部「スワン夫人をめぐって」（パリ）
　第二部「土地の名―土地」（バルベック）
第三篇『ゲルマントのほう』一・二（パリ、ドンシエール）
第四篇『ソドムとゴモラ』一・二（パリ、バルベック）
第五篇『囚われの女』（『ソドムとゴモラ　三　第一部』）（パリ）
第六篇『消え去ったアルベルチーヌ』（『ソドムとゴモラ　三　第二部』）（パリ、ヴェネツィア）
第七篇『見出された時』（タンソンヴィル、パリ）

岩波文庫版の各巻梗概

第一巻『スワン家のほうへ Ⅰ』(第一部「コンブレー」)

「コンブレー」の「一」と「二」は、実際には五つのパートで構成される。

一、**序曲「不眠の夜」**(①二五—三六)

「長いこと私は早めに寝《やす》むことにしていた」。夜のベッドに横たわる「私」は、ふと目覚めた瞬間、「身体にやどる記憶」から、かつて滞在したコンブレー(第一篇)からタンソンヴィル(第七篇)に至るすべての部屋と「昔の生活」を想い出す。「私」が晩年「パリから遠く離れた療養所」(⑬一〇二)で「長い歳月」をすごしたときのことと推測される。

二、**第一幕「コンブレー 一」**(①三六—一〇八)

コンブレーは、少年の「私」が数年間(一八九一年前後)、家族と春の休暇をすごした田舎町。近隣の別荘に滞在するスワンが夕食に訪ねてくると、「私」は「お母さん」からお寝《やす》みのキスをしてもらえず、「悲しい夜」をすごす。

三、**間奏曲「マドレーヌ」**(①一〇八—一一七)

コンブレーをめぐる記憶から「悲しい夜」しか残らなくなって「長い歳月」を経た「ある冬の日」(おそらくパリで)、紅茶に浸したマドレーヌを味わった「私」は、えもいわれぬ幸福感にとらわれ、忘れていたコンブレーの昼間の日々をありありと想い出す。

四、**第二幕「コンブレー 二」**(①一一九—三九四)

想い出された昼間のコンブレー。町の中心を占める教会、祭壇に飾られた白いサンザシ、そこにあらわれた元ピアノ教師ヴァントゥイユとその娘。レオニ叔母と女中フランソワーズのうわさ話と確執。フランソワーズの自慢料理。「私」はベルゴットの小説を愛読し、技師ルグランダンから夕食に招待され(氏の少年愛を暗示)、氏の貴族崇拝を目撃する。郊外の正反対方向のふたつの散歩道は、相容れないブルジョワ階級と貴族階級を象徴。雨模様の平野の風景たる「メゼグリーズ」のほう（別名「スワン家のほう」）で、「私」はスワンの娘ジルベルトに恋心をいだく。思春期の少年はトイレで射精し、ヴァントゥイユ嬢と女友だちの同性愛を目撃する。「ゲルマントのほう」は川沿いの散歩道。「私」はゲルマント公爵夫人に憧れ、マルタンヴィルの鐘塔を眺めて即興で描写文をつづる（最初の文学の試み）。

五、終曲「不眠の夜」（①三九四―三九六）

『スワン家のほうへ』を構成する「コンブレー」「スワンの恋」「土地の名―名」の三部が、それぞれ冒頭「不眠の夜」に回想されたものであることが明らかになる。

第二巻『スワン家のほうへ　Ⅱ』（第二部「スワンの恋」、第三部「土地の名―名」）

第二部「スワンの恋」は、「私の生まれる前にスワンがした恋」について、あとで「正確に聞かされたこと」（①三九四―三九五）としてものがたる。「私」の生涯の回想談のなかで、登場人物たちのそれ以前のすがたを紹介する機能を果たす。時代設定は一八八〇年前後。

女好きのスワンは、名士たちをパトロンにする粋筋の女《ココット》オデットに紹介されたとき、その風貌に「むしろ生理的嫌悪」を覚える（②三九）。スワンがそんな女に惚れこんだのは、ふたりが出会うヴェルデュラン夫人のサロンで演奏されるヴァントゥイユのソナタへの憧れを、オデットへの恋心と混同したからであり、また相手がボッティチェリの描く「エテロの娘チッポラにそっくり」（②九四）だと気づいたからである。スワンが惚れたのは、芸術趣味によって理想化された女性像なのだ。こうして芽生えた恋心を決定づけたもの、それは毎日のように会っていたオデットがある夜、サロンから消え失せたときの不安である（②一〇五）。その夜スワンは、再会した女が胸元に挿していたカトレアの歪みを直すのを口実に愛撫の手をのばし、ついにオデットをものにする（②一一九）。幸福な陶酔を味わったのも束の間、やがて恋敵があらわれ（②一五三―一五四）、袖にされたスワンは嫉妬にさいなまれる。しかしオデットの不実の根拠は判然としない。恋とは、想像力の病いであり、

「相手を所有したいという非常識で痛ましい欲求」(②一一四)である。

「スワンの恋」には、恋の舞台となったヴェルデュラン夫人主宰のブルジョワのサロンとともに、それとは対照的な貴族のサン=トゥーヴェルト侯爵夫人のサロン(②三〇一―三六四)も描かれる。前者には医師のコタール、ソルボンヌ教授のブリショ、無名の若い画家(のちの印象派画家エルスチール)、後者にはパリ社交界に君臨するレ・ローム大公夫妻(のちのゲルマント公爵夫妻)、田舎貴族のカンブルメール老夫人とその嫁など、『失われた時を求めて』の主要人物が登場し、その前歴が紹介される。

第三部「土地の名―名」は、年代的には「コンブレー」のつづき(一八九二年頃)。

前半には、少年の「私」がはぐくむ旅への夢想が語られる。とくに「一時二十二分の汽車」(②四三二)の時刻表に記されたノルマンディー地方とブルターニュ地方の地名をめぐる詩的夢想(②四三七―四三八)は、少年の過度な感受性と想像力をあらわす。後半には、冬のシャンゼリゼ公園で出会うスワンの娘ジルベルトへ寄せる「私」のういういしい恋心と、娘の両親であるスワン夫妻にたいする憧れが描かれる。

第三巻『花咲く乙女たちのかげに Ⅰ』(第一部「スワン夫人をめぐって」)

本巻は、第一篇第三部「土地の名―名」の続篇であり(実質上『スワン家のほうへ』の一部)、スワン夫妻の社交風俗と、夫妻の娘ジルベルトを慕う「私」の恋の顚末をものがたる。およそ一八九四年から一八九六年頃のできごと。

「私」の家にやって来た元大使ノルポワは、スワンとオデットの結婚前の数年間について語る。オデットは「卑劣な恐喝まがいの策略」を弄し、しばしば「娘を連れ去」っていたという(③一〇〇)。それ以外、ふたりの結婚の経緯は謎につつまれている。独身時には繊細な感性と深い芸術理解によって一流社交界の寵児であったスワンは、いまや妻の趣味に迎合、安手の芸術を好み、ブルジョワとのつき合いを吹聴する。時とともに人は変貌するのだ。一方、スワン夫人の衣装の描写は、そこに「私」の憧憬が反映され、全篇のなかでも出色のエレガンスを漂わせる。

「私」はシャンゼリゼ公園に戻ってきたジルベルトに想いを寄せる。公園のベンチで取っ組み合いになったとき、ジルベルトを「両脚のあいだに締めつけた」「私」は「数滴の汗がほとばしるように快楽をもらした」(③一五六)。その後、ジルベルトの「おやつ」の会へ招待され(③一六七―一六八)、「私」は憧れのスワン家に出入りする。それでも過剰な自意識から自身の恋心を告白できず、ささいな行き違いからジルベルトをあきらめる。「私」が訪ねたとき、ジルベルトがダンスのレッスンへ出かけるのを妨げられて不機嫌になったからである。「私」はジルベルトから邪魔者扱いされていると想いこみ、相手が「あなたのこと、ほんとに好きだったのよ」と言うのも信じず、二度と「会わない決心」をする(③三四五)。

この巻では芸術のありかたも問題となる。「私」はラ・ベルマの演じる古典悲劇『フェードル』に幻滅するが、それは大女優の演技があまりにも透明で、それが演技として認識されなかったからだ。「私」の家に夕食にやって来たノルポワは「終生の想い出になる」(③三八)と観劇を勧めておきながら、「『フェードル』のベルマ夫人は観たことがありませんが、すばらしい出来だと聞いております」(③七五)と言う。スワン家で昼食をともにした作家ベルゴットの独創性は「やたらと複雑で人を疲れさせる」(③二七六)。ベートーヴェン晩年の弦楽四重奏曲の独創性もそれに似て、「真に斬新な作品」が理解されるには「数世紀にもわたる歳月」を必要とする、と語り手は指摘する(③二二九)。

第四巻『花咲く乙女たちのかげにⅡ』(第二部「土地の名―土地」)

ジルベルトと別れて「二年後」(④二五)、「私」が祖母とともにノルマンディー海岸とおぼしいバルベックのグランドホテルに滞在したひと夏(一八九七年頃)の想い出。

鉄道での長旅の末、ホテルに到着した「私」は馴染めぬ部屋に不安をおぼえる。祖母は「私」のハーフブーツを脱がして、隣室から「三つのノック」をしてくれる(④八一―八二)。気取ったホテルマン、地元のブルジョワや貴族の常連客、パリからやって来た貴族と女優をふくむ「四人組」らに「私」は気後れするが、祖母の学友だったヴィルパリジ侯爵夫人からは親切にしてもらう。夫人の姪の息子で近隣のドンシエールに駐屯中の軍人、「背の高いすらりとした青年」(④二〇二)であるサン＝ルー侯爵が登場。「ニーチェとプルードンを研究する」「知識人」(④二〇八)であるが、愛人の女優に翻弄されている。その叔父で高慢なシャルリュス男爵もあらわれ(②二四六)、無関心を装って「私」に近づく。「私」は、近隣の別荘に旧友ブロックの一家を訪ねる(②二八〇―三〇五)。

ある日、堤防の向こうから「奇妙なひとつの斑点がうごめくように五、六人の少女」が進んでくる(④三二五)。最初はそれぞれの風貌も区別できず、黒い「ポロ帽」をかぶり自転車を押す娘(④三三四)などが認識されるのみ。この「花咲く乙女たち」の一団のうち「私」はアルベルチーヌに惹かれ、仲間の娘たちと海岸の断崖のうえで「イタチまわし」をしたり、課題の作文を論評し合ったりして遊ぶ。そのアルベルチーヌからホテルの部屋に誘われた「私」は、意外にも接吻を拒否される(④六一七―六一八)。

対岸のリヴベルのレストランで「私」は印象派の「エルスチール画伯」(④三九九)と知り合う(「スワンの恋」に登場した無名の画家だとわかる)。エルスチールは「例外的な教養に裏打ちされた知性の持主」(④四二七)。「私」にバルベックの教会の彫刻群について解説し(④四二九―四三四)、アルベルチーヌを紹介し(④四九三)、ヨットや競馬やファッションについても教えてくれる(④五四二―五四八)。アトリエを訪れた「私」はカルクチュイ港を描いた大作は、「町を描くのに海の用語だけを〔……〕、海を描くのに街の用語だけを」(④四二〇)用いる「メタファー」の原理で制作されたことに気づく。海洋画の描写に文学用語が使われるのは、この画がプルースト自身の文学理念の表現だからである。

第五巻『ゲルマントのほう I』

「祖母の具合が悪く、以前よりきれいな空気」を求めて、「私」の一家は「ゲルマントの館に付属するアパルトマン」(パリのセーヌ右岸)へ引っ越す(⑤二四)。本巻はおよそ一八九七年頃の秋から一八九八年頃の春のできごと。

オペラ座でラ・ベルマ演じる『フェードル』をふたたび鑑賞した「私」は、「役と一体」をなした「透明」な演技こそが女優の才能であったことに気づく(⑤一〇七)。ベニョワール席で観劇するゲルマント公爵夫人から笑顔で手を振って挨拶された「私」はのぼせあがり(⑤一二九)、毎日、夫人の外出時を見計らって、街路で夫人をつけまわす。

サン＝ルーの口利きで叔母の公爵夫人へ紹介してもらおうと考えた「私」は、サン＝ルーの駐屯地ドンシエールを訪れる(⑤一五一―一五三)。サン＝ルーと軍人たちとの会話には、ナポレオン戦争などを援用した戦術論がとび交い(⑤二三六―二五四)、進行中のドレフュス事件への言及(⑤二二六、二三四)も出る。ドンシエール滞在の眼目は、旅先という日常からの離脱を「私」の感覚を通じて描くところにある。閉ざされた部屋の前に立った「私」が中に「人のいる気配」(⑤一五九)を感じるのは視覚を欠いた音だけの認識を示し、「耳を塞がれた病人」(⑤一六一)の場合は音を欠いた視覚だけの認識をあらわにする。「眠り」や「夢」のさまざまな様態も吟味される(⑤一八〇以下)。

パリからの長距離電話で祖母と話した「私」は、電話という「声」のみの認識によって、祖母に迫る死を感じとる(⑤二九一―二九二)。急遽パリへ戻った「私」は、帰宅の一瞬、まるで「カメラマン」(⑤三〇五)が撮影した写真のように、視覚に映じた「見覚えのない、打ちひしがれた老婆」(⑤三〇七)としての祖母と再会する。

パリ郊外にサン＝ルーの愛人を訪ねた「私」は、それがかつて売春宿で見かけたユダヤ人娼婦ラシェルであることに気づいて愕然とする(⑤三四二)。ラシェルは、劇場の舞台裏で若いダンサーに色目を使ってサン＝ルーの嫉妬をかきたてる一方(⑤三八五―三八六)、サン＝ルーの母親を「マテル・セミタ」(「ユダヤ人の母」)呼ばわりする(⑤三八七)。

第六巻『ゲルマントのほう Ⅱ』

本巻の約三分の二は、ヴィルパリジ侯爵夫人邸における「五時のレセプション」(⑥九八)をものがたる。ヴィルパリジ夫人は、ゲルマント公爵やシャルリュス男爵の叔母で、回想録を執筆中。ゲルマント一族でありながら、サロンの客は、身内と一、二の王族をのぞくと「ブルジョワ、田舎貴族、没落貴族といった三流の者ばかり」(⑥二一)とされる。実際この会には、夫人の愛人であるノルポワ元大使、ユダヤ人のブロック、元粋筋《ココット》の女のスワン夫人らが集う。それぞれの発言は、その人物像をあぶり出すとともに、おのが特権の自慢やそこから他者を排除する身勝手をあらわにする。

一八九八年の早春頃に設定されたこの会では、参会者の発言を通じて、二月のゾラ裁判が終了した時点でのドレフュス事件が想起される。ドレフュス派のブロックはゾラ裁判を「何度も傍聴」(⑥一三九)。外交官ノルポワは慎重に見解の表明を避ける。ゲルマント公爵は「いやしくもサン゠ルー侯爵と呼ばれる者なら」「ドレフュス派などにはならんものだ」(⑥一四三)と憤慨する。オデットは夫のドレフュス支持に背いて社交界にとりいる(⑥一八一)。

会のあと帰途についたシャルリュス男爵は、「私」と腕を組んで歩き、「大きな力添え」(⑥二六八)をする庇護者になりたいと提案。またブロックに並々ならぬ関心を寄せ、ブロックが「父親を叩きのめ」したり「母親をめった打ち」にしたりする寸劇を見たいと言う(⑥二五九)。男爵がユダヤ人の暴力に憧れる同性愛者であることが暗示される。

本巻の残り三分の一は、祖母の病気と死(⑥二八一―三七八)を語る。これは『ゲルマントのほう』の中心に配置され、構成上、「私」の軽薄な社交生活への暗黙の批判をなす。祖母は、「私」と出かけたシャンゼリゼ公園で発作をおこし、公衆トイレに駆けこむ。祖母の肉体と精神がしだいに崩壊して死を迎えるまでの過程は、それを見守る「私」の愛情とそれをものがたる語り手の冷徹さとが交錯する筆致で、克明に記述される。厳粛な病気と死というできごとに、病人を訪れる医師や見舞客の身勝手で滑稽な言動が交互に織りこまれる。死後の祖母の顔からは「積年の苦痛によって加えられたしわも、ひきつりも、むくみも、こわばりも、たるみも、跡形もなく消え」、「死は、中世の彫刻家のように、祖母をうら若い乙女のすがたで横たえた」という(⑥三七七―三七八)。

第七巻『ゲルマントのほう Ⅲ』

同じく一八九八年頃、祖母の死から数ヵ月を経た「秋」の「冷たい霧」の広がる「日曜日」(⑦二一)、突然アルベルチーヌが来訪し、ふたりは結ばれる(⑦六五)。「私」がゲルマント公爵夫人をつけまわすのをやめ、無関心になった途端、公爵夫人から晩餐会への招待が舞いこむ(⑦八四)。ブーローニュの森での夕食に誘って官能の歓びを味わえると期待していたステルマリア夫人からは、「差し支え」ができたと断りの手紙が届く(⑦一一六)。その夜、深い霧のなか、サン゠ルーとレストランで夕食。貴族たちから「白い目で」見られるブロックと友人たちも来ている（⑦一三二―一三三）。貴族専用席に座るフォワ大公は、「四人のプラトン主義者」（男色を暗示）のひとり（⑦一四二）。サン＝ルーは、客で埋まる「シートのうえ」を伝って、寒がりの「私」にコートを持ってきてくれる（⑦一五四）。

翌日、ゲルマント公爵夫妻邸での晩餐会と夜会（⑦一六四―四四九）に出席する。参会者は、ゲルマント一族（アグリジャント大公、シャテルロー公爵、夫人がゲルマント家出身というグルーシー氏など）を中心に、ブレオーテ伯爵、フォワ大公、フォン大公らの一流貴族が加わり、ゲルマント公爵の愛人アルパジョン夫人や、はじめて招待された「私」が座を賑わす。晩餐会の描写の大半は、参会者たちの滑稽なおしゃべり、とりわけ「ゲルマント家の才気」（⑦二五二）の典型とされる公爵夫人オリヤーヌの口にする警句に費やされる。その警句は、「からかい好き（仏語タカン）」とローマ王「タルカン傲慢王」をかけた「からかい好きの傲慢王《タカン・ル・シュペルブ》」（⑦二六六）という地口や、自然主義作家ゾラを「汚穢屋《おわいや》のホメロスです！ カンブロンヌの語を書くのにも大文字（仏語 Merde「くそ！」を暗示）が足りないほど」（⑦三三八）と評する毒舌などに終始する。並びなき貴婦人が下品な言説を弄するからこそ、またその盛り上げ役の公爵や、それに感嘆してみせるパルム大公妃らの演出が機能しているからこそ、それらは「才気」としてもてはやされる。

その夜、「私」はシャルリュス男爵邸を訪問。庇護者になりたいという誘いになびかぬ「私」に癇癪《かんしゃく》をおこす男爵にたいして、「私」は男爵のシルクハットをひき裂く（⑦四七三）。

「およそ二ヵ月後」の十一月頃、ゲルマント大公邸での夜会への招待状が届く（⑦四九二）。その招待日の夕刻、ゲルマント公爵夫妻を訪問した「私」は、居合わせたスワンが公爵夫人に不治の病いを告白するのに立ち会う（⑦五五四）。

第八巻『ソドムとゴモラ I』

前巻末で語られたゲルマント公爵夫妻訪問の直前、「私」は、館の中庭に店を出す仕立屋ジュピアンとシャルリュス男爵の出会いを目撃し、ふたりの快楽を盗み聞く。男爵の同性愛と「倒錯者」たちの生態（⑧二一―八七）。

同日の夜、ゲルマント大公邸での夜会に出席する（⑧九〇―一七八）。屋敷の目玉は庭の噴水（⑧一三六―一三八）。シャテルロー公爵、外交官ヴォーグーベール氏らの同性愛が明らかになり、シャルリュスはシュルジ夫人の美形の息子たちを凝視する（⑧二〇六―二〇八）。ゲルマント公爵はスワンのドレフュス支持を「言語道断」（⑧一八二）と切り捨て、公爵夫人はスワンを避け、その妻と娘に会うのを拒む（⑧一八九）。サン＝ルーは、ラシェルへの愛情と文学や思想への心酔から醒め、ドレフュス支持を後悔する（⑧二二七）。スワンは、ゲルマント大公がドレフュス無罪を信じるに至った経緯を「私」に語る（⑧二四二―二五八）。

夜会から帰宅した公爵は、従兄のオスモン侯爵の訃報に接するが「そんなはずはない」（⑧二八三）と聞き流し、公爵夫妻はこれから出かける舞踏会の衣装を試着する。その夜「私」は、来訪したアルベルチーヌにジルベルトゆかりのトルコ石を与える（⑧三一一）。その後、ゲルマント公爵はドレフュス支持に転向し（⑧三一二）、ヴェルデュラン夫人のサロンは「ドレフュス再審支持派の拠点」となり（⑧三一三）、スワン夫人のサロンには一流貴族が集い（⑧三一五）、ジルベルトは莫大な遺産を相続する（⑧三一九）。

翌年（一八九九年頃）の春から夏、「私」はバルベックに二度目の滞在（⑧三四一以下）。到着した夜、ハーフブーツを脱ごうとした途端、前回の到着時の「祖母の顔」がよみがえり（⑧三五一）、さらに祖母は夢にもあらわれる。ようやく散歩に出た「私」は、リンゴの木々の「一面の花盛り」（⑧四〇五）を目の当たりにする（以上「心の間歇」）。

祖母の死をいたむ悲嘆がしだいに薄れた「私」は、訪ねてきたアルベルチーヌと親密な日々をすごす。その頃、医師コタールは、ダンスをするアルベルチーヌとアンドレが「間違いなく快楽の絶頂に達して」いると指摘し（⑧四三五）、「私」の心に疑念が生じる。地元のカンブルメール老侯爵夫人と若夫人（ルグランダンの妹）が来訪。「私」は、ショパンを愛する前者と前衛芸術を愛する後者と芸術談義を交わす（⑧四五五―五〇〇）。その後も、アルベルチーヌの同性愛疑惑がぶり返したり鎮静化したりする。

第九巻『ソドムとゴモラ II』

二度目のバルベック滞在の前半（前巻）がグランドホテルを中心に展開されたのにたいして、後半（本巻）は、高台の別荘ラ・ラスプリエールと、そこへ向かう「一時間」（⑨四一三）の「小鉄道」を舞台にくり広げられる。小鉄道のドンシエール駅で、シャルリュス男爵は美青年のモレル（「私」の大叔父に仕えていた従僕の息子で、軍楽隊のヴァイオリン奏者）に一目惚れする（⑨三四―三八）。「私」とアルベルチーヌが小鉄道とラ・ラスプリエールで出会うのは、カンブルメール夫妻の所有する別荘を借りているヴェルデュラン夫妻と、コタールやブリショら、「スワンの恋」から夫妻の「信者」でありつづける「少数精鋭」である。別荘のサロンには、モレルのみならず、社交界の大立者であるシャルリュス男爵までが招待される。小説における社交サロンの中心は、ゲルマント一族から、いまや男爵を受け入れたヴェルデュラン夫人へと移ったのである。

ヴェルデュラン氏は、晩餐会が中止になるのを怖れて、重用していたピアニストの死に「触れるのは御法度」だと言うが（⑨一〇九）、それは舞踏会に出るため従兄の死を無視したゲルマント公爵の無慈悲となんら変わらない。ヴェルデュラン夫人が画家エルスチールについて「この小派閥を離れた日から、あの人は終わっちゃいました」（⑨二一六）と断定し、追放したスワンを「腹黒くて陰険な人」（⑨二七八）と決めつけるのも、一部の貴族を仲間はずれにして悪しざまに言うゲルマント家の公爵夫人や男爵とそっくりである。本巻でくり広げられるのは、人間の身勝手と愚劣をあらわにする駄弁。コタール教授は、お粗末な駄洒落を連発し、怪しげな慣用句をくり出す。ブリショ教授は「教壇臭ぷんぷんたる衒学趣味」（⑨六四）をあらわにし、みなの顰蹙にも気づかずノルマンディー地方の地名の語源説を得々と語る。シャルリュス男爵は、周囲の者に気づかれているとはつゆ知らず、バルザックの小説に描かれた同性愛を語り（⑨四四二―四四八）、ユダヤ人糾弾の長広舌をふるうが（⑨五六〇―五六六）、それはブロックへの性的欲望の裏返しなのだ。

本巻末でアルベルチーヌはヴァントゥイユ嬢とその女友だちと親しいことを告白する（⑨五八一）。「私」は「コンブレー」で目撃した同嬢と女友だちの同性愛シーンを想い出し、これ以上の悪行を阻止するため、アルベルチーヌをパリに連れ帰って同居する決心をする。

第十巻『囚われの女 I』

『囚われの女』は、パリに戻った（一八九九年頃の）「九月」(⑪四六〇)から翌年「五月」(⑪五〇九)までのアルベルチーヌとの同居生活をものがたる。「私」の父母は不在で、アルベルチーヌは「父の書斎」(⑩二二)に寝泊まりする。『囚われの女』の全篇は、朝の目覚めに始まり夜の就寝に終わる一日の描写を六、七回つみ重ねて構成される。

初期の一日(⑩二一—一七七)は、「私」の心が沈静して比較的平穏であった秋から冬にいたる典型的一日を描く。恋人が「籠のなかの鳥」(⑩一四六)と化すと、嫉妬とともに恋心も消滅する。目覚めた「私」は、耳に届く通りの物音を聞くだけで、「カーテンの上方に射す日の光の筋がどんな色合いであるかを見届ける前から〔……〕すでに空模様がわかっていた」(⑩二一)という。アルベルチーヌの昼間の外出には、アンドレや運転手を監視役につける(⑩五二)。「私」はゲルマント公爵夫人を訪ね、恋人のファッションへの助言を求める。シャルリュスはジュピアンの娘とモレルとの結婚を後押しする(⑩一〇八)。夜、恋人の接吻は、母親のお寝みのキスのように、「私」の不安を鎮めてくれ(⑩一二一—一二三)、恋人の眠りは「愛の可能性をある程度まで実現して」くれる気がする(⑩一五一)。

二番目の一日(⑩一七七—二四八)は、アルベルチーヌへの「私」の猜疑心がぶり返した冬の日々をものがたる。「べつの天気、異なる気候」のもとで目覚めた「私」は、執筆を日延べする(⑩一七七)。アルベルチーヌへの疑惑が再燃し、「私」は不安を募らせる。「翌日ヴェルデュラン夫人を訪ねたい」(⑩一九〇)と言う恋人はそこでヴァントゥイユ嬢とその女友だちに会うのではないかと疑うのだ。その夜、アルベルチーヌは接吻してくれず、「私」は母親のお寝みのキスを奪われたときと同様、「激しい不安」(⑩二四〇)をおぼえる。

三番目の一日(⑩二四八以下)は、「二月」(⑩三八九)の「日曜日」(⑩三五一)のこと。目覚めた「私」は通りから聞こえてくる物売りの多彩な声に耳を傾け(⑩二五〇—二八六)、アルベルチーヌは「私」を相手にアイスクリーム談義をする(⑩二八六—二九二)。午後、「私」はヴァントゥイユの曲を弾き、芸術に関する考察を深める(⑩三五二―三六三)。夕刻、アルベルチーヌと自動車で外出(⑩三七二―三九二)。その頃、ベルゴットの病気と『デルフトの眺望』を前にしての死が報告される(⑩四〇六―四一九)。

夕食後、「私」はヴェルデュラン家の夜会に出かける(⑩四三〇―四三一)。

第十一巻『囚われの女 II』

三番目の一日のつづき。ヴェルデュラン家(コンティ河岸)へ向かう途中、「そのころ私の心を動転させた」「スワンの死」が語られる(⑪二三―二九)。「私」は、亡きスワンに自分が「あなたを小説の一篇の主人公にしたからこそ〔……〕あなたも生きながらえる可能性がある」と語りかける(⑪二七)。

ヴェルデュラン家の夜会(⑪八五―三一三)では、ヴァントゥイユの遺作の七重奏曲が演奏される。ヴァントゥイユ嬢の女友だちが、自分たちが作曲家の「死期を早めたのではないか」という悔悟にとらわれ、その贖罪として、遺作の「判読できない書きこみを何年もかけて解読」した成果である(⑪一六三)。七重奏曲の描写には、「深紅の色合い」(⑪一三八)など絵画的比喩が駆使され、作品中に作曲家の「精髄」(⑪一五〇)が存在するとされる。演奏会を企画し、モレルにヴァイオリンを演奏させ、招待客を選別したのはシャルリュス男爵である。ヴェルデュラン夫人はサロンを牛耳る男爵に憤慨し、その悪口をモレルに吹きこんでふたりを仲違いさせる。夫人の工作中、シャルリュスはブリショを相手に同性愛談義やスワンとオデットの関係をめぐる暴露話をする(⑪二四三―二七〇)。シャルリュスは、実在の人物ナポリ王妃に腕を支えられ、サロンから追い出される(⑪三〇二)。帰宅時、「私」は「わが身を永遠の隷属状態に置く」アルベルチーヌの部屋の「鉄格子」のような「黄金色の頑丈な柵」を見上げる(⑪三二三)。その夜「私」は、アルベルチーヌが口にした「〔壺を〕割ってもらう」という語の「おぞましい」意味(⑪三四〇)を考える。寝入ったアルベルチーヌは「まるで死んだ女」であった(⑪三八三)。

四番目の日々(⑪三八四―四五八)、アルベルチーヌはピアノラを弾き、「私」は恋人が「偉大な「時」の女神」(⑪四五六)だと感じる。「私」がアルベルチーヌに開陳するバルベー・ドールヴィイ、ハーディ、スタンダール、ドストエフスキーの評価(⑪四二〇―四四二)には、多数の作品に共通するモチーフをその作家の精髄とする文学観が反映される。

うららかな季節の到来した五番目の日々(⑪四五八―四八八)と六番目の日々(⑪四八八―五〇四)、アルベルチーヌとの生活は「嫉妬していないときは退屈」で、「嫉妬しているときは苦痛」でしかない(⑪四六九)。

陽気が一気に進んだ最後の朝(⑪五〇四以下)、「私」がヴェネツィアへの旅の夢想に駆られていたとき、フランソワーズがアルベルチーヌの出奔を告げる(⑪五一四)。

第十二巻『消え去ったアルベルチーヌ』

本篇は、恋人を失った「私」の悲嘆がすこしずつ癒えてゆく心中のできごと(およそ一九〇〇年頃の春から一九〇六年頃の春まで)を描く。

恋人の出奔を知った「私」は、「こんなのは大したことじゃない」(⑫二四)、「結婚さえしてやれば」戻ってくると自分に言い聞かせ(⑫二七―三〇)、自分が恋人との結婚のために多額の借金をしたという虚偽の口添えを旧友のサン＝ルーに頼んだり(⑫六七)、アンドレと結婚すると嘘をついたりして(⑫一二五)、必死に恋人を連れ戻そうとする。

そのときアルベルチーヌの訃報が届く(⑫一三八)。その日、夕方から夜、夜明けへと時刻が移るにつれ、同じ時刻に共にすごしたありし日のアルベルチーヌがつぎつぎとよみがえる(⑫一四三―一八四)。「私」は「心の平静をとり戻すには」「無数のアルベルチーヌを忘れなければならなかった」(⑫一四二―一四三)と嘆く。恋人の死後も、その同性愛に関する疑念は消え去らない。恋人の素行調査に派遣したエメから、生前のアルベルチーヌの同性愛を認める「シャワー係の女」や「洗濯屋の小娘」の証言(⑫二二〇―二二二、二三九―二四二)が届くが、決定的な証拠たりえない。

しかし「私」の苦しみは、やがて忘却へと向かう。その第一段階は、ブーローニュの森で出会ったブロンド娘を追いかけ、それがゲルマント公爵夫人のサロンにようやく受け入れられたジルベルトだと判明したこと(⑫三二一―三四六)。その頃、

「私」の文章が「フィガロ」紙に掲載される(⑫三三二―三四一)。

忘却の第二段階は、「六ヵ月後」(⑫三九四)、アンドレがアルベルチーヌと官能の歓びを共にしたと告白したが、それが「さほど私を痛めつけなかった」こと(⑫四二二)。

第三段階は、ヴェネツィア滞在中のこと(⑫四五一―五三七)。カルパッチョの画を見た「私」は、「フォルトゥーニのコートを羽織った」アルベルチーヌを想い出すが「それもやがて消え去った」(⑫五一七―五一九)。滞在中のノルポワ氏とヴィルパリジ夫人の会話は、一九〇六年のアルヘシラス会議やソンニーノ内閣の辞職に触れる(⑫四八六―四八七)。

パリへ帰る車中で「私」は、ジュピアンの娘とカンブルメール侯爵の息子との結婚とジルベルトとサン=ルーとの結婚を知る(⑫五三八―五四二)。その後「私」はサン=ルーの同性愛を知るに至る。夫が女の愛人と遊び歩いていると信じ傷心のジルベルトを、「私」はコンブレー郊外のタンソンヴィルに訪ねる(⑫五八四)。

第十三巻『見出された時 I』

本巻は、タンソンヴィル滞在(おそよ一九〇〇年代後半)、第一次大戦下のパリ(一九一四年と一九一六年)、ゲルマント大公邸における創作への決意(一九二五年頃)をものがたる。

タンソンヴィル(故スワンの別荘)に滞在した「私」は、ジルベルトから、コンブレーの相容れないと思われたふたつの散歩道がつながっていること(⑬二五)、「わたしのほうがあなたを愛していた」(⑬二七)ことなどを聞かされる。滞在最後の夜に読んだゴンクールの未発表日記(プルーストの文体模写)は、コンティ河岸のヴェルデュラン夫人のサロンを、プルーストの文学とは対極にある現実の微細な観察によって描く(⑬六一―八六)。

その後「私」は「書くことを完全にあきらめ、治療のためにパリから遠く離れた療養所ですごした」(⑬一〇二)。その間、第一次大戦中の一九一四年と一九一六年の二度パリに戻る。婦人たちは「ゲートルを想わせる丈の長いレギンス」(⑬一〇三)など戦時中らしい服飾品を身につけ、高級ホテルに滞在するヴェルデュラン夫人は「五時に戦争の話をしにいらっしゃい」

⑬一二〇)と戦争をサロンの呼びものにする。大戦の激戦地になったタンソンヴィルに滞在するジルベルトは、「私」宛ての手紙で、一九一四年にはドイツ軍機「タウベ」の空襲に肝をつぶし〔……〕パリを逃げだした」(⑬一六七)と語っていたのに、一九一六年にはそれは「ドイツ軍から自分の城館を守るためだった」(⑬一七七)と主張する。サン=ルーは前線で「部下の退却を掩護《えんご》して戦死」(⑬三八七)。マスコミの戦争プロパガンダに憤慨してドイツ贔屓となったシャルリュス(⑬二二一)は、空襲下のパリでも快楽をむさぼり、ジュピアンに経営させる男娼館で、好みの青年にわが身を鞭打たせる(⑬三一九―三三〇)。

長い歳月にわたる療養生活からパリに戻った「私」は、ゲルマント大公夫妻の住む新しい館に招待される。そのパーティーへ行く途中、シャンゼリゼで耄碌《もうろく》したシャルリュスと出会う(⑬四一四)。大公邸の中庭でつまずいた不揃いな敷石はヴェネツィア滞在を想い出させ、大公の書斎で聞いた皿に当たるスプーンの音は鉄道員のハンマーの音をよみがえらせ、口を拭ったナプキンの感触はバルベック滞在を想起させる。「私」はわが身のうちに「時間を超えた存在」(⑬四四一)をつくり出した無意志的記憶や「さまざまな判然としない印象」(⑬四五四)を素材にして、「芸術作品をつくる」(⑬四五五)決意を固め、その意義と方法に想いをめぐらす。

第十四巻『見出された時 Ⅱ』

大公邸のパーティー会場にはいった「私」の目に、すべての参会者は見る影もなく変わりはて、「髪に粉をふりかけて「変装した」ように見える」(⑭二六)。ゲルマント大公は足をひきずり、「白い頬髭」をつけ(⑭二七)、アルジャンクール氏も「真っ白な途方もない頬髭」をつけ手足を「ぶるぶる震」わせる(⑭二八―二九)。カンブルメール氏の両頬には「巨大な赤いできもの」(⑭五二)が見える。ルグランダンは血の気が失せて「幽霊」と化している(⑭五七)。「私」の療養生活のせいで生じた二十年近い「時」の経過が、人びとに「老い」のしるしを貼りつけたのだ。

「私」はジルベルトをその人とは識別できず、相手から「わたしのことを母だと思ったでしょ」と図星を指される(⑭八二)。オデットには変化がなく「昔の粋筋《ココット》の女のまま永遠に「標本化された」ように」見える(同上)。「私」がジルベルトだと思ったのは「十六歳ぐらい」のサン＝ルー嬢である（⑭二六六）。「私」が「醜い老婆」（⑭一九八）としか認識できなかったラシェルは、詩句の朗読を絶讃され、いまやラ・ベルマをしのぐ人気女優。ユダヤ人のブロックはフランス貴族を想わせる「ジャック・デュ・ロジエ」を名乗る（⑭九二）。モレルは「高い道徳性」ゆえに人びとに「尊敬の念」をいだかせる（⑭一〇〇）。

大公邸に、ゲルマント一族だけではなく本作のあらゆる人物が集合しているのは、大公と再婚して大公妃となったのが以前のヴェルデュラン夫人だからである（⑭九七）。椅子から立ちあがろうとしてよろめく「八十三歳」（⑭三〇二）のゲルマント公爵を意のままにしているのは、その愛人となったオデットである（⑭二三〇）。いまやヴェルデュラン夫人と「スワン家のほう」の女性陣が「ゲルマントのほう」を支配している。社交界がこのように変質してもだれも怪しまないのは、人が昔のことを忘れているからで、「われわれが忘れるにつれて、人びとは変化する」（⑭一四一）。

人びとの老化を目の当たりにし、「階段をおりるとき三度も転びそうに」なり、「もはや記憶も、思考も、体力もなく、生きている気が」しない（⑭二八四）「私」は、自身の死の脅威を感じ、おのが生涯を素材にした長い物語を書くのに「まだ間に合うのか？」（⑭二九四）という深刻な不安にとり憑かれる。「私」が書くべき長篇の理念と方法について想いめぐらすところで『失われた時を求めて』は幕を閉じる。

初出一覧（本書に収録するにあたり初出稿に加筆・修正をほどこした）

第一章　「見出された『失われた時を求めて』初稿」、「文學界」二〇二一年十月号、一五八—一七七頁。
第二章　「プルースト小説の誕生」、「現代文学」七五号、二〇〇七、一—一八頁。
　　　　« Du *Contre Sainte-Beuve* à la *Recherche* », *Proust, la mémoire et la littérature*, séminaire 2006-2007 au Collège de France, Odile Jacob, 2009, p. 49-71.
第三章　書きおろし
コラム1　「レオニ叔母の「椎骨」」、「現代文学」六〇号、一九九九、四六—五二頁。
第四章　書きおろし
第五章　「ジュヌヴィエーヴ・ド・ブラバンの幻灯——テーマ系列とコンテキスト」、「吉川一義教授研究業績目録　付　退職記念講演」京都大学フランス語学フランス文学研究室、二〇一二、一—一六頁。
　　　　« Geneviève de Brabant: réseaux thématiques contextuels », *Proust et les "Moyen Âge"*, Hermann, 2015, p. 105-115.
第六章　« Genèse et structure des allusions à Benozzo Gozzoli dans la *Recherche* », *Proust aux brouillons*, Turnhout (Belgique), Brepols, 2011, p. 177-189.
　　　　「『失われた時を求めて』におけるベノッツォ・ゴッツォリへの暗示の生成と構造」、京都大学フランス語学フランス文学研究会「仏文研究」四三号、二〇一二、五一—六七頁。
コラム2　「プルーストとフロイト」『フロイト全集9』月報6、岩波書店、二〇〇七、一—四頁。
第七章　「『失われた時を求めて』におけるジャポニスム」、小林宣之編『明治初期洋画家の留学とフランスのジャポニスム』水声社、二〇一九、一七五—二一一頁。
　　　　« Le japonisme dans *À la recherche du temps perdu* », *RHLF*, 120e année, n° 2, 2020, p. 435-450.

第八章　「『失われた時を求めて』における考古学上の発見――ギリシャの彫刻とエジプトのミイラ」、「思想」二〇一三年十一月号（特集「時代の中のプルースト」）、岩波書店、一五五―一七〇頁。
« Proust and archeological discover », *Proust and the Arts*, Cambridge University Press, 2015, p. 101–111.

第九章　« Elstir: sa vie et son œuvre ? », *Bulletin Marcel Proust*, n° 69, 2019, p. 127–138.

コラム3　「厳寒のパリにプルーストとモローを訪ねる」、「青春と読書」一九九九年二月号、集英社、四四―四八頁。

第十章　« Swann, le héros, et leurs doubles », *Swann le centenaire*, Hermann, 2013, p. 387–403.
「プルーストにおける自由間接話法と分身の声」、阿部宏編『語りと主観性――物語における話法と構造を考える』ひつじ書房、二〇二二、二二五―二三六頁。

第十一章　「『コリドン』から『ソドムとゴモラ』へ――親近それとも対立？」、東京都立大学人文科学研究科紀要「人文学報」五一四―一五号、二〇一八、四七―六一頁。
« De *Corydon* à *Sodome et Gomorrhe*: affinités ou divergences ? », *RHLF*, 119e année, n° 2, 2019, p. 385–395.

第十二章　「『失われた時を求めて』における「悪の芸術家」」『プルーストと芸術』水声社、二〇二二年、一二五―一三九頁。
« "L'artiste du mal" dans la *Recherche* », *Proust, la littérature et les arts*, Champion, 2023, p. 93–104.

コラム4　「プルーストとニジンスキー」、深井晃子監修・石関亮編『時代を着る』京都服飾文化研究財団、二〇〇八、一一一―一一七頁。

第十三章　一部は岩波文庫版『失われた時を求めて』第十巻「訳者あとがき」から
« À propos des cris de Paris: la *Recherche*, œuvre de fiction ou essai critique ? », *Proust et l'acte critique*, Champion, 2020, p. 31–41.

第十四章　「『見出された時』におけるゴンクールの未発表擬似日記」、九州大学フランス語フランス文学研究会『*Stella*』三九号、二〇二〇、一―八頁。
« Le pseudo inédit des Goncourt dans *Le Temps retrouvé* », *Bulletin d'Informations proustiennes*, n° 52, 2022, p. 219–228.

第十五章　« La Grande Guerre dans *Le Temps retrouvé* », *RHLF*, 123ᵉ année, nº 3, 2023, p. 645–656.
コラム5　「プルースト没後百年のパリ」、「文學界」二〇二三年五月号、一九八―二〇三頁。
終　章　書きおろし。末尾のみ「プルーストの謎」、「図書」二〇二〇年四月号、岩波書店、二二―二七頁。
梗　概　「『失われた時を求めて』梗概」、「文學界」二〇二一年十月号、七四、七九、八四、八九、九四、九九、一〇四、一〇九、一一四、一一九、一二五、一三〇、一三五、一四〇頁。

あとがき

『失われた時を求めて』をはじめて読んだのは十九歳のときだから、この長篇とのつき合いは六十年近くに及ぶ。そのあいだ研究者としての関心もすこしずつ移ろい、仕事の内容も変遷した。しかし自身の歩みをふり返ると、プルーストの長篇小説がいかに創作されたのかという問題こそが興味の中心を占めていた気がする。

はじめて研究めいたことを試みた修士論文(一九七二)では、プルーストが母親の死(一九〇五)以降、さまざまな評論活動を経て、とりわけ物語体評論『サント゠ブーヴに反論する』を経て、『失われた時を求めて』を構想するまでの歩みを跡づけようとした。二十代後半には、パリ・ソルボンヌ大学に留学した機会に、長篇誕生の秘密をさらに具体的に解明しようとフランス国立図書館(リシュリュー通りの旧館)の手稿部に通い、『失われた時を求めて』の草稿帳やタイプ原稿など、公開されてまもない資料を調査した。ほとんど手つかずの未発表草稿を解読すると、発見につぐ発見があった。アゴスチネリ事件によるアルベルチーヌ物語の生成と「花咲く乙女たち」の挿話の変遷のほか、フォルトゥーニの衣装をめぐるテーマの執筆過程、ヴァントゥイユと遺作の成立、主人公のファーストネームの問題、晩年に加筆されたベルゴットとスワンの死など、刊本を読んでいるだけでは気づかなかった創作の実態がつぎつぎ明らかになり、その成果をフランス語の博士論文「未発表草稿に基づく『囚われの女』生成過程の研究」(一九七六)にまとめた。

その後、私の関心はプルーストと絵画へ移った。作家がいつ、どのように古今の絵画と出会い、それをいかに長篇へ採りいれたのかを検証し、作中で言及される画家の作品や架空画家エルスチールの画業がいかなる役割を果たしているのかを考察した。『プルースト美術館』（一九九八）と『プルーストと絵画』（二〇〇八）、さらに二書を再編して新たな一章を書き加えたフランス語版『プルーストと絵画芸術』（二〇一〇）はその成果である。この仕事もまた、『失われた時を求めて』がどのように着想され、そこに作家のいかなる構想が貫かれているのかを解明する試みとなった。

本書を構成する各章は、二、三の書きおろしと一部のコラムをべつにすれば、ここ十数年、『失われた時を求めて』をめぐるシンポジウムや特集号で発表してきた論考に基づく。それぞれの時点で主催者から与えられた多様な課題に個別に応えようとした考察であったが、『失われた時を求めて』の全訳（二〇一〇―二〇一九）をするなかで気づいた点も少なくない。これらの考察も結果として、プルーストの長篇がいかに着想され創作されたのかという問いに収斂するのではないかと思う。

これは以前なら「創作の秘密」と呼ばれ、作家の天分や霊感によって説明されていた課題である。私としては、関連資料や小説本文の読解を通じて、できるかぎり具体的な根拠に基づき、この課題を実証的に解明したいと考えた。もちろん資料には限りがあり、作家の脳裏に生起したことは把握不可能だから、創作の秘密が隅々まで解明されることはありえない。各章の結論が示唆したように、そして終章が明らかにしたように、むしろ「謎」は深まるばかりである。好奇心に駆られてついつい謎の探究にはまり込んだというのが正直な想いである。最終的な解明には至らなかったかもしれないが、拙い探究の一端をプルーストの愛読者に追体験していただければ、望外の幸せである。

巻末の「初出一覧」に記したように、ほとんどの論考はフランス語と日本語の両方で公表した。それぞれの考察にプルースト研究者の批判を仰ぎたいと願ったからであり、『失われた時を求めて』の日本の愛読者にも理解されることを期したからである。本書に収録するにあたり、全体の構成に見合うように手を入れ、専門家でない読者にも理解してもらえるようことばを補った。

発表の機会を与えてくださったつぎのシンポジウム主催者に深く感謝する（おおむね各章の掲載順で敬称略）。アントワーヌ・コンパニョン（コレージュ・ド・フランス）、ソフィー・デュヴァル（ボルドー・モンテーニュ大学）、ナタリー・モーリヤック・ダイヤー（ITEM/CNRS）、小林宣之（大手前大学）、クリスティー・マクドナルド（ハーヴァード大学）、ミレイユ・ナチュレル（ソルボンヌ・ヌーヴェル大学）、阿部宏（東北大学）、藤原真実（東京都立大学）、ギヨーム・ペリエ／村上祐二（京都大学）、和田章男（大阪大学）、シルヴァン・ムナン（ソルボンヌ大学）。また、論考の転載を許可してくださった「文學界」、水声社、ひつじ書房の各位にも、篤くお礼もうしあげる。

刊行にあたり、拙訳『失われた時を求めて』（岩波文庫）の担当編集者の清水愛理氏には、全体の構成をはじめ本書の随所に、貴重なアドバイスをいただいた。あらたに第三章、第四章、終章を書きおろすよう勧めてくださったことで、フランス語でのみ発表してきた『失われた時を求めて』の生成過程についてその一端を日本語で紹介することができ、また『失われた時を求めて』の社交場面や人物造型について私なりの見解をまとめることができた。岩波文庫版の全訳後半および『『失われた時を求めて』への招待』につづき、本書も岡本哲也氏が綿密に校閲・校正をしてくださった。編集部の上田麻里、西澤昭方の両氏には、企画化にあたりご支援をいただいた。ここに記して感謝の意をあらわす。

二〇二四年晩秋

吉川一義

吉川一義

1948年，大阪市生まれ．東京大学大学院人文科学研究科博士課程満期退学．パリ・ソルボンヌ大学博士．京都大学名誉教授．
著書：『プルースト美術館』(筑摩書房)，『プルーストの世界を読む』『プルーストと絵画』(ともに岩波書店)，*Proust et l'art pictural*(Champion，バルベック＝カブール・プルースト文学サークル文学賞，日本学士院賞・恩賜賞)，『『失われた時を求めて』への招待』(岩波新書)，『絵画で読む『失われた時を求めて』』(中公新書)，*Relire, repenser Proust* (Collège de France)．
共編著：*Index général de la Correspondance de Marcel Proust*(京都大学学術出版会)，『ディコ仏和辞典』(白水社)，*Proust, la littérature et les arts*(Champion)ほか．
翻訳：バレス『グレコ――トレドの秘密』(筑摩書房)，タディエ『評伝プルースト』(筑摩書房)，プルースト『失われた時を求めて』(全14巻，岩波文庫，日仏翻訳文学賞特別賞)，『『失われた時を求めて』名文選』(編訳，岩波書店)ほか．

『失われた時を求めて』の謎――隠された構造を探る

2025年1月29日　第1刷発行

著　者　吉川一義《よしかわかずよし》

発行者　坂本政謙

発行所　株式会社　岩波書店
〒101-8002　東京都千代田区一ツ橋2-5-5
電話案内　03-5210-4000
https://www.iwanami.co.jp/

印刷・理想社　カバー・半七印刷　製本・松岳社

ISBN 978-4-00-022247-1　Printed in Japan

人名索引

本書の本文(第1章から第15章までと終章，およびコラム)に出る実在の人物名を収録する．ただし，「マルセル・プルースト」，書名の中の人名，コラムの括弧内に記された出典中の人名は採録しない．

ア 行

カ 行

サ 行

マ 行

ヤ 行

ラ 行

ワ 行

図版出典一覧

図 **1**(5 頁)　Marcel Proust, Carnet 1, f° 7 v°. © BnF.

図 **2**(6 頁)　*Marcel Proust. La fabrique de l'œuvre*, sous la direction d'Antoine Compagnon, Guillaume Fau et Nathalie Mauriac Dyer, Gallimard/Bibliothèque nationale de France, 2022, p. 121.

図 **3**(12 頁)　著者作成.

図 **4**(13 頁)　*Le Château de Villebon*. 28190 — Villebon, édition mise à jour en juin 2012, p. 10.

図 **5**(33 頁)　*Marcel Proust. La fabrique de l'œuvre*, éd. cit., p. 121.

図 **6**(34 頁)　*Ibid.*, p. 53.

図 **7**(61 頁)　*Le Point*, n° LV/LVI, « Univers de Proust », 1959, p. 75.

図 **8**(63 頁)　*Marcel Proust, l'écriture et les arts*, sous la direction de Jean-Yves Tadié avec la collaboration de Françoise Callu, Gallimard/Bibliothèque nationale de France/Réunion des musées nationaux, 1999, p. 279.

図 **9**(65 頁)　Dactylographie du premier volume(NAF16730), f° 1 r°. © BnF.

図 **10**(70 頁)　Marcel Proust, *Du côté de chez Swann. Combray. Premières épreuves corrigées, 1913*, fac-similé, introduction et transcription de Charles Méla, Gallimard, 2013, « Placard 24, 23 avril 1913 ».

図 **11**(71 頁)　*Ibid.*

図 **12**(72 頁)　Marcel Proust, *Du côté de chez Swann. Un amour de Swann. Premières épreuves corrigées, 1913*, fac-similé, introduction et transcription de Charles Méla, Gallimard, 2016, « Placard 33, 28 avril 1913 ».

図 **13**(74 頁)　*Marcel Proust. La fabrique de l'œuvre*, éd. cit., p. 217.

図 **14**(77 頁)　Marcel Proust, Cahier 55, f° 43 r°. © BnF.

図 **15**(80 頁)　*L'Illustration*, 80e année, 10 juin 1922, p. 551.

図 **16**(82 頁)　*La Nouvelle Revue Française*, 1er décembre 1922, sans pagination.

図 **17**(88 頁)　Cahier 8, f° 49 r°. © BnF.

図 **18**(88 頁)　Cahier 10, f° 26 r°. © BnF.

図 **19**(88 頁)　Dactylographie du premier volume(NAF16733), f° 94 r°. © BnF.

図 **20**(115 頁)　*Légendes pour les enfants*, arrangées par Paul Boiteau et illustrées de 42 vignettes par Bertall, Hachette, 1857, p. 75.

図 **21**(119 頁)　*Comment Golo épousa Geneviève*, scénario Gaumont de 1913, Département des Arts du spectacle de la Bibliothèque nationale de France(cote: 4-COL-3). © BnF.

図 **22**(120 頁)　*Geneviève de Brabant*, plaque imprimée en série et rehaussée de couleurs, Paris, Lapierre, 1860–1870. Collection du Musée Marcel Proust, Illiers-Combray.

図 **23**(127 頁)　Émile Mâle, *L'Art religieux de la fin du Moyen Âge en France*, Armand Colin, 1908, p. 254.

図 **24**(136 頁)　*The Works of John Ruskin*, London, George Allen, « Library Edition », t. IV, 1903, après la page 316.

図 **25**(137 頁)　I. B. Supino, *Il Camposanto di Pisa*, Firenze, Fratelli Alinari, 1896, p. 241.

図 **26**（137 頁） *Ibid.*, p. 233.
図 **27**（143 頁） Diane Cole Ahl, *Benozzo Gozzoli*, traduit de l'anglais par Richard Crevier et Virginie Bermond-Guettle, Éditions du Regard, 2002, p. 92.
図 **28**（144 頁） *Ibid.*, p. 93.
図 **29**（145 頁） *Ibid.*, p. 94.
図 **30**（153 頁） Cahier 53, f° 24 v°. ⓒ BnF.
図 **31**（153 頁） Cahier Violet: « sauf une［...］ ».
図 **32**（153 頁） Épreuves Gallimard d'*À l'ombre des jeunes filles en fleurs*, p. 293.
図 **33**（164 頁） Patrick Chaleyssin, *Robert de Montesquiou. Mécène et dandy*, Somogy, 1992, p. 132.
図 **34**（165 頁） Junji Suzuki, *Le japonisme dans la vie et l'œuvre de Marcel Proust*, Keio University Press, 2003, p. 56.
図 **35**（175 頁） *Le Japon artistique. Documents d'Art et d'industrie*, réunis par S. Bing, n° 1, 1888, p. 1.
図 **36**（180 頁） Hiroshige, « Paysage », *Le Japon artistique*, n° 15, juillet 1889, planche AHJ.
図 **37**（180 頁） *Collection S. Bing. Objets d'Art et Peintures du Japon et de la Chine*, vente en mai 1906, Galeries de Durand-Ruel, n° 818.
図 **38**（182 頁） Hiroshige, « Paysage », *Le Japon artistique*, n° 23, mars 1890, planche BED.
図 **39**（193 頁） M. Andronicos, *Olympia*, Athens, Ekdotine Athenon S.A., « The Greek Museums », 1975, p. 40.
図 **40**（193 頁） Gustave Fougères, *Athènes*, Laurens, « Les villes d'art célèbres », 1912, p. 103.
図 **41**（194 頁） *Ibid.*, p. 108.
図 **42**（194 頁） *Ibid.*, p. 145.
図 **43**（206 頁） Marcel Proust, « À la recherche du temps perdu », *NRF*, 1er juillet 1914, p. 946.
図 **44**（207 頁） Cote de la Bibliothèque nationale de France: Rés. m Y^{2} 824, p. 441（pagination de Proust）.
図 **45**（227 頁） *Gustave Moreau 1826–1898*, catalogue d'exposition, Réunion des musées nationaux, 1998, p. 108.
図 **46**（227 頁） *Ibid.*, p. 228.
図 **47**（228 頁） *Chardin*, catalogue d'exposition, Réunion des musées nationaux, 1999, p. 139.
図 **48**（233 頁） *Gustave Moreau 1826–1898*, éd. cit., p. 170.
図 **49**（234 頁） *Ibid.*, p. 149.
図 **50**（235 頁） *Ibid.*, p. 127.
図 **51**（271 頁） Cahier IX（NAF16716）, f° 78 r°, papier collé.
図 **52**（289 頁） *Nijinsky 1889–1950*, catalogue établi par Martine Kahane, Réunion des musées nationaux, 2000, p. 113.
図 **53**（293 頁） Militsa Pojarskaïa et Tartiana Volodina, *L'Art des Ballets russes à Paris*, traduit du russe par Sophie Benech, Gallimard, 1990, p. 19.
図 **54**（302 頁） Georges Kastner, *Les Voix de Paris: Essai d'une histoire littéraire et mu-*

sicale des cris populaires de la capitale depuis le Moyen Âge jusqu'à nos jours, G. Brandus, Dufour et Cie, 1857, pl. XI.
図 55(302 頁)　*Ibid.*, pl. XVIII.
図 56(323 頁)　*Atget Paris*, présentation de Laure Beaumont-Maillet, Hazan, 1992, p. 423.
図 57(325 頁)　*Gabriel de Saint-Aubin 1724–1780*, catalogue d'exposition, Somogy éditions d'art, 2007, p. 217.
図 58(325 頁)　« Petit Dunkerque », article publié sur le site « La France pittoresque » le 9 mai 2015.
図 59(326 頁)　*Contes et nouvelles en vers par M. de La Fontaine*, édition dite des Fermiers généraux, Amsterdam[Paris], 1762(reproduit par le Club Français du Livre en 1964), t. 1, pl. entre p. 92 et p. 93.
図 60(352 頁)　「作品を制作するプルースト」展(フランス国立図書館)のポスター：著者撮影.
図 61(354 頁)　献花に覆われたプルーストの墓(2022 年 11 月 22 日)：著者撮影.
図 62(354 頁)　ヴェイユ家の墓(同上)：著者撮影.
図 63(354 頁)　ヴェイユ家の墓(部分. 同上)：著者撮影.

参考文献一覧

本書の本文と注に引用・言及した文献のみを挙げる．図版を採取した写真集や展覧会カタログについては「図版出典一覧」参照．プルーストと『失われた時を求めて』に関する近年の主要文献については岩波新書『『失われた時を求めて』への招待』(2021)巻末の「主要文献案内」を参照されたい．

『失われた時を求めて』

À la recherche du temps perdu, texte établi et présenté par Pierre Clarac et André Ferré, Gallimard, « Bibliothèque de la Pléiade », 3 vol., 1954.

À la recherche du temps perdu, édition publiée sous la direction de Jean Milly, Flammarion, « GF », 10 vol., 1984–1987.

À la recherche du temps perdu, Robert Laffont, « Bouquins », 3 vol., 1987.

À la recherche du temps perdu, édition publiée sous la direction de Jean-Yves Tadié, Gallimard, « Bibliothèque de la Pléiade », 4 vol., 1987–1989.

À la recherche du temps perdu, texte établi sous la direction de Jean-Yves Tadié, Gallimard, « Folio Classique », 7 vol., 1988–1990.

Du côté de chez Swann, Grasset, 1913.

Du côté de chez Swann, édition par Bernard Brun et Anne Herschberg-Pierrot, Flammarion, « GF », 1987.

Du côté de chez Swann, texte établi, présenté et annoté par Elyane Dezons-Jones, Librairie Générale Française, « Le Livre de Poche Classique », 1992.

Du côté de chez Swann, édition établie, présentée et annotée par Matthieu Vernet, Librairie Générale Française, « Le Livre de Poche Classiques », 2022.

Le Temps retrouvé, texte établi, présenté et annoté par Eugène Nicole, Librairie Générale Française, « Le Livre de Poche Classique », 1993.

Remembrance of Things Past, translated by C. K. Scott Moncrieff and Terence Kilmartin, volume I, New York, Random House, 1981.

生島遼一・市原豊太・井上究一郎・伊吹武彦・中村真一郎・淀野隆三訳『失われた時を求めて』新潮文庫，全 13 巻，1958–1959.

井上究一郎訳『失われた時を求めて』ちくま文庫，全 10 巻，1992–1993.

鈴木道彦訳『失われた時を求めて』集英社文庫，全 13 巻，2006–2007.

吉川一義訳『失われた時を求めて』岩波文庫，全 14 巻，2010–2019.

プルーストの他の著作

Jean Santeuil, précédé de *Les Plaisirs et les jours*, édition établie par Pierre Clarac avec la collaboration d'Yves Sandre, Gallimard, « Bibliothèque de la Pléiade », 1971.

Les Pastiches de Proust, édition critique et commentée par Jean Milly, Armand Colin, 1970.

Contre Sainte-Beuve, préface de Bernard de Fallois, Gallimard, 1954; repris dans « Folio Essais », 1987.

Contre Sainte-Beuve, précédé de *Pastiches et mélanges* et suivi de *Essais et articles*, édi-

tion établie par Pierre Clarac avec la collaboration d'Yves Sandre, Gallimard, « Bibliothèque de la Pléiade », 1971.

出口裕弘・吉川一義訳『サント＝ブーヴに反論する』，筑摩書房版『プルースト全集』第14巻，1986.

Essais, édition publiée sous la direction d'Antoine Compagnon, avec la collaboration de Christophe Pradeau et Matthieu Vernet, Gallimard, « Bibliothèque de la Pléiade », 2022.

プルーストの原稿・タイプ原稿・校正刷など

以下の資料は（一部をのぞき）フランス国立図書館 Bibliothèque nationale de France（BnF）が所蔵，BnF のサイト Gallica にてデジタル画像を閲覧できる（括弧内の NAF, Rés. は分類番号）．つぎのサイト（ITEM）上の該当資料をクリックすれば簡単にアクセスできる：http://www.item.ens.fr/fonds-proust-numerique/

Proust, Marcel, *Les Soixante-quinze Feuillets et autres manuscrits inédits*, édition établie par Nathalie Mauriac Dyer, préface de Jean-Yves Tadié, Gallimard, 2021.

Articles critiques du *Contre Sainte-Beuve*（NAF16636）.

Carnet 1（NAF16637）, Carnet 2（NAF16638）, Carnet 3（NAF16639）, Carnet 4（NAF16640）, Agenda de 1906（édition mise en ligne en 2015 par Nathalie Mauriac Dyer, Françoise Leriche, Pyra Wise et Guillaume Fau）: https://books.openedition.org/editionsbnf/1457

Proust, Marcel, *Carnets*, édition établie et présentée par Florence Callu et Antoine Compagnon, Gallimard, 2002.

Cahier 1（NAF16641）, Cahier 4（NAF16644）, Cahier 5（NAF16645）, Cahier 6（NAF16646）, Cahier 7（NAF16647）, Cahier 8（NAF16648）, Cahier 9（NAF16649）, Cahier 10（NAF16650）, Cahier 14（NAF16654）, Cahier 15（NAF16655）, Cahier 16（NAF16656）, Cahier 17（NAF16657）, Cahier 18（NAF16658）, Cahier 19（NAF16659）, Cahier 20（NAF16660）, Cahier 21（NAF16661）, Cahier 24（NAF16664）, Cahier 25（NAF16665）, Cahier 28（NAF16668）, Cahier 29（NAF16669）, Cahier 31（NAF16671）, Cahier 34（NAF16674）, Cahier 36（NAF16676）, Cahier 39（NAF16679）, Cahier 40（NAF16680）, Cahier 41（NAF16681）, Cahier 42（NAF16682）, Cahier 43（NAF16683）, Cahier 44（NAF16684）, Cahier 47（NAF16687）, Cahier 48（NAF16688）, Cahier 49（NAF16689）, Cahier 50（NAF16690）, Cahier 51（NAF16691）, Cahier 53（NAF16693）, Cahier 54（NAF16694）, Cahier 55（NAF16695）, Cahier 56（NAF16696）, Cahier 57（NAF16697）, Cahier 58（NAF16698）, Cahier 59（NAF16699）, Cahier 62（NAF16702）, Cahier 63（NAF18313）, Cahier 64（NAF18314）, Cahier 67（NAF18317）, Cahier 71（NAF18321）, Cahier 73（NAF18323）.

Proust, Marcel, *Matinée chez la princesse de Guermantes: Cahiers du* Temps retrouvé, édition critique établie par Henri Bonnet en collaboration avec Bernard Brun, Gallimard, 1982.

Proust, Marcel, *Cahiers 1 à 75 de la Bibliothèque nationale de France*, comité éditorial: Nathalie Mauriac Dyer（directrice）, Bernard Brun, Antoine Compagon, Pierre-Louis Rey, Kazuyoshi Yoshikawa, Turnhout（Belgique）, Bibliothèque nationale de France/Brepols, 2008–.

Wada Akio, *Index général des Cahiers de brouillons de Marcel Proust*, Graduate School of

Letters, Osaka University, 2009：以下のサイトにて閲覧可能：http://www.item.ens.fr/wp-content/uploads/2016/10/Index_Cahiers_Akio-Wada.pdf

Cahier IX（NAF16716），Cahier XX（NAF16727）．

Cahier Violet（『花咲く乙女たちのかげに』後半の清書原稿．つぎの 50 部限定豪華版に分割して添付された：Marcel Proust, *À l'ombre des jeunes filles en fleurs*, NRF, 1920. Cahier Violet の復元はつぎの調査研究を参照：Francine Goujon, « Le manuscrit d'*À l'ombre des jeunes filles en fleurs:* le "Cahier violet" », *Bulletin Marcel Proust*, n° 49, 1999, p. 7–16. « Bibliothèque Lucien Allienne », catalogue des ventes à l'Hôtel Drouot, 26–27 mai 1986, lot 561. Pyra Wise, « L'édition de luxe et le manuscrit dispersé d'*À l'ombre des jeunes filles en fleurs* », *Bulletin d'Informations proustiennes*, n° 33, 2003, p. 75–98; « *À l'ombre des jeunes filles en fleurs*, le manuscrit dispersé de l'édition de luxe. État des lieux d'un centenaire », *Bulletin d'Informations proustiennes*, n° 50, 2020, p. 43–56. Nathalie Mauriac Dyer, « Des "Jeunes Filles" centenaires. L'Édition de luxe de 1920 », in Kazuyoshi Yoshikawa（dir.），*Proust, la littérature et les arts*, Champion, 2023, p. 261–272（吉川一義編『プルーストと芸術』水声社，2022, p. 343–360）．

Dactylographies du premier volume（NAF16730, NAF16733）．

Proust, Marcel, *Du côté de chez Swann. Combray. Premières épreuves corrigées, 1913*, fac-similé, introduction et transcription de Charles Méla, Gallimard, 2013.

Proust, Marcel, *Du côté de chez Swann. Un amour de Swann. Premières épreuves corrigées, 1913*, fac-similé, introduction et transcription de Charles Méla, Gallimard, 2016.

Placards Grasset du premier volume（NAF16753, NAF16754）．

Proust, Marcel, *Le Temps perdu*, édition établie, présentée et annotée par Jean-Marc Quaranta, « Bouquins », 2021（上記 Placards Grasset の転写校訂版）．

Deuxièmes épreuves corrigées de *Du côté de chez Swann*（NAF16755）．

Proust, Marcel, « À la recherche du temps perdu », *NRF*, 1er juillet 1914, p. 946.

Épreuves Gallimard d'*À l'ombre des jeunes filles en fleurs*（Rés. m Y^2 824）．

Dactylographies de *La Prisonnière*（NAF16742–16747）．

Proust, Marcel, *Albertine disparue*, édition établie par Nathalie Mauriac et Étienne Wolff, Grasset, 1987（プルーストが手を入れた短縮版タイプ原稿）．高遠弘美訳『消え去ったアルベルチーヌ』光文社古典新訳文庫，2008.

Chroniques（1927），manuscrits de textes rassemblés par Robert Proust（NAF16634）．

プルーストの書簡

Correspondance de Marcel Proust, édition établie par Philip Kolb, 21 vol., Plon, 1970–1993.

Index général de la Correspondance de Marcel Proust d'après l'édition de Philip Kolb, établi sous la direction de Kazuyoshi Yoshikawa, Presses de l'Université de Kyoto, 1998.

Proust, Marcel et Gallimard, Gaston, *Correspondance*, Gallimard, 1989.

専門誌

Bulletin Marcel Proust, Société des amis de Marcel Proust et des amis de Combray, Illiers-Combray, 1950–.

Bulletin d'Informations proustiennes, Presses de l'École Normale Supérieure, 1975–.

参考文献一覧

プルースト展覧会カタログ

Marcel Proust, l'écriture et les arts, sous la direction de Jean-Yves Tadié avec la collaboration de Florence Callu, Gallimard/Bibliothèque nationale de France/Réunion des musées nationaux, 1999.

Marcel Proust. La fabrique de l'œuvre, sous la direction d'Antoine Compagnon, Guillaume Fau et Nathalie Mauriac Dyer, Gallimard/Bibliothèque nationale de France, 2022.

プルーストに関する著作・論文(著者名のアルファベット順)

Basch, Sophie, « Le "jeu japonais", de Marcel Proust à Ernest Chesneau »[en ligne], Académie royale de langue et littérature françaises de Belgique, 2021.

Bataille, Georges, *La Littérature et le mal* [1957], Gallimard, « Folio Essais », 2020.

Bellemin-Noël, Jean, « "Psychanalyser" le rêve de Swann ? », *Vers l'inconscient du texte*, PUF, 1996, p. 31–74.

Beretta Anguissola, Alberto, « Gozzoli (Benozzo di Lese, dit) », *Dictionnaire Marcel Proust*, Champion, 2004, p. 430.

Borrel, Anne, « Proust De Brabant », *Grand tour*, n° 2, janvier–février 1998, p. 8–23.

Bouillaguet, Annick, *Proust et les Goncourt: le pastiche du Journal dans* Le Temps retrouvé, Minard, « Archives des Lettres Modernes », n° 266, 1996.

Callu, Florence, « À propos du *Contre Sainte-Beuve*. Une lettre inédite de Proust à Alfred Vallette », *Bulletin de la Bibliothèque Nationale*, 5e année, n° 1, mars 1980, p. 9–14.

Colombel, Nadine, « Non; la tante Léonie n'avait pas de vertèbres sur le front! ou Proust, un mot pour un autre », *Poésie*, n° 62, 1992, p. 105–110.

Compagnon, Antoine, « Le "profil assyrien" ou l'antisémitisme qui n'ose pas dire son nom: les libéraux dans l'affaire Dreyfus », 京都大学フランス語学フランス文学研究会「仏文研究」28号，1997, 133–150頁．吉川一義訳「アッシリアふうの横顔——隠された反ユダヤ主義(ドレフュス事件におけるリベラル派)」，筑摩書房版『プルースト全集』別巻「プルースト研究／年譜」1999, 163–185頁．

—— « "Le long de la rue du Repos". Brouillon d'une lettre à Daniel Halévy (1908) », *Bulletin d'Informations proustiennes*, n° 50, 2020, p. 13–32.

—— *Proust du côté juif*, Gallimard, 2022.

Contat, Michel, « Proust ou l'enquête infinie », *Le Monde*, 12 février 1993.

Duchêne, Roger, *Impossible Marcel Proust*, Robert Laffont, 1994.

—— et Keller Luzius, « Les vertèbres de tante Léonie (suite) », *Le Monde*, 2 avril 1993.

Ebara Izumi, « L'influence du japonisme dans la description spatiale d'*À la recherche du temps perdu* », *Études de langue et littérature françaises*, Société japonaise de langue et littérature françaises n° 64, Hakusuisha, 1994, p. 80–92.

Fraisse, Luc, *Proust et le japonisme*, Presses Universitaires de Strasbourg, 1997.

Genette, Gérard, « Discours du récit », *Figures III*, Seuil, 1972, p. 65–272. 花輪光・和泉涼一訳『物語のディスクール』水声社，1985.

Goulet, Alain, « Du côté de chez Proust », *Les* Corydon *d'André Gide*, avec le texte original du *C.R.D.N.* de 1911, présentés par Alain Goulet, Orizons, 2014, p. 178–188.

Guiraud, Pierre, *Dictionnaire non conventionnel*, Hachette, 1980.

Hassine, Juliette, *Marranisme et hébraïsme dans l'œuvre de Proust*, Minard, 1994.
井上究一郎『マルセル・プルーストの作品の構造』河出書房新社，1962.
――「マドレーヌの一きれと日本の水中花」『井上究一郎文集 II』筑摩書房，1999, 341–349 頁.
Kolb, Philip, « Le "mystère" des gravures anglaises recherchées par Proust », *Mercure de France*, t. 327, 1956, p. 750–755.
―― « Une énigmatique métaphore de Proust », *Europe*, « Centenaire de Marcel Proust », août-septembre 1970, p. 141–151. 石木隆治訳「マルセル・プルーストの謎めいた隠喩」，筑摩書房版『プルースト全集』別巻，406–417 頁.
Leblanc, Cécile, « De Charpentier à Wagner: transfigurations musicales dans les cris de Paris chez Proust », *RHLF*, octobre–décembre 2007, p. 903–921.
Mauriac Dyer, Nathalie, « À propos du "gigantesque entonnoir": le discours médico-légal dans *À la recherche du temps perdu* », *Lectures de* Sodome et Gomorrhe, *Cahiers Textuel*, n° 23, Université Paris 7, 2001, p. 98.
―― *Proust inachevé: le dossier « Albertine disparue »*, Champion, 2005.
―― « *À la recherche du temps perdu*, une autofiction ? », in Jean-Louis Jeannelle et Catherine Viollet (dir.), *Genèse et autofiction*, Louvain-la-Neuve, Bruylant-Academia, 2007, p. 69–87.
―― « Les vertèbres de tante Léonie, une "vue optique" ? », *Proust et les moyens de la connaissance*, textes réunis par Annick Bouillaguet, Presses Universitaires de Strasbourg, 2008, p. 29–38.
―― « Bidou, Bergotte, la Berma et les Ballets russes: une enquête génétique », *Genesis*, n° 36, 2013, p. 51–63.
Maurois, André, *À la recherche de Marcel Proust*, Hachette, 1949. 井上究一郎・平井啓之訳『プルーストを求めて』筑摩叢書，1972.
Milly, Jean, « Le Pastiche Goncourt dans "Le Temps retrouvé" », *RHLF*, 1971, n° 5–6, p. 815–835; *Proust dans le texte et l'avant-texte*, Flammarion, 1985, p. 185–211.
―― « Cris de Paris et désir des glaces dans *La Prisonnière* », *Proust dans le texte et l'avant-texte*, éd. cit., p. 135–156. 中野知律訳「『囚われの女』におけるパリの物売りの声と氷菓の欲望」，筑摩書房版『プルースト全集』別巻，446–448 頁.
村上祐二「1998」，「思想」2013 年 11 月号(特集「時代の中のプルースト」)，岩波書店，33–48 頁.
中野知律「『囚われの女』の第 3 の「朝」――パリの物売りの声の生成」，九州大学フランス語フランス文学研究会「*Stella*」34 号，2015, 167–188 頁.
Nectoux, Jean-Michel, « Proust et Nijinsky », *48/14*, revue du Musée d'Orsay, n° 11, 2000, p. 74–83.
Proyart, Jean-Baptiste de, « Marcel Proust, Sentiments filiaux d'un parricide », 2022: https://deproyart.com/litterature/fiction/sentiments-filiaux-d-un-parricide?utm_source=newsletter&utm_medium=email&utm_campaign=lettre_dinformations_du_11_novembre_2022&utm_term=2022-11-11
Quémar, Claudine, « Sur deux versions annciennes des côtés de Combray », *Études proustiennes II*, Gallimard, 1975, p. 159–282.
―― « Autour de trois "avant-textes" de l'"ouverture" de la *Recherche:* nouvelles approches des problèmes du *Contre Sainte-Beuve* », *Bulletin d'Informations prous-*

tiennes, n° 3, 1976, p. 7–29（和田章男訳「『失われた時を求めて』冒頭部の三つの先行テクストをめぐって——『サント＝ブーヴに反論する』の諸問題への新たなアプローチ」，筑摩書房版『プルースト全集』別巻，418–445 頁）．
Rivers, J. E., *Proust and the Art of Love*, Columbia University Press, 1980.
斉木眞一「無為の人スワン」，「現代文学」66 号（特集「マルセル・プルースト」），2002, 54–67 頁．
酒井三喜「テクストを切り裂くイメージ——マルセル・プルーストの『失われた時を求めて』における「生成するテクスト」と「イメージのネットワーク」」『秩序と冒険』Hon's ペンギン，2007, 29–60 頁．
Sakamoto Hiroya, « Quelques allusions à la presse dans les cahiers de la guerre », *Bulletin d'Informations proustiennes*, n° 42, 2012, p. 53–60.
——『プルーストの黙示録——『失われた時を求めて』と第一次世界大戦』慶應義塾大学出版会，2015.
—— « Le paysage et l'allusion japonisante: de Combray à Balbec », Du côté de chez Swann *ou le cosmopolitisme d'un roman français*, Champion, 2016, p. 129–140.
Spitzer, Leo, « L'étymologie d'un "cris de Paris" », *Études de style*, Gallimard, 1970, p. 474–481.
Suzuki Junji, *Le japonisme dans la vie et l'œuvre de Marcel Proust*, Keio University Press, 2003.
——「フランスに渡った邦人庭師——畑和助の軌跡（上）（下）」，「慶應義塾大学日吉紀要．フランス語フランス文学」49/50 号，2009, 189–210 頁；52 号，2011, 53–82 頁．
——『園芸のジャポニスム——明治の庭師ハタ・ワスケを追って』平凡社，2023.
Tadié, Jean-Yves, *Lectures de Proust*, Armand Colin, 1971.
—— *Marcel Proust. Biographie*, Gallimard, 1996; « Folio », 2 vol., 1999. 吉川一義訳『評伝プルースト』上下，筑摩書房，2001.
和田章男「プルーストの小説創造——「劇場」の場面の生成過程」，大阪大学『言語文化研究』17 号，1991, 335–340 頁．
—— « Chronologie de l'écriture proustienne（1909–1911）», *Bulletin d'Informations proustiennes*, n° 29, 1998, p. 41–65.
—— *La création romanesque de Proust: la genèse de « Combray »*, Champion, 2012.
——『プルースト 受容と創造』大阪大学出版会，2020.
山崎俊明「アルベルチーヌとお菊さん」，「関西プルースト研究会報告」8 号，1988.
Yoshikawa Kazuyoshi, « Marcel Proust en 1908 — Comment a-t-il commencé à écrire *À la recherche du temps perdu* ? », *Études de langue et littérature françaises*, éd. cit., n° 22, 1973, p. 135–152.
—— « Études sur la genèse de *La Prisonnière* d'après des brouillons inédits », 2 vol., thèse présentée à l'Université de Paris-Sorbonne, 1976.
—— « Remarques sur les transformations subies par la *Recherche* autour des années 1913–1914 d'après des Cahiers inédits », *Bulletin d'Informations proustiennes*, n° 7, 1978, p. 7–27.
—— « Genèse du leitmotiv "Fortuny" dans *À la recherche du temps perdu* », *Études de langue et littérature françaises*, éd. cit., n° 32, 1978, p. 99–119.
—— « Vinteuil ou la genèse du septuor », *Études proustiennes III*, Gallimard, 1979, p. 289–347.

――「プルーストを読む(II)」,「ふらんす手帖」11 号，1982, 140–143 頁.
――『プルースト美術館』筑摩書房，1998.
――『プルーストの世界を読む』岩波セミナーブックス，2004／岩波人文書セレクション，2014.
――『プルーストと絵画』岩波書店，2008.
―― *Proust et l'art pictural*, préface de Jean-Yves Tadié, Champion, 2010.
―― « L'homosexualité et la judéité chez Proust, d'après les premières scènes de *Sodome et Gomorrhe* », *Littera*, Société japonaise de langue et littérature françaises, n° 1, 2016, p. 39–51.
――「『失われた時を求めて』におけるサドマゾヒズム」，京都大学フランス語学フランス文学研究会「仏文研究」51 号，2020, 117–133 頁.
―― *Relire, repenser Proust. Leçons tirées d'une nouvelle traduction japonaise de la* Recherche, préface d'Antoine Compagnon, Collège de France, 2021.
――『『失われた時を求めて』への招待』岩波新書，2021.
Yuzawa Hidehiko, « Souvenir du rêve et leçon du regard: étude génétique sur les jeunes filles à la plage d'après les manuscrits de Marcel Proust », 2 vol., thèse présentée à l'Université de Paris-Sorbonne, 1989.

他の引用文献(著者・編者名のアルファベット順)
Amadieu, Jean-Baptiste, « "Corydon" de Gide devant les tribunaux catholiques », *Bulletin de la Société de l'Histoire du Protestantisme français*, 2012, HAL, p. 1–25.
Auerbach, Erich, *Mimesis*, Berne, A. Franke, 1946. 英訳：translated by Willard R. Trask, Princeton University Press, 1953. 仏訳：traduit par Cornélius Heim, Gallimard, 1968. 邦訳：篠田一士・川村二郎訳『ミメーシス――ヨーロッパ文学における現実描写』筑摩叢書，1967.
Augé, Paul (dir.), *Larousse du XXe siècle*, 6 vol., Larousse, 1928–1933.
Bailby, Léon « Notes de guerre. La dernière ruse », *L'Intransigeant*, 13 novembre 1914.
Balzac, Honoré de, *La Comédie humaine*, édition publiée sous la direction de Pierre-Georges Castex, Gallimard, « Bibliothèque de la Pléiade », t. I et t. III, 1976.
Barine, Arvède de, *Névrosés*, Hachette, 1898.
Barrès, Maurice, *Discours de réception de Maurice Barrès. Séance de l'Académie française du 17 janviere 1907*, Félix Juven, 1907.
―― *Chronique de la Grande Guerre*, t. II, Plon, 1920.
―― *Le Jardin de Bérénice*, édition établie par Michel Mercier, Flammarion, « GF », 1988.
Baudelaire, Charles, *Œuvres complètes*, texte établi, présenté et annoté par Claude Pichois, Gallimard, « Bibliothèque de la Pléiade », t. I, 1975.
Baumont, Maurice, *L'affaire Eulenburg et les origines de la Guerre mondiale*, Payot, 1933.
Beachy, Robert, *Gay Berlin*, New York, Vintage Books, 2015.
Bertrand, Antoine, *Les Curiosités esthétiques de Robert de Montesquiou*, 2 vol., Droz, 1996.
Bidou, Henri, « La Semaine dramatique », *Journal des Débats*, 10 juin 1912.
Bing, Samuel Siegfried, *Le Japon artistique. Documents d'art et d'industrie*, 1888–1891.

Boiteau, Paul, *Légendes pour les enfants*, illustrées de 43 vignettes par Bertall, Hachette, 1857.
バックル，リチャード，鈴木晶訳『ディアギレフ』上下，リブロポート，1983–1984.
Caradec, François et Pouy, Jean-Bernard, *Dictionnaire du français argotique et populaire*, Larousse, 2009.
Caraman-Chimay (princesse de), «Impressions d'Italie», *La Renaissance latine*, 15 juin 1903, p. 509–516.
Castex, Pierre-Georges, « L'univers de *La Comédie humaine* », *La Comédie humaine*, Gallimard, « Bibliothèque de la Pléiade », t. I, 1976, p. IX–LXXXVI.
Cellard, Jacques et Rey, Alain, *Dictionnaire du français non conventionnel*, Hachette, 1980.
Ceriziers, René de, *L'Innocence reconnue ou La Vie de Sainte Geneviève de Brabant*, L. Boulanger, 1634.
Chaleyssin, Patrick, *Robert de Montesquiou. Mécène et dandy*, Somogy, 1992.
Charpentier(Galerie), *Collection de Louis Mante*, 1956.
Chevalier, Julien, *L'inversion sexuelle*, G. Masson, 1893.
Clemenceau, Georges, « Nouvelles du Japon », *L'Homme libre*, 16 août 1914.
Crépet, Eugène et Jacques, *Baudelaire*, Éditions Messein, 1907.
Denais, Joseph, « Le quart d'heure de Nogi », *La libre parole*, 5 juin 1917.
Drouot(Hôtel), *Objets d'Art japonais et chinois. Peintures, estampes composant la collection des Goncourt*, 1897.
—— *Collection Ch. Gillot. Estampes japonaises et livres illustrés*, 1904.
Dugat, Camille, « Propos féminins », *Le Figaro*, 15 janvier 1917.
Dumas Fils, Alexandre, *Théâtre complet*, t. VII, Calmann-Lévy, 1892.
Durand-Ruel(Galerie), *Collection Ch. Gillot. Objets d'Art et Peintures d'Extrême-Orient*, 1904.
—— *Collection S. Bing. Objets d'Art et Peintures du Japon et de la Chine*, 1906.
Fougères, Gustave, *Athènes*, Laurens, « Les villes d'art célèbres », 1912.
Fournel, Victor, *Les Rues du vieux Paris. Galerie populaire et pittoresque*, Firmin-Didot, 1879.
深井晃子『ジャポニスム イン ファッション』平凡社，1994.
Gaumont(scénario), *Comment Golo épousa Geneviève*, 1913, Département des Arts du spectacle de la Bibliothèque nationale de France(cote: 4–COL–3).
Gebhart, Émile, *Florence*, Laurens, « Les villes d'art célèbres », 1906.
Georges Petit(Galerie), *Exposition Gustave Moreau*, préface par le comte Robert de Montesquiou, 1906.
Gide, André, *Correspondance André Gide, Dorothy Bussy I, Cahiers André Gide 9*, Gallimard, 1979.
—— *Journal*, édition établie, présentée et annotée par Éric Marty, Gallimard, « Bibliothèque de la Pléiade », t. I, 1996, t. II, 1997.
—— *Romans et récits II*, édition publiée sous la direction de Pierre Masson, avec, pour ce volume, la collaboration de Jean Claude, Céline Dhérin, Alain Goulet et David H. Walker, Gallimard, « Bibliothèque de la Pléiade », 2009.
—— *Les* Corydon *d'André Gide*, avec le texte original du *C.R.D.N.* de 1911, présentés

par Alain Goulet, Orizons, 2014.
Goncourt, Edmond de, *La maison d'un artiste*, 2 vol., Charpentier, 1881.
—— *La Faustin*, Charpentier, 1882.
—— *Chérie*, Charpentier, 1884.
—— *Outamaro*, Charpentier, 1891.
—— *Hokousaï*, Charpentier, 1896.
Goncourt, Edmond et Jules de, *L'Art du XVIIIe siècle*, 3 vol., Charpentier, 1881–1882.
—— *Journal*, éd. Robert Ricatte, Robert Laffont, « Bouquins », 3 vol., 1989.
Guiraud, Pierre, *Dictionnaire érotique*, Payot, 1978.
Hallays, André, « En flânant », *Journal des Débats*, 10 juillet 1908.
Hillairet, Jacques, *Dictionnaire historique des rues de Paris*, 2 vol., Minuit, 1963.
稲垣直樹「Sada Yacco の「動きの美」」，京都服飾文化研究財団編『モードのジャポニスム』展覧会図録，1996, 93 頁.
Kastner, Georges, *Les Voix de Paris: Essai d'une histoire littéraire et musicale des cris populaires de la capitale depuis le Moyen Âge jusqu'à nos jours*, G. Brandus, Dufour et Cie, 1857.
京都服飾文化研究財団編『モードのジャポニスム』展覧会図録，1996.
La Fontaine, Jean de, *Contes et nouvelles en vers par M. de La Fontaine*, 2 vol., édition dite des Fermiers généraux, Amsterdam[Paris], 1762(reproduit par le Club Français du Livre en 1964).
Larousse(librairie), *Grand Larousse encyclopédique*, t. 7, 1963.
—— *Grand Larousse de la langue française*, 7 vol., 1971–1978.
—— *Grand Dictionnaire encyclopédique Larousse*, t. 7, 1984.
Laroy, Louis, « Exercices d'analyse », *La Revue musicale*, n° 11, novembre 1902, p. 473.
Lavignac, Albert, *Le Voyage artistique à Bayreuth*, Delagrave, 1897.
Lemaître, Jules, *Jean Racine*, Calmann-Lévy, 1908.
Le Roux de Lincy, Antoine, *Nouvelle Bibliothèque bleue ou Légendes populaires de la France*, Colomb de Batines et J. Belin-Leprieur Fils, 1842.
Loti, Pierre, *Madame Chrysanthème*, Calmann-Lévy, 1888.
馬渕明子『舞台の上のジャポニスム』NHK 出版，2017.
Mâle, Émile, *L'Art religieux du XIIIe siècle en France*, Ernest Leroux, 1898.
—— *L'Art religieux de la fin du Moyen Âge en France*, Armand Colin, 1908.
Mannoni, Laurent et Pesenti Campagnoni, Donata, *Lanterne magique et film peint, 400 ans de cinéma*, catalogue de l'exposition à la Cinémathèque française, Éditions de la Martinière, 2009.
Martin, Claude, *Gide*, Seuil, « Écrivains de toujours », nouvelle édition revue et corrigée, 1995.
Maspero, Gaston, *Au temps de Ramsès et d'Assourbanipal. Égypte et Assyrie anciennes*, 6e édition, Hachette, 1912.
—— *Guide du visiteur au musée du Caire*, 4e édition, Imprimerie de l'Institut français d'archéologie orientale, 1915.
Mengin, Urbain, *Benozzo Gozzoli*, Plon, « Les Maîtres de l'Art », 1909.
Mercier, Louis-Sébastien, *Tableau de Paris*, éd. Jean-Claude Bonnet, Mercure de France, 1994.

Migeon, Gaston, *Le Caire*, Laurens, « Les villes d'art célèbres », 1909.
Moll, Albert, *Les Perversions de l'instinct génital. Étude sur l'inversion sexuelle*, traduit de l'allemand par Pactet et Romme, Georges Carré, 1893.
Montesquiou, Robert de, *Altesses sérénissimes*, Félix Juven, 1907.
村田峯次郎『乃木将軍傳』水竹書院，1915.
Musée Galliéra, *Japonisme & mode*, Paris-Musées, 1996.
Musée du Louvre, *Gabriel de Saint-Aubin 1724–1780*, catalogue d'exposition, Somogy éditions d'art, 2007.
Musée d'Olympie, catalogue illustré par C. Courouniotis, Athènes, Imprimerie S. C. Vlasto, 1909.
Musée d'Orsay, *Nijinsky 1889–1950*, catalogue établi par Martine Kahane, RMN, 2000.
Nerval, Gérard de, *Sylvie*, *Œuvres complètes*, édition publiée sous la direction de Jean Guillaume et de Claude Pichois, Gallimard, « Bibliothèque de la Pléiade », t. III, 1993. 野崎歓訳『火の娘たち』岩波文庫，2020.
Nietzsche, Friedrich, *Le Cas Wagner*, traduit par Daniel Halévy et Robert Dreyfus, Albert Schulz, 1893.
西村晶絵『アンドレ・ジッドとキリスト教』彩流社，2022.
Petit Parisien (Le), 31 janvier 1916.
Pierre-Quint, Léon, « Sur *Corydon* », *Le Journal littéraire*, 12 juillet 1924, p. 12.
Platon, *Le Banquet de Platon*, traduit du grec par J. Racine, Mme de Rochechouart et Victor Cousin, Plon, 1868.
―― *Le Banquet*, présentation et traduction par Luc Brisson, 5e édition, Flammarion, « GF », 2007.
Poirier, Jules, *Les Bombardements de Paris (1914–1918)*, Payot, 1930.
Porte, Rémy, *Chronologie commentée de la Première Guerre mondiale*, Perrin, 2011.
Rimbaud, Arthur, *Œuvres complètes*, édition établie par André Guyau avec la collaboration d'Aurélia Cervoni, Gallimard, « Bibliothèque de la Pléiade », 2009.
Ruskin, John, *The Works of John Ruskin*, London, George Allen, « Library Edition », t. IV, 1903.
Schneider, Albert, *La légende de Geneviève de Brabant dans la littérature allemande*, Les Belles Lettres, 1955.
宿利重一『乃木将軍言行録』三省堂，1938.
Stendhal, *Histoire de la peinture en Italie*, texte établi et annoté avec préface et un avant-propos de Paul Arbelet, 2 vol., Cercle du Bibliophile, 1969.
Supino, I. B., *Il Camposanto di Pisa*, Firenze, Fratelli Alinari, 1896.
高橋淡水『乃木将軍言行録』磯部甲陽堂，1912.
Thédenat, Henry, *Pompéi. Histoire — Vie privée*, nouvelle édition, Laurens, « Les villes d'art célèbres », 1910.
Trésor de la langue française informatisé (Le) : http://atilf.atilf.fr/tlf.htm
Villebon (ville de), *Le Château de Villebon*. 28190 — Villebon, édition mise à jour en juin 2012.
Wagner, Richard, *Ma vie*, traduction de N. Valentin et A. Shenk, 3 vol., Plon, 1911–1912.

注

1) Marcel Proust, *Les Soixante-quinze Feuillets et autres manuscrits inédits*, édition établie par Nathalie Mauriac Dyer, préface de Jean-Yves Tadié, Gallimard, 2021.
2) 同書，p. 11.
3) Marcel Proust, *Contre Sainte-Beuve*, préface de Bernard de Fallois, Gallimard, 1954, p. 14, note 1; Collection « Folio Essais », Gallimard, 1987, p. 11, note 1; Carnet 1, f° 7 v°; Marcel Proust, *Carnets*, édition établie et présentée par Florence Callu et Antoine Compagnon, Gallimard, 2002, p. 43.
4) Marcel Proust, *Contre Sainte-Beuve*, préface de Bernard de Fallois, éd. cit., p. 291–297; Collection « Folio Essais », éd. cit., p. 285–292.
5) Philip Kolb, « Le "mystère" des gravures anglaises recherchées par Proust », *Mercure de France*, t. 327, 1956, p. 750–755.
6) Marcel Proust, *Contre Sainte-Beuve*, éd. cit., p. 273–283; Collection « Folio Essais », éd. cit., p. 268–277.
7) Kazuyoshi Yoshikawa, « Marcel Proust en 1908 — Comment a-t-il commencé à écrire *À la recherche du temps perdu* ? », *Études de langue et littérature françaises*, Société japonaise de langue et littérature françaises, n° 22, Hakusuisha, 1973, p. 137–139.
8) マント＝プルースト夫人については本書のコラム3「厳寒のパリにプルーストとモローを訪ねる」をも参照．『国立図書館所蔵75冊草稿帳』は，第2章で解説するプルーストの草稿帳の解読・校訂版．Marcel Proust, *Cahiers 1 à 75 de la Bibliothèque nationale de France*, sous la direction de Nathalie Mauriac Dyer, 2008–, Turnhout (Belgique), Brepols.
9) 「75枚の草稿」を出版したナタリー・モーリヤック・ダイヤーの注記に拠る．Marcel Proust, *Les Soixante-quinze Feuillets et autres manuscrits inédits*, éd. cit., p. 16.
10) 同書，p. 44–49, 93–102.
11) 同書，p. 105–109.
12) 同書，p. 85.
13) 拙訳『失われた時を求めて』(岩波文庫，2010–2019)については，その巻数と頁数を記す．
14) 『失われた時を求めて』からの引用は，まずジャン＝イヴ・タディエ監修のプレイヤッド版の巻数と頁数を示し(Marcel Proust, *À la recherche du temps perdu*, édition publiée sous la direction de Jean-Yves Tadié, Gallimard, « Bibliothèque de la Pléiade », 4 vol., 1987–1989)，ついで岩波文庫版『失われた時を求めて』の巻数と頁数を併記する．
15) Marcel Proust, *Les Soixante-quinze Feuillets et autres manuscrits inédits*, éd. cit., p. 83.
16) 同書，p. 73.
17) 同書，p. 75.
18) 同書，p. 77.
19) 同書，p. 79.
20) 同書，p. 53–68.
21) 同書，p. 53.

22） ヴィルボンの城館に関する以上の記述は，つぎの冊子に拠る．*Le Château de Villebon.* 28190 — Villebon, édition mise à jour en juin 2012.
23） Marcel Proust, *Les Soixante-quinze Feuillets et autres manuscrits inédits*, éd. cit., p. 53–54.
24） 同書，p. 54.
25） 同書，p. 58.
26） 同上.
27） 同書，p. 68.
28） 同書，p. 36.
29） 同書，p. 43.
30） 同書，p. 25, 34.
31） 同書，p. 48.
32） 同書，p. 122–127.
33） 同書，p. 123, 125.
34） 同書，p. 122.
35） 『『失われた時を求めて』への招待』岩波新書，2021，2 頁.
36） この挿話を要約したプルーストのメモでは，さきに述べたように「ロベールと子ヤギ，お母さんが旅に出る」.
37） Marcel Proust, *Les Soixante-quinze Feuillets et autres manuscrits inédits*, éd. cit., p. 44.
38） 同書，p. 48.
39） 同上.
40） 同書，p. 46.
41） 同書，p. 36.
42） 同書，p. 36–37.
43） 同書，p. 41.
44） 同上.
45） 同上.
46） Carnet 1, f° 5 v°; Marcel Proust, *Carnets*, éd. cit., p. 39.
47） プルーストの評論からの引用は，とくに断らない限りつぎの刊本に拠り（Essais と略記），頁数を記す．Marcel Proust, *Essais*, édition publiée sous la direction d'Antoine Compagnon, avec la collaboration de Christophe Pradeau et Matthieu Vernet, Gallimard, « Bibliothèque de la Pléiade », 2022.
48） Charles Baudelaire, *Œuvres complètes*, Gallimard, « Bibliothèque de la Pléiade », t. I, 1975, p. 90.
49） Marcel Proust, *Les Soixante-quinze Feuillets et autres manuscrits inédits*, éd. cit., p. 41–42.
50） Carnet 1, f° 7 v°; Marcel Proust, *Carnets*, éd. cit., p. 43.
51） Carnet 1, f° 2 r°; Marcel Proust, *Carnets*, p. 31–32.
52） Carnet 1, f° 3 r°; Marcel Proust, *Carnets*, p. 34–35.
53） Marcel Proust, *Les Soixante-quinze Feuillets et autres manuscrits inédits*, éd. cit., p. 14.
54） *Contre Sainte-Beuve*, éd. Bernard de Fallois, Gallimard, 1954, repris dans la collection « Folio Essais », 1987; *Contre Sainte-Beuve*, éd. Pierre Clarac, Gallimard, « Biblio-

thèque de la Pléiade », 1971.

55) *Contre Sainte-Beuve*, éd. Pierre Clarac, p. 827.

56) 『失われた時を求めて』の執筆に用いられたそれ以外の草稿帳，清書原稿，タイプ原稿，校正刷などについては，第3章で詳述する．

57) Claudine Quémar, « Autour de trois "avant-textes" de l'"ouverture" de la *Recherche:* nouvelles approches des problèmes du *Contre Sainte-Beuve* », *Bulletin d'Informations proustiennes*, n° 3, 1976, p. 7–29（和田章男訳「『失われた時を求めて』冒頭部の三つの先行テクストをめぐって——『サント＝ブーヴに反論する』の諸問題への新たなアプローチ」，筑摩書房版『プルースト全集』別巻「プルースト研究／年譜」1999, 418–445頁）．

58) Marcel Proust, *Essais*, éd. cit., p. 1624–1650.

59) 出口裕弘・吉川一義訳『サント＝ブーヴに反論する』（筑摩書房版『プルースト全集』第14巻，1986），466–546頁の解題・訳注．『サント＝ブーヴに反論する』の評論部分の引用は概ねこの翻訳による．

60) プルーストの書簡からの引用はつぎの刊本に拠り（CORと略記），巻数と頁数を併記する．*Correspondance de Marcel Proust*, texte établi, présenté et annoté par Philip Kolb, 21 vol., Plon, 1970–1993.

61) Carnet 1, f° 13 v°; Marcel Proust, *Carnets*, éd. cit., p. 54.

62) Gérard de Nerval, « Fantaisie », *Œuvres complètes*, Gallimard, « Bibliothèque de la Pléiade », t. I, 1989, p. 339; *Sylvie*, t. III, 1993, p. 541.

63) Arvède de Barine, *Névrosés*, Hachette, 1898. 井上究一郎『マルセル・プルーストの作品の構造』（河出書房新社，1962），72–75頁に拠る．

64) Gérard de Nerval, *Sylvie*, éd. cit., p. 540–541. 野崎歓訳『火の娘たち』岩波文庫，2020, 215頁．

65) Carnet 1, f° 14 r°; Marcel Proust, *Carnets*, éd. cit., p. 55.

66) Cahier 5, f°s 114 v°–109 v°.

67) Cahier 6, f° 36 r°.

68) Claudine Quémar, « Autour de trois "avant-textes" de l'"ouverture" de la *Recherche:* nouvelles approches des problèmes du *Contre Sainte-Beuve* », éd. cit., p. 21.『サント＝ブーヴに反論する』（筑摩書房版『プルースト全集』第14巻），512頁の解題参照．

69) プルーストは1909年5月，友人ジョルジュ・ド・ローリスに宛てた手紙でこう問い合わせている．「ゲルマント伯爵ないし侯爵という名前がパリス家の親族の称号だったかどうか，また，それが完全に消滅していて，ある文学者の名に使っても構わないか，知らせていただけるでしょうか」（COR, IX, 102）．この時期の「ゲルマント伯爵ないし侯爵」への言及は，バルザックに関する断章の執筆時期の推定（1909年5月頃）を補強するものである．

70) *Contre Sainte-Beuve*, éd. Pierre Clarac, p. 858, note 4 de la page 293.

71) 『サント＝ブーヴに反論する』（筑摩書房版『プルースト全集』第14巻），533頁の訳注217.

72) 「ゲルマント」Guermantesではなく「ガルマント」Garmantes. つぎの文献を参照. Claudine Quémar, « Sur deux versions annciennes des côtés de Combray », *Études proustiennes II*, Gallimard, 1975, p. 255.

73) Eugène et Jacques Crépet, *Baudelaire*, Éditions Messein, 1907. この点は『サント＝ブーヴに反論する』の訳注で詳しく指摘した（筑摩書房版『プルースト全集』第14巻，

501–512 頁).

74) AからDの4断章の詳しい出典はつぎのとおり．A：Cahier 7, f°s 10 r°–14 r°. B：Cahier 6, f°s 68 v°–67 v°. C：Cahier 6, f°s 71 v°–68 v°. D：Cahier 6, f°s 7 r°–9 r°. ファロワ版の「ゲルマントに帰る」の章でここに含まれない断章(同版 p. 291–297)は，主人公の弟ロベールと子ヤギの別離を描いているが，プルーストの草稿帳には見出せない．第1章で述べたように，『サント＝ブーヴに反論する』以前に執筆された「75枚の草稿」に含まれる断章である．

75) Marcel Proust, *À la recherche du temps perdu*, « Bibliothèque de la Pléiade », éd. cit., t. I, p. 736–738; t. II, p. 1045–1048.

76) この最後の一文は，ファロワ版には収録されていない．

77) それぞれ原文は « D'où venait cette apparition de la ville au bord du ciel »(Cahier 6, f° 67 v°; Essais 897–898), « Je lui pris la main presque avec calme, je l'embrassai et je lui dis: »(Cahier 6, f° 9 r°; Essais 1015).

78) Florence Callu, « À propos du *Contre Sainte-Beuve*. Une lettre inédite de Proust à Alfred Vallette », *Bulletin de la Bibliothèque Nationale*, 5e année, n° 1, mars 1980, p. 9–14.

79) Carnet 1, f°s 10 v°–11 r°; Marcel Proust, *Carnets*, éd. cit., p. 49–50.

80) 『失われた時を求めて』における主人公であり語り手であり作者でもある「私」という一人称については，拙著『『失われた時を求めて』への招待』の第1章「作中の「私」とプルースト」を参照．

81) この点に関してはつぎの文献を参照．Marcel Proust, *Matinée chez la princesse de Guermantes: Cahiers du* Temps retrouvé, édition critique établie par Henri Bonnet en collaboration avec Bernard Brun, Gallimard, 1982, p. 86, 127, 130. Akio Wada, *La création romanesque de Proust: la genèse de « Combray »*, Champion, 2012, p. 147, 158–166.

82) 拙著『プルーストと絵画』(岩波書店，2008)，第7章「芸術上の偶像崇拝の功罪」，および本書の第8章，第9章，第14章を参照．

83) Marcel Proust, *Cahiers 1 à 75 de la Bibliothèque nationale de France*, sous la direction de Nathalie Mauriac Dyer, comité éditorial: Bernard Brun, Antoine Compagon, Pierre-Louis Rey, Kazuyoshi Yoshikawa, Bibliothèque nationale de France/Brepols, 2008–. 日本人研究者も「カイエ26」に湯沢英彦・和田章男，「カイエ44」に村上祐二・和田恵里，「カイエ53」に吉川一義，「カイエ54」に中野知律，「カイエ71」に黒川修司が参画．

84) 『消え去ったアルベルチーヌ』と『見出された時』のあいだには，プルーストの作成した清書原稿に明確な区切りは記されていない．また『消え去ったアルベルチーヌ』には，亡き恋人の忘却過程やヴェネツィア滞在におけるフォルトゥーニのテーマなど重要な挿話を削除したタイプ原稿が存在する．この2点については，岩波文庫版『失われた時を求めて』第12巻の「訳者あとがき」661–672頁を参照されたい．

85) Dactylographie du premier volume(NAF16730), f° 1 r°.

86) タイプ原稿の概要と評価を記した審査報告書はつぎの刊本に収録されている．Jean-Yves Tadié, *Lectures de Proust*, Armand Colin, 1971, p. 10–17.

87) この『失われた時』の校正刷は，つぎの刊本で読むことができる．Marcel Proust, *Le Temps perdu*, édition établie, présentée et annotée par Jean-Marc Quaranta, « Bouquins », 2021.「コンブレー」「スワンの恋」「土地の名」の3部から成るが，「土地の名」には，現行版の「土地の名—名」(『スワン家のほうへ』第3部)のほか，現行の「スワン

夫人をめぐって」と「土地の名―土地」(『花咲く乙女たちのかげに』の第1部と第2部)の原型(現行版と異なる部分も多い)が収録されていた.

88) この予告はプレイヤッド版『失われた時を求めて』の総序にも引用されている:*À la recherche du temps perdu*, «Bibliothèque de la Pléiade», éd. cit., t. I, p. LXXV.

89) このプルーストの手紙と小説との関係については,岩波文庫版『失われた時を求めて』第12巻,617-621頁の「付録1」と627-628頁の訳注を参照.

90) この点を指摘した拙稿を参照. Kazuyoshi Yoshikawa, « Remarques sur les transformations subies par la *Recherche* autour des années 1913-1914 d'après des Cahiers inédits », *Bulletin d'Informations proustiennes*, n° 7, 1978, p. 15-16.

91) 以下の記述は,筆者のつぎの論文の概要をまとめ,のちに明らかになった1913年春の『スワン家のほうへ』校正刷(ボードメール財団所蔵)によって補ったものである. Kazuyoshi Yoshikawa, « Vinteuil ou la genèse du septuor », *Études proustiennes III*, Gallimard, 1979, p. 289-347. Marcel Proust, *Du côté de chez Swann. Combray. Premières épreuves corrigées, 1913*, fac-similé, introduction et transcription de Charles Méla, Gallimard, 2013. Marcel Proust, *Du côté de chez Swann. Un amour de Swann. Premières épreuves corrigées, 1913*, fac-similé, introduction et transcription de Charles Méla, Gallimard, 2016.

92) Dactylographie du premier volume(NAF16733), f° 230 r°. 当然ボードメール財団所蔵の校正刷の該当箇所にも同様に印字されていた(Placard 25, 23 avril 1913, quatrième colonne, 15e ligne d'en bas).

93) ボードメール財団所蔵の校正刷の該当箇所(前注92参照)にも,フランス国立図書館所蔵の再校の該当箇所(Deuxièmes épreuves de *Du côté de chez Swann*, NAF16755, f° 99 r°)にも,この一文は加筆されていない.

94) この予告2点の加筆状況の違いは,すでに前掲の拙論で指摘した. Kazuyoshi Yoshikawa, « Remarques sur les transformations subies par la *Recherche* autour des années 1913-1914 d'après des Cahiers inédits », éd. cit., p. 16 et note 9.

95) この手紙の詳しい引用の訳文は,岩波文庫版『失われた時を求めて』第12巻,624-627頁の「付録3」を参照.

96) 詳しくはつぎの拙論を参照. Kazuyoshi Yoshikawa, « Genèse du leitmotiv "Fortuny" dans *À la recherche du temps perdu* », *Études de langue et littérature françaises*, éd. cit., n° 32, 1978, p. 99-117.

97) ベルゴットの死が執筆されたのは,晩年のプルーストが加筆メモに使っていたつぎのノートである. Cahier 62, f°s 57 r°-58 v°; Cahier 59, f°s 48 v°-49 v°.

98) 小説のこの一節にはさまざまな解釈が提起されているが,岩波文庫版『失われた時を求めて』第11巻「訳者あとがき」533-535頁に記したように,斉木眞一説にならう.

99) この点で興味ぶかいのは,第3篇『ゲルマントのほう』で,主人公の祖母がシャンゼリゼ公園で発作をおこして駆けこんだ公衆トイレの管理人である.このトイレ番の女がふりかざす差別と排除の論理については,岩波文庫版『失われた時を求めて』第6巻「訳者あとがき」419-420頁を参照.

100) 『ジャン・サントゥイユ』からの引用は,つぎの刊本に拠り(JSと略記),頁数を記す. Marcel Proust, *Jean Santeuil*, précédé de *Les Plaisirs et les jours*, édition établie par Pierre Clarac avec la collaboration d'Yves Sandre, Gallimard, « Bibliothèque de la Pléiade », 1971.

101) ジュヌヴィエーヴが森のなかで乳飲み子と牝鹿とともに暮らす情景は,19世紀

に出版された刊本でしばしば挿絵の対象となった．図 20 は *Légendes pour les enfants*, 1857, p. 75 に掲載された挿絵．

102) Albert Schneider, *La légende de Geneviève de Brabant dans la littérature allemande*, Les Belles Lettres, 1955, p. 9.

103) René de Ceriziers, *L'Innocence reconnue ou La Vie de Sainte Geneviève de Brabant*, L. Boulanger, 1634.

104) A. le Roux de Lincy, *Nouvelle Bibliothèque bleue ou Légendes populaires de la France*, Colomb de Batines et J. Belin-Leprieur Fils, 1842(*Geneviève de Brabant, Robert le Diable, Richard Sans Peur, Jean de Paris, Jean de Calais, Jehanne d'Arc* et *Griselidis*).

105) *Légendes pour les enfants*, arrangées par Paul Boiteau et illustrées de 42 vignettes par Bertall, Hachette, 1857(*Geneviève de Brabant, Le roi Dagobert, Robert le Diable, Jean de Paris, Griselidis* et *Le Juif errant*).

106) 同書, p. 73.

107) ブラバン伯は，「コンブレー」でも言及されるワーグナーの歌劇『ローエングリン』の登場人物でもある．また若いプルーストは 1890 年代に雑誌「マンシュエル」*Mensuel* に発表していた芸術批評に「ド・ブラバン」De Brabant と署名していた(Anne Borrel, « Proust De Brabant », *Grand tour*, n° 2, janvier–février 1998, p. 8–23).

108) それぞれプレイヤッド版 p. 1093, フォリオ版 p. 470, ガルニエ＝フラマリオン版 p. 576, リーヴル・ド・ポッシュ版 p. 480.

109) たとえば 1908 年にはヴァリエテ座でジュヌヴィエーヴ・ヴィクスの主役で上演され(*Le Théâtre*, n° 225, mai 1908), 大好評を博した(COR, XII, 51).

110) *Comment Golo épousa Geneviève*, scénario Gaumont de 1913, Département des Arts du spectacle de la Bibliothèque nationale de France(cote: 4–COL–3).

111) ただし『失われた時を求めて』では Golo,『ペレアスとメリザンド』では Golaud.

112) Laurent Mannoni et Donata Pesenti Campagnoni, *Lanterne magique et film peint, 400 ans de cinéma*, catalogue de l'exposition à la Cinémathèque fraçaise, Éditions de la Martinière, 2009.

113) Anne-Marie Baron, « Avant-Propos » in Gilles Visy, *"Le Colonel Chabert" au cinéma*, Publibook, 2003, p. 9. 引用はプレイヤッド版 *La Comédie humaine* 第 1 巻収録のつぎの論に拠る．Pierre-Georges Castex, « L'univers de *La Comédie humaine* », Gallimard, « Bibliothèque de la Pléiade », t. I, 1976, p. XVII.

114) Arthur Rimbaud, *Œuvres complètes*, éd. André Guyau, Gallimard, « Bibliothèque de la Pléiade », 2009, p. 256.

115) ただし「プルーストが見ていた」という記述は同展の展示に存在したが，カタログにはその記載がない．Laurent Mannoni et Donata Pesenti Campagnoni, *Lanterne magique et film peint, 400 ans de cinéma*, éd. cit., p. 197.

116) Émile Mâle, *L'Art religieux de la fin du Moyen Âge en France*, Armand Colin, 1908, p. 254. プルーストはこの本を，出版直後の 1908 年 12 月に友人ジョルジュ・ド・ローリスに送っていた(COR, VIII, 324).

117) Cahier 9, f° 25 r°, marge gauche: « ~~la sonorité d'azur du nom de Geneviève~~ ».

118) もちろん幻灯の色彩は，「青」だけではない．幻灯の「城と荒野は黄色だが，見なくても私にはその色がわかっていた．ブラバンという名の金褐色の響きで，色はすでに明らかだったからである」という一節にも，興味をそそられずにはいられない．「ブラ

バンという名の金褐色の響き」la sonorité mordorée du nom de Brabant が暗示する「褐色」brun は，むしろ Brabant の名に含まれる br や b の音から出てきたものではないか．またゲルマント公爵夫人のほうは，「つねにメロヴィング朝時代の神秘に包まれ，まるで日没時のように，ゲルマントの「アント」という音節から発するオレンジ色をおびた光のなかに浸っていた」という(I, 169／① 369–370)．この一節でも，「オレンジ色をおびた」orangée 色彩は，「ゲルマント」Guermantes の名に含まれる「アン」という音素がその色彩を決定しているように感じられる．

119) I. B. Supino, *Il Camposanto di Pisa*, Firenze, Fratelli Alinari, 1896. この本は，プルーストの親しんでいたフィレンツェの写真館「アリナリ兄弟社」の出版物である．

120) 画面の説明はつぎの著作による．Urbain Mengin, *Benozzo Gozzoli*, Plon, 1909, p. 123.

121) *The Works of John Ruskin*, « Library Edition », t. IV, 1903, après la page 316. この点は，プレイヤッド版でフランシーヌ・グージョンが(« Bibliothèque de la Pléiade », t. I, p. 1114)，フォリオ版の注でアントワーヌ・コンパニョンが指摘した(« Folio Classique », t. I, p. 474)．

122) *The Works of John Ruskin*, éd. cit., t. IV, p. xxxi.

123) *The Works of John Ruskin*, éd. cit., t. IV, p. xxx.

124) Alberto Beretta Anguissola, « Gozzoli(Benozzo di Lese, dit)», in *Dictionnaire Marcel Proust*, Champion, 2004, p. 430.

125) この点は，2009 年 3 月 5 日，トゥールの研究集会におけるロベール・カーンの発表「ミメーシスの文彩——エーリヒ・アウエルバッハとプルーストの独創性」から教えられた．筆者があらためて調査したところ，サラをハガルに書き替えているのは『ミメーシス』のドイツ語初版(A. Franke, 1946, p. 484)と英訳(Princeton University Press, 1953, p. 543)および仏訳(Gallimard, 1968, p. 539)である．日本語訳はプルーストの原文を復元して「サラ」としている(筑摩叢書版『ミメーシス』第 2 巻，1967，300 頁)．

126) Juliette Hassine, « La lecture à rebours: Isaac ou Ismaël », *Marranisme et hébraïsme dans l'œuvre de Proust*, Minard, 1994, p. 187–199.

127) Alberto Beretta Anguissola, « Gozzoli(Benozzo di Lese, dit)», éd. cit., p. 430.

128) « [...]il était encore devant moi, grand, dans sa robe de nuit blanche sous le cachemire de l'Inde qu'il nouait autour de sa tête depuis qu'il avait des névralgies, avec sa barbe noire, avec le geste d'Abraham quand il dit à Sara de se départir. » (Cahier 8, f° 40 r°).

129) « [...]avec le geste d'Abraham dans la gravure de Botticelli que m'avait donnée M. Swann, ~~où le patriarche fait~~ disant à Sarah[, avec] ce même geste[,] qu'elle ait à se départir du côté d'Isaac. »(Cahier 9, f° 93 r°).

130) Dactylographie du premier volume(NAF16733), f° 69 r°.

131) つぎの拙論を参照．『プルーストと絵画』岩波書店，2008，342 頁，および *Proust et l'art pictural*, Champion, 2010, p. 246–248.

132) Placards de *Du côté de chez Swann*(NAF16754), pl. 7(imprimés le 4 avril 1913).

133) Deuxièmes épreuves corrigées de *Du côté de chez Swann*(NAF16755), p. 43(imprimée le 2 juin 1913).

134) 注 87 に記した Marcel Proust, *Le Temps perdu* の刊本を参照．

135) Épreuves Gallimard d'*À l'ombre des jeunes filles en fleurs*(Rés. m Y^2 824), p. 86–87. ガストン・ガリマールとの往復書簡によれば，プルーストが『花咲く乙女たちのか

げに』の完成稿をガリマールに送ったのが 1917 年 3 月で，同年 10 月には校正の一部に手を入れていた(Marcel Proust et Gaston Gallimard, *Correspondance*, Gallimard, 1989, p. 78–79).

136) Hidehiko Yuzawa, « Souvenir du rêve et leçon du regard: étude génétique sur les jeunes filles à la plage d'après les manuscrits de Marcel Proust », thèse présentée à l'Université de Paris-Sorbonne, 1989, t. I, p. 54. 和田章男は Maria の出現を 1910 年頃とする：Akio Wada, « Chronologie de l'écriture proustienne (1909–1911) », *Bulletin d'Informations proustiennes*, n° 29, 1998, p. 53. この時期まで，ケルクヴィル(バルベックの前身)の海辺にあらわれる少女の一団の描写を記した草稿帳にベノッツォへの言及は存在しなかった.

137) « [...]une adorable et étrange frise de Benozzo Gozzoli » (Cahier 64, f° 131 v°). まったく同じ表現が「カイエ 25」にも出てくる：« une adorable et étrange frise de Benozzo Gozzoli » (Cahier 25, f° 40 v°).

138) « [...]quand je regardais la petite blonde aux grosses joues roses aux yeux verts, la timide insolente, peut'être parce que moins développée que les autres elle avait moins une nature précieuse, que je la connaissais moins, qu'elle était encore un peu pour moi comme le jour où je l'avais vue comme une femme de Benozzo Gozzoli passant devant la mer, elle m'apparaissait comme une des dernières divinités, des créatures un peu légendaires, ayant encore un peu de surnaturel[...] » (Cahier 64, f°s 103 v°–102 v°).

139) « C'est cela que les petites créatures signifiaient pour moi, Maria, Andrée, la blanche colombe, la Benozzo, et toutes, comme des petites herbes, des fleurettes de chaleur, nées de l'air ardent, le parfumant, l'évoquant pour moi. » (Cahier 64, f° 70 r°).

140) Princesse de Caraman-Chimay, « Impressions d'Italie », *La Renaissance latine*, 15 juin 1903, p. 512–513. プルーストはこれを読んでいた(COR, XXI, 592).

141) スタンダールは『イタリア絵画史』で，15 世紀のフィレンツェ画家の「心底から愉快で精彩に富む思想の独創性」を高く評価し，『東方三博士の行列』をこう賞讃した.「ここで画家はフレスコ画にあふれんばかりの希有な黄金色を用い，自然の純朴で溌剌たる模写をおこない，こんにち画家を貴重な存在たらしめている．衣装，馬具類，家具，さらには当時の人びとの動きやまなざしに至るまで，すべてが迫真の筆致で表現されている」．またピサのカンポサントのフレスコ画についても「恐るべき作で，ピサの人びとは画家に報いるべくこの傑作のかたわらに墓を建てた」と賞讃している(Stendhal, *Histoire de la peinture en Italie*, texte établi et annoté avec préface et un avant-propos de Paul Arbelet, Cercle du Bibliophile, 1969, t. 1. p. 137–138)．しかしプルーストがスタンダールの『イタリア絵画史』を読んだ形跡はない.

142) Émile Gebhart, *Florence*, Laurens, « Les villes d'art célèbres », 1906, p. 80–81.

143) 同書，p. 11, 12, 70.

144) Urbain Mengin, *Benozzo Gozzoli*, Plon, « Les Maîtres de l'Art », 1909.

145) 同書，pl. VII, entre p. 48 et p. 49.

146) 同書，pl. VIII, entre p. 52 et p. 53.

147) 同書，pl. IX, entre p. 56 et p. 57.

148) 同書，pl. X, entre p. 60 et p. 61.

149) この本には，カンポサントのフレスコ画の 24 画面についても詳しい解説が記されていた．ただし図版は以下の 6 点で，アブラハムに関する挿話の図版は収録されていな

い．« Les Vendanges. Détail de l'*Histoire de Noé* »(pl. XIX, entre p. 104 et p. 105), « La Postérité de Noé: Nemrod »(pl. XX, entre p. 112 et p. 113), « La Construction de la Tour de Babel: partie gauche »(pl. XXI, entre p. 120 et p. 121), « La Construction de la Tour de Babel: partie droite »(pl. XXII, entre p. 128 et p. 129), « La Femme de Loth »(pl. XXIII, entre p. 136 et p. 137), « L'Innocence de Joseph »(pl. XXIV, entre p. 144 et p. 145).

150） Cahier 34, f°s 30 r°–31 r°.

151） Cahier 34, f° 38 r°.

152） 酒井三喜「テクストを切り裂くイメージ――マルセル・プルーストの『失われた時を求めて』における「生成するテクスト」と「イメージのネットワーク」」『秩序と冒険』Hon's ペンギン，2007, 29–60 頁.

153） Cahier 53, f° 24 v°(paginé « 35 » par Proust): Marcel Proust, *Cahiers 1 à 75 de la Bibliothèque nationale de France, Cahier 53*, volume II, transcription diplomatique par Nathalie Mauriac Dyer, Pyra Wise, Kazuyoshi Yoshikawa, Bibliothèque nationale de France/Brepols, 2012, p. 68.

154） « Bibliothèque Lucien Allienne », catalogue des ventes à l'Hôtel Drouot, 26–27 mai 1986, lot 561. この点についてはつぎの 2 文献を参照．Francine Goujon, « Le manuscrit de *À l'ombre des jeunes filles en fleurs:* le "Cahier violet" », *Bulletin Marcel Proust*, n° 49, 1999, p. 7–16; Pyra Wise, « L'édition de luxe et le manuscrit dispersé d'*À l'ombre des jeunes filles en fleurs* », *Bulletin d'Informations proustiennes*, n° 33, 2003, p. 93.

155） Épreuves Gallimard d'*À l'ombre des jeunes filles en fleurs*(Rés. m Y^2 824), p. 293. ところが少女たちを回想する箇所では，決定稿にルーベンスへの言及が残っている：« ces jeunes filles[…]qui, comme Rubens, font des déesses avec des femmes de leur connaissance pour composer une scène mythologique »(II, 302).

156） Patrick Chaleyssin, *Robert de Montesquiou. Mécène et dandy*, Somogy, 1992, p. 132.

157） Junji Suzuki, *Le japonisme dans la vie et l'œuvre de Marcel Proust*, Keio University Press, 2003, p. 56(fig. 4) et p. 63(fig. 7). 畑和助は，のちにグレフュール伯爵夫人(『失われた時を求めて』のゲルマント公爵夫人のモデルのひとり)，エドモン・ド・ロチルド男爵など，プルーストと親しい大貴族たちの日本庭園も造営した．鈴木順二「フランスに渡った邦人庭師――畑和助の軌跡(上)(下)」，「慶應義塾大学日吉紀要．フランス語フランス文学」49/50 号，2009, 189–210 頁；52 号，2011, 53–82 頁参照．詳細は，同氏の近著『園芸のジャポニスム――明治の庭師ハタ・ワスケを追って』(平凡社，2023)を参照.

158） この水中花については以下を参照．井上究一郎「マドレーヌの一きれと日本の水中花」『井上究一郎文集 II』筑摩書房，1999, 341–349 頁．Sophie Basch, « Le "jeu japonais", de Marcel Proust à Ernest Chesneau »[en ligne], Académie royale de langue et littérature françaises de Belgique, 2021.

159） *Collection Ch. Gillot. Objets d'Art et Peintures d'Extrême-Orient. Dont la vente aura lieu du lundi 8 février au samedi 13 février 1904 dans les galeries de MM. Durand-Ruel*, 1904. 2 冊から成るカタログの概要とプルーストがどの巻を購入したかについては，つぎを参照．Junji Suzuki, *Le japonisme dans la vie et l'œuvre de Marcel Proust*, éd. cit., p. 153–157.

160） Junji Suzuki, *Le japonisme dans la vie et l'œuvre de Marcel Proust*, éd. cit., およびつぎの文献を参照．Izumi Ebara, « L'influence du japonisme dans la description spa-

tiale d'*À la recherche du temps perdu* », *Études de langue et littérature françaises*, éd. cit., n° 64, 1994, p. 80–92; Luc Fraisse, *Proust et le japonisme*, Presses Universitaires de Strasbourg, 1997; Hiroya Sakamoto, « Le paysage et l'allusion japonisante: de Combray à Balbec », Du côté de chez Swann *ou le cosmopolitisme d'un roman français*, Champion, 2016, p. 129–140.

161) たとえば1890年4月発行の第24号の表紙：*Le Japon artistique. Documents d'art et d'industrie, réunis par S. Bing*, n° 24, 1890.

162) 以下の文献を参照．深井晃子『ジャポニスム イン ファッション』平凡社，1994, 176–185頁．稲垣直樹「Sada Yaccoの「動きの美」」，京都服飾文化研究財団編『モードのジャポニスム』展覧会図録，1996, 93頁．馬渕明子『舞台の上のジャポニスム』NHK出版，2017, 214–219頁．

163) Robert de Montesquiou, *Altesses sérénissimes*, Félix Juven, 1907, p. 238.

164) この時代設定については拙著『『失われた時を求めて』への招待』巻末の「『失われた時を求めて』年表」16頁参照．

165) さきに検討したヴェルデュラン夫人がキクを「日本人と同じように活けてあげなくては」とスワン夫人を叱責する場面は，スワン夫人のサロンにおけるできごとである．ヴェルデュラン夫人自身のサロンでは，「スワンの恋」で描かれたモンタリヴェ通りのサロンにも，『ソドムとゴモラ』に出てくる別荘ラ・ラスプリエールにも，『囚われの女』に描かれたコンティ河岸のサロンにも，夫人の日本趣味は見出せない．

166) Alexandre Dumas Fils, *Théâtre complet*, t. VII, Calmann-Lévy, 1892, p. 270–273（岩波文庫版『失われた時を求めて』第2巻，167頁の訳注109参照）．

167) Robert de Montesquiou, *Altesses sérénissimes*, éd. cit., p. 238–239.

168) « Quart d'heure de Nogi, parole du général japonais Nogi, disant que dans la guerre moderne, la victoire appartient à celui qui peut tenir un quart d'heure de plus que son adversaire. »（*Larousse du XX*[e] *siècle*, sous la direction de Paul Auger, Larousse, t. 5, 1932, p. 872.）岩波文庫版『失われた時を求めて』第3巻，91頁の訳注84参照．

169) たとえば高橋淡水『乃木将軍言行録』（1912），村田峯次郎『乃木将軍傳』（1915），宿利重一『乃木将軍言行録』（1938）には，この発言は報告されていない．

170) « *Celui qui peut souffrir un quart d'heure de plus que l'autre est le vanqueur.* »: Georges Clemenceau, « Nouvelles du Japon », *L'Homme libre*, 16 août 1914.

171) たとえばLéon Bailby, « Notes de guerre. La dernière ruse », *L'Intransigeant*, 13 novembre 1914. 注170と171の情報は，プルースト研究者・村上祐二氏（京都大学）のご教示に拠る．

172) 「ノギの15分」は1917年からさまざまな新聞に頻繁に引用され，エドゥアール・ドリュモン創刊の「リーブル・パロル」紙の同年6月5日号の巻頭記事は「ノギの15分」を見出しとする（Joseph Denais, « Le quart d'heure de Nogi », *La libre parole*, 5 juin 1917）．またこの格言は，日中戦争時の1937–39年頃にも盛んに新聞に採りあげられたが，第2次大戦後に出版されたラルース百科事典（1963, 1984）には掲載されない．

173) Pierre Loti, *Madame Chrysanthème*, Calmann-Lévy, 1888, p. 82.

174) *Le Trésor de la langue française informatisé*, article « mousmé »: « Arg. Femme, maîtresse, fille légère. »

175) *Grand Larousse de la langue française*, Larousse, t. 4, 1975, p. 2911. つぎの文献も参照．*Larousse du XX*[e] *siècle*, éd. cit., t. 4, 1931, p. 248; Musée Galliéra, *Japonisme &*

mode, Paris-Musées, 1996, p. 65, 67.
176）　前掲『モードのジャポニスム』91頁，図50, 51参照.
177）　キモノの袖に手紙を入れておくという設定は，ロチの『お菊さん』の影響とも考えられる（山崎俊明「アルベルチーヌとお菊さん」，「関西プルースト研究会報告」8号，1988, 15頁参照）.
178）　前掲『モードのジャポニスム』95頁，図53参照.
179）　« [...]un chêne nain dans un petit pot de fleur »: Edmond de Goncourt, *La maison d'un artiste*, t. 1, Charpentier, 1881, p. 201.
180）　« [...]arbres nains »: Pierre Loti, *Madame Chrysanthème*, éd. cit., p. 317.
181）　« [...]arbustes[...]minuscules »: Robert de Montesquiou, *Altesses sérénissimes*, éd. cit., p. 238.
182）　1904年2月のマリー・ノードリンガー宛ての手紙でプルーストは「ビングの店にある小さな木」arbres nains de Bingについて語っている（COR, IV, 53）.
183）　« [...]des cèdres de poupée »: Robert de Montesquiou, *Altesses sérénissimes*, éd. cit., p. 238.
184）　この点は鈴木順二も指摘しているが（*Le japonisme dans la vie et l'œuvre de Marcel Proust*, éd. cit., p. 198），解釈は本書のそれとは異なる.
185）　Edmond de Goncourt, *La maison d'un artiste*, éd. cit., t. 1, p. 203; t. 2, p. 331, 344; *Hokousaï*, Charpentier, 1896, p. 32, 138, 157, 210.
186）　「5月のバラ」の意．学名ローザ・センティフォリア．南仏グラースの香水用栽培で知られる（岩波文庫版『失われた時を求めて』第6巻，91頁の訳注86）.
187）　Junji Suzuki, *Le japonisme dans la vie et l'œuvre de Marcel Proust*, éd. cit., p. 234.
188）　荏原いずみが指摘するように（Izumi Ebara, « L'influence du japonisme dans la description spatiale d'*À la recherche du temps perdu* », *Études de langue et littérature françaises*, éd. cit., n° 64, p. 83），たしかにゴンクールの『歌麿』には「花咲くサクラの木の枝」とおぼしいものを「花咲くリンゴの木の枝」とした箇所が存在する（Edmond de Goncourt, *Outamaro*, Charpentier, 1891, p. 66）．ただしこれは例外的な言及であり，つぎに検討するプルーストの1889年の詩篇以降の出版である.
189）　Marcel Proust, *Contre Sainte-Beuve*, précédé de *Pastiches et mélanges* et suivi de *Essais et articles*, éd. cit., p. 341.
190）　Junji Suzuki, *Le japonisme dans la vie et l'œuvre de Marcel Proust*, éd. cit., p. 23–24.
191）　Edmond de Goncourt, *La maison d'un artiste*, éd. cit., t. 1, p. 196.
192）　『見出された時』にも語り手による類似の描写が出てくる．「銀色の地にノルマンディー地方のリンゴの木々がひとつ残らず日本画ふうに浮かびあがり〔……〕」（IV, 275／⑬35）.
193）　Hiroshige, « Payasage », *Le Japon artistique*, n° 15, juillet 1889, planche AHJ.
194）　*Collection Ch. Gillot. Estampes japonaises et livres illustrés*, Vente à l'Hôtel Drouot, 1904, p. 146, n° 1249 a: « Quartier d'Asak'sa sous une bourrasque ».
195）　ロベール・ド・モンテスキウの回想録によるとそれは「サクラの鉢植え」だったというが（Junji Suzuki, *Le japonisme dans la vie et l'œuvre de Marcel Proust*, éd. cit., p. 235），プルーストは木の正確な名を記していない.
196）　*Collection S. Bing. Objets d'Art et Peintures du Japon et de la Chine*, vente en mai 1906, Galeries de Durand-Ruel, n° 898.

197） « Mésange sous les branches d'un cerisier fleuri »：同書，n° 818.
198） この2点の画に実際なにが描かれているかに関しては，美術史家の馬渕明子と馬渕美帆の両氏から貴重なご教示を得た．
199） 拙著『プルーストと絵画』149–157頁参照.
200） Hiroshige, « Paysage », *Le Japon artistique*, n° 23, mars 1890, planche BED.
201） ヴィヴォンヌ川に浮かぶ睡蓮の描写で「水面がまるで七宝かと見まがうほど，日本風の，派手に目をひく，紫に近いライトブルーになっている」という一節（I, 167/①365）については，つぎの論考を参照のこと．Hiroya Sakamoto, « Le paysage et l'allusion japonisante: de Combray à Balbec », éd. cit., p. 132–133.
202） 執筆時期は，つぎの著作に拠る．Akio Wada, *La création romanesque de Proust: la genèse de « Combray »*, éd. cit., p. 168.
203） « Comme dans ce petit jeu où les Japonais s'amusent à tremper dans une tasse de leur infusion favorite des petits papiers jusque-là sans forme qui, à peine y sont-ils plongés s'étirent, se contournent, deviennent des fleurs, des logis, des personnages consistants et reconnaissables［...］»（Cahier 25, f° 10 v°）.
204） Dactylographies du premier volume: NAF16730, f° 93 r°; NAF16733, f° 89 r°.
205） タイプ原稿への加筆がこの手紙の問い合わせの時期と重なることは，和田章男も指摘している（Akio Wada, *La création romanesque de Proust: la genèse de « Combray »*, éd. cit., p. 35）.
206） Henry Thédenat, *Pompéi. Histoire — Vie privée*, nouvelle édition, Laurens, « Les villes d'art célèbres », 1910, p. 26, 27.
207） Antoine Compagnon, « Le "profil assyrien" ou l'antisémitisme qui n'ose pas dire son nom: les libéraux dans l'affaire Dreyfus », 京都大学フランス語学フランス文学研究会「仏文研究」28号，1997, 133–150頁（吉川一義訳「アッシリアふうの横顔——隠された反ユダヤ主義（ドレフュス事件におけるリベラル派）」，筑摩書房版『プルースト全集』別巻，1999, 163–185頁）.
208） *Le Musée d'Olympie*, catalogue illustré par C. Courouniotis, Athènes, Imprimerie S. C. Vlasto, 1909, p. 39.
209） Henri Bidou, « La Semaine dramatique », *Journal des Débats*, 10 juin 1912, p. 1. 引用はつぎの論考に拠る．Natahlie Mauriac Dyer, « Bidou, Bergotte, la Berma et les Ballets russes: une enquête génétique », *Genesis*, n° 36, 2013, p. 56.
210） Gustave Fougères, *Athènes*, Laurens, « Les villes d'art célèbres », 1912, p. 103, 105.
211） Gustave Fougères, *Athènes*, éd. cit., p. 108.
212） 同書，p. 145.
213） 芸術上の偶像崇拝の功罪については，拙著『プルーストと絵画』171–186頁参照.
214） NAF16634, f° 92 r°. この原稿を調査するにあたり和田章男氏のご協力を得た．この一節は，『ボワーニュ夫人の回想録』書評を収めたプレイヤッド版評論集にも収録されている（Essais, 279）．古代アッシリアのアッカド語の表記については山田重郎氏（筑波大学）にご教示いただいた.
215） Gaston Maspero, *Au temps de Ramsès et d'Assourbanipal. Égypte et Assyrie anciennes*, 6e édition, Hachette, 1912, p. 284, 300, 114.
216） 「エジプト人がべつの世での新たな生を信じるには，分身に肉体を必要とした．その分身の肉体の生存を永続させるべく，防腐処置を施したのである」（Gaston Migeon, *Le Caire*, Laurens, « Les villes d'art célèbres », 1909, p. 116. 傍点は原文イタリック）.

217) Gaston Maspero, *Au temps de Ramsès et d'Assourbanipal*, éd. cit., p. 131.
218) Gaston Maspero, *Guide du visiteur au musée du Caire*, 4e édition, Imprimerie de l'Institut français d'archéologie orientale, 1915, p. 10.
219) *À l'ombre des jeunes filles en fleurs*, Flammarion, « GF », t. II, 1987, p. 416-417; « Bibliothèque de la Pléiade », t. II, 1988, p. 1490, n. 1.
220) Placards Grasset de *Du côté de chez Swann*（NAF16753）, f° 83 r°.
221) Marcel Proust, « À la recherche du temps perdu », *NRF*, 1er juillet 1914, p. 946.
222) Épreuves Gallimard d'*À l'ombre des jeunes filles en fleurs*（Rés. m Y2 824）, p. 441.
223) Marcel Proust, *Cahier 53*, éd. cit., t. I, p. 171-172.
224) この一文は，最終稿ではつぎのようになる「私があとでバルベックに想いを馳せたとき，ほとんどつねに想いうかべたのは，夏らしい好天のつづくシーズンたけなわの朝，午後はアルベルチーヌやその友人たちと外出することになっていた私を祖母が医者の指示で薄暗がりのなかに寝かせておいたときのことである」（II, 306／④ 654）．
225) 岩波文庫版『失われた時を求めて』第 4 巻，訳注 337-349 頁参照．
226) 拙著『プルーストと絵画』300-304 頁参照．
227) プルーストは世紀末，この画を蒐集家シャルル・アイエムのコレクションで見て，ギュスターヴ・モロー論のなかで言及していた．拙著『プルースト美術館』筑摩書房，1998，150-152 頁参照．
228) 同書，202-203 頁参照．
229) 拙著『プルーストと絵画』158-160 頁参照．
230) 『プルースト美術館』177-180 頁，『プルーストと絵画』11-12 頁参照．
231) 自由間接話法については以前，簡単なメモを発表したことがある．「プルーストを読む（II）」，「ふらんす手帖」11 号，1982, 140-143 頁．以下に挙げる自由間接話法の 1 例目と 3 例目はこのメモで採りあげた．
232) この箇所の最初の邦訳者・生島遼一は，引用最後の一文をこう訳している．「彼は，私達がすでに鼻の病気にかかっていたときにたまたま診察したのだった」（『ゲルマント公爵夫人 II』新潮文庫，1959, 22 頁）．
233) 井上究一郎訳，ちくま文庫版『失われた時を求めて』第 10 巻，270 頁．鈴木道彦訳，集英社文庫版『失われた時を求めて』第 12 巻，313 頁（「彼はそれを失くしたことに今しがた気づき，明日の朝は自分の隊に戻ることになっているので，私の家で落としたのではないかと念のために調べにきたのである．彼はフランソワーズといっしょにそこら辺を隈なく探したが，いっこうに見つからなかった」）．
234) ちくま文庫版『失われた時を求めて』第 1 巻，190 頁（「この娘は，一つの言葉を発するとすぐ，自分がいったその言葉を，それをきいた相手の頭になってききとり，誤解されるかもしれないと気をもむのであって，みんなはこの「愉快な子」の男のような顔の下に，もっと華奢な顔立，涙にぬれた少女の顔立が，透かし模様のように照らしだされ，浮かびでるのを見るのであった」）．集英社文庫版『失われた時を求めて』第 1 巻，247 頁．
235) ちくま文庫版『失われた時を求めて』第 1 巻，504-505 頁．集英社文庫版『失われた時を求めて』第 2 巻，248 頁．
236) Jean-Baptiste Amadieu, « "Corydon" de Gide devant les tribunaux catholiques », *Bulletin de la Société de l'Histoire du Protestantisme français*, 2012, HAL, p. 21.
237) 例外は以下の解説．Alain Goulet, « Du côté de chez Proust », *Les* Corydon *d'André Gide*, avec le texte original du *C.R.D.N.* de 1911, présentés par Alain Goulet, Ori-

zons, 2014, p. 178–188. 拙論の発表後に刊行されたつぎの著作にも両作が比較検討されている．西村晶絵『アンドレ・ジッドとキリスト教』彩流社，2022.

238） 本事件に関しては以下の文献を参照．Maurice Baumont, *L'affaire Eulenburg et les origines de la Guerre mondiale*, Payot, 1933; Robert Beachy, *Gay Berlin*, New York, Vintage Books, 2015, p. 120–139.

239） 『コリドン』(CORY と省略)からの引用はつぎのアラン・グーレ編纂の刊本に拠り頁数を示す．André Gide, *Romans et récits II*, Gallimard, « Bibliothèque de la Pléiade », 2009，p. 57–172.

240） 以下の社会的背景に関するより詳細な考察は，つぎの拙稿に拠る．岩波文庫版『失われた時を求めて』第 8 巻『ソドムとゴモラ Ⅰ』巻末の「訳者あとがき」577–605 頁，そのフランス語版 « L'homosexualité et la judéité chez Proust, d'après les premières scènes de *Sodome et Gomorrhe* », *Littera*, Société japonaise de langue et littérature françaises, n° 1, 2016, p. 39–51，および *Relire, repenser Proust*, Collège de France, 2021, p. 65–69.

241） J. E. Rivers, *Proust and the Art of Love*, Columbia University Press, 1980, p. 184; Robert Beachy, *Gay Berlin*, éd. cit., p. 18.

242） おそらく 19 世紀末．ただしラルース系のフランス語辞典に記載されるのは 1907 年．

243） *Le Banquet de Platon*, traduit du grec par J. Racine, Mme de Rochechouart et Victor Cousin, Plon, 1868, p. 19–21.

244） Platon, *Le Banquet*, présentation et traduction par Luc Brisson, 5e édition, Flammarion, « GF », 2007, p. 102.

245） Robert Beachy, *Gay Berlin*, éd. cit., p. 17–18.

246） ラルース系のフランス語辞典への初出は 1904 年(*Grand Larousse de la langue française*, Larousse, t. 7, 1978, p. 6343).

247） « Homosexuel est trop germanique et pédant »: Cahier 49, f° 60 v°.

248） Albert Moll, *Les Perversions de l'instinct génital. Étude sur l'inversion sexuelle*, traduit de l'allemand par Pactet et Romme, Georges Carré, 1893, p. 54. Nathalie Mauriac Dyer, « À propos du "gigantesque entonnoir": le discours médico-légal dans *À la recherche du temps perdu* », *Lectures de* Sodome et Gomorrhe, *Cahiers Textuel*, n° 23, Université Paris 7, 2001, p. 98 に紹介されたつぎの論考も参照．Julien Chevalier, *L'Inversion sexuelle*, G. Masson, 1893.

249） Alain Goulet, « Notice » de *Corydon*, in André Gide, *Romans et récits II*, éd. cit., p. 1169–1170; *Les* Corydon *d'André Gide*, éd. cit., p. 23.

250） Cahier 6, f° 37 r°.

251） André Gide, *Journal*, édition établie, présentée et annotée par Éric Marty, Gallimard, « Bibliothèque de la Pléiade », t. I, 1996, p. 1069.

252） *Correspondance André Gide, Dorothy Bussy I, Cahiers André Gide 9*, Gallimard, 1979, p. 168.

253） 同書，p. 252–253.

254） André Gide, *Journal*, éd. cit., t. I, p. 1124.

255） プルーストは 1921 年 4 月 19 日または 20 日にガストン・ガリマールに宛てた手紙で「論文の 4 分の 3」ができたこと，「ジッドの序文がもらえないのは大変残念だ」と書いていた(COR, XX, 196).

256） André Gide, *Journal*, éd. cit., t. I, p. 1186.

257）アラン・グーレに拠ると，この序文は「プルーストの死の直後」(プルーストの死は1922年11月18日)に執筆されたという(*Les* Corydon *d'André Gide*, éd. cit., p. 180).
258）Robert Beachy, *Gay Berlin*, éd. cit., p. 88.
259）André Gide, *Journal*, éd. cit., t. I, p. 1143.
260）Claude Martin, *Gide*, Seuil, « Écrivains de toujours », nouvelle édition revue et corrigée, 1995, p. 148–149.
261）Alain Goulet, « Notice » de *Corydon*, éd. cit., p. 1174.
262）Cahier IX, f° 78 r°. この貼り付けられた紙片は図51参照.
263）André Gide, *Journal*, éd. cit., t. I, p. 1235.
264）Léon Pierre-Quint, « Sur *Corydon* », *Le Journal littéraire*, 12 juillet 1924, p. 12.
265）André Gide, *Journal*, éd. cit., t. II, 1997, p. 842(19 octobre 1942).
266）同書，janvier 1946, p. 1017.
267）詳細は以下を参照．岩波文庫版『失われた時を求めて』第13巻の「訳者あとがき」577–579頁．拙稿「『失われた時を求めて』におけるサドマゾヒズム」，京都大学フランス語学フランス文学研究会「仏文研究」51号，2020, 118–123頁．Kazuyoshi Yoshikawa, *Relire, repenser Proust*, éd. cit., p. 80–84.
268）Georges Bataille, *La Littérature et le mal* [1957], Gallimard, « Folio Essais », 2020, p. 103–104.
269）同書，p. 103.
270）Marcel Proust, « La Confession d'une jeune fille », *Jean Santeuil* précédé de *Les Plaisirs et les jours*, Gallimard, « Bibliothèque de la Pléiade », 1971, p. 95.
271）Georges Bataille, *La Littérature et le mal*, éd. cit., p. 105.
272）Marcel Proust, « La Confession d'une jeune fille », éd. cit., p. 95.
273）Maurice Barrès, *Le Jardin de Bérénice*, dans la « Consolation de Sénèque le philosophe à Lazare ressuscité », édition établie par Michel Mercier, Flammarion, « GF », 1988, p. 148.
274）1892年12月のポール・デジャルダン宛て書簡.
275）Leo Spitzer, « L'étymologie d'un "cris de Paris" », *Études de style*, Gallimard, 1970, p. 474–481; Jean Milly, « Cris de Paris et désir des glaces dans *La Prisonnière* », *Proust dans le texte et l'avant-texte*, Flammarion, 1985, p. 135–156(中野知律訳「『囚われの女』におけるパリの物売りの声と氷菓の欲望」，筑摩書房版『プルースト全集』別巻，1999, 446–448頁); Cécile Leblanc, « De Charpentier à Wagner: transfigurations musicales dans les cris de Paris chez Proust », *RHLF*, octobre–décembre 2007, p. 903–921. 中野知律「『囚われの女』の第3の「朝」――パリの物売りの声の生成」，九州大学フランス語フランス文学研究会「*Stella*」34号，2015, 167–188頁.
276）Georges Kastner, *Les Voix de Paris: Essai d'une histoire littéraire et musicale des cris populaires de la capitale depuis le Moyen Âge jusqu'à nos jours*, G. Brandus, Dufour et Cie, 1857; Victor Fournel, *Les Rues du vieux Paris. Galerie populaire et pittoresque*, Firmin-Didot, 1879.
277）Louis-Sébastien Mercier, *Tableau de Paris*, éd. Jean-Claude Bonnet, Mercure de France, 1994. « Marchand de peaux de lapin », t. I, p. 1050; « À la barque », t. II, p. 878.
278）« Voilà le plaisir, medames, voilà le plaisir ! [...] À la barque, à la barque ! »: Honoré de Balzac, *Le Père Goriot*, *La Comédie humaine*, Gallimard, « Bibliothèque de la

Pléiade », t. III, 1976, p. 202.
279) Georges Kastner, *Les Voix de Paris*, éd. cit., p. 82.
280) Victor Fournel, *Les Rues du vieux Paris*, éd. cit., p. 566.
281) Georges Kastner, *Les Voix de Paris*, éd. cit., p. 83.
282) Louis Laroy, « Exercices d'analyse », *La Revue musicale*, n° 11, novembre 1902, p. 473(Jean-Christophe Branger, Sylvie Douche et Denis Herlin, *Pelléas et Mélisande cent ans après: études et documents*, Symétrie, 2012, p. 554 に引用). この点はセシル・ルブラン氏のご教示に拠る.
283) ジャン・ミイは注 275 に記した論文(« Cris de Paris et désir des glaces dans *La Prisonnière* », éd. cit., p. 136–137)でフィリップ・ルジュンヌからエミリー・イールズに至るこの問題に関する論考の概要をまとめている. 注 275 に記した中野知律訳を参照.
284) 注 275 に記したジャン・ミイの論文 p. 153–154 参照.
285) *Les Pastiches de Proust*, édition critique et commentée par Jean Milly, Armand Colin, 1970, p. 153–170.
286) Marcel Proust, *Carnets*, éd. cit., p. 64–66.
287) 和田章男『プルースト 受容と創造』大阪大学出版会, 2020, 85–86 頁.
288) Jean Milly, « Le Pastiche Goncourt dans "Le Temps retrouvé" », *RHLF*, 1971, n° 5–6, p. 816; *Proust dans le texte et l'avant-texte*, éd. cit., p. 186.
289) Kazuyoshi Yoshikawa, « Études sur la genèse de *La Prisonnière* d'après des brouillons inédits », thèse présentée à l'Université de Paris-Sorbonne, 1976, t. I, p. 2–3, 8–11.
290) ともにエドモン・ド・ゴンクールの小説. 『ラ・フォースタン』(1882)は表題名の女優を, 『シェリ』(1884)は裕福なブルジョワ娘を描く.
291) Journal du 17 mai 1885: Edmond et Jules de Goncourt, *Journal*, éd. Robert Ricatte, Robert Laffont, « Bouquins », t. II, 1989, p. 1159.
292) Cahier 55, f° 63 v°; Jean Milly, *Proust dans le texte et l'avant-texte*, éd. cit., p. 189.
293) Marcel Proust, *Carnets*, éd. cit., p. 299–304, notes 138, 140, 145, 146, 151, 167.
294) Edmond et Jules de Goncourt, *Journal*, éd. cit., t. I, p. 20, n. 2.
295) Annick Bouillaguet, *Proust et les Goncourt: le pastiche du Journal dans* Le Temps retrouvé, Minard, « Archives des Lettres Modernes », n° 266, 1996, p. 13.
296) « Un volume du journal inédit des Goncourt »: Cahier XV, f° 88 r°.
297) Annick Bouillaguet, *Proust et les Goncourt: le pastiche du Journal dans* Le Temps retrouvé, éd. cit., p. 46.
298) Gérard Genette, « Discours du récit », *Figures III*, Seuil, 1972, p. 126.
299) 小説の本文(IV, 215/⑫ 486–487), および岩波文庫版『失われた時を求めて』第 12 巻, 487 頁の訳注 409, 489 頁の訳注 413 参照.
300) 1908 年 3 月 11 日のフランシス・シュヴァシュ宛て書簡.
301) *Grand Larousse de la langue française*, éd. cit., t. 4, 1975, p. 2870.
302) *Trésor de la langue française informatisé*. 見出し épellation の Rem. 参照.
303) 同書, 見出し jolité の B 項参照.
304) 元来, 単一のブドウ園であったが, 19 世紀前半にレオヴィル・ラス・カーズ, レオヴィル・バルトン, レオヴィル・ポワフェレの 3 つのシャトーに分割されて現在に至る(岩波文庫版『失われた時を求めて』第 13 巻, 75 頁の訳注 85 参照).
305) *Grand Larousse de la langue française*, éd. cit., t. 5, 1976, p. 4205.

306) 1905年5月6日のアルフォンス・ドーデ夫人宛ての書簡：« Moi qui ne connais guères directement l'œuvre des Goncourt, qui ne sais guères d'eux que l'admirable figure d'Edmond de Goncourt vue chez vous et l'enchantement que j'ai trouvé à certains livres comme l'*Art au XVIII*^{e} *siècle*[...] »(COR, XVII, 536).
307) « [...]Acquis par S. Meyer; Edmond de Goncourt, Paris; vente Goncourt, Paris, 26–28 avril 1897 »: *Gabriel de Saint-Aubin: 1724–1780*, catalogue de l'exposition au Louvre, Somogy éditions d'art, 2007, p. 218.
308) Edmond et Jules de Goncourt, *L'Art du XVIII*^{e} *siècle*, Charpentier, 1881–1882, t. III, p. 3.
309) *Contes et nouvelles en vers par M. de La Fontaine*, édition dite des Fermiers généraux, Amsterdam[Paris], 1762(reproduit par le Club Français du Livre en 1964), t. 1, pl. entre p. 92 et p. 93.
310) « Bibliothèque de la Pléiade », éd. cit., t. IV, p. 1191(note 12 de la page 288).
311) Edmond et Jules de Goncourt, *Journal*, éd. cit., t. III, p. 819.
312) 以上の記述はつぎの事典による. Jacques Hillairet, *Dictionnaire historique des rues de Paris*, Minuit, t. II, 1963, p. 568.
313) « [...]erreur, non de Proust, mais du pseudo-Goncourt »: « Bibliothèque de la Pléiade », éd. cit., t. IV, p. 1191(note 6 de la page 288).
314) Edmond et Jules de Goncourt, *Journal*, éd. cit., t. III, p. 748(journal du 30 août 1892).
315) Marcel Proust, *Le Temps retrouvé*, texte établi, présenté et annoté par Eugène Nicole, Librairie Générale Française, « Le Livre de Poche Classique », 1993, p. 498 (note 6 de la page 67).
316) « Netsuké d'ivoire en forme de bouton »: *Objets d'Art japonais et chinois. Peintures, estampes composant la collection des Goncourt*, ventes à l'Hôtel Drouot, mars 1897, p. 222.
317) « [...]une série de boutons »: Edmond de Goncourt, *La maison d'un artiste*, éd. cit., t. 2, p. 221.
318) 本書，第14章，319頁参照.
319) Gérard Genette, *Figures III*, éd. cit., p. 126.
320) 拙著『プルーストの世界を読む』(岩波セミナーブックス，2004／岩波人文書セレクション，2014)，35–36頁.
321) Dactylographie du premier volume(NAF16733), f° 1 r°.
322) Jules Poirier, *Les Bombardements de Paris(1914–1918)*, Payot, 1930, p. 92–98.
323) 1916年1月31日付の新聞 *Le Petit Parisien* によると「26人の死者，重軽傷者29人の名前が確認された」. つぎの文献も参照. Rémy Porte, *Chronologie commentée de la Première Guerre mondiale*, Perrin, 2011, p. 263.
324) Hiroya Sakamoto, « Quelques allusions à la presse dans les cahiers de la guerre », *Bulletin d'Informations proustiennes*, n° 42, 2012, p. 58–60. 坂本浩也『プルーストの黙示録——『失われた時を求めて』と第一次世界大戦』慶應義塾大学出版会，2015, 42–45頁.
325) Camille Dugat, « Propos féminins », *Le Figaro*, 15 janvier 1917.
326) それぞれ former une constellation, donner l'apparence[offrir une vision] d'apocalypse と言うのが普通.

327） たとえばつぎの文献を参照．Maurice Barrès, « Les Walkyries et nos jeunes héros », chronique datée du 30 novembre 1914, in *Chronique de la Grande Guerre*, t. II, Plon, 1920, p. 203–205.

328） François Caradec et Jean-Bernard Pouy, *Dictionnaire du français argotique et populaire*, Larousse, 2009, p. 3.

329） *Le Trésor de la langue française informatisé:* « *arg.* ou *pop.*, plus ou moins *iron.* Homosexuel(le). »

330） Jacques Cellard et Alain Rey, *Dictionnaire du français non conventionnel*, Hachette, 1980, p. 753.

331） 本書，第 12 章，および注 267 に記された文献を参照．

332） Nathalie Mauriac Dyer, « *À la recherche du temps perdu*, une autofiction ? », in Jean-Louis Jeannelle et Catherine Viollet (dir.), *Genèse et autofiction*, Louvain-la-Neuve, Bruylant-Academia, 2007, p. 69–87.

333） Jules の縮小辞 Julot は隠語で「ヒモ」souteneur を意味する．Pierre Guiraud, *Dictionnaire érotique*, Payot, 1978, p. 405; Jacques Cellard et Alain Rey, *Dictionnaire du français non conventionnel*, éd. cit., p. 458.

334） Marcel Proust, *Du côté de chez Swann*, Gallimard, « Folio Classique », 1988, p. 480 (note 3 de la page 78)．岩波文庫版『失われた時を求めて』第 1 巻，185 頁の注 123 でもこのコンパニョン説を紹介した．

335） Marcel Proust, *Du côté de chez Swann*, édition établie, présentée et annotée par Matthieu Vernet, Librairie Générale Française, « Le Livre de Poche Classiques », 2022, p. 714, note 115.

336） 鈴木道彦訳『失われた時を求めて』集英社文庫，第 1 巻，2006, 412 頁の訳注（本文 170 頁への注）．

337） 井上究一郎訳『失われた時を求めて』ちくま文庫，第 1 巻，1992, 739–740 頁の訳注（本文 127 頁への注）にはこう記されている．「この「ばら色の婦人」はいずれその素姓があかされるオデット・ド・クレシーというココットで，時代がさかのぼる本篇第二部でスワンの恋人になりスワンと結婚することになった女性」．

338） 拙著『『失われた時を求めて』への招待』86–87, 200 頁参照．